Ludwig Ganghofer

Der Dorfapostel

Hochlandsroman

Ludwig Ganghofer

Der Dorfapostel

Hochlandsroman

ISBN/EAN: 9783955631529

Auflage: 1

Erscheinungsjahr: 2013

Erscheinungsort: Bremen, Deutschland

*@ Leseklassiker in Access Verlag GmbH, Fahrenheitstr. 1, 28359 Bremen.
Alle Rechte beim Verlag und bei den jeweiligen Lizenzgebern.*

Leseklassiker

Der Dorfapostel.

Hochlandsroman

von

Ludwig Ganghofer.

Illustriert von Hugo Engl.

Sechzehnte Auflage.

Stuttgart.

Verlag von Adolf Bonz & Comp.

Druck von A. Bonz' Erben in Stuttgart

1.

Helle Mittagsfonne überflimmerte die beschneiten
Berge und das weiße Tal. Kaum ein Schatten in
der Landschaft; alles in stille, leuchtende Sonne getaucht.
Und alles weiß. Man sah von den Dächern keines;
sie unterschieden sich im Schnee nicht mehr von den ge-
tünchten Mauern der Häuser und von der weißen Erde.
Man sah den Kirchturm nicht; er war im Weiß verschwunden; nur die runden Lucken seiner Glockenstube
hingen wie große dunkle Augen in der Luft, und sein
grünes, spitz aufgezogenes Dächlein, auf dessen steilen
Kupferplatten der Schnee nicht haften konnte, schien

unter dem Himmel zu schweben, als wär's die sichtbare Haube eines Riesen, welcher unsichtbar inmitten des weißen Tales stand.

Wie kalt die Nächte noch immer waren, das sah man an den groß geblätterten Kristallen, die überall im Nachtfrost aus der Schneedecke hervorgeblüht waren, als hätte auch der eisige Winter seine Blumen. Die glitzerten mit kaltem Schimmer über allem Grund; doch in den reinen, stillen Lüften, deren blaue Wunderglocke sich wolkenlos über die weißen Berge spannte, und in der linden Sonne der Mittagsstunden spürte man schon eine leise Ahnung des Frühlings, welcher kommen wollte.

Manchmal fielen kleine Schneeklumpen von den Bäumen nieder, immer wieder klang und seufzte das den Bach bedeckende Eis, und an der dicht verschneiten Hecke, welche die Straße von den glitzernden Wiesen trennte, flogen mit pisperndem Spiel die winzigen Schopfmeisen aus und ein.

„Die merken halt auch schon, daß die gute Zeit nimmer weit is!"

So schien der Waldhofer-Roman zu denken, als er auf der Straße stehen blieb, um lächelnd eine Weile das Spiel der kleinen Vögel zu betrachten, die sich der Sonne freuten und dabei im Schnee der Straße ihre Flügel badeten.

Ein junger Bursch, kräftig und schlank gewachsen.

Und mit heißem Blut in den Adern. Denn trotz des
Winters trug er halb sommerliche Kleider, die Joppe an
der Brust weit offen, als gäb es für ihn kein Frieren.
Ein männlich hübsches Gesicht, noch gebräunt vom
Sommer her, Kinn und Wangen mit Sorgfalt rasiert,
ein braunes Bärtchen über den Lippen aufgezwirbelt,
und ruhige, dunkel glänzende Augen. Ein wenig aus
der Stirn geschoben saß ein leichtes Hütlein mit weißen
Adlerflaumen über dem kurz geschnittenen Braunhaar.
An seinem ganzen Wesen war etwas von städtischem
Schliff. Das hatte er von seiner Soldatenzeit mit
heim gebracht, und wenn er auch das doppelfarbige
Tuch der „Schweren Reiter" gerne wieder gegen die
Joppe vertauscht hatte, so war ihm doch die militärische
Haltung geblieben und jene Fürsorge für den äußeren
Menschen, bei der man etwas aus sich zu machen liebt,
ohne eitel zu sein.

Als er so mitten in der Straße stand, auf die
Axt gestützt, die er wie einen Spazierstock in der Hand
führte, war er anzusehen wie der Typus eines glücklich
geratenen Volkskindes, ein Bild gesunder Jugend und
sorgloser Lebensfreude. Und wie gut seinem Gesichte
dieses ruhige, sinnende Lächeln stand, mit dem er das
Spiel der Meisen belauschte!

Da flatterten die Vögel plötzlich auf und huschten
in die verschneite Hecke.

Ein kleines, behäbiges Männlein mit rundem Falten=

gesicht kam auf der Straße daher, den Kopf bis an die Augen bedeckt von einer schwarzen Pudelmütze, unter der nur ein wenig noch die grauen Haare hervorlugten. Um den Hals war drei= oder viermal ein schwarzer Schlips gewunden, und unter dem langen schwarzen Winterrock, der über dem strebsamen Bäuchlein schon so eng ge= worden, daß von den Knöpfen weg die Falten straff nach allen Seiten liefen, guckten zwei sacht schreitende Stiefel hervor, groß und schwer wie lederne Flöße. Die Augen gesenkt, ein offenes Büchlein in den Händen, und diese Hände versteckt in wollenen Fäustlingen, die an einer Schnur um die Schultern hingen, so kam der hochwürdige Herr Felician Horadam, der alte Seel= sorger des Dorfes, auf den jungen Waldhofer zuge= gangen.

„Grüß Gott, Herr Pfarr!"

Der alte Herr schloß das Brevier, murmelte einen lateinischen Satz zu Ende und machte noch ein paar Schritte, als wäre das keine leichte Sache, diese ge= wichtigen Stiefel, wenn sie einmal im Gang waren, zum Anhalten zu bewegen. Nun stand er fest, und die Hände mit dem Brevier hinter den Rücken legend, nickte er freundlich. „Grüß dich Gott, lieber Roman! Was treibst du denn da?"

„So zugschaut hab ich ein bißl, wie's die Vogerln machen. Ich sag Ihnen, Herr Pfarr, von denen könnt der Mensch was lernen."

„Freilich, ja, der Mensch könnt immer was lernen! Wenn er nur möcht!" Gutmütig lächelte der alte Herr.

„Aber sag, was willst du denn lernen von den Vögerln?"

„So zugschaut hab ich ihnen, wie s' voller Lustigkeit im Schnee umeinander hupfen und wieder die Federn aufbludern in der Sonn. Und da hab ich mir denkt: so müßt's ein jeder machen . . . wissen S', daß man seine Freud an allem hat, mein' ich . . . am kalten Winter grad so, wie an der warmen Sonn . . . will sagen: daß man grad so leicht über harte Zeiten nüberkommt, wie über die guten.“

„Ja, Roman, das lern du nur!“ Aus dem Blick, mit dem Herr Felician den jungen Waldhofer betrachtete, sprach es wie Sorge. „Vielleicht kannst du solche Lehr in deinem Leben einmal brauchen. Wer weiß, wie bald?“

Roman schien nur halb zu hören. Er lächelte so zufrieden vor sich hin, als wäre er ein wenig stolz auf den klugen Gedanken, den ihm die kleinen Schopfmeisen eingegeben hatten.

„Ja, Roman, lerne das nur!“

Der junge Waldhofer schmunzelte. „Schier mein' ich, Herr Pfarr, ich kann's ein bißl!“

„Die harten Zeiten grab so leicht wie die guten nehmen? . . . Geh, du! Wie viel harte Zeiten hast denn du im Leben schon gesehen? So viel wie der Blinde auf'm Guglhupf Zwibeben sieht.“

Da lachte Roman. „Haben S' recht, Herr Pfarr! Von dieselbigen, die sich übers irdische Jammertal beklagen müssen, bin ich keiner. Gott sei Dank! . . . Aber jetzt muß ich schauen, daß ich b' Welt hinter die Füß bring!“

„Wohin denn heut noch?“

„Auf'n Grünberg nauf, ein bißl nachschauen, was unsere Holzknecht schaffen. Der Weg da nauf, der zieht sich . . .“

„Und geht am Staudamer-Hof vorbei? Gelt ja?“

„Gut troffen, Herr Pfarr! Und gar so gschwind,
mein’ ich, laßt mich ’s Julei net weiter!“ Roman lachte,
wie nur die Glücklichen lachen. „Und schauen S’, da
kommt jetzt gleich von meiner harten Zeit ein Stündl:
wenn ich bei der Julei sitz, und es steht ihr Mutter
dabei. Das is noch eine von die strengen Jahr=
gäng her, wo jedes ledige Bußl als Todsünd gwogen
hat. No, muß ich das harte Stündl halt mit Ge=
duld übertauchen und auf die guten warten . . . wo
d’ Mutter net dabei is! Lang bleiben s’ mir nimmer
aus!“

„Ein netter Diskurs das . . . für ein Pfarrer!“
Herr Felician Horadam zog etwas ärgerlich die Brauen
auf. „Schenierst dich denn gar nicht?“

„Warum denn schenieren? Sie geben ja eh bald
Ihren Segen dazu.“ Lustig zwinkerte der junge Wald=
hofer mit den Augen. „Muß ich mir halt denken, ich
hab ein bißl ein Vorschuß drauf.“ Lachend rückte er
das Hütlein und ging davon.

Der alte Herr aber schob ganz erschrocken das
Brevier in die Tasche des Winterrockes, streckte die
Hände aus, soweit es die kurze Schnur der wollenen
Fäustlinge zuließ, und vor Schreck der hochdeutschen
Rede vergessend, die seiner Würde entsprach, rief er
in vollem Dialekt: „Nix da! Nix da! He, du!
Mit’m Vorschuß auf mein Segen is’s nix! Das
bitt ich mir aus! Mach mir keine Gschichten!“

Roman blieb stehen und sprach mit Lachen über die Schulter: „Ohne Sorg, Herr Pfarr! Es war net so gfahrlich gmeint! Ich weiß schon, wie ich mich halten muß, daß mir mein Glück net aus der Hand fallt!“

Die heitere Antwort schien den alten Herrn zu beruhigen. Und während er mit einem Blick des Wohlgefallens dem jungen Burschen nachsah, murmelte er lächelnd vor sich hin: „Junge Zeit und Narretei!“ Doch je weiter Roman durch den Schnee dahinstapfte, desto mehr erwachte in den Augen des Pfarrers jene sorgende Unruh wieder. Und plötzlich rief er: „Roman! He!“

„Herr Pfarr?“

„Geh, komm noch ein bißl her!“

Der junge Waldhofer kam zurück und sah ein wenig verwundert drein, als die wollenen Fäustlinge seine Hand so zärtlich umschlangen und der Pfarrer mit etwas unsicherer Stimme fragte: „Roman? Sag mir's ... kommst denn auch allweil gut aus mit der Julei?“

„Aber gwiß!“ Roman lachte schon wieder. „Zwei junge Leut, die sich gern haben, warum sollten denn die net gut auskommen mit einand?“

„Freilich, freilich ...“

„No ja, ein bißl trutzen, ein bißl tratzen ... schauen S', Herr Pfarr, das muß so sein. Das is wie der Zucker im Kaffee.“

„So?“ ... Meinst?“

Ganz betroffen sah Roman dem Pfarrer ins Gesicht. Er schien zu fühlen, daß aus diesen alten, guten
Augen eine Sorge redete. Und völlig verändert klang
seine Stimme, als er fragte: „Herr Pfarr? Was is
denn? Sie haben doch nir gegen d' Julei, gelt?"

„Ich?" Der alte Herr wurde so verlegen, daß er
stotterte. „Nein, nein! Gott bewahre! Wie du einem
nur alles gleich auslegst! Und . . . ich hab dir doch
was ganz anderes sagen wollen! Freilich! Was wollt
ich denn nur gleich sagen? Richtig, ja . . . der
böhmische Peter, gelt, der ist jetzt euer Holzknecht?"

„Ja, Herr Pfarr. Und ein bessern Holzknecht könnt
sich der Vater net wünschen. Der schafft wie drei."

„Und mir . . ." der Pfarrer seufzte, „mir macht
er eine Sorg um die andere! . . . Schafft er vielleicht auf dem Grünberg droben? Und trifft ihn heut
noch? Ja? Dann mußt ihm eine Botschaft sagen
von mir."

„Schier kann ich mir denken, was für eine."
Roman lächelte. „Haben S' vielleicht ghört, was am
letzten Sonntag passiert is?"

„Ja. Meine Kathrin hat mir's erzählt. Sag mir
doch, Roman, sag mir, was ist denn nur in den Menschen hineingefahren!"

„Der möcht halt d' Leut ein bißl besser machen,
als wie s' sind."

„Das hätt schon mancher mögen! Und hat's noch

keiner fertig gebracht!" seufzte Herr Felician Horadam,
als hätte er selbst mit solchen Versuchen schon böse Er-
fahrungen gemacht. „Wenn ich auf der Kanzel stehe,
ich, der Pfarrer, und rede meinen Bauern ins Gewissen . . . du mein Gott, helfen tut's leider auch nicht
viel . . . aber es hat doch sein Ansehen, und die nicht
grad schlafen im Betstuhl, passen ja auch ein bisserl
auf. Aber wenn so ein Holzknecht kommt, der seine
drei Zentner wiegt, und will den Bauern die christliche Nächstenliebe im Wirtshaus predigen, wenn sie
ihren Schnaps ausspielen . . . schau, da müssen ihn
die Leut ja doch auslachen. Und wie mir die Kathrin
erzählt hat, haben sie neulich den armen Kerl auch
noch gehörig durchgewichst. Und nicht einmal gewehrt
hat er sich, der gute Lapp!"

„Wehren darf er sich freilich net . . . mit solchene
Fäust! Tät er einmal losbreschen, der Hanspeter,
da wären ein paar erschlagen, er wüßt net wie! Aber
wissen S', Herr Pfarr," der junge Waldhofer lachte
noch immer, aber es klang doch wie Ernst aus seinen
heiteren Worten, „der Hanspeter meint halt, wenn
einer die Nächstenlieb predigen will, so muß er mit'm
guten Beispiel vorausmarschieren."

„Ja, ja, ja, und es wär ja auch alles schön und
recht. Er ist ja wirklich ein braver, seelenguter Mensch
und meint's ja auch heilig ernst. Aber schau nur: wenn
sich ein Pfarrer aufs Butterfasserl setzt, so ist er noch

lang keine Sennerin ... er macht sich nur die Hosen
fett. Und steigt ein Holzknecht aufs Kirchendach, so
wird er deswegen kein Glöckl, das läuten kann und
zum Gottesdienst rufen. Ich bin dem braven Menschen
doch selber gut. Aber er wird ja mit seiner Volks-
verbesserung für das ganze Dorf zum Gespött. Sie
schimpfen ihn einen buckligen Apostel um den anderen
hin und her ... und Apostel, das ist doch wirklich
kein Wörtl, mit dem man schimpfen soll." Der alte
Herr hatte im Eifer so lebhaft mit den Armen ge-
fuchtelt, daß ihm die wollenen Fäustlinge herunter-
gerutscht waren und an ihren Schnüren wie Pendel
um das schütternde Bäuchlein baumelten. „Geh, sag
ihm, er soll am Sonntag zu mir kommen, daß ich ihm
ein bisserl Vernunft predigen kann. Und red du auch
ein wenig mit ihm. Von dir läßt er sich was sagen,
denn dich mag er gern."

„Ja, das is wahr, für mich tät er durch Feuer
und Wasser laufen!" Das Gesicht des jungen Waldhofers hatte einen ruhig sinnenden Ausdruck. „Aber
beim Hanspeter, lieber Herr Pfarr, da is alles Reden
umsonst. Da richten Sie nix aus, und ich auch nix!
Was der einmal drin hat in seim Kindergmüt, das sitzt,
als wär's eingossen mit Blei. Wenn einer was glaubt,
wie's der Hanspeter glaubt, so hat er's ... wie man
Grund und Boden hat, die eim keiner davontragt ...
und wie ich mein Julei hab und mein Glück."

Schweigend nickte Herr Felician, als hätte ihm dieses zweite Beispiel zu denken gegeben.

„Aber sagen will ich's ihm schon, daß er kommt." Roman schmunzelte, als er zum Gruß das Hütlein abnahm. „Und gelten S', Herr Pfarr . . . wenn ich vorhin leicht ein Spassettl gmacht hab, das für ein geistlichen Herrn net völlig paßt . . . Sie verübeln mir's net?"

„No ja, was will ich denn machen! ,Und der Himmel voller Huld, hört auch dieses mit Geduld' . . . wie es im Liebl heißt!" Der alte Herr lächelte und seufzte dazu „Behüt dich Gott, lieber Roman! Und ich wünsch dir alles Gute von Herzen! Soll dir dein Glück so treu bleiben wie mein guter Wunsch!"

„Vergeltsgott, ja, und pfüe Gott, Herr Pfarr!"

Nachdenklich sah der Hochwürdige hinter dem jungen Burschen her, zog das Brevier aus der Tasche und behandelte das kleine schwarze Büchlein, als wär es eine Schnupftabaksdose. Der Deckel ließ sich auch richtig aufklappen. Doch als Herr Felician Horadam die Prise nehmen wollte, merkte er den Irrtum.

„Ja, ja, ja . . . greif nur du nicht fehl, mein lieber Roman! Und wenn die Narretei im Hanspeter nicht fester sitzt, als wie das Glück in dir, so will ich sie bald heraußen haben aus seinem Kindergemüt!"

Unter solchem Selbstgespräche setzte der alte Herr mit einiger Mühe die schweren Stiefel in sachten

Schwung. Er schlug das Brevier auf und begann sein Latein zu murmeln, während ihm die klare Wintersonne hell auf den schwarzen Rücken schien. Ein kleines bläuliches Schattenmännlein, kurz und rundlich, gaukelte auf dem Schnee der Straße vor ihm her.

Nach der anderen Seite, die linde Sonne im Gesicht und den Schatten hinter sich, eilte der junge Waldhofer über die beschneiten Wiesen hinauf.

Von dem Gespräche mit dem Pfarrer schienen nur die heiteren Worte in ihm nachzuklingen. Aber das allein war nicht die Ursach, daß er mit gar so seelenvergnügten Augen hinausblickte in all den weißen Schimmer und dazu mit lachendem Mund ein fröhliches Liedlein trällerte. Er konnte nicht anders schauen, als mit hellem Blick, und nicht anders denken, als mit Lachen. Denn der Waldhofer-Roman war von den Menschenkindern eines, die das Leben zu seinen Lieblingen wählt, denen alles zum guten ausschlägt und denen aus jedem kleinen Übel, das manchmal ihre Wege kreuzt wie eine springende Grille, gleich wieder eine Freude wächst.

Freilich, der liebe Herrgott hatte es von allem Anfang an mit dem Roman gut gemeint, als er ihn vor dreiundzwanzig Jahren dem reichen Waldhofer als einzigen Haussohn und Erben in die schön gemalte Wiege legte. Das kleine ‚Mandi‘ war der Stolz des Vaters, die Freude der Mutter, und das gab eine

Kindheit, deren einziger Schmerz das Zahnen war.
Wie ein langer lachender Sonnentag vergingen dem
Roman die Schuljahre. Aus der Lehrerstube brachte
er Jahr für Jahr unter all den dreißig Buben immer
das beste Zeugnis mit heim, nicht nur deshalb, weil
unter allen Müttern die Waldhoferin alljährlich dem
Lehrer den schwersten Osterschinken und die größten
Mettenwürste schickte. Und nicht nur in der Schule,
auch auf der Gasse war Roman unter allen der flinkste
und der stärkste — wenn es beim Spiel der Buben
ernstliche Händel setzte, waren es immer die anderen,
welche die Prügel bekamen. Noch stärker als der
Roman war nur der ‚böhmische Peterl‘. Der aber hing
am Roman wie der Schatten am Licht. Dem heimats=
losen Waisenjungen, der von der Gemeinde aus halbem
Mitleid gefüttert und mit halber Grausamkeit von
einer Tür zur anderen gepufft wurde, erschien der mit
allen Gütern des dörflichen Lebens gesegnete Erbsohn
aus dem Waldhof wie ein vom Glück erzeugtes Wunder=
ding, das man mit Vorsicht behandeln und mit ehr=
furchtsvoller Scheu bestaunen mußte. Die anderen
Buben, deren Väter Haus und Hof besaßen, dachten
wohl etwas weniger heilig über den Roman; aber
wenn sie in Neid und Eifersucht auch alle zusammen=
standen gegen den einen, es half ihnen nichts — denn
der Roman mit dem ‚böhmischen Peterl‘, der schon als
zwölfjähriger Bub zwei Fäuste hatte wie ein aus=

gewachsenes Mannsbild, die beiden mit einander waren
stärker als alle die anderen im Dutzend.

Und als für den Roman die ‚gspassigen‘ Jahre
kamen, begann sich auch das Glück seines Herzens so
gemütlich und sicher auszubilden, wie ein junges und
gesundes Bäumlein wächst, dessen Samenkorn in guten
Boden fiel. Eines Feiertags im Sommer stand Roman
im Garten bei seiner Mutter, die ihrem Buben die
schönsten Nelken für sein Hütlein aussuchte, als draußen
auf der Straße, still und mit gesenkten Blicken, halb
noch ein Kind und mit dem rosigen Gesichtlein einer
kleinen Heiligen, eine junge Dirn vorüber ging und
so schüchtern grüßte, daß die beiden im Garten dieses
leise Stimmlein fast überhörten. Und da ereignete
sich die merkwürdige Sache, daß Roman, der doch
mit dem Staudamer-Julei sechs Jahre Tag für Tag
in die Schule gegangen war, das schmächtig auf=
geschossene Dirnlein mit so großen Augen ansah,
als wär es heute zum erstenmal für ihn auf
der Welt. Und während er so verwundert dastand,
fuhr ihm die Mutter lachend mit der Hand durchs
Haar.

„Ja, Bub, schau dir f‘ nur an! Die wachst sich
einmal aus für dich!“

Der Waldhof und das Staudamergut, das waren
die herrschenden Adelshäuser des Dorfes, die eben=
bürtigen Bürgermeisterdynastien — und bevor noch

die zwei jungen Leute recht ‚daran‘ dachten, war zwischen den Alten schon alles abgeredet.

So still und selbstverständlich, zwischen blühenden Nelken, begann für den Roman von aller schönen Zeit die schönste. Doch alles rechte Glück will langsam gebaut sein, wie ein gutes Haus. Er brauchte ein Jahr, bis er eines Abends der Julei über den Gartenzaun ins Ohr wisperte: „Du und ich, wir zwei, scheint mir, täten zammpassen!“

Ganz ernst, ohne auch nur ein bißchen rot zu werden, sagte die Julei: „Ja, du, das hat der Vater und d’ Mutter auch schon gmeint.“

„Aber selber meinst es schon auch ein bißl?“ Heiß und zitternd war dem Roman diese Frage aus verliebtem Herzen gesprungen. Aber für eine Antwort reichte die Zeit nicht mehr; denn plötzlich stand die Staudamerin neben den beiden, und Julei wurde von der Mutter ins Haus geschickt, aus Furcht, es könnte ihr ‚eine Fledermaus ins Haar fliegen‘. Und seit diesem Abend paßte die Staudamerin auf ihr Mädel auf, wie der Hastelmacher auf ein Trahtschnitzel.

Merkwürdig, wie häufig Roman in der nächsten Zeit der Staudamerin begegnete! Sie war überall, wo Roman meinte, daß die Julei wäre. Und das Jahr darauf, im Herbste, mußte er mit lachendem Verdruß die Entdeckung machen, daß die Staudamerin ihre Augen

auch offen hielt, wenn sie von rechtswegen schlafen und
schnarchen sollte. Da trug er das bunte Rekrutensträuß=
lein auf dem Hut und war mit den anderen, die man
‚behalten‘ hatte, vom Morgen bis zum Abend unter
Singen und Jodeln zwischen den beiden Wirtshäusern

des Dorfes hin und hergezogen. Aber während die an=
deren ‚Sträußlbuben‘ von der Soldatenfreude schon
wacklige Knie und heisere Kehlen hatten, jodelte er
allein noch hinauf bis in den höchsten Diskant und hatte
den Kopf so hell behalten, wie am Tag die Sonne war.
Mußte er doch, wenn die Sterne kamen, seiner Julei ein
Wörtlein sagen, treu und fest, daß es ausreichte für

die langen Kaſernenjahre. Doch als ſich das kleine
Fenſter nach leiſem Pochen lautlos geöffnet hatte, und
als ſich das junge Paar unter heißem Liebesgeflüſter
zwiſchen den engen Gitterſtäben mit etwas unbequemer
Mühſal umſchlungen hielt, ſtand plötzlich die Staubamerin, wie ein aus dem Boden geſtiegener Geiſt, mit
weißem Schimmer in der finſtern Kammer und hub ein
Schelten an, daß Roman im gähen Schreck mit ein paar
Sätzen beim Zaun und draußen über den Staketen war.
Doch das ‚feſte Wörtlein‘ war geſagt, und als der erſte
Schreck ſich gelegt hatte, kam den Roman ein glück-
ſeliges Lachen an; er ſchrie einen Jauchzer in die Nacht
hinaus, daß alle Berge widerhallten davon.

Am andern Morgen wanderte er mit den Kameraden ſingend zum Dorf hinaus, auf dem Rücken das
ſchwer angepackte Köfferchen, und im Herzen das ſelige
Gedenken an ein roſiges Geſichtl, deſſen Augen ſo ſanft
und unſchuldsvoll dareinſchauten wie Taubenaugen,
aber manchmal doch ſeltſam aufglommen, wie ver-
ſteckte Kohlenglut, wenn der Wind die hüllende Aſche
davonbläſt.

Drei Jahre! Das iſt eine lange Zeit für Menſchen,
denen keine frohe Hoffnung die Stunden kürzt. Dem
Roman aber vergingen ſie, er wußte nicht wie. Daheim freilich, da waren inzwiſchen harte Dinge ge-
ſchehen: den Staubamer hatte beim Abladen eines
Heuwagens der niederſtürzende Wiesbaum erſchlagen,

und im Waldhof hatte die Bäuerin, von einer jähen und schmerzvollen Krankheit befallen, die guten Augen geschlossen — während der Manöverzeit, zu der es für Roman keinen Urlaub gab. Aber da hatte es doch bei allem Kummer sein treues Glück wieder gut mit ihm gemeint: er mußte das bittere Leiden der Mutter nicht miterleben, mußte das abgezehrte, wachsgelbe Weiblein nicht auf der Bahre liegen sehen, und so behielt er die Mutter in Erinnerung als ein Bild des freundlichsten Lebens, mit dem lachenden Gesichte, das die Waldhoferin bei Lebzeiten ihrem Buben immer gezeigt hatte.

Am Tag der Heimkehr war sein erster Gang zum Friedhof. Und da wollte es wieder sein Glück, daß er auf diesem Weg einem lieblichen Schmerzentrost begegnete — der Julei! Was für selig erstaunte Augen er da machte! Und wenn er eine Minute lang seiner Trauer vergaß, so war ihm das bei Gott nicht zu verdenken. Hinter dem Tode hat immer das Leben sein Recht — und dazu hatte sich die Julei in den drei Jahren ausgewachsen, rund und farbig wie ein Apfel in der Reife, so recht zum Anbeißen! Freilich gab es bei dieser Begegnung kein anderes Gespräch, als vom seligen Vater Staudamer und von der gottseligen Mutter Waldhoferin. Denn es war die Staudamerin dabei — wieder einmal! Und die Julei, als wäre sie in den drei Jahren noch um ein Erkleckliches sanfter und

sittsamer geworden, wagte kaum die Augen aufzuschlagen. Sie tat es nur für einen kurzen Blick.
Das war ein Blick, so still und fromm wie die Luft
in einer Kirche. Dennoch meinte Roman aus diesem
sanften Blick herauszulesen, was er in seinem eigenen
Herzen fühlte, heiß und zärtlich. Liebe überredet leicht
— am leichtesten sich selbst.

Er mußte erst das Gitter des Friedhofs klirren
hören, um aus der Freude seines Glückes wieder hin-
überzutaumeln in seine Trauer. Und da fand er ein
Grab, auf dem schon das Gras und die Blumen standen.
Er betete auf den Knien, tauchte die zitternde Hand
in den Weihbrunnkessel, um den Hügel zu besprengen
— aber so recht bitter weh ums Herz wurde ihm erst,
als er wieder daheim war und mit nassen Augen
herumschaute in der Stube, die freilich ganz anders
aussah, als sie zu Lebzeiten der Mutter gehalten war.

„Ich weiß net, Vater," sagte er beklommen, „so
viel Sach liegt umeinand, und trutzwegen is b' Stuben
so viel leer . . . ich weiß net wie . . . als hätt einer
den Ofen davontragen."

„Ja, Bub, man merkt's halt feindlich, daß b' Mutter
nimmer da is!" Der Waldhofer strich sich mit der
groben Hand über die grauen Haare. „Mußt schon
bald schauen, daß wieder ein richtigs Weib ins Haus
kommt. Meintwegen kannst Hochzet halten nach die
Ostertäg."

Habt ihr schon gesehen, wie ein dunkler Wolken=
schatten über die Felder schleicht und hinter ihm her
die lachende Sonne läuft?

Ein paar Tage später, am Sonntag nach dem
Rosenkranz, wanderten der alte und der junge Wald=
hofer zum Staudamergut hinaus, der Vater im langen
Rock, der Bub in der Joppe, auf dem Hut die letzten
Nelken, die er in seiner Mutter Garten noch gefunden
hatte. Roman war dem Vater immer um ein paar
Schritte voraus, und es lachte ihm das Glück aus den
Augen, so fleißig er sich auch bemühte, jene ‚verstand=
same‘ Miene aufzusetzen, wie sie einem Burschen wohl=
steht, der ‚nach die Ostertäg‘ schon Bauer werden will.
Und Bauer im Waldhof! So was verpflichtet!

Die Staudamerin, als sie die beiden so feierlich
kommen sah, schmunzelte über das ganze braungerun=
zelte Gesicht. Die Julei wollte sich verstecken, aber
Roman haschte sie mit flinkem Griff. In der Stube
schwatzte man zuerst vom Wetter, vom Vieh und von
den faulen Dienstboten, dann wurde ‚Kafeee‘ getrunken,
und als nach dem letzten Tröpflein der ‚Antrag‘ in
wohlgesetzten Worten vorgebracht war, gab’s zwischen
dem Waldhofer und der Staudamerin einen zähen
Handel um das Heiratsgut. Während die Alten scha=
cherten, saßen die Jungen still dabei: die Julei mit
niedergeschlagenen Augen und mit den Händen im
Schoß, der Roman mit ernstem Gesicht, nur manchmal

ein stilles Schmunzeln um den Mund, ein ungeduldiges Zwinkern um die Augen.

So lang auch der Tag im Herbste noch immer war — es wurde doch Abend, bis die Alten mit ihrem Handel ins Reine kamen. Wenn auch das Staudamergut an den Bruder der Julei fallen mußte, der seit einem Jahr beim Leibregiment in München diente, so war's an sicheren Staatspapieren doch ein stattliches Brautgeleit, das man der Julei ‚hinauszahlte‘. Der Waldhofer schien mit dem Handel zufrieden. Und die Staudamerin, als der Schacher zu Ende war, wurde plötzlich ganz gerührt. Dicke Tränen kugelten ihr über die runzligen Backen, während sie die Hände des jungen Paares ineinander legte. „No also, in Gottsnamen halt!"

Roman, dem heiligen Ernst des Augenblicks zuliebe, bezähmte die Freude seines Herzens und sagte feierlich: „Müssen wir halt zammhalten wie christliche Brautleut, fest und treu!"

„Fest . . . und treu . . ." Ganz leise tröpfelten die Wörtlein von Juleis Lippen. Dabei wurde sie bis unter das Blondhaar so dunkelrot, wie Roman sie noch nie gesehen hatte. Da gefiel sie ihm so gut, daß er sie mit einem Jauchzer in die Arme schließen wollte, um ihr den Brautkuß auf den roten Mund zu drücken.

Aber die Staudamerin fuhr dazwischen. „Solchene Sachen mag ich net! Wirst wohl noch warten können

biß zum Ehrentag! Mit eim unschuldigen Bußl fangt
man an, und mit was man aufhört, weiß man nimmer."

Da lachte der alte Waldhofer. „No, no, no, gar
so gfahrlich wär's ja jetzt doch nimmer! Steht ja der
Stadel schon offen, daß der Heuwagen unter Dach
kommt."

„Kunnt allweil noch draufregnen!" meinte die
Staudamerin in ihrer mütterlichen Vorsicht. — —

Und nun kamen für den Roman, bei all seinem
Glück, recht schwierige Zeiten. Denn der Staudamerin
schien ein Teil jener Eigenschaft angeboren zu sein,
die der Satan mit Gott gemein hat: die Allgegenwart.
Dagegen half keine List, kein Trotz und Ärger. Dazu
kam noch, daß die Julei in ihrer stillen Unschuld die
strengen Wörtlein der Mutter nachzureden begann,
,sei gscheit' und ,das därf net sein' und ,das is net
verlaubt!' Dem Roman wurde manchmal ganz weh
in seiner verliebten Sehnsucht, und fast verdroß es ihn,
daß die Julei ihre Liebe so fest und stachlig zu umzäunen
verstand. Denn daß sie ihn lieb hatte, daran gab's
keinen Zweifel für ihn. Sie war eben von den ,Aller=
brävsten' eine, und er tröstete sich mit dem Gedanken:
„So ein bravs Weiberl, wie ich eins krieg, hat ja nie
keiner net ghabt!" Und die Zeit, in der er mit herz=
licher Liebe wecken durfte, was in der unschuldsvollen
Seele seiner Julei schlummerte und manchmal ver=
stohlen aus diesen Taubenaugen hervorglitzerte wie

Kerzenschein aus den Fenstern einer Kirche — diese selige
Zeit wird wohl noch zu erwarten sein. Aber je mehr er
in seiner Liebe geneigt war, der Julei alles zum Guten
auszulegen, um so gereizter wurde er nach und nach
gegen die Staubamerin. Und wenn der Teufel die Alte
mit ihren ‚aufpasserischen Luchsaugen‘ manchmal für
ein wohlgemessenes Viertelstünblein durch die Luft ent-
führt hätte, wär' es ihm recht gelegen gekommen. —

Bei solchem Stand der Dinge war es ganz be-
greiflich, wenn Roman an jenem schönen Wintertage,
als er in die Nähe des Staubamerhofes kam und die
‚Allgegenwärtige‘ mit flinkem Gezappel durch den
Schnee hinüberwaten sah zum Nachbarhaus, einen
glückseligen Jauchzer nur mühsam unterdrücken konnte.
Hastig duckte er sich hinter eine der weißen Hecken.
Und diese Vorsicht war gut angebracht. Denn die
Staubamerin, als hätte sie die ahnungsvolle Witterung
einer schwarzen Gefahr, die ihrem weißen Unschulds-
lämmlein drohte, hielt vor dem Zaun des nachbarlichen
Gartens noch einmal gründliche Rundschau mit ihren
spähenden Luchsaugen. Doch auf den weißen Wiesen
um und um, auf der Straße drunten und auf den
Feldwegen war kein Mensch zu entdecken. Das schien
ihre mütterlichen Ahnungen zu beschwichtigen, und be-
ruhigt trat sie in das Nachbarhaus, wobei sie auf der
Schwelle noch schnell Besuchstoilette machte — d. h. sie
schneuzte sich in die blaue Schürze.

Als sie verschwunden war, eilte Roman kichernd an der schützenden Hecke entlang und gewann mit flinken Sprüngen das Gehöft. Doch lauschend blieb er vor dem Hause stehen, so verdutzt wie einer, dem eine liebe, schon halb erfüllte Hoffnung wieder zu Wasser wurde. Seine Julei war daheim — er hörte ja ihr helles, lustiges Lachen aus der Stube heraus — aber noch eine andere Stimme lachte mit! Eine Männerstimme! Roman zog die Brauen auf. Doch ehe sich noch der Ärger richtig in ihm festsetzte, erkannte er diese Stimme. Das war ja nur der Mickei, der Knecht im Staudamerhof. Der war so viel wie niemand. Einen Knecht, den schickt man aus der Stube, und fertig!

Über den dummen Gedanken lachend, den ihm der erste Ärger eingegeben, ging Roman mit raschen Schritten zur Haustür. Da schwiegen in der Stube plötzlich die beiden Stimmen — und im Flur begegnete dem Roman der Knecht, ein hagerer Bursch, schon über die dreißig, mit keckem Gesicht und spöttischen Augen, die weiße Arbeitsschürze um die Hüften gewickelt, die Tabaks= pfeife in der Brusttasche des grün und rot gewürfelten Jankers. Er nickte dem Roman lachend zu und flüsterte ihm, als Beweis seiner wohlmeinenden Freundschaft, im Vorübergehen ins Ohr: „Heut hast es gut erraten! Die Alte is net daheim!"

Doch der junge Waldhofer schien sich in keine Ver=

traulichkeiten einlassen zu wollen. „Das weiß ich schon
selber."

Während der Knecht auf der Hausschwelle stehen
blieb und lächelnd über die Schulter blickte, trat Roman
in die Stube.

„Schatzl! Mein Schatzerl, mein liebs!"

Er streckte die Arme. Und dennoch stand er wie an=
gewurzelt, als müßten erst seine Augen satt werden von
dem lieblichen Sonnenbild, das er in der Stube fand.

Julei saß in der Herrgottsecke am Tisch, ganz
umflimmert von der Sonne, welche durch die beiden
Fenster fiel. Das wirr gezauste Blondhaar schien
zu brennen, und flaumiger Schein umzitterte den
weichen, schlanken Hals. Die weißen Puffärmel, die
sich unter den schwarzen Miederbändern hervorbauschten,
waren vom Lichte wie gesäumt mit glitzernden Borten,
und eine rosige Schimmerlinie zog sich um die runden
Arme und um das Schattenprofil des sanften Grüb=
chengesichtes, das ein wenig verlegen über die Näh=
arbeit gebeugt war.

Ohne aufzublicken, ganz leis und schüchtern, erwiderte
sie den Gruß ihres Verlobten und ritzte mit der Nadel
einen Saum in das Leintuch, dessen Zipfel an dem
Polster des Nähsteines angehäkelt war.

Dem Roman lachte die Freude aus den Augen.
Unter leisem Jauchzer griff er mit beiden Händen in die
Luft und machte zwei Fäuste, als hätte er jetzt sein Glück

gefaßt, um es festzuhalten. „Heut, Schatzl, gelt, heut hab ich's troffen! Und wie mir gfallst heut! Wie mir gfallst! Schaust völlig aus, du, als ob d' lauter Sonnschein und Licht wärst, auf und auf ... du ... du ..." Und da saß er schon neben Julei auf der Bank, hatte sie mit den Armen umschlungen und bedeckte ihre Wangen mit Küssen.

Ein wenig überließ sie sich dieser stürmischen Zärtlichkeit, und ein wenig begann sie sich zu sträuben. „So sei doch gscheit ... aber schau, wenn d' Mutter kommt ..."

„Die kommt aber net!" Er lachte und küßte wieder. „Heut hab ich's troffen! Heut muß ich mich speisen für hungrige Zeiten!"

„Aber weißt doch, es därf net sein ... und d' Mutter will's halt net! Hör auf, sag ich! Hör auf, oder ..."

„Oder was?"

Sie entzog sich ihm und hob zur Antwort die spitze Nadel.

„Geh, du!" Lachend wollte er den schimmernden Blondkopf in beide Hände nehmen. „Das glaub ich ja doch net, daß dich trauen tätst ..."

Kichernd beugte sich Julei zurück, und während ihre sanften, schüchternen Taubenaugen plötzlich einen ganz anderen Blick bekamen, stieß sie blitzschnell mit der Nadel zu.

„Au! ...... Aber hörst, Julei ..."

Im erften Augenblick machte Roman ein halb ver=
dutztes, halb verdroſſenes Geſicht.

Sie ſah ihn an und lachte wie ein vergnügtes
Kind. „Gelt, daß ich mich trau!“

„Du biſt mir eine! Das hätt ich mir gar net
denkt, daß ich an dir ſo ein wehrhafts Weiberl krieg!“
Nun lachte er mit, ſaugte von ſeiner Hand den kleinen
Blutstropfen fort, der aus dem Nadelſtich gefloſſen
war, und meinte: „Das is mir auch was neus, daß
mein Blut ſo ſüß is! Wird halt ſo ſein, weil ich’s
für dich vergoſſen hab!“ Scherzend legte er den Arm
um ihre Hüfte.

„Duuu!“ Sie drohte mit den Augen.

„Aber hörſt! Wenn dein Mutter ſo narriſch tut...“
Er zog das Mädchen an ſich. „Aber du! Biſt denn
mein Schatzl net? Und mein Bräutl, mein liebs?“

„No ja, meintwegen!“ Das ſagte ſie flink, als
wäre ſie in Sorge, daß er ernſtlich böſe würde. „Aber
nähen mußt mich laſſen ... und brav mußt ſein!“
Dabei ſah ſie mit Augen zu ihm auf, die wieder ganz
Unſchuld waren, heilig und ſtill.

Die Sehnſucht, ſie zu herzen, brannte in ihm, aber
dieſer fromme Blick band ihm die Hände. Eine Weile
ſaß er ,brav‘ an ihrer Seite. Dann ſagte er verdrieß=
lich: „Grad mit mir biſt allweil ſo ernſthaft! Und z’erſt
haſt lachen können ... bis in Hof naus hab ich’s
ghört.“

„No mein, der Mickei halt . . ." Sie hielt das Gesicht gebeugt und stichelte eifrig am Saum des Leintuches. „Allweil verzählt er solchene Sachen, daß man 's Lachen nimmer verheben kann."

„Was hat er denn verzählt?"

Julei kicherte leise vor sich hin: „Von der Häuslschusterin . . . und was ihr die Buben angstellt haben in der heiligen Lichtmeßnacht! Aufs Dach nauf sind s' ihr gstiegen und haben 's Kaminloch zugstopft, daß die Hex die alte nimmer ausfahren kann!"

Der junge Waldhofer runzelte die Stirn und schwieg. Als aber Julei immerzu vor sich hinkicherte, schüttelte er den Kopf und sagte ernst: „So ein presthafts Weibl plagen, die sich mit ihrem Madl noten und schinden muß um ihr bißl Leben . . . das is nix lustigs net . . . da könnt ich net lachen drüber. Das is die richtige Lausbüberei . . . so was!"

Julei sah ihn mit ihren sanften Taubenaugen an wie ein Kind, das nicht versteht. Und dann erklärte sie ganz entschieden: „Recht is ihr gschehen! Gegen Hexen ist alles verlaubt. Und die Häuslschusterin, die is eine!"

„Aber Julei . . ."

„Das glaub ich, steif und fest! Und ihr Madl, ihr zausets, die wachst sich auch schon aus dazu! Die hat's schon glernt von ihrer Mutter! Ja, du   das Wetter im letzten Sommer, das unsern ganzen Haber

in Grund und Boden gschlagen hat . . . das Wetter
hat niemand anderer net gemacht, als der Häuslschusterin ihr Madl. Der Mickei hat's gsehen, wie 's
Madl am Abend vor der Wetternacht ihren Hexenspruch
hingredt hat übern Haber . . . so!" Julei streckte die
Hände aus wie der Pfarrer, wenn er den Segen spricht.

„Aber Julei! Aber Schatzl, geh?" Zärtlich rüttelte Roman sie mit dem Arm, den er um ihre Hüfte
geschlungen hielt. „Was redst denn jetzt da für Sachen!
Schau, so was mußt mir net neinlassen in dein Köpfl
in dein liebs! Das tät ja passen zu dir . . . ich weiß
net wie . . . wie der Nachtschatten zur lichten Sonn."

„Passen oder net . . . wenn's wahr is einmal!
Und wenn's der Mickei sagt . . ."

„Der Mickei! Aber geh! Wenn's d e r sagt, deswegen muß's noch lang net wahr sein. Ein guter
Knecht, ja . . . aber ein Nigl ein spöttischer, und wenn
er eim Menschen was anhängen kann, so tut er's!"
Zärtlich preßte Roman das Mädchen an sich. „Geh,
Julerl, sei gscheid! Schau: Hexen . . . so was gibt's
ja gar net auf der Welt!" Aus dem jungen Waldhofer
sprach gesunder Verstand, ein Herz, das von den Menschen
gerne das Gute glaubte, und das bißchen Aufklärung,
die er von seiner Militärzeit aus der Stadt mit heim-
gebracht hatte. „Das haben halt so die dummen Leut
von eh einmal glaubt. Aber es is nix dran! Und
ein Wetter, das macht keiner . . . das kommt halt und

schlagt hin, wo's hinschlagt. Schau, und wenn du's mir net glaubst, so frag den Herrn Pfarr!"

Julei fuhr auf: „Der Herr Pfarr . . ." Aber da verstummte sie wieder, als behielte sie lieber für sich, was sie sagen wollte.

Nun saßen sie schweigend neben einander. Julei stichelte haftig am Leintuch, und Roman blickte nachdenklich in der Stube umher. Und da sah er plötzlich, was ihm früher niemals aufgefallen war: daß es in der Stube aussah, als hätten die Schweden hier gehaust.

„So schaut's ja net einmal bei uns daheim aus! Und bei enk is doch d' Mutter da! . . . Und du! . . . Geh, Julerl, das paßt mir auch net zu dir: wie d' Stuben da ausschaut!"

„No mein," Julei seufzte, „d' Mutter raffelt halt so umeinander! Und ich, weißt, ich muß halt allweil an so viel andere Sachen denken."

„An was denn?"

In stiller Unschuld lächelnd, hob sie die flimmernden Taubenaugen. Das war ein Blick, der in Roman alles auslöschte und nur sein Glück noch brennen ließ.

Er streckte die Arme. „Julerl . . ."

Doch kichernd entzog sie sich ihm. „Brav mußt sein und nähen mußt mich lassen . . . das hast versprochen!"

Roman lachte. „Wenn ich's versprochen hab, freilich, da muß ich's halten! . . . Aber hast es denn gar so

gnötig mit der Nahterei?" Er blinzelte mit den Augen,
und schmunzelnd strich er mit der Hand über den Saum
des Leintuches. „Was machst denn da?"

„Für uns was."

Da war sein Versprechen gründlich vergessen.
„Schatzl! Mein Schatzerl du!" Recht wie einer, dem das
Herz vor Seligkeit überläuft, umschlang er sein tauben-
sanftes Bräutlein, hielt ihr schimmerndes Köpfchen an
seiner Brust gefangen, drückte mit der Hand ihre
Wangen zusammen, daß die roten Lippen ganz spitzig
wurden, und küßte so recht mit Behagen dieses kleine,
rosig gekräuselte Mäulchen.

Und diesmal sträubte sich die kleine Heilige nicht.
Roman aber hob das Gesicht und sagte lachend: „Du?
Dein Goscherl schmeckt ja, als hättst ein Zigarl graucht!"

„Ich? Und rauchen? Geh, du!" Erst schien es, als
ob sie schmollen möchte. Doch sie kicherte wieder. „Das
hat mir gwiß der Postbot anghängt . . . allweil raucht
er so ein schlechten, und allweil blast er ein den Dampf
ins Gsicht!" Lachend eilte sie zum Anrichtkasten, tauchte
den Zipfel eines Handtuches in den Wasserkrug und
scheuerte mit dem nassen Tuch energisch den Mund und
das Gesicht. Kichernd, mit glühenden Wangen, kam sie
zurück und spitzte die Lippen. „Jetzt probier . . . jetzt,
mein' ich, merkt man's nimmer."

Das ließ sich Roman nicht zweimal sagen — und bei
dem Eifer, mit dem die beiden „probierten", sahen sie gar

nicht, daß im sonnigen Fenster ein kleiner Schatten verschwand. Es war der Schatten einer spionierenden Nase
gewesen. Und diese Nase gehörte dem Mickei, der an
Hexen glaubte.
Ganz lautlos
hatte er sich
braußen von
seinem Lauer-
posten am Fen-
ster zurückge-
zogen. Doch
als er außer
Hörweite der
Stube war, be-
gann er mit
langen Sätzen zu sprin-

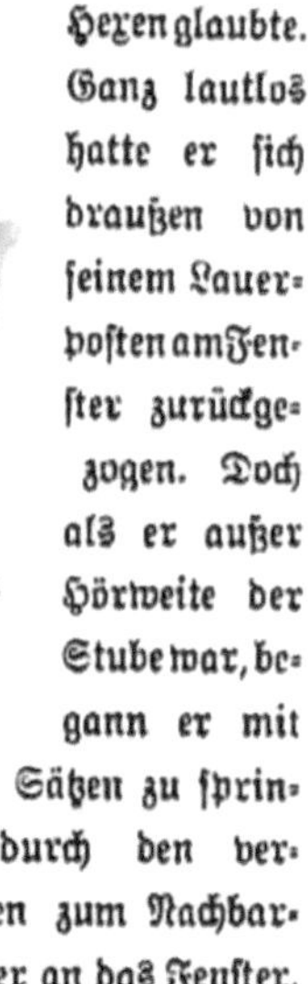

gen, durch den ver-
schneiten Garten zum Nachbarhaus. Dort trommelte er an das Fenster.
„Bäuerin! Bäuerin!"

Ein wenig zerstreut, mit den Gedanken noch halb
bei dem wichtigen Klatsch, den sie gehalten, kam die
Staudamerin aus der Haustür gelaufen. „Was is
denn? Was is denn?"

Mickei machte seine spöttischen Augen. „Schier
mein' ich, 's Aufpassen wär ein bißl nötig . . . aber
verraten därfst mich net! Sonst hilf ich enk nimmer."

Flink erfaßte die Staudamerin den Tiefsinn dieser Worte. „Aber allweil hab ich mir's denkt: heut gschieht noch ebbes!" stotterte sie und rannte davon.

Wie der Sturmwind kam sie in die Stube geraffelt. Beim Anblick des jungen Paares, das so glücklich und still im Herrgottswinkel saß, beruhigte sich ihr ärgster Schrecken. Ohne zu grüßen, ging sie zur Ofenbank, schleuderte ein paar Kleidungsstücke, die von den Stangen gefallen waren, auf das lederne Kanapee und brummte: „Allweil muß dich der Teufel da haben, wenn man dich net brauchen kann!"

Der junge Waldhofer lachte — denn die Staudamerin hatte genau die Worte gesprochen, die sich Roman gedacht hatte.

Durch diesen Stoßseufzer einigermaßen besänftigt, kam die Bäuerin zum Tisch und fragte: „Was willst denn? Magst ein Kaffee?"

„Na, ich dank schön!" Schmunzelnd erhob sich Roman und griff nach seinem Hut. „Ich hab schon 's Meinige."

Die Staudamerin musterte ihn mit schiefem Blick. „'s Deinige? So?"

„Ja, und weiter hungert mich nimmer." Strahlendes Glück in den Augen, bot er seiner Julei die Hand. „Pfüet dich Gott, Schatzl!"

Ganz leis erwiderte sie seinen Gruß und legte schüchtern ihre Hand in die seine.

Er trank sich das Herz noch voll mit einem langen Blick; dann nickte er der Alten lachend zu und ging.

Während er hinauswanderte über den Hof, hörte er von der Stube her noch die Raffelstimme der scheltenden Mutter, doch keinen Laut seiner Julei.

„Daß sich 's Madel aber gar net wehrt?" fragte er sich. Und seufzte. „Das is ja schon bald die lichte Narretei, wie's b' Mutter treibt!"

Als er zwischen hohen Zäunen um die Ecke bog, warf er noch einen Blick nach dem Staudamerhof zurück. Er lachte. Und seine Gedanken sprachen: „Sei zfrieden Schatzl! Nach die Ostertäg, da hast dein Ruh . . . und ich mein Glück."

Da tauchte die Sonne hinter die weißen Berge hinunter, und all der goldene Glanz, der den Roman umgeben hatte, erlosch zu kaltem Schatten.

2.

Einem wenig ausgetretenen Schneeweg folgend, erreichte Roman den
Waldsaum des Berges.

Das ist so Bauernart: bevor sie in
den Wald treten, sich umzusehen. Und
Roman machte es ebenso — aber nicht,
weil er bald ein Bauer werden sollte, sondern weil es
ihm die Augen noch einmal dort hinunterzog, wo seine
Julei wohnte. Doch ein hoher Schneedamm verdeckte
ihm die Aussicht nach dem Staubamerhof.

Dafür aber sah er das Dach des eigenen Hauses
groß und stattlich hervorragen über alle die anderen
weißen Dächer des Dorfes.

Es ist nicht sonderlich schön, aber es liegt nun einmal
so im Menschen: ein Haus, auch das stolzeste, wenn es

einsam steht, macht nur die halbe Freude; man möchte
seinen Besitz vergleichen mit dem der anderen, der
kleiner ist. Solcher Vergleich erst macht die Freude voll.

Dieses Gedankens war sich Roman gewiß nicht
bewußt. Doch er fühlte ihn. Das redete aus seinem
glücklich zufriedenen Lächeln, während er den Blick von
den hohen Giebeln des Waldhofes ringsumher über die
hundert Dächer des Dorfes gleiten ließ, als möchte er
unter ihnen allen das kleinste und niedrigste suchen.
Ganz draußen am Ende des Dorfes lag es, winzig,
wie ein weißer Maulwurfshaufen — das Dächlein der
Häuslschusterin, von der die unschuldssanfte Julei so
fest und heilig glaubte, daß sie eine Hexe wäre.

Aus dem Schornstein, der sich inmitten des
weißen Daches ausnahm wie ein schwarzes Pünktlein,
kräuselte sich ein dünner blauer Rauchfaden in die
klare Abendluft.

Das sah der junge Waldhofer. Und lächelte. „Der
Rauchfang, scheint mir, hat schon wieder sein richtigen
Zug!" Eine Furche grub sich in seine Stirn, als wäre
in ihm von neuem der Unmut über den grausamen
Streich erwacht, den die Burschen in der Lichtmeßnacht
dem armen Weibe gespielt hatten. Und dann schienen
seine Gedanken plötzlich einen Sprung zu machen, denn
er murmelte: „Das muß ich noch nausreden aus ihrem
lieben Köpfl: an solchene Sachen glauben ... und über
so was lachen können!"   .

Aufatmend wandte er sich, um in den Wald zu treten. Da hörte er in einiger Entfernung ein Geräusch, wie von brechenden Ästen.

Ein Stück Wild, das der Hunger schon vor Abend in die Nähe der Häuser trieb?

Aber nein. Das war ein Laut jetzt, als würden frierende Hände gegen einander geschlagen. Und bald darauf, etwa hundert Schritte entfernt, trat ein junges Mädchen aus dem Wald, bis an die Knie im Schnee, auf dem Kopf ein großes Reisigbündel, das fast zu schwer für ihre Kräfte schien.

Roman lächelte. „Schau nur an! An die Alte denk ich grad . . . und da kommt die Junge daher!"

Sie wollte den Pfad gewinnen. Doch als sie den Burschen stehen sah, wandte sie sich nach der anderen Seite, als wäre ihr von allen Wegen ein einsamer der liebste.

Es war ein unscheinbares, schmächtiges Ding, ärmlich gekleidet. Unter dem zausenden Druck des Reisigbündels hatte sich ihr Haar gelöst und lag wie eine dicke schwarze Welle auf ihrem schmalen Rücken.

Ein Schneedamm versperrte ihr den Weg. Sie wollte ihn übersteigen und versank bis an die Brust.

„He? Madl? Soll ich dir leicht ein bißl helfen?"

Wegen des Reisigbündels konnte sie wohl das Gesicht nicht wenden, denn sie machte nur mit der Hand eine ablehnende Bewegung. Aber als hätte das Angebot seiner

Hilfe ihre Kräfte verdoppelt, so arbeitete sie sich aus dem Schnee heraus, überstieg den Damm und sprang in einen Hohlweg hinunter, in dem sie völlig verschwand.

„Die! Und eine Hex?" Der junge Waldhofer lachte. „Die wenn hexen könnt, die tät sich eine Klafter Holz hinhexen vor ihr Häusl . . . und net im Schnee umeinandfrieren und Armeleutholz klauben!" Wieder lachte er und trat in den Wald.

Eine Weile schritt er quer unter den stillen, weiß behangenen Bäumen hin. Dabei kreuzte er die „Hexenspur".

„Ein Füßerl hat s' wie ein Kindl!"

Dann kam auch er zu dem Hohlweg. Bevor er hinuntersprang, blieb er lange stehen und lauschte bergaufwärts. Doch im höheren Walde war alles still. Nun ließ er sich hinabgleiten in die Gasse, die zwischen mannshohen Schneewällen von den schweren Holzschlitten eisglatt ausgefahren war.

Während des Aufstieges lauschte er immer wieder. Er mochte sich denken, daß es eine unbehagliche Begegnung wäre, wenn jetzt von den Hornschlitten einer daherkäme, schwer mit Scheiten beladen, in sausender Fahrt, bei der es kein Parieren gibt. Und links und rechts die vereisten Schneedämme — kann ein Ausweichen möglich!

Aber es fing schon zu dämmern an; da kam wohl von den Schlitten keiner mehr zu Tal gefahren.

Noch eine Stunde mußte Roman steigen, bis er den

Holzschlag erreichte, auf dem die Knechte seines Vaters in Arbeit standen. Und da war es schon dunkle, stille Nacht geworden. Kein Laut im Wald und auf der weiten Rodung. Nur manchmal das leise Klatschen eines fallenden Schneeklumpens. Dunkelheit, doch keine Finsternis. Alles übergraut vom Zwielicht des Schnees. Nur der Himmel schwarz, und seine Sterne groß und funkelnd.

Bei langsamem Schreiten auf ebenem Pfade blickte Roman immer hinauf zu diesen flimmernden Lichtern; doch er sah nichts anderes als sein Glück, das runde Unschuldsgesichtchen seiner Julei und ein spitzes, rosig gekräuseltes Mäulchen.

Gedämpfte Stimmen, die zu einem Jodler leiblich zusammenklangen, weckten ihn aus seinen Gedanken. Ein paar hundert Gänge vor ihm lag die große Holzer=hütte; sie stand im Zwielicht wie ein mächtiger schwarzer Kloß, umzittert von dem matten Feuerschein, der aus den Lücken des Schindeldaches und aus der halb offenen Türe quoll. Auf hundert Schritte spürte Roman schon den Rauch und Schmalzgeruch, der von den Kochstätten der Holzknechte kam.

Neben der Türe, auf niederer Holzbank, da saß einer, ganz still und ruhig, von der dunklen Balken=mauer kaum zu unterscheiden, nur im schwarzen Um=riß erkenntlich. Wie ein gedoppeltes Wesen sah er aus, so groß und breit und ungeschlacht — wie Menschen aus=sehen, die man durch eine Glaskugel betrachtet.

„Guten Abend, Hanspeter!"

„Gottslieben Gruß."

Dieser Riese von einem Menschen hatte eine Stimme, so klein und weich wie die Stimme eines halbwüchsigen Knaben. Und ganz langsam sprach er — er schien es mit den Worten auf seiner Zunge zu machen, wie's der Bauer auf dem Zahltisch mit den Goldstücken macht, die er ein paarmal umbreht, bevor er sie hinlegt.

„Warum bist denn net drin in der Holzerstub?"

„Die reden allweil so . . . weißt es ja . . . und das gfallt mir net."

„Aber was treibst denn da heraußen?"

„Ein bisserl lesen halt . . . im Himmelsbuch."

„ . . . Was?!"

„So denkt hab ich mir halt grab, was d' Stern denn eigentlich sein kunnten?"

Roman lachte. „Das mußt doch wissen von der Schul her. Weltkörper sind s' halt, wie unser Erdball, weißt."

Der dunkle Klumpen bewegte sich ein wenig — Hanspeter hatte den Kopf geschüttelt.

„So sagen d' Leut. Aber ich glaub's net. Laßt der Herrgott den kleinen Stein sinken, so tät er so schwere Körpeter auch net droben lassen. Der bleibt sich allweil gleich! . . . D' Stern müssen ebbes anders sein."

„Und was denn, sag?"

„Schau, Mandi," Hanspeter hob langsam den Arm mit weisendem Finger, „viel Leut sind gut, aber diesmal einer is schlecht. No schau, da muß sich der liebe Herrgott in seiner Güt so einer sündigen Seel derbarmen und muß ihr in der Nacht, wenn 's Gwissen net schlafen laßt, ein bisserl zeigen, wie's ausschaut im Himmel. Drum denk ich mir allweil, d' Stern sind kleine Luckerln im Himmelsboden ... und da laßt er den himmlischen Glanz ein wengerl aufsispitzen! ... Därfst es bloß anschauen, d' Sternbln, und da mußt ja glauben!"

Roman blickte zu den funkelnden Lichtern auf, und als hätte ihn der Ernst dieser linden Stimme gefangen genommen, sagte er verträumt: „Wenn man s' anschaut, wie lieb als s' glanzen, hast recht, da könnt man schier so ebbes denken."

Sie schwiegen, und ihre Blicke hingen dort oben in der grenzenlosen Nacht.

In der Holzerstube sangen und schwatzten die Knechte lärmend durcheinander, dazu hörte man das Krachen der brennenden Scheite und das Geklapper der eisernen Pfannen.

Roman, dem der steile Aufstieg warm gemacht, begann bei diesem langen Stehen und Schauen die Kälte der Nacht zu spüren. „Geh, komm in b' Stuben," sagte er, „heut macht's frisch!"

„Mich tut net frieren. Wann ich so denken muß, weißt, das macht mir allweil so viel warm."

Jetzt lachte Roman wieder. „Das wär so was für die armen Leut   Die müssen gwiß viel sinnieren, wie j' ihr bißl Leben fortbringen. Und tät ihnen 's Denken warm machen, so könnten sie 's Holz für'n Ofen sparen.“ Er trat in die Hütte.

Neben der großen Holzerstube lag eine kleine, mit Brettern verschalte Kammer; hier pflegte der Wald= hofer, oder sein Sohn, wenn sie zur Nachschau kamen, zu nächtigen; ein enges Gelaß, wenig über mannshoch, mit einem kleinen Kochherd, einem Pritschenbett, einem Tischlein und zwei Stühlen.

Roman zündete die Petroleumlampe an und heizte den Ofen, um sein Nachtmahl zu kochen. Da fiel ihm der Auftrag des Pfarrers ein.

„Hanspeter!“ rief er.

Schwere Schritte, die alles Gerät des Stübleins zittern machten — und Hanspeter trat in die Türe. Dabei mußte er sich bücken, tief. Und auch in der Stube konnte er nicht völlig aufrecht stehen, wenn er mit dem Scheitel nicht an die Decke stoßen wollte. Gut um einen Kopf war er größer als Roman, der doch auch von den hochgewachsenen Burschen einer war. Und diese Brust, wie eine Tonne, diese mächtigen Schultern, diese klobigen Arme, die an den Fäusten zu tragen schienen wie an schweren Gewichten! Alles kraftvoll, fast übermenschlich, doch alles auch unförmig und ungeschlacht, im Übermaß beinahe komisch. Und

wie die Gestalt, so das Gesicht: breit und hartknochig,
völlig bartlos, mit grobgebauter, niedriger Stirne,

die Nase
kurzaufge-
stülpt und
flach-
gedrückt,
die Ohren
abstehend
und das
struppige
Haar von
fahlem
Braun.
Dazu noch
— obwohl
der Hans-
peter nur
um ein
Jahr älter
war als
der junge

Waldhofer — etwas Greisenhaftes in allen Zügen.
Den abstoßenden Eindruck dieses Gesichtes konnten die
blau versunkenen Augen mit ihrem ruhig strahlenden
Feuer und der stille, lind gezeichnete Mund nur wenig
mildern. Es war von den unglückseligen Manns-

gesichtern eines, die geschaffen sind, um die Weiber
lachen zu machen. Auch das häßlichste Weib ist noch
zu unbescheiden, um mit solch einem Gesichte vorlieb
zu nehmen.

Und sonderlich viel auf seinen äußeren Menschen
schien der Hanspeter auch nicht zu halten. Freilich, er
war im Arbeitskleid. Aber er hatte doch seinen schönen
Lohn und hätte sich ein besseres Zeug wohl schaffen
können: als diesen verwaschenen Zwilchkittel, der einmal blau gewesen, dieses grobe Rupfenhemd und diese
ungeheuerliche, aus einem grauen Kotzen geschnittene
Hose, die ihm rückwärts hinunterhing wie ein Aschen-
sack. Ihre Schäfte reichten ihm nur bis zu den
Knöcheln, und die Füße staken in klotzigen, schwer mit
Eisen beschlagenen Holzschuhen — Schuhe, von denen
ein Volkswort sagt: sie lassen den Menschen nicht
umfallen.

„Was willst denn, Mandi?“ fragte er mit seiner
linden, langsamen Stimme. Und weil er in der Stube
nicht aufrecht stehen konnte, ging er auf einen Sessel
zu und ließ sich nieder.

„Den Herrn Pfarr hab ich troffen heut, und der
hat mir . . .“ Roman unterbrach sich; denn jetzt beim
Lichtschein sah er, daß dem Hanspeter eine frische,
blutige Schramme über die Wange lief. „Was is dir
denn gschehen?“

„Mir? . . . Nix.“

„Aber bist doch voller Blut im Gsicht!"

„Mein, das bisserl!" Hanspeter griff nach seiner Wange — um die Hand zu bewegen, hob er zuerst den Ellbogen, als hätte er für das Gewicht seiner Faust einen Hebel nötig. „Weißt, ein wengerl gstritten haben s' halt wieder, die narrischen Buben . . . ich hab ihnen zugredt, ja, sie sollten doch gut sein mit einander . . . so viel schön wär 's Leben, wenn b' Menschen in Fried einander gern haben täten . . . no ja, aber ein bißl gachzornig sind s' halt gwesen, und da is mir halt einer ein wengerl ins Gsicht neingfahren. Hab's gar net gspürt! . . . Aber hast mir vom Herrn Pfarr ebbs sagen wollen?"

„Ghört hat er halt, was am letzten Sonntag im Wirtshaus gschehen is."

„So, so?" Hanspeter lächelte. Selm hat's halt ein bißl zureden braucht . . . 's hat sein müssen."

„No, und da laßt dir der Herr Pfarr jetzt sagen, übermorgen am Sonntag sollst zu ihm in Pfarrhof kommen! Er muß was reden mit dir."

„So, so? No ja! Zu dem geh ich allweil gern. Is gar ein lieber Mann! Von dem hab ich noch allweil ebbes glernt. Und so viel Geduld tut er haben mit mir . . . im Beichtstuhl, weißt. Da brauch ich halt so viel lang, bis ich mich bsunnen hab auf alls."

„Geh, du!" Roman lachte. „Deine Sünden, die trag ich am Nasenspitzl davon."

„Sag so was net!" fiel Hanspeter ein und sah mit ernsten Augen zu Roman auf. „Ein jeder kunnt besser sein, als er is! Denn bloß ein einziger is ganz gut gwesen: unser lieber Herr Jesus. Dem müssen wir 's nachmachen. Liebet einander, hat er gsagt . . . und so lang die Lieb net in die Leut drin is, wie 's Blut in der Herzkammer, solang därf keiner von ihm selber sagen: ich bin gut und sündenfrei."

Roman schwieg; er wußte aus Erfahrung, daß jede Widerrede gefährlich war; da fand der Hanspeter mit seinem Evangelium kein Ende mehr.

So blieb es ein Weilchen still in der Kammer. Roman setzte Wasser zum Feuer und legte das Rauchfleisch ein, das er sich zum Nachtmahl mitgebracht hatte. Plötzlich fragte er: „Hast vielleicht von dem Bubenstreich schon ghört, den s' der Häuslschusterin gspielt haben?"

Hanspeter antwortete nicht gleich. „Ja ja, hab ghört davon! . . . Hab ja dem armen Weibl den Rauchfang wieder in Ordnung bracht. Und schau," seine Stimme zitterte, „da hast jetzt gleich ein Exemplibeispiel, daß ich noch lang von die Guten keiner bin. Wer richtig gut is, soll die gleiche Lieb haben für Feind und Freund . . ."

„Das is ein bißl viel verlangt."

„Freilich, ja . . . ich merk's an mir . . . denn auf

die Buben, die dem lieben Weibl so mitgspielt haben, bin ich so viel harb . . . die kunnt ich schiergar ein bißl verdreschen!" Er streckte die Fäuste vor sich hin.

„Wenn ich wüßt, wer's gwesen is, die tät ich mir selber kaufen. Denn so was gfallt mir net!"

„Gelt, ja! Gelt, ja!" Aus diesen Worten klang ein Eifer, der dem Hanspeter ganz aus der ruhigen Art schlug. „Solchene Boshäftigkeiten sollt man ja doch keim Menschen net antun! Und gar der Nannimai!" Er meinte die Häuslschusterin, die Annamaria hieß. „Denn die Nannimai, die kenn ich, weißt! Die mag ich leiden, arg gern, ja!"

„Das brauchst mir nimmer sagen, Peterl!" Roman hatte sein Pfeiflein angezündet, setzte sich auf das Pritschenbett und ließ die Füße baumeln. „Hockst ja die ganzen Feiertäg drunten bei ihr, tust ihr die grobe Arbeit im Haus . . . und diemal ein Marktstückl wird wohl auch in ihr Schublabl schlupfen, gelt?"

„Na, du! Na! Das is net wahr! Aber gwiß net!" Hanspeter wurde ganz verlegen. Das sah drollig aus: dieser Riese und schamrot wie ein Kind! „Die Nannimai nehmet kein Pfennig net an! Das därfst mir glauben! Aber daß ich dir's ehrlich sag: ein jeden Gfallen, weißt, den tu ich ihr gern, und . . . diemal laß ich ihr auch ein bißl ebbes verdienen, ja! Denn d' Nannimai, sag ich dir, die is das bräveste Weibl auf der ganzen Welt . . . und ihr Ilsabeth das liebste Kindl . . . ja, du, das därfst mir glauben!"

„Geh, geh, geh, tu s' nur net gar so loben, die zwei!" Roman paffte eine Wolke vor sich hin und lachte. „Aber . . . brävest und liebest, das will bei dir net viel sagen! Dir gelten d' Menschen allweil um d' Halb= scheid mehr, als wie s' wert sind!"

„Na, Mandi! Na! Von der Ilsabeth sag ich halt so: die liebest . . . weil ich kein bessers Wörtl net weiß." Hanspeter stemmte die Fäuste auf seine Knie, ließ den schweren Kopf ein wenig sinken, und ganz langsam klang seine leise, linde Stimme: „Einer, der d' Ilsabeth kriegt einmal . . . dem hat's der liebe Herr= gott gut vermeint!"

Roman stand auf und schob dem Hanspeter mit der Faust den Kopf in die Höhe. „Peterl, Peterl! Gut meinst es ja! Aber Augen hast im Kopf, die richtigen Muckenaugen, die 's Bröserl finden, aber am Zuckerhut nimmer in d' Höh schauen. Mußt dir d' Leut schon ein bißl anders betrachten, daß den Unter= schied merkst auf der Welt! Du Narrenseppl, du guter!" Er ging zum Herd. Dann lachte er wieder. „Am Sonntag schau dir mein Julerl an! Die is der Zucker= hut . . . der wiegt alle Bröserln auf!"

Jetzt schien der Hanspeter zu merken, daß er dem Roman mit dem Lob einer anderen ans Herz und an den Stolz gegriffen hatte. Darüber erschrak er völlig und stotterte: „Die Julei . . . ja, ja, hast recht! Tu

mir's halt net verübligen, gelt! Die Julei, ja . . .
gegen die steht gar nix auf! Müßt sonst die d e i n i g
net sein! Denn allweil das beste, das muß d i r ghören!
Und die Julei, ja! Is so viel lieb! Und . . . und so
viel gern haben tust es, gelt! Gegen d' Julei kann
man gar nix sagen! Aber . . ." Er fuhr sich langsam mit der schweren Hand über die Stirne.

Drüben in der Holzerstube war's ruhiger geworden.
Nur ein paar von den Knechten schwatzten noch; die
anderen lagen schon im Heu.

Hanspeter stand auf. „Muß ich mir halt ein bißl
ebbes kochen jetzt!"

„Noch gar net gessen hast?"

„Mein, die andern, die brauchen so viel Platz am
Herd. Wenn die andern ihr Sach haben, is allweil
noch Zeit für mich." Er war schon bei der Türe.
Nun kam er zurück, und sah dem Roman wie bittend
in die Augen. „Gelt, Mandi? Net daß dir denkst, ich
hätt gegen d' Julei ebbes sagen mögen?"

„Na na! Und gut Nacht Peterl!"

„Gottsliebe Nacht!"

Alles Gerät in der Stube zitterte wieder, als Hanspeter zur Türe hinausging.

Roman ließ sich sein Nachtmahl schmecken. Dann
blieb er mit der Pfeife noch ein halbes Stünblein
neben dem schwelenden Ofen sitzen — und wovon er
sann und träumte, das verriet der Glanz seiner Augen

und sein lächelnder Mund. Dann löschte er die Lampe und streckte sich zum Schlaf des Glücklichen nieder, der noch fester und süßer ist, als der Schlaf des Gerechten.

Am Morgen, bevor es noch richtig hell wurde, fing der Spektakel in der Herdstube wieder an. Erst wurde der Magen gepflastert für den ganzen Tag, und dann ging's hinaus zur Arbeit. Die Beilschläge widerhallten im Wald, die Sägen knirschten, und das Krachen der stürzenden Bäume dröhnte über den Berghang.

Roman ging mit dem Notizbuch und mit dem Stempelhammer von Block zu Block, von einer Klafter zur anderen. In dem Wust von Ästen, der die ganze Rodung wirr bedeckte, hätte er üblen Weg gehabt. Aber Hanspeter, der mit der Meterlatte die Arbeit als ‚Meßmann‘ tat, ging vor ihm her, und wo er hintrat, brachen die Äste nieder und legten sich glatt in den Schnee. So hatte Roman hinter ihm den besten Pfad.

Weil es Samstag war, bekamen die Holzknechte schon um drei Uhr Feierabend. Da gab's nach der Arbeit eine lustige Talfahrt. Immer zwei von den Knechten luden eine Klafter Scheitholz auf ihren Hornschlitten, der eine nahm als Schlittenlenker seinen Platz zwischen den aufgebogenen Kufen, der andere setzte sich als Passagier auf die Scheite — und so jagte ein

Schlitten um den anderen durch die ausgefahrene Schneegasse ins Tal hinunter. Jede solche Fahrt, wenn auch
ein paar schwere Scheite als Bremshölzer hinter den
Schlitten gehängt wurden, war ein übermütiges Spiel
mit dem Leben der beiden Menschen, die auf dem
Schlitten saßen. Ein Glück, daß Unkraut nicht leicht
verdirbt, wie das Sprichwort sagt — sonst müßte an
solchem Schlittenweg ein Martertäfelchen neben dem
andern stehen.

Nachdem der letzte Schlitten der Knechte davon-
gefahren, hatten Roman und Hanspeter noch eine
Stunde zu schaffen, bis sie mit dem Aufschreiben und
Messen der Wochenarbeit fertig wurden. Dann be-
luden, als es schon leicht zu dämmern anfing, auch
die beiden ihren Schlitten, Roman richtete sich mit
dem Wettermantel einen bequemen Sitz auf den Scheiten,
und Hanspeter übernahm die Führung des Schlittens.
Damit die Fahrt, wie Roman wollte, „ein bißl Schneid‘
bekäme, banden sie kein Bremsholz an den Schlitten.
Hanspeter schüttelte wohl den Kopf dazu — aber
wenn Roman etwas wollte, hatte er im Ernst keine
Widerrede.

Erst war es auf sacht geneigtem Weg nur ein
langsames Gleiten, bei dem sie gemütlich mit einander
plaudern konnten. Doch als das steilere Gefäll begann, geriet der Schlitten in so rasende Fahrt, daß es
mit dem Schwatzen ein Ende hatte. Bei dem sausenden

Luftzug, der ihnen faſt die Hüte von den Köpfen
riß, hätte keiner mehr das Plauderwort des
andern verſtanden. Dazu ſchrillten auf dem vereiſten
Schnee die Kuſen des Schlittens, und ging es um eine
Wendung der Gaſſe herum, dann ſpritzten die Schnee-

klumpen und Eissplitter auf, daß es wie Hagelwetter
über den Schlitten wehte. Und bei solcher Wendung
mußte Hanspeter alle Kraft zusammen nehmen, um
durch festes Einstemmen der Ferse in den Schnee die
Lenkung des Schlittens zu erzwingen — ein Anfahren
an den Eiswall der Gasse hätte sie beide mit samt
der Ladung des Schlittens über den Damm hinaus-
geschleudert in den steilen Wald.

Immer abschüssiger wurde der Weg, immer jagen-
der die Fahrt. Roman, der die Gefahr wie eine
Freude empfand, die ihm das Blut in Feuer brachte,
fing zu jauchzen an. Doch plötzlich erstickte ihm die
Stimme — obwohl er sich rechtzeitig geduckt hatte,
war er mit dem Rücken gegen einen großen, den Weg
überspannenden Ast gestoßen, und der dicke Schnee, der
auf ihn niederklatschte, hatte ihn fast begraben. Aber
das erhöhte für ihn nur die Freude dieser Fahrt, und
lachend schüttelte er die Schneeklumpen von sich ab.
Auch Hanspeter lachte mit; doch im nächsten Augenblick, als er glücklich den Schlitten in sausendem Schuß
um eine Biegung der Gasse gesteuert hatte, schrie er
auf, mit einer von Angst erwürgten Stimme: „Jesus
Maria!"

Ein paar hundert Schritte tiefer, mitten im steilsten
Gefäll des Hohlweges, stand ein ärmlich gekleidetes
Mädchen, auf dem Kopf ein schweres Reisigbündel.

„Ilsabeth! Ilsabeth!" schrie Hanspeter wie von

Sinnen und machte einen verzweifelten Versuch, mit
den vorgestemmten Beinen den Schlitten zu bremsen.
Kaum merklich aber verminderte sich die jagende Fahrt
— und ein Wunder war's, daß dem Hanspeter die
Knochen nicht wie Glas zersplitterten.

Im ersten Schreck stand das Mädchen wie ge=
lähmt. Dann tat sie, was ihr Roman mit gellender
Stimme zuschrie: sie warf das Reisigbündel in den
Weg des Schlittens und versuchte über den Wall der
Hohlgasse hinaufzuklettern. Doch da kam ihr der
Schlitten schon entgegengejagt — die Scheite, welche fast
den Schneewall streiften, mußten sie erfassen. „Lieber
Herrgott!" keuchte Hanspeter und versuchte mit aller
Kraft den Schlitten beiseite zu drücken. Aber die
Kufen liefen in ausgefahrenen Geleisen und der
Schlitten gehorchte nicht. Schon machte Hanspeter
eine Bewegung, als möchte er seine drei Zentner als
Wegsperre vor die Kufen werfen — da spürte er hinter
seinem Rücken die Knie des Roman und hörte ihn
schreien: „Fest, Peter! Stemm dich an gegen meiner,
was kannst!"

Das tat der Hanspeter, ohne lang zu denken —
was der Roman sagt, das tut man — und so staken
zwischen den Scheiten und Hanspeters Rücken die Knie
Romans eingezwängt wie in einem Schraubstock. Und
als der Schlitten den Sprung über das krachende
Reisigbündel machte, warf sich Roman mit gestreckten

Armen vor und haschte die an den Eiswall Geklam=
merte, bevor noch die Scheite sie berührten. Um den
Augenblick nicht zu versäumen, mußte er derb mit
den Fäusten zugreifen — sie stöhnte unter diesem Griff
— aber da hatte er sie schon auf den Schlitten ge=
rissen, und von ihren zitternden Armen umklammert,
hielt er sie an die Brust gedrückt.

Der Schlitten schwankte nach dem Sprung, den er
gemacht, und hinter den Kufen spritzten die geknickten
Reisigstücke empor.

Jetzt konnte Roman wieder lachen. „Gut is's
gangen! Laß laufen, Peterl!"

„Gotts Lob und Dank!" stotterte Hanspeter mit
erloschener Stimme. Er ließ den Schlitten jagen, be=
kreuzte sich schnell, und als er die aufgebogenen Hörner
der Kufen wieder faßte, begann er mit halblautem Ge=
stammel ein Vaterunser zu beten.

Lachend hob sich Roman höher auf die Scheite
hinauf, und da sie zu zweit nebeneinander nicht sitzen
konnten, mußte er das Mädchen auf dem Schoß be=
halten — eine Last, die gar schwer nicht wog. Es
mußte ein feines, schmächtiges Körperchen sein, das in
diesen ärmlichen Kleidern steckte wie ein Nußkern in
der grauen Schale.

Sie hielt noch immer seinen Hals umklammert,
regungslos, den Kopf zur Seite geneigt, mit ge=
schlossenen Augen, als wären ihr vom Schreck und in

der Todesangst die Sinne halb erloschen. Das wollene
Kopftuch war auf die Schulter geglitten, und ein dich=
tes Geringel schwarzer Haare umzitterte das schmale,
blasse Gesicht.

Je länger Roman dieses Gesicht betrachtete, das
die sinkende Dämmerung wie mit leisem Schleier um=
wob, besto größer staunten seine Augen. Denn daß
die Häuslschusterin ein so bildhübsches Mädel hatte,
das war ihm etwas völlig neues. Erstens waren die
beiden noch gar lange nicht im Dorf — und zweitens:
die Tochter der Häuslschusterin auf ihr Aussehen an=
zuschauen, das wäre für den Sohn des Waldhofers
das Allerletzte gewesen, was ihm hätte einfallen
können. Auch hatte er das Mädel, seit er im Herbste
aus der Kaserne heimgekommen war, im Lauf des
Winters nicht oft gesehen, ein paarmal auf dem Kirch=
gang, und gestern, als sie mit dem Klaubholz aus dem
Wald gekommen.

Lächelnd blickte Roman, während der Schlitten
jagte, auf das blasse Gesichtl nieder und schien es selber
kaum zu wissen, daß er die Arme ein wenig enger
um das Mädchen schloß.

„Die liebeste?"

Da hatte der Hanspeter doch wohl übertrieben.
Aber hätte er nur gesagt: „ein liebes Dingerl" — so
hätte ihm Roman nicht widersprechen können.

Ein Näslein hatte sie im Gesicht, ganz weiß und

fein, wie aus Bein gedrechselt. Die Wangen schmal und dennoch lind gerundet. Durch die dünnen, schwarz befransten Lider drang es wie dunkler Schatten heraus. Dazu ein kleiner roter Mund, der jetzt dem Mund eines Kindes glich, das geweint hat.

Das lachende Gesicht des jungen Waldhofers wurde seltsam ernst. Es schlich ihm etwas ins Herz, wie tiefes Erbarmen mit der Armut ihres Lebens, die um den kleinen roten Mund diesen leisen Zug von Trotz und Bitterkeit gezeichnet hatte.

Es kam so über ihn, daß er sie noch fester an sich drücken mußte. Und da spürte er ihre junge Brust so lind an der seinen, und fühlte, wie ihr Herz ihm entgegenpochte mit heftigen Schlägen.

Dem Roman wurde schwül, er wußte nicht wie. Und sonderbar, daß ihm plötzlich seine Julei einfiel.

„So, schön," dachte er, „wenn mich die so sehen tät!"

Der Schlitten hatte schon fast das Tal erreicht und minderte auf sanfterem Gefäll seine Fahrt.

Da konnte sich auch Hanspeter nach dem Mädchen umsehen. „Ilsabeth? . . . Gelt, der Roman! . . . Der hat halt gholfen!" Seine Stimme zitterte.

Aber das Mädchen regte sich nicht.

Ein wenig unwillig, versuchte Roman sie aufzurichten und rüttelte sie an den Armen. „He! Lisbeth!"

Unter stockendem Atemzug schlug sie die Augen auf und sah ihn an — große, tiefe Augen, wie Sommerkirschen so schwarz und glänzend. Und diese Augen starrten zu ihm auf, so in Schreck und Angst, als sähe sie noch immer den Schlitten kommen, der hinwegjagen sollte über ihr junges Leben. Und dennoch lächelte sie ein wenig.

Roman rüttelte sie wieder. Aber sein Unwille schien verflogen, als er sagte: „Lisbeth! Was hast denn? So schau doch, es is dir ja gar nix gschehen!"

Da hielt der Schlitten auf offenem Schneefelde, nahe dem Dorf, von dessen Häusern her schon die ersten Lichter durch die Dämmerung flimmerten

Hanspeter, ein wenig hinkend, trat aus der Hörnergabel des Schlittens und hob das Mädchen in den Schnee herunter. Er faßte sie an, wie man ein kostbares Ding berührt. Kein Wörtlein sagte er, sondern strich ihr nur mit seiner schweren Hand über das schwarze Haargeringel.

Roman aber lachte, während er vom Schlitten sprang. „No also! Is ja alles gut gangen!"

Eine Weile stand Lisbeth unbeweglich. Dann trat sie auf Roman zu. „Vergeltsgott!" sagte sie mit unsicherer Stimme und gab ihm die Hand — eine kleine Hand, doch rauh wie die Hand einer Magd. Und sie zitterte.

Er wurde verlegen und sah ihr schweigend ins Gesicht, das in der Dämmernng so weiß erschien wie der Schnee, in dem sie standen. Nur ihre dunklen Augen glänzten.

Ihre Hand befreiend, die er fest umschlossen hielt,

wandte sie sich ab.

„Gut Nacht, Hanspeter!“

„Gottsliebe Nacht, Kindl! Tu mir d’ Mutter grüßen, gelt!“

Sie hob das Kopftuch übers Haar und ging mit langsamen Schritten den Weg hinunter.

Roman sah ihr nach. „Augen hat s’ im Gsichtl, daß man schier denken könnt, sie wär eine . . . so ein Hexerl so ein kleins!“

Das hörte Hanspeter nicht. Freilich, Roman hatte auch so sonderbar leis gesprochen. Aber jetzt sagte er laut: „Komm, Peterl, schauen wir, daß wir heimkutschieren.“

Hanspeter schien zu erwachen. Er tappte durch den Schnee auf Roman zu und quetschte ihm die Hand. „Vergeltsgott, Mandi! Heut hast gholfen wie der richtige Christenmensch!“

„Aber geh!" Roman wurde ganz ärgerlich. „Man tut halt, was man tut. „Wärst d u in der Höh gsessen, so hättst d u zugriffen!"

„Mach's net kleiner, Mandi! Und ich sag dir Vergeltsgott drum. Schau, wenn dem guten Kindl was passiert wär . . . da hätt mich 's Leben nimmer gfreut. Denn d' Ilsabeth, weißt . . ."

„Ilsabeth? Warum sagst denn allweil Ilsabeth? Sie heißt doch Lisbeth."

„Ihr Mutter sagt Ilsabeth zu ihr. Und die Namen, die aus der Lieb kommen, sind allweil die besten." Hanspeter nahm den Hut ab und wischte sich die Schweißperlen von der Stirn. „Aber schau, da hat man's wieder gsehen: Menschenkraft . . . is alls nix wert! Der Schlitten lauft halt! Die Denkerei is d' Hauptsach. Und da fehlt's halt ein bißl bei mir!" Er seufzte. „Drum hat ein andrer der Ilsabeth helfen dürfen!"

Hinkend trat er zwischen die Hörnergabel des Schlittens und begann zu ziehen.

Sie kamen zum Waldhof — ein zweistöckiges, langgestrecktes Bauernhaus. Die ebenerdigen Fenster waren erleuchtet; aus den Ställen und Scheunen hörte man Stimmen und den Lärm der Arbeit.

Der Schlitten war schon in den Hof gezogen, als Roman plötzlich sagte: „Du, da fallt mir ebbes ein! . . . Das arme Hascherl hat ja meintwegen ihr Klaubholz verlieren müssen. Geh, schieb ihrer Mutter die Klafter nunter, die auf'm Schlitten liegt." Und rasch, als möchte er jede Widerrede abschneiden, ging er ins Haus.

Unter der Türe trat ihm der Waldhofer entgegen, hembärmelig trotz des kalten Winterabends; ein Graukopf, schon ein wenig gebeugt — aber man sah es den beiden an auf den ersten Blick, daß sie Vater und Sohn waren; so, wie der Alte jetzt, wird Roman in dreißig Jahren aussehen.

„Guten Abend, Bub!"

„Guten Abend, Vater! Und daß ich's gleich sag, ein Klafterl Holz hab ich verschenkt."

„ . . . Sovo?" Das Wörtlein klang ein wenig gedehnt.

„An arme Leut halt, weißt, die's brauchen."

„No ja, meintwegen! Ebbes Unnötigs tust ja net! . . . Is d' Arbeit gut fürwärts gangen?"

„Ja, Vater. Ich bin z'frieden mit die Leut."

Sie traten ins Haus.

Drüben beim Schlitten stand noch immer der Hanspeter, das helle Wasser in den Augen. Dazu brauchte es nicht viel bei ihm — er hatte „Tränenhäferln" von jener Art, die leicht überläuft. Als er Roman im Hausflur verschwinden sah, nickte er mit glücklichem Lächeln vor sich hin: „Das is halt ein Christenmensch! Wenn alle so wären wie der! Da könnt ich Feierabend machen . . . mit'm Predigen!"

Er wollte mit dem Schlitten gleich wieder umkehren. Aber der erste Schritt erinnerte ihn an seinen hinkenden Fuß.

Durch eine der Scheunen ging er in seine Kammer und zündete ein Talglicht an. Ein winziger Raum, der völlig ausgefüllt war, als Hanspeter drinnen stand. Zwischen Kasten und Bettstatt konnte er sich kaum umdrehen. Und von den Wänden war wenig zu sehen; überall hingen kolorierte Heiligenbilder und große Baumschwämme, auf denen allerlei Spielzeug stand: winzige Figürchen, Menschen und Tiere, hölzerne Hennen mit eingesteckten Federn, kleine Kirchen und Kapellen, Sennhütten und zierliche Schweizerhäuschen mit glitzernden Glassplittern als Fenster. Und als der Hanspeter den Kasten öffnete, sah man auch hier ein ganzes Fach in peinlicher Ordnung mit solchem Spielzeug angeräumt.

Eine Weile stand er, jedes Stücklein von diesem Tand mit scheuen Fingern berührend, fast wie in Andacht.

Dann nahm er Leinwandzeug und eine kleine Flasche aus dem Kasten und machte sich an die Behandlung seines hinkenden Fußes. Als er den schweren Schuh herunterstreifte, gab's einen tüchtigen Plumps auf den Dielen. Und jetzt wurde der heiß verschwollene Knöchel mit dem Universalmittel eingerieben — mit ‚Mankerlschmalz.‘

Das ist Nierenfett vom Murmeltier. Das lindert jeden Schmerz und heilt alle Wunden, sagt der Bauer. Aber jedes andere Fett tut's gradeso, sagt der Doktor.

Als Hanspeter ſich aufrichtete und den hinkenden Fuß probierte, meinte er lächelnd und überzeugt: „No alſo, es geht ja ſchon wieder! Ten erſten Wehdam muß man halt überwinden . . . und alls is gut!“

Wie an Gott und ſeine Liebe, ſo unerſchütterlich glaubte er an das „Manterlſchmalz“. Und ſolcher Glaube wirkt Wunder.

3.

Die Dämmerung war grau gesunken, und es zitterten schon die ersten Sterne in die Abendstille.

Matter Lichtschein drang aus den zwei kleinen Fenstern der alten, baufälligen Hütte, in welcher Lisbeths Mutter wohnte, die Annamaria Altenöder, die ‚Häuslschusterin‘.

Die kleinen Fenster hatten keine Vorhänge, als dürfte jeder Vorübergehende sehen, was da drinnen in der Stube geschah. Freilich, die bösen Mäuler zischelten: „Die kann leicht ihre Fensterln offen haben ... die macht halt den Hexensegen, und keiner sieht was!“

Wer das zum erstenmal unter die Leute gebracht hatte: die Häuslschusterin ist eine Hexe — das wußte keiner mehr. Aber fast alle schwatzten es nach. Die einen sagten es nur, und die andern glaubten daran.

Warum? Da wußte keiner eine rechte Antwort. So was läßt sich eben nicht beweisen — aber man merkt es, wie man im Ofen das Feuer spürt, auch wenn man die Scheite nicht brennen sieht.

Freilich, sie war eine Fremde, und gegen solche ist man immer mißtrauisch. Im vergangenen Frühling war sie mit ihrem Mädel ins Dorf gekommen — von Rosenheim her — und hatte für dreißig Mark im Jahr das leerstehende Häuschen gemietet, das der Gemeinde gehörte. Ihr linkes Bein war gelähmt, drum hinkte sie nach der rechten Seite — und da sagten die Leute: sie hat den Teufelstritt! Sie war verschlossen, schwatzte nicht mit den Nachbarsweibern, verkehrte nur mit dem Hanspeter und lebte mit ihrem Mädel still und einsam vor sich hin — wie es Menschen tun, welche bittere Zeiten hinter sich haben und von den kommenden wenig Gutes erwarten — und da hieß es: „Die muß was zum Verstecken haben! Die kann eim net in b' Augen schauen! So haben sie's alle!"

Ein wenig mehr, als die anderen, wußte der Hanspeter von ihr: daß sie aus dem Niederbayrischen herstammte; daß sie die Frau eines Forstgehilfen war, dem ein Jahr nach der Hochzeit mit dem eigenen Gewehr ein Unglück passierte; daß sie die Heimat verlassen hatte und mit ihrem Kind nach Rosenheim gezogen war, wo sie Beschäftigung in einer Spielzeugwerkstätte gefunden. Dort hatte sie fünfzehn Jahre

gelebt. An einem Weihnachtsabend, als sie Pakete zu
den Kunden tragen mußte, war sie auf einer von
Glatteis bedeckten Steintreppe ausgeglitten — seit damals hatte sie das gelähmte Bein. Nun wurde ihr
Verdienst um die Hälfte schmäler, ihre Sorge um die
Hälfte größer. Ihr Mädel in die Fabrik zu stecken
oder als Magd in einen Dienst zu geben, das brachte
sie nicht übers Herz — dieses stille, genügsame Zu-
sammenleben mit ihrem Kind war ja das einzige,
was sie vom Leben noch hatte. Aber in Rosenheim,
wo sich durch den wachsenden Verkehr das Leben ver-
teuerte, fand sie nicht mehr ihr Auskommen. Und so
war sie auf der Suche nach einem billigen Erdenfleck
in dieses entlegene Bergdorf geraten, wo man für
dreißig Mark im Jahr noch ein Häuschen mit zwei
Stuben und einer Küche zu mieten bekam.

Jeden Monat brachte ihr der Bote aus Rosenheim eine kleine Kiste mit den zugerichteten Hölzchen,
die sie brauchte, um jene winzigen Kapellen, Kirchen
und Schweizerhäuschen zusammenzukleben. Das Ma-
terial dazu mußte sie vom ‚Verleger‘ kaufen, der ihr
für billiges Geld am Ende eines jeden Monats die
große Kiste mit der fertigen Ware wieder abnahm.
Viel Mühe hing an dem kleinen, zierlichen Tand, und
recht wenig trug er ein — knapp so viel, daß Mutter
Nannimai mit ihrer Lisbeth nicht zu hungern brauchte.
Und weil sie diese Spielwaren — ‚Häuslzeug‘ nennt sie

der Volksmund — ſo langſam und mühſelig zuſammen-
flickte, drum hieß ſie im Dorf die „Häuſlſchuſterin‘.

So wie jetzt in der von einer kleinen, trüb brennenden Hänglampe erleuchteten Stube, ſo ſaß ſie Tag für
Tag an dem großen Tiſch und pinſelte und klebte. Lisbeth tat die Arbeit im Haus, machte alle Gänge und
holte aus dem Wald das Klaubholz, das der hungrige
Ofen brauchte. Die paar Stunden, die ſie von der Haus-
arbeit erübrigen konnte, ſaß ſie bei der Mutter am
Tiſch, malte die grünen Fenſterläden an die Schweizerhäuschen, die roten Ziegel auf die Dächlein der Kirchen,
und kolorierte die hölzernen Menſchlein und Tierchen.
Das verſtand ſie beſſer als die Mutter, weil ſie die
leichtere Hand hatte — denn die Hände der Mutter
waren ſchon zitterig geworden, und beim Malen rutſchte
ihr der Pinſel mit der Farbe immer über den Rand
hinaus.

Aber dieſes Zittern war nur die Folge des jahre-
langen, mühſeligen Geboſſels mit dem kleinen Zeug,
nicht die Folge des Alters. Die Annamaria hatte die
Vierzig kaum überſchritten. Freilich, ſie ſah viel älter
aus! Die Haare, die früher wohl auch ſo ſchwarz geweſen wie das Haar der Lisbeth, waren grau geworden, ganz grau. Das Geſicht zerfallen und müd,
zerſtörte Züge, denen man noch immer anſah, wie
ſchmuck vor langen Jahren dieſes Geſicht geweſen ſein
mußte, in dem ſich jetzt verſteinerte Bitterkeit mit ver-

söhnlicher Geduld und Ruhe mischte. Es geht eben
mit dem Menschen wie mit dem Mühlrad: so lang
das grobe Wasser drüberstürzt, da ist's ein Kreisen
und Wirbeln, daß sich die eisernen Zapfen heißlaufen
und abreiben; hat sich aber der reißende Bach ver-
laufen, so steht das Rad geduldig und still, läßt das
dünne Geträpfel über sich niedergehen und läßt seine
ausgewaschenen Zauben langsam vermoosen.

Die langen grauen Wimpern, welche die Annamaria an den geröteten Lidern hatte, sahen wahrhaftig
beinah so aus, als wäre Moos über ihre Augen gewachsen. Und auf der Oberlippe, ein wenig auch auf
den Wangen, hatte sie einen grauen Anflug wie von
einem Bärtchen. Die Leute sagten: das ist das Hexen-
bärtlein — das haben sie alle so, und das wächst ihnen,
weil ein Teufel sie küßte.

Lachend hatte ihr das der Mickei vom Staudamergut einmal ins Gesicht gesagt. Und sie war nicht
zornig geworden. Sie hatte vor sich hin genickt, als
wär es im Ernste so: daß ihre jungen Lippen einer
geküßt hatte, der ein Teufel war. —

Vielleicht dachte sie gerade an vergangene Zeiten?
Sie hatte ein Kirchlein vor sich stehen, dem der Turm
und das Dach noch fehlte — aber sie ließ die Hände
ruhen und blickte mit halb geschlossenen Augen vor sich
nieder. Ein Schritt, auf der Straße draußen, weckte
sie. Doch der Schritt ging vorüber. Da sah sie in

der Stube herum, als wär's
ein Raum, in dem es ihr nicht
behaglich war, weil ihm das beste fehlte.

Ein merkwürdiges Bild: diese Stube! Sie hatte
fast etwas Weihnachtsfreundliches mit all dem hundert=
fältigen Spielzeug, das überall umherstand, auf den
Fenstergesimsen, auf den Bänken, auf dem Tisch und
auf Brettern, die in Fächern an die Wände genagelt
waren. Die ganze Stube schien dieser kleinen Arbeit
zu dienen, und Wohnraum war nur um den großen
Ofen herum. Der hatte eine Bratröhre; da kochten
sie im Winter und ließen draußen die Küche kalt, um
Holz zu sparen. Die Bank, die den Ofen umzog, war

zur Hälfte mit Kochgeschirr bestellt, mit Tellern und einem Weidenkörbchen, in dem die Blechlöffel, die Gabeln und Messer lagen.

Annamaria hatte nach der Uhr geblickt, die mit ihrem langen Pendel schwerfällig tickte. Nun begann sie die Arbeit wieder, leimte das Türmlein an die Kirche und suchte die Hölzchen für das Dach zusammen. Als sie kleben wollte, war der Leim erkaltet. Sie ging zum Ofen. Der hatte sich abgekühlt, so daß in seiner matten Wärme der Leim nicht wieder flüssig wurde. Wieder sah Annamaria nach der Uhr, kehrte zum Tisch zurück und suchte sich Arbeit, zu der sie den Leim nicht brauchte. Da klang ein Geräusch, als klopfte jemand an der Hausschwelle den Schnee von den Schuhen. „Gott sei Dank!“ Annamaria atmete auf, und aller Schatten ihres Gesichtes schien sich zu erhellen.

Lisbeth trat in die Stube.

„Aber lang bist ausblieben heut!“ sagte die Mutter. „Guten Abend, Kindl!“

Schweigend nickte Lisbeth und ging zum Ofen.

Nannimai sah verwundert auf. So still zu kommen, das war doch sonst nicht die Art ihres Mädels? Aber nach dem schönen Tag war’s auf den Abend bitterkalt geworden — und im Wald das Klaubholz herauswühlen unter dem Schnee, das ist Arbeit, bei der man friert. Und beißt man die Zähne zusammen, daß sie nicht klappern können — wie soll man da reden?

„Iß nur gleich was, gelt? Ich hab dir dein Süppl schon warm gstellt."

Lisbeth war aus der Lampenhelle in den Schatten getreten, den der Ofen warf. Eine Weile preßte sie die starren Hände gegen die Ofenmauer, die noch matte Wärme hatte. Dann begann sie das grobe Wollenzeug von sich herunterzuwickeln, und da kam ein schlankes Figürchen zum Vorschein, bekleidet mit einem braunen Röcklein und einem dunkelgrünen Spenser, der so kurz und eng war, als hätte ihn Lisbeth schon in ihrer Schulzeit getragen.

Sie nahm die kleine Schüssel aus der Röhre und setzte sich in den Ofenwinkel. Aber sie kostete kaum von der Speise, hielt die Schüssel auf dem Schoß und sah nur immer vor sich hin. Und ihre Hände zitterten.

„Gelt, b' Suppen wird ein bißl kalt sein?" fragte die Mutter, als sie hörte, daß Lisbeth die Schüssel auf die Bank stellte. „Zwei Stund lang is 's Feuer schon ausgangen. Und nachschüren hab ich nimmer können, weißt . . . es war kein Steckerl nimmer draußen."

Lisbeth schwieg.

„Der Leim is mir auch schon kalt," sagte Nannimai nach einer Weile, „gelt, holst gleich ein bißl rein zum nachfeuern."

„Heut hab ich kein Holz net heimbracht."

Die Mutter sah von der Arbeit auf. Sie war erschrocken, halb über den Klang dieser Stimme und halb über diese Nachricht. „Ja Mädl! Was is denn? Bist ja doch fort ums Holz! Und wenn keins heim= bracht hast, wo bist denn gwesen bis auf'n Abend?"

Keine Antwort kam.

„Ilsabeth?"

Das Mädchen schwieg.

Nannimai ließ fallen, was sie in Händen hatte, und humpelte zum Ofen hinüber.

Lisbeth saß in die dunkle Ecke gedrückt, ganz klein, ganz eng zusammengeschmiegt.

„Aber Kindl," stotterte die Mutter in Sorge, „was is denn mit dir? Was hast denn?"

Ohne sich zu regen, sah Lisbeth aus dem dunklen Winkel zur Mutter auf, mit großen Augen, aus denen etwas seltsam Erschrecktes und Hilfloses redete.

„Kindl! Du Jesu mein! So red doch ein Wörtl!"

Nannimai faßte die Hände ihres Mädels, setzte sich an seine Seite, und da warf sich Lisbeth, in Tränen ausbrechend, an den Hals der Mutter, wie ein er= trinkendes Kind sich an den Retter klammert.

Die Mutter fragte und fragte. Aber Lisbeth konnte nicht Antwort geben, sie konnte nur weinen. Und je mehr die Mutter fragte, um so heißer klang das Schluchzen des Mädchens. Da stellte Annamaria schließlich das Fragen ein, und das Haar ihres Kindes streichelnb, nickte sie mit trüben Augen vor sich hin. Da hatte wohl einer auf der Straße wieder einmal dem Mädel ein Schimpfwort zugeschrien, das der Mutter galt — und das war wohl so häßlich gewesen, daß es Lisbeth der Mutter gar nicht sagen konnte. An diesen Gedanken schlossen sich ihre tröstenden Worte an: „Geh, Kindl, deswegen mußt net weinen! D' Leut sind halt, wie f' sind! Und muß man sich selber kein Fürwurf machen, schau, so kann man b' Leut reden lassen, wie f' mögen! Sei stab, Kindl, und mußt dich net kränken drum! Bist ja bei mir! Und du und ich, wir zwei halten zamm . . . gelt ja?"

Ohne zu sprechen, klammerte Lisbeth die Arme noch enger um den Hals der Mutter.

Nannimai blickte auf: sie meinte ein Geräusch vernommen zu haben, als würden Holzscheite im Hofraum abgeladen. Aber das mußte wohl drüben beim Nachbar sein. In den Winternächten, wenn die Luft so dünn ist, hört man alles, als wär's um die Hälfte näher.

Lisbeth weinte nicht mehr. Aber sie hielt das Gesicht am Herzen der Mutter vergraben — und immer wieder lief es ihr wie jäher Schauer durch die Glieder. Dann drückte Nannimai den Arm noch enger um das Mädel. Und einmal flüsterte sie: „Ja, Kindl, ja, schmuggl dich nur her an mich! Hast ja kein wärmers Platzl, gelt!"

Von draußen hörte man bald das Kreischen einer

Säge, bald wieder Beilschlag und ein Pochen, als würde Holz gespalten.

Seltsam: daß der Nachbar zum Holzmachen gar die Nacht noch hernehmen muß! Der hätte doch Zeit am Tag. Und sein Ofen, der hungert doch nicht! Steht doch da drüben das geklobene Holz an der ganzen Hausmauer entlang bis unter die Fenster aufgebeugt — und zwischen den Fenstern bis unter das Dach!

„Der hat Holz!"

So seufzte Mutter Annamaria vor sich hin, während sie mit der Hand an den verkühlenden Ofen fühlte. Und da mochte ihr wohl der Kummer ihres Kindes nicht mehr völlig zu den Gedanken passen, die sie sich darüber machte. Denn sie fragte: „Aber schau . . . deswegen hättst ja doch ein bißl Holz mit heim bringen können? 'S Holz können dir b' Leut ja doch net vom Köpfl runterschimpfen? Und weißt ja doch: es is kein Steckerl nimmer daheim. Was tu ich denn morgen? So red doch ein Wörtl? Warum hast denn kein Holz net bracht?"

Da hörten sie ein Gepolter bei der Haustür und einen schweren Schritt, der das dünne Gemäuer der kleinen Hütte erzittern machte. Die Stubentür wurde aufgestoßen, und auf der Schwelle erschien Hanspeter, zwischen den ausgespannten Armen eine Ladung gespaltenen Holzes, daß er vom Kinn bis zu den Knien davon bedeckt war.

„Gottslieben Abend!" sagte er. Und fügte lachend
bei: „Jetzt, Mutterl, jetzt kannst feuern!"

Die Altenöderin machte verwunderte Augen. „Mar
und Josef! Wie kommt denn das Holz daher?"

„Mutterl, das schickt dir ein Christenmensch, ein
richtiger und guter . . solchene gibt's schon noch,
ja, Gott sei Dank!" Hanspeter lachte wieder und ließ
vor dem Ofen die Scheite fallen, daß ihr Gerassel die
Stube füllte. „Und Kloben hab ich dir auch gleich ein
Armvoll." Er fühlte mit beiden Händen an die Ofenmauer. „Hab mir eh schon denkt, daß der Ofen ein
wengerl kalt is!" Er guckte in den dunklen Winkel,
in dem sich Lisbeth mit großen Augen halb erhoben
hatte, und während er sich vor dem Ofen schwerfällig
auf die Knie niederließ, blickte er schmunzelnd an
Mutter Nannimai hinauf, die so verblüfft war, daß
sie kein Wort zu sagen wußte. „Ja, Mutterl, schau,
so geht hinter jedem Schrecken unserm lieben Herrgott
sein Lachen her! Der macht's halt allweil wieder recht!
Ein Spanerl verlierst, und ein Klafter, die findst dafür!
So macht er's, weißt! Und klopft ans Herz von einem
braven Menschen, und sucht sich ein aus dazu, wie
der Roman is! Der muß ihm von die liebsten einer
sein! Und wenn alle einmal so sind, wie der Roman
is . . . die Zeit, die kommt noch . . . paß auf, da gibt's
ein guts Hausen auf der Welt!" Während er mit
seinen langsamen Worten so vor sich hin schwatzte,

öffnete er das Ofentürchen und blies in die halb erloschenen Kohlen, daß ihm die erwachende Glut das
breite Gesicht mit grellem Schein beleuchtete — in
diesem Widerspiel von feuriger Röte und schwarzem
Schatten sah es aus wie eine Teufelsfratze, vor der
man erschrecken konnte.

Die Altenöberin schwieg noch immer. Als wäre
ihr eine seltsame Unruhe in das lahme Bein gefahren,
so bewegte sie sich humpelnd, ohne doch einen Schritt
zu machen. „Wer, sagst ..." fragte sie endlich, „wer
hat uns das Holz da gschickt?"

„Der Roman, weißt!"

„Der aus'm Waldhof? Der? ... Der deinig?"

„Mein Roman, ja."

Hanspeter wollte das erste Scheit in den Ofen
stecken. Aber da stand die Lisbeth vor ihm und faßte
ihn bei der Schulter, als wollte sie ihn vom Ofen
fortziehen.

„Du! ... Das Holz laß liegen!"

So erregt und verändert klang die Stimme, daß
die Mutter und Hanspeter sie verwundert ansahen.

„Kindl? Was hast denn?" fragte Nannimai.

Und Hanspeter stotterte: „Ilsabeth ... ?"

„Das Holz tragst wieder fort! Wir müssen uns
von ander Leut nix schenken lassen ... b' Mutter und
ich! ... Das Holz tragst wieder fort!"

Erschrocken als wär ihm ein Unglück zugestoßen,

blickte Hanspeter zu dem Mädchen auf. „Aber! Kindl! Um Christiwillen! Wie kann dich denn so was verschmachen, wenn einer gut is zu deiner Mutter? Der Roman, schau . . .“

Sie nahm das Scheit aus seiner Hand und warf es zu den andern. „Lieber wat ich morgen den ganzen Tag im Schnee umeinand! D' Mutter . . . d' Mutter, die laßt sich nix schenken!“

„Aber geh doch, schau . . .“ Langsam erhob sich Hanspeter. „Das is doch kein Schenken net! Gwiß net! Na! Der Roman, schau, der hat's ja bloß tan aus Christengüt! Sein Schlitten is schuld dran gwesen, daß dein Holz verlieren hast müssen! Schau, und so hat er halt gmeint, er müßt den Schaden wieder gutmachen.“

„Was?“ fragte die Altnöderin, die aus einem Staunen ins andere fiel. „Schaden? Und Schlitten? Was is denn da?“

„No ja . . .“ Hanspeter bekreuzte sich. „Wenn unser Schlitten d' Ilsabeth schiergar überfahren hätt!“

„Jesus Maria!“ Der Mutter schien es im ersten Schreck nicht zu genügen, daß sie ihr Kind mit Augen lebendig vor sich sah — sie mußte das erst noch greifen, und faßte mit beiden Händen nach Lisbeths Arm. „So was! Na! Und da sagft mir kein Wörtl net!“

Lisbeth wollte sprechen; aber sie wandte sich ab und ging zum Tisch, um mit zitternden Händen unter den weißen Hölzchen und im Farbenkasten zu kramen.

Nannimai rief ein um das andremal alle Heiligen
an, während Hanspeter in seiner langsamen, tröpfelnden Art erzählte, was droben in der Schneegasse geschehen war. Von seinem eigenen Todesschreck, von
seinem krummen Fuß und der eigenen Arbeit sprach er
mit keinem Wort. Alles und 'alles hatte der Roman
getan! Wenn der nicht gewesen wäre, dann hätte die
Sache ein böses Ende genommen! Aber der Roman
ist halt der Roman! Und da hat er auch noch das
‚gute Christenherz‘ und macht den einzigen Schaden,
den der Schlitten angerichtet hat, gleich wieder gut!
Für einen Bündel dürrer Stecken eine ganze schöne
Klafter! So ist er, der Roman, ja! „Und daß er so
gut is . . . schau nur, Ilsabeth, wie kann dich denn
das verschmachen?"

Auch Mutter Nannimai begriff das nicht! „Das
is kein Gnad und kein Schenken," meinte sie, „das is
eine Guttat, die man sich gefallen lassen därf! Und wenn
uns der liebe Herrgott wieder ein zeigt, der's gut mit
uns meint . . . gar oft gschieht's eh net . . . weißt, da
müssen wir gschwind Vergeltsgott sagen! Und morgen
is Sonntag, schau . . . kannst ja doch net am Sonntag
im Schnee umeinand waten und Holz klauben! Sei
zfrieden, Kindl, daß's allweil noch gute Christen gibt . . .
und daß unser Ofen sein Futter hat!" Unter diesen
Worten hatte sich die Altenöberin niedergekniet und legte
ein Scheit um das andere über die Kohlen.

Lisbeth streckte die Hände, als möchte sie hindern, was die Mutter tat. Aber die Arme sanken ihr müd herunter — und im Ofen begann das erwachende Feuer schon zu knistern. Regungslos, mit ganz verlorenem Blick, sah Lisbeth in die wachsende Helle, die aus dem Schürloch glimmerte. Und als die Mutter zu ihr trat, atmete sie auf, langsam und stockend, als läge ihr ein schwerer Stein auf der Brust.

„Aber Kindl, geh," die Mutter strich ihr mit beiden Händen über Haar und Wangen, „hat's dir denn b' Red jetzt ganz verschlagen? So sag doch ein Wörtl!"

„Der Schreck halt," meinte Hanspeter, „wenn der im Blut einmal drin is, weißt, da laßt er so bald nimmer aus! Ich spür's an mir selber, ja! . . . Geh, tu's net plagen, 's Kindl!"

„'s gscheibest wär, sie tät sich gleich niederlegen! Da hat s' ihr Ruh, und bis morgen is alls verschlafen!"

Lisbeth nickte. „Ja, Mutter!"

„Oder . . ." Hanspeter hob die klobige Hand und stotterte: „Oder meinst net, es wär besser, sie tät noch ein bißl sitzen bleiben . . . bei uns? Und tät sich ein bißl aufmuntern . . . wenn d' Stuben so warm wird, jetzt?"

Aber Lisbeth schüttelte den Kopf. „Gut Nacht, Mutter!" Sie wandte sich hastig ab, um die Tränen zu verbergen, die ihr von den Wimpern fielen.

„Gottsliebe Nacht, Kindl!" sagte Hanspeter ganz leise und legte die Hände hinter den Rücken.

Die Altenöderin sah ihrem Mädel nach und schüttelte den Kopf. „Die muß der Schrecken arg schiech derwischt haben! Aber der Schlaf macht viel! Und Gott sei Dank, bis morgen wird alles wieder gut sein!" Sie holte die Leimpfanne, schob sie in die Ofenröhre und setzte sich an den Tisch, um ihre Arbeit wieder zu beginnen.

Hanspeter stand noch immer wie angewachsen inmitten der Stube und sah die Kammertür an — mit Augen, wie man ein heiliges Bild betrachtet.

„Komm, setz dich her zu mir!" sagte Mutter Nannimai. „Ich muß dir ja eh noch Vergeltsgott sagen!"

„Mir? . . . Für'n Roman halt, gelt, ja!"

„'s Holz haft mir d u gmacht. Sonft hätt ich net feuern können."

„Das bißl, mein! Is net der Reb wert!" Mit schleppendem Bein ging Hanspeter zum Tifch.

„Fehlt dir am Fuß was?"

„Ah na! Ein wengerl eingfchlafen muß er mir fein."

Sie faßen am Tifch und plauderten mit gedämpf= ten Stimmen, während im Ofen die brennenden Scheite immer lauter zu krachen begannen. Nach einer Weile holte Nannimai die Leimpfanne und klebte das Däch= lein auf die Kirche. Dabei fah ihr Hanspeter zu, fo achtfam, als müßte er lernen, wie das gemacht würde. Und als die Arbeit fertig war, fagte er: „Das Kirchl, das gfallt mir fo viel gut. Das kunntft mir verkaufen."

„Ah na!" erwiderte die Altenöberin mit einem Ton, welcher ärgerlich klingen follte. Aber fie lächelte dazu. „Haft eh fchon gnug daheim."

„Der Nachbarin ihrem Kindl hab ich eins ver= fprochen."

„Das is net wahr! Und allweil fagft es wieder!"

Hanspeter wurde rot. „Ganz gwiß is's wahr! . . . Geh, verkauf mir's!"

„Na! Und ich gib's net her! Es is ja net fertig, fchau! D' Fenfterln fehlen, und 's Dach is net gmalen, und der Boden hat kein Gras . . ."

„Grad so, wie's is, so g'fallt's mir!"

Sie wußte aus Erfahrung, daß sie ihn nicht los wurde. „Meintwegen halt, du Plaggeist!"

Hanspeters Augen leuchteten auf. „Was tät's denn kosten?"

„Nix!"

„Na na!" Ganz erschrocken schob er das Kirchlein in den Tisch zurück. „Gschenkter nimm ich's net!" Die Unterlippe fiel ihm lang herunter, wie einem getränkten Kind. „Und so viel gfreut hätt's mich . . . das Kirchl!"

So machte er's immer, und Mutter Nannimai mußte nachgeben. „No also . . . wenn dir schon 's Herz dran hängt . . . zehn Pfennig halt!"

Schmunzelnd wühlte Hanspeter in seiner Tasche herum, bis er das lederne Beutelchen fand, das irgendwo bei den Knien drunten herumschlotterte. Umständlich zog er die Schnüre auf, die ein halbbutzendmal um das magere Ledersäcklein gewunden waren. Erst netzte er noch an der Zunge den Daumen, als hätte er Banknoten zu zählen, und nachdem es ihm glücklich gelungen war, mit den plumpen Fingern eine Mark zu fischen, schob er die Münze langsam über den Tisch. „Zehn Pfennig . . . das wäre schon z'billig für so viel feine Arbeit, weißt. Das Markl, Mutter, das nimmst . . . aber d' Ilsabeth muß mir 's Kirchl noch malen und muß mir 's Dachl vergolden! Anderst tu ich's net! Und morgen auf'n Abend, da komm ich und hol's! . . . Gelt, ja?" Das klang wohl wie eine Frage. Doch er schien der Altenöderin die Antwort ersparen zu wollen. Denn so flink, als es das Schwergewicht seiner drei Zentner nur erlaubte, schob er sich hinter dem Tisch hervor und hinkte zur Türe. „Auf morgen, gelt? . . . Und gottsliebe Nacht, Mutter Nannimai! Tu mir d' Ilsabeth grüßen!" Da zog er auch schon die Thüre hinter sich zu. Und das Gemäuer der kleinen Hütte erzitterte noch unter seinem Schritt da draußen.

Lächelnd hatte ihm die Altenöderin nachgesehen. Nun blickte sie zur Kammer, in welcher Lisbeth schlief, und wieder zur Stubentüre — als vergliche sie in Gedanken ihr schmächtiges Kind mit diesem doppelten Menschen. Was sie sich dachte dabei, das machte sie seufzen. „Grad ein bisserl wenn er anders ausschauen tät . . . grad ein bisserl!" murmelte sie leise vor sich hin. Und seufzte wieder. „Da hat sich unser Herrgott auch vergriffen . . . an dem!"

Sie wollte ihr Geboffel wieder beginnen; aber die Arbeit schien ihr keine Freude mehr zu machen; und plötzlich schob sie das Zeug von sich, nahm die kleine Lampe aus dem Drahtgehäng und ging in die Kammer. Das war ein ärmlicher Raum, so klein, daß um das Doppelbett herum nur noch ein schmaler Gang verblieb. Kein Ofen in der Kammer, kein Schrank — die paar

Kleidungsstücke hingen an einem Zapfenbrett an der Wand;
den einzigen Schmuck dieser kahlen Mauern bildete ein
Kruzifix, dessen „Herrgott‘ den rechten Arm verloren hatte.

Die Altenöderin hob die Lampe über das Bett
und nickte zufrieden vor sich hin, als sie sah, daß Lisbeth schlummerte. In schwerer Fülle lag das gelöste
Schwarzhaar um das schmale Gesicht des Mädchens,
dessen müde Züge übersonnt waren von einem stillen
Lächeln, als ginge ein freundliches Bild durch die
Träume der Schlummernden.

„Gott sei Dank, sie hat ihren Schreck verschlafen!"

Sich bekreuzend, blickte Mutter Nannimai zu dem
Kruzifix hinauf und blies die Lampe aus. Während
sie im Dunkel die Kleider ablegte, betete sie mit murmelnder Stimme.

Draußen, hinter der kleinen Scheune, die an die
Hütte der Altenöderin angebaut war, knirschte eine
fleißige Säge in der stillen Winternacht. Hanspeter
hatte, damit Lisbeth vom Lärm seiner Arbeit nicht
erwachen möchte, den Sägebock hinters Haus in den
Garten getragen, und da schaffte er nun im grauen
Schein des Schneelichtes, eine Stunde um die andere.
Als alle Scheite der Klafter in kleine Stücke gesägt waren,
klob er sie im Schnee auf der Erde, um weniger Lärm
zu machen. Und so eifrig war er bei der Arbeit, daß
er gar nicht aufhorchte, wenn die Glocke schlug.

Erst um Mitternacht, als der alte Wächter mit seiner

heiseren Stimme durch die Dorfgasse heraufsang, merkte
Hanspeter, wie spät es an der Zeit war. Aber die paar
Scheite, die noch zu spalten waren ... „die derzwing
ich schon noch!" ... so meinte er. Und schaffte weiter.

Draußen auf der Straße klang der Gesang des
Nachtwächters immer näher.

„Habet acht aufs Feuer und Licht,
Daß Mensch und Vieh kein Schaden gschiecht!
Ihr lieben Leutln, laßt's enk sagen,
Die Glock hat zwölfe ..."

Dem Nachtwächter blieb das letzte Wort seines
Versleins in der Kehle stecken, und erschrocken blickte
er nach der ungetümen, schwarzen Gestalt, die im
Garten der Häuslschusterin so seltsame Arbeit tat.
„Alle guten Geister ..." stotterte er, schlug ein Kreuz
über die Nase und begann zu rennen, so flink ihn
seine alten Beine trugen.

4.

Um andern Morgen, der mit hellem Glanz einen
schönen Sonntag ankündigte, geschah es, daß Hanspeter
die Suppenstunde verschlief. Heiß von der nächtlichen
Arbeit, war er gegen ein Uhr morgens erst nach Hause
gekommen, hatte den schmerzenden Fuß noch ein paarmal mit dem wundertätigen ‚Mankerlschmalz‘ behandeln müssen — und da war ihm der späte Schlaf so
schwer und bleiern auf die Lider gefallen, daß Roman,
als er den Schläfer wecken kam, mit beiden Fäusten
an die Kammertüre trommeln mußte.

„He! Verschlafst ja d’ Suppen und die Kirchenzeit!“

Er hörte ein schlaftrunkenes „Jesus Maria!“ aus

der Kammer und ging lachend davon. Draußen glitzerte
der Schnee in der weißen Morgensonne, als wäre die
Erde und jedes Hausdach mit gebröseltem Silber be-
streut. Und so rein war der Himmel, so blau, daß er
einer riesigen Glockenblume glich, aus welcher anstelle
der Staubfäden die blendenden Sonnenstrahlen herunter=
fielen. Die Welt an diesem Morgen sah so frisch ge=
schaffen und proper aus, wie Roman in seinem neuen
Sonntagsstaat, an dem kein Bug und Stäubchen zu
entdecken war — nur daß die Erde in ihr winterliches
Weiß gekleidet stand und Roman in lichtes Jägergrau,
mit grünen Streifen an den Beinkleidern, mit grünen
Aufschlägen an der Joppe, mit silbergefaßten Hirsch-
granen an der grünen Weste und mit Spielhahnfedern
auf dem grauen, grüngeschnürten Hütlein.

Er wollte auf die Straße treten. Aber da sah er
unter den Kirchgängern die Häuslschusterin mit ihrem
Mädel kommen. Deshalb kehrte er um und ging ins
Haus zurück — die beiden sollten nicht denken, daß er
da stehen bliebe, um auf ihr Vergeltsgott für die Klafter
Holz zu warten. Im Flur aber drehte er das Gesicht
und sah, daß die Altenöderin das Gehöft betreten
wollte; Lisbeth aber faßte die Mutter am Arm und
zog sie mit sich fort. „Die muß wohl denken, sie ver=
säumt was?" murmelte Roman vor sich hin.

Als er wieder ins Freie trat, kam Hanspeter halb
angekleidet aus seiner Kammer, um sich am Brunnen

zu waschen. Das geschah auf die einfachste Weise:
nachdem er mit der Faust das dünne Eis zerschlagen
hatte, steckte er den Kopf in den gefüllten Brunnentrog
und begann mit den Händen das Gesicht zu reiben.

Roman trat auf ihn zu, doch hielt er sich mit
seiner Sonntagsmontur in vorsichtiger Entfernung,
denn Hanspeter schlenkerte einen ganzen Sprühregen
um sich her.

„Was ich fragen will . .'. haft ihr gestern das
Holz noch nuntergführt auf b'Nacht?"

„Und kleingmacht hab ich's ihr auch gleich."

„Was! Auf b'Nacht noch?"

„No ja, sie hätt ja kein Scheitl nimmer zum
Feuern ghabt." Wieder fuhr Hanspeter mit dem Kopf
in den Trog. „D'Mutter Nannimai laßt dir Vergeltsgott sagen."

„No . . . und was hat denn die ander gsagt?"

„D'Ilsabeth?" Hanspeter richtete sich auf. „Du!
Die wär fein schiergar verschmacht gwesen! Die laßt
sich net gern was schenken, weißt!"

Roman zog die Brauen auf. „Ah, da schau!"

„Ja! Wär's der Ilsabeth nachgangen, so hätt ich
's Holz gleich wieder fortführen müssen."

Nachdenklich blickte Roman über die Schulter
gegen die Straße hinaus. „Was die für ein Stolz
hat! So was!" Nun lachte er und sah den Hanspeter
an. „Hat s' ihre großmächtigen Augen wieder gmacht?"

Den Zusammenhang dieser Frage mit der Klafter Holz schien Hanspeter nicht völlig zu begreifen. „Solchene Augen, gelt . . ." sagte er langsam, während ihm die Wassertropfen über Gesicht und Hals herunterrannen, „solchene Augen hat keine nimmer!" Eine Weile schwieg er; dann atmete seine mächtige Brust wie ein großer Blasbalg, welcher schwer zu ziehen ist. „Ja, du . . . die hat dir Augen gmacht . . . und gweint hat f', weißt . . . und völlig zureden hab ich ihr müssen! Und hätt net b'Mutter die ersten Scheitln gleich in Ofen neingschoben . . . ich weiß net, Mandi, was gschehen wär! Schier mein' ich, daß ich 's Holz wieder fortgführt hätt."

Lächelnd nickte Roman vor sich hin. „Das gfallt mir, schau! Geld und Sach haben kann net ein jedß. Aber sein ehrlichen Stolz und . . ." Mitten im Worte brach er ab und eilte gegen die Straße. Da draußen sah er eine Kirchgängerin kommen, die ihm wichtiger war, als der ehrliche Stolz der armen Leute.

Breitspurig blieb er inmitten der Straße stehen, die Hände in den Joppentaschen, das lachende Glück in den Augen. Und wenn ihm vor Freude das Herz schwoll, wie ein süßer Apfel in der reifenden Herbstsonne — so hatte das seine guten Gründe! Denn ein schmuckeres Bild, als die Julei in ihrer Sonntagstracht, mit dem eng gefältelten Rock und der schillernden Atlasschürze

barüber, mit dem rüschenbesetzten Mieder und dem geblumten Seidentuch um die Schultern, mit dem hand-
breiten Silberschmuck um das schlanke Hälschen, mit

dem goldver-
schnürten Hüt-
lein über dem
Nest der Zöpfe
und mit die-
sem kirschfar-
benen Grüb-
chengesicht —
ein schmucke-
res Bild war
gar nicht aus-
zudenken!

Wie neben
dem Licht der
Schatten, so
ging neben
Julei die
Staubamerin

einher. Sie schien in gar übler Laune zu sein und
machte ein Gesicht — der Volksmund sagt: wie neun
Tag Regenwetter.

Roman aber sah nur die Sonne, und sah auch
nicht den Mickei, den ‚Fürknecht‘ aus dem Staubamerhof, der mit aufgezogenen Schultern, als hätte ihn das

bißchen Kälte krummgebogen, hinter den beiden Weibs-
leuten daherkam, mit einem spöttischen Blick den jungen
Waldhofer überhuschte und dann vergnügt einen
Ländler vor sich hinpfiff.

Die beiden Hände streckend, trat Roman seinem
Bräutlein entgegen. „Guten Morgen, Julei!"

„Guten Morgen!" erwiderte sie leis, ein wenig
errötend, und ohne die Augen aufzuschlagen.

Das Wohlgefallen, das ihm aus den Blicken redete,
wollte auch Worte haben. „Ausschauen tust heut
wieder ..."

„No ja! Wie s' allweil ausschaut!" fuhr die
Staudamerin brummend dazwischen.

Roman lachte. „No no no no ..."

Nun gingen sie schweigend gegen die Kirche hinunter, Julei zur Rechten, Roman zur Linken, und
in der Mitte die Staudamerin mit dem großen
Gebetbuch. Hinter ihnen der Knecht. Die drei
großen Glocken läuteten so voll und stark zusammen,
daß alle Lüfte verwandelt schienen in schwebenden
Klang. Auf dem Marktplatz, vor der Kirchhofmauer, stand lärmend eine Gruppe von Männern
und Burschen. Julei hob die gesenkten Lider ein wenig
und blinzelte hinüber. „Was haben s' denn ... da
drüben?"

„Mein, streiten werden s' halt wieder," sagte
Roman lachend. „Ein Glück, daß der Hanspeter

net da is! Da könnten s' was hören von der Christenlieb!"

Aber Mickei — als wär' es von seinen Dienstpflichten eine, die Neugier der Haustochter zu befriebigen — lief zu den Streitenden hinüber, um zu hören, was es gäbe.

Das Kirchhofgitter war nur zur Hälfte geöffnet. Da konnten sie zu dritt nebeneinander nicht eintreten, und die Staubamerin ging voran. Diesen Augenblick benützte Roman, um seinem Bräutlein zärtlich die Hand zu drücken. Julei warf einen spähenden Blick hinter sich, dann hob sie die unschuldsvollen Taubenaugen zu Roman auf und lächelte. Aber da drehte auch schon die Staubamerin das Gesicht und murrte: „Natürlich! Weil nur schon wieder tatschelt und gspeanzelt sein muß! Auf'm Kirchweg! Wo man halbert schon an lieben Herrgott denken sollt! . . . Meiner Seel, da hüt ich schon lieber ein Sack voll Spatzen als zwei so verliebte Leut!"

Roman lachte, und Julei schlug die Augen nieder.

Knapp vor der Kirchentüre holte Mickei die drei wieder ein und berichtete: „Den Nachtwachter haben s' in der Arbeit, weil er heut in der Nacht von zwölfe an die Stunden nimmer ausgsungen hat. Wie ihn b'Leut net ghört haben, sind s' aufgwacht . . . und jetzt schimpfen s'!"

„Wird halt gschlafen haben!" meinte die Stau=
damerin. „Den zahlt man eh für nix!"

„Er hätt was gsehen, sagt er . . . aber was, da
will er net raus damit! Es kunnt ihm schaden, sagt
er. Und Gschichten macht er . . . rein, daß man
glauben kunnt, der Teufel wär ihm begegnet."

„Geh, du Narr!" Die Staudamerin bekreuzte sich
und trat hinter Roman und Julei in die Kirche, die
schon halb gefüllt war. Beim Weihbrunnbecken, in das
sie alle die Hände tauchten, trennten sie sich. Die Stau=
damerin und Julei gingen zu ihrem Betstuhl, der ganz
vorne unter der Kanzel stand. Roman und Mickei
stiegen zur Emporkirche hinauf, die der Platz der
ledigen Bursche war; bevor sie zur Treppe kamen,
mußten sie an den Betstühlen vorüber, welche den
hintersten Winkel der Kirche füllten — das war der
Platz für die Zugewanderten, die im Dorfe kein Heimats=
recht besaßen. In einem dieser Betstühle kniete die
Altenöderin mit ihrem Mädel. Lisbeth hielt das Ge=
sicht so tief geneigt, daß nur das Gekraus ihrer schwarzen
Haare noch unter dem Kopftuch hervorlugte. Die
Mutter aber, als sie Roman kommen sah, nickte mit
glänzenden Augen zu ihm auf. Es sprach so viel Dank=
barkeit aus diesem stummen Blick, daß dem jungen
Waldhofer seltsam ums Herz wurde. Als er die steile
Treppe hinaufkletterte, sah er sich noch einmal um.

Ein Weilchen später kam Hanspeter, atemlos, als

hätte er schon gefürchtet, das beste vom Segen zu verlieren. Er tauchte die Hand in das Weihbrunnbecken,
und da schien er plötzlich ruhig geworden, und sein Gesicht war völlig ein anderes. Man sah es ihm an den
Augen an, daß ihn die heilige Weihe des Ortes und
die Andacht so ganz erfüllte, wie das Blut seine Adern.
Jedes Quentlein an seinen drei Zentnern war ein be-
ginnendes Gebet. Wo er vorüber mußte, kicherten hinter
ihm die Leute. Freilich, die Beinkleider seines grauen
Sonntagsstaates sahen noch viel ungeheuerlicher aus als
seine Werktagshose; und die steifen Flügel der Joppe
standen ihm vor der Brust auseinander wie die Bretter
eines offenen Scheunentores. Das zusammengedröselte
seidene Halstuch war zu kurz für den Umfang seines
Nackens — und so gab es nur knapp an den äußersten
Zipfeln einen kleinen Knoten ab, der ihm über Hembkragen und Adamsapfel hinaufgerutscht war bis unters
Kinn. Das war nun gewiß ein Anblick, über den man
lachen konnte; aber hätten die Leute nur ein wenig
höher geblickt, bis hinauf zu diesen kindlich frommen,
gläubig schauenden Augen — sie wären ernst geblieben.
Aber das ist nun so im Leben: man sieht nur immer
die Hosen des Hanspeter, nicht seine Augen.

Und weil er der Meinung war: in der Kirche hat
nur der liebe Herrgott ein Recht und sonst kein anderer
— drum ging er an dem Betstuhl, in welchem Nannimai
und Lisbeth knieten, mit gesenktem Blick vorüber, als

dürfte er jetzt keinem weltlichen Gedanken in seinem Herzen Raum vergönnen. —

Schon war jeder Betstuhl besetzt, und als auch die Gänge zwischen den Betstühlen mit Menschen vollgepfropft waren, mußten jene, die zu spät kamen, in der Torhalle bleiben und draußen auf dem Friedhof stehen. Mancher kam wohl gerne zu spät, denn draußen in der linden Wintersonne war's gemütlicher, als in der dumpfen, kalten Kirche. Und da wurde gezischelt und gelacht, während die sanfte Predigt, die der hochwürdige Herr Felician seinen ‚Andächtigen in Christo‘ hielt, kaum noch vernehmlich heraustönte durch das offene Kirchentor.

Gegen Ende der Predigt gab's im Friedhof einen kleinen Aufruhr. Da kamen drei Bursche und brachten eine merkwürdige Nachricht — sie hatten dem Nachtwächter die Zunge gelöst und wußten jetzt, weshalb er nach Mitternacht die Stunden nicht mehr ausgesungen hatte. Dem wäre was ‚Grausliches‘ begegnet, erzählten sie, und davon hätte er einen Schreck gehabt, der ihn mit Leibschmerzen ins Bett getrieben: er hätte in der Geisterstunde den ‚Leibhaftigen‘ gesehen, dessen Namen man gerne mit drei Kreuzen umschreibt.

Von den Leuten, die im Friedhof diese Nachricht hörten, bekreuzten sich auch die meisten — ein sicheres Zeichen, daß sie das ‚Grausliche‘ glaubten; ein paar andere schüttelten in Zweifel die Köpfe, und nur ein

einziger war so verständig, daß er sagte: „Das is ja
dumms Zeug! Er wird halt ein Rausch ghabt haben,
und jetzt möcht er sich rauslügen mit solchene Sachen!“

Als es aber hieß, der Leibhaftige, den der Nachtwächter gesehen, hätte ausgeschaut wie ein Stier, der
auf den Hinterfüßen steht, so großmächtig und schwarz,
und im Garten der Häuslschusterin, die man doch kennt
als eine ‚solchene‘, hätte er Holz gekloben — und
als der Nachbar der Altenöberin unter den heiligsten
Eiden beteuerte, daß er am Abend beim Schuppen der
Häuslschusterin kein Spänlein Holz, am Morgen aber
eine schön gespaltene Klafter gesehen, und daß er ganz
deutlich um Mitternacht das unheimliche Sägen und
Klopfen gehört hätte, da wurde auch jener einzige,
bei dem der Verstand gesprochen hatte, ein wenig
nachdenklich.

So zischelten sie nun alle, während in der Kirche
das Hochamt schon begonnen hatte, mit heißer Erregung
durcheinander, und nur für wenige Sekunden, als zur
Wandlung die Glocken der Ministranten schrillten, ließen
sie die klatschenden Mäuler ruhen, um die Stirnen zu
bekreuzen und mit der Faust an die Brust zu schlagen.
Die im Friedhof standen, wisperten die grausliche Nachricht ihren Vormännern zu, welche die Torhalle füllten.
So drang das Gerücht in die Kirche hinein, in welcher
die Weihrauchwolken über all den hundert knienden
Betern durch die schimmernde Fenstersonne schwammen.

Und als Herr Felician Horabam mit schöner Koloratur
das ‚Ite, missa est!‘ verkündete, begann Mutter Nannimai plötzlich zu merken, daß die Augen aller Um-
stehenden mit sonderbaren Blicken auf sie gerichtet
waren. Sie wurde unruhig und guckte an sich hinunter,
weil sie glaubte, sie hätte ihr Kleid zerrissen oder die
Milchsuppe auf ihren Spenser geträpfelt. Lisbeth aber
merkte nichts von der Unruhe, von welcher sie und
ihre Mutter umgeben waren; ganz versunken in die
Zwiesprache, die ihr bedrücktes Herz mit dem Himmel
zu erledigen hatte, hielt sie die Stirne auf ihre verschlungenen Hände geneigt. Sie blickte erst auf, als
die Burschen mit Gepolter über die Treppe der Emporkirche herunterkamen — und wieder senkte sie das
heiße Gesicht.

Roman und Hanspeter gingen vorüber und schoben
sich zwischen den anderen Leuten ins Freie.

Als das Gedräng ein wenig dünner wurde, sagte
die Altenöderin zu Lisbeth: „Komm! Heut, mein’ ich,
hat mich der liebe Herrgott ghört! So viel leicht is
mir ’s Beten gangen!“

Sie traten hinaus in den von Menschen und Sonnenschein überfluteten Friedhof. Und da tat sich vor den
beiden im Schnee eine Gasse auf, als käme der Bezirks-
amtmann mit seiner Frau gegangen. Wieder sah die
Altenöderin so viele Augen auf sich gerichtet, und wieder
wurde sie ganz verlegen. „Ilsabeth?“ fragte sie leis,

ihren hum-
pelnden Gang
beſchleuni-
gend. „Geh,
ſchau mich an!
Hat mir leicht
einer was an-
ghängt? Sie
war ja an
ſolche Scherze
gewöhnt: daß
man ihr Klet-
ten in die Klei-
der warf oder
Eſelsköpfe aus
Tuch, das mit
Kreide be-
ſtrichen war, auf dem Rücken abklatſchte.

Auch dem jungen Waldhofer, der mit Hanspeter bei der Mauer ſtand, fiel das Geziſchel und Geſchau der Leute auf. „Was haben ſ' denn?" fragte er. „Warum ſchauen ſ' denn d' Häuslſchuſterin ſo an?"

Hanspeter, dem die Augen glänzten, ſagte langſam: „D' Ilſabeth ſchauen ſ' an ... die muß ihnen ge-fallen heut im Sonntagsſpenſerl! Lieb ſchaut ſ' aus! Gelt, ja?"

Ehe Roman antworten konnte, ſtand die Altenöberin

vor ihm. „Vergeltsgott, Waldhofer! Haft mir eine
chriftliche Guttat erwiefen! Und beſſer wie ’s Holz . . .
beſſer is ’s anber noch, weißt . . . daß d’ mir mein
Kindl auf’n Schlitten ghoben haft, wie’s golten hat!
Mit meim Deandl, ſchau, da haft mir ’s eigene Leben
derhalten!"

„No ja", Roman lachte, „wie ’s halt ſein hat müſſen!
Da braucht’s kein Vergeltsgott." Er ſah das Mädchen
an, daß ein wenig hinter der Mutter zurückgeblieben
war. „Haft dein Schrecken ſchon verſchlafen, Lisbeth?"

Schweigend hob ſie das Geſicht. Und Roman lachte
nicht mehr; er ſah mit ernſtem Blick, beinah erſtaunt,
in dieſe großen, heißen Augen, deren Lider ein wenig
gerötet waren und leiſe zitterten, als hätten ſie gegen
Tränen zu kämpfen.

Die Altenöderin puffte ihr Mädel mit dem Ellbogen
an. „So geh! So ſag ihm doch auch ein Wörtl
für’s Holz!"

Zögernd ſtreckte Lisbeth die Hand. „Vergeltsgott . . .
für d’ Mutter . . . und . . ."

„Na na! Mußt mir kein Dank net ſagen!" Roman
faßte ihre Hand, und aus ſeinen Worten klang ein
herzlicher Ton. „Ich merk dir ’s an . . . ’s Danken
wird dir ein bißl hart!"

Da ging es mit feiner Röte über ihr ſchmales Geſicht, und ſie lächelte ein wenig! „Jetzt nimmer! . . .
Vergeltsgott, Roman!" Sie atmete auf.

Das tat auch ein anderer noch: der Hanspeter. Er legte dem jungen Waldhofer die Hand auf die Schulter. „Da hast ein guts Wörtl derwischt!"

Nun konnte Roman wieder lachen. Freundlich erwiderte er den Gruß der Altenöberin und sah der Lisbeth nach, bis sie mit der hinkenden Mutter auf der Straße verschwand. „Hast recht, ja: is ein liebs Madl, die!" Er blickte auf wie einer, der schauen will, ob es regnet. Da sah er die Traufe, die vom Kirchendach niederging, auf dem der Schnee in der Sonne zerschmolz. „Schau dir an, Peterl! 's Wetter schlagt um!"

Hanspeter hörte nicht. Seine Augen suchten da draußen auf der Straße. Und plötzlich fragte er: „Brauchst mich noch, Mandi?"

„Na. Warum?"

„Mit der Nannimai tät ich gern heimgehen. Weißt, die Buben, die machen allweil so Gschichten mit ihr . . . aber wenn ich dabei bin, traut sich keiner."

„Ja, hast recht, geh mit!" Roman zog die Pfeife aus der Tasche und strich an der Friedhofmauer ein Schwefelholz an. „Aber gelt, vergiß fein net auf'n Herrn Pfarr!"

„Na na! Nach'm Essen geh ich schon hin. Jetzt auf's heilige Amt nauf, weißt, da is er hungrig und muß sein Mahlzeit haben, da tät ich blos unglegen kommen! . . . Pfüet dich Gott derweil!" Hanspeter eilte davon; dabei knappte sein Fuß noch ein wenig.

Paffend brannte Roman die Pfeife an, fah ihm nach
und dachte mit Lachen: „Jetzt paffen f’ zu einander,
d’ Häuslfchufterin und der Veterl . . Jetzt hinken f’
alle zwei!“

Da kam von den Burfchen einer auf Roman zu.
„Hörft, du, wie kannft dich denn mitten am Kirchhof
herftellen . . . mit fo zwei Leut! Oder weißt noch net,
was heut in der Nacht . . .“

„Is fchon gut, ja, laß mich aus!“ Roman fchob
den Burfchen mit dem Arm beifeite. „Da kommt mein
Julei! Jetzt hab ich kein Zeit nimmer!“

Das lachende Glück in den Augen, das qualmende
Pfeiflein in der Hand und von der warmen Sonne
umfponnen, ging Roman auf fein Bräutlein zu. Und
während er das hübfche, unfchuldsvolle, zierlich auf-
geputzte Ding mit den Blicken verfchlang wie ein
Hungriger, der fich nicht fättigen kann, fchien ein ver-
gleichender Gedanke in ihm aufzufteigen, denn er blickte
über die Schulter gegen die Straße hinaus, fah
wieder die Julei an und lachte, wie nur ein Glücklicher lacht, der mit der Mufterung feines Befitzes zufrieden ift.

Diefe gute, faft übermütig heitere Laune, die ihn
erfüllte, ließ er fich durch die ‚lamperlfromme‘ Unnah-
barkeit feiner Braut und durch das Gebrumm der Staudamerin nicht ftören. Während er zwifchen Braut und
Brautmutter die auftauende Straße hinauswanderte,

fand er so drollige Reden, daß Julei, aus ihrer frommen Scheu erwachend, vergnügt zu kichern begann und daß sogar die Staudamerin ihr runzliches Gesicht zum Lachen verzog. „Wie heut, so bist noch nie net gwesen," meinte die Alte, „schier könnt man meinen, du hättst in aller Fruh schon ein Glasl übern Durst verschluckt."

„Ja, Mutter, heut hab ich's in mir . . . ich weiß net wie!" Bei diesen Worten blitzte er Julei mit seinen glücklichen Augen an. „Auf Ostern, mein' ich, is nimmer weit!"

Sie blickte mit verstecktem Lächeln zu ihm auf — das waren jene Augen wieder, aus denen es herausglitzerte, wie aus dem verschlossenen Türlein einer Feuerstätte. Dann aber, als wäre ein ernster Gedanke in ihr aufgestiegen, stellte sie ihr Gekicher ein, und zwischen ihren Brauen erschien eine Falte, die in dieses rosige Gesichtlein paßte wie ein trüber Fleck in die Sonne.

Als die drei von der Dorfstraße gegen die Wiesen abbogen, trafen sie mit einigen Nachbarsleuten zusammen. Da gab's nun einen Klatsch, der die Staudamerin so lebhaft beschäftigte, daß Roman und Julei ein wenig zurückbleiben konnten. Und als der Weg um eine Gartenecke bog, benützte Roman den Schutz einer hohen Hecke, um sein Bräutlein in die Arme zu schließen. Das tat er mit ausgiebiger Kraft, denn er hatte damit gerechnet, daß sich Julei in ihrer Angst

vor dem Späherblick der Mutter wie üblich sträuben
würde. Aber so flink, als hätte sie selbst mit Ungeduld auf solch einen günstigen Augenblick gewartet,
schlang sie die Arme um seinen Hals und küßte ihn so
stürmisch auf die Lippen, daß ihn dieses ungewohnte
Ereignis ganz verblüffte.

„Schatzerl! Julei!" stammelte er.

Aber da schloß sie ihm den Mund schon wieder
mit brennenden Küssen.

„Schmeckt's? Ja?" klang plötzlich hinter den beiden
eine spöttische Stimme.

Der Mickei war's.

Und das Pärchen fuhr auseinander. Roman, halb
ärgerlich und halb verlegen, schien zu einer Grobheit
nicht übel aufgelegt. „Du . . ." Er verschluckte das
Wort, das ihm schon auf der Zunge lag.

Julei schien die Störung weniger ernst zu nehmen.
Sie lachte sogar, und wandte sich ab, als wäre der
Knecht ihrer Mutter nur Luft für sie.

Mickei machte die zwinkernden Augen klein, und
etwas Gereiztes klang aus seiner lachenden Stimme.
„Ja, mein, diesmal is der Mensch kein Esel . . . da
kommt er auch, wenn ihn keiner net grufen hat." Er
trat über den Fußweg in den Schnee hinaus und ging
an den beiden vorüber. „Scheniert's enk net! Ich schau
nimmer um." Er schob die Hände in die Joppentaschen,
lachte wieder und begann zu laufen, um die Voraus-

gegangenen einzuholen. Ein paar Sprünge machte er,
blieb wieder stehen und rief über die Schulter zurück:
„Ihr zwei, ihr habts es heut mit der himmlischen
Freud, enk zwei verintressieren die höllischen Sachen
net! Sonst kunnt ich enk ebbes verzählen!"

Julei, als hätte sie hinter diesen Worten eine versteckte Bosheit vermutet, fuhr auf: „Verzählen? Was
verzählen?" Das war ein Ton, der zu ihrer sanften
Unschuld gar nicht passen wollte. „Von mir aus kannst
verzählen, was d' magst . . . du!"

Roman begann die Sache schon wieder heiter zu
nehmen. „Geh, laß ihn reden! Unser Bußl haben wir,
soll er's der Mutter tratschen!"

„Jetzt weiß man's, ja!" rief Mickei. „Jetzt weiß
man's!"

Wieder fuhr Julei auf. „Was weiß man? Was?"

Mickei zögerte mit der Antwort und musterte Julei
mit seinen spöttisch funkelnden Augen. Dann rief er
mit einer Stimme, die ganz anders klang als zuvor:
„Was d' Häuslschusterin und ihr Madel treiben in der
Nacht . . . jetzt weiß man's!"

Ein wenig verdutzt über diese Wendung des Ge-
spräches, sagte Roman: „Was sollen s' denn treiben?
Schlafen halt, wie ander Leut!"

„Ja! Derweil ihnen der Teufel d' Arbeit tut!"

„Geh, du Narr!"

„Was, Narr? Was? Wenn der Wachter heut in

der Nacht um zwölfe mit eigene Augen den Leibhaftigen gsehen hat, wie er der Häuslschusterin hinter der Holzleg d' Scheiter kloben hat! Jetzt weiß man's! Jetzt stauben wir s' aber naus zum Ort . . . die saubern Muschen, die zwei!" Mit dieser Drohung wandte sich Mickei und eilte den Vorausgegangenen nach.

„Ja, schau, daß d'Füß kriegst!" rief ihm Roman nach. „Und ein andermal laß mich in Ruh mit solchene Sachen! Da mußt dir schon ein paar Dümmere aus- suchen dazu, als mich und b'Julei!"

Die sanfte Unschuld an seiner Seite schien aber nicht zu den Klugen zählen zu wollen, zu denen sich Roman rechnete. Sie bekreuzte sich und stotterte: „Jesus, Jesus! Aber allweil hab ich mir's schon denkt! Na, so was! So was! Jetzt halten 's die zwei mit'm Teufel!" Wieder schlug sie mit flinker Hand ein Kreuz über das sanfte, rosige Gesichtlein.

Roman versuchte zu lächeln und faßte ihre Hand. „Julerl! Geh! Du wirst doch um Gottswillen kein solchen Unsinn net glauben!"

„Ja! Und ja! Und ich glaub's!" Sein Wider- spruch hatte sie erhitzt, so daß ihr vor Eifer die Wangen brannten. „Wahr is! Und wahr is! Jetzt leg ich mein Hand dafür ins Feuer! Die Alt is eine . . . und die Junge hat's Wetter gmacht, das unsern Haber derschlagen hat! Hexen sind s' alle zwei!"

„Aber Julerl, schau . . .“ Auch dem jungen Wald=
hofer wurde die Stirn rot. „So laß dir doch sagen . . .“

„Brauchst mir nix sagen! Jetzt weiß man’s! Jetzt
kann man’s beweisen! Die halten ’s mit’m Teufel!“
So schwatzte sie weiter, und ihre sonst so sanfte Stimme
bekam einen kreischenden Ton, während sie ein Dutzend
unwiderleglicher Gründe dafür anführte, daß die Häusl=
schusterin und ihr Mädel zwei Hexen wären — dazu
noch zwei von den g a n z Gefährlichen.

Roman merkte, daß er gegen den Dauerlauf dieses
flinken Züngleins nicht aufzukommen vermochte. So
seufzte er und wartete geduldig bis ihr der Atem
verging. Da legte er nun den Arm um ihre Schulter
und zog sie herzlich an sich. „Schau, Julerl . . . jetzt
laß mich auch ein bißl reden . . . und da kannst jetzt
grad einmal sehen, wie unvernünftig b’Leut daherreden
und was für strohdumme Sachen als s’ glauben.“

Sie wollte erwidern, doch lächelnd drückte er die
Hand auf ihren Mund. Und während er langsam
mit ihr dem Schneeweg folgte, sagte er: „Jetzt paß
einmal auf die Gschicht vom Teufel heut in
der Nacht, die kann ich dir haarklein sagen, wie’s
gwesen is!“

„Du . . .?“ Sie schaute mit Augen zu ihm auf,
die so groß waren, wie er sie nie noch an ihr gesehen.

„Schau, Julerl, den Teufel, der der armen Häusl=
schusterin heut nacht ein bißl gholfen hat aus christlicher

Lieb, den kenn ich so gut wie dich und mich. Der is
mir mein liebster Freund.“

„Was . . .?“ Sie starrte ihn ganz erschrocken an.

„Ja! Und weißt, wer der Teufel gwesen is heut
nacht? . . . Unser Hanspeter.“

Verdrießliche Enttäuschung malte sich in ihrem
sanften Grübchengesicht. „Der Hanspeter? . . . Wie
kommt denn der um zwölfe zur Häuslschusterin?“

„Weil er in der Nacht die Klafter Holz noch kloben
hat, die ich dem armen Weibl gestern gschenkt hab.“

„Du . . .?“ Juleis Gesicht war dunkelrot gewor=
den. Und ganz spitzig klang ihre Stimme. „Ja wie
kommst denn du dazu . . . daß unser Holz ver=
schenkst . . . an so eine! Gleich klafterweis!“

„No ja, weißt . . .“ Roman wurde ein wenig
verlegen, „weil halt gestern mein Schlitten ihrem
Deandl übers Klaubholz gangen is, und . . . und
weil ich das arme Madl selber schiergar über=
fahren hätt.“

„Hättst es überfahren! Der wär recht gschehen!“
brach es mit schrillem Lachen aus dieser frommen,
sanften Unschuld heraus. „So eine, wie die! Gleich
in lauter Scherben hättst es fahren sollen! Unser Herr=
gott hätt sein Freud dran ghabt! Und ich!“

Er sah das grausame Feuer, das aus ihren
Taubenaugen blitzte und starrte sie ganz erschrocken
an. Fast wollte ihm die Stimme nicht gehorchen.

„Julerl! . . . Wie kommst mir denn für! Ich kenn dich ja nimmer. Wie kannst denn so was reden . . . so ebbes unguts! Ein Mensch is doch ein Mensch . . .“

„Hexen, die sind keine Menschen net!“

Jetzt wurde er heftig. „Hexen, Hexen, Hexen . . . so hör mir doch mit so ein Unsinn auf! Das mag ich net leiden an dir. Und ich hab dir's schon gsagt: es gibt keine Hexen net. Und sag dir: b'Häuslschusterin is ein bravs und ein richtigs Weiberleut . . . sonst tät's der Hanspeter net gar so mögen! Und b'Ilsabeth is ein liebs und ein rechtschaffens Madl . . .“

„So? So?“ unterbrach ihn Julei mit dünnem Gekicher. „Hat s' dich am End auch schon verhext? Die! Mit ihre Kohlrabiaugen! Hast ihr am End mit deiner Klafter Holz ebbes zahlen müssen? Ja?“

Vielleicht hätte er den Sinn dieses häßlichen Wortes gar nicht aufgefaßt und verstanden. Doch ihr Blick und ihr Lachen unterstrichen, was sie meinte — und das wirkte auf ihn, wie ein Faustschlag ins Gesicht. Kreidebleich bis in die Lippen, würgte er die Worte heraus: „Julei . . . das nimmst mir zruck!“

Sie lachte.

„Julei! Das nimmst mir zruck! Jetzt gleich auf der Stell! Oder . . .“

„Oder was denn?“ trotzte sie.

„Oder auf Ehr und Seligkeit: ich geh kein Schrittl nimmer weiter mit dir!"

Jetzt war s i e es, die ihn erschrocken ansah. Aber dann lachte sie wieder und wandte sich ab.

„Julei!" Seine Stimme war ganz erloschen. „Mein Wort is Wort!"

Sie zuckte lachend mit den Achseln und ging den Vorausgegangenen nach, deren erregter Disput über den Schneehang heruntertönte.

Dem jungen Walbhofer schoß das Blut ins Gesicht. Mit beiden Händen griff er in die Luft. „Julei . . ." Nun stand er regungslos und sah dem Mädchen nach, mit so verstörten Augen, als ginge die weiße sonnige Welt vor ihm unter.

Droben verschwand die Staubamerin mit ihrer lärmenden Klatschgesellschaft hinter der Kuppe des Schneehanges. Nur Julei allein war noch zu sehen, wie sie gemächlich den weißen Weg hinaufstieg.

Wieder streckte Roman die Hände, und seine wirren Gedanken stammelten: „Das kann net Ernst sein! Sie muß ja kommen! Sie muß mir's ab= bitten!"

Julei bückte sich, um eine dürre Schmehle zu pflücken, die aus dem schmelzenden Schnee hervorstand. Jetzt wird sie sich umsehen, hoffte er — und umsehen, das ist so gut wie umkehren und bedeutet so viel wie ein versöhn= liches Wort. Aber Julei richtete sich auf und ging weiter, ohne das Gesicht zu wenden. Da gab ihr seine zitternde Hoffnung eine neue Frist: „Wenn s' umschaut, bis ich auf hundert zähl . . ."

Mit murmelnder Stimme begann er zu zählen: „Eins, zwei, drei . . ." Immer bedächtiger sprach er die Zahlen, und als er über die Fünfzig hinaus war, machte er aus jeder Zahl drei lange Worte: „Sieben . . . uuund . . . fünfzig . . ." Nach der Neunzig begann er sogar zu rechnen: Einuuundneunziiieg . . . und eins . . . macht . . . zweiuuundneunziiieg . . . und . . . eins . . . macht . . ." Immer langsamer tröpfelten die zählenden Laute — die Neunundneunzig wollte schier kein Ende nehmen — doch bevor ihm noch die Hundert von der Zunge ging, war das Mädchen auf der Höhe der weißen Wiesen verschwunden. „Julei!" schrie Roman auf und begann zu laufen. Doch plötzlich stand er wie ange-wachsen und bohrte die Fäuste in die Joppentaschen. „Na! Da müßt ich mich ja schamen vor mir selber."

Schon wollte er umkehren. Da dämmerte eine letzte Hoffnung in ihm auf: wenn sie merkt, daß er nicht nachgibt, dann muß sie einsehen, wie bitter weh sie ihm getan hat, und muß umkehren — oder rufen. Nur seinen Namen wenn sie ruft, dann soll alles wieder gut sein!

So stand er und wartete und lauschte. Doch in der Stille des sonnigen Morgens ließ sich kein anderer Laut vernehmen, als das leise Klatschen des erweichten

Schnees, der von den Obstbäumen und von den Hecken niederfiel.

Aber jetzt — dort oben über dem Schneerand tauchte etwas Schwarzes auf — und Roman hatte ein Gefühl, als wäre ihm um das Herz ein eiserner Reif gelegt, den man mit Schrauben zusammenzog.

Und nun die Enttäuschung! Die war noch härter, als die Ungeduld gewesen.

Auf der Wiesenhöhe erschien ein altes Bäuerlein, das gemütlich über den Schneeweg herunterwackelte.

„He, Nachber," rief ihm Roman mit heiserer Stimme entgegen, „haft net b' Staudamerin gsehen?"

„Ja, freilich, ja . . . b' Staudamerin . . . und bernach ihr Julei und den Mickei . . . bie hab ich schon gsehen . . . die sinb schon baheim jetzt, weißt!"

Roman rückte den Hut. Und weil er zu ersticken
meinte, wenn er schwieg, drum fragte er: „Wohin denn,
Nachber?"

„Mein, ins Wirtshäusl halt!" Der Alte kicherte:
„D' Wochen is lang, und der Sonntag is kurz, da
kannst net gschwind gnug zu deim Räuscherl kommen."
Nun stand er vor dem jungen Waldhofer und sah ihm
ins Gesicht. „Bub? Is dir net gut?"

„Mir? . . . Warum?"

„Schiech ausschaun tust."

„No ja . . . könnt schon sein, daß mir's den Magen
umdreht hat . . . ein bißl."

Lachend drohte der Alte mit dem Hakenstock. „Hast
dir ein wengerl z'viel aufgladen gestern auf b' Nacht?
Gelt ja? Da mußt heut karenzen und Wasser trinken!
Wasser is gsund für junge Leut! Macht b' Augen
hell und 's Blut schön dünn! Jjoou! Pfüet dich
Gott!"

Roman blickte hinter dem Alten her, als wäre sein
Schicksal an ihm vorübergegangen. Noch ein letztesmal
schaute er gegen die Höhe hinauf, rückte wieder den Hut,
schüttelte den Kopf wie einer, der sein Leben und sich
selbst nicht mehr versteht, und begann mit langsamen
Schritten gegen die Straße hinunterzuwandern.

Vom Kirchturm klang das Geläut der Elfuhrglocke.
Fast schien es, als ob der volle Schall die stille Luft
über dem ganzen Tal erzittern machte — denn solange

die Glocke tönte, fielen die tauenden Schneeklumpen
reichlicher von den Bäumen und vom Gezweig der
Hecken.

Der Bergwald, der am vergangenen Abend noch
weißlich grau gewesen, hatte seit dem Morgen einen
grünen Anflug bekommen, weil sich die Fichten in der
milden Sonne von ihrer kalten Winterlast zu befreien
begannen.

Überall hörte man ein leises Triefen und Getröpfel, im eingefrorenen Bach begann das Eis zu
krachen, als klänge der Lärm eines stürzenden
Baumes mit einem mächtigen Saitenton zusammen,
und droben lachte die Sonne im reinen Blau, lachte
so recht von Herzen herunter auf die frierende Welt
und auf diese zappelnden Menschen mit ihrer Tor-
heit, mit ihren Freuden und ihrem Weh. Das alles
umschimmerte sie und hüllte es in den gleichen milden
Glanz.

Die Meisen flatterten um die Hecken her, badeten
im Schnee und badeten in der warmen Sonne.

Doch Roman sah das ‚lehrreiche‘ Spiel der kleinen
Vögel nicht. Mit beiden Händen griff er immer wieder
nach seiner Stirn, als wäre ihm da drinnen etwas
in Stücke gegangen, das sich nicht mehr zusammen-
fügen ließ. Er konnte nicht denken, sah nur immer
das veränderte Gesicht seiner Julei und hörte ihre
schrillende Stimme. Immer wieder sah er in ihren Augen

diese grausame Freude funkeln, hörte immer wieder
dieses häßliche Wort, das sie ihm ins Gesicht geworfen
— und ohne zu denken, fühlte er dumpf, daß er heut
in ihr eine andere gesehen hatte, die er noch nicht ge-
kannt, eine, die ihm nicht gefiel, und daß ihm aus
seinem lachenden Glück das beste herausgerissen war:
die reine, gläubige Freude. Das konnte er sich freilich
nicht mit klaren Worten sagen; aber es war in ihm
und erstickte ihn fast. Am liebsten hätte er sich an den
Wegrain setzen und heulen mögen wie ein Kind, dem
ein schönes Spielzeug zerschlagen wurde.

Er, dem zeit seines Lebens niemals ein Schatten
über den hellen Weg gelaufen, dem alles und alles nach
Glück und Wunsch geraten, fühlte sich in diesem ersten
Zorn und Kummer seines Herzens völlig ohne Rat und
Trost. Es erging ihm wie einem Gesunden, der niemals
ein Leiden kennen lernte und zum erstenmal Zahnweh
bekommt: der ist verzweifelt und tobt, und möchte,
um den Schmerz zu stillen, am liebsten den Kopf ins
Feuer stecken.

In solcher Stimmung kam Roman heim.

Der alte Waldhofer war nicht zu Hause; der hatte
Gemeinderatssitzung im Wirtshaus drunten, und das
pflegte lang zu dauern — da brauchte man mit dem
Essen nicht auf ihn zu warten. Drum trug die Küchen-
magd, als Roman in den Hausflur trat, auch gleich die
Suppenschüssel in die Stube. Hanspeter, die beiden

Knechte und die Stallmagd standen schon wartend um
den Tisch. Nur der Hüterbub fehlte noch.

Als Roman in die Stube kam, sah es ihm Hans=
peter gleich an den Augen an,
daß irgend etwas geschehen wäre.
„Mandi, was hast denn?" fragte
er besorgt.

„Nix!" Roman schleu=
derte den Hut hinter den
Ofen und riß die Joppe
herunter.

„Aber schau . . ."

„In Ruh laß mich . . .
du!" Fast schien es, als
wollte sich alle Erregung,
die in Roman angesammelt
war, gegen den Hanspeter
entladen. Der war ja doch
eigentlich schuld an allem,
der hatte ihn mit der Häusl=
schusterin zusammengeban=
delt, der hatte das dumme Mitleid in ihm geweckt und
hatte die Klafter Holz davongeführt, aus welcher alles
Unglück herausgeschlagen war wie böses Feuer! So
zuckte es mit wirren Gedanken durch Romans heißen
Kopf. Doch als er auf den Hanspeter zutrat und in
dem breiten häßlichen Gesicht diese stillen, herzensguten

und besorgten Augen sah, da brachte er kein zorniges
Wort mehr über die Lippen. Schwer atmend wischte
er sich mit dem Handrücken den Schweiß von der
brennenden Stirne, und um jede weitere Frage ab=
zuschneiden, bekreuzte er sich und begann dem Haus=
gesind mit schwankender Stimme das Tischgebet vor=
zusprechen.

Die Leute fielen ein; nur Hanspeter schwieg und
bewegte lautlos die Lippen — seine Augen hingen an
Roman. Bevor sie sich zur Schüssel setzten, haschte er
ihn am Hembärmel und fragte leis: „Geh, Mandi,
sag mir, was hast denn? Schau: du und kein lachets
Gsicht, das kommt mir für, wie wenn der Tag kein
Licht nimmer hätt."

„Kommt mir selm so für, ja."

Roman schob sich hinter den Tisch und begann zu
essen; doch an jedem Bissen hatte er mühsam zu schlucken.
Gereizt, wie nach einem Ausweg für seine Erregung
suchend, fragte er: „Wo is denn der Bub? Das bitt
ich mir aus, daß d' Ehhalten um elfe daheim sind!"

Im gleichen Augenblick kam der Hüterbub zur
Stubentüre hereingefahren. Noch auf der Schwelle
begann er zu kreischen: „Habts es schon ghört? 's
ganze Ort ist halber narrisch! Habts es schon ghört:
heut in der Nacht is der Teufel bei der Häuslschusterin
einkehrt!"

Als Roman das Wort ‚Häuslschusterin‘ hörte, war's

mit seiner Beherrschung zu Ende. „Kommt mir schon
wieder einer mit dem Unsinn?" schrie er und schlug
mit der Faust auf den Tisch, daß die irdenen Teller
mitsamt der Suppe ins Tanzen kamen.

Die Leute um den Tisch her rissen die Augen auf;
so hatten sie den Haussohn noch nie gesehen.

Auch dem Hanspeter schien das Wort von der
Häuslschusterin und vom Teufel ein Zittern in die
Fäuste gegossen zu haben. Doch begütigend sagte er:
„Geh, Mandi, ich kenn dich ja nimmer … wie kannst
dich denn so aus der Schnur lassen … du!" Wie er
das ‚du‘ betonte, das ging für eine lange Rede.

Und das Wörtlein tat seine Wirkung. Roman
fuhr sich mit der Hand hinter den Hembkragen, um
für's erste ein wenig Luft am Hals zu bekommen.
Dann kratzte er mit dem Löffel die verschüttete Suppe
vom Tischtuch und sagte: „Hast recht, Peterl! Einer,
mit dem der Zorn davonlauft …" Er sprach die Sen-
tenz, die ihm der Augenblick eingab, nicht zu Ende.
Und der Löffel zitterte ihm in der Hand. „Aber weißt,
heut geht mir schon alles überzwerch. Die balkete
Gschicht da, die hat mir heut eh schon den ärgsten Verdruß übern Hals bracht."

Dem Hanspeter wurden die Augen groß. Schwer
und langsam gingen ihm die Worte von der Zunge.
„Was der Bub gsagt hat von … von der Nannimai
… und …" Das andere brachte er nicht heraus.

Die Knechte und Mägde, die zu merken schienen,
daß im Hanspeter etwas ‚roglig‘ wurde, schielten
schmunzelnd über ihre Teller zu ihm hinüber. Denn
sie wußten es aus Erfahrung: wenn der Hanspeter
so große Augen machte, pflegte immer etwas Drolliges
aus ihm herauszukommen.

„No ja ... wie d’ Leut halt unvernünftig daherreden und aus der Pudelkappen gleich ein Rauber
machen!“ sagte Roman. „Gestern auf d’ Nacht, wie
der Häuslschusterin die Klafter Holz noch kleingmacht
hast, da hat dich der Wachter gsehen ... und jetzt redt
der dumme Kerl im ganzen Ort umeinander: der Teufel
wär ihm begegnet und hätt um zwölfe in der Nacht
der Häuslschusterin b’ Scheiter kloben.“

„Die Knechte wollten lachend mitschwatzen. Aber
Roman hob den Kopf. „Jetzt red ich und der Hanspeter! Sonst keiner!“

Aber Hanspeter sagte kein Wort. Er hatte nur den
Teller von sich geschoben, als wäre ihm plötzlich der
Hunger vergangen.

Die Dienstboten hielten die Köpfe geduckt und löffel-
ten ihre Suppe aus, die einen verdrossen, die anderen
mühsam das Lachen verhaltend.

In dieses Schweigen und Schmatzen murrte
Roman nach einer Weile hinein: „Die Dummen,
die an solchene Sachen glauben, das weiß ich schon,
die sterben net aus! Aber daß sich auch die gschei-

desten Leut auf so ein Unsinn einlassen und grad dieselbigen, die man am liebsten hat . . .“ Er konnte nicht weiter sprechen, denn ein Schlucken und Würgen befiel ihn, und das Wasser stand ihm in den Augen.

Der Hüterbub wurde rot und lachte, als hätte er ‚dieselbigen, die man am liebsten hat,‘ auf sich bezogen.

Hanspeter schien nicht zu hören, nicht zu sehen. Er hielt die zitternden Fäuste auf den Tisch gepreßt, daß unter dem schweren Druck die hölzerne Platte zu stöhnen begann. Auf seinem breiten häßlichen Gesichte lag ein Zug von Schmerz, seine Augen schwammen, und immer nickte er vor sich hin. Leis und langsam fing er zu reden an, wie mit sich selbst:

„Weiß, sagen s’, is schwarz! Und Licht, sagen s’, is Nacht! Um der Lieb wegen tust ein Christenwerk . . . und da machen s’ den Teufel draus! ’s ganze Herz hultst ihnen hin . . . und sie schlagen dir’s aus der Hand! Und Christen heißen s’ einander! Christen! Für alles Schlechte und Dumme haben s’ ein Türl im Köpfl . . . huigerla, gleich springt’s auf. Will aber ’s Gute ’nein, da schieben s’ die eisernen Riegel für . . und da hören s’ kein Klopfen und kein: Mach auf! Und därfeten eins bloß haben! Bloß ein einzigs: d’ Lieb! Und alls wär gut! Und da sollt net einer da sein, der ’s ihnen sagt?“

Die Mägde begannen zu kichern, und mit einer Grimasse kuderte der Hüterbub: „Ui jegerl mein, jetzt hebt er zum predigen an!" Aber dieses letzte Wort blieb nur ein halbes — bevor es der Bub noch völlig ausgesprochen hatte, sauste ihm klatschend eine Hand übers Ohr. Und Roman schrie ihm zornig in das verdutzte Gesicht: „Du Lausbub, du! Eh daß d' spötteln tust, paß lieber auf und merk dir was! Aber bei enk, da müßt schon einer kommen, der mit'm Stecken predigt und mit gsunde Fäust! So einer, ja, das wär für enk der richtige Apostel!"

Der Bub verdrehte die Augen.

Diese stumme Antwort, die freilich nicht sonderlich ehrerbietig aussah, schien Romans Zorn noch zu reizen. „Grad dreinschauen tu   oder gleich kannst noch eine haben!“ Er holte auch mit der Hand schon aus.

Aber da legte sich Hanspeters schwere Faust auf seinen Arm. „Net schlagen, Mandi! . . . Schau, wann ich ein Menschen schlagen sieh, das tut mir so viel weh . . . ich kann dir’s net sagen!“

Jetzt waren es die Knechte, welche lachen mußten. Und Roman, obwohl er an alles andere eher denken mochte als ans Lachen, schien halb auf ihrer Seite zu sein. „Net schlagen? Wär schon recht, wenn’s allweil abging in der Welt mit gute Wörtln!“ sagte er. „Aber d’ Leut sind diemal wie ’s bockbeinige Vieh. Da muß man dreinschlagen. Da hilft nix anders nimmer.“

Hanspeter schüttelte den Kopf. „Einer, der schlagen muß, kann d’ Lieb net haben! Einer, der d’ Lieb hat, därf net schlagen.“

Roman seufzte schwer und strich sich mit zitternder Hand das Haar in die Stirne. „Kann schon sein, daß ich b’ Lieb nimmer hab!“

„Mandi?“ Wieder sah ihn Hanspeter mit bekümmerten Augen an.

„Laß gut sein! . . . Und iß!“

„Vergeltsgott! Es schmeckt mir nimmer.“

Die Küchenmagd brachte die Schüssel mit dem Rauchfleisch. Als die anderen genommen hatten, stach

Hanspeter sein Stück aus dem Kraut heraus und legte es dem Hüterbuben auf den Teller. Dann stand er auf und nahm seinen Hut vom Fensterbrett.

„Wohin denn?" fragte Roman.

„In Pfarrhof muß ich nauf?" Hanspeter sah auf seine Hände nieder und drehte den Hut. „Mit mir, hast gsagt, will er reden. Aber heut, mein' ich . . . heut muß ich was reden mit ihm." Langsam vor sich hinnickend ging er aus der Stube.

Roman erhob sich und ging dem Hanspeter nach, als möchte er sein bedrücktes Herz durch ein offenes Wort erleichtern. Draußen vor der Haus=tür aber, statt zu reden, guckte er schweratmend nach dem Wetter aus. Und dann sagte er: „Heut macht's aber schon ein noblen Tag! So wenn f' an=halt, b' Sonn, da wird der Schnee bald Pfüet dich Gott sagen! Ja!" Seine Stimme hatte einen Klang, als ginge ihm der nahe Abschied des Windes bitter=weh zu Herzen.

Da legte ihm Hanspeter die Hand auf die Schul=ter. „So viel Jahr lang, schau . . . allweil und all=weil hat dein Lachen halbert mein ghört. Solltst mir auch dein Wehdam halbert lassen! Aber ich merk schon, daß mir nix sagen willst. Drum frag ich auch nimmer. Aber mich kannst haben in jeder Stund, das weißt! . . . No also, pfüet dich Gott halt!" Er machte ein paar Schritte gegen das Hoftor. Dann wandte er sich wieder, noch immer mit dem Hut in der Hand. „Z'erst mach ich noch ein Sprüngl zu dem guten Weibl nunter. Wenn s' derfahren muß, was ihr b' Leut schon wieder anhängen möchten, da kunnt s' den ärgsten Schrecken haben davon. Drum sag ich's ihr lieber selber gleich . . . von mir hört sie's leichter. Denn b' Nannimai, weißt, und b' Ilsabeth . . ."

Bei diesem Wort fuhr Roman auf, als hätte ihm Hanspeter brennendes Feuer ins Gesicht geworfen. Und der Zorn erdrückte ihm fast die Stimme.

„Hab ich denn gar kein Ruh net! Kommst mir du auch schon wieder mit dene zwei daher. Da laß mich aus damit! Die zwei, die haben mir den Unfried neingworfen in mein lachets Glück . . . daß mir 's Lachen vergangen is. Mit dene zwei da laß mich aus! Verstehst mich!" Heiser auflachend, mit geballten Fäusten, ging er ins Haus zurück.

Als wäre aus dem blauen Himmel etwas Ungeheuerliches herunter gefallen, dem Hanspeter vor die Füße hin, so sah er mit erschrockenem Blick die Haustür an, in welcher Roman verschwunden war.

„Jetzt hat der auch noch d' Lieb verloren! Der einzige, der's ghabt hat! Der einzig, der sich ebbes sagen hat lassen!"

Große Zähren kollerten ihm über das häßliche Gesicht, als er hinkend hinaustrat auf die Straße immer noch den Hut in der Hand.

5.

Die Leute, welche dem Hanspeter auf der Straße begegneten, sahen ihn verwundert an; und war er vorüber, so drehten sie die Gesichter und lachten. Freilich, die Leute fragten sich nicht lange, was in der Seele dieses doppelten Menschen trauern mochte — sie sahen nur, daß er am hellen Tag mit nassen Augen spazieren ging, den Kopf gesenkt und langsamen Schrittes, den Hut zwischen den verschlungenen Händen, als ginge er in einem Leichenzug hinter der Bahre her.

Erst vor dem Häuschen der Altenöderin fiel es ihm

ein, daß der Hut auf den Kopf gehört. Vor der Haustür atmete er noch schwer; doch als er in die Stube
trat, klang sein Gruß so ruhig wie sonst. „Nammittag
beinander!"

Die Altenöberin lächelte. „Hab mir eh denkt, daß
kommst."

Sie saß mit Lisbeth am Tisch bei der Arbeit. Für
die beiden gab's keinen Feiertag. Nannimai klebte ein
Schweizerhäuschen zusammmen, und Lisbeth leimte die
kleinen, glitzernden Fensterchen an die Kirche, welche
Hanspeter am vergangenen Abend gekauft hatte.

Durch die niederen Fenster fiel die Sonne schräg
herein, noch zur Hälfte über den Tisch; in ihren
Strahlen tanzten die Stäubchen gleich winzigen, silbrig
flimmernden Insekten, und überall schimmerte das
Glitzerzeug, das Rauschgold und die bunten Glasstücke,
die auf dem Tisch und in den Fensternischen lagen.
Dieses feine Lichtgefunkel gab der ärmlichen Stube
etwas Trauliches, fast etwas Märchenhaftes.

„Bei enk, da gfallt's mir so viel gut!" sagte Hanspeter und setzte sich hinter dem Tisch auf die Wandbank. Doch er legte sich nicht wie sonst mit breiten
Ellbogen über die Platte, um aufmerksamen Blickes
jede Bewegung von Lisbeths geschickten Händen anzu-
staunen — heut ließ er die Fäuste auf der Bank liegen
und sah mit müdem Lächeln vor sich nieder.

Die Altenöberin, während sie bosselte und klebte,

begann vom Tauwetter zu reden — hörte man doch die Traufe, die draußen vom Schindelbach niederging, bis in die Stube plätschern. Und während Mutter Annamaria vom nahen Frühling schwatzte, färbte sich ihr welkes Gesicht ein wenig. Denn der Frühling mußte ihr drei schöne Dinge bringen: er machte den hungrigen Ofen satt, Lisbeth brauchte nicht mehr Tag für Tag um's Klaubholz hinauszulaufen in den Wald, und dann wächst auch im Garten, was die Mahlzeit billiger macht.

„Kannst dir denken, Peterl, wie's mich blangt auf's Fruhjahr! Is allweil die beste Zeit im Jahr!"

Lisbeth, als sie die Mutter vom Frühling sprechen hörte, ließ mit leisem Seufzer die Hände ruhen. Sie lehnte sich in den Sessel zurück, strich das krause Schwarzhaar von den Schläfen und blickte träumend in die Sonne. Wie ihr die großen, dunklen Augen glänzten bei diesem stillen Schauen und Sinnen!

Die Altenöderin stieß dem Hanspeter mit der Fußspitze an den Schuh und winkte lächelnd zu ihrem Mädel hinüber. Dann fragte sie: „Kindl, was denkst dir denn?"

Wie erwachend blickte Lisbeth auf, und leichte Röte glitt ihr über das bleiche Gesicht. „Weißt, Mutter ... solchene Wörtln gibt's ... da muß man sich allweil ebbes denken dabei. Das is dir grad wie mit der Uhr: 's Stündl is da, und da muß der Kuckuck schreien. Und so ein Wörtl is mir 's Fruhjahr. Wann ich's hör, da hab ich's allweil in mir . . . ich weiß net wie! Und muß mir denken . . . ich weiß net was! Und was ich mir denken muß, is so viel warm, und in alles scheint mir b'Sonn drein . . . wie jetzt auf'n Tisch daher."

„Ah ja!" Mutter Nannimai nickte. „So hab ich's auch einmal ghabt." Nach einer stummen Weile sagte sie zum Hanspeter: „Was bist denn so stab heut?"

Wie er verlegen wurde, das machte sie aufmerksam, so daß sie ihn prüfend ansah.

Er schien zu suchen, was er reden könnte — und sagte zu Lisbeth: „So viel schön machst mir mein Kirchl!"

Mit freundlichen Augen sah das Mädchen zu ihm auf: „Weil's halt d e i n ghört, weißt!"

Hanspeter wurde rot bis über die Ohren, die wie große, hohle Hände aus seinen struppigen Haaren herausstanden. Er sagte nichts mehr. Aber je länger er saß, desto unruhiger wurde er und desto schwerer blies ihm der Atem durch die Nase.

Mutter Nannimai schien zu merken, daß im Hanspeter etwas kochte, und daß er's nicht fertig brachte, den Deckel zu lüften. Da mußte sie nachhelfen. „Geh, Kindl," sagte sie plötzlich zu Lisbeth, „mach mir ein Sprüngl zum Kramer nüber und hol mir ein frischen Leim. Der alte pickt mir nimmer gut . . . den hab ich schon z'oft aufgwärmt."

Lisbeth nahm ihr Kopftuch von der Ofenstange und ging. Bei der Türe wandte sie sich, als möchte sie den Hanspeter etwas fragen. Aber sie schwieg — und verließ die Stube.

„No also, Peterl?" Die Altenöberin lächelte: „Was willst mir denn?"

Kleinlaut fragte er: „Hast es gmerkt, daß mich ebbes druckt?"

„Dich kenn ich, weißt!"

Seine Stimme schwankte. „Ja, Mutterl, ich muß dir ebbes sagen, aber . . . verschmachen wird's dich ein bißl."

„Ach na! Von dir kann ich alles hören."

„Mutterl! Es is ein bißl ebbes Harts!"

„'s Harte, das tut mir nix. Da weiß ich schon, wie man's nimmt. Ehnder könnt mich was Guts ver schrecken. Da bin ich net gwöhnt dran."

Hanspeter schluckte noch einmal. Und dann brachte er's langsam heraus, wobei seine Stimme immer dünner und höher wurde. „Ich hab mir auch denkt, du hörst es besser von mir, als daß dir's von die Leut einer ins Gsicht 'nein schreit! . . . Schau dir nur an, was d'Leut wieder reden jetzt! Und so dumm, wie's kommen hat müssen! Und ich bin schuld dran!"

„Du?" Die Altenöberin lächelte. Das war eine Anklage, der sie nicht glauben konnte.

„Ja, ich, Mutterl, ich! Grad ich muß schuld sein

dran! Und heut in der Nacht, derweil ich die Klafter kleingmacht hab ... da hab ich mir allweil denkt, ich tu dir ein Gfallen dermit."

„Ja, Bub! Vergeltsgott drum!"

„Na, Mutterl, na! 's Allerdümmste hab ich dir angstellt dermit!" Jetzt war ihm die Zunge gelöst, und da stammelte er's mit einem heißen Sturz von Worten heraus, was der Wächter in der Nacht gesehen haben wollte, und was mit Geschrei schon umlief im ganzen Dorf.

Die Altenöderin sagte keine Silbe dazu. In ihrem welken Gesicht veränderte sich keine Miene; nur ihre Hände zitterten, als sie für das Dächlein des Schweizer-häuschens zwei kleine Sparren ineinander fügte. Erst nach einer Weile, während ihr Hanspeter mit Sorge auf die Lippen sah, fand sie die Sprache und nickte vor sich hin: „So so? Deswegen haben mich b'Leut so angschaut ... heut in Fruh! Und in der Kirch! ... Die Kirch, ja ja, das is grad 's richtige Platzl dazu, daß man so was umeinander tragt."

Ein wenig erleichtert atmete Hanspeter auf. „Wenn du's net ärger nimmst ... ?"

„Ah na!" Sie schüttelte den grauen Kopf. „D'Leut müssen ihr Gaudi haben, weißt! Da muß halt eins drunter leiden ... anders geht's net. Als Kinder, da reißen s' eim Käferl d'Füß aus ... und werden s' gwachsene Leut, so packen s' ein auf der Straßen auf und fragen net lang, wer's is, und reißen ihm 's Herz aus'm Leib . . . weißt, damit s' ein bißl was zum Lachen haben!"

„Na na, Mutterl, na!" stotterte Hanspeter ganz erschrocken. „Da tust ihnen unrecht. Die mehresten sind gut . . . oder sie könnten's sein, wenn's ihnen einer richtig weisen tät."

„Hat's ebba net ein geben, der's ihnen gwiesen hat?" Die Stimme der Altenöberin klang ein wenig schärfer. „Hat er net Herr Jesus Christus g'heißen?"

„No ja . . . freilich . . . aber weißt, das is halt schon ein bißl gar lang her! Jetzt, mein' ich, jetzt müßt's ihnen einer sagen!"

„No? Und der Pfarr is keiner? Erst heut wieder hat er predigt."

„Und so viel schön! Aber ich weiß net, warum . . . dem glauben s' nix."

„Und du?"

Hanspeter wurde rot und stammelte: „Aber geh, Mutterl . . . ich . . ."

„Sagst es ihnen net allweil? Und lachen s' dich net aus? Und schimpfen s' net her hinter deiner, und heißen s' dich net den buckleten Apostel?"

Scheu wehrte Hanspeter mit beiden Händen dieses Wort von sich ab. „Apostel . . . Mar und Josef . . . na, Mutterl, na . . . Apostel bin ich keiner." Und zögernd fügte er bei: „Aber daß ich ein Buckel mach, das is wahr, da kann ich d'Leut net Lugen schimpfen."

„Aber was d' ihnen sagst, das hat kein Buckel ... jeds Wörtl von dir is grad und gut. Warum lusen s' denn net auf? Geh, laß mich aus mit die Leut! Meintwegen ... sollen s' reden, was s' mögen! So was tröpfelt bloß und regnet net." Sie suchte die kleinen Brettchen für das Schindeldach zusammen. „Und was mir gsagt hast, is mir nix neus. Hex heißen s' mich lang schon ... und Hexen müssen's doch mit'm Teufel haben. Wenn d'Leut jetzt von der Hex auf'n Teufel springen, so is Verstand drin, weißt!" Trocken lachte die Altenöderin vor sich hin. „Schad, daß alls Unsinn is!"

„Schad?" Hanspeter machte große Augen, er schien dieses Wort nicht zu begreifen. „Was is schad?"

„Daß man sich dem Teufel net verschreiben kann! Der is ein Schlaucherl! Auf solchene Gschäft, da laßt er sich net ein ... weil er d'Leut viel billiger haben kann. Sonst tät ich's einmal probieren .. bloß daß ich wüßt, was d'Leut dazu sagen täten, wenn's wahr wär. Da müßt er mir ein Haufen Geld bringen. Ein bißl mehr noch, als wie der Wald-hofer hat. Und Hex und Teufel hin oder her ... da täten s' mich zum Burgermeister wählen. So sind d'Leut!"

„Mutter Nannimai ..." dem Hanspeter wollte die Stimme kaum gehorchen, und sein Augen schwammen schon wieder, „daß ich dich gern hab, schau, das

weißt . . . aber so ebbes därfst mir fein nimmer
sagen . . . net einmal im Gspaß! Solchene Reden mag
ich net.“

Lächelnd humpelte die Altenöberin auf ihn zu,
faßte ihn bei den struppigen Haaren und schüttelte
ihm ein wenig den Kopf. „Peterl, du bist ein guter
Kerl! . . . Aber hast recht! Und deintwegen wär’s
mir lieber, ich hätt das traurige Gspaßl net gmacht.“
Sie kehrte seufzend zu ihrem Platz zurück. „Lassen
wir’s gut sein! Lassen wir s’ reden, b’Leut!“ Lauschend hob sie das Gesicht. „’s Kindl kommt! Sei
stad . . . die braucht nix z’wissen . . . solang’s net
sein muß!“

Hastige Schritte im Flur. Und Lisbeth, das Kopftuch von den Haaren zerrend, trat in die Stube. Ihre
Augen brannten, ihr Gesicht war bleich und verstört,
als hätte sich ein Unglück ereignet.

„Kindl? Was hast denn?“ fuhr es der Altenöberin in Schreck und Sorge heraus.

Lisbeth kam bis zum Tisch. Das Kopftuch durch
die zitternden Hände ziehend, sagte sie: „Mutter, ich
bring kein Leim net. Der Kramer . . .“ die Stimme
brach ihr, „der Kramer hat gsagt, er verkauft uns
nix mehr.“

Hanspeter, der nichts anderes mehr zu sehen schien,
als das bleiche Gesicht der Lisbeth, erhob sich schwerfällig und stemmte seine klobigen Fäuste auf die Platte,

daß sich der Tisch verschob. Seine breiten Lippen wurden schmal und weiß, und die Augen funkelten ihm, als wäre in dieser drei Zentner schweren Menschengüte plötzlich der Zorn erwacht, der in fünfundzwanzig Jahren noch niemals Raum in diesem großen Kopf gefunden.

Seufzend nickte ihm die Altenöderin zu. „No also, jetzt brauchen wir keine Heimlichkeiten nimmer." Sie wandte sich zu ihrem Mädel. „So so? Nix mehr verkaufen tut er uns, der Kramer? Is halt so ein guter Christ, gelt ja! Der mag den Teufel net zur Kundschaft haben! Aber von die Wildschützen kauft er b'Rehgaisen, und b'Schwärzer zahlt er aus an jedem Sonntag! . . . No ja, muß ich mir halt mein Leim aus der Stadt verschreiben." Lächelnd begann sie ihre Arbeit wieder.

Mit ratlosem Blick sah Lisbeth die Mutter an, als verstünde sie diese Ruhe nicht. Ganz erloschen klang ihre Stimme: „Mutter! Ja weißt denn schon, was d'Leut von uns reden?"

„Grad haben wir plauscht davon. Der Peterl hat mir's gsagt." Die Altenöderin blickte zu ihrem Mädel auf, und als sie dieses bleiche Gesicht und diese verstörten Augen sah, verlor sie doch ihre Ruhe. Sie warf die Hölzchen, die sie in der Hand hielt, auf den Tisch und preßte den Arm über die Stirne. Aber sie sagte nichts.

Dieses Schweigen der Mutter schien Lisbeths Er=
regung noch zu steigern. Während ihr große Tränen
über die zuckenden Lippen rollten, sah sie balb den
Hanspeter und balb die Mutter an. Und plötzlich,
wie von Sinnen, so recht wie ein Menschenkind in
Todesangst, klammerte sie die Hände um Hanspeters
Arm und schluchzte: „Sag mir's, du . . . därf man
denn über unschuldige Leut so schieche Sachen reden?
Därf unser Herrgott denn so was zulassen? Das mußt
mir sagen, Hanspeter! Du kennst unsern Herrgott . . .
bist so viel gut mit ihm . . . allweil sagst mir: Du
kennst ihn besser als wie die andern alle! Jetzt red!
Därf er denn so was zulassen, wenn er gut sein will
und Grechtigkeit haben? Därf er denn so viel Schlech=
tigkeit zulassen?"

Hanspeter — dem beim Anblick von Lisbeths
Tränen das dicke Wasser in die Augen sprang, als
wäre für ihn das Weinen eine ansteckende Krankheit
— nickte mit schwerem Kopfe langsam vor sich hin.
„Meinen sollt man freilich, er därfet so viel Schlechtig=
keit net zulassen!" An jedem Worte hatte er zu
würgen, und sein Gesicht war ganz verzerrt und ent=
stellt. „Aber biemal laßt er Sachen zu, daß man sich
völlig nimmer auskennt, weißt! Aber laß dir sagen,
Jlsabethl . . ." Vorsichtig und zärtlich, wie eine zer=
brechliche Kostbarkeit, nahm er Lisbeths kleine Hand
zwischen seine klobigen Fäuste. „Bei die Menschen,

schau . . . und wenn's die gscheidesten sind . . da is
der Verstand ein bißl knapp. Endsweit möchten s'
sehen mit ihre kleinen Augen! Und allweil steht ein
Mäuerl da .　und keiner sieht net, was hinter'm
Mäuerl is.　Und was unser Herrgott will . . . schau,
Kindl, das liegt halt allweil hinter'm Mäuerl, und
keiner merkt's, und keiner versteht's! Und diemal ein
Mensch, der möcht kamob über Land gehn und möcht
schön Wetter haben. Aber was tut unser Herrgott?
Der laßt ein Regen fallen. Und da schimpft er halt,
der Mensch. Aber der Herrgott, weißt, der denkt sich:
soll er halt schimpfen, wird schon einsehen, daß ich
recht hab . . . mein Regen macht 's Gras wachsen
und 's Traid!"

Er streichelte die Hand der Schluchzenden, und seine
würgende Stimme wurde ruhiger.

„Schau, Kindl . . . z'erst, wie so reinkommen bist
in d'Stuben, und wie ich dein Gsichtl so sehen hab
müssen . . . da is mir der gache Zorn aufgfahren, schier
daß ich dreinschlagen hätt können. Aber jetzt . . . jetzt
hab ich mich wieder. Jetzt kenn ich mich wieder aus,
Jetzt mußt nimmer weinen! Ich sag dir's, ich: wenn
unser Herrgott d'Leut jetzt solchene Sachen reden laßt . . .
da weiß er, warum! Da hat er sein Gottsverstand und
sein gütigen Willen dabei. Da draus, da wachst ebbes
Guts. Das därfst mir glauben! Ich sag dir's, ich!"

„Ja freilich . . . du guter Kerl, du!" brummte die

Altenöderin und seufzte. „Täten d'Leut an den Herr=
gott glauben, der sein Himmel in d i r drin hat, da
wär freilich ein guts Hausen auf der Welt!"

Mit nassen Augen sah Lisbeth zu ihm auf. Sie
sagte wohl: „Vergeltsgott ... so viel lieb hast wieder
grebt!" Aber seine gläubige Einfalt und sein Gottver=
trauen schienen sie doch nicht über die Kränkung dieser
Stunde hinwegzutrösten. Müden Schrittes ging sie zur
Ofenbank, drückte sich in den Winkel und weinte in
die Hände.

Hanspeter war ihr, wie an einem Stricklein ge=
zogen, ein paar Schritte nachgegangen. Mitten in der
Stube blieb er stehen, und während seine wachsenden
Augen an Lißbeth hingen, bewegte er immer die Hände,
als möchte er irgend etwas greifen. Nun wandte er
sich plötzlich und nahm seinen Hut. Das war ein
Griff — wäre der Hut von Eisen gewesen, er wäre
zerbrochen — aber der mürbe Filz gab nach und
wurde in Hanspeters Faust zu einem formlosen Klum=
pen. Und wie er zur Türe kam, das war kein Schreiten;
wie ein Taumeln war's; als hätte ein ungetümer
Felsblock Füße bekommen und verstünde für den An=
fang das Gehen nicht recht.

„Pfüet dich Gott, Mutterl! Gottslieben Nammit=
tag, Kindl!"

„Peterl?" fragte die Altenöderin. „Wo willst
denn hin?"

„Jetzt, Mutterl, jetzt muß ebbes gschehen! D'Ilsabeth kann ich net weinen sehen. Jetzt muß ebbes
gschehen!“ Das klang, als hätte Hanspeter eine andere
Stimme bekommen. „Ob's unser Herrgott so meint,
oder so . . . jetzt muß ebbes gschehen! Der Herr Pfarr
muß helfen! Und hilft der Herr Pfarr net . . . so
weiß ich ein andern, der hilft. Und der bin ich)! Tu
dich trösten, Ilsabeth . . . unser Herrgott und ich, wir
zwei machen alls wieder recht.“

Auf der Schwelle vergaß er, sich zu bücken, und
stieß mit der Stirne gegen den Balken der niederen
Türe. Das tat einen Plumps, daß die Altenöberin
trotz allem Kummer dieser Stunde noch lachen mußte.

„Das wird alles sein, was er hat davon . . . der
gute Kerl!“ Sie seufzte wieder. „Geh, Kindl, sei gscheid
und tu dich net kränken! 's Leben geht über d'Straßen,
weißt . . . und die is net allweil sauber. Da geht man
halt aus'm Weg. Schau, komm her! Bei der Arbeit
vergißt man alles.“

Ihre Augen trocknend, erhob sich Lisbeth. Sie wollte
zum Tisch. Aber da stieg ihr jäh mit heißer Röte das
Blut in die bleichen Wangen. „Hanspeter . . .“ Nun
schien sie erst zu merken, daß er die Stube schon verlassen hatte. „Hanspeter!“ rief sie, eilte zur Tür und
in den Flur hinaus. „Hanspeter!“

Er war schon draußen im Hof; doch als er ihre
Stimme hörte, kam er mit langen Sprüngen zurück.

Sein Körper füllte die Haustür, daß es im Flur ganz
finster war.

„Kindl, was magst?"

„Ich muß dich was fragen, Hanspeter!"

„Was denn?"

Lisbeth zögerte. „Dein Roman . . ." Die Stimme
brach ihr wieder.

Und Hanspeter stotterte: „Was willst denn . . .
vom Roman . . . sag?"

„Weiß der Waldhofer schon, was d'Leut von uns
reden?"

„Freilich, ja, der hat mir's ja gsagt."

„Und . . . und glaubt der Waldhofer solchene Sachen
von der Mutter und . . . und von mir?"

„Aber . . ." Hanspeter mußte schlucken, bevor er
sprechen konnte. „Aber, Kindl, was fällt dir denn ein?
Der Roman . . . und so ebbes glauben!" Er fühlte,
wie Lisbeth seine Hand umklammerte. Und sie näherte
ihr Gesicht dem seinen, als möchte sie in der Dunkelheit
des Flurs seine Worte s e h e n, nicht nur hören. „Und
schau, der Roman, der weiß ja doch, wer's gwesen is
in der Nacht, der 's Holz gmacht hat."

„Bloß d e s wegen glaubt er's net?"

„Aber Kindl, wie kannst denn so was fragen!" Dem
Hanspeter schien das Antworten sauer zu werden. Und
wär's im Flur nicht so dunkel gewesen, so hätte Lisbeth sehen müssen, wie er vor Erregung und Verlegen-

heit bald dunkelrot und bald wieder bleich wurde.
„Der Roman, weißt, der is von die Gscheiden einer!
Und . . . und von die Guten, ja! Heut, no ja, heut
hat er ein bißl ein Verdruß ghabt, und . . . aber . . .
na na, an mein Roman glaub ich, wie ich an mein
lieben Herrgott glaub . . . schiergar so fest! Und dem
Hüterbuben, weißt, der das dumme Leutgred beim
Mittagessen daherbracht hat . . . ja, du, den hätt er
schiergar gschlagen . . . vor lauter Zorn! Ein Unsinn,
hat er gsagt, ein Unsinn is alles! Ja, du, das hat er
gsagt! Auf Ehr und Seligkeit! 's anter, das weiß ich
net recht — — Aber das eine, Kindl, das kannst mir
glauben: ein Unsinn, hat er gsagt! Und allweil wieder:
ein Unsinn! Na na, Kindl, d e r glaubt's n e t! Müßt
er mein Roman net sein! So gibt's kein zweiten
nimmer, weißt!"

Lisbeth atmete auf. „Vergeltsgott!" sagte sie und
kehrte in die Stube zurück, als wäre aller Groll und
alle Unruh dieser Stunde in ihr erloschen.

Eine Weile noch blieb Hanspeter unter der Haustür stehen und starrte in das Dunkel des Flurs hinein.
Schwer legte er die Hand auf seinen Kopf, wie er es
immer tat, wenn es ihm hart wurde, sich auf etwas zu
besinnen. „Na na!" stotterte er vor sich hin. „Na na . . .
ich hab ihr kein Wörtl net gsagt, das ebba net wahr
wär! . . . Ein Unsinn, so hat er gsagt . . . das is kein
Lug net gwesen!"

Langsam trat er ins Freie und versuchte dem Filzknäul in seiner Faust mit einiger Mühe wieder die Form eines Hutes zu geben.

Als er die Straße erreichte, wurde sein Gesicht immer röter, sein Gang immer schneller. Bei seinem ungefügen Körper war das anzusehen, als müßte er bei jedem Schritt das Gleichgewicht verlieren. Dabei murmelte er immer halblaute Worte vor sich hin.

Der Staudamer-Mickei, der ihm begegnete, und der es wie alle die anderen im Dorfe gewöhnt war, daß der Hanspeter schön bescheiden aus dem Wege ging, blieb lachend vor ihm stehen. Aber Hanspeter wollte zum erstenmal in seinem Leben freie Straße haben und schob den Lachenden mit dem Arm beiseite, ganz sanft nur — doch das genügte, daß der Bursche über den Wegrain hinaus und gegen den Zaun der Wiese taumelte. Im ersten Augenblick war Mickei so verblüfft, daß er kein Wort zu sagen wußte; dann riß er in Zorn einen Zaunpfahl aus dem Schnee heraus und warf ihn schimpfend dem Hanspeter nach. Der hatte es aber eilig und merkte gar nicht, daß ihm ein kollerndes Holzstück gegen die Beine schlug. Schien er doch auch vergessen zu haben, daß er einen hinkenden Fuß und einen geschwollenen Knöchel hatte!

Immer länger wurden seine Schritte, und immer lauter schwatzte er vor sich hin — wie einer, der sich eine Rede einstudiert.

Um den Pfarrhof zu erreichen, mußte er durch den Gottesacker und an der Kirche vorüber. Während er zwischen den Gräbern und Kreuzen hinschritt, blickte er mit suchenden Augen umher; seit seiner Kindheit war ihm das so als Gewohnheit geblieben: so oft er den Friedhof betrat, mit irrendem Blick nach seiner Mutter Grab zu suchen, von welchem keiner im Dorfe mehr wußte, wo es lag.

Als er an der Kirche vorüberging, rührte er mit der Hand immer wieder an die Mauer, als müßte von diesen geweihten Steinen durch die Berührung etwas auf ihn überfließen, etwas Gutes und Heiliges. Bei der offenen Kirchentür bekreuzte er sich und nickte in den kalten, totenstillen Raum hinein — wie man einen lieben und guten Bekannten grüßt.

„Du und ich, wir zwei, wir halten zamm, gelt ja?"

So schwatzte er vor sich hin, während er weiter eilte. „Du haltst zu mir, und ich halt zu dir! Müßt ich net wissen, wer bist! Müßt ich mein Heimat net haben in deim heiligen Haus!"

Und das war nicht bildlich von seiner frommen Seele gemeint. Das war so in Wirklichkeit: der Hanspeter hatte seine Heimat in der Kirche.

Vor fünfundzwanzig Jahren und ein halbes Jährlein drüber, da war unter den fremden Weibsleuten, wie sie zur Erntezeit im Gebirg umherziehen, um sich an die Bauern zur Arbeit zu verdingen, auch ein junges, kränklich und elend aussehendes Ding ins Dorf gekommen. Man merkte ihr's an, daß sie keinen weiten Weg mehr bis zu ihrem schweren Stünblein hatte. Drum hörte sie grobe Worte, wo sie anpochte. Aber es war Mangel an Arbeitskräften — und so nahm sie schließlich einer. Maruschka Zbazilek war ihr Name. Sie wußte nur ein paar deutsche Worte zu sagen, und da die Bauern nicht böhmisch verstanden, fragte man sie nicht viel. Daß sie bei der Ernte ihre Arbeit tat, das genügte. Ihr Zuname war für die ungelenke Zunge der Gebirgler eine schwierige Sache; drum wurde er in Scherz und Spott zu allen möglichen und unmöglichen Formen verstümmelt, was viel zu lachen gab. Und gleich nach den ersten Tagen brachte man ihr einen Spitznamen auf: die Tröpfl-Maruschka — denn bei der Arbeit weinte sie immer. Am Abend,

wenn die jahr-
löhnigen Knech-
te und Mägde
singend und
schäkernd
heimwander-
ten ins Dorf,
blieb Marusch-
ka auf dem
Acker draußen,
aß im Graben
ihr Brot und
schlüpfte zur
Herberg in
einen der offenen Heu-
schuppen, die auf den
Feldern umherstanden.

In einer Nacht aber, da kam sie ins Dorf, und
um Einlaß bettelnd, ging sie von Haus zu Haus.
Überall warf man ihr mit scheltenden Worten die Tür
vor der Nase zu. Keiner wollte die ‚böhmische Bescherung‘ unter seinem Dach haben. Nur die Kirchentür stand offen.

Am anderen Morgen, gegen vier Uhr, als der
Meßner mit der Laterne in die dämmerige Kirche kam,
um mit der großen und kleinen Glocke den Mariengruß
und den Feldsegen zu läuten, hörte er beim Liebfrauen-

altar das Wimmern eines Kindes. Er glaubte an bösen
Spuck und rannte davon, um den Pfarrer zu wecken
und tapfere Männer zum Beistand zu holen. Da gab's
einen lärmenden Aufruhr ab. Das halbe Dorf kam
herbeigelaufen, denn die Leute waren schon auf dem
Weg zu den Feldern. Und Herr Felician Horadam,
damals noch ein Mann in den besten Jahren, mußte
wider Willen den abergläubischen Schreiern den Gefallen
tun und den Exorcismus sprechen, bevor man die
Kirche betrat. Da fand man auf der Holzstufe vor dem
Liebfrauenaltar ein neugeborenes Knäblein, so kräftig
entwickelt, daß sich die reichste Bäuerin solch eines gefunden Sprößlings mit Stolz hätte rühmen dürfen
— und neben dem warmen, schreienden Buben lag die
tote Mutter, schon kalt und starr, die Hände noch verschlungen wie zum Gebet.

Die stille Maruschka, deren verkrampfte Hände
sie nicht mehr lösen konnten, begruben sie noch am
gleichen Tage irgendwo an der Friedhofmauer. Und
den verwaisten Kirchenfindling taufte Herr Felician
Horadam auf die Namen zweier Apostel — das war
wie in unbewußter Vorahnung der frommen Kräfte,
die in Peter Johannes Zdazilek dereinst erwachen sollten.

Es war aber auch für das Dorf wie eine böse
Prophezeiung, daß sich an Hanspeters Eintritt in das
Leben ein großer Ärger für die Gemeinde knüpfte. Herr
Felician Horadam versuchte wohl die erregten Gemüter

seiner ‚lieben Kinder in Christo‘ zu beschwichtigen. Aber
die Kirche war entweiht, sie mußte von neuem ein=
gesegnet werden — das machte Verdruß, und was noch
schlimmer wog, das machte auch ‚Unkösten‘. So war
vom Bürgermeister, dem gottseligen Großvater der
Staudamer=Julei, bis herunter zum kleinsten Steuer=
zahler jeder Bauer im Dorf gar übel auf das ‚Kirchen=
ratzl‘ zu sprechen, daß sie im ersten Zorn am liebsten
der stillen Maruschka in die Grube nachgeworfen hätten.
Doch Herr Felician Horadam sprach ein Machtwort.
In seinem gutmütigen Erbarmen hätte er den Findling
gerne in den Pfarrhof genommen; aber Jungfer Kathrin,
seine Köchin, hatte einen unbesiegbaren Widerwillen
gegen Kindergeschrei und mehr noch gegen Kinderwäsche;
auch meinte sie, ein Kind im Pfarrhof wäre ebenso wenig
an seinem Platze, wie ein Wochenbett in der Kirche.
Sie setzte ihren Willen durch, und Herr Felician Horadam
mußte sich mit seinem Mitleid fügen. Er äußerte sich
an jenem Tage mit Seufzen gegen den Schulmeister: daß
der große und politisch kluge Papst Gregorius, der die
scharfen Zölibatgesetze erließ, den geistlichen Herren wohl
die ablenkenden Freuden der Ehe verwehrt, sie aber nicht
gefeit hätte wider den Pantoffel der unentbehrlichen
Köchin — und ein Pantoffel, der nur geschwungen würde,
ohne daß ihn während der Ruhepausen ein liebes Füß=
chen füllt, solch ein hohler Pantoffel wäre eine doppelt
gefährliche Waffe.

Doch eines setzte Herr Felician durch): daß er für den kleinen Hanspeter anschaffen durfte, was ein Kindlein für die ersten Jahre braucht, und daß die Gemeinde auf ihre Kosten den Findling zu einer alten Wittib in Pflege gab, welche man die ‚Schützin‘ nannte, weil ihr Seliger im Dorfe der Flurschütz gewesen.

Ein stilles, einsames Kind — in dem häßlichen Gesicht zwei wasserblaue Augen, aus denen schon Gedanken sprachen, bevor es noch schwatzen konnte. Weil sich nur selten jemand mit dem Kinde abgab, lernte es das Reden erst im vierten Jahr. Im langen Bergwinter saß es vom Morgen bis zum Abend neben dem Ofen auf dem Lehmboden der Stube, vom Frühling bis zum Herbste einen Tag um den andern vor der Haustür bei den Hühnern im Sande — auch wenn es regnete. Je weniger sich die Schützin mit dem Buben abgab, um so zärtlicher hing er an dem alten Weib; und je mehr sie ihn hungern ließ, um so kräftiger gedieh er, als wär' es die Luft und die Einsamkeit, die ihn speisten. Als er ins achte Jahr ging und reif für die Schule wurde, starb die Schützin; der Doppelverwaiste schrie und jammerte nicht; er konnte noch nicht verstehen, was Sterben heißt, konnte nicht begreifen, daß der Tod etwas Härteres wäre, als das Leben. Aber durch Wochen und Wochen bekam er immer nasse Augen, so oft ihn jemand anredete.

Ein Beschluß des Gemeinderates verwies ihn auf

die Wanderschüffel. Sechs Bauern wurden ausgelost, von denen jeder an einem anderen Tag der Woche dem Buben Futter und Herberg zu bieten hatte. Am Sonntag durfte er bei der Jungfer Kathrin im Pfarrhof essen — die ganze Woche hatte er immer Angst vor diesem Ehrentag. Sein Fest- und Feiertag aber war der Mittwoch im Waldhof und beim Roman. Denn die Waldhoferin hatte eine Hand, die gern und ohne Vorwurf gab, und der kleine Roman konnte so herzlich lachen — eine Kunst, welche die Schützin ihren Pflegling nie gelehrt hatte. Und das Lachen zieht die traurigen Menschen an, wie das Licht die vom Regen gebeugten Blumenköpfchen. Und alles, was dem verwaisten Buben fehlte, das alles hatte der Roman in Hülle und Fülle. Solch einen Begnadeten des Lebens muß man lieben, wie die frierende Erde die Sonne liebt, die Nuß ihren Kern, die graue Wurzel ihre farbige Blüte. Und das Herz des armen Buben hungerte nach Liebe — sein Magen war das Darben gewöhnt, aber sein Herz wollte satt werden, und so begann es am Roman und an seinem Glück und Lachen zu zehren, wie der kalte Morgen am warmen Tag. Und der Roman war ja doch auch so gut mit ihm — nie hörte er von Roman ein Schimpfwort wie von den anderen Buben, nie einen Spitznamen.

Der Roman sagte zu ihm nur: ‚Hanspeter‘ — sogar ‚l i e b e r Hanspeter‘! Die anderen aber, die Alten

wie die Jungen, hatten so viele Namen für ihn, daß er
selbst sie alle nicht hätte aufzählen können. ‚Hans Zdazilek‘
— das ging ihnen niemals ohne Stolpern über
die Zunge — drum nannten sie ihn den ‚Züngerl-
Wehdam‘ und den ‚Maulbeißer‘. Und was sie mit der
Maruschka getrieben hatten, trieben sie mit dem Buben
weiter: sie verstümmelten seinen Namen zu allen nur
erdenklichen Ablauten — das einzige Erbteil, das von
seiner Mutter auf ihn gekommen war. Und jeder
neue Tag bereicherte diese Sammlung. Spatzenschreck,
Katzenfleck, Batzenweck, Ratzenspeck — so lauteten unter
seinen Spitznamen noch die mildesten. Aber bekanntlich
ist der Teufel eine Spottgeburt aus Feuer und noch
einem anderen Ding, das mit der zweiten Silbe in
Hanspeters Zunamen eine bedenklich reimende Ähnlichkeit besitzt. Das kostete den gemarterten Buben
gar viele, bittere Tränen. Und er weinte so leicht!
Freilich, dieses flink und reichlich fließende Wasser
war die einzige schwache Waffe und der einzige Trost
des Wehrlosen.

Einer unter all seinen Spitznamen, der ‚böhmische
Peterl‘, gab dem Buben immer viel zu denken. Peterl
— das hätte er sich gern gefallen lassen. Aber warum
sie ‚böhmisch‘ sagten, das verstand er nicht. Denn
niemals hatte ihm die Schützin von seiner Mutter gesprochen, nicht aus Zartgefühl, sondern weil sie überhaupt
nicht viel mit dem Buben redete. Doch als er von

Schüssel zu Schüssel wandern mußte, warfen sie ihm
den Merk an die Mutter bei jedem widerwillig ge-
reichten Bissen wie einen Schimpf ins Gesicht. Als er's
zum erstenmal hörte, wurde der Bub kreidebleich und
zitterte bis in die plumpen Knochen.

Ein paar Wochen trug er es still und ängstlich mit
sich herum. Eines Abends, als er mit Roman im Wies-
garten des Waldhofes hinter der Hecke saß, blickte er mit
seinen irrenden Augen, die wieder einmal naß waren,
lange zum dämmrigen Himmel hinauf. Dann plötzlich
fragte er: „Mandi? . . . Weißt mir net ebbes von
meiner Mutter?"

Aber Roman wußte nichts. „Wart," sagte er,
„da frag ich mein Vatern: der weiß alls!" Und am
anderen Morgen brachte er's dem Hanspeter mit in
die Schule: „Der Vater hat mir nix gsagt, aber von
der Mutter weiß ich's: Maruschka hat s' gheißen, die
deinig, und in der Kirch hat s' dich niederglegt als
Kindl, und in derselbigen Nacht hat s' sterben müssen . . .
sagt d' Mutter."

„Sterben hat s' müssen? . . . Wie d' Schützin?"

Mandi besann sich ein wenig. „Ja ja, wird schon so
gwesen sein. 's Sterben, mein' ich, is allweil gleich bei die
Leut. Sie machen halt d' Augen zu und lachen nimmer."

Dem Hanspeter wurden die nassen Wangen heiß,
und hastig fragte er: „Mein Mutter hat 's Lachen können?
Wie du?"

Da fuhr der Lehrer mit dem Haselnußstecken zwi=
schen das Gezischel der beiden Buben. Mandi steckte
die Nase ins Buch, aber mit Hanspeters Aufmerksam=

keit war's für
diesen Vormit=
tag vorbei. Und weil ihn
der Lehrer zweimal darüber erwischte, daß er nicht
wußte, wovon die Rede war, mußte Hanspeter über
die Mittagszeit bis zur Nachmittagsschule nachsitzen
und zwanzigmal den Satz schreiben: „Das Kind soll
in der Schule aufmerken."

In drei einsamen Stunden brachte der Bub diese Weisheit siebenmal aufs Papier — aber mehr Kleye und Tränen waren auf dem Blatt als Worte. Alle Finger waren ihm bis über die Knöchel schwarz von Tinte, und rings um Mund und Augen hatte er schwarze Striche.

Von diesem Tag an fragte Hanspeter jeden Menschen, mit dem er allein war: „Du! Weißt mir net ebbes von meiner Mutter?" Aber da bekam er von lachenden Leuten so sonderbar lustige Dinge zu hören, daß er bald den Mut verlor, noch weiter zu fragen. Nur eins noch wollte er wissen: wo die Maruschka begraben läge.

„Bei der Mauer umeinand, da muß s' wo liegen!" Genauer konnte ihm's keiner sagen, denn sie hatte weder Hügel noch Kreuz bekommen. Und wenn der Hanspeter bei der Mauer suchen ging, ob nicht an einer Stelle mehr Blumen stünden als sonst im Gras, dann trat er nur mit den Fußspitzen auf.

Von seiner Mutter aber sprach er mit keinem Menschen mehr; nur mit dem Roman.

Mit vierzehn Jahren nahmen sie ihn aus der Schule, weil ihn die Bauern nicht länger füttern wollten, und weil er schon so groß und stark war wie ein Zwanzigjähriger und Fäuste hatte wie ein fertiges Mannsbild. Sie machten ihn zum Gaishirten. Nun aß er sein eigenes Brot, und das Leben wurde ihm leichter. Doch er blieb ein stiller ‚Sinnierer'. Droben auf den Almen,

während seine Gaisen weideten, saß er tagelang auf
einem Fleck, immer mit den Augen im Blau oder mit
der Stirn zwischen den Händen. Und lachend sagten
die Leute: wenn ihm der Kopf so unförmig und doppelt
auswüchse, so käme das vom vielen Denken, das bekanntlich nicht gesund ist.

Einige Jahre später, im Sommer, starb der Großvater der Staudamer-Julei, und Romans Vater wurde
zum Bürgermeister gewählt. Gleich am ersten Sonntag
nach der Wahl kam Hanspeter von der Alm herunter in
den Waldhof. Da war er in seinem Wuchse schon so
ungetüm, daß er die Haustür füllte, und daß in
der Stube die Bodenbretter krachten unter seinem
Schritt.

Der Waldhofer und sein Weib waren ausgegangen.
Nur Roman war daheim; der rauchte sein Pfeiflein und
hatte Augen, die wie der lachende Frühling schauten.
War's doch der Sonntag, an dem er die Staudamer-
Julei zum erstenmal ‚so gspaffig‘ angesehen hatte!

„Nammittag!" sagte Hanspeter und strich sich
mit seiner schweren, langsamen Hand das Haar in
die Stirne. „Mandi, heut kunntst mir ein Gfallen tun!"

Roman lachte. „Alls, Peterl, heut kannst alls von
mir haben!"

„Schau, es geht mir halt allweil nach, daß ich schier
gar niz weiß von meiner Mutter, und wo s' ihr Heimat
hat. Kunnten ja von der Mutter noch Gschwisterleut

leben   Gott weiß wo. Kunnt ihnen schlecht gehn, schau . . . und . . . jetzt hab ich mir ein bißl ebbes verspart. Magst net dein Vatern angehn drum, daß er ein wengerl nachschaut in die alten Gmeinschriften. Jetzt is er ja Burgermeister . . . leicht kunnt er ebbs finden von meiner Mutter. Ob j' ebba verheirat gwesen is, und . . . ob ebba net . . ." Dem Hanspeter wurde trotz seiner mächtigen Brust das Atmen so schwer, daß er nicht weitersprechen konnte.

„Weißt, was, Peterl?" sagte Roman herzlich, gerührt von diesem würgenden Schmerz, der sich mit keinem Laut verriet. „Da wart ich gar net, bis der Vater kommt. Die Gmeinschriften sind alle schon im Haus. Schauen wir gleich selber nach. Magst?"

Den ganzen Nachmittag saßen sie über den dickleibigen Gemeindematrikeln. Endlich fanden sie im Gedingbuch den Vermerk: „Beim Rochlbauer ist eingestanden Marußka Tschtaßilek eine Benunin. Unbekannt von wo. Heimezschein hat nich. Geht mitn Kind." Und auf dem Rand des Buches war von anderer Hand und mit anderer Tinte dazugeschrieben: „Daß Ludder hat die heilig Kirch verschandt, hat nui gweicht wern müeßn, hat viel Schreibnis unt Verdruß gmacht."

Roman war verlegen geworden, und Hanspeter starrte mit nassen Augen die windschiefen Buchstaben an. Ohne ein Wort zu sagen, erhob er sich und verließ die Stube.

Nun sprach er auch mit dem Roman nicht mehr von seiner Mutter. —

Zwei Jahre später, im Herbst, wurde Roman ausgelost und ‚behalten‘. Den Hanspeter nahmen sie nicht — weil er Plattfüße hatte und weil man bei den Soldaten Menschen braucht, nicht Elefanten. Die Front hätte sich ja vor Lachen nicht ruhig halten können, wäre dieser Ungeschlacht mit seinen vier Ellbogen in der Reihe gestanden!

Und der junge Waldhofer, als er lachend und singend, die blühende Liebe im Herzen, mit den anderen Sträußlbuben zum Dorf hinauswanderte, wußte gar nicht, wie viel mit ihm für den Hanspeter davonging, der sich um ‚seinen‘ Roman die Augen rotweinte.

In diesem Winter ging mit dem böhmischen Peterl eine merkwürdige Wandlung vor.

Habt ihr schon einmal gesehen, wie in einem See ein Tropfen Öl aufs Wasser fällt? Der geht mit schillernden Farben auseinander, wächst wie ein Zauberschild in die Runde und dehnt sich immer weiter und weiter, bis er mit seinem bunten Schimmerglanz das ganze Wasser bedeckt, so weit ihr sehen könnt.

So fiel die verwaiste Liebe, die Hanspeter für die Mutter und für den Roman in seinem großen, schwer pumpenden Herzen trug, auf alle die anderen Menschen im Dorf. Er, der die Leute bisher gemieden hatte wie ein verprügelter Hund, wurde freundlich und gefällig gegen alle. Was jeder nur wollte, konnte er vom Hanspeter haben. Das nützten sie auch gehörig aus. Der eine ließ ihn für sich arbeiten, der andere ließ ihn um ein Vergeltsgott botenlaufen, ein dritter schwatzte ihm die ersparten Groschen ab — und dann lachten sie über ihn. Das merkte er wohl, doch er trug es ihnen nicht nach. Er war zu fromm und zu bescheiden, um jene schönen Worte des Heilands auf sich anzuwenden: „Sie wissen nicht, was sie tun!" Aber er fühlte ihren Sinn. Und blieb der gleiche, was sie auch trieben mit ihm. Er mußte lieben, weil er nach Liebe hungerte. Und die rechte Liebe, die muß geben, bevor sie nehmen will. —

Im folgenden Sommer, nachdem er zwei Jahre schon als Jungviehhirt gedient hatte, wurde er als Senn genommen. Und da gab's einmal in seiner Hütte einen seltsamen Auftritt. Am Morgen eines blauen Montags kehrte bei ihm ein Dutzend junger Burschen ein, die zum Sonntag abend ihre Schätzlein auf den Almen besucht hatten. Ehe sie den Heimweg antraten, wollten sie noch ihre lustige ‚Gaudi‘ haben, und so hatten sie sich in Hanspeters Hütte zusammenbestellt, um nach Verabredung dem guten ‚Flohannes Katzenspeck‘ die geduldige Seelenfeder so lange aufzuziehen, bis es einen Knax gäbe. Dieses drei Zentner schwere Lämmlein einmal in springende Wut zu bringen, einmal zu sehen, wie die Milchsuppe

seiner Gutmütigkeit ins Kochen geriete — das müßte
was zu lachen geben!

Schwaßend, kichernd und ihre Pfeifen schmauchend,
saßen sie um das Herdfeuer, während Hanspeter, der
sich in seiner Arbeit nicht stören ließ, am Butterkasten
die Kurbel drehte. Alle Saiten ihres Spottes zogen
sie auf, diese Zwerge, die mit dem Riesen spielten und
sich stark fühlten im Dußend. „Ja, ja, is schon recht,
tuts nur lachen, Buben, 's Lachen is ebbes schöns!"
sagte Hanspeter. Gleichmäßig trieb er die Kurbel und
ließ sich allen Schabernack gefallen, den sie ihm an
den Kopf warfen, erst wie Schneeballen und dann wie
grobe Steine. Sie zogen ihn durch die Hechel, wie die
Spinnerin ihren Flachs. Aber kein Spott über die
Stadeltore seiner Luser, über sein böhmisches Löschhütl,
über das Trampularium seiner unförmigen Gestalt und
über das schlotternde Meßensackl seiner ungeheuerlichen
Hose wollte die erhoffte Wirkung üben. Schließlich
wurde ihnen das langweilig: zwecklos auf einen Esel
loszuschlagen, der sich nicht wehrt und nur immer
geduldig trägt. Schon fingen sie an, sich untereinander
mit Stichelreden zu traktieren. Einer machte noch den
Versuch, dem Hanspeter eine heimliche Liebe anzu-
dichten — drüben auf der Nachbaralm, vor dem Kammer-
fenster der Nannei, hätte man am Morgen menschliche
Trittspuren gefunden, groß wie die Fährte eines
doppelten Ochsen! Aber da kam der Spötter übel

an — nicht beim Hanspeter, sondern bei einem der
Burschen, dessen Schatz die Nannei war. Die beiden,
die als gute Kameraden gekommen waren, fuhren sich
mit grobem Schimpf in die Haare, mit saftigen
Worten schrien die anderen dazwischen, im Nu war
das Dutzend Freunde in zwei hadernde Parteien gespalten — und just, als Hanspeter die fertige Butter
aus dem Kasten heben wollte, ging mit trommelnden
Fäusten ein kreischender Spektakel los, und ein raufen-
der, sich balgender Knäuel erfüllte die Sennhütte.

Erschrocken hatte Hanspeter den Butterballen
wieder in den Kasten zurückgeworfen. Und als er sah,
daß einer der Burschen nach dem Messer griff, wußte
er, um einen blutigen Ausgang der Rauferei zu ver-
hindern, im ersten Entsetzen kein besseres Mittel, als
daß er den großen, schweren Kasten packte und seinen
ganzen Inhalt, einen halben Eimer Rührmilch mitsamt der frischen Butter über den Knäuel der Raufenden ausgoß. Als dieser weiße, dicke, schmalzige Regen
auf die heißen Köpfe niederging, war der Frieden im
Nu gestiftet. Und Hanspeter mit nassen Augen —
hatte es ihm die Stunde eingegeben? oder war's eine
Frucht der stillen einsamen Gedanken, die seit Jahr
und Tag durch seinen großen, häßlichen Kopf ihren
langsamen, schönen Gang genommen? — er rief den
weißtriefenden Streitern mit seiner dünnen Kinder-
stimme zu: „Ja Buben? Ja seids denn Heidenleut

ober seids noch Christen? Dürfen denn Christen einand
derschlagen und derstechen? Heißt Christ sein ebba
net: daß man zammhalten muß in Güt und Frieden?
Bsinnt sich denn keiner von enk auf unsern lieben Heiland? So laßts enk sagen, Buben . . . laßts enk sagen
von mir, wie 's beste gheißen hat von seine guten
Wörtln! Liebet einander, hat's gheißen! Liebet einand!
Denn d' Lieb is 's einzig und 's beste, d' Lieb is d'
Sonn auf der Welt, und wo d' Lieb ihr Hausen hat,
da is lachete Zeit!"

Erst standen sie verdutzt und sahen, während die
weißen Tropfen an ihnen herunterrannen, mit aufgerissenen Mäulern den Hanspeter an. Dann brachen
sie in johlendes Gelächter aus. Und während die einen
mit Lachen zu schimpfen begannen und die saftigsten
Scherze an dieses verblüffende Evangelium der Liebe
knüpften, liefen die anderen schon hinaus zum Brunnen,
um den Butterschmuck und die Rührmilch von ihren
Köpfen zu waschen. —

Diese Geschichte machte noch am Abend des gleichen
Tages die lachende Runde durch das ganze Dorf, und
ihre einzige Wirkung war, daß für den Hanspeter zwei
neue Spitznamen aufkamen: ,die verliebte Christenheit'
und ,der Lieb'einand'. Doch nein — daß der Geist
der Liebe über den Hanspeter gekommen war, das
hatte noch etwas anderes im Gefolge. Denn unter all
den lachenden Bauern war ein einziger, welcher nicht

lachte: der Bachbauer, auf dessen Alm der Hanspeter
in Diensten stand. Der schimpfte wie ein Rohrspatz
im ganzen Dorf herum: was für ein Senn das wäre,
der mit Butter und Rührmilch umginge wie die Magd
mit dem Spülwasser! Von diesem Vorwurf kam der
Bauer auch gleich auf einen anderen: ein Kerl, der
seine drei Zentner wiegt, der hat auch einen ‚driedoppelten‘ Hunger und muß im Vergleich zu einem
wohlproportionierten Christenmenschen auch das doppelte
und dreifache Futter laden. Was aber den Hanspeter
mästet, das zehrt am Almgewinn und macht den
Bauern mager.

Als der Sommer vorüber war, hatte der Bachbauer
durch Hanspeters fleißige und redliche Arbeit einen
größeren Senngewinn erzielt, als noch jemals in einer
Almzeit. Aber der Bauer rechnete: „Wär einer mit
kleinerem Mager mein Senn gewesen, so hätt ich bei
dem guten Grasjahr noch mehr gewonnen!" Drum
schimpfte er weiter. Und als Hanspeter anfragte:
„Gelt, Bauer, bist zfrieden und bhaltst mich schon für's
nächste Jahr?" . . . da bekam er mit seinem Abschied
noch eine Grobheit zu hören, die an das Kapitel von
der Liebe und an die verschüttete Buttermilch erinnerte.
Und die anderen Bauern ließen sich die böse Erfahrung,
die der Bachbauer mit seinem ‚driedoppelten‘ Sennen
gemacht hatte, zur Warnung sein.

Hanspeter mußte Taglöhner werden. Das war ein

saures Brot und ein hartes Leben, denn man rief ihn immer nur zu jener Arbeit, die für jeden anderen zu schwer und zu schlecht war. Aber dem Hanspeter wog alles gleich — wenn er nur schaffen durfte und schwitzen für andere. Und schließlich sagte er: „'s reine Glück, daß ich nimmer Senn bin! Sell droben, da hab ich so viel feiern müssen. Aber jetzt, Gott sei dank, jetzt können s' mich brauchen, d' Leut . . . Tag und Nacht! Und was keiner net fertig bringt, das mach allweil ich noch! Und der liebe Herrgott hilft mir!" Arbeit, gegen die man sich sträubt — so was kannte der Hanspeter nicht. Wenn er eine Stallgrube zu reinigen und frisch zu pflastern hatte, und es rief ihm einer lachend zu: „Schmeckete Arbeit, was?" — dann schüttelte er den Kopf und sagte ernst: „Arbeit is Arbeit. Alls muß sein! Kommt alls vom lieben Herrgott her! Wann er's net haben möcht und wann's kein Nutzen net hätt, so wär's net da. Aus'm Mist, da macht er Bleameln und Traid. Und 's Wasser hat er gschaffen, daß sich der Mensch wieder säubern kann . . . net bloß für'n Durst."

Daß Hanspeter nicht mehr Senn war, das brachte ihm, neben der schönen Erkenntnis von der Notwendigkeit aller Dinge, noch ein anderes Glück. Jetzt blieb er den ganzen Sommer im Dorf und konnte jeden Sonn- und Feiertag die Kirche besuchen. Wahrhaftig, ein Glück für ihn! In der Kirche war ihm so wohl —

da fühlte er sich daheim. Und wenn er mit stillem
Lächeln betete, Stunde um Stunde, hingen seine blauen
Kinderaugen immer und immer an der Holzstufe des
Liebfrauenaltars: an seiner Wiege, an dem Sterbe-
bett seiner Mutter. Und all die vielen guten Gedanken,
die für den Hanspeter aus den alten Brettern herauf-
stiegen und ihm hineinwuchsen in das gläubige Herz —
all diese Gedanken trug er aus der Kirche hinaus in
den Haber des Dorfes, und was ihn selber so ganz
erfüllte, das wollte er auch den andern auf die Seele
legen, als Honig auf das rauhe Kleienbrot des Lebens.
Das bildete sich immer mehr bei ihm aus: daß er
nicht mehr wie die anderen von allen gleichgültigen
Dingen schwatzen konnte — immer mußte er etwas
sagen, immer war's eine freundliche Lehre, immer
ein Weiser nach Gottes Gerechtigkeit und Güte, immer
wieder das Wörtlein: „Liebet einander, und alls is
gut!" Und weil er bei solchen Reden immer den
breiten Rücken krümmte, als müßte er sich in Demut
beugen und möchte noch kleiner sein als die anderen
mit ihren aufrechten Köpfen, drum begannen sie ihn
den ,buckleten Apostel' zu nennen. Daß sie immer
lachten, so oft ihm das Wörtlein ,Liebe' über die Zunge
kam, das störte und kränkte ihn nicht. „Auf's erstmal
hören f' halt net! Aber sagst es ihnen allweil und allweil wieder, so bleibt schon ein bißl was hängen.
Ah ja!"

Zwei Jahre vergingen, und fast vergaß man im Dorf alle anderen Spitznamen des Hanspeter über dem einen: der bucklete Apostel!

Im Frühling, eines Abends, als er von der Arbeit heimwanderte, sah er ein Häuflein schwatzender Leute vor der kleinen Hütte stehen, die der Gemeinde gehörte und seit Jahren keinen Inwohner mehr gehabt hatte. Im Hof, in dem das Unkraut wucherte, stand ein Leiterwagen, mit ärmlichem Hausgerät beladen. Eine alte Frau und ein junges Mädel — die Altenöberin mit ihrer Lisbeth — plagten sich gerade, um einen schweren Kasten vom Wagen zu heben. Das brachten sie nicht fertig, und von den neugierigen Leuten rührte sich niemand, um ihnen zu helfen.

Da lehnte Hanspeter seinen Spaten und die Spitz-hacke an den Zaun, hob den Kasten mit leichtem Ruck auf seinen breiten Buckel und fragte: „Wo muß er denn hin, Weiberl?"

Die Altenöberin war im ersten Augenblick ganz erschrocken, als sie diesen doppelten Menschen in seiner Häßlichkeit und Unform sah. Dann aber wurden ihr die Augen feucht, und sie stotterte: „Tauset Vergelts-gott! Bist so viel gut, du!" Auch Lisbeth sah ihn ver-wundert an, sagte einen leisen Dank — und ging dem Hanspeter voraus in die Hütte.

Nicht nur den Kasten, auch alles andere Gerät noch trug er ihnen vom Wagen ins Haus. Bis spät in die

Nacht hinein half er den beiden räumen und in der
Hütte sauber machen. Dann lief er auch noch zum
Wirtshaus hinunter, holte einen Krug Bier und Brot
und Rauchfleisch, nahm kein Geld dafür an, wie hart=
näckig es ihm die Altenöberin auch aufbrängen wollte
— und sagte: das wäre zum Einstand in der neuen
Heimat, zum Willkomm im Namen von allen lieben
Nachbarn. „Denn bei uns im Ort, da gibt's kein gute
Leut! Das därfst mir glauben, Weiberl!"

Während die beiden aßen, saß er bei ihnen am
Tisch, den er auf seinem Buckel in die Stube getragen
— hörte zu, wie ihm die Altenöberin erzählte, wer
sie wäre und woher sie käme — und sah dabei immer
mit staunenden Augen das schmale', feine Gesicht der
Lisbeth an.

Als er spät in der lauen Frühlingsnacht und unter
funkelnden Sternen die Straße zu seiner Herberg hin=
unterging, Spaten und Spitzhacke auf der Schulter,
sang er mit lauter Stimme vor sich hin. Schön klang
das freilich nicht — es war zum erstenmal in seinem
Leben, daß der Hanspeter das Singen probierte. Der
Nachtwächter, der ihm begegnete, rief ihn lachend an:
„He, du, das tut aber gar net fein! Kannst es net
besser, so laß's lieber bleiben!" Und Hanspeter er=
widerte: „Wenn's so leicht wär, weißt, so wär's kein
Kunst net! Alls muß glernt sein!"

Am andern Morgen sagte er dem Bauern, der ihn

auf Taglohn bestellt hatte, die Arbeit ab, ging zur Altenöderin und fragte: „Hast mir kein Gschäftl net . . . heut hab ich grad zufällig nix zum schaffen, und 's Feiern is soviel langweilig!"

Ein paar Wochen später war er bei der Altenöderin und ihrem Mädel schon wie der Sohn und Bruder im Haus. Wenn er für sie schaffen oder bei ihnen sitzen durfte, während sie diese ,gottslieben' Häuschen, Kirchlein und Kapellen unter ihren geschickten Händen hervorzauberten, dann war ihm zu Mut wie dem Kind im Märchen — dann war ihm so wohl wie nirgends in der Welt, so wohl, wie's dem Hanspeter im Leben noch nie gewesen. Er hatte zwei Menschen gefunden, welche freundlich mit ihm redeten, und die ihm dankbar und erkenntlich waren für jede kleinste Gefälligkeit — und da legte er seine drei Zentner Gemüt in jeden Gruß, in jeden Handschlag, in jede Arbeit, die er für die beiden tat. Und als ihm die Altenöderin ,Verlaubnis' gab, daß er ,Mutterl' zu ihr sagen durfte, nahm er dieses Wörtlein immer auf seine schwere Zunge wie eine Süßigkeit, die man erst ein Weilchen kostet, bevor man sie genießt.

Aber nicht nur für sein verwaistes Herz, auch für seinen Glauben hatte Hanspeter einen guten Fund getan — zwei Menschen von denen er sagen konnte: „Das sind die richtigen! Die haben b' Lieb! Die bringen ein guts Beispiel ins Ort! Jetzt müssen's die andern nachmachen!"

Wenn er so mit ansah, wie fest und herzlich die Altenöderin und ihr Mädel in ihrem armen und engen Leben zusammenhielten, war er ganz stolz darauf, daß er ihnen sagen konnte: „Ich bin net einschichtig! Ah na! Ich hab schon auch ein, zu dem ich halt, und der zu mir halt! Mein Roman, ja! Im Herbst, da kommt er wieder heim. Paßts auf, der muß enk gfallen! Wie mein Roman . . . so gibts kein zweiten nimmer."

Durch Stunden und Stunden wurde Hanspeter nicht müde, von Roman zu erzählen, so daß der junge Waldhofer wie ein Vierter im Bund mit diesen dreien zu leben begann — aber nicht wie ein Ebenbürtiger, sondern wie eine Art Respektsperson, wie ein höheres, von allem Glück begnadetes Wesen. Hanspeters Liebe umstrahlte den Abwesenden mit einem so leuchtenden Glorienschein, daß Lisbeths sinnende Augen oft zu fragen schienen: „Ja kann's denn so ein geben? Der so ganz gut is? Und der alles und alles hat?" Auch die Altenöderin, obwohl sie manchmal zu Hanspeters überschwenglichem Lob in wenig lächelte, begann so große Stücke vom jungen Waldhofer zu halten, daß sie häufig sagte: „Dein Roman, das muß einer sein... den möcht ich schon bald einmal sehen!"

Im Dorf — als sie bemerkten, daß es für den

Hanspeter am Feierabend keinen anderen Weg mehr
gab, als zur Hütte der Altenöderin — fingen sie bald
zu schwatzen an. Das taten die einen mit Lachen,
und mit Ärger taten es die anderen, für welche
Hanspeter jetzt nicht mehr zu haben war, wenn sie ihn
um ein halbes Vergeltsgott grade zur Arbeit gebraucht
hätten. Erst fragten sie: „Was hat denn der für ein
Narren gfressen an dene zwei Weibsbilder?" Dann
hieß es: „Der is ja rein wie verhext! Leicht haben s'
ihm was eingeben, die zwei?" Und die Schlußfolgerung
war: „Könnt schon sein, daß die Alte m e h r versteht,
als wie Suppen kochen! So fremde Leut! Da weiß
man nie, wie man dran is. Wo sind s' denn her?
Was tun s' denn bei uns da? 'Leicht hat man s' wo
anderst ausgstaubt! Und warum . . . das kann man
sich denken!"

So fingen sie an, diese üblen Reden, die über Mutter
Annamaria in Umlauf gerieten. Und als im Sommer
das Hagelwetter kam, das die Hälfte der Haferernte
vernichtete — da wurde das Gezischel über die Altenöderin und ihr Mädel schon bald zum Geschrei.

Den Hafer läßt doch unser Herrgott wachsen! Da
wird doch der Herrgott seinen eigenen Hafer nicht
wieder in Grund und Boden schlagen? Solch einen
‚toreten' Gedanken läßt sich doch kein gescheider Bauer
in seinen Kopf hinein! Drum muß der Höllische das
Wetter machen — oder eine, die ihm hilft dabei: den

guten, unschuldigen Menschen zu schaden! Die alte
Moosrainerin — der + + + soll sie selig haben —
das ist auch eine ‚solchene‘ gewesen. Und seit den fünf
Jahren, seit sie tot ist, hat es im Tal keinen so bösen
Schauer mehr gegeben. „Muß halt wieder eine dasein!
Und wie s' heißt, da braucht man net lang fragen!
Fremde Leut, die haben noch nie nix guts net bracht.“

Als Hanspeter von diesen Redereien hörte, fühlte
er im Mark seines Lebens einen Stoß und ein Zittern
wie es der starke Baum empfindet, wenn der Sturm
beginnt. Jetzt zum erstenmal, seit das Evangelium
der Liebe ihn erleuchtet und seine drei Zentner durch=
tränkt hatte wie das Licht den grauen Morgen —
jetzt zum erstenmal wurde er irr in seinem guten
Glauben an die Menschen. Doch das empörte ihn nicht,
es tat ihm nur weh, als wäre ihm einer mit genagelten
Schuhen auf's Herz getreten. Aber Hanspeter über=
tauchte es wieder. Und konnte lächeln — und denken:
„Mein, b'Leut, die sind halt diemal wie Kinder! Die
glauben 's Dümmste! Sagen muß man's ihnen
halt!“

Jeden, dem er auf der Straße oder auf den Feldern
begegnete, faßte er ab und zählte ihm an den dicken
Fingern die guten Eigenschaften der Mutter Nannimai
und die ‚Liebigkeiten‘ der Ilsabeth her. Und wenn die
Altenöderin über die Unfreundlichkeit der Nachbarn
klagte, wenn Lisbeth immer stiller und verschlossener

wurde, tröstete Hanspeter das Weiblein noch und
meinte: „D'Leut, die sind net schlecht . . . na na! Ein
bißl hart zueinander wachsen s', das is wahr! So
ebbes gibt sich net gleich im Anfang, weißt! Aber
wird sich schon alles noch machen! Da mußt kein Sorg
net haben . . . ich tu schon 's meinige dazu."

Und Hanspeter predigte auf der Gasse die Bot=
schaft seiner Liebe, daß ihm oft die Zunge müd davon
wurde. Das einzige, was er erreichte, war, daß die
Leute, die sonst nur über ihn gelacht hatten, grob
gegen ihn wurden, daß sie die Geduld verloren und
Ruhe vor ihm haben wollten, und daß sie ihn immer
seltener auf Taglohn nahmen. In den verdienstlosen
Tagen, an denen er für die Altenöberin arbeitete,
weil er ‚grab zufällig nix zum schaffen‘ hatte, zehrte
er seinen kleinen Sparpfennig auf — und wäre nicht
der Herbst ins Tal und der junge Waldhofer aus der
Kaserne heim gekommen, Hanspeter hätte sich in einen
bösen Winter hineingepredigt.

Bei der ersten Begegnung — drei Tage nach der
Heimkehr war's, und Roman freute sich ehrlich, den
‚guten Kerl‘ und sein ‚dickes Köpfl‘ wieder zu sehen —
aber bei dieser ersten Begegnung mußte er lachen, wie
er lange nicht gelacht hatte. Hanspeter, im jähen
Überfall seiner schweren Gefühle, stand vor ihm wie
ein arbeitendes Roß, das den überladenen Wagen
nicht vorwärts bringt. Und quetschte ihm die Hände,

daß Roman vor Schmerz geschrien hätte, wenn er nur nicht gar so lachen hätte müssen. Und Hanspeter sah ihn nur immer an mit tröpfelnden Augen und brachte kein Wort heraus! — Den Roman, den hatte er! An den durfte er glauben! Der war der seinige! Einer, in dem die Lieb ist! — Das war's, was er fühlte.

Und als er endlich reden konnte, hätte er den jungen Waldhofer am liebsten gleich hinübergeführt zur Mutter Nannimai. Aber Roman, seine junge Liebe im Herzen und die Heirat nach Ostern im Kopf, hatte an andere Dinge zu denken, als an eine Antrittsvisite bei der Häuslschusterin, von welcher er heute das erste Wörtlein hörte.

Doch Hanspeter ließ ihn nicht aus — wenigstens sagen mußte er dem Roman alles. Wie einst als Buben in ihrer Schulzeit, saßen sie wieder im Schatten einer Hecke. —

Am Abend sagte Roman zu seinem Vater: „Geh, tu mir den Gfallen und nimm den Hanspeter als Holzknecht auf! Kannst ihn ja brauchen im Schlag droben. Und ein guter Schaffer is er doch gwiß! . . . Mich derbarmt er!"

Der alte Waldhofer schnitt ein Gesicht, als hätte er in einen sauren Apfel zu beißen. „Den buckleten Apostel ins Haus rein? Daß mich d'Leut auslachen!"

„Geh, Vater!"

„No ja, meintwegen!"

So war Hanspeter Holzknecht im Waldhof geworden. Eine Freude für ihn — und ein Kummer zugleich. Denn schon am anderen Tag — der alte Waldhofer als Bürgermeister war ein feiner Politiker und wollte den Hanspeter für eine Zeitlang den Leuten aus den Augen räumen — schon am anderen Tag ging's auf die Berge, zum Holzschlag und in die Holzerhütte. Da kam der Hanspeter wochenlang nicht ins Dorf herunter. Auch im strengen Winter nicht. Nur an hohen Feiertagen. Und um der Altenöderin und der Lisbeth willen, verging kein solcher Feiertag, ohne daß Hanspeter den Leuten ein Wort ins Gewissen zu reden hatte, ohne daß er auf seinem Herzen die genagelten Schuhe spürte.

Nun hatten sie in der heiligen Lichtmeßnacht — eine Nacht, die ‚für so was gut' ist — der Nannimai den Streich mit dem Schornstein gespielt.

Und am letzten Sonntag hatte Hanspeter die ‚narreten‘ Buben im Wirtshaus aufgesucht, um ihnen den Unverstand ‚ein bißl‘ auszureden, und um ihnen ein ‚Wörtl in aller Güt‘ zu sagen. Und da hatten sie ihn johlend im Dutzend durchgewalkt, ohne daß er sich wehrte — denn „einer, der schlagt, kann b’Lieb net haben, und einer, der b’Lieb hat, därf net schlagen!"

Der bucklige Apostel begann ein Märtyrer seiner Liebe zu werden.

Und da kam jetzt die ‚schieche‘ Geschichte vom Teufel, mit dem es die Nannimai und die Ilsabeth ‚haben‘ sollten — und er war doch selbst der Teufel gewesen, der die christliche Klafter des Roman klein gemacht!

„So treiben sie’s, b’Leut! So reden s’! So drehen sie ’s Gute ins Schlechte um!"

Und jetzt war auch noch der Roman einer von denen geworden, welche ‚die rechte Lieb‘ nicht haben!

Und Hanspeter mußte die Wörtlein klauben, um nur ja der Ilsabeth keine ‚Lug‘ zu sagen, und um nur ja dem Roman im guten Glauben der Lisbeth kein ‚Klamperl‘ anzuhängen.

Oft, wenn Hanspeter droben im Bergwald einen Baum gefällt, hatte er sich im Erbarmen um den schönen Stamm gefragt: „Er muß doch sein Leben haben . . sonst tät er net wachsen! Und muß doch den guten Regen merken und d’warme Sonn . . . und den Wehdam grab so? Was muß er denn spüren, der arme Baum, wenn ihm b'Axt so neinfahrt ins gute Holz?"

Jetzt wußte er's! Jetzt spürte er das an sich selber! —

Das Gesicht von Schweiß überronnen, mit keuchender Brust, erreichte Hanspeter den Pfarrhof und riß an der Glocke.

6.

Wie das angst=
volle Gegacker einer
Elster, die der Habicht erschreckte, klang im Pfarrhof
das Gerassel der alten Türglocke durch den großen
stillen Korridor und durch das ganze Haus.

Jungfer Kathrin, eine städtisch gekleidete magere
Person, schon sechzigjährig, mit ernstem und hartem
Gesicht — ein Gesicht, wie es gealterte Weiber haben,
die nicht Frauen wurden und ihre Jugend und ihr
Leben in trockener Arbeit verloren — Jungfer Kathrin
wollte eben ihrem hochwürdigen Herrn den Nachmittags=
kaffee in die Studierstube tragen. „Jesses, jesses,“ rief
sie in Schreck und Ärger, „wer reißt denn so an
der Glocken!“ Dann brummte sie vor sich hin, was
sie dachte: „Gwiß braucht einer die letzte Ölung!
Und der Herr Pfarr kann wieder rennen . . . am
Sonntag!“

Aber die Bauern haben ein zähes Leben; die sterben nicht so schnell. Und der Kaffee ging vor. Den trug sie erst in die Stube.

Das war ein großer Raum zu ebener Erde, alt= väterisch und behaglich eingerichtet, mit großen Bücher= gestellen an den Wänden, von Tabaksgeruch erfüllt, zum Schwitzen überheizt und etwas dunkel, denn die kleinen, auf die Straße gehenden Bogenfenster waren mit groben Leinengardinen dicht verhangen.

Hinter dem weißgedeckten Tische lag Herr Felician Horadam im Schlafrock auf dem Sofa, und wäh= rend er in einer Zeitung las, die er bei der matten Stubenhelle ganz nah vor die Augen halten mußte, stand der Porzellankopf seiner langen Pfeife auf dem Teppich. Eine blaugraue Rauchwolke umhüllte das Zeitungsblatt und den Kopf, der dahinter ver= borgen lag.

Beim Eintritt der Köchin ließ Herr Felician die Zeitung sinken und blies mit vollen Backen in die Wolke, damit sie sich ein wenig zerstreuen möchte.

„Wer hat denn geläutet, Kathrin?"

„Z'erst trinken S' Ihren Kaffee, Hochwürden!" sagte die Köchin kurz und entschieden. Ihre Vermutung, wes= halb man draußen geläutet hätte, verschwieg sie, weil sie aus Erfahrung wußte: Herr Felician Horadam würde, wenn ein Kranker nach ihm rief, den besten Kaffee stehen lassen und hurtig nach den Stiefeln greifen.

„Und wer der Flegel is, der so an der Glocken reißt . . .
den muß ich mir erst noch anschauen, den!“

„Kathrin, Kathrin! Brummst schon wieder, ja?
Geh lieber und mach die Tür auf! Vielleicht braucht
mich einer . . . und notwendig!“

„Trinken S' Ihren Kaffee! Alles andere pressiert
net so! . . . Und verstecken S' mir das Blattl da, gelt!“

Zu dieser Mahnung hatte sie ihre guten Gründe.
Von den Bauern brauchte keiner zu wissen, daß Herr
Felician Horadam eine liberale Zeitung las — ‚um
sich zu informieren‘, wie er auf die Vorwürfe der
Köchin zu erwidern pflegte.

Ihrer Mahnung gehorchend, faltete er das Blatt
zusammen und schob es hinter die Sofalehne.

Da wurde abermals an der Glocke gerissen, noch
heftiger als zuvor.

„No no no no . . .“ sagte der Pfarrer begütigend
und versuchte sich aufzurichten. Das ging nicht so leicht.
Denn im Sofa hatte sich im Lauf der Jahre eine
tiefe Grube gebildet, in der wohl ein gutes und festes
Liegen war, aber zum Aufstehen wäre für Herrn
Felician Horadam fast die Nachhilfe eines Flaschen=
zuges nötig gewesen.

Sonst half ihm dabei die Jungfer Kathrin. Die
mußte aber jetzt, durch dieses neuerliche Läuten gereizt,
mit Schelten in den Flur hinauslaufen und die Haus=
tür öffnen. Als sie vor der Schwelle den Hanspeter

stehen sah, war sie zuerst vor Staunen völlig sprachlos.
Daß d e r die Keckheit haben könnte, so an der Glocke
zu reißen — das wäre ihr letzter Gedanke gewesen.
„Du hast es nötig, du, daß d' so ein Spektakel
machst . . . du Störenfried in der Gmeind!"

Hanspeter war so atemlos, daß er kein Wort
herausbrachte. Und weil die Jungfer Kathrin noch
immer auf der Schwelle stand, wollte er sie mit der
Hand beiseite schieben.

Aber da sagte die Köchin, wenn auch von unten
herauf, doch so von oben herab: „Gelt, du, sei fein
manierlich! Und daheraußen bleibst mir stehn! Z'erst
muß ich dem Herrn Pfarr sagen, wer da is . . . und
nachher fragt sich's erst noch, ob d' rein därfst!"

Sie ging in die Stube. Herrn Felician Horadam
war es inzwischen gelungen, auf die Beine zu kommen.
„Kathrin," mahnte er ein wenig ärgerlich, denn er
hatte gehört, was die Köchin draußen gesprochen, „ich
hab dir's schon hundertmal gesagt, du sollst mir mit
den Leuten nicht so unfreundlich sein! Deswegen bin
ich doch da, daß die Leut um einen Trost zu mir her=
laufen können in ihrer Not."

„Freilich, mit der Freud kommt keiner!"

„No ja, mit der Freud wird jeder selber fertig, da
braucht er keinen Helfer dazu!" Herr Felician legte
das Sofakissen in die Grube und setzte sich wieder.
„Wer ist denn draußen?"

„Der böhmische Hans Narr, der!" Kathrin füllte
die Tasse.

„So so? Der gute Hanspeter! Richtig, ja, den hab
ich ja herbestellt! Den laß nur herein!"

Kathrin gab den Zucker in den Kaffee. „Jetzt sag
ich's Ihnen, Herr Pfarrer . . . jetzt bleiben S' einmal
daheim mit Ihrer ewigen Gut und waschen S' dem
unvernünftigen Lackl den Kopf, wie's ihm ghört! Der
tut Ihnen nix als Schaden stiften." Die Jungfer
Kathrin faßte den Hang zum Predigen, der sich im
Hanspeter entwickelt hatte, als eine gegen ihren hochwürdigen Herrn gerichtete Konkurrenz und Berufs-
störung auf. „Wenn jeder Unstudierte 's heilige Gotteswort auf der Straßen austragen könnt, für was tät
man denn um 's teuere Geld auf'n Pfarr studieren?
Und was man auf der Straßen ausschreit, hat in
der Kirch kein Wert nimmer! . . . Sagen Sie's ihm
ordentlich!"

Herr Felician Horadam zog nur die Stirn zusammen, als täte ihm etwas wehe. Doch er sagte
nichts — weil er wußte, daß gegen die Kathrin, wenn
es sich um einen wirklichen oder eingebildeten Vorteil
des Pfarrhofs handelte, nicht aufzukommen war.

Die Köchin stellte den gepolsterten Sessel fort, der
neben dem Sofa vor dem Tische stand, und brachte
dafür aus dem Ofenwinkel einen dreibeinigen Holzstuhl
herbei — den ‚Bauernsessel‘, dem keine Lederhose schaden

konnte. Dann ging sie zur Tür und rief in den Flur hinaus: „Komm her, du!"

Hanspeter erschien auf der Schwelle und bückte den Kopf, um einzutreten. Als er den freundlichen Blick sah, mit dem Herr Felician ihn betrachtete, wurde er ruhiger und atmete auf. „Gottslieben Nammitag, Herr Pfarr!" Hanspeter bekreuzte sich, denn halb war für ihn auch der Pfarrhof eine Kirche.

Der Hochwürdige tat einen Zug aus der Pfeife und winkte mit der Hand. „So, Peterl! Schön, daß kommst! Setz dich nur her zu mir! . . . Und geh, Kathrin, bring noch ein Tasserl, der Peter wird auch ein Schalerl Kaffee mögen!"

„Na na . . . na na!" stotterte Hanspeter. „Bloß reden möcht ich . . . bloß reden ein bißl."

Und Kathrin erklärte: „Für zwei is net antragen!" Sie verließ mit dem Kaffeetablett die Stube.

Wieder zog Herr Felician die Stirn in Falten. „Komm, Peterl, setz dich her zu mir!"

Bescheiden schob sich Hanspeter von der Seite auf den Stuhl. Aber diese schiefe Belastung mit drei Zentnern ging dem Sessel gegen die dünnen Beine. Es tat einen Knacks, und Hanspeter saß neben dem geknickten Stuhl auf dem Boden. Ganz bleich war er, als er sich aufrichtete. „Tun S' mir verzeichen, Herr Pfarr . . . überall muß ich Unglück anrichten . . . überall . . ."

Herr Felician lachte, daß ihm die Schultern und das strebsame Bäuchlein schütterten.

Kathrin, die den Plumps gehört hatte, kam zur Türe hereingestürzt. Ihr schlimmster Schreck war wohl beschwichtigt, als sie ihren Hochwürdigen bei gesundem Lachen fand. Doch als sie sah, was Hanspeter mit dem Sessel angerichtet hatte, wurde sie dunkelrot im Gesicht. Aber Herr Felician schnitt ihr die Rede ab: „Geschieht dir ganz recht! Hättest den Polsterten stehen lassen! Der hätt nachgeben."

Schweigend hob Kathrin die Stücke des zerbrochenen Stuhles auf und trug sie zur Stube hinaus. Dabei ließ sie die Tür ein wenig offen. Herr Felician sah es und schmunzelte. Dann brachte er selbst für Hanspeter den Gepolsterten herbei. „So, Peterl, der tragt dich schon!"

Hanspeter ließ sich vorsichtig nieder und hielt sich auf der Kante des Sessels halb in der Schwebe.

Lachend schob ihm der Pfarrer die Kaffeetasse hin. „So! Und den trinkst jetzt!"

„Na na, Herr Pfarr . . . um Gottswillen . . ."

„Jetzt folgst mir und trinkst!"

Hanspeter gehorchte und leerte auf einen Zug die Tasse. Mit dem Ärmel wischte er den Mund. „So ein guten hab ich noch nie kein triegt!"

„Ja, die Kathrin! Die versteht's!" Herr Felician

blinzelte zur Tür hinüber. „Im K o ch e n , da könnt
ich mir keine bessere wünschen!" Das ‚Kochen‘ betonte
er, daß man noch einen Nachsatz mit einem ‚aber‘ er-
wartet hätte. Doch den verschwieg er. Erst blies er
noch ein wirbelndes Wölklein vor sich hin, lehnte sich
in die Sofaecke zurück, und dann sagte er: „So Peterl,
jetzt reden wir mit einander!"

„Ja, Herr Pfarr!" Dem Hanspeter wurden die
Augen naß. „So viel z'reden hab ich mit Ihnen! So
viel harte Sachen! Schauen S', Herr Pfarr . . . schauen
S' an, was b' Leut schon wieder . . ."

„Nur langsam! Nur alles schön in der Ordnung! Ich hab dich herbestellt . . . jetzt sag ich dir
zuerst ein bißl was." Vom Korridor herein hörte
man ein lautes Räuspern. „Und ghörig, Peterl," Herr
Felician schraubte die Stimme, „g h ö r i g muß ich
dir's sagen!"

Hanspeter legte die schwere Hand auf seinen Kopf
und atmete schwül. Machte ihm der schwehlende Ofen
so heiß? Oder trieb ihm seine Herzensangst das Wasser
aus der Stirne? Er schwitzte, daß es überall glitzerte
auf seinem häßlichen Gesicht.

Lächelnd beugte sich Herr Felician vor, faßte ihn
bei der großen Ohrmuschel und zog ein wenig. „Du
guter, dummer Kerl du! Ja sag nur, was für Sachen
machst mir denn allweil?"

„Sachen?" Das Wort schien für Hanspeter, eine

üble Bedeutung zu haben. Er schüttelte den Kopf. „Na
na . . . Sachen mach ich keine!"

„So? Und dein Predigen immer auf der Gasse?"

„Mein, in d'Häuser lassen mich d'Leut nimmer
eini. So muß ich's ihnen halt auf der Gassen sagen."

„Sagen? Was denn sagen?" Herr Felician hatte
Mühe, um bei diesem Gedankensprung des Peter
Johannes Zbazilek ernst zu bleiben. „Was willst denn
du ihnen sagen?"

„Was ich sagen will?" Mit großen Augen sah
Hanspeter den Pfarrer an, und seine Brust arbeitete.
„Daß s' anderst werden müssen, d'Leut! Daß man so,
wie s' sind, bald nimmer hausen kann mit einand!
Daß einer dem andern 's Leben versaut! Daß man
sein christlichen Nebenmenschen net beleidigen und verschmachen därf! Daß man gut sein muß   und
b'Lieb haben!"

„So? So?" Ernst und dennoch freundlich sah Herr
Felician den heiß erregten Apostel an. „Und du meinst,
daß du der erste wärst, der den Menschen das sagt?"

„Der erste? Ah na! Aber weil's kein andrer net
verpackt . . . jetzt probier's halt ich einmal!"

Es zuckte um die Mundwinkel des Pfarrers.
„Schau, Peterl, jetzt lauft die Welt schon an die sechs-
tausend Jahr . . . gescheide Leut sagen: sie lauft noch
viel viel länger! Aber allweil lauft sie das gleiche
Straßl, und allweil wachsen die gleichen Menschen

wieder. Der Erzvater Moses ist dagewesen, der starke Prophet Elias, der Täufer am Jordan, unser lieber Heiland selber ist vom Himmel heruntergestiegen und hat sein kostbares Blut verschüttet . . und da willst jetzt du daherkommen und über die Leut schimpfen?"

„Schimpfen?" stotterte Hanspeter, eingeschüchtert durch den Klang dieser großen, heiligen Namen. „Na na, Herr Pfarr, schimpfen tu ich net. Aber halt . . ."

„Aber das borstige Pelzl willst ihnen über die Ohren ziehen und möchtest einem jeden ein schneeweißes Lammskappl aufsetzen!". Herr Felician lächelte. „Du, natürlich, weil du's bist . . . du wirst aus dem mageren Lebensmäuserl gleich ein großes, fettes, glückseliges Kalbl machen!"

Hanspeter schnaufte. Langsam legte er die schwere Hand auf seinen struppigen Scheitel. „Freilich, ja . . . wann ich mich so anschau, wer ich bin, so muß ich mir schon selber sagen: Peterl, da hast dir ein bißl viel zutraut!"

„Gelt, ja!"

„Aber schauen S', Herr Pfarr . . . hint her sag ich mir allweil wieder: wenn d'Leut bloß ein bißl möchten . . . es wär ja gar net einmal so schwer! Grad ein einzigs müßten s' tun, und alls wär gut auf der Welt. Hat's ihnen ja doch der Heiland gsagt!" Hanspeters Stimme erregte sich, und seine Augen

schwammen in zerflossenem Glanz. „So gut und schön
hat er's ihnen gsagt! ‚Kindlein‘, hat er gsagt, ‚Kindlein, liebet einander!‘ . . . Warum tun sie's denn net?
Das wär ja doch kein Kunststückl! Bring's ja doch
ich auch fertig . . . und bin von die Dümmsten einer.
Da kunnten's die Gscheiden alle doch auch ein bißl
nachmachen! . . . Sagen S' selber, Herr Pfarr: hab
ich net recht?"

Lächelnd stellte Herr Felician Horadam die qualmende Studentenpfeife in den Sofawinkel, faßte
Hanspeters klobige Faust, zog sie halb über den Tisch
herüber und umhüllte sie streichelnd mit seinen linden,
ruhigen Händen.

„Ganz recht hast, Peterl, ganz recht! Aber ein
bißl unrecht hast auch. Denn erstens einmal . . . ‚Kindlein, liebet einander!‘ . . . das hat unser Herr Jesus
Christus gar nicht gesagt."

Für Hanspeter war dieses Wort wie ein Stoß
vor die Stirne.

„Ja, Peterl, das hat der heilige Johannes einmal
geschrieben."

Hanspeter atmete wieder auf. „No, da bin ich
net weit davongwesen. Und hat's der heilig Johannes
gschrieben, so wird er's halt vom Heiland ghört haben.
Das macht kein argen Schiedunter, weißt. Jetzt haben
wir das Wörtl, und das Wörtl is gut."

„Ja, Peterl, eins von den besten, die wir haben!

Und das mit dem heiligen Johannes hab ich dir auch nur gesagt, damit ein bißl Ordnung in dein dickes Köpfl kommt.“

„Ja, ja, versteh schon, ja! ... Vergeltsgott, Herr Pfarr! Jetzt hab ich wieder ebbes glernt.“

„No, also, schau!“ Herr Felician tätschelte die grobe Faust des Holzknechtes. „Und zweitens muß ich dir sagen, daß die Menschenliebe kein kleines, sondern ein sehr großes Kunststückl ist, das ganz und recht unter Tausenden kaum ein einziger fertig bringt. Sie ist überhaupt kein Kunststückl, man kann sie nicht lernen, sondern man muß sie haben als seinen heiligen Lebensbesitz, wie der Tag sein Licht hat .. wie du dein gutes Herz hast und deine blauen Augen.“

Diese blauen Augen waren, während Herr Felician

sprach), in staunendem Schreck immer größer geworden.
Jetzt schüttelte Hanspeter schnaubend das ‚dicke Köpfl‘.
„Na, na, Herr Pfarr! Daß man b' Lieb net lernen
kunnt . . . das laß ich mir net einreden. Schauen S'
mich an . . . hab ich ebba b' Lieb net selber glernt?"

„Nein, Peterl! Du hast sie immer gehabt!"

„Net wahr is, Herr Pfarr! Als Bub einmal, da
hab ich ein schiechen Zorn auf b' Leut ghabt, weil
mich schiergar keiner net mögen hat . . . bis ich mir
gsagt hab einmal: wie därfst denn Lieb verlangen,
wann selber b' Lieb net hast? Und da hab ich angfangt . . . über Nacht! Und völlig leicht is mir's
worden, daß ich's glernt hab, b' Lieb. Und ein anders
Exemplibeispiel . . . schauen S' mein Roman an! Der
hat sich ebbes sagen lassen. Den hab ich gut gmacht.
Der hat b' Lieb derlernt und . . ."

Hanspeter stockte und fuhr sich mit dem Ärmel
über die Stirne.

„Jetzt freilich . . . jetzt hat er mir wieder ein wengl
umgschlagen. Aber da hab ich kein Angst net. Na, na!
Beim Roman bring ich b' Lieb schon wieder auf gleich.
Der is mein Exemplibeispiel! Und wenn's e i n e r
derpackt mit der Lieb, warum sollen's die andern net
derpacken. Alle und alle! Ehnder gib ich kein Ruh
net. So, wie's jetzt is, kunnt man ja bald nimmer
schnaufen auf der Welt. Ohne Lieb kein Leben, Herr
Pfarr . . . da muß alls z'Grund gehn, da muß alls

derfaulen. Schauen S' an: grad ein bisserl Lieb wann s' ghabt hätten, b' Leut, so hätt mein Mutterl net . . ."

Hanspeter schluckte.

„Na na, Herr Pfarr . . . von meine Sachen, da soll kein Red sein davon! Aber . . ." dem buckligen Apostel begannen schon wieder die Augen zu tröpfeln, „aber schauen S' an, was b' Leut jetzt wieder treiben mit dem armen Weibl, mit der Nannimai drunt! Hex und alte Hex und krumplete Hex haben sie's allweil schon gheißen, und . . . und den Rauchfang haben s' ihr zugstopft, und . . . und jetzt reden s' umeinand im ganzen Ort, sie tät's mit'm Teufel haben. Hätten S' b' Ilsabeth gsehen, Herr Pfarr . . . was für Augen das liebe Kindl gmacht hat und . . . und ihr Gsichtl . . ." Hanspeter vermochte unter dem rinnenden Bächlein seiner Tränen kaum noch zu reden. Nur mühsam, stoßweise brachte er's heraus: die Geschichte von der christlichen Klafter des Roman und von seiner eigenen Arbeit in der Nacht. „Und da sagen s' jetzt: der Teufel hätt ihr die Klafter bracht und hätt ihr b' Scheiter kleingmacht!"

In Ärger hatte sich Herr Felician Horadam erhoben. Die Hände mit nervös spielenden Fingern hinter dem Rücken, schritt er zappelnd in der Stube auf und nieder, so flink, daß die Zipfel des Schlafrockes und die langen Quasten wehend hinter ihm herbaumelten. Von den

Pantoffeln hatte er einen beim Sofa verloren, ohne
daß er es merkte. Das Gesicht von Zorn gerötet, blieb
er beim Tische stehen und schlug mit der Faust auf
die Platte, daß die Kaffeetasse ins Wanken kam. „Soll
s' doch der Teufel gleich alle holen, die gottsschlechten
Leut!"

Hanspeter war über dieses Wort viel weniger erschrocken, als Herr Felician selbst.

Draußen im Hausflur wurde laut gehustet. Und
der Hochwürdige, halb noch in Zorn und halb verlegen, stotterte in vollem Dialekt: „No ja, is ja wahr,
man weiß ja schon bald nimmer, wie man's machen
soll. An unsern Herrgott wollen s' net glauben, wenn
man ihnen net allweil 's höllische Feuer unterm
Sessel schürt! Und sagt man ihnen ein Wörtl vom
Teufel, so schreckt einer den andern damit . . . und
selber fürcht ihn keiner! Die Bauern! Die Bauern!
Und da sagt man allweil: das gläubige Volk! Ja
. . . ‚Mar und Jauserl‘ sagen, das is ihr ganze Re-
ligion!"

Er zog das blau und weiß gewürfelte Sacktuch
aus der Schlafrocktasche, schneuzte sich mit Geräusch
und nahm eine besänftigende Prise. Dann trat er
hinter den Gepolsterten, auf welchem Hanspeter saß,
faßte den Kopf des Holzknechtes zwischen beide Hände
und wiegte ihn ein wenig hin und her. „Sei zufrieden Peterl, und tu dich net aufregen! Und laß

nur gut sein! Am nächsten Sonntag nach der Predigt, da sag ich der Gemeinde ein Wörtl."

Draußen im Flur schien kalte Zugluft zu herrschen, die der Jungfer Kathrin gar übel bekam — sie hustete ununterbrochen.

Aber Herr Felician hörte nicht. „Und wer mir das alte Weibl net in Ruh laßt," sagte er, „der kann sich freuen auf'n Beichtstuhl! Wir haben nimmer weit auf Ostern!"

Hanspeter quetschte die Hand des Pfarrers. „Vergeltsgott, Hochwürden, tausendmal Vergeltsgott!"

„Hör auf und druck net so!" Herr Felician brachte seine Hand in Sicherheit. „Daß wir das arme Weibl von dem dummen Gered erlösen, da kannst rechnen auf mich! . . . Aber jetzt mußt mir auch einen Gefallen tun!" Er suchte mit tastendem Fuß den verlorenen Pantoffel, ließ sich wieder auf das Sofa nieder und griff nach seiner Pfeife. Da mußte er fest ziehen, um die schon halb erloschene Glut wieder in dicken Qualm zu bringen. Während er so vor sich hinpaffte, wurde er ruhig, und nun fand er auch sein halbes Hochdeutsch wieder. „Schau, Peterl, du bist mir nicht weniger und nicht mehr, als die andern alle. Für mich sind alle gleich. Sonnschein und Regen, die schlechte Zeit und die gute . . . das alles macht unser Herrgott . . . so muß man auch mit allem zufrieden sein. Und grad so halt ich es mit den

Menschen. Du mit deinem butterguten Herzen, du giltst mir um kein bißl mehr, als der eigensinnigste Dickschädel im Dorf. Aber in dir ist kein Falsch, du wirst über alles, was wir reden miteinander, kein unbeschaffenes Wörtl ausschwatzen . . . und drum will ich dir jetzt ganz offen etwas sagen, was ich sonst keinem anderen sagen würde."

Draußen, ganz nah an der Türe, ließ sich ein Räuspern hören, scharf und gereizt.

Diesmal blickte Herr Felician auf. Kräftig blies er eine Rauchwolke über den Tisch und sagte: „Sei so gut, Peterl, und mach die Stubentür zu . . . mir scheint, es zieht ein bißl!"

Hanspeter tat es. Als er wieder auf dem Gepolsterten saß, mit den Fäusten auf den Knien, sah er den Pfarrer so ernsten und andächtigen Blickes an, als wär's für den Hanspeter eine heilige Handlung, daß er jetzt hören sollte, was Herr Felician ‚sonst keinem anderen sagen würde‘.

„Schau, Peterl . . . jetzt bin ich über die dreißig Jahr lang Pfarrer bei euch im Dorf. Viel hab ich schlucken müssen, viel überwinden. Vor dreißig Jahr einmal, da bin ich auch so ein gewalttätiges Hitzköpfl gewesen und hab gemeint: ich muß das Blaue vom Himmel herunterreißen und muß es den Menschen in die Seel hineinstopfen. Aber mit der Zeit bin ich genügsamer geworden. Und heut bin ich zufrieden,

wenn ich einem Menschen in seiner dumperen Herzensnacht nur für ein Stünderl ein Lichtl auf= zünden kann. Löscht's auch wieder aus... ein wenig nachscheinen wird's all= weil noch. Ich bin zufrieden damit, weil ich einsehen gelernt hab, daß wir mehr mit dem besten Willen nicht fertig brin= gen. Ein bißl nachhelfen auf dem guten Weg, den einer findet ... aaah jah! Aber die Menschen anders machen wollen, als sie sind ..."

Herr Felician sprach den Satz nicht zu Ende. Er schüttelte den Kopf und blies dabei den Rauch vor sich hin, daß der blaue Faden eine Schlangenlinie bildete.

„Schau, Peterl ... wie ich da her ins Dorf ge=
kommen bin, da hab ich alte Leut und einen Haufen
Kinder gefunden. Die Alten sind gestorben, die Kleinen
sind groß geworden, und junge War ist nachgewachsen.
An die tausend Pfarrkinder sind mir durch die Händ
und durch's Herz gegangen. Jedes hat ein anderes
Nasenspitzl gehabt, anderes Haar und andere Augen
... jedes ein anderes Röckl, andere Freuden und andere
Schmerzen. Aber hat man's genau angeschaut, so
war's doch allweil das gleiche ... und im Grund ist
ein Mensch wie der andere gewesen, allweil der gleiche
Teig, nur daß sich die Dampfnudel in der guten Ofen=
röhre oder auf offenem Feuer ein bißl anders aus=
gebachen hat. Und wie ich älter geworden bin und
ein bißl ruhiger hinsehen hab können ... schau, Peterl,
da mach ich wenig Ausnahmen, und ob man sich über
die Leut auch manchmal grün und blau ärgern möcht
... aber ich hab gefunden, daß man eigentlich noch
ganz zufrieden sein kann und daß es viel mehr
gute Menschen gibt, als man gewöhnlich glaubt. Und
menschliche Schlechtigkeit, das ist meistens nichts anderes,
als Unverstand und Drehwurm in einem kranken
Köpfl!"

Hanspeter streckte die schweren Hände, als hätte
Herr Felician ihm speisendes Brot für den Hunger
seiner Seele gereicht. „Vergeltsgott, Herr Pfarr.
da haben S' mir jetzt ebbes gsagt ... ebbes guts!

Sie haben halt d' Lieb! Sie richten ein wieder auf!
Gelten S', ja ... gelten S', das muß wahr sein, daß
die mehresten gut sind. Und schauen S' ... ehnder
einmal, da hab ich mir denkt, daß alle gut sein
müßten, alle! Aber den Glauben ... den haben s'
mir aussigrissen, d' Leut, wie ein Stückl Fleisch aus'm
Herzen!"

Er fuhr sich mit der Faust über die tröpfelnden
Augen und mit dem Ärmel über die Nase.

„Und ... ich weiß net, aber ... no ja, wie man
sich halt ein Pflaster auf'n Wehdam legt ... da hab
ich mir die Sach so ausfinniert, daß ich mir gsagt
hab: der Einschichtig, hab ich mir gsagt, der Einschichtig is allweil gut. Und bald den Einschichtigen
allweil allein hättst, den kunnt man schon richten
und hobeln. Aber ... jetzt passen S' auf, Herr Pfarr
... bald ein Häuferl beinand is, da sind s' wie aus-
gwechselt und umbraht ... als ob der Teufel drein-
fahren tät. Da steckt dem einen sein bißl Unverstand
den andern zur Schlechtigkeit an, ich weiß net wie.
Einer laßt ein Spatzen aus, und bis er dem andern
auf's Köpfl fliegt, wird ein Rappvogel draus. Zehne
beinand, die sind net zehnmal schlechter, als einer is
... die sind hundertmal schlechter als wie ein halber.
Sagen S' mir, Herr Pfarr, wie kommt denn so was?
Da hab ich mir mein bißl Denkverstand schon völlig
verstrapeziert! Zucker, wie mehrer als d' nimmst, um

so süßer schmeckt er ... aber Leut, wie mehrer als d'
hast, um so schiecher treiben sie's."

Nachdenklich zog Herr Felician die Stirn in
Falten und kraute sich mit der Pfeifenspitze den Nasenflügel. „Peterl, da hast du ein gescheides Wort gesagt.
Aber warum das so ist ... da bin ich überfragt. Das
kommt halt so, wie ein Fünklein das große Feuer
zündet, und wie in einem Seuchenjahr ein Kranker
hundert und tausend Tote macht. Das Ansteckende am
Menschenwort, das hat schon viel Unheil angestiftet in
der Welt. Aber es hat auch sein Gutes und hat schon
viel schöne Dinge ins Leben gerufen. Denn wenn
ein g u t e s Wort auf hundert und tausend andere
hinüberspringt, daß sie es nachschreien und daß es
einen gottsmächtigen Hall in der Welt gibt, da wächst
dann auch etwas Großes aus ihnen heraus, wie ein
grüner Baum aus einem gesunden Samenkorn."

„Kunnt das sein, Herr Pfarr? Daß hundert
nach'm Guten schreien?" Dem Hanspeter wuchsen die
Augen wie zwei kleine Flämmlein, welche Nahrung
bekamen. „Wenn das wahr sein kunnt ... das möcht
ich derleben einmal!"

Herr Felician seufzte. „Wenn's nur ein bißl
öfter geschehen möcht! Jeder erlebt's halt nicht ...
und man muß schon zufrieden sein, weil man weiß:
a n d e r e haben's erlebt. Die g u t e n Wörtln, die
kommen halt nicht oft ins Fliegen. Unter hundert

fallen neunundneunzig als nackte Spatzerln aus'm
warmen Herzensnest, derweil alle Dummheiten und
Lügen immer gleich wie die jungen Füchs und Wölf
mit Haar und Zähn in die Welt springen. Schau,
Peterl, das ist halt so, und das wird so bleiben, so=
lang es Leut gibt."

„Nackete Spatzerln . . ." murmelte Hanspeter vor
sich hin, als hätte er von Herrn Felicians späteren
Worten keines mehr gehört. „Kunnt aber d o ch sein,
daß e i n s einmal flieget wird . . . eins von die meinigen
. . . wann ich hundert sag und taufet . . . und
n o ch viel mehr?"

„Meinst?" Der Pfarrer lächelte gutmütig und fiel
in Dialekt. „Na, Peterl, na! Das is Arbeit umsonst.
Du hast gwiß ein d i ck s Köpfl . . . aber wenn du's
gleich hundert Jahr lang dagegenstemmst . . . d u machst
d' Menschen net anderst!"

Schwer schnaufend besann sich Hanspeter eine
Weile. Dann fragte er mit trauriger Kümmerniß:
„Sagen S' mir, Herr Pfarr . . . unser Herrgott k a n n
doch alles, was er mag warum hat er denn
d' Leut net gleich von Anfang ein bißl anderst gmacht
und l a u t e r Gute derschaffen?"

„Da mußt ihn schon selber fragen! Mir hat er's
noch net gsagt." Herr Felician lehnte sich in die Sofa=
ecke zurück, kaute an der Pfeifenspitze und blickte zur
Stubendecke hinauf. „Ich denk mir halt, daß er

b' Halbscheid gut gmacht hat, weil ihm die Guten doch
gfallen müssen … und die ander Halbscheid hat er
auf'n Wigelwagel gstellt, weil's ihm die größer Freud
noch macht, wenn er b' Augen ein bißl zudrücken
kann!" Das sinnende Schmunzeln, mit dem er diese
Worte gesprochen hatte, löste sich in einen leichten
Seufzer. „Freilich, da hat er Arbeit über Arbeit, daß
er verzeiht." Mit breiten Ellbogen lehnte er sich über
den Tisch. „Und schau, Peterl, da müssen wir was
lernen, da!" Wieder legte er seine linde Hand auf
Hanspeters grobe Faust. „Mit der Güt und mit'm
Verzeihen kommt man weiter als mit'm Schimpfen.
Und weiß man einmal, wie b' Menschen sind, und
rechnet man ein bißl mit ihrer Schwäche und ihrer
Narretei, so kann man schon auskommen mit ihnen.
Man muß nur net allweil gleich Zetermordio schreien,
wenn uns der Nachbar auf b' Hühneraugen tritt.
Gscheider, man verbeißt sein bißl Schmerz und lacht
dazu und sagt: .Sie, Herr Vetter, aber gut gnagelte
Schuh haben S' an!" Wirst sehen, wann er dich
'3 nächstemal wieder nauftritt auf'n Fuß, da bleibt er
nimmer so lang droben. Und schau, Peterl …" Herr
Felician klopfte die leergerauchte Pfeife aus. „Ich
mein' halt, für alle Fäll wär's besser, wenn du die
Leut net allweil so in b' Hitz bringen tätst. Mit
Gwalt kann man s' net umkrempeln. Und mit'm
vielen Reden richtet man schon gar nix aus. Das

macht ihnen bloß die Ohrwascheln dick und die Köpfln
bockbeinig!"

„Aber …" Mit ratlosen Augen sah Hanspeter
den Pfarrer an. „Aber … sagen muß man's ihnen
doch!"

„Zur richtigen Zeit und am richtigen Ort! Aber
net im Wirtshaus beim Kartenspielen, und net in der
Sennhütten beim Butterfaßl, und net in der Holzerstuben beim Schmarrenkochen, und am allerwenigsten,
wenn s' in der Wut sind und Stöpseln in die Ohren
haben! Drum sei gscheid, Peterl, und tu mir einen
Gefallen. Laß dein Predigen auf der Straße sein und
tu mir net allweil so neinbrozeln in b' Leut! Ich
weiß ja, du meinst es gut … aber es hilft nix, Peterl!
Ganz im Gegenteil! Drum versprich mir's und gib
mir deine Hand drauf …"

Erschrocken zog Hanspeter die Hände hinter den
Rücken. „Na na, Herr Pfarr … daß ich diemal ein
Wörtl sag, wann's es braucht, da hab ich mein Ver-
pflichtigung. Zwei heilige Apostel haben mir net umsonst ihren Nam geben … und in der Kirch bin ich
auf b'Welt kommen, in der Kirch is mein Heimat, der
liebe Herrgott is mein Heimatsvater … dem bin ich
sein Gsell …"

„Und mußt ihm schaden mit deiner Arbeit? Ja?"

„Schaden?" wollte Hanspeter sagen; aber das
Wort ging ihm nicht von der Zunge, tonlos bewegte

er die Lippen, und seine nassen Augen blickten ganz
verstört.

„Daß dich d' Leut bloß auslachen, Peterl, das
mußt ja doch merken ... oder net?"

„Freilich, ja ... aber ..." der Apostel schnaufte,
„alles Gute hat allweil ein harten Weg."

„Und mir, schau, mir machst meine Seelsorg noch
schwerer, als wie's eh schon is. Früher einmal, wenn
ich meinen Pfarrkindern von der Kanzel herunter ein
wenig ins Gewissen geredet hab, da hat's immer ein
bißl was geholfen. Aber jetzt ... wenn ich jetzt auf
der Kanzel das Wörtl ‚Christenlieb' sag, da denken s'
gleich alle an dich, drehen die Köpf und fangen zum
lachen an. Schau, vorhin hat's meine Kathrin gesagt,
und es ist etwas Wahres dran: was in die Kirch gehört, soll man net umtragen auf der Straß und im
Wirtshaus ... es verliert an Wert, und wenn man's
auch noch so gut meint! Drum versprich mir, Peterl,
daß d' Ruh geben willst."

Hanspeter beugte den Nacken, daß sein Buckel noch
runder wurde.

„Peterl?"

„Herr Pfarr ... tun S' mir verzeichen, aber ...
aber ..." Hanspeter schüttelte den Kopf. „Wenn ich
d' Nannimai anschau   und der Ilsabeth ihr
Gsichtl ..."

„Aber ich hab dir ja doch versprochen, daß ich

selber für die Altenöderin reden will. Am nächsten
Sonntag . . ."

Die Türe wurde geöffnet, und Kathrin trat auf
eine Art in die Stube, als hätte sie draußen just auf
diesen Augenblick gewartet. „Hochwürden, es is Zeit
zum Rosenkranz. Ziehen S' Ihre Stiefel an!"

„Ja ja, is schon gut!"

Herr Felician winkte mit der Hand. Aber Kathrin
kreuzte die Arme über der Schürze und blieb wie eine
Schildwache neben dem Pfarrer stehen.

Hanspeter blickte zur Köchin auf, sah den Hochwürdigen an — und erhob sich. Schwül atmend strich
er sich mit der schweren Hand das Haar in die Stirn
und sagte langsam: „No ja, meintwegen . . . warten
wir halt ein bißl zu! Heut auf'n Abend muß ich eh
in d' Holzerstuben nauf und komm die ganze Woch
nimmer runter. Wart ich halt, wie's ausschaut am
nächsten Sonntag." Er hob die nassen, kummervollen
Augen. „Aber was S' mir versprochen haben, Herr
Pfarr . . ."

„Wenn ich dir doch sag, Peterl . . ."

„Hochwürden," fiel Kathrin dem Pfarrer ins Wort,
„jetzt pressiert's aber!" Mit beiden Händen, denn die
drei Zentner waren nicht leicht vom Platz zu bringen,
schob sie den Hanspeter gegen den Flur. „Schau, daß d'
weiter kommst, der Herr Pfarr versaumt den Rosenkranz!"
Hinter dem stolpernden Apostel schloß sie die Türe.

Herr Felician hatte sich aus dem Schlafrock heraus-
geschält und holte seine Stiefel, die beim Ofen standen.
„Ich hab ja zum Rosenkranz noch gar net läuten gehört," sagte er und sah nach der Uhr. Da machte er
ein erstauntes Gesicht. „Aber Kathrin! Wir haben
ja noch eine ganze Stund lang Zeit!"

„Ich hab Ihnen bloß von dem Lappen da erlösen
wollen ... Sie hätten ihm sonst noch was versprochen
was S' net halten dürfen."

Der Hochwürdige, in der einen Hand die Uhr, in
der anderen einen Stiefel, richtete sich auf. Tiefe Runzeln
waren in seine Stirn gegraben. „Kathrin ... ich hab
dir's schon hundertmal gesagt: tu dich net neindrängeln
in meine Seelsorgersachen. Das leid ich net!"

„Ich drängel mich in gar nix nein," erwiderte die
Köchin ruhig, „ich tu mich bloß kümmern um unsern
Pfarrhof. Und drum sag ich Ihnen jetzt im Ernst:
sind S' gscheid, Hochwürden, und bringen S' Ihnen
wegen der Häuslschusterin in keine Ungelegenheiten!"

„Kathrin ..."

„Lassen S' d'Leut reden, was s' mögen ... wenn
d'Leut nix zum reden haben, dersticken s'!"

„Kathrin, ich sag dir ..."

„Heut reden s' so, und morgen wieder anderst!
Drum mischen S' Ihnen in die Sach net ein! Durch's
Aufrühren wird alles bloß ärger. Sie wissen ja, was
für Lackeln unsere Buben im Ort da sind!"

„Kathrin . . .“ Immer gereizter klang die Stimme des Pfarrers.

„Sind S’ gscheid und denken S’ an den Verdruß vor fünf Jahr, mit der alten Moosrainerin . . . wie Ihnen b’Leut in der Nacht alle Zwetschgenbäum abgschnitten haben in unserm Garten.“

„Zwetschgenbäum! Zwetschgenbäum! Als ob’s in der Welt nix gäb, was wichtiger is.“ Mit Nachdruck setzte Herr Felician den Stiefel zu Boden. „Und wachsen ja die jungen schon wieder nach!“

„Ja, aber Zwetschgen erleben wir zwei keine mehr davon!“

„So wird’s mein Herr Nachfolger erleben!“

„Da haben schon Sie was davon!“

Herr Felician erhob den Zeigefinger, und seine Stimme wurde so scharf, als sie nur werden konnte. „Kathrin! Jetzt ist es genuggg! Fertig!“

„Ja ja, bin schon fertig! Und jetzt setzen S’ Ihnen noch ein Viertelstündl her und tun S’ d’Aufregung verschnaufen! Ich geh und mach Ihnen ein frischen Kaffee.“

Als Kathrin hinter sich die Türe zuzog, setzte Herr Felician mit dem Finger energisch einen Punkt in die Luft. „Jetzt grad . . . jetzt wird das arme Weibl erst recht verteidigt! Jetzt grad!“

Draußen im Hausflur machte Jungfer Kathrin ihre strengsten Augen, als sie den Hanspeter noch vorfand, der mit dem zerbrochenen Stuhl beschäftigt war.

„Was tuſt denn du noch da?"

„Den Seſſel hab ich auseinandergelegt. Ich mach
dem Herrn Pfarr drei Füß eini, die beſſer heben, als
wie die alten." Hanspeter packte die Lehne, das Sitzbrett und die drei geknickten Stuhlbeine unter den Arm.
„Gottslieben Nammittag!" Und ging.

Hinter ihm warf Kathrin die Haustür zu, daß es
einen Krach gab, als wäre ein Baum gefallen.

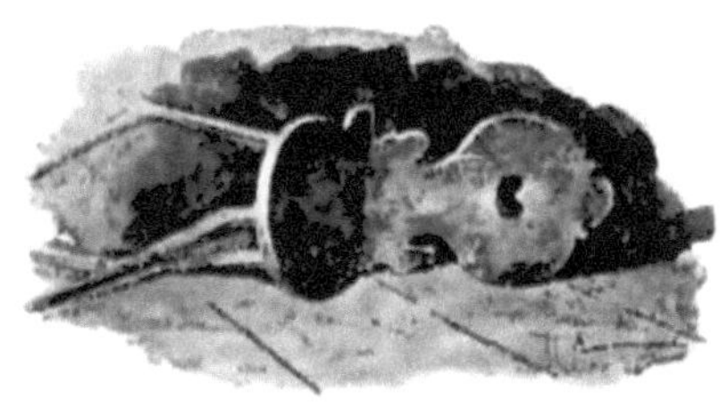

7.

Im Waldhof herrschte die richtige Sonntagsstille.
Das ganze Gesinde war ausgeflogen und nur Roman
daheim geblieben — um das Haus zu hüten, wie
er sagte.

Mit heiß erregtem Gesicht, und immer mit zitternden Händen an seiner Pfeife hantierend, die nicht brennen wollte, hatte er sich ans Fenster gesetzt und guckte
immerzu auf die Straße hinaus.

Er wartete auf sein Glück und die Julei!

Sie muß ja kommen! Sie muß! Wenn sie ihn
nur ein ganz klein wenig lieb hat, kann sie doch den
Tag nicht vorbeigehen lassen, ohne ihm die Kränkung
abzubitten, die sie ihm angetan.

Aber da draußen auf der Straße ging eins um's
andere vorüber: Burschen und Mädchen, welche kicherten
und lustig schwatzten, Bäuerinnen, die ihren Heimgart
suchten, Bauern, die zur öffentlichen Gemeindeversammlung gingen, welche vor dem Rosenkranz beim Kirchhof
abgehalten wurde. Fast schien es, als wollte just an
diesem Sonntag das ganze Dorf am Waldhof vorüber-
spazieren. Und nur die Julei, nur diese einzige wollte
nicht kommen!

Immer bedenklicher schüttelte Roman den Kopf.
Bald glühte ihm das Gesicht, bald wurde er wieder
bleich, bald zitterten ihm die schlaffen Hände wie nach
erschöpfender Arbeit, bald machte er zwei harte Fäuste
wie unter wachsendem Zorn. Und schließlich nahm er
den wirbelnden Kopf zwischen die Hände und begann
zu grübeln. Jedes Wörtlein, das zwischen ihm und
Julei gefallen, wollte er aus der Erinnerung heraus-
klauben. Denn es war in ihm der Zweifel wach geworden, ob er nicht selbst der Schuldige wäre, ob er
nicht selbst ein Wort zuviel gesagt und die Julei ohne
Grund gereizt hätte. War es so, dann mußte er seinen
Hut nehmen und flink hinauflaufen zum Staudamerhof. Denn einer, der unrecht getan, muß auch den
Mut haben, sein Unrecht wieder gut zu machen.

„Das hat mir der Hanspeter schon hundertmal
gsagt! Und recht hat er!"

Er sann und grübelte — und da sprang es ihm

plötzlich aus der dunklen Erinnerung heraus, daß er, als
er mit Julei vom Mädel der Häuslschusterin gesprochen,
nicht ‚Lisbeth‘ sondern ‚Ilsabeth‘ gesagt hatte. Und wie
ein Blitz die ganze finstere Gegend hell macht, so fiel
dem Roman auch gleich etwas anderes ein. Er hörte
den Hanspeter predigen: „Ilsabeth sagt ihr Mutter zu
ihr . . . und die Namen, die aus der Lieb kommen
sind allweil die besten!“

Roman machte ein Gesicht, als hätte diese Erinnerung
ihn beleidigt wie ein grobes Schimpfwort. „Jetzt das
is gar dumm!“ stotterte er vor sich hin, sprang auf und
rannte auf die Straße hinaus. Und da sah er eine von
den Nachbarinnen des Staudamerhofes kommen.

„He! Du! Hast d’ Julei und ihr Mutter net
gsehen?“

Das Weiblein schüttelte den Kopf. „Na! Seit
Mittag nimmer! Warum denn?“

„No, weißt, ich mein’ halt, sie müßten jetzt bald
zum Rosenkranz kommen.“

„Da därfst aber lang warten heut!“

Denn die Staudamerin wäre mit ihrer Julei hinüber-
gegangen ins Nachbardorf, um ihren Vetter zu besuchen.
So erzählte das Weiblein. Und dann begann sie von
ihrer kranken Kuh zu schwatzen. Daß die wieder gesund
würde, dafür hätte sie ein ‚Verlöbnis‘ auf eine halb-
pfündige Kerze getan. Zuvor aber wollte sie noch auf
‚billige Weis‘ mit dem lieben Herrgott reden. „Leicht

hilft er, ohne daß ich ein Kerzl zahlen muß!" Drum ging sie schon jetzt in die Kirche, noch vor dem Rosenkranz. Wenn so viele Leute beisammen sind, von denen jedes sein Anliegen vorbringt, hat alles Gebet nur halbe Kraft. „Da schreien alle durcheinander, weißt, da hört er den Einschichtigen net. Aber bald allein bist, ja, da paßt er ein wengl besser auf."

Kichernd wackelte die philosophisch angelegte Christin die Straße hinauf und begann schon jetzt zu beten.

Vor dem Kirchhof mußte sie sich durch das Gedräng der Bauern schieben, die in dichtem Kreis, wohl an die hundert Köpfe, den Bürgermeister umstanden, der in öffentlicher Gemeindeversammlung mit eintönig ge= schraubter Stimme irgend eine Schrift verlas. Als der Waldhofer mit dem Lesen fertig war, ging eine murmelnde Bewegung über alle die Köpfe hin, und die hundert silberbetrobbelten Hüte drehten und wandten sich durch= einander wie große, glitzernde Schwarzkäfer. Dann hörte man wieder die Stimme des Bürgermeisters: „Paßts auf, Leut! Jetzt hab ich noch ein Antrag, den der Häuslschusterin ihr Nachbar gmacht hat!"

Als der Waldhofer den Namen der Häuslschusterin nannte, erhob sich wirres Schreien und Gelächter. Jeder streckte sich, um besser zu hören. Nur die philosophische Christin war nicht neugierig; die dachte nur an ihre kranke Kuh und arbeitete mit beiden Ellenbogen, um den Friedhof zu gewinnen. Das gelang ihr endlich, und da

bekam sie einen Anblick zu genießen, als wäre die Welt
an ihrem Ende nicht mit Brettern vernagelt, sondern
mit ledernen Hosen gepflastert. Denn auf der Friedhofmauer saßen, alle mit dem Rücken gegen den Kirchhof,
an die dreißig Burschen in langer Reihe nebeneinander
und ließen die Beine über die Mauer hinaus gegen die
Straße baumeln. Sie hatten im Rat der Gemeinde
noch keine Stimme; aber h ö r e n wollen sie und über
die Weisheit der Alten ihre schlechten Witze machen;
es waren die übermütigen ‚Dorflober‘, die überall dabei sein mußten, wo es etwas zu lachen und zu spötteln
gab. Und da kamen sie bei keiner anderen Gelegenheit
so gut auf ihre lustige Rechnung, wie hier bei der Rat-
versammlung der ‚verstandsamen Mannerleut‘. Bei
aller Politik des Dorflebens, die da unter freiem
Himmel verhandelt wurde, bildeten sie den komischen
Chorus, über dessen lachende Kritik sich die Alten manchmal das schönste Grün und Blau an die Nase ärgerten.
Zuweilen rief ihnen wohl von den ‚hausgesessenen‘
Bauern einer verdrießlich zu: „Jetzt nehmts ein bißl
Verstand an, Buben, und halts enkere Schnäbel!“ —
aber schließlich war es ihr ‚altes Recht‘, hier auf der
Mauer zu sitzen; und jeder von den Bauern, die jetzt
im langen Sonntagsrock auf der Straße um den
Bürgermeister standen, hatte selbst vor Jahren als
‚Lediger‘ in der kurzen Joppe dort oben auf der Mauer
gesessen und den eigenen Vater geärgert.

Juſt von der heutigen Verſammlung ſchienen ſich
die Buben etwas beſonderes zu erwarten. Das merkte
man an ihrem Getuſchel und Geziſchel, mit dem ſie
die Köpfe zuſammenſteckten. Für ihre geſpannte Erwartung ſchien der Name der Häuslſchuſterin ein be-
deutungsvolles Wort zu ſein. Denn der Waldhofer
hatte dieſen Namen kaum genannt, als der Staubamer-
knecht über die Reihe hinrief: „Buben, lufts auf, es
kommt ebbes!“

Da hörte er hinter ſeinem Rücken eine grüßende
Stimme: „Gottslieben Nammittag, Weiberl!“

Es war die Stimme des Peter Johannes Zbazilek,
der, vom Pfarrhof kommend und mit den Seſſeltrüm-
mern unter dem Arm, der philoſophiſchen Chriſtin im
Kirchhof begegnet war.

Dem Staubamer-Mickei, als er dieſe Stimme hörte,
gab's einen Riß. Hurtig drehte er das Geſicht, ſtieß
ſeinen Nachbar mit dem Ellbogen in die Seite, und
lachend rief er dem Hanspeter zu: „He, du, Ratzenſpeck,
da geh her! Da verhandeln ſ' ebbes . . . das kunnt
dich verintereſſieren!“

Hanspeter ſah wohl die lachenden Geſichter auf der
Mauer — doch er tat, als hätte er den Zuruf nicht
gehört, und ging in aller Ruhe ſeines Weges. Er
mochte wohl denken: da ſind viele beiſammen, da
ſpringt die Schlechtigkeit vom einen auf den andern!
Und dem Pfarrer hatte er's in die Hand verſprochen,

daß er ‚den Schnabel halten‘ und das Evangelium seiner Liebe eine Woche lang in der eigenen Brust verschließen wollte.

Wohl trieb ihm das laute Gelächter der Buben das dunkle Blut ins Gesicht, doch ohne ein Wort zu sagen, verließ er den Kirchhof.

Draußen auf der Straße hatte sich der schwatzende Lärm der Bauern ein wenig gedämpft, und deutlich konnte man über alle Köpfe weg die Stimme des Bürgermeisters hören: „An Georgi lauft der Häuslschusterin ihr Mietszeit ab. Und da soll die Gmein jetzt bschließen, ob man ihr ’s Häusl wieder laßt auf’s nächste Jahr. Meintwegen kunnt sie’s bhalten. Aber . . .“

Als Hanspeter das hörte, stand er wie einer, der vorwärts will und dem die Füße angewachsen sind. Sein häßliches Gesicht verfärbte sich, und er streckte das ‚dicke Köpfl‘ lang aus den Schultern heraus. Das wäre gar nicht nötig gewesen — auch ohne daß er sich streckte, sah er über alle die anderen Köpfe weg.

„Aber da is jetzt ein Antrag von ihrem Nachber da, der ’s Häusl haben möcht.“

„Wird schon wissen, warum!“ klang eine lachende Stimme von der Mauer. „Solchene Nachberschaft hat man net gern!“

Und eine zweite Stimme: „Die schwefligen Düftln, die vertragt net jeder!“

Und eine dritte: „Hat man den Teufel gar so gnau

vor die Füß, da kunntst ihm leicht auf'n Schweif
treten. Und da zahlt er ein aus dafür! Gelt, Nachber?"

Ein wirrer Lärm, halb ernst und halb mit Lachen,
erhob sich. Und der Nachbar der Häuslschusterin rief
mit kreischender Stimme: „Ja, Buben, habts recht!
Ich will mein Ruh haben in der Nachberschaft. Ich
bin Gmeinbürger und zahl meine Steuern. Ich hab
's Fürrecht gegen fremde Leut!" Er schraubte die
Stimme noch, damit nur ja die ganze Gemeinde den
Trumpf seiner Weisheit hören möchte. „Und wenn's
drauf ankommt, zahl ich fünf Markln mehrer für's
Häusl!"

Ein altes Bäuerlein nahm den Hut ab und strich
sich mit seiner welken, zittrigen Hand das weiße Haar
in die Stirne. „Fünf Markln hin oder her . . . deswegen sollt man zwei arme Weiberleut net um Dach
und Ofen bringen!"

Zu dieser Meinung nickte der Waldhofer und rief
dem Nachbar der Häuslschusterin zu: „Geh, laß dich
net aufhetzen! Bhalt lieber deine fünfunddreißig Markln!
's Häusl hat kein Nutzen für dich! Was tust denn
damit?"

„Was ich tu damit, is mein Sach!" kreischte der
Nachbar. „Ich zahl! Und 's ander geht enk nix an!
Ich zahl! Ich zahl!"

Aus dem Kreis der Bauern klang eine harte,
trockene Stimme. „Wer besser zahlt, hat's bessere Recht!"

Es war der Bachbauer, bei dem der Hanspeter als Senn gedient hatte. „Ich bin dafür, daß man der Häuslschusterin für Georgi aufsagt."

Mit nickenden Köpfen stimmte schon die Hälfte der Bauern diesem Antrag zu, als sich eine dünn pfeifende Stimme vernehmen ließ: „Müßt man aber d' Häusl= schusterin erst noch fragen, ob s' net ebba mehrer gibt als der Nachber. Geld is Geld . . . was geht's mich denn an, wo's herkommt."

Da kam die lebendige Mauer, die den Bürger= meister umstand, ins Drängen und Wanken. „Laßts mich eini!" rief Hanspeter mit erwürgter Stimme. „Um Christi Lieb, ihr guten Leutln, laßts mich eini . . . ich hab ebbes z'reden mit der Gmein!" Was seine bittenden Worte nicht erreichten, das brachten seine schiebenden Ellbogen fertig: die schwarze Mauer tat sich auf, wie einst der Fels vor dem Stab des Moses.

Als die Bauern den Hanspeter sahen, fingen die meisten zu lachen an. Ein paar andere schimpften: „Was will denn d e r? Was hat denn d e r zum mit= reden in der Gmein!" Auf der Kirchhofmauer rief der Staudamer=Mickei: „Jetzt, Buben, jetzt wird's luftig! Jetzt hebt er zum predigen an!" Er sprang von der Mauer auf die Straße hinunter, drängte sich in den Kreis der Bauern, um dem erwarteten Evan= gelium recht nah zu sein — und mit Lachen taten es ihm die anderen Burschen nach. Aus dem heiteren

Lärm, der den Hanspeter umdrängte, konnte man all seine Spitznamen hören: buckleter Apostel, böhmischer Peterl, Katzenfleck und Ratzenspeck, verliebte Christenheit, Tröpfl-Hannes, Lieb'einand und Züngerl-Wehdam.

Mit kreidebleichem Gesichte hatte sich Hanspeter bis zum Bürgermeister durchgearbeitet.

Dem alten Waldhofer schien inmitten dieses lärmenden Auftritts nicht sonderlich behaglich zu sein. Schon ein paarmal hatte er die Hand erhoben, um Ruhe zu gebieten. Und als nun Hanspeter vor ihm stand, brummte er ihn ärgerlich an: „Was machst mir denn da für Gschichten her! Geh weiter und schau, daß d' heimkommst, statt daß d' mir d' Leut alle narrisch machst!"

Über all den hundert Köpfen wurde es plötzlich mäuschenstille — nicht, weil der Bürgermeister Ruh geboten, sondern weil sie alle neugierig waren, was der bucklige Apostel zu sagen und zu predigen hätte.

Hanspeter drückte mit zitterndem Arm die Holzteile des geknickten Sessels an seine Brust.

„Waldhofer . . ."

Als aus dem doppelten Menschen heraus diese kleine, schmächtige Knabenstimme kam, da lachten schon wieder alle.

„Waldhofer . . . Geld is Geld, hat grad einer gsagt . . . und . . . und wenn's der Gmein nix verschlagt, wo's herkommt, 's Geld   und wenn 's meinig net schlechter is, als wie ander Leut ihr Geld . . . und . . ." dem Hanspeter wurde das Reden so hart, als wäre ihm jedes Wort an die Zunge gewachsen, von der es sein Wille mit Gewalt erst losreißen mußte, „. . . und wenn's schon sein muß, daß der Häuslschusterin aufgsagt wird, so tät ich mich selm um's Häusl bewerben, und . . . fufzg Markln tät ich bieten. 's Geld hab ich daheim, das kunnt ich heut noch zahlen."

Auf einen richtigen Bauern wirkt nichts in der Welt so komisch, als wenn ein Mensch sein Geld ohne Nutzen und Zweck in den Wind wirft. Drum brach, als Hanspeter seinen Antrag gestellt hatte, in der hundertköpfigen Corona ein schallendes Gelächter aus. Und der Bachbauer schrie: „Der geht ja mit'm Geld um, als ob's mein Rührmilli wär!"

Nur der Waldhofer machte ein verdrießliches Gesicht und sagte zum Hanspeter: „Was fallt dir denn da jetzt ein! Du ewiger Narr, du guter! Mußt dich denn allweil von die andern ausnutzen lassen? Denn daß du 's Häusl für dich selber net haben willst, das denk ich mir eh! Hast ja bei mir daheim dein Liegerstatt. Geh, mach, daß d' weiter kommst!"

Hatte den Hanspeter das hundertstimmige höhnende Gelächter gereizt, oder der Widerspruch des Bürger- meisters? In seinem bleichen Gesicht erschienen brenn-

rote Flecken und seine Stimme bekam einen Klang,
der ihr sonst völlig fremd war — den Klang eines
zähen Eigensinns. „So sag ich halt, wie der Nannimai ihr Nachber sagt: ich zahl, ich zahl! Und mehrer
Geld, hat einer gsagt, is mehrer Recht. Daß so ebbes
wahr wär, hätt ich nie net glaubt. Jetzt hab ich's lernen
müssen . . . von enk!"

Von den Gemeinderäten schrien ein paar auf
den Hanspeter ein; da wollte der eine das Angebot
ernst nehmen, ein anderer versuchte lachend, den
Preis noch zu steigern. Und von der Mauer herüber
rief eine lustige Stimme: „Paßts auf, der Lieb'einand
heirat d' Häuslschusterin! Da brauchen s' ein Dachl
über ihr Liebsglück und da treiben sie 's Hexen in
der Kumpanei!"

Wieder brach das Gelächter los. Nur ein einziger
unter den hundert Bauern war nicht zum lachen aufgelegt: der Nachbar der Häuslschusterin. Wütend schrie
er den Bürgermeister an: „Ich hab mein Antrag
gmacht! Der böhmische Narr da, der ghört net zur
Gmein, der därf kein Antrag stellen! Über mein Antrag muß abgstimmt werden! Das is mein Recht!
Ich zahl meine Steuern! Mein Recht will ich haben!
Und b' Ruh in der Nachberschaft! Solchene Sachen
. . . ah na . . . da hab ich schon lieber den Herrgott
auf'm Buckel, als wie den Teufel am Gnack!"

„Herrgott? Du?" keuchte ihm Hanspeter ins Gesicht. „Du trauft dir noch, daß d’ ‚Herrgott‘ sagst? Tut dich das heilig Wörtl net derjticken, dich?“

Die dem buckligen Apostel zunächst standen, ließen das Lachen sein und sahen ihm verwundert in das veränderte Gesicht — so verwundert, als wäre ein gutgezogenes, lammfrommes und geduldiges Arbeits-roß aus unerklärlichen Gründen plötzlich störrig und scheu geworden, so daß man sich vor seinen Hufen in acht zu nehmen hatte.

Dem Nachbar der Häuslschusterin blieb im erften Augenblick die Widerrede in der Kehle stecken. „So einer! Wie der sich aufspielt . . . als ob’s Butterfaßl ein Siebhafen wär!“ Er wandte sich zum Bürgermeifter. „Die Gmein soll abftimmen! Jetzt grab mit Fleiß. Die Muschen, die zwei, müssen mir naus zum Ort!“ Nun wandte er sich wieder zum Hanspeter. „Was der sich ver-laubt in der Gmein . . . so ein Legwickl, so ein böhmischer . . . mit dem sein Mutter die Kirch verschandelt hat!“

Hanspeter hob seine zitternde Fauft. Und ließ sie wieder sinken. „Du muft kein Mutter net ghabt haben . . . du net . . . sonft kunnst net so von der meinigen reden!“ Seine schweren, langsamen Worte hatten dumpfen Klang, als hätte auch seine Stimme sich ver-ändert. „Oder bift leicht du von diefelbigen einer gwesen, die meiner Mutter d’ Haustür zugsperrt haben? . . . Du Christ! . . . Du Chrift!“ Er sprach dieses Wort, wie man einen Fauftschlag austeilt.

„Jetzt geht's an!" schrie der Staudamerknecht unter dem Lärm und Gelächter der anderen. „,Christ' hat er gsagt, und d' ,Lieb' kommt nach! In ei m Schnaufer bringt er so ein doppelts Wörtl so ein zaachs net auffi!"

Einer der lachenden Burschen klopfte den Hanspeter wohlwollend auf die Schulter. „Recht hast, Peterl! Mach ihm dein Predigt! Der hat's verdient! Der weiß nix von der Lieb . . . sein Alte hat's mit eim andern."

Während der Nachbar der Häuslschusterin, erbost durch diesen üblen Scherz, mit Gezeter zu schimpfen begann, schien Hanspeter plötzlich ruhig geworden. Er drückte die Holzteile des geknickten Sessels an seine Brust, sah mit einem Blick voll wehen Kummers über alle die lachenden Gesichter hin und nickte. „Sie sind halt, b' Leut, wie s' sein müssen . . . hat er gsagt!" Mit bitterem Lächeln wandte er sich dem scheltenden Nachbar zu. „Vergeltsgott . . . Herr Vetter . . . gut gnagelte Schuh haben S' an . . . mein Herz hat's spüren müssen! Gelt, bleiben S' mir ein andersmal net gar so lang droben!" Dazu konnte Hanspeter sogar noch lachen — ein Lachen, wie wenn Glas zersplittert.

Aber sein ruhiges Wort und sein Lachen ging unter in dem Lärm, der ihn umdrängte.

„No, was is denn?" kreischte der Staudamer-Mickei. „Auffi mit die heiligen Tön! Auffi mit der Predigt! Heut brauchen wir's wieder einmal! Lauter Unchristen sind beinand! Keiner von uns hat b' Lieb!"

Dieser Spott brachte Hanspeters schwer erkämpfte Ruhe wieder ins Wanken. In seinen blauen Augen, die sonst so still und milde blickten, flammte ein Zornblick auf. „Tu mich net spötteln, du! Wenn einer 's Predigen braucht, bist du's!“

„Recht hast! Recht hast! Aussi mit der Predigt! Pack mich mit der Lieb … denn daß du's weißt: ich bin der erst, der die Muschen, die zwei, mit Haselnußstecken aussistampert zum Ort!“

„Du …“

Erschrocken duckte sich Mickei, als er diese klobige Faust sich erheben sah.

Doch wieder zwang sich Hanspeter zur Ruhe. Aber sein Atem rasselte. „Na, Mensch! … Sag, was d' willst! … Heut hab ich's dem guten Herrn Pfarr in d' Hand verlobt, daß ich stad bin!“ Er hob das brennende Gesicht. „He, Leut! … Tuts auflusen, Leut!“ Um den Lärm und das Gelächter zu übertönen, wollte er Kraft in seine Stimme legen; doch sie klang nur dünner noch, schneidend und schrill. „Eins, Leut, eins muß ich sagen … und das is kein Predigt net … das is bloß ein Wörtl, ein wahrs!“ Sein schwerer Körper streckte sich, daß er mit den Schultern fast hinauswuchs über alle die Köpfe. „Leut! … Tuts mir der Nannimai nix an! Ich sag's enk! Tuts mir dem guten Weibl nix Unrechts nachreden! Es is alles net wahr! Die halt's

mit'm Herrgott und net mit'm Teufel!" Unbekümmert
um die lachenden Spottreden und um die Spitznamen,
die sie ihm von allen Seiten zuriefen, sprach er weiter.
„Die Klafter hat ihr ein Christenmensch aus Terbarm-
nis gschenkt. Und ich, Leut, ich bin's gwesen, der ihr
die Klafter kleingmacht hat in der Nacht! Mich hat
der Wachter gsehen! Und ich, Leut . . . schauts, das
müßts mir doch selber zubstehn . . . ich bin doch gwiß
kein Teufel net! Gelt, na?"

„Kunnt schon sein, daß d' einer bist!" klang eine
heitere Stimme aus dem Kreis der Verblüfften und
Schreienden. „Einer von die dummen Teufel, weißt!"

Unter dem johlenden Gelächter, das dieser Zuruf
weckte, zog ein halbwüchsiger Bursch, der bei der Sache
seinen Privatjux haben wollte, dem Hanspeter das Sitzbrett des geknickten Sessels unter dem Arm hervor und
schlug es ihm auf den breiten Rücken, daß es klatschte.

Zum erstenmal in seinem Leben war Hanspeter
in einer Laune, in welcher er keinen ‚Spaß‘ verstand.
Das Gesicht von Zornröte übergossen, wandte er sich
und führte einen Schlag mit der Faust. Freilich, als
er den schmächtigen Buben sah, hielt er im halben
Streich noch inne, aber da schrien sie schon mit allen
Stimmen durcheinander: „Abwehren! Abwehren!
Raufen und zuschlagen will er auch noch, der! . . .
Abwehren! Abwehren!"

Das ist ein Wort, das in der Sprache des Volkes

einen ganz besonderen, sonst nicht üblichen Sinn um=
schließt. Abwehren — das bedeutet im Dorf, daß
zwanzig über e i n e n herfallen, wie Bienen über einen
Käfer, der zu ihrem Honig will.

Unter lautem Geschrei und wirrem Gedränge wuchs
ein ganzer Wald von erhobenen Fäusten gegen den
Hanspeter an. Die Sessellehne und die geknickten Stuhl=
beine rissen sie ihm unter dem Arm hervor und be=
gannen damit auf Hanspeters Kopf und Rücken loszu=
trommeln. Erschrocken rief der Bügermeister: „Malefiz=
buben! He! Wollts Fried halten oder net! In der
Gmein wird net grauft!"

Aber das ‚Abwehren' war bereits im schönsten
Gang, und man hörte das Dreschen der Fäuste, klat=
schende Schläge, und das Keuchen des Einen, auf den
sie niederfielen. Um die Würde des Gemeinderates
zu wahren, blieb dem Waldhofer nichts anderes übrig,
als die Versammlung für geschlossen zu erklären und
eilenden Schrittes davonzuwandern, weil er ‚mit sol=
chenen Unsinnigkeiten' nichts zu schaffen haben wollte.
Jeder Kluge tat es ihm nach, nahm die langen Schöße
des Sonntagsrockes unter die Arme und machte flinke
Beine.

Im Knäul der ‚Abwehrenden', die sich rings um
den Hanspeter balgten, wurde noch immer gelacht, so
daß es den Anschein hatte, als wäre das gar keine
Rauferei sondern eine lustige Hetze, die man sich auf

Kosten des buckligen Apostels und zu Ehren des Sonn=
tags erlaubte. Wer untätig aus sicherer Entfernung
zusah, lachte mit. Droben im Kirchhof bei der Mauer,
die von den Jungen verlassen war, sammelten sich jetzt
die Alten und guckten schmunzelnd auf das lärmende
Schlachtbild nieder, das die Straße füllte. Die Wei=
ber, die zur Kirche wollten, blieben stehen und fingen
zu schelten an: über die ‚Sonntagsandacht‘, die da
gehalten wurde. Schreiend kamen die Schulbuben
gelaufen, und um ihr bescheidenes Teilchen an dieser
Feiertagsfreude der Burschen mitzugenießen, ballten
sie den schmutzigen, halbzerschmolzenen Schnee der
Straße zu triefenden Klumpen und begannen aus ge=
schütztem Hinterhalt den Schwarm der ‚Abwehrenden‘
zu bombardieren.

Doch wenige Sekunden, und das lustige Bild war
ganz bedenklich verwandelt. Dem Hanspeter, der eine
Weile die ‚abwehrenden‘ Fäuste auf sich niederhämmern
ließ, wie man auf schutzlosem Feld einen Platzregen aus=
hält, schien plötzlich des ‚Spasses‘ zu viel zu werden.
Noch schlug er nicht zurück. Doch er begann mit den
schweren Armen seitwärts zu rudern wie ein ungelenker
Schwimmer — und da purzelte bald zur Linken, bald zur
Rechten ein Bursche in den Schnee. Wütend sprangen
die Gestürzten auf, schimpften und fluchten, als wäre
ihnen bitteres Unrecht geschehen, und schlugen in heißem
Zorn auf den Hanspeter ein. Der begann sich jetzt

seiner Haut zu wehren, und von seinem erften Streich getroffen, taumelte einer der Burfchen mit „blutender Nafe gegen die Kirchenmauer.

Da merkten die lachenden Zufchauer, daß fich der Jux in böfen Ernft verwandelte. Die Alten auf der Mauer fingen zu fchelten und zu fchreien an, erfchrocken und mit blaffen Geftichtern rannten die Schulbuben davon, einige Weiber liefen kreifchend auf die Raufenden zu, riffen ein paar von den Burfchen an den Joppen zurück und fchlugen mit Rofenkränzen und Gebetbüchern auf die brennenden Köpfe los — um abzuwehren! Dazu begannen die drei Glocken des Kirchturms weihevoll und feierlich die Nachmittagsanbacht einzuläuten. Die hallenden Klänge fchwebten gar wunderfam frieblich in den milden Wintertag hinaus — und aus dem reinen Blau herunter lachte die klare Sonne, als hätte fie ihre rechte Freude an der fchönen Erde und ihren guten Menfchen.

Erft als die Glocken fchwiegen, hörte man wieder das Gefchrei der Raufenden und das Gezeter der Weiber und Bauern. Aus allen Nachbarhäufern kamen die Leute gelaufen; alle Kirchgänger, die den Lärm vernahmen, fingen zu rennen an. Auch der hochwürdige Herr Felician Horabam, der, von Kathrin vor die Schwelle des Pfarrhofes geleitet, juft den Weg zur Sakriftei antreten wollte, hörte den kreifchenden Spektakel. Und da wußte er gleich, was los war.

„Jesus Maria! Da raufen s' schon wieder, die verflixten Buben!"

Er wollte lange Schritte machen; aber Kathrin, erschrocken, faßte ihn mit beiden Händen am Talar und stotterte: „Hoch= würden! Mar und Josef! Ich bitt Ihnen um Gottswillen, bleiben S' da! Sind S' gscheid, Herr Pfarr! Tun S' Ihnen da net nein= mischen! Mar und Josef . . ."

„Laß aus!" befahl Herr Feli= cian und führte mit der Hand einen befreienden Streich zwischen Kathrins Hände und seinen Talar.

Hier rief ihn seine Pflicht — da gab es für ihn kein Zögern und keine Angst.

Wohl rannte ihm Kathrin eine Strecke nach, aber sie vermochte ihn nicht mehr einzuholen. Er eilte über

den Friedhof hin, daß hinter ihm der schwarze Talar
mit wehenden Falten rauschte.

Weiber kamen ihm entgegengelaufen und kreischten:
„Herr Pfarr, Herr Pfarr, sie derschlagen einand!"

Als er zur Mauer kam und das böse Bild auf
der Straße sah, besann er sich nicht lange, schürzte
den Talar und ließ sich über die Mauer hinuntergleiten.
In der Hand das Kreuzlein, das er an einer Schnur
um die Schultern hängen hatte, drängte er sich mitten
in den Knäul der Raufenden. Und hinter ihm schoben
sich ein paar stämmige Bauern nach, während Herr
Felician rief: „Wollts Ruh geben, ihr gottvergessenen
Buben, ihr! Wollts Ruh geben . . . gleich auf der
Stell!"

Das Wort des Pfarrers wirkte, und die festen
Ellbogen der Bauern halfen noch ein wenig nach.
Der Knäul der Streitenden löste sich, und während
einer mit blutendem Gesicht, ein zweiter ohne Hut
und mit zerrauftem Haar, ein dritter mit hinkendem
Fuß und zerrissener Hose sich beiseite drückte, blieb
Hanspeter allein auf der gleichen Stelle. Er atmete
schwer, die Joppe hing in Fetzen von ihm nieder,
sein Gesicht war bleich und rotfleckig, Mund und Ohren
blutig gekratzt — und seine Augen starrten wie die
Augen eines gehetzten Wildes. Er schien nicht zu sehen,
wer vor ihm stand, schien nicht zu wissen, was rings
um ihn her geschah.

Mit bekümmerten Blicken betrachtete ihn der Pfarrer. Und er schien es gleich zu erraten: der Hanspeter ist der Schuldige nicht!

„Wer hat angefangen?" fragte Herr Felician mit scharfer Stimme. Jetzt, da der Friede gestiftet war, stieg ihm erst der Zorn in die Stirne. „Wer hat angefangen?"

Alles blieb still.

„Will mir niemand Antwort geben? . . . Wer hat angefangen?"

„Der Hanspeter!" rief der Staudamer-Mickei. Und ein Dutzend andere riefen es ihm nach: „Der Hanspeter! Der Hanspeter!"

Das Gesicht des Pfarrers wurde noch röter. „Das ist nicht wahr! Das glaub ich nicht! . . . Wer hat angefangen?"

Jenes weißhaarige Bäuerlein, das in der Gemeindeversammlung der Meinung gewesen, man sollte nicht wegen fünf Mark zwei arme Weibsleute um Dach und Ofen bringen — jenes Bäuerlein erzählte dem Pfarrer, wie der böse Handel begonnen hätte.

Da schien sich der gutmütige, abgeklärte, geduldige Herr Felician Horadam plötzlich wieder in das ‚gewalttätige Hitzköpfl‘ zu verwandeln, das er nach seinem eigenen Bekenntnis ‚vor dreißig Jahren‘ gewesen. Sein kleiner, rundlicher Körper streckte sich, und mit schallender Stimme begann er den Burschen seine Meinung so gründlich zu sagen, daß sie ihn mit schiefen Köpfen und scheuen Augen anguckten.

Jetzt hatten sie die Predigt, die ihnen der Hanspeter nicht halten wollte. Es war eine Predigt, so derb und kräftig, wie Herr Felician seit langen Jahren keine mehr gehalten hatte! Und weil er schon so heiß im Zuge war, bekamen sie auch gleich zu hören, was ihnen der Pfarrer erst am nächsten Sonntag von der Kanzel herunter hatte sagen wollen: daß es, ‚vom christlichen Standpunkt aus betrachtet‘, eine grobe Sünde, und, ‚mit ein bisserl Menschenverstand angesehen‘, ein kindischer Unsinn wäre, an Hexen zu glauben, und daß, wer so üble Gerüchte ausstreue, wie sie über die Altenöderin in Umlauf kämen, entweder ein dummer Mensch sein müsse, oder ein schlechter!

„Ui, sakra,“ zischelte von den Burschen einer, den die breiten Rücken der andern deckten, „heut redt er Wörtln, als hätten s' zwei Fäust, die ein bei die Ohren packen!“ Und ein zweiter hetzte: „Ein bissel viel derlaubt er sich! Das braucht man sich doch net gfallen z'lassen!“ Und ein dritter stieß den Staudamer-Mickei mit dem Ellbogen an: „Das geht auf dich! Jetzt zeig, daß d' Schneid hast . . . und sag's ihm!“ Mickei, aus dessen käsigem Gesicht die Augen mit lauernder Unruh blickten — wie die Augen eines Menschen, der ein schlechtes Gewissen hat — lachte trocken vor sich hin:

„Ja, wär schon Zeit, daß einer ein Wörtl sagen tät! Heut spielt er sich ein bißl g a r teck auf!"

Herr Felician hörte wohl diesen tuschelnden Kommentar seiner Predigt nicht. Doch er schien den Widerspruch zu fühlen, der um ihn her in der Luft lag. Aber das schüchterte ihn nicht ein; im Gegenteil; aus seinem halben Hochdeutsch in vollen Dialekt fallend, schloß er seine Standrede mit Worten, so ländlich kräftig, daß sie die Goldwage schwerlich passiert hätten. Und das Amen seiner Predigt lautete: „So ihr Lackln, ihr unchristlichen, jetzt kann sich's jeder hinter d' Ohren schreiben, was ich euch gsagt hab! Hoffentlich hilft's was! Oder es müßt schon Hopfen und Malz an euch verloren sein!"

In das Schweigen, das diesen Worten folgte, klang eine Stimme, grob und frech: „He! Buben! Müssen wir uns auf der Gassen so was bieten lassen? Aus die Schulstrümpf, mein' ich, wären wir lang schon auffigwachsen!"

Herr Felician, mit dunkelrotem Gesichte, hob sich auf die Fußspitzen. „W e r hat da was zu sagen!"

„Geh, geh, tun S' Ihnen net so aufblasen, Herr Pfarr! Deswegen wachsen S' net! In der Kirch drin können S' predigen, so lang wie S' mögen! Aber da auf der Gassen is einer wie der ander. Da gibt's kein Pfarr!"

Ein wirrer Lärm erhob sich. Die Burschen hielten es mit dem Staudamer-Mickei, der seine ‚Schneid' gezeigt hatte, während die Weiber und die älteren Männer Partei für den Pfarrer nahmen. Nur ein einziger blieb stumm — der Hanspeter; er bewegte wohl die Lippen, als wollte er sprechen, und versuchte zu Herrn Felician hin einen Schritt zu machen — doch wie ein Trunkener taumelte er zurück und mußte sich, um nicht zu stürzen, an die Friedhofmauer lehnen.

Droben über dem Rand der Mauer war mit verstörtem Gesicht die Jungfer Kathrin erschienen. In Sorge um ihren geistlichen Herren rang sie die Hände und kreischte nur immer? „Herr Pfarr, der Rosenkranz . . . Herr Pfarr, der Rosenkranz . . .“

„Ja ja, Kathrin, hast recht, ich komm schon,“ rief Herr Felician zu ihr hinauf. Alle Glut seines humanen Eifers, aber auch aller Zorn schien plötzlich verkühlt in ihm. Einen ruhigen Blick noch warf er auf den Staudamer-Knecht und nickte lächelnd vor sich hin. „So so, der Mickei? Ah freilich, d e r hat's nötig!“ Dann hob er die Hände, um die lärmenden Weiber und Bauern zu beschwichtigen. „Seids ruhig, Leut! So ein Wörtl tut net weh. Is alles recht! Lassen wir's gut sein! Gehen wir lieber hinein und reden wir mit unserm Herrgott . . . . is gscheider, wie jedes Wörtl auf der Gassen . . . die Kathrin hat recht! . . . Kommts, Leutln, der Rosenkranz fangt an! Komm, Peterl, in der Kirch drin is dein Heimat . . . da drin bist sicher!“

Herr Felician schürzte den Talar und watete durch
die Schneewasserpfützen zum Tor des Friedhofes. Ein
schwatzender Trupp von Weibern und Bauern schob sich

hinter dem Pfarrer her, während der lärmende Schwarm
der Burschen, geführt vom
Staudamer-Mickei hinüberzog in das nahe Wirtshaus.

Hanspeter, der sich mit kalkweißem Gesicht und
erloschenen Augen an die Mauer lehnte, hatte die Hand
gestreckt, als wollte er sie dem Pfarrer reichen. So
stand er eine Weile, dann fiel ihm der Arm herunter.

Seufzend tat er die Lider zu, ein Zittern und Wanken
kam über seine schwere Gestalt, und aus dem Mund=
winkel sickerte ihm ein roter Tropfen. Jetzt brach er
lautlos zusammen, kollerte ein Stücklein über den nassen
Schnee — und so blieb er liegen.

Niemand kümmerte sich um ihn.

Ein paar alte Weiber, die den Rosenkranz zu ver=
säumen fürchteten, zappelten flink vorüber und sahen
den Hanspeter kaum von der Seite an — als wär's
ein Rauschiger, der einen Purzelbaum in den Schnee
getan, um sich auszuschlafen.

Die Schreier alle, die hatten lange Beine gemacht,
und so standen nur noch ein paar Schulkinder um den
Hanspeter her und starrten ratlos und scheu erschrocken
auf ihn nieder, wie einst die geängstigten Zwerge auf
den ungeheuerlichen Körper des Gulliver.

„Da schau!" stotterte ein fünfjähriges Dirnlein
und deutete auf das Blut, das unter Hanspeters
Hüfte hervorsickerte und in den nassen Schneeklumpen
zerfloß.

„Jetzt muß er sterben, der Batzenweckerl . . . weil
er blüeten tut!" erklärte ein kleines Bürschlein mit
altklugem Gesicht. „Grad so is der Simmerl daglegen,
den unser Stierl derstoßen hat. Ja, du, der hat auch
versterben müssen."

Das Dirnlein machte im Schnee ein „Hockerl" und
sah dem Hanspeter mit großen neugierigen Augen in

das entfärbte Gesicht. „Meinst, Pepperl, daß er schon
tot sein tut?"

„Aber gwiß! Der lebt schon lang nimmer!"

Da sah das Dirnlein auf der Straße zwei verspätete
Kirchgängerinnen daherkommen: die Altenöderin mit
ihrem Mädel. „D' Häuslschusterin kommt . . . die
muß den Ratzenspeckerl wieder lebendig hexen!" Wie
getrieben von einer Angst, die es selber nur halb verstand, begann das Dirnlein der Altenöderin entgegen-
zulaufen, schneller und immer schneller. „Häuslschuh-
sterin . . ." Zitternd klammerte sich das Kind an den
Rock der alten Frau.

Verwundert sah Mutter Nannimai auf das Dirnlein nieder. Denn daß die Kinder ihr entgegenliefen,
das war sie nicht gewöhnt — die pflegten doch sonst
vor ihr davonzurennen, sich hinter die Stauden zu
stecken und zu singen: „Zwei mal zwei macht sechs
sechs sechs . . . so viel macht's bei der Hex Hex Hex!"
Und da kam nun eines und klammerte sich an ihren
Rock, als möcht es um eine Guttat betteln! Mutter
Nannimai legte dem Dirnlein lächelnd die Hand auf
das zausige Köpfchen. „Was magst denn, Kinderl,
sag?"

„Bittschön, Häuslschusterin, tu mir den Ratzenspeckerl wieder lebendig hexen!"

Aber da hatte Lisbeth den regungslosen Schläfer
im blutigen Schnee bereits erblickt. „Jesus Maria!"

stammelte sie zu Tod erschrocken. Sie begann zu laufen, warf sich neben Hanspeter auf die Knie, rüttelte ihn an der Schulter, am Haupt, und schrie wie von Sinnen: „Mutter, Mutter, Mutter . . .“

Als die Altenöderin unter Jammer und Tränen herbeigehumpelt kam, hatte Lisbeth schon den Kopf des Bewußtlosen auf ihre zitternden Arme gehoben. Und da lagen sie nun alle beide auf den Knien — von den Kindern konnten sie nichts anderes erfahren, als immer nur das eine: „Derschlagen haben s' ihn, die Buben!“ — und unter halb von Tränen erstickten Worten, ohne recht zu wissen, wie sie helfen sollten, mühten sie sich vergebens, den schweren Körper des Ohnmächtigen aufzurichten. Die Altenöderin suchte nach seiner Wunde, ohne sie zu finden, rieb ihm das Gesicht mit Schnee und fühlte nach seinem Herzen. Das schlug wie ein schwerer, müder Hammer.

„Er lebt ja, er lebt . . . o du lieber Himmel, ver= gelt's Gott . . . sein Herzl, das schlagt noch . . . tum= mel dich, Kindl, und lauf . . . Jesus, Jesus Maria . . . lauf und schau, daß d' Leut kriegst, daß wir ihn heim= bringen!“

Lisbeth rannte zum nächsten Haus — und da sah sie den jungen Waldhofer die Straße heraufkommen. Die Arme streckend, mit ersticktem Laut, eilte sie ihm entgegen.

Diesen tonlosen Schrei hatte Roman nicht gehört.

Mit den Blicken im Schnee, das Gesicht geneigt und die Hände hinter dem Rücken, kam er langsam gegangen, wie einer, der in allen Gliedern die Ermüdung nach schwerer Arbeit spürt. So müde hatte ihn das Warten auf die Julei gemacht! Und so ganz versunken war er in seine grübelnden Gedanken, daß er völlig zusammenschrak, als Lißbeth plötzlich vor ihm stand und seinen Arm umklammerte. Was sie schluchzte und stammelte, schien er gar nicht zu hören — er sah ihr nur immer in das liebe, von Schreck und Sorge verstörte Gesicht, auf den zuckenden Mund und in die Augen, von deren schwarzen Wimpern die glitzernden Tränen niederfielen.

Erst die Stimme der Altenöberin weckte ihn aus diesem tauben Schauen. „Waldhofer," schrie sie, „Waldhofer, um Christi willen, komm her, komm her!"

Und da sah er, daß es der Hanspeter war, der da drüben im Schnee lag und dessen Kopf die Altenöberin auf ihren Armen hielt.

„Ja du lieber Herrgott . . ."

Ohne Lißbeths Hand zu lassen, fing Roman zu laufen an und riß das Mädchen mit sich fort.

„Da, Waldhofer, da schau her! Den Hanspeter haben s' derschlagen!"

Roman brauchte nur einen Augenblick, um allen Schreck und alle Ratlosigkeit von sich abzuwerfen. Er jammerte nicht, sondern wußte gleich, was zu tun war.

„Z'erst muß er heim!" Eins von den Kindern hieß er zum Doktor laufen: der sollte gleich in den Wald- hof kommen! Dann eilte er in das Gehöft des nächsten Hauses und brachte einen Schiebkarren.

Den schweren Körper des Bewußtlosen diesen halben Fuß hoch auf die Bahre des Karrens zu heben — das war harte Arbeit. Keuchend halfen die drei zusammen. Roman und Lisbeth verschlangen die Hände, und so schoben sie dem Hanspeter ihre fest aneinander gefesselten Arme wie Traggurten unter den Rücken.

„Gott sei dank!" sagten sie alle drei, als der Be- wußtlose auf dem Karren ruhte.

Damit sein Kopf nicht auf den harten Stangen liegen sollte, riß Lisbeth ihr Wolltuch und ihren Spen- ser herunter — Roman gab seine Joppe dazu — und das alles, zu einem Kissen geballt, schoben sie unter Hanspeters Nacken. Und damit seine Arme nicht vom Karren niedergleiten konnten und im Schnee schleifen, faßte Lisbeth die eine und ihre Mutter die andere von Hanspeters Händen.

Roman hob den Karren und begann zu schieben. Unter der Last dieses doppelten Menschen, und in dem klebrigen, halbzerflossenen Schnee, ging das plumpe Rad nur langsam vorwärts.

So brachten sie ihn heim und sprachen kein Wort dabei. Und dennoch war es kein ‚stiller Zug' — denn die Glocken läuteten, alle drei, weil just im Rosenkranz

Herr Felician Horadam seinen ‚Andächtigen in Christo‘
den Segen erteilte.

Lisbeth und Mutter Nannimai, während sie dem
Karren zu beiden Seiten gingen, sahen nur immer den
Hanspeter an; und manchmal fuhren sie mit der Hand
über die Augen, um ihre Tränen fortzuwischen. Roman
aber schien neben seiner Sorge um den Hanspeter noch
eine andere zu spüren — denn wenn er eine Weile
den geduldigen Märthrer auf dem Karren betrachtet
hatte, hingen seine Augen immer wieder an Lisbeth.
Die hatte doch ihr Tuch und ihren Spenser für den
Hanspeter hergegeben, und nun zauste ihr der Wind
das dünne Linnen, das bald in Falten pluderte, bald
wieder glatt sich anschmiegte an den schlanken,
linden Mädchenkörper. Ihre nackten Arme und der
entblößte Nacken begannen sich in der frischen Luft zu
röten — und ein ums andremal tat Roman einen
Blick zum Himmel, als möchte er der Sonne zureden:
„Recht warm mußt scheinen, oder das gute Madl
tut mir ja frieren!" —

Als der Karren um die Ecke der Straße verschwunden
war, standen die Kinder noch immer unter dem Geläut der
Glocken bei der Kirchhofmauer, schwatzten leise miteinander und guckten immerzu auf die roten Flecken im Schnee.

Da kam vom Wirtshaus her ein Gendarm gelaufen, der
den Helm zurechtsetzte und die Säbelkuppel enger schnallte.
Die Kinder wollten Reißaus nehmen, doch als sie dieses

energische „Halt!" vernahmen, blieben sie zitternd stehen.

Die Brauen aufgezogen, mit sachkundigen Blicken, musterte der Herr Gendarm das Bild des Schlachtfeldes.

„Aaah, da haben wir s' ja schon, die Korpes delikti!"

In Wichtigkeit und Eifer sammelte er verschiedene Fundstücke zu einem Häuflein: eine Stuhllehne, ein Sitzbrett, einen Hut und drei geknickte Sesselbeine.

„Ohne Stuhlfuß, natürlich, kann's bei uns net abgehn!" philosophierte er.

Mit einem Zollstab, den er hinten aus der Hose hervornahm, maß er die Blutspuren im Schnee und die Länge aller Fußstapfen, welche rings um die roten Flecken her zu erkennen waren. In besonders deutlich ausgeprägten Tritten zählte er sogar die Abdrücke der Nägelköpfe.

Dann begann er mit strenger Stimme eine Frage um die andere an die Kinder zu stellen, und was die kleinen, zitternden Schächer zu bekennen wußten — den ganzen ‚Tatbestand' — notierte er mit langem Zimmermannsbleistift in sein Taschenbuch.

8.

Vor der Türe des Waldhofes, in dessen Garten
und Hofgeräumt die Sonne schon große, fahle Flecken
aus dem Schnee herausgeschmolzen hatte, saßen die
Altenöderin und Lißbeth auf der Hausbank. Schweigend
hielten sie sich bei den Händen — zwei Menschen, die
nicht nur um ihres Blutes willen zusammengehörten,
die ein hartes Leben aneinander geschmiedet hatte,
und um deren Herzen nun eine neue Sorge wieder
einen neuen Ring gelegt. So saßen sie und warteten
und lauschten. Denn der Doktor war beim Hanspeter
in der Kammer.

Da hörten sie einen Schritt im Haus, und alle
beide standen sie auf.

Roman trat aus der Türe, bleich und erregt, in

der einen Hand eine Blechschüssel mit rotgefärbtem Wasser, in der anderen den Spenser der Lisbeth.

„Schau, da hast dein Jankerl," sagte er, „der Dokter hat mich braucht . . . sonst hätt ich dir's schon lang rausbracht. Hast denn net frieren müssen?"

Lisbeth schüttelte den Kopf. Ein wenig schauernd, schlüpfte sie in den Spenser, während die Mutter fragte: „Wie geht's ihm denn?"

„Der Dokter meint, daß er's durchreißt!" Roman spülte am Brunnen die Schüssel und ließ sie mit frischem Wasser vollaufen. „Von hint her hat ihm einer 's Messer neingstochen." Er lächelte ein wenig, während seine zitternden Hände unter dem Brunnenstrahl die Schüssel hielten. „So oft schon hab ich lachen müssen über die bretterne Juppen, die er tragt. Und die hat ihm gholfen jetzt. 's Lungenspitzl, sagt der Dokter, wär freilich noch ein bißl angschnitten . . . aber Gott sei dank, so ein Bärenmensch wie der Peterl vertragt schon was. Der Dokter meint, daß er's durchreißt in vierzehn Tag."

Die Schüssel war voll bis an den Rand, und Roman trug sie ins Haus. Auf der Schwelle wandte er das Gesicht, und seine Blicke hingen an Lisbeth, als hätte er noch etwas zu sagen. Doch schweigend ging er.

Mit großen Augen sah ihm Lisbeth nach. Und nun fror sie wohl nimmer, denn warme Röte war ihr in die Wangen gestiegen. Sie legte den Arm um die Mutter, führte sie zur Bank und strich ihr mit der Hand über die Wange. „Wirst sehen, Mutter, er kommt wieder auf! Wenn's der Roman sagt, muß's wahr sein!"

Die Altenöderin nickte nur. Und jetzt, da ihre Sorge in Hoffnung verwandelt war, jetzt erwachte der heiße Groll in ihr. Mit einem Zornblick glitten ihre Augen über die öde Straße hinaus und über die stillen Häuser hin. „Alle sind s' in der Kirch, und alle raspeln s' den Rosenkranz! Und einer, der 's blutige Messer im Sack hat . . . ich denk mir, der schreit am frömmigsten!" Sie lachte bitter und umklammerte die Hand ihres Mädels. „Da, Kindl, da schau dir an, wie d' Menschen sind! Da kannst ebbes lernen für dein Leben, dein arms! Im Hundert sind s' alle gleich, is einer schlechter wie der ander . . . und da kommt ein einziger, und der is gut . . . und den derschlagen s' und derstechen s'!"

Lisbeth zog den grauen Kopf der Mutter an ihre Brust und legte ihr die Hand auf den Mund. „Na, Mutterl, so sollst net reden, schau!" Ein wehes, schwermütiges Lächeln zitterte um ihre Lippen; doch ihre Stimme klang ruhig. „Einer, wie der Roman is . . . und einer wie der Hanspeter . . . schau, die wiegen 's Hundert wieder auf. Und hast ein einzigen, an den glauben därfst, so geht der Glauben an die anderen mit drein."

Wieder nickte die Altenöderin; doch es schien, als

hätte sie gar nicht gehört; und dann sagte sie: „Er
wird halt für u n s wieder gredt haben! Und deswegen
hat er bluten müssen.“ Wieder lachte sie. „Und bei
der Kirch hat's gschehen müssen! Sonst tät ebbes fehlen
dran!“ Im gleichen Augenblick begannen die Glocken
zu läuten, die den Schluß des Rosenkranzes verkünde-
ten. „Ja, ja, tuts ihn nur einläuten, enkern heiligen
Sonntag! Und der Herr Pfarr . . .“ zornig lachend
machte die Altenöberin ein Kreuz in die Luft, „der
gute Herr Pfarr, der gibt sein Segen dazu: kribes
krabes, schalimpes schalabes! . . . Kindl, jetzt fang ich
schon selm bald an, daß mir der Teufel lieber is als
wie der Herrgott, an den d' Menschen glauben!“

„Mutter!“ stammelte Lisbeth.

Da kam der junge Waldhofer aus der Tür gelaufen. „Der Dokter tut ihn verbinden grad, und . . .
so viel ungschickt stell ich mich an dabei . . . ich weiß
net . . . gar so viel geht mir im Kopf um, heut! Und
da meint der Dokter, ein Weiberleut wär ihm lieber
zur Hilf.“

Alle beide wollten sie ins Haus, Mutter Nannimai und Lisbeth. Aber Roman gab nur für die Altenöberin die Schwelle frei und faßte Lisbeth bei der Hand.
„Geh, laß b' Mutter 'nein!“ sagte er und wurde ein
wenig verlegen. „Wie er daliegt, der arme Kerl . . .
es is net gut zum anschauen, weißt . . . schon gar
für ein Madl! Tätst derschrecken dran! Und . . . na

na, mußt dich net sorgen, schau, der Dokter hat ihm ebbes eingeben für'n Wehdam! Gar nix spürt er nimmer!" Da fühlte er, daß ihre Hand so kalt wie Eis war. „Gelt, ja . . . gelt, daß b' frieren hast müssen! Ich spür ja, wie kalt als bist!"

Doch ihre Wangen brannten. Und die Augen zu ihm aufhebend, sagte sie leis: „Vergeltsgott!"

Dieses Wort machte ihn noch verlegener. „Vergeltsgott? Für was denn?"

„Weil so gut bist . . . mit'm Hanspeter!"

„No ja . . . es is halt, weißt . . . so ein guter, guter Mensch is er halt, und . . . aber ich glaub, der Dokter braucht mich . . ." Roman wandte sich so hastig, daß er die Schwelle übersah und stolperte.

Lisbeth blieb bei der Türe stehen, bis sie im Hause keinen Schritt und Laut mehr hörte. Dann setzte sie sich auf die Bank, lehnte den Kopf an die Mauer und legte die Hände in den Schoß. So blickte sie hinaus in das schimmernde Blau des Himmels; und die Sonne, bevor sie über das Hausdach hinübertauchte, umzitterte das Gesicht des Mädchens noch mit einem warmen Strahl.

Auf der Straße erschienen die ersten Leute, die von der Kirche kamen. Als sie draußen vor dem Zaun vorübergingen und die Tochter der Häuslschusterin im Waldhof auf der Hausbank sitzen sahen, machten sie verwunderte Augen und fingen zu schwatzen an.

Lisbeth schien die Leute nicht zu sehen, schien ihre
Stimmen nicht zu hören. Doch einen Schritt im Haus,
den hörte sie gleich. Und da stand auch Roman schon
auf der Schwelle. „Ilsabeth, geh, komm ein bißl
rein ... allweil fragt er nach dir ... und zudeckt
is er jetzt auch schon wieder.“ Er faßte Lisbeth bei
der Hand; denn der Weg zu Hanspeters Kammer
ging in dem großen Haus um ein Dutzend Ecken —
da mußte man ein Frembes führen, oder es fand sich
nicht zurecht. „Aber plauschen därfst mir fein net!
Das schadt ihm, weißt! Z'erst hätt er schon allweil
mit der Mutter reden mögen, und allweil hat er von
enkerm Häusl ebbes gsagt ... ich weiß net, was er
will ... der Dokter hat ihm 's Reden verboten, aber
gar net folgen will er, und allweil sagt er dein Nam
und gar nix anders nimmer! ... Der tut enk
mögen, der! ... No ja, er wird schon wissen, warum! Wenn ich drandenk, wie er oft verzählt hat
von dir ..... Paß auf, da kommen drei Staffeln!
... Und so viel zittern tust!   Gleich haben
wir's, gleich!“

Am Ende eines langen, dunklen Ganges stand die
niedere Türe zu Hanspeters Kammer offen.

„Ein Glück,“ hörte man die Altenöberin sagen,
„ein Glück, Herr Dokter, daß S' enkere Sachen gleich
dabeighabt haben!“

„Wie ich ghört hab, sie haben grauft, da hab ich

mich gleich auskennt," erwiderte eine derbe, lachende
Stimme, „und hab mir gleich alles schön ins Taschl
packt, was man braucht zur Kirchweih! Ein paar
Löcher im Kopf, ein gsunder bajuwarischer Messerstich
oder ein ausdruckts Augerl . . . auf so was muß ich
allweil gfaßt sein!"

Ein scharfer, süßlicher Geruch von Carbol und
Jodoform erfüllte die kleine Stube; sie war halb ver-
dunkelt, weil der Doktor, der bei dem winzigen Fenster
stand und seine Tasche einkramte, mit seinen breiten
Schultern das Licht verdeckte — ein noch junger Mann,
in seiner Erscheinung ein wenig verbauert, mit glatt-
rasiertem Gesicht und klugen, flink beweglichen Augen.

Die Altenöderin stand zu Füßen der ungeschlachten,
grob gezimmerten Bettstatt, in welcher Hanspeter
lag, mit einer grauen Lodenkotze zugedeckt und um die
Stirn einen nassen Bund gewickelt, der das ‚dicke
Köpfl‘ um ein ausgiebiges Teil noch dicker machte.
Das frische Hemd, das sie ihm angezogen hatten, stand
am Hals weit offen, und zeigte den Verband, der dem
Hanspeter um die Brust gelegt war — die brüchig
gewordene Tonne seines Lebens hatte einen neuen
Reif bekommen.

Als Roman und Lißbeth in die Kammer traten,
wandte der Doktor das Gesicht und gab das Fenster
frei. „Sakerlott! Kommt aber da ein saubers Madl!
Und ein gsunds Madl." Er lachte. „Mich hat s' wenig-

ſtens noch net
braucht." Völlig aus der Helle
tretend, betrachtete er Lisbeth mit ſchmunzelndem
Wohlgefallen. Dann beugte er ſich über das Bett,
ſtreichelte dem Patienten freundlich das ,brieboppelte
Köpfl‘ und ſagte: „Ja, Peterl, das begreif ich, daß du
nach d e r verlangſt!"

Da fühlte Roman das Bedürfnis, den Doktor
aufzuklären: „Die zwei, die ſind wie Bruder und
Schweſter, wiſſen S'!"

„Sooo? No ja, Bruder und Schwester is auch was schöns!" Der Doktor lächelte. „Lang halt's aber net, wenn's net angeboren is! . . . No also, Madl, komm her und schau dir's an, dein blessierts Brüderl!"

Lisbeth zögerte. Beim Anblick der blutigen Tücher, die auf den Dielen lagen, begann sie heftig zu zittern, und die Tränen schossen ihr in die Augen, als sie zum Bette trat.

„Hanspeter . . ."

„Ilsabeth!" wollte er sagen; doch es war nur ein gurgelnder Laut, der ihm aus der Kehle quoll. Er mußte husten, und rote Bläschen traten ihm über die Lippen.

Erschrocken beugte sich Lisbeth über ihn, streichelte den kalten Bund, den er um die Stirne hatte und sagte leis: „Geh, Peterl, tu mir net reden! Das kunnt dir schaden, weißt!" Sie nahm ein weißes Tuch, das auf der Decke lag und trocknete dem Hanspeter sacht und achtsam den Blutschaum von den Mundwinkeln. Und wieder streichelte sie ihm das ‚dicke Köpfl‘. Da lag er ruhig und still, und unter dem Stirnbund glänzten seine blauen Augen hervor wie die Augen eines Gesunden.

„Die hat ein linds Handerl!" meinte der Doktor. „So eine Krankenpflegerin tät ich mir gfallen lassen! Die möcht den Peterl rausreißen in der halben Zeit."

Lisbeth richtete sich auf. „Der hat uns so viel Guttaten derwiesen . . . Tag und Nacht tät ich dableiben! Und gern!"

Da lachte der Doktor. „Ui jegerl! Jetzt geht d' Welt unter . . . ein Mensch, der dankbar is!" Er streckte Lisbeth die beiden Hände hin. „No also, Madl! Bist aufgnommen als Pflegschwester! Her mit die Handerln! Ein bessers Trankl kann ich dem Peterl net verschreiben."

Lisbeth wollte ihm schon die Hände reichen — und zog sie wieder zurück. Beklommen sah sie den jungen Waldhofer an.

„Hast recht," meinte die Altenöberin, „da müßt schon z'erst der Waldhofer sagen, was er denkt dazu."

„Der Vater, no ja . . ." Roman mußte sich räuspern, „wie's der Vater haben will, weiß ich net . . aber der Hanspeter wird zur Pflegschaft ein ganzen Menschen brauchen . . . d' Leut im Haus, die haben ihr Teil zum schaffen und . . . ich denk mir, der Vater muß froh drum sein, wenn d' Lisbeth dableibt. Und ich, natürlich . . . mir wär's schon recht lieb . . . für'n Hanspeter, ja! Und so bleibst halt, Lisbeth! Gelt?"

Lisbeth schlug ein; aber statt dem Doktor reichte sie ihre Hände dem jungen Waldhofer. Und da sahen sie plötzlich alle vier, die in der Kammer waren, verwundert auf, denn etwas Merkwürdiges war geschehen: Hanspeter hatte gelacht. Einer, der um die Breite

eines Messerrückens am Tod vorüberschleicht — und der
hatte gelacht! Freilich war's nur ein mattes Huhu-
huuu, wie das Gewimmer einer flügellahm gewordenen Eule, die im Dunkel ihres Baumes gefangen sitzt
— aber dennoch war's ein Lachen.

Und da lachte der Doktor mit. „No also! Schauts
ihn an! Sein Lebenslichtl kommt ja schon wieder
ins Bremseln. Da haben wir bis zum Sterben noch
ein guten Bauernschuh ... gelt, Peterl?" Er tätschelte
dem Patienten freundlich die Hand. „Ganz recht hast:
so eine saubere Pflegschwester, da kann einer leicht
lachen. Den ganzen Tag so ein liebs Gsichtl anschauen dürfen, das bindt ein mit Strickln ans Leben
an!" Der Lisbeth zunickend, nahm er seine Leder-
tasche vom Fenstergesims. „Und jetzt folg mir schön!
Nix reden ... 's Pflegschwesterl anschauen ... und
sonst gar nix! Morgen komm ich schon wieder."

Er öffnete noch das Fenster, um frische Luft in
die Kammer zu lassen, dann ging er und nahm den
jungen Waldhofer mit. Während man die beiden
Männer draußen im Gang noch miteinander reden
hörte, machte Hanspeter mit der Hand eine matte
Bewegung. Lisbeth und ihre Mutter verstanden gleich,
was er meinte, und alle beide setzten sich zu ihm auf
die Bettstatt. Da war er zufrieden und rührte sich
nimmer.

Nach einer Weile sagte die Altenöberin zu Lisbeth:

„Da, schau dich um!“ Sie deutete auf das Spielzeug
an den Wänden. „Sein Stüberl muß man anschauen,
und da weiß man, wie sein Herz is . . . und weiß,
wem's ghört!“ Die Stimme schwankte ihr, und mit
sanften Händen strich sie über die Lodenkotze, die zwei
hohe, lange Buckeln machte, als lägen zwei Baumklötze
unter ihr verborgen.

Draußen vor dem offenen Fenster hörte man
schwatzende Stimmen im Hofraum. Die Gesindleute
waren vom Rosenkranz heimgekommen, ein paar an=
dere hatten sich zu ihnen gesellt, und mit erregtem
Klatsch wurde der ganze Verlauf der Gemeindever=
sammlung durchgehechelt, so laut, daß jedes Wort in
die kleine Stube drang.

Die Altenöderin und Lisbeth, als sie hörten, daß
man ihr Häuschen ausgeboten hatte, sahen einander
mit erschrockenen Augen an. Dach und Ofen verlieren,
auf der Straße stehen und wieder wandern müssen —
diese Botschaft traf sie so jäh und hart, daß sie ein=
ander nur mit ratlosen Blicken sagen konnten, was
keinen Weg mehr durch die gepreßte Kehle fand.

Hanspeter, dessen Ohren mit dem nassen Tuch ver=
bunden waren, hatte nur halb gehört. Doch er sah die
bleichen Gesichter, und da schien er alles zu verstehen.
Sein Atem begann sich keuchend zu erregen, er wollte
sich aufrichten, wollte die Hand der Altenöderin suchen.
„Net sorgen, Mutterl . . . mein Anbot, weißt . . .“

Was er weiter noch sagen wollte, erstickte in einem
Blutguß, der ihm über die Lippen schoß.

Zitternd und unter Tränen stammelnd, drückte ihn
Lisbeth auf das Kissen zurück. Sie trocknete ihm die
Lippen, während die Altenöderin jammerte: „Stad
sein, Peterl! Um Gottschristiwillen, red mir doch bloß
kein Wörtl nimmer! Hat's ja der Dokter verboten!
Meintwegen soll alles hin sein … bloß d u sollst uns
bleiben! Häusln gibt's gnug auf der Welt, aber d u
bist der einzig!“ Draußen hörte sie die Klatschgesell=
schaft schwatzen und lachen, und da stieg der Zorn
in ihr auf. „Die Malefizleut, die verfluchten! Halb
derschlagen und derstochen haben s' ihn … und jetzt
lassen s' ihm n o ch kein Ruh!“ Sie schloß das Fenster
und schob den Riegel vor. Nun war sie ruhiger und
beugte sich über den Kranken. „Sei z'frieden, Peterl!
D e i n Herrgott wird schon alles wieder recht machen!“
Sie setzte sich wieder auf die Bettstatt und nahm seine
Hand in ihren Schoß.

Im gleichen Augenblick trat Roman in die Kammer
und sagte mit seltsam befangenem Lächeln: „Du, Lis=
beth … dem Herrn Dokter, dem mußt aber schon
bsonders gfallen haben … die ganze Zeit jetzt hat er
schier nix anders nimmer gredt als wie von dir!“

Die Hand auf Hanspeters Stirne gelegt, sah Lis=
beth den jungen Waldhofer mit großen Augen an.
„Gfallen? So? Und jetzt? … Könnt ich mir d'Haut

vom Gsicht reißen und dein Hanspeter's Blut dermit stillen . . . meiner Seel, ich tät's!"

Dem Roman verging das Lächeln. Betroffen schien er nach einem Wort zu suchen. Aber da klang durch den langen Gang her die unwillige Stimme seines Vaters: „Roman! Bub! Wo bist denn?"

„Ja, Vater . . ." stotterte Roman, und immer noch auf Lisbeth blickend, verließ er zögernden Schrittes die Kammer. Hinter ihm fiel die Türe, deren Klinke nicht schließen wollte, langsam wieder auf.

So hörte man vom Hausgang her die scheltenden Worte des alten Waldhofer bis in das Stübchen herein: „Na also, jetzt haben wir's! D' Haar könnt ich mir ausreißen, daß ich dir nachgeben hab müssen und hab den narreten Teufel ins Haus gnommen! Jetzt haben wir die blutige Bscherung! Im Burgermeisterhaus!"

„Aber Vater, um Gottswillen . . ."

„In Ruh laß mich! . . . Und die zwei Weibsbilder, natürlich, die hocken mir jetzt auch schon da im Haus! Das leid ich net, verstehst!"

„Vater, komm rein in d' Stuben!" Romans Stimme klang verändert, erregt und hart. „Jetzt muß ich dir ebbes sagen, Vater!"

Man hörte das Krachen einer Türe. Dann war's still im Haus — nur draußen im Hofraum klang noch gedämpft das Gelächter und Schwatzen der Gesindleute.

Mit sorgendem Blick sah die Altenöderin den Hanspeter an. Dem aber hatte eine mitleidige Ohnmacht
Aug und Ohr geschlossen und allen Kummer still gemacht.

Mit bitterem Lächeln erhob sich die alte Frau.
„Da! Hast es ghört? . . . Es is gscheiber, ich mach
mich davon . . . dem Hanspeter z'lieb . . . sonst lassen
s' ihren Zorn noch an dem aus! Aber du, Kindl, du
bleibst mir! Solang s' dich net gradwegs nausschaffen
aus'm Haus, solang bleibst mir da bei ihm! Der hat's
schon verdient um dich, daß d' um seintwegen ein bißl
was schlucken därfst. Aber zum Essen kommst mir heim
alle Tag! Und da im Haus . . . net ein Bröckl Brot
nimmst mir an!"

Lisbeth schüttelte den Kopf. Es schien, als wollte
sie sprechen; doch sie brachte kein Wort über die Lippen.

Die Altenöderin beugte sich über das Bett und strich
mit linder Hand über Hanspeters Wange, auf der sich
die Faustschläge schon zu blauen Flecken auszuwachsen
begannen. „Pfüet dich halt Gott, mein Bub mein guter!"

Schweigend räumte sie noch die Kammer auf, kniete
auf die Dielen nieder, wickelte die blutigen Tücher zu
einem Bausch zusammen und nahm sie unter den Arm.
Als sie aufstand, stieß sie mit der Schulter an einen
der Baumschwämme, die an der Mauer hingen. Das
winzige Spielzeug, mit dem das Gesimse des Schwammes
bestellt war, kam ins Wackeln, und ein kleines Kirchlein purzelte über das Bett und fiel zu Boden.

Nannimai hob es auf. Das Türmlein war geknickt
und die winzigen Fensterlein waren abgesplittert.
„Ja ja . . . das meldt sich jetzt grad zur richtigen
Zeit . . . in mir drin is auch was derbrochen, heut!"
Heiser lachend drückte sie die Faust über dem zier-
lichen Ding zusammen, daß es mit leisem Krach in
Scherben ging.

„Mutter!" stammelte Lisbeth. „Is doch ein Kirchl
gwesen!"

„Ich mach ihm dafür ein Almhüttl und stell ihm
ein paar Schaf und Ochsen eini!" Mit diesen Worten
schob sie die Splitter des Kirchleins zwischen die blutigen
Tücher und verließ die Kammer.

Als sie den langen Gang durchschritten hatte und
in den Hausflur kam, blieb sie zögernd stehen. Sie
wollte nicht lauschen, aber sie mußte hören, denn der
alte Waldhofer, wenn er ‚heiß‘ war, hatte eine kräftige
Stimme.

„Hanspeter hin oder her," klang's durch die Stubentür in den Flur heraus, „und gegen dein christliche
Derbarmnis will nix sagen .   gut sein, solang
man sich net schadt damit, is ebbes schöns. Aber
wenn man sich mit der Gutheit selber ein Haxen ab-
schlagt, so is die Güt nimmer weit von der Dumm-
heit daheim. Und drum laß mich in Ruh jetzt! Als
Burgermeister därf ich mein Nam und meine Leut in
kein Tratsch net einirumpeln lassen. Und mag's jetzt

sein, wie's will, und ob d' Häuslschusterin unschuldig
is oder net . . . sie is halt jetzt einmal drin in alle
Mäuler, und mein Haus is mir z'gut dazu, als daß
ich mir . . ."

Der Waldhofer verstummte,
denn die Altenöberin hatte die
Stubentür ge=
öffnet. „Tuts
enk net aufregen,
Burgermeister,"
sagte sie ruhig,
ohne die Schwelle
zu überschreiten.
„Meintwegen
sollts kein Un=
glegenheit net
haben. Bloß dem
Hanspeter z'lieb
tät ich bitten, daß
mein Madl blei=

ben durft zur Krankenpfleg. Vor meiner habts enker
Ruh . . . ich geh schon! Pfüe Gott beinand!" Sie zog
die Türe wieder zu.

Roman streckte die Hand, als wollte er die Altenöberin
auf der Schwelle festhalten. Und der Waldhofer, die Fäuste
in den Hosentaschen vergrabend, brummte ärgerlich:

„No ja   . jetzt g a r so gfahrlich is's auch net
gmeint gwesen!"

Eine Weile schwiegen sie alle beide.

Dann knurrte der Alte wieder: „Die is ja da=
gstanden, berliggo berloggo, wie der Teufel bei die
Maranetten!"

Roman fuhr sich mit der Hand hinter die Ohren,
als hätte er Schmerzen im Genick. „Das muß ich schon
sagen, Vater . . . das is mir arg, daß jetzt das alte
Weibl mit eim Verschmach aus'm Haus gehn muß.
Und das gute Madl hint, die sich für'n Hanspeter d'
Haut von ihrem lieben Gsichtl abireißen tät . . . was
muß denn d' Ilsabeth denken von . . . von uns und
von unserer Christenlieb! Schau, Vater, bist allweil
der gscheiter als wie die andern. Sollst halt auch der
besser sein . . . als Burgermeister. Und unser Mutter,
mein' ich, hätt das Madl net davongschickt. Die is
eine gwesen, wie's der Hanspeter predigt!"

Da fuhr der Waldhofer auf, fuchsteufelswild:
„Mit'm Hanspeter seiner Predigerei laß mich in Ruh!"
Aber dieser Zorn war Strohfeuer, das hurtig zehrte.
Schon wieder ruhiger blies der Alte die Backen auf
und brummte: „No ja, meintwegen!" Das war
immer sein Wort, wenn er gegen einen Wunsch
seines Buben nicht mehr aufkam. „Soll s' halt
bleiben .   's Madl! Ein Glück, daß wenigstens
die Alte draußen is." Er trat zum Fenster. „Aber

ein Tratsch wird's abgeben   ehnder noch heut
als morgen! Müßt ich d' Leut net kennen. Und
dein Julei . . ."

Erschrocken stotterte Roman: „Jesses Mariand' . . .
an die hab ich jetzt gar nimmer denkt!"

„Dein Julei is eh net gut zum reden auf der
Häuslschusterin ihr Madl. Wann d' Julei derfahrt, daß
das Weiberleut jetzt bei uns im Haus da is . . . ghor-
samster . . . da kannst dein Bscherung haben davon!"

Schwül atmend sah Roman mit weit offenen Augen
auf dem Boden umher wie einer, der etwas verloren
hat und nicht weiß, wo er suchen soll.

Auch der Alte schwieg und guckte verdrossen zum
Fenster hinaus, bis er plötzlich sagte: „No also, da
kommt schon der Herr Pfarr! Und grad auf unsern
Hof zu! Jetzt kann's losgehn, d' Mamserei!" Er faßte
die Rockschöße unter den Arm, als hätte er sich auf
eine Bank zu setzen, die nicht sauber war — und ging
zur Stube hinaus. —

Draußen im Hofraum hatte Mutter Nannimai,
unbekümmert um die zischelnden Dienstboten, die blutigen
Tücher im Brunnentrog ausgespült und zum Trocknen
über den Zaun gehangen. Mit der Schürze die Hände
säubernd, wollte sie auf die Straße treten, als ihr Herr
Felician Horadam den Weg verstellte.

„Grad erst . . ." ganz atemlos war er, „grad erst
hab ich's von der Kathrin erfahren! Und wie ich fort

bin zum Rosenkranz, da hab ich gmeint, es wär alles wieder gut!"

Die Altenöderin lächelte bitter. „Ah ja, recht gut!"

Erschrocken sah Herr Felician der alten Frau in die Augen. „Steht's denn so gfährlich mit ihm? . . . O du lieber Heiland! . . . Mutterl, da müssen wir beten! Den müssen wir wieder rausbeten!"

„Beten?" In das stille, müde Gesicht der Altenöderin schnitt sich ein harter Zug. „Beten? Ah ja! Beten tu ich schon! Aber bei mir daheim! In enker Kirch, da bringts mich nimmer eini! Bei mir daheim hab ich ein Herrgott, der hat bloß ein einzigen Arm . . . der is mir lieber als der enker, der mit die ganzen Glieder vierzehn Schuh lang in enkerer Kirch drin hängt! Pfüe Gott, Herr Pfarr!" Sie ging.

Und Herr Felician sah ihr bekümmert nach. So stand er lange und nickte vor sich hin: „O Leut! O Leut! O ihr narreten Leut!" Seufzend blickte er zum Himmel hinauf. Aber dort oben war nichts anderes zu sehen als das reine leuchtende Blau und die strahlende Sonne, die ihr lindes, frühlingweckendes Feuer verschwenderisch auf die Erde niederschüttete. Freilich hatte sie ihr warmes Tagwerk schon bald getan, denn sie war bereits dem Grat der westlichen Berge nah. Ein halbes Stündlein noch, dann war sie verschwunden. Und kalter Abend mußte kommen.

Mit den Rockschößen unter dem Arm, trat der Waldhofer dem Hochwürdigen entgegen.

„Nette Sachen, Waldhofer, nette Sachen! . . . Wie geht's ihm denn?"

„Ich weiß net, Herr Pfarr, bin selber noch gar net dabei gwesen. Aber hoffentlich gut! Bei allem Grant, den ich hab . . . derbarmen tut er mich doch. Schauen wir halt eini!"

Als sie in die kleine Stube traten, lag Hanspeter mit offenen Augen, aus seiner Ohnmacht ermuntert, und Lisbeths Hand in der seinen.

Herr Felician nahm den Hut ab und beugte sich über das Bett. „Ja Peterl! Was hast mir denn angstellt heut!"

Mit irrendem Blick sah Hanspeter zum Pfarrer auf. Und ganz matt und erloschen klang's: „Ein nacketen Spatzen . . . hab ich . . . fliegen lassen . . ."

„Was hat er?" fragte der Waldhofer verblüfft. „Von eim Spatzen hab ich nir gsehen in der Gmein!"

„Geh, du!" sagte Herr Felician mit wehmütigem Lächeln und fand kein weiteres Wort.

Lisbeth strich mit dem weißen Tuch über Hanspeters Lippen und flüsterte: „Er därf net reden, Herr Pfarr! Das kunnt ihm schaden!"

Da polterte einer mit schweren Schritten in die Stube herein.

„Was is denn?" brummte der Waldhofer. „In eim Krankenstübl trappt man doch net gar so auf!"

„Mein ... mein Hut hab ich vergessen!" stotterte Roman mit einer Stimme, die einem anderen zu gehören schien. Seinen Hut fand er schnell. Doch er vergaß, den hochwürdigen Herrn zu grüßen. Nur die Lisbeth schien er zu sehen — und stolperte wieder über die Schwelle hinaus.

„Ja Bub? Was hast denn?" fragte der Waldhofer.

Aber Roman war schon draußen. Und noch im Gang begann er Schritte zu machen, als wäre Feuer hinter ihm. Und hinaus auf die Straße! Wie einer, dem das Glück davongelaufen, und der es mit langen Sprüngen wieder einholen will. Doch als er auf die fleckig gewordenen Wiesen kam, blieb er stehen, als hätte er plötzlich gemerkt, daß Feuer auch vor ihm lag. Und mit ratlosen Augen starrte er gegen die Höhe hinauf, hinter der sich das Staudamergut versteckte.

Seit ihm der Vater jenes Wörtlein von der Julei gesagt, war es jetzt der erste Augenblick, in dem er sich mit halber Ruhe auf sich selbst besann — und auf das, was er eigentlich wollte. Zur Julei laufen? Nach allem, was zwischen ihm und ihr geschehen war? An dieser gleichen Stelle sein, an der er geschworen hatte: „Mich siehst nimmer, eh mir das schieche Wörtl net abbitten tust!" Und von dieser gleichen Stelle weg zur Julei laufen! Und rennen wie ein Narr!

Da spuckte er aus. „Pfui Teufel!“ So hungrig
darf auch die heißeste Liebe nicht sein, daß um ihret=
willen ein ‚richtiges Mannsbild‘ der eigenen Ehr vergißt!

Aber war’s denn nicht ein Weg, den er just seiner
Ehre zulieb unternahm?

„Wenn d’ Julei derfahrt, daß jetzt das Madl bei
uns im Haus is! Jesses, jesses, jesses! Was die sich
alles denken kann!“

Das würde ja nur die ‚Bescherung‘, die er ohnehin
schon hatte, noch schlimmer machen.

„Da muß ebbes gschehen!“

Er tat ein paar Schritte und blieb wieder stehen,
während die Sonne wie eine versinkende Fackel über
die Berge hinuntertauchte. Und da kam auch schon der
Abendwind über die Wälder niedergeblasen, so winter=
lich frisch, daß dem heiß gewordenen Ehrenmann ein
‚Beutler‘ über die Schultern lief. Aber das kühlte ihn
nicht ab. „Nix da! Und da gibt’s nix!“ Er streckte
die Faust vor sich hin. „Was ich gsagt hab, das gilt!“
Keinen freundlichen Blick soll sie sehen von ihm, kein
herzliches Wort von ihm hören — oder sie bittet ihm
zuerst das ‚schieche‘ Unrecht ab, das sie ihm angetan.
Und wenn es i h r nicht pressiert damit . . . „ich kann’s
derwarten!“ Dann wird sein notwendiges Geschäft
im Staudamerhof gar flink erledigt sein, denn kurze
Haare sind schnell gebürstet! Dann hat er da droben
nichts anderes zu tun, als der Julei zu sagen: das

und das ist geschehen, so und so ist alles gekommen, und die Ilsabeth ist jetzt im Haus! „Und dem armen Hanspeter z'lieb hat der Vater eingsehen, daß man die Sach net anderst und besser machen kann! Und drum hab ich das Sprüngl noch raufgmacht und sag dir alles offen und ehrlich, daß b' mir net ebba denkt ... ich weiß net was! ... So! ... Jetzt weißt es! Und pfüet dich Gott jetzt wieder! Hast mir du was zum sagen, so weißt, wo der Waldhofer daheim is!" Und fertig!

Aber — bei dem Gedanken, der ihm mit diesem „aber" aufstieg, schoß ihm das heiße Blut ins Gesicht.

Das alles muß doch erst gesagt werden! Bevor es nicht gesagt ist, kann es die Julei doch nicht wissen. Und wenn sie ihn kommen sieht, ohne zu ahnen, was er bringt und will — muß sie nicht denken: jetzt kommt er und macht sein „Kuscherl'! Das ‚richtige Manns-bild‘ mit dem eisernen Schwur! Und wenn sie lachen wird ‚so gspaffig‘, oder nur ein ganz klein wenig schmunzeln — wie ihn das wurmen wird in seinem Stolz! Aber soll sich ein ‚richtiges Mannsbild‘ vor solch einem kleinen, nagenden Würmlein fürchten, wenn es gilt, einer Schlange, die Gift spritzen und beißen könnte, den Kopf auf die Erde zu treten, noch bevor sie ihn heben kann? Und wer ein reines Gewissen hat — „Kreuzteufel, das hab ich ja doch!" — der braucht doch überhaupt keine Angst zu haben! „Man tut halt, was recht is ... und fertig!"

Als er in seinen heiß wirbelnden Gedanken zu
diesem leidlich beruhigenden Schlusse kam, begann er
mit energischen Schritten auszugreifen. Doch als er
die Wiesenhöhe überstiegen hatte und dem Staudamer=
hofe näher kam, fingen
ihm die Hände zu
zittern an. „Sakra!
Macht's heut aber
kalt! Völlig beuteln
tut's mich!" Energisch
begann er in seine
Hände zu hauchen —
ein Frierender, dem
auf der Stirn die
heißen Perlen standen!

Immer langsamer
wurde sein Schritt,
während er den Hof
des Staudamergutes

betrat und nach den Fenstern spähte.

Im Hause war alles still. Denn der „Fürknecht",
der beim offenen Herd in der Küche saß, trieb ein
Geschäft, das kein Geräusch machte. Mit einem Kork=
stöpfel, den er immer in die Asche tauchte, rieb er die
Klinge seines Messers blank. Als er hinter sich im
Hausflur die Schritte hörte, schob er das Messer flink
in die Tasche. Ohne sich umzuwenden, pfiff er einen

Ländler vor sich hin und stocherte mit einem Span in der Asche umher.

Da klang die unwillige Stimme Romans durch das Haus: „Was is denn? He? Is denn kein Mensch daheim?“

Mickei trat in den Flur hinaus. „Guten Abend, Waldhofer! . . . Nach Endsdorf sind s' ummi, zu ihrem Vetter.“

Roman atmete auf, sagte aber ganz ärgerlich: „Da kunnten s' aber lang schon daheim sein . . . seit Mittag.“

„Kann sein, sie kommen bald.“

„Warten kann ich net.“

„Warum pressiert's denn so?“

„No mein, der Hanspeter liegt daheim, und . . . sorgen tu ich mich halt, wie's ihm geht.“

„Der Hanspeter?“ Mickei zog die Brauen auf und sah den jungen Waldhofer mit Augen an, so unschuldig, als hätte er's von der Julei gelernt.

„Ja! Ein saubern Sonntag hat's geben! Halb derstochen hat einer den Hanspeter!“

„Geh? . . . Ja wer denn?“

„Der Assessor morgen, der wird's schon rausbringen.“

„Freilich, weil s' gar so gscheit sind, die vom Gricht!“

Das hatte Mickei mit Lachen gesagt. Aber etwas im Gesicht des Knechtes schien dem Waldhofer nicht zu gefallen. „Du, spiel dich net so! Denn du, weißt, du bist dabeigwesen . . . da kunnt ich schwören drauf!“

„Ich?" . . . No ja, wie's angangen is, da hab ich mitgholfen, ein bißl abwehren. Aber wie ich gmerkt hab, sie machen Ernst, da bin ich der gscheiter gwesen und hab mich druckt."

Roman, dem das Blut zu Kopf stieg, sah den Knecht mit blitzenden Augen an. „Sei stad! Sonst müßt ich grob werden! . . . Du? Und abwehren? Bist schon der Rechte, ja!" Er ging zur Haustür und sagte über die Schulter: „Aber deine guten Freunderln, weißt, denen kannst noch ebbes derzählen heut!"

„Was denn?" fragte Mickei mit gemütlicher Ruhe.

„Den Kerl, den gottsschlechten, der von hinterrucks so eim guten Menschen 's Messer einirennt . . . wenn 's Gricht den net aussibringt . . . derfahren tut man's schon noch! Und da kann er sich freuen, der!"

„Hast recht! So ein derdreschen, da hilf ich mit! . . . Aber was is denn? Soll ich der Julei nix ausrichten?"

Roman zögerte mit der Antwort. „Na! Morgen komm ich schon wieder! Will sagen . . ." Die Erregung schnürte ihm die Kehle zusammen. „No ja . . . sagst ihr halt, daß der Hanspeter bei uns daheim liegt, und . . . weil der Doktor gmeint hat, daß er sein Pflegschaft braucht . . . no ja . . . und der Vater, sagst, der Vater hat halt jetzt der Häuslschusterin ihr Jlsabeth . . ." Über diesen Namen stolperte ihm die Zunge.

„Was?"

„Der Vater . ." Roman schraubte die Stimme, als wäre Mickei von den Schwerhörigen einer, „der Vater hat der Häuslschusterin ihr Madl aufgnommen zur Pflegschaft. Mich geht's nix an, und es liegt mir nix auf . . es is bloß, daß b' Julei ebbes weiß davon . . . und . . . daß b' Julei am End net ebbes denkt, ich weiß net was!"

„Ah na!" Mickei schmunzelte. „Die denkt ihr nix! Die is so viel unschuldig, b' Julerl!"

„No ja, freilich, aber . . . man weiß halt net . . . sagst es ihr halt! Und pfüe Gott beinand!"

Nach diesem sonderbaren Gruß zu schließen, schien Roman der Meinung zu sein, als hätte er nicht nur mit dem Mickei, sondern auch noch mit anderen geredet. Und Schritte machte er, als läge der gute Hanspeter schon im Sterben, und als möchte ihn Roman noch am Leben finden für ein letztes Wörtlein seiner Freundschaft.

Mickei, mit den Händen in den Hosentaschen, blieb unter der Haustür stehen, und mit zwinkernden Augen dem Waldhofer nachschauend, pfiff er in schmelzenden Tönen vor sich hin:

Fischerin, du kleine,

Fahre nicht alleine . . .

Da hörte er über den Garten her die schwatzende Diskantstimme seiner Bäuerin. Nun hätte er wohl, ohne seine Kehle übermäßig anzustrengen, dem Roman noch nachrufen können: „He! Du! Sie kommen grad!"

Aber lachend ging er ins Haus zurück, zündete in der Stube seine Pfeife an und setzte sich schmauchend in den dämmerigen Ofenwinkel.

Draußen an der Schwelle pochten die Staudamerin und Julei den Schnee von den Schuhen. Nun traten sie ein. Als die Bäuerin den Mickei sah, machte sie Augen, als wäre das Blaue vom Himmel gefallen. „Was? Heut am Sonntag? Und da hockst daheim?"

„Hab mir halt denkt, ich muß 's Haus ein bißl hüten."

Dieser Beweis von anhänglicher Haustreue schien die Staudamerin zu rühren. „Vergeltsgott, Mensch! Auf dich is halt Verlaß! Und allweil sag ich's: ordent= liche Leut im Haus, und da verlöscht eim 's warme Fuierl nie!" Sie warf das Kopftuch und die Jacke auf die Ofenbank. „Jetzt därf ich aber schauen, daß wir ebbes z' essen kriegen!"

„Ja, ein feiner Rotnickl, unser lieber Herr Vetter!" fiel Julei ein. „Net einmal ein Schalerl Kaffee hat er uns aufgwixt! Selber essen macht fett, denkt er sich halt! Tummel dich, Mutter, daß ebbes herbringst!"

„No ja, hexen kann ich auch net, da mußt zur Häuslschusterin gehn."

Mickei lachte hinter dem Ofen.

Aber die Staudamerin meinte: „Da is nir z'lachen dran!" Und ging in die Küche.

Julerl begann sich's in der Stube bequem zu machen, ohne sich durch die Gegenwart des Knechtes stören zu lassen. Der hatte die Ellbogen über die Knie gelegt und sah ihr eine Weile zu, wie sie die silberne Halskette abnahm, die blaue Seidenschürze zusammenfaltete und den mit Rüschen zierlich besetzten Spenser aufnestelte. Dann sagte er: „Du! Heut hast ein Bsuch versäumt."

„So? Is er dagwesen?" Julei kicherte. „Hab mir's eh schon denkt, daß er's net aushalt!" Sie nahm den Spenser ab. „Das is gsund, daß er ein Metzgergang hat machen müssen."

„Botschaft läßt er dir sagen."

„Vergeltsgott! Die weiß ich schon selber."

Mickei lachte. „So? Hast es schon derfahren?"

Da sah sie verwundert auf. „Derfahren? Was?"

„Daß der Häuslschusterin ihr Madl von heut an im Waldhof is."

Erschrocken starrte Julei in den dunklen Ofenwinkel.

Mickei erhob sich. „Der Hanspeter wär verkrankt . . . sagt 'r!" Das sagt 'r war ganz merkwürdig betont. „Und sein Vater, sagt 'r, hätt das musprige Madl zur Pflegschaft aufgnommen . . . daß ihm nur ja nix abgeht, dem Hanspeter oder . . ich weiß net, wem! Ja, deswegen is er kommen . . . daß d' es weißt, und daß net ebba ebbes denkst . . . ich weiß net was!" Wieder lachte er.

„So so?“ Julei kicherte; ein wenig hölzern klang's, aber dennoch lustig.

Mickei hatte seinen Hut von der Ofenstange genommen, hatte ihn schief übers Ohr gesetzt, und so kam er mit langsamen Schritten näher.

„Julerl?“

„Was?“

„Tust eifern?“

Sie sah ihn von der Seite an. „Geh, du Narr! Wenn ich so eine fürchten tät, da müßt ich net wissen, was ich wert bin.“

Lachend trat er ganz an ihre Seite und schlang mit jäher Bewegung den Arm um ihren Hals.

Sie wollte sich wehren. „Hör auf! Oder ich sag's der Mutter!“

„Meintwegen! Aber wart noch ein bißl!“ Mit derbem Griff, der sie stöhnen machte, schloß er sie in die Arme und küßte ihren Mund.

„Mein Ruh will ich haben!“ Zornig schlug sie nach ihm mit beiden Fäusten. „Jeds Faberl hat ein End, wo's aufhört einmal.“

Nun gab er sie lächelnd frei und zischelte: „Du, ich sag dir noch was!“

Auch Julei dämpfte die Stimme. „Mach, daß d' weiterkommst!“

„Dein Mutter, mein' ich, die müßt heut müd sein

vom Schneewaten! Die tät gut schlafen . . . wieder
einmal!"

Mit glimmerndem Blick, mit jenen Feueraugen,
vor deren Glut das Türlein aufgesprungen, sah sie
ihn an. Doch ohne ein Wort zu sagen, ging sie in
die anstoßende Kammer hinaus und schlug hinter sich
die Türe zu.

Schmunzelnd verließ der Knecht die Stube. Draußen
im Hausflur rief er noch in die Küche: „Pfüe Gott,
Bäuerin! Jetzt vergunn ich mir ein Krügl, weil mich
gar so viel dürsten tut."

„No ja, pfüe Gott! Heut hast dir ein Trunk ver=
dient, ich zahl dir zwei Maß . . . kannst mir s' auf=
rechnen. Aber gelt, komm mir net gar so spat wieder
heim!"

„Na na! . . . Heut schon gwiß net!"

Das Lied von der kleinen Fischerin pfeifend,
wanderte Mickei zum Hause hinaus.

Als er gegen die Senkung der Wiesen kam, konnte
er beim letzten Tagesschimmer weit drunten auf der
Straße noch den jungen Waldhofer sehen.

Der steuerte mit langen Schritten gegen das
Dorf hinunter.

Sein Gesicht war heiß gerötet, und seine Blicke
irrten ziellos über Weg und Hecken. Die Leute, die
ihm begegneten, sah er nicht. Und grüßte ihn einer,
so war er wie taub. Immer wieder faßte er mit der

Hand an seinen Hals, als müßte er sich ‚greiflings‘
überzeugen, ob er denn wirklich noch der Waldhofer=
Roman wäre! Jetzt hatte er doch mit klarer Gedanken=
arbeit das Richtige erkannt, hatte mit redlichem
Mannesmut das einzig Rechte getan — „daß d’ Julei
net daheim war, da kann ich ja nix dafür!“ — und
dennoch diese Unruh in ihm! Eine Unruh, die er nicht
begriff. Eine Unruh, die ihm den Zorn wider sich
selbst in allen Adern schürte.

„Was hab ich denn? Mar und Josef! Was will
ich denn? Mit der Julei, bis alls wieder gut is, das
wird ja um Gottswillen zum derwarten sein! Und
der Hanspeter . . .“

Der Hanspeter! Das war’s!

„D’ Sorg halt! D’ Sorg! Völlig narrisch macht
mich d’ Sorg um den guten Kerl da!“

Und drum wollte er, als er den Waldhof erreichte,
auch schnurstracks in die Krankenstube rennen. Aber
mitten in dem dunklen Gang vor Hanspeters Kammer
machte er wieder Kehrt, ging in die Küche und fragte
die Magd: „Du? Wie schaut’s denn aus da hint? So
viel sorgen tut’s mich, ja! Wie geht’s ihm denn?“

„Gut! Hat ja sein Pflegschaft!“

„Freilich, ja!“ —

Beim Nachtmahl in der Stube, als sie alle um
den Tisch saßen — nur Hanspeters Platz war leer,
und das gab ein großes Loch in der Tischrunde —

wurde von nichts anderem geschwatzt, als von der Rauferei am Nachmittag, von der Häuslschusterin und von Lisbeth — ein Gespräch, bei welchem Roman immer unruhiger wurde, je länger es dauerte. Und immer sah er die Magd an, als könnte er nicht erwarten, daß sie irgend etwas täte. Und plötzlich sagte er: „Was meinst, Vater . . . müssen wir ja doch dem Madl ein bißl was hinterschicken."

„No ja, meintwegen!"

Roman belud einen Teller, so ausgiebig, daß der Hüterbub mit neidischen Augen meinte: „So gut möcht ich's auch einmal haben!"

Aber die Magd, die den Teller davontrug, brachte ihn unberührt wieder zurück. „Sie laßt schön danken, sagt s' . . . und mag nix!"

„So?" Roman lachte gereizt. „Speist s' ebba von der Barmherzigkeit, die?"

„Jetzt alls, was recht is!" brummte der alte Waldhofer. „Aber spötteln braucht man über das gute Madl deswegen doch net!"

Roman stand auf. „Pfüe Gott beinand!"

Da schob der alte die Fäuste in den Tisch. „Ja der Teufel! Was is denn schon wieder? Wohin denn?"

„Wo ein richtiger Bursch am Sonntag hinghört! Zu die andern ins Wirtshaus!"

„Ja Sakra! Bub! Wie kommst mir denn für!...
Oder hast dich ebba mit der Julei gstritten?"

„Gstritten? Ich? Mit der Julei?" Roman lachte,
als hätte er etwas Lustigeres in seinem Leben noch
nicht gehört. „Gute Einfäll hat er, der Vater!"

Und draußen war er. Und hinaus zum Hof und
die Straße hinunter wie ein Feuerwehrmann, wenn
die Trompete bläst.

Weil es im Wirtshaus gar so laut und lustig
zuging, trat er, um gleich in die richtige Stimmung
zu kommen, mit einem klingenden Jauchzer in die
Stube. Schreiende Stimmen begrüßten ihn, Gelächter
und Johlen, denn der Waldhofer-Roman war in der
Wirtsstube ein seltener Gast.

Alle Tische waren besetzt, den Raum erfüllte ein
dicker Qualm, in dem die Flammen der Ligroin-
lampen mit trübem Schimmer brannten, und nebenan,
in dem mit Brettern verschlagenen ‚Burschenkobl‘,
ging es zu — ein Volkswort sagt: wie in der Juden-
schul!

Roman nippte zuerst in der Stube von allen
Krügen, die ihm die Gäste mit einem ‚Gsegn’s‘ ent-
gegenstreckten. Dabei schwatzte und lachte er mit
gereizter Lustigkeit. Dann trat er in den Kobel. Aber
obwohl das der Platz war, an den ‚ein richtiger Bursch
am Sonntag hingehört‘, blieb Roman zögernd bei der
Türe stehen. Denn im Kobel führte der Staudamer-

Mickei das große Wort — und als die zwanzig
Burschen, die sich in dem engen, einer Räucherkammer
gleichenden Raum aneinanderdrückten wie die Bück-
linge im Faß, den jungen Waldhofer sahen, ver-
stummten sie plötzlich in ihrem schreienden Diskurs
und alle lachten so sonderbar.

Brennend schoß dem jungen Waldhofer das Blut
ins Gesicht, und seine Fäuste schlossen sich. „Soll ich
ebba net hören, was enker Gscheidheit auskramt da
herinn? Ja ja, kunnt schon sein, ich tät ebbes hören,
was mir net taugt."

„Oeha! Langsam!" rief der Staudamer-Mickei.
Und die anderen kreischten es nach.

„So? Gleich alle mit einander schreits?" Roman
lachte. „Einer allein, der traut sich net?" Ah ja, viel
Steckerln machen ein Besen! Seids alle sauber beinand,
die heut übern Hanspeter hergfallen sind, wie d' Hor-
naußen übers gute Lampl?"

Von den Burschen, die zunächst der Türe saßen,
sprangen ein paar mit roten Köpfen auf und begannen
gegen Roman loszuschreien. Aber ein Blick seiner
funkelnden Augen genügte, um zwischen ihm und den
Schreiern breite Luft zu erhalten. Dazu kam noch,
daß sich der Wirt ins Mittel legte und in aller Ge-
mütlichkeit erklärte: „Merkts es enk, Buben, bei mir
da herinn, da wird kein net grauft! Das könnts in
der Gmein bsorgen und bei der Kirch drüben."

Da lachten die einen, und die anderen schrien
weiter. Jenen, der den höchsten Tenor entwickelte,
faßte Roman bei der Schulter und drückte ihn auf die
Holzbank nieder. „Da bleib sitzen! Bist ja erst halbert
bsoffen! Tummel dich, daß d' es ganz wirst . . . der
heilig Sonntag dauert nimmer lang.“ Dann wischte
er die Hand am Joppenärmel ab und verließ den
Kobel, ohne sich weiter um den Spektakel zu kümmern,
der sich hinter ihm erhob.

Draußen in der großen Stube ließ er sich an
einem der dichtbesetzten Tische nieder. Doch die ‚verstandsamen Mannerleut‘, die hier saßen, führten ein
Gespräch, das der halben Ruhe, die Roman aus dem
Kobel herausgebracht hatte, gar übel zusetzte. Mit
dem dunklen Ausspruch: „Das hätt ich daheim auch
haben können!“ . . packte er seinen Krug und ging zu
einem anderen Tisch. Aber da fielen sie gleich mit der
Frage über ihn her, ob es denn wahr wäre, daß der Waldhofer das Mädel der Häuslschusterin — — Weiter kamen
sie nicht mit ihrer Frage. Als hätte man ihm glühenden Zunder ins Ohr geworfen, sprang Roman auf:
„Mein Fried will ich haben! Net einmal im Wirtshaus hat man sein Ruh! . . . Da bank ich dafür!“ Er
warf der Kellnerin ein Geldstück in die Schürze, schob
den Hut aus der brennenden Stirn und ging davon.

Als er den Waldhof erreichte, sah er, daß die
Wohnstube schon finster war.

„Freilich, der Vater! Der tut sich leicht! Der schlaft! . . . Und ander Leut können umeinand rennen mit der Sorg!"

Auch alle die übrigen Frontscheiben des großen Hauses guckten schwarz in die stille, sternenhelle Nacht hinaus. Nur ein einziges kleines Fenster, ganz bei den Ställen hinten, war noch umglimmert von mattem Lichtschein.

„So so? . . . Natürlich, ja!"

Roman zögerte eine Weile, bevor er die Haustür öffnete. Da fand er auch in der Küche noch Licht und die Magd noch auf, die das Geschirr spülte. Haftig, als wär es ihm gar sehr um baldige Ruhe zu tun, stieg er zu seiner Kammer hinauf. Doch auf halber Treppe blieb er stehen und rief die Hausmagd an: „He! Du?"

„Was?"

„Is denn die dahint noch allweil da?"

„Ich weiß net . . . fortgehn hab ich s' net hören."

„So schau halt hinter einmal . . . was er macht, der Hanspeter! Ich wart derweil."

Brummend nahm die Magd das Licht und schlorpte mit klappernden Pantoffeln durch den langen Gang.

„Zieh d' Schlorpen aus!" rief ihr Roman nach. Wartend blieb er im finsteren Flur zurück, bis die Magd wieder kam. „Wie geht's ihm, sag?"

„Gut, mein' ich. Schlafen tut er."

„Und . . . und die ander?“

„Die sitzt dabei wie die arme Seel beim Marterl. Und Augen macht s' dir her, wie zwei heilige Ampeln. Tät man net wissen, was für eine das is . . . die kunnt eim gfallen!“

Die Magd war schon in der Küche verschwunden und Roman stand noch immer auf der Treppe über das Geländer gebeugt, als sollte er von der Bot= schaft der Hausmagd erst das Beste noch zu hören bekommen.

Seufzend richtete er sich endlich auf und tappte im Finstern nach seiner Kammer. Ohne Licht zu= machen, streifte er nur die Schuhe von den Füßen, legte die Joppe ab und ließ sich halb entkleidet auf das Bett fallen.

Eine Petroleumlaterne, die drunten auf der Straße brannte, warf durch das Fenster einen kleinen, matten Schein auf die Stubendecke.

Diesen Schein sah Roman immer an, immer und immer. Bald fror er, daß es ihn schüttelte, bald wieder brach es ihm heiß aus allen Gliedern, als läge eine gewitterschwüle Hochsommernacht um das Haus her und in der Stube eine Luft zum ersticken.

Immer, immer sah er den Schein an der Decke an. Und wie die Gedanken in ihm schwankten, das war wie das willenlose Geschaukel eines Mühlrades, über dem der Schleusentrog geborsten ist, so daß sich der Wassersturz in zwei Arme teilte, von denen der eine das Rad nach vorne, der andere nach rückwärts treiben will.

„Julei! . . . Mein Julerl!“

Während er sich streckte, daß die Bettlade krachte, sagte er das mit lauter Stimme vor sich hin — als möchte und müßte er sich zwingen, nur dieses Eine zu denken.

„Julei! . . . Mein Julerl!“

Und das Augenzwinkern des Staudamerknechtes, und Juleis Blick, wie sie bei der Heimkehr seine Botschaft hört, und ihre Stimme, die verwandelt schien in den Schrei einer Dohle: Hey, Hey, Hey — und ihr rundes, rosiges Grübchengesichtlein wieder, ihre unschuldsvollen Kapellenaugen, der Anblick ihrer Reue, ihre Ungeduld auf den Morgen, an dem sie kommen und ihren Roman versöhnen wird — das alles wirbelte in seinen Gedanken kunterbunt durcheinander. Dabei lauschte er immer — auf irgend etwas im Haus. Und sein Gehör war seltsam geschärft. Ganz deutlich vernahm er jeden Schritt der Magd in der Küche drunten und ihre halblaut trällernde Stimme; hörte, wie sie die Küchentüre schloß und in ihre Kammer ging; hörte das leise Kettengeklirr in den Ställen und hörte, wie der Vater in seiner Stube drunten schnarchte.

Und dann zuckten ganz unvermittelt zwei Erinnerungen in ihm auf: wie er einmal als Knabe

krank gewesen, grade so fiebrig wie jetzt, und wie die
Mutter in der Nacht heraufgeschlichen kam und an der
Kammertüre lauschte, ob ihr kranker Bub auch schliefe.
So deutlich wie damals meinte er das leise Ächzen der
Treppe zu hören — und wie damals rief er: „Mutterl!"
Aber sie kam nicht zur Türe herein   wie damals.

Und dann die andere Erinnerung — auch eine
aus seiner Knabenzeit. Da war an einem Jahrmarkt
ein Ringelspiel ins Dorf gekommen; und auf der
Spitze des runden, weißen Zeltdaches, unter dem sich
die hölzernen Rößlein und die Schwanenkutschen beim
Spiel der Drehorgel im Kreise drehten, war eine
merkwürdige Figur angebracht, die vier Arme und
zwei Gesichter hatte, und wenn die Figur sich drehte,
schneller und immer schneller, dann schien sie hundert
Arme zu haben und nur ein einziges Gesicht, das rings
um den ganzen Kopf herum ging. Diese Figur auf
dem kreisenden Zeltdach sah er plötzlich, mitten in der
finsteren Stube, ganz hell — und ihre beiden Gesichter
waren das Gesicht der Julei und das Gesicht der
Jl . . . der Lisbeth. Und wenn die Figur sich drehte,
schneller und schneller, war's nur ein einziges Gesicht
— eines mit schwarzem Haar und mit Augen wie
‚heilige Ampeln' — —

„Was is denn mit mir? Was is denn?" Schwül
atmend richtete er sich auf und griff mit beiden Händen
an seinen heißen wirbelnden Kopf. „Hab ich denn

z'viel, daß sich alles draht um mich?" Und er hatte seine Maß im Wirtshaus doch nur bezahlt, gar nicht getrunken!

Seufzend warf er sich auf das Kissen zurück und starrte wieder den zitternden Lichtschein an der Decke an. Und da meinte er durch diesen lichten Fleck wie durch ein Fensterlein hinauszuschauen — in eine Gegend, die er kannte — und in einem vereisten, von den Schlitten glatt gefahrenen Hohlweg sah er ein Marterl stehen und sah dabei eine arme Seele sitzen in einem schnee= weißen Hemblein, welches pluderte im kalten Wind — —

„O du Narr! Du Narr!"

Jählings, als hätte ihn eine hallende Stimme aus seinen wachen Träumen geweckt, fuhr Roman mit den Füßen aus dem Bett heraus und beugte sich vor, als möchte er durch die Dielen hinunterlauschen und irgend, irgend etwas hören in dieser dumpfen, nachtschweigen= den Stille. Und wirklich — er hörte etwas: wie mattes Stöhnen und röchelnden Atem. Es war nur das Gegurgel des Brunnens vor dem Hause. Aber Roman redete sich ein, das wäre der arme Hanspeter, den der Schmerz seiner Wunden so stöhnen und seufzen machte. Und da strich er auch schon ein Zündholz an, steckte die Kerze in Brand, und wie er war, hemb= ärmelig und in Strümpfen, öffnete er lautlos die Tür und schlich über die Treppe hinunter.

In dem langen Gang, der zu Hanspeters Kammer

führte, stellte er den Leuchter auf den Boden, schlich vollends bis zur Tür und lauschte. Nichts anderes konnte er hören, als schwere, tiefe, langsame Atemzüge.

„Die is heim= gangen . . gwiß und heilig!"

Dabei schlug ihm das Herz so laut, daß er plötzlich die Türe vor sich aufdrückte, nur weil er fürchtete, dieses Gepumper unter seinen Rippen könnte den Hanspeter aus dem guten, heil= samen Schlummer wecken.

Tiefes, stilles Dunkel füllte die Kammer. Denn die auf dem Fensterbrett stehende kleine Lampe war, damit ihr Licht den Schlaf des Kranken nicht stören konnte, mit allerlei Gegenständen verbarrikadiert, mit Hanspeters Schuhen, mit seinem Hut, mit einem Gebetbuch — und um diese festen Säulen der Schutz= wehr hatte Lisbeth noch ihr Kopftuch gewunden.

In diesem Duster, das der Wandreflex des Zylinder=

lichtes nur wenig aufhellte, konnte Roman bei seinem
Eintritt freilich nicht sehen, wie in Lisbeths Augen
ein seltsames Erschrecken aufleuchtete und wie ihre
müden Wangen sich mit heißer Röte übergossen. Sah
er doch kaum das Mädchen selbst, das auf einem niederen
Schemel zu Häupten des Bettes saß. Romans Augen
mußten sich erst ein wenig an die Dunkelheit gewöhnen,
bis er Lisbeths Gesicht in der Dämmerung schimmern
und ihre Augen glänzen sah. Und da sagte er, halb
mit Flüstern und halb mit verlegenem Stottern: „Ja
mein . . . noch allweil bist da?“

Lisbeth nickte nur.

Und Roman brauchte merkwürdig lange, bis
seine Augen von Lisbeth den kurzen Weg hinüberfanden
zum schlafenden Hanspeter. Der schlummerte ganz
ruhig; nur an seinen Händen, die auf der Kotze ruhten,
zuckten die Finger ein wenig und spielten leise, als
möchten sie die feinen Härchen des Lobens fühlen; im
Schatten der nassen Bauschen, die ihm auf der Stirne
lagen, war sein Gesicht so schwarz, daß sich kein Zug
unterscheiden ließ.

Auf den Zehen trat Roman zum Fußende des Bettes;
und obwohl er selber sah, wie ruhig Hanspeter schlummerte, tat er doch die überflüssige Frage: „Schlaft er?“

„Gut und fest!“ lispelte das Mädchen. „Schon
seit neune auf'n Abend. Und gar nimmer husten tut
er. Gott sei Dank!“

„Ja, Gott sei Lob und Dank! . . . So viel sorgen
hab ich mich müssen. Völlig aus'm Schlaf hat's mich
auffitrieben!"

Wieder nickte Lisbeth, als verstünde sie das.

Nun schwiegen sie, und weder Roman noch Lisbeth
rührte sich.

Es war etwas wohlig Warmes und Bestricken=
des an dieser dämmerigen Stille, in der drei Menschen
wie in eins verwachsen schienen mit der Luft, die ihre
Lippen zitternd tranken und von sich hauchten.

Da streckte sich Hanspeter und tat einen seufzenden
Atemzug.

Sacht und geräuschlos, mit kaum merklichen Be=
wegungen, nahm Lisbeth von Hanspeters Stirne
den weißen Bauschen fort und tauchte ihn in das
kalte Wasser, das in einem hölzernen Eimer neben
ihrem Schemel stand. Als sie das Tuch wieder aus=
rang, hörte man nur ein ganz klein wenig die
Tropfen plätschern. Erst lockerte sie das feuchte Tuch
zwischen ihren Händen, und dann legte sie den Bauschen
wieder auf die Stirn des Kranken, so vorsichtig und
fürsorglich — Roman konnte förmlich sehen, wie
lind das war und wie wohl das tat. Und da machte
er so neidische Augen wie der Hüterbub, als er den
gehäuften Teller sah. Freilich sagte er nicht wie der
Bub: „So gut möcht ich's auch einmal haben!" Er
flüsterte nur: „Ah ja . . . da hat er leicht krank sein, der

Peterl!" Und je länger er die Lisbeth ansah, desto schwerer arbeitete jener Lebenshammer unter seinen Rippen.

War dieses Pochen so laut geworden, daß es ihm nicht nur in den eigenen Ohren sauste, sondern daß auch ein anderes Ohr das hören konnte?

Denn plötzlich hob Lisbeth zu ihm die Augen auf, und die flimmerten im Dunkel wie große Sterne unter grauem Nebelflor.

Roman reckte sich, bewegte in Unbehagen die Schultern, stand noch eine Weile — und dann stammelte er: „Das halt ich net aus!" Und tappte zur Türe. „So viel heiß is's da herinn ... völlig derschmelzen kunnt einer!" Und war schon draußen.

Wie ein Käfer, den das Licht geblendet, fuhr er auf die Kerze los, die im Gang auf dem Boden brannte. Und hinauf ging's in die Kammer, als hätte er einem davonzulaufen, den der Nachtwächter im Garten der Häuslschusterin gesehen haben wollte.

Droben in der Kammer stand er wie ratlos und sah das zerwühlte Bett an, als wäre ihm bange vor der zweiten Hälfte dieser Nacht.

Und jetzt ein Lächeln der Erlösung! Ein Gedanke war ihm durch den Kopf geschossen, und dieser Gedanke war schon ein Entschluß.

Er stellte den Leuchter auf den Tisch und begann die Feiertagsmontur mit dem Wochengewand zu vertauſchen. Alles tat er mit einer Haſt, die ihm faſt den Atem benahm. Und als er angekleidet war bis auf die Schuhe, hängte er an einem Lederriemen die Holzaxt um die Schultern, nahm die ſchwergenagelten Bergſteiger und den leeren Ruckſack in die eine Hand, den Leuchter in die andere — und lautlos ging's hinunter über die Treppe.

In der Speiskammer ſtopfte er einen Brotlaib, einen Rinken Rauchfleiſch, eine Schachtel mit Mehl und Eiern in den Ruckſack. Das alles ging nicht ab ohne ein bißchen Geklapper. Und als er dann im Flur auf der unterſten Treppenſtufe ſaß und die Schuhe an= ziehen wollte, fiel ihm einer von dieſen ſchweren Nagel= ſtößen pumbernd auf die Dielen.

Da klang auch ſchon durch die Stube heraus die Stimme des Waldhofers: „He! Wer raſpelt denn da draußt umeinand? Z'mittelſt in der Nacht?“

Roman war aufgefahren, als hätte ihn der Vater, wenn auch nicht auf einem üblen Weg, ſo doch bei einem ſonderbaren Streich erwiſcht. Und im erſten Augenblick wußte er nicht, was er tun ſollte: reden oder ſchweigen?

„He? Was is denn?“

Da öffnete er die Stubentür und rief durch den finſteren Raum gegen die Kammer des Vaters: „Ich bin's!“ Ganz heiſer klang ſeine Stimme.

„Was? Du? ... Kommſt mir ebba ſo ſpat vom Wirtshaus heim?“

„Na na! Aber ... fortgehn tu ich.“ Als Roman das sagte, tat ihm ein ‚zwiderer Zufall‘ den Schabernack an, daß er die Kirchenglocke zwölf Uhr schlagen ließ. Und Roman, als müßte er aus irgendwelchen Gründen den Glockenschlag überschreien, hob die Stimme: „In d’ Holzerhütten schau ich nauf, daß ich d’ Holzknecht morgen in d’ Arbeit einweisen kann, weil ... weil halt der Hanspeter krank is.“

Der Waldhofer schien sich erst von einer ausgiebigen Verblüffung erholen zu müssen. Denn es dauerte ein Weilchen, bis er rief: „Ja Bub? Ja bist denn übergschnappt? In d’ Holzerhütten auffi? Um Zwölfe in der Nacht?“

Aber da hatte Roman schon die Stubentüre zugezogen. Die Kerze ausblasend, fuhr er mit dem Fuß in den zweiten Schuh, und ohne daß er sich erst die Mühe nahm, den Riemen zu binden, schoß er zur Haustür hinaus.

Unter den blinkenden Sternen rannte er über den Hof und der Straße zu, als wäre der Vater hinter ihm her, um seinen Buben zu einer ‚verstandsamen‘ Zwiesprach festzuhalten. Erst, als die Straße gegen den Kirchplatz hin eine Wendung machte, hielt Roman atemlos inne und beugte sich nieder, um an dem klappenden Schuh den Riemen zu binden. Bevor er sich wieder aufrichtete, schob er den Hut zurück, wischte mit dem Ärmel über die heiße Stirn und blickte gedankenvoll über die Hecken gegen den Waldhof.

„Herrgott, iß das ein Sonntag gwesen!"

Hatte er doch an diesem einzigen Sonntag mehr erlebt, als in zwanzig Jahren seiner lachenden Erdenzeit. Und es schien ihm, als wäre eine halbe Ewigkeit vergangen seit der Morgenstunde, in der er den Hanspeter aus dem Schlaf getrommelt hatte.

Aus seinen seufzenden Gedanken weckte ihn das Johlen und Gedudel, das aus dem Wirtshaus klang. „Die können lustig sein!" murrte er in heißer Erregung vor sich hin. Dann seufzte er, sah kummervoll die kalten, nachtgrauen Berge an und begann zu wandern, müd und langsam.

Und hinter ihm, aus dem Wirtshaus, klang es her, gar ‚schnackerlfidel‘ und mit hohen Diskantstimmen gesungen:

„Fein sein, beinander bleibnnnnn!

Fein sein, beinander bleibnnnnn!

Kann regnen,

Kann winden,

Oder auch schneibnnnnn bei der Nacht!

Kann regnen,

Kann winden,

Oder auch schneibnnnnn!"

Dieses schöne Lied, in dem das „n" als sechster Vokal eine wichtige Rolle spielte, sangen vier weißhaarige Bäuerlein, die ihre Köpfe zusammensteckten und die Ellbogen so breit machten, daß der ganze Tisch belegt war und nur noch Raum verblieb für die zärt= lich umschlungenen Maßkrüge. Diese Viere waren in der großen Wirtsstube die letzten Gäste. Der reichlich genossene Spiritus hatte so viel Feuer in ihren alten Köpfen angezunden, daß sie .b' Mutter daheim' nimmer fürchteten, sondern in duselnder Seligkeit ein Stücklein ihrer längst versunkenen Jugend aus der Erinnerung heraufholten und mit den rumorenden Burschen im Kobel um die Wette jodeln wollten.

Doch ihre dünnen, zittrigen Stimmen vermochten gegen den Spektakel, der im Kobel der Jungen herrschte, nicht aufzukommen. Da hatte sich noch kein Platz ge= leert. Zwanzig heisere Kehlen schrien und krähten durcheinander, und während die einen unverdrossen darauf lossangen, erörterten die anderen noch immer das Kapitel, das ihnen den ganzen Abend gefüllt hatte: mag der Pfarrer sagen, was er will, die Häusl= schusterin ist doch eine Her, und der Hanspeter, „der leicht selber schon ein solchener is", hat gelogen, um der Alten aus der Patsche zu helfen, und es ist doch der ††† gewesen, den der Nachtwächter gesehen hat.

„Ah na!" meinte einer, der im duster gewordenen Kopf noch einen hellen Winkel hatte. „Ein Lapp is er, aber lugen tut der Hanspeter net!"

„Lugen oder net . . . sie is eine!" schrie ein

anderer. „Sie is eine! Sie is eine!" Und jedes ‚is‘ war von einem dröhnenden Faustschlag auf den Tisch begleitet.

„Wenn einer 's Kuraschi hätt ... und hätt ein siebenhölzigs Schaml," rief der Staudamer-Mickei, „so kunnt man's beweisen, ob s' eine is oder net!"

„Wie, was? Wie, was?" so fuhr's mit einem Dutzend kreischender Stimmen auf ihn los.

Es wurde still im Kobel, und Mickei erklärte die Sache: wenn einer einen Betschemel hat, der aus sieben verschiedenen Holzarten zusammengeschreinert ist, und er nimmt ihn am Charsamstag zur Auferstehungsfeier mit in die Kirche, kniet sich drauf und betet die Heiligenlitanei von hinten nach vorne, so muß jed= wede im Dorf, die eine ‚solchene‘ ist, in der Kirche erscheinen, muß an allen Leuten vorüber hingehen bis zum Altar und muß auf die Knie fallen — „als hätt ihr unser Herrgott d' Faust auf'n Buckel gschlagen!"

Als Mickei mit seiner Weisheit zu Ende war, blieb es ein Weilchen still, bis einer lachte: „Das glaub ich net! Das is net wahr!"

„Wahr is's! Und wahr is's!" schrie der Staudamer= knecht, als hätte ihm dieser Zweifel an die persönliche Ehre gegriffen.

Da streckte ihm einer der Burschen, der als Gesell beim Schreiner diente, die Hand hin: „Hast 's Kuraschi, du! Den siebenhölzigen Schaml kannst haben von mir! Den mach ich! ... Hast 's Kuraschi?"

Mickei, verblüfft durch dieses Anerbieten, zögerte mit der Antwort. Aber alle Augen waren auf ihn gerichtet — und weil die anderen schon zu lachen begannen, schlug er ein. „Gilt schon! Her mit 'm Schaml! Da kennts mich schlecht, wenn einer ebba meint, 's Kuraschi laßt aus bei mir! ... Die Alte muß her am Charsamstag!"

Im Kobel erhob sich von all den schreienden Stimmen ein Lärm, daß die Bretter des Verschlages zitterten und hallten. Die Aussicht auf das kuraschierte Stücklein des Staudamer-Mickei und auf die Hexenprobe am Charsamstag schien die Burschen noch truntener zu machen, als Bier und doppelt gebrannter Enzian das fertig gebracht. Wie Narren gebärdeten sich alle, trampelten mit den Füßen und schlugen mit den Fäusten auf den Tisch. Und über den Lärm erhob sich mit schrillem Gekicher eine Stimme: „Ui jegerl! Wenn da der Pfarr ebbes derfahrt! Da kriegen wir's wieder!"

„Der Pfarr! Ah so? Der Pfarr?" Verwogen, durch seinen Erfolg berauscht, schob Mickei den Hut in den Nacken. „Der soll ganz stad sein! Der hat sich heut eh schon ein bißl z'viel derlaubt!" Er lachte, und plötzlich die Stimme dämpfend, als wäre ihm ein guter Einfall gekommen, den aber ein unberufenes Ohr nicht

hören durfte, zischelte er:
„Kommts auffi, Buben! Heut haben wir noch ein
Gschäft! Und draußten, da sag ich enk ebbes!“

Sie schienen gleich zu verstehen, was er meinte,
und mit Lachen und Geflüster stolperten sie hinter dem
Staudamer-Mickei zur Stube hinaus.

Als die vier weißhaarigen Alten diese torkelnde
Karawane sahen, fingen sie zu jauchzen und zu kichern
an. Und einer von ihnen prahlte mit seinem zittrigen
Stimmlein: „Heut haben wir s' ausgfessen, die Buben!
Heut, Mannderleut, heut sind wir die Starken! Heut

sind wir die Jungen! Kellnerin, noch ein Maßl! Jetzt dudeln wir erst recht noch eins!" Er fing die Strophe zu singen an, und die anderen drei Starken fielen ein.

> „Gscheit sein, net einitappnnnnn!
>
> Gscheit sein, net einitappnnnnn!
>
> Gar oft sitzt
>
> Der Fuchs in
>
> Der Zipflkappnnnnn bei der Nacht!
>
> Gar oft sitzt
>
> Der Fuchs in
>
> Der Zipflkappnnnnn!"

Während der sechste Vokal des Liedes die Fenster= scheiben summen machte, standen draußen auf der dunklen Straße die zwanzig Burschen um den Stau= damerknecht zu einem Kreis gedrängt, als gält' es einen Schwur auf dem Rütli. Dann begannen sie mit Kichern und Gezischel loszumarschieren, immer wieder bückten sie sich wie Ährenleser auf dem Felde, und man hörte in ihren Taschen die gesammelten Steine klappern.

Als sie den Pfarrhof erreichten, der mit schwarzen Fenstern schlummerfriedlich in die Mitternacht hinaus= träumte, stellten sie sich lautlos in einer gebrochenen Schützenkette an den beiden Straßenfronten des Hauses entlang. Ein leises Kommando des Staudamerknechtes, der als schneidiger General an der Ecke stand — dann

flogen aus zwanzig Fäusten die Steine gegen alle
Fenster, eine Salve nach der anderen, und das Klirren
der zerschmetterten Scheiben machte einen Spektakel,
als wäre ein gläserner Stern vom Himmel gefallen,
um auf der harten Erde in Scherben zu zersplittern.
Und als die letzte Salve geworfen war, zerstob der
mutige Schützenschwarm unter Kichern und Gelächter
nach allen Seiten, über die Hecken weg, durch die
Wiesen und durch die Gärten.

Nun lag die Straße um den Pfarrhof wieder still
und leer. Und freundlich blickten vom Himmel die
Sterne herunter — jene Sterne, von denen Hanspeter
so heilig glaubte, daß sie kleine ‚Luckerln am Himmelsboden‘ wären, durch die der Glanz der ewigen Gerechtigkeit ‚ein wengerl auffifpitzt‘, um wankelmütige
Seelen in stiller Nacht zum Guten zu ermahnen.

Auch ringsumher alle Bauernhäuser lagen in
träumerischer Ruhe. Wohl hatten die fallenden Glasscherben manch einen Nachbar aus dem Schlaf ge-
klappert. Doch keiner öffnete das Fenster, keiner streckte
den Kopf aus der Haustür. Hatten die ‚Loder‘ wieder
einmal ‚ebbes Unfirmigs‘ angestiftet, so erfuhr man
das bei Tage noch zeitlich genug. Und wer da weit
vom Schuß bleibt, ist am sichersten — und wer nichts
gesehen hat, braucht keine ‚Zeugschaft‘ abzulegen. Mit
einem Weg auf’s Bezirksgericht ist gleich ein Taglohn
verläppert. Und Feinde macht man sich auch noch.

Aber im Pfarrhof wurden zwei Fenster hell, eins zu ebener Erde und das andere im oberen Stock. Dieses letztere war das Fenster am Stübchen der Jungfer Köchin.

Als Kathrin die brennende Kerze hob und auf den Dielen die Glassplitter und die Kieselsteine sah, war ihr verstörtes Gesicht so kreideweiß wie ihre Schlafhaube und ihre Nachtjacke. Im Unterrock und bloßfüßig in den Pantoffeln, eilte sie über die Treppe hinunter und pochte an die Türe von Herrn Felicians Schlafstube.

„Herr Pfarr! Jesus Maria! Hochwürden! Ja leben S' denn noch?"

Die Tür ging auf, und Herr Felician erschien, etwas nachlässig in den Schlafrock gewickelt und ebenfalls mit einer Kerze in der Hand. Nach seiner Miene zu schließen, schien aller Schreck und Ärger, den er über den bösen Streich empfunden, schon halb verraucht. Aber die Stimme zitterte ihm doch ein wenig, als er sagte: „Brave Buben! Liebe Leut, das! Ja ja, da sind halt ihrer mehrer beinander gwesen . . . so, wie's der Hanspeter meint!"

„Natürlich, einer alleinig schmeißt net vierundzwanzig Fenster ein!" brach Kathrin los, die den philosophischen Sinn der Hanspeterschen Auffassung von den ‚mehreren' nicht kapierte.

„Vierundzwanzig? Aber geh, Kathrin, da übertreibst schon wieder! So viel Fenster hat ja der ganze Pfarrhof net!"

Doch Kathrin war zu Scherzen nicht aufgelegt und brach in Tränen aus. „Gelten S', Herr Pfarr! Gelten S', ich hab's Ihnen gsagt!" Ihr vorwurfsvolles Gewimmer verwandelte sich in bitterliches Schluchzen. „Weil S' mir net folgen haben können ... jetzt haben wir's!"

„Was haben wir? Nix haben wir, als frische Luft in die Stuben, und das is gsund."

„Spassetteln können S' auch noch machen! Denken S' lieber an die Glaserrechnung! Jesus Maria!"

Herr Felician klopfte die Schluchzende mit der Hand beruhigend auf den Rücken. „Sei stad, Kathrin, jetzt is schon alles gschehen, jetzt gschieht uns nix mehr! ... Und schau, ich sag dir was! ... Die Menschen alle sind schwache und dumme Hanswursteln. Und ich bin selber ein Mensch. Was ich im Leben Gutes und Gescheites tun hab wollen, is alles bloß halbe Sach gewesen. Aber eins darfst mir glauben: unsere abgeschnittenen Zwetschgenbäum und unsere eingeworfenen Fensterscheiben, die rechnet mir der liebe Herrgott an als ganz! Drum tu mir net weinen, Kathrin! Hol dein Schäuferl und dein Besen, kehr die Glasscherben zusammen ... ich trag derweil die Steiner auf ein Häuferl."

Murrend und schluchzend gehorchte Kathrin. „Wenn ich's net gsagt hätt! Völlig fürgangen is mir's, daß ebbes gschieht! ... Aber allweil muß ich die gscheiter sein!"

„Ja! Meinetwegen! Sei halt die gscheiter!“

Mit diesem nachgiebigen Trostwort faltete Herr Felician Horadam die Schöße seines Schlafrockes zu einem Sack und begann in seiner Stube die Kieselsteine aufzulesen.

Als er unter den Steinen einen fand, so groß wie ein Brotlaib, schüttelte er kummervoll den Kopf. „Daß so ein Stein einen Menschen hätt treffen können, an so was haben s' gar net denkt, die dalketen Buben!“

Er trug die Steine in den Hausflur. Und so wanderte er von einer Stube zur anderen. Was er an Steinen aus dem ganzen Haus zusammenschleppte, das gab ein ,Häuflein' ab, beinah so groß, wie im Frühling die Schotterhaufen am Saum der Straße liegen.

9.

Schon am anderen Morgen, gegen zehn Uhr, kam vor dem Wirtshaus eine feine Kutsche angefahren, aus welcher der Untersuchungsrichter mit seinem Schreiber stieg. Der Herr Gendarm, der die Gerichtsbeamten in militärischer Positur erwartete, hatte zu dem ‚Exzeß vom gestrigen‘ gleich ein neues Delikt zu melden, den ‚allgemeinen Fenstereinwurf bei Seiner Hochwürden dem Herrn Seelsorger Felician Horadam‘.

„Nette Gegend, das!“ meinte der Untersuchungsrichter. „Da wird es an der Zeit sein, wieder einmal ein scharfes Exempel zu statuieren. Holen Sie mir sofort den Bürgermeister!“

Zwei Tage lang, vom Morgen bis zum Abend, wurde verhört und protokolliert. Dabei entwickelte der Herr Gendarm einen Eifer, daß ihm unter dem Schirm

der Pickelhaube die Schweißperlen über den Schnurrbart tropften. An die fünfzig Personen brachte er zum
Verhör herbei. Aber da wollte keiner etwas gesehen
oder gehört haben, keiner wußte eine Aussage von Be-
lang zu machen.

„Mein, Dummheiten haben j' halt trieben, die
Buben, und is halt ein bißl schiech ausgfallen!" So
lautete das allgemeine Urteil über die ‚Rauferei mit
blutigem Ausgang‘.

Während der zweitägigen Untersuchung wurden
nur die Taten von Personen protokolliert, deren Namen
nicht eruiert werden konnten. Unter den Zeugenaussagen
war's eine typisch wiederkehrende Redewendung: „E i n e r
hat's halt tan ... wer, das weiß ich nimmer."

Nur ein einziger Name wurde genannt, und zwar
durch Herrn Felician Horadam: der Name des Staudamer-Knechtes. Aber Mickeis Messer war so frei von
verdächtigen Flecken und so schön poliert, als käm' es
eben erst aus dem Laden des Messerschmiedes. Und
überdies brachte er vier Burschen als Zeugen, welche
übereinstimmend aussagten, daß der Mickei ‚bloß ein
bißl abgwehrt' hätte. Auch an dem groben Unfug, der
wider die Fensterscheiben des Pfarrhofes verübt worden
war, erwies sich Mickei als völlig unschuldig. Wie die
Jungfer Kathrin aussagte, war es um den Glockenschlag Eins gewesen, als die Fenster klapperten. Wie
aber die Staudamer-Julei aussagte, wäre der Mickei

schon lange vor zwölf Uhr daheim gewesen; ganz genau
hätte sie gehört, wie der Knecht, nachdem er die Haustür verriegelt, in seine Kammer gegangen wäre — und
dann erst hätte die Kirchenglocke zwölf geschlagen. Und
weil die Julei mit ihren frommen, hübschen Augen
und ihrem rosigen Unschuldsgesichtchen auf den Untersuchungsrichter das machte, was die Juristen einen
„guten Eindruck" nennen, so blieb ihre Aussage über
jeden Zweifel erhaben und entschied die Sache. Freilich
hatte die Kellnerin ausgesagt, daß der Staudamer-Knecht
um halb ein Uhr noch im Wirtshaus gewesen und
dann fortgegangen wäre, ohne die Zeche zu bezahlen.
Aber eine Kellnerin! Die kennt man doch! Die Aussage einer solchen Person kann doch nicht aufkommen
gegen die Wahrheitsliebe eines braven und unbeanstän-
deten Mädchens wie die Juliana Staudamer. Und daß
eine Kellnerin gegen einen Burschen, der die Zeche nicht
bezahlte, Partei contra ist, das läßt sich psychologisch
leicht erklären. Übrigens wurde die Aussage der Julei
noch dadurch bekräftigt, daß die Schwarzwälderuhr in
der Wirtsstube, wie die ‚In-Augenschein-Nahme' doku-
mentierte, tatsächlich um eine ganze Stunde zu früh
ging. Denn der Wirt, ein dörflicher Schlaumeier aus
reicher Praxis, hatte die nützliche Gewohnheit, seine
Uhr am Morgen nach jeder Nacht, in der etwas Be-
denkliches passiert war, je nach Bedarf um eine Stunde
vor oder zurück zu stellen.

Am Abend des zweiten Verhörtages mußte die Untersuchung als resultatlos eingestellt werden, und die Sache war erledigt. Das heißt, nicht ganz. Denn vier Tage später, am Sonnabend, als es mit Hanspeters Besserung schon so weit war, daß er gefahrlos ein paar Worte sprechen und mit leichterem Verbande aufrecht sitzen konnte, erhielt der Bürgermeister eine Zuschrift des Bezirksamtes. In diesem Schreiben standen so viel merkwürdige Wörter, daß der Waldhofer, um beim Lesen mit ihnen fertig zu werden, seine Brille brauchte.

In Hembärmeln saß er am Tisch und buchstabierte. Und obwohl die Zuschrift nur eine einzige Seite füllte, verging doch eine Viertelstunde, bis der Waldhofer mit seiner stolpernden Lektüre zu Ende kam. Erst nickte er mit nachdenklichen Augen vor sich hin, dann schob er die Brille über die Stirn hinauf, und aller Verdruß, den ihm die beiden Verhörtage bereitet hatten, schien wieder in ihm aufzuwachen. „Der Malefiz= Hanspeter mit seim Predigen, der! Nix wie Zwidrig= keiten hat man davon! Und mit solchene Gschriften muß ich mich auch noch plagen! Das kriegt er aber gleich zum anhören! Soll er sich selber aufsikletzeln, was drinsteht, da!"

Als er in die Krankenstube trat, erhob sich Lis= beth, die mit einer Näharbeit beim Fenster saß. „Guten Abend, Waldhofer!" Eine ruhige Stimme, doch so schmerzlich, so müd!

Ihr Klang schien den Ärger des Bauern zu mildern. „Guten Abend, Madl," sagte er mit halber
Freundlichkeit, „gelt, spürst es schon bald ein bißl, die
ungschlafenen Nächt?"

Lisbeth schüttelte den Kopf. „Solang mich der
Hanspeter braucht, so lang halt ich's gut noch aus."

Aus dem dämmrigen Winkel, in welchem das Bett
stand, tauchten die Hände des Kranken hervor. „Ja,
is schon wahr! So viel plagen tut sich 's Madl meintwegen! So viel Zeit versaumen! Und allweil sag
ich . . ."

„Du sag gar nix!" unterbrach der Waldhofer diese
matt lispelnde Stimme. „Da . . ." er streckte dem
Hanspeter das amtliche Schreiben vors Gesicht hin,
„da hast es jetzt mit beim Predigen!"

„Was hab ich?"

„Ein Abnotti hast kriegt."

Dieses unverständliche Fremdwort und dazu der
große Amtsbogen mit dem blauen Stempelzeichen schien
auf Hanspeter eine schwer beklemmende Wirkung auszuüben. Etwas mühsam hob er sich aus den Kissen
auf. Den weißen Stirnbund trug er schon seit ein
paar Tagen nimmer; doch sein Gesicht war ganz gesprenkelt mit grünen und bläulichen Flecken, den farbigen Gedenkzeichen der empfangenen Faustschläge.

„Was hab ich . . ." mit angstvollen Augen sah er
den Waldhofer an, „was hab ich kriegt?"

„Ein Abnotti."

„. . . . . . Ein Abnotti? So so? . . . Aber mußt's
mir ebba schon sagen, was ein Abnotti sein tut?"

„Gleich wirst es derfahren!" sagte der Waldhofer
ernst und wandte sich an Lisbeth. „Madl, da mußt
aussigehn! Bei die ämtlichen Sachen müssen d' Mannerleut allein sein mit einand."

Während das Mädchen die Stube verließ, setzte
sich der Waldhofer ins beste Fensterlicht und senkte die
Brille auf die Nase.

„So! Jetzt paß auf! Vom Bezirksamt is an die
Gmein ein Abnotti eintroffen." Seine Stimme veränderte sich, denn jetzt mußte sie ‚ämtlich' klingen. „Und
solches lautet!"

Zuerst noch räusperte er sich, dann begann er
langsam und mit Gestolper zu lesen:

„Nachdem das Ergebnis der in nachbezeichneter
Sache seitens des k. k. Assessors von Stubenrauch des
hierortsigen k. k. Bezirksgerichtes geführten Untersuchung über den in dortiger Gemeinde stattgehabten
Raufhandel vom 17. hujus anni currentis zur Evidenz
dargetan hat, daß ein sicherer Peter Johannes Zbazilek,
Holzknecht, wohnhaft und heimatberechtigt daselbst,
hinreichend verdächtig erscheint, unter dem korrum-
pierenden Einfluß mißverstandener und unverdauter
sozialer Reformideen die dortortsige Bevölkerung
predigenderweise auf der öffentlichen Landstraße in

unzuläffigem und eventualiter gegen § 360, Ziffer 11,
des Strafgeſetzes verſtoßendem Maße zu haranguieren
die dem k. b. Bezirksamt bedenklich erſcheinende Ge=
pflogenheit zu haben, wodurch die anſonſt friedliebende
bäuerliche Bevölkerung gradatim zum Widerſpruch
gereizt und zu bedauerlichen Exzeſſen wie obenbeſagter
Raufhandel vom 17. hujus anni currentis aufgeſtachelt
zu werden bedroht zu ſein ſcheint, ſcheint es angezeigt,
genanntem Peter Johannes Zbaziſek durch den Gemeinde=
vorſtand ämtlich ad notam zu geben, daß ſelbiger
obenbezeichnetes ruheſtöreriſche Predigen und Propa=
gandamachen unter dem Präjudiz, bei durch Ge=
nannten neuerdings hervorgerufenem Exzeſſe nach § 360,
Ziffer 11, beziehungsweiſe den anderen einſchlägigen
geſetzlichen Beſtimmungen, ſtrafämtlich behandelt zu
werden, fürderhin zu unterlaſſen habe.

Das k. b. Bezirksamt.

In Vertretung des Herrn Amtsvorſtandes:

Hufnagl,

k. b. Bezirksamtspraktikant."

Als ſich der Waldhofer mit dem letzten Worte
ſieghaft abgerauft hatte, ſchnaufte er auf. „So, da
weißt es jetzt!"

Dann blieb's in der Kammer ein Weilchen ſtill,
und man hörte nur den mühſamen Atem des Hanspeter.

„So ſo?" ſagte er endlich. „Alſo . . . die Gſchrift
da . . . das is ein Abnotti?"

„Ein Abnotti, ja!"

„So so?" Hanspeter fuhr sich mit schwerer Hand übers Haar. „Und ... da tät ich halt bitten, daß mir der Burgermeister sagt, was drinsteht, da!"

Der Waldhofer wurde ärgerlich. „Du Lapp! Ich hab dir's ja fürglesen! Hast denn net aufpaßt?"

„Ah ja, freilich, und gut hab ich aufglust, aber ... wär mir schon lieb, wann mir der Burgermeister die Sach ein wengerl ausdeutschen tät, daß ich's richtigerweis derpacken kunnt!"

„Ja, mein Lieber, das is leichter gsagt! ... Wart ein bißl! Z'erst muß ich mir die Sach selber noch ein wengerl beaugenscheinigen."

Der Waldhofer netzte den Daumen an der Zunge und vertiefte sich wieder in das Studium des amtlichen Erlasses. Während der Lektüre nickte er ein paarmal und murmelte: „Ah ja, freilich, versteh schon!" Als er mit dem Lesen fertig war, drehte er das Blatt, um es auf der leeren Rückseite zu betrachten.

Hanspeter fragte bellommen: „Habts es aussibracht?"

„Jetzt weißt ... von die Gstubierten bin ich keiner ... aber soviel ich mir die Sach verdeutschen kann, sagen s' beim Amt, daß d' ein sicherer Peter Johannes Tschibazilek bist ..."

„Sojo? Ja, freilich, der bin ich! Da haben s' recht!"

„Und daß mit deiner Predigerei die friedliebliche Bauernschaftsbevölkerung aufstageln tust . . . und so ebbes verbieten halt die Parigraffi."

„Ah na! Ah na!" stotterte Hanspeter, dessen Augen immer größer wurden.

„Der Abnotti sagt's, da kannst nix machen! Und was einmal gschrieben is, Peterl, is gschrieben. Das hat sein Evidenz! Und weiter sagt der Abnotti, daß dein Predigen sein lassen mußt . . ."

„Ah na! Ah na!" Auf Hanspeters erblaßtem Ge= sichte spielten die Denkzeichen der Faustschläge in ver= tieften Farben. „Ah na! Ah na!"

„Da steht's einmal! Und wann dein Schnabel net haltst, so schicken s' dir den Präjudizi aussi und machen dir ein Exzeß mit'm Parigraffi Numero 360 und sperren dich schön sauber ein! . . . Derpackst es jetzt?"

Mit zitternden Fäusten auf die Kante der Bett= lade gestützt, beugte sich Hanspeter über sein Lager hinaus. Verstört, als stünde ein schreckhaftes Gespenst vor seinen Augen, starrte er den Bürgermeister an. Und seine erloschene Stimme gurgelte: „Waldhofer . . . na, na, Waldhofer . . . da müßts enk ebba täuscht haben! . . . Der Parigraffi hat sein Grechtigkeit! Wie kunnt der Parigraffi verbieten, was Christenlieb heißt? Waldhofer, das glaub ich net! So ebbes kann der Herr Abnotti net sagen."

„Aber schreiben tut er's! Und magst es mir net

glauben, so schau dir's halt selber an! Da ..." Die
Brille von der Nase ziehend, trat der Waldhofer zum
Bett und reichte dem Hanspeter das Blatt hin. „Da
steht's! Schau dir's an!"

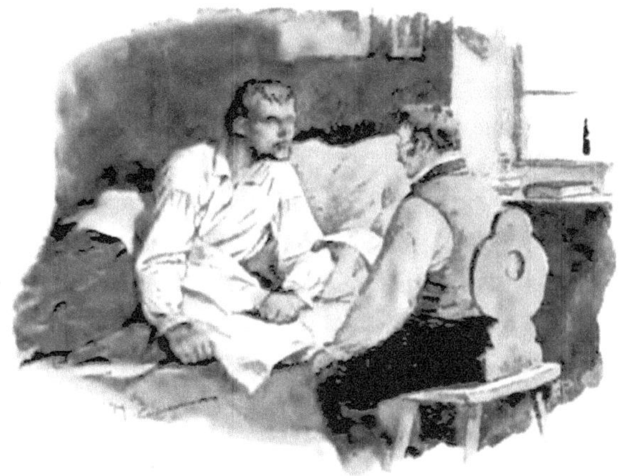

Mit langsamen Händen faßte Hanspeter den Bogen
und drehte die beschriebene Seite gegen die Fenster-
helle. Wachsende Angst in seinem Blick, betrachtete er
den fettgedruckten Kopf des amtlichen Schreibens, starrte
auf die hundert kleinen schwarzen Teufelchen von Buchstaben, die vor seinen nassen Augen durcheinander-
tanzten — mit großen Tropfen begann es ihm über
die Wangen zu rinnen, als sein irrender Blick die
kunstvoll verschnörkelte Unterschrift zu enträtseln suchte,

und völlig entfärbte sich sein Gesicht beim Anblick des blauen Amtsstempels, der hinter der letzten Zeile stand wie ein magisches Punktum hinter einem unabänderlichen Schicksalsspruche.

„Gelt, jetzt derpackst es?“ sagte der Bürgermeister und zog ihm das Blatt aus den Fäusten.

Langsam schaute Hanspeter durch seine Tränen auf und ließ die Hände gestreckt, als hielten sie noch immer das Blatt.

So halb und halb schien der Waldhofer zu merken, daß dem buckligen Apostel die Sache tief und nahe ging. Drum sagte er mit gutmütigem Lachen: „Jetzt tu dich net kränken, Peterl! Der Parigraffi is der Parigraffi, da kannst nix machen. Drum schau, sei gscheit, und papp dir halt in Gottsnam ein Pflaster auf dein verliebten Schnabel! Dir selber tust den besten Gfallen dermit, und in der Gmein is wieder Fried und Ruh. Sei gscheit, Peterl! So! Und pfüet dich Gott jetzt!“

Das Schreiben zusammenfaltend, ging der Waldhofer aus der Stube.

Hanspeter hielt noch immer die Arme gestreckt. Und während in seiner Brust der Atem rasselte, begann seine Zunge zu lallen.

„Und ... und so viel schlecht sind s', die Leut, und ... und ich ... und weil ich s' hätt mögen besser machen ein bißl, weißt ... und drum derschlagen s' mich halb ... und jetzt bin ich der Lump, und ich bin's, ich, mit dem's der Parigraffi hat ..."

Die Tränen erstickten seine Stimme, er brach in Schluchzen aus wie ein hungerndes Kind und fiel auf die groben Kissen zurück, als hätte ihm ein Prügel=schlag den Rücken gebrochen.

So fand ihn Lisbeth. In Schreck und Sorge setzte sie sich zu ihm, suchte ihn zu beruhigen und wollte aus ihm herausbringen, warum er denn weinen müßte.

Hanspeter rührte sich nicht — nur ihre Hände umklammerte er — und gab keine Antwort. Doch sein Schluchzen überwand er, und nach einer Weile trock=neten ihm auf seinen brennenden Wangen die Tränen zu grauen Schmutzflecken ein.

Nun lachte er, matt und heiser.

„Peterl?" fragte Lisbeth. „Geh? Was hast denn?"

„Die zwei halt! So viel gspassig sind s'!"

„Wer denn, sag?"

„Der Parigraffi ... und der ander halt ... der Abnotti! Sind so viel lustige Leut, die zwei! Da muß man lachen." Er kicherte vor sich hin.

Lisbeth griff ihm an die Stirn, denn sie glaubte, daß er im Fieber spräche. „Soll ich dir 's kalte Tüchl geben?"

„Ah na!" Er atmete tief. „Ich tu net fiebern. So viel kalt in mir drin haben s' mir gmacht, die zwei!"

„Aber geh, Peterl! Is doch bloß ein einziger dagwesen! Bloß der Waldhofer, schau! Und ich bin da!"

Der linde, herzliche Klang ihres Zuspruches schien
ihn zu beruhigen. Er zog ihre Hand an seine Brust
und streichelte sie. „Tu net ... na na ... du bist
kein Paragraffi! Und kein Abnotti! Und dein Mutterl
is keiner! Und mein Roman net! Und der Herr
Pfarr is von die guten einer! Aber d' Leut ..."
Seine müde Stimme erregte sich wieder. „Sind lauter
Parigraffi gegen d' Lieb! Und Füß und Fäust haben s',
und eiserne Schlagring und gschliffene Messer, weißt!
Und so m ü s s e n s' sein, und die machst auch nimmer
anderst, sagt er ... und wie s' halt unser Herrgott ..."

Das Wort erlosch ihm auf der Zunge, als wäre
Hanspeter vor seiner eigenen Weisheit erschrocken. Er
griff an seinen Hals wie einer, der zu ersticken droht.
Und stemmte sich aus den Kissen auf und keuchte:

„Kindl, tu mir 's Fenster auf ... um Gottschristi
Lieb! Grad 's Fenster mach mir auf ein bißl, daß ich
ein Bröserl dersehen kann vom lieben Himmel!"

In banger Sorge um den Kranken sprang Lisbeth
auf das Fenster zu und riß die kleinen, trüben Scheiben
auf. Und da sah man im Viereck des Mauerrahmens
ein Stücklein des reinen Himmels, goldig und warm
überleuchtet von der scheidenden Sonne.

Hanspeter beugte sich vor, weit und weiter. Seine

schimmernden Blicke klammerten sich dort oben fest, und
während ihm über das blau und grün gesprenkelte, zu
doppelter Häßlichkeit entstellte Gesicht die Tropfen
niederkollerten, Schweiß und Tränen zusammen, begann er mit dürstenden Zügen zu schlürfen, als möchte
er all diesen lächelnden Glanz da droben, all dieses
reine Licht und diese Wärme tief hineintrinken in die
Wunden seines Leibes und seiner Seele. — —

Es war ein schöner und linder Abend. Und wer
nichts anderes ansah als nur den leuchtenden Himmel,
hätte schon an den Frühling glauben können. Sogar
eine Amsel schlug. Sie saß in der kahlen Krone des
Apfelbaumes, der im Waldhof neben dem Garten
stand. Und zwischen Schlag und Gezwitscher flatterte
der schwarze Vogel, dessen Gefieder in der Sonne
glänzte, von einem Ast zum anderen und guckte aufmerksam die Zweigspitzen an, als dächte er sich: „Mir
scheint, die blühen schon bald, und dann gibt es fette
Hummeln zu speisen!“

Aber es wollte die Schönheit, die in den Lüften
webte, ihre Schimmerfäden noch nicht recht an die
kalte Erde spinnen. Wohl waren im Tal die Wiesen
schon erlöst vom Schnee, doch sie hatten noch ein falbes
kümmerliches Ansehen, und das einzige Zeichen ihres
Erwachens war, daß der Maulwurf zu schieben begann,
dieser hungrige Lebensgräber des Frühlings. In den
Hohlwegen und Schluchten, in den Wiesenmulden und

Ackerfurchen lagen noch überall die weißen Reste vom
abgezehrten Tisch des Winters umher, und wenn auch
auf den sonnseitigen Gehängen schon die Wälder und
Almen aus dem Schnee hervorgeapert waren, so trug
doch die Schattenseite der Berge noch immer den weißgrauen Mantel der kalten Zeit. Doch die Sonne, die
seit einer Woche mit heißem Gesichte unverdrossen
ihren Frühlingsrobott geleistet hatte, schien auch den
letzten Werkeltag, bevor sie Feierabend machte, noch
fleißig nützen zu wollen und raufte sich lachend mit
dem Schnee, wo immer ihre Strahlen den kalten,
widerspenstigen Gesellen nur packen konnten.

Aller Kampf hat etwas Erfrischendes. Auch in
dem stillen Streit, den im Vorfrühling die Himmelswärme wider den Frost der Scholle führt, hämmert's
wie Pulsschlag erneuten Lebens. Bevor ihn noch der
Keim in der Erde spürt, empfinden ihn schon die Geschöpfe. Das merkte man an dem rastlosen Geflatter
und Kreisen der Tauben, am erregten Gezwitscher der
Meisen und Sperlinge, am Gackerlärm der Hennen in
allen Höfen und am ungeduldigen Gebrüll der Rinder,
denen die Stallzeit schon zu lange dauerte.

Auch der Hüterbub aus dem Waldhof, der mit
bauchigem Steinkrug zum Wirtshaus ging, um für
den Waldhofer und seine Ehhalten den Abendtrunk zu
holen, schien mit seiner spitzigen Nase die in den Lüften
webende Frühlingsstimmung zu wittern, blinzelte die

Sonne an, schlenkerte den Krug und pfiff einen Ländler so vergnügt wie falsch. Um seinen Spaziergang zu verlängern, machte er den Umweg durch den Gottesacker und am Pfarrhof vorüber. Da blieb er eine Weile stehen und sah dem Maurergesellen zu, der den Vorplatz vor der Tür des Pfarrhofes in Form eines Kreuzes mit Kieselsteinen pflasterte.

In einem der Fenster, die alle schon wieder ihre blanken Scheiben hatten und dazu noch nagelneue grüngestrichene Läden, lag Herr Felician Horadam mit schief gerücktem Hauskäppchen und breiten Ellbogen auf das Gesimse gelehnt und ließ die lange Studentenpfeife ins Freie hängen. Während er ein blaues Wölklein um's andere vor sich hinpaffte, sah er schmunzelnd dem Gesellen zu, als hätte er an dem Werk des Maurers eine ganz besondere Freude.

Ein paar Steine lagen noch da, aber das Kreuz war fertig, so lang wie breit.

„Jetzt, mein' ich, könnt's gut sein, Herr Pfarr?" fragte der Maurerbursch.

„Nix da! Mach halt 's Kreuz ein bißl länger! Die Steiner müssen alle verpflastert werden ... bis auf'n letzten!"

Dieser letzte, das war ein Kiesel von der Größe eines Brotlaibes. Als ihn der Gesell in die Hand nahm, ging ein merkwürdiges Zwinkern über sein Gesicht.

„Du?" fragte Herr Felician lächelnd. „Kennst den vielleicht?"

„Ich?" Der Bursch sah ruhig auf. „Mein, Steiner gibt's viel, schaut einer wie der ander aus."

„So so? ... No ja, klopf ihn nur fest eine, den!" Da gewahrte Herr Felician den Hüterbuben auf der Straße und rief ihn an: „He, Büberl! Wie geht's denn eurem Hanspeter?"

„Gut. Der beißt in acht Täg schon wieder Knödel, und wenn's steinerne wären."

„No, Gott Lob und Dank! Gelt, tu mir den Hanspeter schön grüßen!"

„Vergeltsgott, ja!"

Den Krug schlenkernd, trabte der Bub davon. Im Wirtshaus schien sich auch die Kellnerin für das Befinden des ‚buckleten Apostels‘ zu interessieren und mit dem Hüterbuben einen langen Klatsch zu halten, denn es dauerte eine geraume Weile, bis der Bub, mit dem gefüllten Krug auf der Schulter, wieder auf die Straße trat.

Und da begegnete ihm einer, den er auf ein Haar

gar nicht erkannt hätte, obwohl es der junge Wald=
hofer war. Verwundert guckte der Bub ihn an und
vergaß zu grüßen.

Recht wie ein Holzknecht sah Roman aus, wie von
den ärmsten einer, der wenig zu beißen und viel zu
schaffen hat. Seine Kleider waren von der harten
Wochenarbeit dort oben gar übel zugerichtet, seine
Hände starr und schwer, ihre Haut von blutigen Rissen
durchzogen. Er ging ein wenig gebeugt, als läge ihm
die Ermüdung schwer auf den Schultern. Das Gesicht,
obwohl erhitzt und erregt, zeigte alle Spuren von Er=
schöpfung und hatte dazu einen seltsamen Ausdruck von
Verdrossenheit. Als hätte er dort oben nach hartem
Tagewerk ein Lager gehabt, auf dem es sich übel schlief,
so lagen ihm die Augen versunken, umzogen von
dunklen Ringen. Und wie sie brannten, so sonderbar
heiß und unruhig! Fast war das wie ein Blick der
Angst. Und wahrhaftig, er sah sich erst nach allen
Seiten um, bevor er den Buben fragte: „Wie schaut's
denn aus, daheim? ... Macht er sich bald wieder aufsi,
der Hanspeter?"

Aber der Bub schien nicht zu hören, so verwundert
guckte er dem jungen Waldhofer ins Gesicht.

„Was hast denn?" murrte Roman. „Kannst net
reden, bald dich einer was fragt?"

„Was is? Was?"

„Wie's dem Hanspeter geht, hab ich gfragt."

„Aaah, dem geht's gut! Der is in der besten Pflegschaft, die man haben kann."

„... So? ... Noch allweil?" Roman sah wie in dunkler Sorge gegen den Waldhof hinunter.

„Ja, du, den haben wir sauber auffipflegt, der Häuslschusterin ihr Madl und ich."

„Und du? ... Was tust denn du dabei?"

„No mein, oft braucht er mich net, aber diemal halt ..." Der Bub kicherte. „Da schickt er 's Madl auffi, und da muß halt ich ein bißl helfen." Er lachte wieder. „Aber weißt, mit'm Hexen, da glaub ich schon bald nimmer ..." Erschrocken fuhr der Bub zurück, denn er hatte die zuckende Bewegung gesehen, die dem jungen Waldhofer in die Hand gefahren. „Laß ein doch ausreden!" maulte er aus vorsichtiger Entfernung. „Wenn ich grad sagen will: sie is keine! Ja! Sonst hätt s' schon einmal ihren Kribeskrabes übern Hanspeter gmacht, damit s' doch auch wieder in der Nacht ein bißl schlafen kunnt. Fallen ihr eh schon die Guckerln halbert auffi."

Der Hüterbub war über Romans unruhige Hand viel weniger erschrocken, als Roman über dieses Wort des Buben erschrak.

„Was? ... Noch allweil is das Madl im Haus? Und ebba wieder die ganze Nacht? Das is ja nimmer zum aushalten!"

„Ja, sagt's der Bauer oft, und der Hanspeter selber:

sie sollt heimgehn und sollt sich ein bißl Ruh ver=
gunnen! Aber die laßt net aus. Bloß am Abend
allweil, wann's dunkel wird, da schaut s' auf ein
Stündl heim zum essen."

„Wann's dunkel wird? So?" Mit langsamen
Augen sah Roman zum leuchtenden Abendhimmel auf.
„No ja . . . trinken wir halt ein Maßl derweil!" Er
ging auf das Wirtshaus zu.

„Du," rief der Bub ihm nach, „da wirst aber 's
Essen versaumen."

„Hungern tut mich net. Bloß dürsten."

„Wann ich aber 's Bier grad heimtrag!"

Ohne auf diesen triftigen Grund zu hören, der
ihn bei allem Durst zur Heimkehr hätte bewegen
müssen, war Roman schon in der Tür verschwunden.

Weil es um die Stunde war, zu der die Bauern
um den Abendtisch sitzen, fand er in der großen Wirts=
stube nur wenige Gäste vor. Doch um Gesellschaft
war es ihm augenscheinlich nicht zu tun, denn er ging
in den leeren Kobel, lehnte die Axt in einen Winkel,
schob sich seufzend hinter den Tisch und guckte durchs
Fenster nach dem Himmel. Und als ihm die Kellnerin
das Bier brachte, tat er einen langen und tiefen Zug,
als wäre in ihm der Durst so brennend, daß er sich
gar nicht stillen ließ.

Einem so seltenen Gast, wie der Waldhofer=
Roman, muß man im Wirtshaus Ehre erweisen.

Drum wischte sich die Kellnerin mit der Schürze die nackten Arme ab, setzte sich ihm gegenüber und begann zu plauschen. Es war eine junge Person, auch hübsch, doch mit einer Falte quer über die ganze Stirn, mit einem gelangweilten Gesicht, und um die Mundwinkel jenen scharfen Zug, den allzufrühe Erfahrung des Lebens in junge Gesichter schneidet.

Sie schwatzte vom Hanspeter, von der Häusl= schusterin und dem ‚dummen Tratsch‘ im Dorf, vom ‚feinen‘ Wetter und von der Rauferei am letzten Sonn= tag, vom ‚Herrn Schandarm‘ und vom Untersuchungs= richter. Über den letzteren schien sie sich — wenn auch mit aller Vorsicht — ein bißchen lustig zu machen. „Wie er kommen is und gredt hat, da hätt man meinen können, der kitzelt die Grillen unter die Steiner aussi. Aber nach zwei Tag is er wieder heimgfahren und hat sich ’s Nasenspitzl eingwickelt.“

Roman schien nur halb zu hören. „So so? ... Ja ja!“ Mehr sprach er nicht. Und immer wieder sah er durchs Fenster hinaus und musterte den Himmel, dessen leuchtende Farben allmählich zu ver= blassen begannen.

„Mich hat er auch vernommen. In der Hanspeter= Sach hab ich nix zum aussagen ghabt, da hab ich nix gsehen davon. Aber wegen der Fensterscheiben, die s’ im Pfarrhof eingworfen haben ...“

„Fensterscheiben? Was?“ Nun horchte Roman

auf. Und als er die klirrende Geschichte der Sonntagsnacht vernahm, schob er in Zorn den Krug
von sich. „Das is wieder ein Stückl! Schamen
sollten sich alle miteinander! Pfui Teufel! . . .
Denen wär's gsund, wenn s' ein paar Wochen ins
Loch spazieren müßten!"

„Ja, schimpfen alle drüber. Die dabeigwesen sind,
am ärgsten." Die Kellnerin schmunzelte. „Und hätt
man auf mich aufpaßt . . . wer weiß, wie's gangen wär.
Ich hab's gsagt, wie's gwesen is. Kommt ebbes auf
. . . wegen falscher Zeugschaft laß ich mich net ein-
sperren. Die andern helfen eh zamm, hab ich mir
denkt . . . da hat's kein Schaden, ob ich so sag oder
so." Nun machte sie die Augen klein und lächelte den
jungen Waldhofer halb spöttisch und halb lustig an.
„Aber dein Julerl! Du! Auf die kannst stolz sein."

Roman betrachtete die Kellnerin mit mißtrauischem
Blick. Der Zusammenhang seiner Julei mit den
Fensterscheiben des Herrn Felician schien ihm etwas
dunkel zu sein. Und die Brauen runzelnd, sagte er
gereizt: „Daß ich stolz sein muß auf mein Julei . . .
so ebbes brauchst mir du net einreden! Ich weiß schon
selber, was ich hab. Und da bin ich auch stolz
drauf. Und ich bin's einmal." Das bekräftigte er mit
einem Faustschlag auf den Tisch, als hätte er Sorge,
daß sein Stolz einem Zweifel begegnen könnte. „So
eine wie mein Julerl, so gibt's kein zweite nimmer!"

„Ja, Mensch, da haft recht! Da kriegst einmal ein schlauch Weiberl ins Haus. So viel fromm und zuckerlieb hat f' ihn eingfaamt, den Herrn Unter= suchungsrichter . . . und ihren Knecht hat f' so schön sauber auffiglogen, völlig bagstanden is er wie mit der Milli gwaschen. Wenn man f' so anschaut mit ihrem heiligen Gsichtl, möcht man gar net glauben, wie dick sie's hinter die lieben Ohrwascheln hat. Ja, du, auf die kannst stolz sein!"

Das war in allem Ernst als Kompliment gemeint, denn ein schlaues Weib ins Haus zu bekommen, das gilt für den Bauer von allem Segen als der beste.

Aber Roman, mit brennrotem Gesicht, fuhr auf, und weil er für seinen Zorn im ersten Augenblick keinen anderen Ausweg fand, schlug er mit dem Arm den Maßkrug nieder, daß der Rest des Bieres im Bogen über die Tischplatte spritzte.

„Über mein Julei sagst mir sein nix, du! Das is 's erste und 's letztemal gwesen! . . . Das merkst dir, gelt!"

Er warf der erschrockenen Kellnerin das Geld auf den nassen Tisch, nahm seine Axt aus dem Winkel und ging.

Als er hinaustrat in die blaue Dämmerung, ließ er unter galligem Lachen den heißen Blick über die Berge hinaufgleiten.

„Da droben, da hab ich doch wenigstens mein Ruh ghabt, und . . . und hätt ich noch schlafen können, so wär alls gut gwesen! . . . . . . Jetzt hebt der Teufel wieder an!"

Mit einem Schritt, als müßte er jetzt seinen Weg durch dick und dünn nehmen, begann er loszumarschieren. Doch bevor er den Waldhof erreichte, hielt ihn ein alter Bauer auf; der wollte seinen Haimgart haben und sprach mit ihm übers Wetter und über die Holzarbeit; das bedächtige Getröpfel seiner müden Stimme senkte sich auf Romans brennende Erregung, wie sich eine kühle Hand auf eine heiße Stirne legt. Und je länger der Alte schwatzte, desto dunkler wurde der Himmel.

So konnte Roman, als er daheim in die Stube trat, mit leidlicher Ruhe grüßen: „Guten Abend, Vater!"

Der Tisch war nach dem Abendessen schon wieder geräumt — nur Romans Teller stand noch da und wartete — und unter der Lampe saß der Waldhofer, in das Studium seiner Zeitung vertieft. Bei Romans Eintritt nahm er die Brille ab. „Guten Abend, Bub! Wie schaut's denn aus im Holzschlag droben?"

„Net schlecht. Vierzig Klafter gradaus haben wir gmacht," sagte Roman geschäftsmäßig, während er Axt und Bergsack hinter dem Ofen ablegte. „Aber mit'm Liefern is's gar. Der Schnee laßt aus."

Als Roman zum Tisch kam und in die Lampenhelle trat, sah der Vater mit schiefen Augen an ihm hinauf. „Bub! Ein bißl strapeziert schaust mir drein."

„No mein, 's harte Schaffen is man halt auch net so gwöhnt wie ein Knecht."

„Und müßt auch gar net sein! Die vierzehn Täg, bis der Hanspeter wieder beinand is, kunnten's d' Holzknecht ohne Aufsicht auch dermachen.“

Roman schüttelte den Kopf. „Is net einer vom Haus dahinter her, so feiern s' den halben Tag! . . . Es wird schon sein müssen, daß ich wieder auffischau, die nächste Wochen.“ Er strich das Haar in die Stirne, mit so langsamer Hand, als hätte er das vom Hanspeter gelernt, und setzte sich an den Tisch.

„No ja, wie d' meinst! Gfallt mir selber, daß d' so auf unser Sach schaust!“ Der Alte lächelte. „Aber weil wir halt nimmer weit auf Ostern haben, drum hätt ich mir denkt, du tätst dir liebere Gschäftln wissen als Holzschneiden.“

Dem Jungen der nach dem Brotlaib gegriffen hatte, zitterten die Hände. Doch mit ruhigem Ernst erklärte er: „D' Arbeit geht für.“

Die Magd brachte ihm das Essen. Und der Waldhofer sagte zu ihr: „Geh, hol mein Buben ein Flaschl Wein aus'm Keller auffi! Heut kann er's brauchen!“

„Is schon wahr, ja . . . schlafen muß man doch auch wieder einmal.“

Verwundert sah der Alte seinen Buben an, als wäre ihm die Wechselbeziehung zwischen einer Flasche Wein und Romans Schlafbedürfnis nicht völlig klar.

„Schlafen? Ja hast denn net schlafen können, droben? D' Arbeit muß dich wohl müd gmacht haben!"

„Und ghörig auch noch!" murrte Roman zwischen Kauen und Würgen. „Aber die Lackeln in der Holzer=stub, die schnarkeln ja . . . das muß man gewöhnt sein, wenn man schlafen will dabei! . . . Und daheim? . . . Wie schaut's denn daheim allweil aus?"

„Gott sei Dank, jetzt is wieder Fried." Lachend erhob sich der Alte. „Der Untersuchungsrichter . . ."

„Weiß schon!" fiel ihm Roman gereizt ins Wort. „Da hab ich mir schon gnug davon ghört."

„So? . . . Und der Hanspeter macht sich wieder. Und Ruh geben, mein' ich, tut er auch, jetzt! Heut haben f' ihm vom Bezirksamt ein Abnotti gschickt . . . jetzt is 's gar mit'm Predigen . . . jetzt haben f' ihm ein Riegel vor'n Schnabel glegt."

„Das därf aber ein fester sein, sonst hebt er net!" stieß Roman in wachsender Gereiztheit vor sich hin, während er sein Glas aus der Weinflasche füllte, welche die Magd ihm gebracht hatte. „Und ebbes Gscheibers hätt ihnen einfallen können beim Gricht, als daß f' dem Hanspeter 's Predigen verbieten! D' Leut kunnten 's brauchen." Er stürzte den Wein hinunter und wartete, bis die Magd aus der Stube war; dann drehte er sich plötzlich auf dem Sessel um und fragte den Waldhofer mit einer Stimme, die er mühsam in Ruhe hielt: „Is's wahr, Vater . . ."

„Was?“

„Daß der Staudamer-Mickei bei die selbigen da=
beigwesen is, die im Pfarrhof d’ Fenster eingschlagen
haben?“

„D’ Leut sagen’s. Aber es is nix dran,“ erwiderte
der Alte mit dem Ton der Überzeugung. „Dein Julerl
hat Zeugschaft abgeben, daß er unschuldig is.“

„. . . Hat s’ ebba d’ Wahrheit gsagt . . . oder
hat s’ . . .“ Roman konnte nicht weiter sprechen. Seine
zitternde Hand griff nach der Flasche. Er füllte das
Glas, bis es überlief und so gierig trank er, als wäre
in ihm der Durst so heiß, daß ihm das zehrende
Feuer durch die Kehle heraufschlug bis in die Augen.

Eine Weile war’s still im Zimmer, und man
hörte nur das Ticken der Schwarzwälderuhr.

Nun kam der Waldhofer auf seinen Buben zu=
gegangen und puffte ihn mit der Faust in den Rücken.
„Geh, du Narr du!“ schalt er mit halb bezwungenem
Ärger. „Wie kannst denn vom Julerl so ebbes
denken! Die darf man bloß anschauen . . .“

„Und da weiß man . . .“ Den Nachsatz verschluckte
Roman.

„Druck net so umeinander!“ brummte der Alte.
„Ich weiß eh schon, was los is mit dir.“

Erschrocken sah Roman zum Vater auf. Doch er
schwieg.

„Gstritten hast dich halt mit ihr! Gelt, daß ich’s

am Sonntag derraten hab? Warum hast es denn laugnen müssen?"

Roman atmete auf. „No ja, so . . ."

„Was, so? Und unrecht mußt auch haben! Sonst wär net 's Madl seit vier Tåg an jedem Abend hergrennt in Waldhof."

„. . . . So?"

„Ja, so! Nachgeben tut allweil, wer im Recht is. Wer unrecht hat, is bockbeinig! Drum mach mir keine Gschichten, Bub, und schau, daß alles wieder auf gleich kommt. 's Grobsein kannst dir aufsparen, bis gheirat is! Und gar so schiech wird's ja net gmeint sein mit enferer Streiterei . . . wie sie's halt machen, die verliebten Gockeln! Gib ihr halt ein Bußl, und alls is wieder gut!"

Roman lachte heiser und leerte das dritte Glas. „Gut kennt sich der Vater aus!"

„No ja . . . bei deiner Mutter selig hat ein Bußl allweil gholfen!" Lachend fuhr der Alte seinem Buben mit der Faust ins Haar. „Sei halt gscheit! Mit der Julerl hast es eh am besten derraten. Is ein liebs Madl! Und haben tut's auch noch was."

„Freilich, ja . . ." Roman fuhr sich mit dem Arm über die Stirne. „Besser, wie's ich troffen hab, hätt's keim net graten können!"

„Gelt, siehst es ein! Da is schon wieder alles gut! No also! . . . . Und jetzt mach ein Sprüngerl

zum Hanspeterl hinter! Wann er hört, daß daheim
bist und du kommst net, das muß ihn ja verschmachen,
den guten Kerl."

„Is wahr! . . . Und recht hat er!" Roman setzte
das vierte Glas, das er leeren wollte, unberührt auf
den Tisch zurück und ging zur Türe. „Allein wird
er ja doch sein, jetzt? Oder net?"

Da lachte der Waldhofer. „Glaubst mir ebba auch
schon an die balketen Hexengschichten? D' Hausmagd
traut sich gleich gar nimmer hinter. Und jede Nacht
verriegelt s' alle Türen, und flaschlweis sprenkelt sie
's Weihwasser umeinand. No ja, Weibsbilder halt!
Aber daß du dich fürchten kunntst . . ."

„Für so dumm wird mich der Vater doch net
halten!" brauste Roman auf und zog mit energischem
Ruck hinter sich die Türe zu.

Als er durch den Hausflur gegen Hanspeters Kammer
ging, quoll ihm aus der Küche ein scharfer Qualm
entgegen, der ihm das Wasser in die Augen trieb.
„Ja Teufel! Was is denn?" schalt er und trat in die
Küche. Beim offenen Herdfeuer stand die Hausmagd,
und während ihr selbst von dem beißenden Rauch die
Augen tröpfelten, drehte sie über der züngelnden
Flamme unter halblautem Gemurmel eine kleine, rötliche Staude hin und her, aus deren glimmenden
Zweigen dieser ätzende Qualm entströmte. „Was treibst
denn da? Bist ebba narrisch?" fragte Roman.

„Na na! Ich weiß schon, was ich tu.“ Mit der einen Hand das rauchende Stäublein drehend, wischte sich die Magd mit der anderen das Wasser aus den Augen. „In der Nacht will ich mich sicher haben. Für so ebbes is er gut, der Wachholder.“

Da riß ihr Roman den glimmenden Zweig aus der Hand und schleuderte ihn zu Boden. „Du Gans, du grupfte! Net einmal Federn hast!“ Der maulenden Magd den Rücken drehend, verließ er die Küche.

Als er den langen, finsteren Gang durchschritt, der zu Hanspeters Kammer führte, blieb er plötzlich stehen, als wäre er im Dunkeln gegen einen Balken gestoßen, der ihm den Weg versperrte.

Die Tür der Krankenstube war nur angelehnt, matter Lichtschein quoll durch den Spalt heraus, und Roman konnte eine müde, leise Mädchenstimme hören, die aus der Bibel zu lesen schien.

Er machte eine Bewegung, als wollte er umkehren. Doch der Klang dieser Stimme hielt ihn fest.

„Mein Gott, ich rufe zu dir am Tage,“ klang es aus der Kammer, „du aber antwortest nicht. Und ich rufe zu dir auch in der Nacht . . .“

Schwül atmend nickte Roman vor sich hin.

„Unsere Väter hofften auf dich, und du halfest ihnen. Ich aber bin ein Wurm und kein Mensch, ein Spott der Leute und . . .“ Lisbeth verstummte.

Da hörte man das matte, heisere Lachen des Kranken: „Lies weiter, Kindl! Da hast ein Psalmer troffen . . . der paßt auf mich. Lies weiter! Ein Leutspott bin ich und . . . was denn noch alles?"

„Geh, Hanspeter, ich lies dir ein andern lieber . . . schau, da hab ich ein bessern: Gebet um Rettung der Unschuld, ein Psalm Davids, vorzusingen auf acht Saiten . . ."

„Nix da! Nix da! D' Musi ghört ins Wirtshaus! Den andern mußt mir lesen!"

Man hörte einen Seufzer und dann die lesende Stimme wieder: „Ein Spott der Leute und . . . und ein Verachteter beim Volke. Alle, die mich sehen, spotten mein und sperren das Maul auf und . . ."

„Und schlagen zu und wetzen 's Messer! Heißt's net ebba so?" Hanspeter lachte. „Der heilig David, der hat sich auskennt mit die Leut! Müssen schon selbigsmal in der alten Judenzeit so gwesen sein! Die macht auch keiner nimmer anderst. Is der Elias dagwesen und der heilig Johannes mit sein guten Sprüchl . . . und da möcht's der Flohannes Ratzenspeck derpacken! Ah na! Ah na! Hat schon recht, der Parigraffi! . . . Lies weiter, Kindl!"

„Hanspeter . . ."

„Lies weiter! Der heilig David, der versteht sich auf b' Leut! . . . Was sagt er denn noch?"

Das Mädchen las: „O Herr, du warst meine

Zuversicht, du bist mein Gott von Mutter Schoß
an . . ."

„Freilich, ja, is wahr!" Die Stimme des Kranken
zitterte. „Von meiner lieben Mutter an . . ."

„Sei jetzt nicht ferne von mir, denn Angst ist
nahe, und hier auf Erden ist kein Retter mehr! Große
Stiere haben mich umgeben, gewaltige Ochsen haben
mich umringet . . ."

Die Stimme der Lesenden schmolz zusammen mit
Hanspeters trockenem Lachen. Das verstummte plötzlich, und man hörte die Bettlade krachen, als hätte
der Kranke sich aufgerichtet.

„Ilsabeth?"

„Was?"

„Geht ebba d' Lampen aus, weil so ein Rauchn
so ein schlechter in der Kammer is?"

Ein Weilchen war's still. Dann sagte Lisbeth:
„D' Lampen brennt gut. Den Rauchn, weißt, den
kenn ich schon . . ." Roman stand doch im finstern
Gang; aber als er diese Stimme hörte, meinte er ein
müdes, bleiches Mädchengesicht mit bitterem Lächeln
zu sehen. „Der Rauchn kommt aus der Kuchl her . . .
Abend für Abend. Leicht daß die Kammertür ein
wengl offen is?" Lisbeth erhob sich, um nach der
Tür zu sehen.

Da trat der junge Waldhofer in die Stube. „Guten
Abend beinander!" grüßte er mit etwas unsicherer

Stimme. Dann blieb er schweigend stehen und sah die
Lisbeth an, die erschrocken vor ihm zurückgetreten war.

„Guten Abend!" sagte sie leis. Und als hätte sie
sich plötzlich zu Hanspeters Meinung bekehrt, daß an
der Lampe irgend etwas nicht in Ordnung wäre, so
wandte sie sich gegen die Fensternische, schraubte den
Lampendocht ein wenig höher und wischte mit der
Schürze über den Zylinder.

In wortloser Freude, wie man in harter Stunde
einen warmen Trost empfängt, hatte Hanspeter seinem
Roman die Hände entgegengestreckt. Der faßte sie und
bekam zum Willkomm einen so ausgiebigen Druck
dieser schweren Fäuste zu fühlen, daß er mit halbem
Lächeln sagte: „Arg schwach mußt nimmer beinand
sein . . . kannst eim d' Händ noch allweil drucken, daß
man's spürt."

„Mandi . . ." Dem Hanspeter schwammen schon
wieder die Augen. „So viel müd schaust mir aus!
Und so viel plagen hast dich müssen . . . und
b' Arbeit tun für mich! So viel Unglegenheit muß
ich dir machen!"

„Geh, was redst denn!" Während Roman das
sagte, sah er zu Lisbeth hinüber, um deren Wange das
Lampenlicht eine rote Schimmerlinie zeichnete. D' Hauptsach is, daß's bei dir wieder besser ausschaut. Und
hat mir's der Vater schon gsagt, daß dich langsam
wieder aussimachst . . . weil halt so gut in der Pfleg-

schaft bist, und . . ." Er schien nach Worten zu suchen,
als müßte jetzt etwas gesagt werden, was hart über
die Zunge ging. „Was grecht is, muß man sagen,
ja . . . wird schon sein müssen, Lisbeth, daß ich bir
ein Vergeltsgott sag . . . für'n Hanspeter!"

Lisbeth schüttelte den Kopf, ließ die Schürze fallen
und fuhr mit der Hand ans Ohrläppchen, als hätte sie sich
am heißen Lampenzylinder die Fingerspitzen verbrannt.

„D' Ilsabeth . . . ich sag bir's, Mandi . . . was
b' Ilsabeth alles . . ."

„Ja ja, ich weiß schon, ja!" schnitt Roman mit
hastigem Wort das Lob ab, welches Hanspeter beginnen
wollte. Und schnuppernd hob er die Nase. „Jetzt
schau, jetzt kommt der balkete Rauchn bis in b' Stuben
da eini! Weißt, Hanspeter . . ." den Namen betonte
er, damit nur ja kein Zweifel barüber bestünde, daß
biese Aufklärung n u r für den Hanspeter bestimmt
war, „weißt, unser Hausmagb hat ein Endl Selch-
fleisch in Rauchfang auffighängt, und da hat f' Wach-
holderbaxen einigfeuert, die narrete Urschl . . . weil
f' meint, die machen ein beffern Rauchn!" Er verfuchte
über die Narretei der Hausmagb zu lachen. „'s ganze
Haus is eindampft bermit . . . fonst hat's kein andern
Wert! Na na! Gwiß net!"

Langsam hatte Lisbeth das Gesicht gehoben und sah
mit großen Augen dem jungen Waldhofer voll ins Gesicht.
Und nun lächelte sie, halb verlegen und halb in Freude.

Sie wollte ſprechen, aber Hanspeter, der ſich aus den Kiſſen aufgehoben hatte, kam ihr zuvor: „Gelt, Jlſabeth! Gelt, ich hab dir's allweil gſagt ... und da hörſt es jetzt!" Er tappte nach Romans Hand. „Weißt, Mandi ..."

„Hanspeter!" ſtammelte Lisbeth.

„Na na, jetzt ſag ich's! Weißt, Mandi, auf'n Abend allweil, wann ſo ein Rauchn gweſen is, da hat ſich 's Madl einbildt, daß ..."

Noch ehe Hanspeter ſagen konnte, w a s ſich Lisbeth eingebildet hatte, fing Roman ſchon zu lachen an. Sonderlich luſtig klang dieſes Lachen freilich nicht. Aber gerade mit dieſem ſonderbaren Klang ſchien es anſteckend zu wirken, denn Lisbeth verſuchte mitzulachen.

Hanspeter machte verwunderte Augen und meinte: „Ich hab ja noch gar nix gſagt."

„Is ſchon gut, ja!" ſtotterte Roman. „Aber ... aber weißt, Jlſabeth ... ein bißl nötig wär's ſchon bald, daß man dich ein wengerl ausſiräuchern tät, damit doch auch wieder ein Stündl heimkommſt und dein Ruh haſt ... ſchlafen müſſen wir auch wieder einmal!" Seine Stimme wurde ruhig und warm. „Brauchen tuſt es! Du z' allererſt! Man ſieht's dir ja am müden Gſichtl an. Hat mir's auch der Hüterbub ſchon gſagt. Und ſchau, jetzt bin ja ich da, wenn der Hanspeter in der Nacht ..."

„Na na, ich bleib schon da!" fiel Lisbeth hastig ein. „Du hast die ganze Woch hart schaffen müssen und därfst dein Schlaf net graten. Aber ich . . . mir macht's nix!"

„Jetzt folgst mir, Ilsabeth, und gehst heim!" erklärte Roman energisch. „Mußt dich net ganz runieren auch noch! So viel Einsehen wird der Hanspeter selber haben."

„Aber gwiß!" stammelte Hanspeter, obwohl seine Augen an Lisbeth hingen, wie die Augen des Hungernden am Brot. „Hab ihr's ja selber schon allweil gsagt."

Schweigend, als gäbe es gegen eine so entscheidende Stimme, wie die des jungen Waldhofers, keine Einwendung, band Lisbeth ihr Kopftuch um und kramte ihr Nähzeug zusammen. Dann sagte sie Roman alles, was er wissen mußte, um den Hanspeter richtig pflegen zu können: „Schau, da steht 's Flaschl mit der Medazin, da liegt der Löffel, und da kriegt er jedes zweite Stündl ein guten Löffel voll. Um siebne hat er 's letztmal kriegt . . . wenn's neune schlagt, da kriegt er wieder. Und da, schau, da steht 's Trinkwasser mit'm Zitroni= saft. Da kriegt er, wenn er dürsten tut . . . nach Bedarf, hat der Herr Dokter gsagt. Aber wann er einschlaft, braucht er nix, da muß man ihn schlafen lassen, hat der Herr Dokter gsagt, weil der Schlaf die beste Medazin is, weißt!"

„Ja ja, das glaub ich!" seufzte Roman. „Ein gsunder Schlaf . . . da vergißt er alls, der Mensch."

Das Päcklein mit dem Nähzeug unter dem Arm, trat Lisbeth zu Hanspeter und strich ihm mit der Hand über die Wange. „Pfüe Gott, Peterl! Und laß dir besser gehn! Und tu mir net viel reden, gelt! Und schau, daß d' schlafen kannst, recht gut und fest!" Sie beugte sich nieder und dämpfte ihre Stimme zu leisem Geflüster: „Und tu dir kein Kummer net machen! Und was man dir heut da gschrieben hat, das laß dich net gar so anfechten, schau! Die Herrn beim Gricht, die wissen halt net, wer bist. Sonst täten s' dich belobigen, statt daß man dir ein Abnotti schickt."

Mit nassen Augen sah Hanspeter zu Lisbeth auf. „Ja ja, lassen wir's halt gut sein! . . . Tauset Geltsgott, Kindl! . . . Und tu mir d' Mutter grüßen!"

Als Lisbeth ging, fuhr Roman, der mit den Augen an ihr gehangen, wie ein Erwachender auf. Und streckte die Hand. „Gut Nacht, Ilsabeth!"

Sie hob die Augen zu ihm und legte zögernd ihre Hand in die seine. „Vergeltsgott!" sagte sie leis.

Er schien dieses Wort nicht zu begreifen. „Warum sagst denn allweil Vergeltsgott . . . zu mir?"

Die Augen senkend und ohne zu antworten, löste sie ihre Hand und verließ die Stube.

Roman bohrte die Fäuste in die Joppentaschen und sah mit verdrossenem Blick die Türe an, die sich hinter Lisbeth geschlossen hatte. Dann wandte er langsam das Gesicht zu Hanspeter. „Wär am End doch gscheiter gwesen, 's Madl wär dablieben?" Doch bevor er noch eine Antwort hatte, fuhr ihm schon ein neuer Gedanke durch den Kopf. „Oder meinst net, daß ich 's Madl heimführen sollt? Wegen die Buben im Ort halt, weißt!"

Hanspeter schüttelte den Kopf. „D' Ilsabeth braucht kein Wegmacher. Wenn unser Herrgott auch für mich kein Zeit hat . . . mit der Ilsabeth geht er, ja!"

„Freilich, ja! Und besser als unser Herrgott kunnt ich's auch net machen." Roman trat ans Fenster, wischte den Taubeschlag von den Scheiben und guckte in den dunklen Abend hinaus. Als er den dumpfen Schlag der Haustür hörte, nickte er vor sich hin und preßte die Hand an den Hinterkopf. „Ja ja! So geht's halt!" Seufzend ließ er sich auf einen Sessel nieder und drückte die Hände in den Rücken, als begänne er alle Ermüdung, die das grobe Tagewerk der Woche in seinen Gliedern angesammelt hatte, erst jetzt so ganz und richtig zu spüren.

„Manbi? Bist müd?"

„Na na! Ich bleib schon da, daß dein Medazin in der Ordnung kriegst, wie's b' Ilsabeth angeben hat. Und heut is Ruh im Haus . . . wirst sehen, Peterl, heut schlafst dich gut!"

Hanspeter gab keine Antwort.

Nach einer Weile fragte Roman: „Was hat dir denn b' Ilsabeth grad zugwispert . . . von die Grichts-

herrn, und daß dich net kümmern sollst? Freilich, hat
mir auch der Vater schon ebbes gsagt . . ."

„Lassen wir's gut sein, Mandi!" unterbrach ihn
Hanspeter mit langsamem Wortgetröpfel. „Verbieten
tun s' mir's halt, daß ich diemal ein Wörtl zum Guten
red! . . . No ja, wird halt net anderst sein dürfen!
Wie s' ihn gmacht haben, den Parigraffi, so is er halt.
Wird halt mit die Sachen auch so sein wie mit die
Leut: so sind s' einmal, und so muß man s' haben! . . .
Hat schon recht, der Herr Pfarr! Lassen wir halt die
nacketen Spatzerln im warmen Nestl! Is gscheiter!
Bei die Schlechten wird keins net flieget, und die Guten,
die brauchen's net." Das Gesicht in den Kissen drehend,
tastete er nach Romans Hand. „Schau, heut bin ich
eh schon zfrieden, weil ich d i ch wieder hab! . . . Jetzt,
Mandi, jetzt bist es wieder! Und so viel gut haft
gredt mit der Ilsabeth!"

Roman, der nur halb zu hören schien, hatte die
Lider geschlossen, als wäre brennender Schmerz in
seinen Augen. Aber der Klang dieses Namens machte
ihn munter. „Ich? Mit der Lisbeth?" fragte er
stotternd. Und murrte: „Geh, was dir einfallt! Ich
hab halt gredt, wie man redt unter Leut . . . und kein
bißl net anderst."

„Na na! So viel gut bist gwesen mit ihr! Und
da sag ich dir Vergeltsgott, schau! Jetzt, Mandi, jetzt
bist mir wieder auf gleich . . . jetzt hast es wieder, d' Lieb."

Es war ein unglückseliges Wörtlein, das Hanspeter da gefunden hatte. Denn Roman fuhr in galligem Mißmut auf. „Laß mich nur grad mit der Lieb in Ruh!" Er stapfte auf die Türe zu, als möchte er vor diesem boshaften Wort davonlaufen. Doch halb in der Kammer machte er wieder Kehrt, legte die Hände auf den Rücken und betrachtete seufzend eines von den kleinen Schweizerhäuschen an der Wand, dessen Fensterlein in der matten Lampenhelle ganz heimlich funkelten.

Es dauerte lang, bis Hanspeter in seinem Schreck und Kummer den Mut zu einer Frage fand. „Mandi?... Ja sag mir doch um Christi Lieb . . ."

„Stad sollst sein! Net reden därfst, hat d' Ilsa= beth gsagt."

Hanspeter machte eine beschwichtigende Bewegung und drückte die Hand auf seinen Mund.

Noch eine Weile stand Roman inmitten der Kammer wie einer, der nicht weiß, wozu er auf der Welt ist. Dann setzte er sich auf das Fußende des Bettes und lehnte sich in bleierner Müdigkeit gegen das Brett der Bettlade.

Eine schweigsame Viertelstunde verging.

Als es neun Uhr schlug, erhob sich Roman und füllte aus der Medizinflasche den Löffel, bis er überlief.

„Peterl, jetzt kriegst! . . . Mach auf!"

Hanspeter öffnete den Mund und schluckte. Und

weil er nicht reben durfte, dankte er nur mit einem nassen Blick und wischte mit zitternder Hand von Kinn und Hals die Medizin fort, welche Roman verträufelt hatte.

Nun wieder Stille in der Kammer, in der man noch immer den scharfen Harzduft der verbrannten Wacholderzweige spürte. Dieser Rauch und dieses Schweigen schienen auf Roman, der seinen Platz am Fußende des Bettes wieder eingenommen hatte, eine betäubende Wirkung auszuüben. Immer wieder, wenn ihm die Augen zugefallen waren, tat er mit dem Kopf einen jähen Nicker, der ihn weckte. Er drehte den Schnurrbart, klopfte mit den Fäusten auf die Knie, rieb sich die Nase — alles Mögliche tat er, um sich wach zu erhalten. Aber die Müdigkeit in ihm war

stärker als das Pflichtgefühl der ‚Pflegschaft‘, die er
übernommen hatte. Immer schwerer sank ihm der
Kopf auf die Schulter, und langsam glitt er nach der
Seite über das Bett hin, so daß er schwer auf Hanspeters Knie zu liegen kam.

Eine Stunde um die andere verging. Roman schlief.
Und Hanspeter — obwohl er unter der Last, die seine
Knie zu tragen hatten, das ‚Sandlaufen‘ in den Beinen
bekam — rührte sich nicht, um nur ja den Schlummernden nicht zu wecken.

Es war schon Mitternacht vorüber, als Roman
im Schlaf erregt zu murmeln begann. Und plötzlich
fuhr er auf. „Was is denn?" stammelte er schlaftrunken.
„Ilsabeth? . , . Wo bin ich denn da?"

„Bei mir bist, Mandi!" sagte Hanspeter und reckte
langsam die Beine. „Und schau, sei gscheit, geh lieber
auffi in dein Kammerl!"

„Na na, ich bleib schon da und tu dich pflegen."

„Wann ich aber nix mehr brauch! So viel Schlaf
hab ich, schau . . . und wann ich allein bin, kunnt ich
besser schlafen. Tust mir ein Gfallen, wann d' auffigehst."

„No ja, meintwegen . . . dir z'lieb halt!" Mit
diesen lallenden Worten taumelte Roman zur Türe,
halb schon wieder vom Schlaf umsponnen.

„Und morgen in der Fruh . . . gelt, sagst beim
Vatern, daß er vor der Kirch ein Sprüngl einikommt
zu mir. Ich hätt ebbes z'reden mit ihm."

„Ja ja, sag's ihm schon! ... Gut Nacht, Ilsabeth, und laß dir's besser gehn!“

Hanspeter lachte ein wenig. „Gottsliebe Nacht, Mandi!“ Und als die Türe sich geschlossen hatte, atmete er auf, als wäre ihm wirklich ein Gefühl des Wohlbehagens damit erwiesen, daß Roman seine Ruhe suchte. „Gott Lob und Dank, daß er auffi kommt! Heut braucht er sein Schlaf. Lauft ihm schon alles durcheinander. Sagt er gar Ilsabeth zu mir!“ Er drehte sich auf die Seite und ließ sein mattes Lachen in die Kissen versinken.

Doch lange lag er nicht ruhig. Von einer Seite wälzte er sich auf die andere. Und seufzte immer wieder, als läge ihm ein drückender Fels auf der Brust.

Die Lampe begann zu rauchen, ein Räuber glühte an ihrem Docht, immer trüber wurde ihr verschmach-tendes Flämmlein, immer übler der Geruch, mit dem ihr Qualm die Stube erfüllte.

Und immer mühsamer atmete Hanspeter. Aber das machte nicht der Rauch der Lampe — das machte der Sorgenqualm, der ihm den Kopf und das Herz erfüllte. Und was ihm die Brust beinahe zersprengen wollte, stieg ihm mit raunenden Worten auf die Lippen. „Grad ihr Häusl ... wenn f' ihr nur grad ihr Häusl lassen täten! Was soll's denn anfangen, das arme Weibets, wann's kein Dach und Ofen nimmer hat! Was soll's denn an-fangen?“ Er setzte sich in den Kissen auf, und die Hände

ineinanderkrampfend, sah er mit schwimmendem Blick
hinauf zu der vom Lampenrauch umnebelten Stubendecke.
„Lieber Herrgott! Du mein lieber Herrgott! Schau,
dein Gsell in der Lieb bin ich gwesen von meiner Mutter
an! Bist mein Zuversicht und bist mir alles! Jetzt lus
ein bißl auf! Jetzt muß ich dir ebbes sagen . . .“

Dem Betenden begannen die Augen zu tröpfeln.
Während er so im Bette saß, krumm gebeugt, und
murmelnde Zwiesprach hielt mit seinem Herrgott, wurde
es in der Kammer immer trüber und dunkler.

In der Lampe war nur noch ein kleines, bläuliches Flämmchen. Nun fing es zu zucken an, und das
gab ein Geräusch, als fielen schwere Tropfen rasch
nacheinander auf linden Boden.

Immer leiser und immer langsamer klang dieser
seltsame Schwanengesang des sterbenden Lichtleins.

Und jetzt erlosch es.

10.

An diesem Sonntagmorgen erging es dem jungen Waldhofer, wie es am letzten Sonntag in der Früh dem Hanspeter ergangen war: man mußte mit Fäusten an die Türe seiner Stube trommeln, damit er nicht die Kirchenzeit verschlief.

„He! Bub! Was is denn mit dir? Willst ebba heut ins ander Säkuli ummischlafen?

Als Roman sich halb ermunterte und die Stimme des Vaters erkannte, schoß ihm eine unklare Erinnerung durch die schlafschweren Sinne. „Du! ... Vater!"

„Was?"

„Jetzt weiß ich net ... in der Nacht, mein' ich, hat

der Hanspeter ebbes gsagt, als wann er reden möcht mit dir . . . geh, sei so gut und schau ein bißl eini!"

„No ja, meintwegen! Und du, Bub, tummel dich! Es is ebbes da für dich . . . da kannst dein Freud dran haben!"

Lachend ging der Waldhofer über die Stiege hinunter und gleich in Hanspeters Kammer. Da spürte man noch allen Qualm, den die ausgebrannte Lampe zurückgelassen. „Sakra, hat's da herinn ein Tüftl!" Der Waldhofer riß das Fenster auf; und weil auch die Türe noch offen stand, blies die frische Morgenluft mit kräftigem Hauch in die Stube. Ein Bündel Sonnenstrahlen flimmerte mit schrägem Band durch das Fenster herein und warf über die Lodenkotze des Bettes, über die geblumten Kissen und über die Brust des Kranken ein Zitterspiel von goldigen Lichtern. Hanspeters Gesicht lag im Schatten eines Kissenzipfels, doch seine Nase bekam von der Sonne noch etwas ab — und das war ein merkwürdiger Anblick: dieses leuchtende Knöpflein inmitten des grauen, übernächtigen Gesichtes mit seinen grünen und bläulichen Sprenkeln, mit den schwarzen Ringen des Lampenrußes um die Augen, um die Lippen und um die Nasenlöcher. Es war dem Waldhofer nicht zu verdenken, daß er bei diesem Anblick lachen mußte. „Ja Mensch, du schaust ja aus wie der Stieglitz, eh daß er b'Federn schiebt!"

Hanspeter hatte sich aufgerichtet, haschte mit zittern-

den Händen den Bürgermeister am Rockflügel und zog
ihn zu sich ans Bett. „Waldhofer, schauts . . . um
Christiwillen, tuts mir ein einzigen Gfallen!“

„Was denn? So red halt!“ Der Waldhofer lachte
noch immer. In so lustiger Stimmung fiel es ihm
schwer, den stammelnden Kummer des Kranken ernst
zu nehmen.

„Tuts mir den Gfallen . . . wenn heut in der
Gmein um der Nannimai ihr Häusl ghandelt wird . . .
tuts mir den Gfallen, Waldhofer, und redts für das
arme Weibl ein Wörtl in der Güt!“

„No ja, meintwegen! Aber wie halt die andern
reden, weiß ich net.“

„Geld is Geld, Waldhofer! Mein Geld is gut!
Tuts abstimmen lassen über mein Antrag!“ Immer
kräftiger zog Hanspeter am Rockflügel des Bürgermeisters. „Fufzg Markln hab ich boten . . . mehrer
hab ich net, sonst tät ich mehrer geben . . . aber fufzg
Markln, die hab ich! Im Kasten hab ich s', fufzg
Markln! Soll ich s' enk ebba gleich mitgeben . . .
fufzg Markln hab ich . . . wart ein bißl . . .“

Hanspeter wollte Ernst machen und aus dem Bette
springen. Aber lachend schob ihn der Bürgermeister
in die Kissen zurück. „Jetzt gib doch ein Fried, du
Narr! Und laß dein Geld im Kasten! Und reiß mir
nur grad den Rock net auseinand!“

„Waldhofer . . . schauts mich an, Waldhofer . . .

wenn ebba 's Geld net gnug wär, fufzg Markln net
gnug . . . so schauts mich an . . ." Hanspeter zerrte
an der Brust das Hemd auseinander, „schauts mich an
und laßts mein Blut und mein Wehdam ein wengl
mitzahlen . . . Blut is noch besser wie Geld . . ."

„No ja!" Halb lachte der Bürgermeister noch. Aber
der Anblick dieses buntgesprenkelten Märtyrers, der
seine Wunden für die Not eines armen Weibes betteln
ließ, schien ihm doch ein wenig ans Gemüt zu greifen.
„Bist ein guter Kerl! Und jetzt gib dich zfrieden!
Wenn die andern net ihre bockbeinigen Schädeln auf=
setzen, laßt sich vielleicht ebbes richten. Ich tät's schon
dem guten Madl z'lieb, daß ich der Alten ein Gfallen
derweiset. Und dir z'lieb, Peterl! Aber no, wie's halt
geht . . . der Burgermeister is allweil der letzt in der
Gmein. Wie die andern den Weg machen, so muß er
laufen. Aber laßt sich die Gmein ebbes sagen von
mir, so soll die Alte ihr Häusl bhalten. Und pfüet
dich Gott jetzt."

Das war nun freilich ein magerer Trost. Aber ein
Trost war es doch, und Hanspeter atmete ein wenig
leichter. Er dachte auch an die Zwiesprach, die er in
der Nacht mit seinem Herrgott gehalten — und just,
als wollte ihm der Himmel eine deutliche Antwort
geben, so fingen im gleichen Augenblick die drei Glocken
des Kirchturms zu läuten an. Zusammen mit der
hellen Morgensonne schwammen die hallenden Klänge

durch das offene Fenster in die kleine Stube herein, daß sie ganz erfüllt war mit Licht und schwebendem Getön.

Hanspeter nahm das wie ein Wunder. Seine müden Augen glänzten auf, während er das gesprenkelte Gesicht bekreuzte und dann die Hände ineinander legte. „Heut, mein' ich, heut nacht, da hat er aufgluft! Gwiß! . . . So hab ich meiner Lebtag noch net läuten hören!" —

Auch der Waldhofer, draußen im dunklen Gang vor der Türe, dachte sich etwas, als er die Glocken läuten hörte. Der dachte: „Ja is denn schon Viertel auf neune?" Er sah nach der Uhr. „Natürlich, wieder läuten s' um fünf Minuten z'früh!"

Als er in den Hausflur kam, stieg Roman in seinem Sonntagsstaat gerade die Treppe herunter.

„Aber Bub! Was hast denn trieben so lang?" fragte der Alte verwundert. „Und ich hab mir denkt, du bist schon lang in der Stuben drin?"

„In der Stuben? . . . Ah so?" Mit seltsam unruhigem Blick sah Roman den Vater an. „Was soll denn das ebba sein . . . was da is für mich, zum Freud dran haben?"

Lachend faßte ihn der Waldhofer bei der Joppe. „Schau selber! Und geh halt eini dazu!" Die Türe der Wohnstube öffnend, gab er seinem Buben einen Schubbs. „So! Kreuz drüber! Jetzt machts enkern Frieden mit einand!" Und lachend ging er davon.

„Ah, da schau!“ stotterte Roman in der ersten Freude. Doch diese Freude hatte eine merkwürdige Ähnlichkeit mit ratlosem Schreck.

Auf der Wandbank, mitten in der schönsten Sonne, saß die Staudamer-Julei. Wie ein lebendig gewordenes Farbenkästlein war sie anzusehen: um die Schultern das buntgeblumte Fransentuch, auf dem Hütlein ein Sträußchen der roten Geranien, die zur Winterszeit in den Stuben blühen, und um den Schoß die Seidenschürze gebauscht, die in der Sonne bald blau wie der Himmel, bald rot wie Feuer schillerte. Ihr Hals und ihre Brust war ganz umzittert vom Gefunkel der silbernen Kettlein und Schaumünzen. Und unter dem Schatten der Hutkrempe blühte dieses mollige, rosig verlegene Grübchengesicht, in den frommen Taubenaugen glänzte der sanfteste aller Unschuldsblicke, und ein süß verschämtes Lächeln spielte um das kirschrote Kindermäulchen — ein Tischlein, das gedeckt ist für den Verliebten.

Doch Roman stand wie ein Klotz bei der Türe, Stirn und Wangen von dunkler Röte übergossen.

„. . . . . . Du bist da?“

Sie nickte. Und während sie unter der Hutkrempe hervorblinzelte, strich sie mit der Hand über die knisternde Seidenschürze. „Is net ’s erstemal heut!“

„So? . . . Freilich is wahr, hat mir’s ja der Vater gsagt!“

Julei schwieg. Sie legte nur das hübsche Köpfchen ein wenig auf die Seite — und lächelte.

Da schien sich zu Romans Erregung noch die Verwunderung zu gesellen. Wieder etwas Neues an ihr: dieses Lächeln! Das kannte er nicht.

Noch immer schwieg sie, als hätte sie auf irgend etwas zu warten. Weil aber nichts geschah, verzog sie den roten Mund, wie es verdrossene Kinder tun. „Geh, du!" Dann sagte sie ernst: „Eins muß doch nachgeben! . . . Gib halt ich nach!" Sie erhob sich, streckte die Hand und ging auf Roman zu.

Der sah in der Stube umher, wie einer, der etwas vermißt. Und stotterte: „Wo hast denn d' Mutter?"

In Juleis sanften Augen zuckte ein Blitz des Ärgers auf. „Bin dir ebba ich allein net gnug?"

„Ja, schon . . . aber . . . du allein, das bin ich halt gar net gwöhnt."

„Weil ich der Mutter davon bin . . . dir z'lieb!" Ganz Sanftmut war sie wieder. Und während sie immer die Hand gestreckt hielt, lispelte sie verlegen: „Wenn ich mein Unrecht eingesehen hab . . . und wenn ich dir abbitten tu . . . da kannst doch auch nimmer so sein? . . . Oder ja?"

Zögernd nahm er Juleis Hand.

Und da lächelte sie rosig zu ihm auf. „Bist mir wieder gut?"

„Freilich, ja!"

„Magst mich noch gern?“

„Aber freilich, ja!“

„Schatzl . . .“ Sie schmiegte sich an ihn und wollte den Arm um seinen Hals legen.

Aber da ging er und nahm seinen Hut von der Ofenstange. „Jetzt müssen wir uns tummeln, sonst kommen wir zum Segen z’spat. Zsammgläut haben s’ schon.“

Dieser jähe Abbruch der Versöhnungsfeier schien Julei nicht zu beunruhigen. Lächelnd sah sie mit ihren unschuldigen Augen an ihm auf und nieder, und meinte mit sanfter Gefügigkeit: „Weil gar so viel fromm bist . . . müssen wir halt gehn!“

„Freilich, ja!“ Er drückte den Hut übers Haar. Doch als er schon die Türklinke in der Hand hielt, sah er mit verstörtem Blick in Juleis Gesicht. Und seine Stimme zitterte. „Eins mußt mir noch sagen, Julei!“

„Was denn?“ Sie lächelte. „Heut därfst alls von mir verlangen.“

„Is das wahr, daß . . . daß enker Mickei bei der Lausbüberei dabei gwesen is, die s’ am Herrn Pfarr verübt haben?“ Er bohrte die funkelnden Augen in ihr Gesicht, als sollte ihm nicht die leiseste Bewegung ihrer Mienen entgehen.

Aber Julerl wurde nicht rot, sie wurde nicht verlegen und erschrak nicht. Ruhig hielt sie den Spür-

blick seiner Augen aus und sah ihn verwundert an,
als verstünde sie den Sinn seiner Frage nicht recht.
Dann schüttelte sie ernst das liebliche Köpfchen, und
langsam, wie ein Kind, das zu denken anfängt, sagte
sie: „Jetzt ob er dabei gwesen is oder net, da bin ich
mir selber net gwiß. Zutrauen dürft man's ihm
schon . . . so einer is er, ja. Wenn's aber wahr is,
was d' Jungfer Kathrin aussagt, daß d' Fensterscheiben
um Eins in der Fruh rum gscheppert haben, so muß
er unschuldig sein."

„So?"

„Ja! So viel Kümmerniß hat's mir gmacht, daß
mir harb bist, weißt . . . und gar net schlafen hab ich
können . . . am Sonntag auf d' Nacht. Und da hab
ich's hören können, ganz gnau, wie er heimkommen is.
Schlaf ja bei der Mutter in der Kammer, das weißt
doch . . ." Sie seufzte und schmunzelte ein wenig.
„Und da hört man alls, was im Hausgang gschieht.
Ja . . . und erscht dernach hat's zwölfe gschlagen . . .
auf unserer Uhr in der Stuben draußt. Mehr hab
ich net aussagen können."

„Julei? . . . Und das is wahr?"

„Aber gwiß!" beteuerte sie ehrlich und sah ihm
in die Augen auf jene Art, die man ‚treuherzig‘ zu
nennen pflegt.

Da konnte Roman, als wäre er der Schuldige,
ihren Blick nicht mehr aushalten. Schwül atmend

starrte er vor sich nieder und rückte den Hut. „No ja
... da is nix z' machen ... müssen wir halt gehn!"
Er öffnete die Tür und trat in den Flur hinaus.

Schmunzelnd ging Julerl hinter ihm her und
schob ein ganz klein wenig die feine rosige Zungenspitze
zwischen den Lippen hervor.

Im Hausgang blieb Roman unschlüssig stehen und
griff an alle Joppentaschen, als hätte er irgend etwas
Wichtiges vergessen. „Richtig ja ... zum Hanspeter
muß ich noch hinterschauen, wie's ihm geht."

Aber da faßte ihn Julerl flink am Joppenzipfel.
„Haben ja schon zammgläut! Kommst ja zum Segen
z'spat!" Ganz harmlos fügte sie bei: „Und der Hanspeter hat ja die beste Pflegschaft."

„Freilich, ja! ... Wird schon wieder da sein, die!
... Is gscheiter, ich bleib davon."

Mit dem Kopf voran, als ging es durch Sturm
und übles Wetter, marschierte Roman in den sonnigen
Morgen hinaus und schlug dabei einen Schritt an,
daß Julei beinahe trippeln mußte, um sich an seiner
Seite zu halten.

Auf der Straße — wollte sie seine Eile zügeln,
oder war's eine Regung ihrer Zärtlichkeit? — schmiegte
sie sich im Schnellschritt an seinen Arm und faßte seine
Hand.

Roman wich auf die Seite, als wäre ihm Feuer an
die Finger geraten. „Das laß gut sein! Weißt es ja:

so ebbes mag dein Mutter net leiden. Und auf der Straßen! Daß uns d' Leut auslachen!"

Und die Straße war doch leer! Von allen Kirchgängern waren sie die letzten.

Schweigend hatte Julei diese Abfertigung hingenommen. Erst nach einer Weile schmollte sie: „Geh, du! So viel nachträgerisch bist!"

„Ich bin halt, wie ich bin. Und umbrazeln kann ich mich net. 's Liebste wär mir ..." Er verstummte, und immer hastiger wurde sein Schritt.

Die Sonne schien warm, aber lange nicht so heiß, daß man eine nasse Stirn bekommen konnte. Und dennoch nahm Roman immer wieder den Hut ab und fuhr mit dem Taschentuch über das Gesicht und rings um den Hals. Diese Hitze, die in ihm kochte, schien sich zu steigern, je näher sie der Kirche kamen.

Ein um's anderemal sah ihn Julei von der Seite an. Immer forschender, immer unruhiger wurde ihr Blick. „Schatzl! Was hast denn?" fragte sie endlich, alle Zärtlichkeit einer liebenden Seele in der Stimme. „Geh, sag mir's!"

„So viel Sorgen hab ich!" fuhr's ihm mit galliger Verdrossenheit heraus. „Jetzt liegt der arme, gute Mensch daheim, und 's ganze Haus is leer ... wenn er ebbes braucht!"

„Der hat ja sein Pflegschaft. Oder net?"

„Was weiß denn ich!" Mit zornblitzenden Augen

sah Roman sein sanftes Bräutlein an. „Die kann ja
grad so gut in der Kirch sein! Telegraphiert hat s' mir's
net. Und hast mich ja net hinter gehn lassen und schauen."
Wieder fuhr er mit dem Taschentuch über die Stirne.
„Und jetzt kann er daliegen, der arme Hascher, allein
und verlassen!"

Juserl blieb stehen und blickte lächelnd zu ihm auf.
„Wenn keins daheim is, da kunnten ja wir zwei heim=
gehn . . . und den Hanspeter pflegen? Wär ein christ=
lichs Werk!"

„Du und ich? . . . Da dank ich schön! Das wär
die richtige Pflegschaft!" Mit treibenden Schritten
marschierte er der Kirche zu. „Hoffentlich wird s' dabei
sein . . . und net in der Kirch!"

Bei seiner Eile war Julei ein Stücklein zurück
geblieben. „Mußt ja an ihrem Stuhl vorbei!" Sie
kicherte. „Da siehst es ja."

Er sah über die Schulter, lachte heiser und machte
noch längere Schritte. Julei mußte trippeln, um
gleichzeitig mit ihm den Friedhof zu erreichen. Bei
der Kirchentüre, vor welcher all die Frommen standen,
die in der Kirche keinen Platz finden wollten, gab es
ein kleines Gedränge, bis Roman durchkam. Julei
hatte sich an seine Joppe geklammert, und lachend gab
sie die Püffe, die sie von beiden Seiten bekam, mit
den Ellbogen zurück. Da sah sie zwischen den anderen
Köpfen das spöttisch schmunzelnde Gesicht des Mickei.

Noch immer lachte sie, aber ihre Taubenaugen schossen einen Zornblick nach dem Knechte.

Beim ersten Schritt in die Kirche spähte Roman nach den Betstühlen im hintersten Winkel. Zwei Plätze waren leer. Aufatmend — denn an leeren Plätzen geht man leicht vorüber — tauchte er die Hand in das Weihwasserbecken, nickte seinem Bräutlein ein kurzes ‚Pfüet dich‘ zu und huschte über die Stiege zur Emporkirche so flink hinauf, als ging es zum Tanzboden.

Julei mußte, weil die Plätze des Staudamerhofes in der ersten Reihe waren, durch die ganze Kirche nach vorne gehen. Mit niedergeschlagenen Augen, sittsam wie es der Unschuld eigen ist, und ohne das Röcklein nur um das leiseste Schwenkerchen zu drehen, wanderte sie zwischen all den musternden Augen hindurch. Wer sie ansah, mußte an ihr sein Wohlgefallen haben. Nur Herr Felician Horadam — er stand im weißen Chorhemd schon auf der Kanzel — runzelte die Stirne. Just hatte er die Predigt beginnen wollen; doch als er die verspätete Kirchgängerin sah, wartete er, bis sie ihren Betstuhl erreichte. Hier empfing die Staudamerin ihr frommes Töchterlein mit einem wütenden Blick.

Und nun bekreuzte sich Herr Felician und sprach das Gebet vor der Predigt.

Eine seltsame Spannung schien in der Kirche zu herrschen; auf vielen Gesichtern sah man ein leises Lächeln, auf anderen den Ausdruck einer unruhigen

Scheu. Kein Wisperlaut; aber man drehte die Köpfe, und die Augen redeten. Alle erwarteten, daß es heut

eine ganz besondere Predigt geben würde — ungefähr wie jene, die Herr Felician an dem ereignisvollen Sonntag bei der Kirchenmauer gehalten. Die eingeworfenen Fensterscheiben und den blutig gestochenen Apostel der christlichen Nächstenliebe würde der Hochwürdige sicher nicht mit Schweigen übergehen. Und noch etwas anderes reizte die allgemeine Spannung. Das Evangelium dieses Sonntags lautet „Jesus treibt einen Teufel aus." Das paßte! Und vermutlich hatte die Häuslschusterin recht gut gewußt, warum sie gerade an d i e s e m Sonntag aus der Kirche fortblieb.

Herr Felician Horabam aber schien es übersehen zu haben, oder übersehen zu wollen, welch ein Thema

an der Sonntagsordnung war. Denn ohne das Evangelium zu lesen, begann er gleich: „Andächtige in Christo!
Meine geliebten Pfarrkinder!" Er legte die Hände
auf die Brüstung der Kanzel, ließ noch einen Blick durch
die ganze Kirche gleiten, und als er im hintersten
Winkel die beiden leeren Plätze sah, schnitt sich ein Zug
des Kummers in sein rundes, gutmütiges Faltengesicht.
Mit müder Stimme begann er zu predigen — nicht von
einem Teufel, der ausgetrieben werden soll — sondern
von der Schöpferkraft und der alles erhaltenden, un-
versiegbaren Güte Gottes, der den Frühling erschuf, um
nach hartem Winter aller frierenden Not des Lebens
neue Wärme zu spenden, um trauernde Augen durch
den Anblick neuer Blumen zu erquicken, um das Reifen
der Früchte vorzubereiten, die den Hungernden speisen
sollen. Wie die Luft, diese Nahrung alles Lebens, auch
in die tiefsten und dunkelsten Schlünde der Erde bringt,
so quillt die schaffende Güte des Herrn mit jedem Regentropfen und Sonnenstrahl vom Himmel herab in den
Schoß der Erde und belebt in jeder Scholle die schlummernden Keime, daß sie wachsen und ihre Hälmlein
treiben, daß sie blühen und die vollen Ähren setzen.
Und was für den brachen Acker der gesunde Same ist,
der aus der Hand des Sämanns fällt, das ist für unser
schwaches und irrendes Menschenherz jeder Gedanke der
Einsicht, jede Regung der Reue nach einer Tat, die nicht
gut und recht gewesen. Das ist Gottessame, und jedes

Herz, das in der Tiefe seiner Kammern diesen Samen empfängt und keimen läßt, wird Blüten treiben und reiche Ähren tragen.

Das war sein Thema. Fast eine Stunde sprach er. Immer reicher flossen ihm die Worte, immer mehr erwärmte sich seine Stimme, immer kräftiger klang sie, und vom Schweiß seines mahnenden Eifers begann ihm das Gesicht zu glänzen. Mit beiden Händen griff er immer wieder über die Brüstung der Kanzel hinunter, als möchte er die Herzen dort unten mit Fäusten packen, um es hineinzupressen in ihre Kammern: „Seid gut! Seid gut!“

Und ein Herz, das hatte er gepackt. Denn Jungfer Kathrin weinte, daß ihre gestärkte Halsbarbe von den fallenden Tränen ganz mürbe wurde und aus der Form geriet. Und auch sonst noch manch ein altes Weiblein hatte feuchte Augen, manch ein alter Bauer nickte zustimmend vor sich hin, indem er sich dachte: „Heut macht er's gut!“ — und fromme Scheu bei halbem Verständnis in den Blicken, lauschten die Kinder, so lange sie nicht müd und schläfrig wurden. Doch auf der Emporkirche, wo die ledigen Burschen ihre Plätze hatten, da saß einer, der überhaupt nicht zu hören schien, sondern mit brütenden Augen vor sich hinstarrte und nur manchmal einen ratlosen Blick hinuntergleiten ließ zu der Stelle, wo die Plätze des Staudamerhofes waren. Die anderen Burschen aber paßten auf wie der Star auf's Pfeifen; bei jedem Wort, das sich halbwegs deuten ließ, gab's ein Gewisper und Getuschel, und als die Stunde schon fast vorüber war, da warteten sie noch immer auf die ‚Predigt‘, die erst noch kommen sollte. Auch drunten in den Männerstühlen drehte bald der eine, bald der andere das erstaunte Gesicht seinem Nachbar zu, wie um zu sagen: „Was is denn? Mir scheint, es kommt nix!"

Man soll die Menschen nicht enttäuschen. Hätte Herr Felician all diese guten, von wahrhaft christlichem Geist durchwärmten Worte an einem anderen Sonntag gesprochen, so hätte er außer der Jungfer Kathrin und ein paar alten Leuten wohl noch so manch einem anderen in seiner ‚dumperen Herzensnacht ein kleines Lichtlein aufgezunden‘. So aber schien er selbst gegen das Ende seiner Predigt zu merken, daß er mit seiner christlichen Mahnung einen Schlag ins Wasser getan und seine erwartungsvollen Schäflein nur enttäuscht hatte. Und als er das Amen gesprochen, da seufzte er aus bekümmertem Herzen und wischte sich mit seinem blau und rot getupften Taschentuch den Schweiß vom Gesicht.

Beim Amen erhoben sich alle in der Kirche von ihren Sitzen. Das gab ein Geräusper und ein Scharren mit den Füßen, daß es klang, als führe ein Bretterwagen über groben Kies. Doch plötzlich wurde es wieder still in der Kirche. Denn Herr Felician hatte die Kanzel nicht verlassen, und alle merkten, daß er noch etwas zu sagen hatte. Da fing er auch schon zu sprechen an:

„Meine lieben Pfarrkinder! Die geistliche Sonntagspredigt ist vorbei, und ich will halt hoffen, daß von dem Samen, den ich aus meinem Seelsorgerherzen herausgestreut habe, manches Körnlein auf guten Boden fiel. Läßt es einer daneben fallen, so tut er es nur zu seinem eigenen Schaden! . . . Aber jetzt . . . jetzt hab ich euch noch etwas Weltliches zu sagen."

Wie sie die Ohren spitzten! Und Jungfer Kathrin erschrak, daß sie zu zittern anfing.

„Die Kanzel ist freilich nicht der Ort für weltliche Angelegenheiten. Aber weil es ein Dank ist, den ich öffentlich aussprechen möchte, so wird mir's der liebe Gott gewiß nicht übel nehmen, wenn ich das auf der Kanzel tue! . . . Seht, meine lieben Pfarrkinder, es war schon lange mein Wunsch, den Vorplatz vor meiner Haustür recht schön pflastern zu lassen. Aber bei meinem bescheidenen Einkommen hab ich mir halt immer denken müssen, daß mich das Sammeln und Herführen der nötigen Steine ein bisserl viel kosten wird. Aber nun haben mir unbekannte Wohltäter in der letzten Sonntagsnacht so viel Steine ins Haus getragen, daß ich das schönste Pflaster davon bekommen habe. Dafür sag ich diesen Wohltätern meinen herz-

lichen Dank. Ich habe dem Pflaster die Form eines
Kreuzes geben lassen. Und wenn in Zukunft einer
von diesen Wohltätern mit einer Sorge oder einem
christlichen Anliegen in den Pfarrhof kommt, und
wenn er wegschreiten muß über dieses Kreuz, so darf
er sich in seinem Herzen denken: Zu dem Kreuz da
hab ich auch ein paar Steinerln beigetragen! . . .
So! Das hab ich euch noch sagen wollen!"

Fast atemlose Stille war in der Kirche, als Herr
Felician die langen Ärmel seines weißen Chorhemdes
in die Höhe zog, sein Taschentuch zusammenwickelte
und von der Kanzel herunterstieg.

Jungfer Kathrin nickte ihm mit nassen Augen zu,
als hätte sie ihm sagen mögen: „Hochwürden, heut bin
ich zfrieden mit Ihnen!" Bei dieser stummen An-
erkennung ließ sie es nicht bewenden; sie ging Herrn
Felician nach in die Sakristei, haschte seine Hand und
küßte sie.

„Geh weiter!" sagte er, in seiner Erschöpfung
lächelnd. „Morgen zannst ja doch wieder!"

„Na, Hochwürden! Heut haben S' mir 's Herz
umdreht! Auf Ehr und Seligkeit . . ."

„Nix verschwören! Warten wir's lieber ab!" Und
Herr Felician duckte den Kopf, um sich vom Kirchen-
diener das Meßgewand überhängen zu lassen. —

Draußen in der Kirche gab es, als der Pfarrer in
der Sakristei verschwunden war, ein Köpfedrehen und

ein Gesumm, als begänne ein Bienenschwarm auszu-
fliegen. Bei den Weiberleuten und dem verständigeren
Teil der Männer hatte dieses kurze Nachwort ausgiebiger gewirkt, als die ganze lange, gute Predigt.
Und der Waldhofer war der erste, der nach der Emporkirche schaute und dazu nickte, als möchte er hinauf-
schreien: „Jetzt, Buben, jetzt könnts enk schamen!"

Von droben aber guckten sie mit ruhigen Augen
herunter, ein wenig verwundert nur, als wüßten sie
nicht recht, was los wäre. Da wollte jeder zeigen,
daß ihn die Sache nichts anginge. Dem einen und
anderen, freilich, stand das Blut mit dunkler Röte im
Gesicht, doch nicht als Bild der Scham, sondern als
ein Zeichen jenes Ärgers, den in bockbeinigen Naturen
eine gut verabreichte moralische Ohrfeige zu erwecken
pflegt. Aber sie schluckten ihren Zorn und hielten aus
Vorsicht den Schnabel im Zaume. Schließlich waren
sie doch in der Kirche!

Um so lebendiger ging es draußen vor dem
Kirchtor zu. Da hatten sie nur halb gehört, aber
ein paar Burschen, die noch im Kirchgang gestanden,
hatten den ‚Tank‘, den Herr Felician ausgesprochen,
den anderen gleich hinausgetragen. Doch was bei
diesem Wandern von Mund zu Mund aus der Sache
wurde, das glich einem Vogel, der durch viele rupfende
Hände ging — die besten Federn sind ihm schon aus-
gerissen, bevor er in die letzte Hand gerät. Diese letzte

Hand gehörte dem Staudamer-Mickei, der auf der Friedhofmauer saß, um die Pause zwischen Predigt und Hochamt für ein paar „Koster‘ aus seiner Pfeife zu benützen. Als sich die Burschen mit ihrem Getuschel um ihn her drängten, lachte er: „Ui jegerl! Der Herr Pfarr! Fein möcht er sich aufstwurzeln! Aufbracht haben s’ nix, schimpfen traut er sich nimmer . . . jetzt draht er d’ Schokaladseiten aussi und möcht vor der ganzen Gmein über die Buben spötteln. Das soll er sich fein ein andersmal überlegen! Sonst kunnt ihm ebbes passieren!“

„Tu net so laut!“ zischelte ihm einer der Burschen zu. „Hören’s ja die andern! Und b’ Halbscheid hat er eh schon auf seiner Seiten. Für die Angfrömmelten hat er Trumpf gspielt, heut.“

Mit flüsternden Stimmen tuschelte das „Träuplein‘ weiter.

Rauschenden Klanges begann in der Kirche die Orgel zu spielen, ein Zeichen, daß Herr Felician mit dem Kelch zum Hochamt ging.

Mickei erhob sich und schob die Pfeife in die Joppentasche. „Also, Buben, so bleibt’s! Bis zum Charsamstag halten wir uns stad! ’s ander findt sich schon alls. Mein siebenhölzigs Schamel hat schon seine Füß. Aber Kraut beißen, gelt!“ Das bedeutete: die Zunge wahren!

Mit dieser Mahnung an die Kameraden wollte er

die Mauer verlassen — denn seiner Christenpflicht muß der Mensch doch genügen, und wär es auch nur unterm Kirchentor.

Da sah er, daß jemand vom unteren Dorf über die stille Straße heraufkam. Er machte die Augen klein und kicherte, wie man sich über einen guten Einfall freut. „Schauts an, Buben! Da kunnt man gleich so ein bißl Hexenprob halten!" Und lachend schwang er das Bein über die Mauer.

Von den Kameraden einer wollte ihn zurückhalten. „Mach keine Gschichten, derweil s' Kirch halten! Versaumst ja 's Offertori!"

„Ah was! Der Herr Pfarr is von die Langsamen einer. Der liest net so gschwind." Seinen Arm befreiend, ließ sich Mickei von der Friedhofmauer auf die Straße hinuntergleiten.

Als wäre die Sonne neugierig, was da geschehen würde, so tauchte sie über den hohen Dachgrat des Wirtshauses herauf, dessen Schatten auf der Straße gelegen. Umschimmert von ihrer Strahlenflut, von welcher Herr Felician in seiner Predigt gesagt hatte, daß mit ihrem Lichtglanz und mit ihrer Wärme alle Frühlingsgnade des Himmels hinunterflösse auf den Keim jeder guten Tat und auf jedes redliche Menschenherz, war der Staudamer-Mickei inmitten der hellglänzenden Straße anzusehen wie ein großer leuchtender Edelstein auf funkelndem Goldgeschmeide. Den Hut zurückgeschoben, breit-

spurig und die Daumen im Ausschnitt der Weste, stand
er und wartete, während droben bei der Friedhof=
mauer die Kameraden neugierig die Hälse streckten.

Mit hastigen Schritten kam Lisbeth die Straße
herauf. An einem Stricklein trug sie eine irdene
Raine, als hätte sie einem Schnitter die Mittagskost
auf's Feld zu bringen — die Altenöberin hatte für den
Hanspeter ‚saure Fisolen‘ gekocht, die er gerne aß, und
Lisbeth wollte dem Kranken das Gericht noch warm
in die Stube bringen. Drum ihre Eile. Doch als sie
den Burschen gewahrte, verzögerte sie den Schritt.

Ahnte sie, daß diese Schildwach i h r zu Ehren auf
der Straße stand, und wollte sie einem üblen Gruß
aus dem Wege gehen? Denn als sie zur Ecke des
Wirtshauses kam, bog sie in einen Seitenpfad gegen
die Wiesen ab.

Droben bei der Friedhofmauer lachten sie, und das
wirkte wie ein Puff auf den Unternehmungsgeist des
Staudamerknechtes. Mit ein paar raschen Sprüngen
vertrat er dem Mädchen den Weg.

Lisbeth blieb stehen. Ihr Gesicht war bleich und
erregt. Aber das war nicht Angst — den Kummer,
der aus ihren Zügen redete, hatte sie von zuhause
mitgebracht.

Ruhig ließ sie die großen, dunklen Augen an dem
Burschen hinaufgleiten, während sie fragte: „Was willst
von mir?"

„Wissen möcht ich gern ebbes."

„Was?"

„Ob 's wahr is, wie d'Leut sagen ..." Mickei redete laut, damit es die bei der Mauer droben hören möchten, „ob 's wahr is, daß eine, die schon richtig gschmirbt is mit der Besensalb, kein lebigs Mannsbild nimmer busseln dārf?"

Die Empörung trieb ihr das Blut in die Stirne. Doch sie verlor ihre Ruhe nicht. „Und ich hab mir denkt, du willst nachschauen auf der Straß, ob s' vom Hanspeter her noch blutig is?"

„Ah na!" Lächelnd trat er auf Lisbeth zu. „Aber dir hätt ich gern ein Gfallen tan ... weil d'Leut all- weil sagen, daß d' schon in der Lehr bist, und daß auf deine Busseln der Gwiße abanniert wär, von dem dein Mutter 's Hinkete glernt hat. Geh, gib eins her ... das tät dein Unschuld beweisen!"

Bei der Mauer droben schienen sie nicht gut zu hören, denn sie legten die hohlen Hände hinter die Ohren. Aber nun hörten sie nicht besser, sondern sahen nur, wie Lisbeth den freigewordenen Fußweg hinunterging, während Mickei gegen die Hecke taumelte und bis an die Knie im Straßengraben verschwand.

Im Vorfrühling, wenn all die trüben Bäche rinnen, ist ein Dorfgraben kein reinliches Quartier. Mickei bekam das zu merken, als er mit schlammtriefenden Beinen auf die Straße stieg. Mehr durch das schadenfrohe Gelächter seiner Kameraden als durch den üblen Ausfall seiner Hexenprobe zur Wut gereizt, drohte er mit der Faust hinter Lisbeth her und zischelte: „Wart, du! Am Charsamstag! Kommst mir oder kommst mir net . . . sehen tu ich dich!" Während droben die Burschen zum Kirchtor liefen, um das ‚Offertori' nicht zu versäumen, begann er in der warmen lachenden Sonne mit seinem schön polierten Messer den Schlamm von sich abzuschaben.

Lisbeth hatte die Wiesen schon überschritten. Und bis zum Waldhof war's nur noch ein kurzer Weg. Beim Anblick des stattlichen Hauses wurde ihr Gang immer langsamer, als müßte sie sich zwingen zu jedem Schritt. Ihr Atem war heiß erregt, ihre Lippen zitterten, und auf der Schwelle der offenen Haustür blieb sie ein Weilchen stehen und drückte den Arm über die Augen.

Doch als sie zu Hanspeter in die Kammer trat, konnte sie ruhig sagen: „Guten Morgen, Peterl! Is dir's gut gwesen in der Nacht?"

„Ah, freilich, tut's schon, ja!" Es ging über sein fleckiges Gesicht, als hätte zum anderenmal die Sonne in seine Kammer hineingeleuchtet. „Jetzt muß ich rein ein bißl gschlafen haben, weil ich 's Kirchausläuten überhört hab." Da sah er es ihr an den Augen an, daß irgend etwas nicht richtig wäre. „Kindl? . . . Was hast denn?"

Schweigend reichte sie ihm die Hand und schüttelte
den Kopf. Erst der Anblick seines fleckigen Gesichtes
machte sie sprechen. „Ja mein, Peterl, wie schaust denn
aus! Bist ja voller Ruß!"

„Wird wohl d'Lampen ein wengl graucht haben
in der Nacht."

Sie stellte die Raine auf das Fenstergesims, tauchte
das Handtuch mit dem Zipfel in den Wasserkrug und
wusch die Rußflecken von Hanspeters Gesicht. Dazu
lachte er ein wenig, halb verlegen und halb in Wohl-
behagen.

Der Ruß war weg, aber die grünen und blauen
Flecken, die blieben.

Lisbeth trat zum Fenster, säuberte an der Schürze
einen Löffel, der auf dem Gesimse lag, und nahm den
Deckel von der Raine.

„Was hast denn da?"

„Saure Fisolen hat dir d'Mutter gmacht, weil
du's so viel gern magst."

Hanspeters Augen glänzten auf. „D'Mutter!
Schau nur an! Hat sich d'Mutter wieder plagt wegen
meiner!" Er setzte sich auf und glättete mit seinen
schweren Händen die Lodendecke, als bekäme sie jetzt
ein kostbar Ding zu tragen. „Hungern tut mich gar
net ... aber weil s' d'Mutter kocht hat, schmecken s'
mir ohne Hunger grad so."

Lisbeth hatte ihm die Raine auf's Bett gestellt,

und mit langsamer Vorsicht rührte Hanspeter die Speise um. Als er den ersten Löffel nehmen wollte und den Mund schon geöffnet hatte, begann die große Kirchenglocke zur Wandlung zu läuten. Hanspeter legte den Löffel wieder hin und bekreuzte sich. Während er betete, sah er immer auf Lisbeth, als ginge ihm ein Gedanke mit Unruh durch den Kopf. Und kaum er sich wieder bekreuzt hatte, fragte er schon: „Ja Kindl, is ja die Kirch noch gar net aus? Warum bist denn net drin? Und grad heut wär 's Beten so viel pressanti gwesen!"

Lisbeth, die sich beim Geläut der Glocke am Fenster niedergekniet hatte, erhob sich. Doch ratlos schwieg sie auf seine Frage. Die Wahrheit wollte sie ihm nicht sagen, und lügen konnte sie nicht.

„So red doch, Ilsabeth! Warum bist denn net drin?"

„Weil d'Mutter daheim ... weil s' daheimbleiben hat müssen. Und da bin ich halt bei ihr blieben und hab ihr statt der Predigt fürglesen aus der Schrift."

„So so? D'Mutter?" Das war für Hanspeter ein Grund, hinter dem es kein Denken und Fragen mehr gab. „Freilich, d'Mutter, die wird schon wissen, was s' tut! Und wo d'Mutter is, weißt, da is unser Herrgott allweil. Die hat überall Kirch! ... Na na, macht nix! Heut hilft er schon, unser Herrgott. Das hat er mir gsagt. Mit die Glocken hat er mir's gsagt . . . und mit'm Sunnschein, ja." Er wollte lachen, aber die Stimme erlosch ihm halb. „Heut muß er helfen! Da hab ich mein Zuversicht. Heut därf er net anderst. Der liebe Herrgott, weißt, der hat seine Parigraffi . . . die sind ein bißl anderst wie die unsrigen . . . aber einhalten tut er f'! Und fest! . . . Da tu dich net sorgen, Ilsabeth! Na na! 's Häusl bleibt der Mutter." Er begann zu essen. „Und so viel gut sind f', enkere Fisolen!"

Lisbeth hatte sich zum Fenster gewendet, um die Tränen fortzutrocknen, die er nicht sehen sollte.

Langsam aß er, als möchte er jeden Bissen doppelt genießen. Ohne Hunger leerte er die ganze Raine. Dazu brauchte er so lange, daß man das Hochamt schon ausgeläutet hatte, bis er fertig wurde.

Nun lag er in die Kissen zurückgelehnt und konnte durchs offene Fenster das lustige Schwatzen der Leute hören, die von der Kirche kamen. „Ja ja," sagte er nickend, als verstünde er diese Heiterkeit der Menschen, „heut muß ein feiner Tag sein? Gelt? . . . Und erst für uns! . . . Schier alls is wieder gut! Und d'Mutter därf sich nimmer sorgen! Und du bist da! Und mein Roman . . . den hab ich seit gestern nacht auch wieder auf gleich! Jetzt hat er f' wieder, d'Lieb! . . . Gelt, so viel gut is er gwesen mit dir!"

Lisbeth schien nicht zu hören. Neben dem Fenster

stand sie an die Mauer gedrückt und starrte auf die Straße hinaus.

Hanspeter hob sich aus den Kissen. Als er Lisbeths Gesicht und Augen sah, erschrak er. „Kindl? . . . Was hast denn? . . . Als ob dir 's Glück vorbeiging und tät sich net umschaun auf dich!"

„Umgschaut hat's schon . . ." Sie wußte nicht, daß sie sprach. Und nun erschrak sie selbst.

„Ilsabeth?"

„Frisch Wasser muß ich dir holen!" Sie nahm den Steinkrug und verließ die Kammer. Draußen, im finsteren Gang, da blieb sie stehen, wie von einem Schwindel befallen — — — —

Und auf der Straße, unter der lachenden Sonne, fragte das sanfte Julerl mit etwas gereiztem Kichern: „Warum schaust dich denn allweil um? Als hättst den Waldhof noch nie net gsehen?"

„Ich weiß net," murrte Roman, dessen Laune sich in der Kirchenluft eher verschlimmert als gebessert hatte, „jedsmal hab ich die liebste Freud ghabt, so oft ich mein Haushof angschaut hab . . . und gar nimmer gfallt er mir jetzt! . . . Wird ihn der Vater schon weißnen lassen müssen auf's Fruhjahr."

Julei schmunzelte und fuhr mit dem Finger über die Kanten des Gebetbuches. „Ja, ein bißl därf er sich schon aufputzen, der Waldhof . . . nach die Ostertäg."

„. . . . . . . So? Meinst?"

Schweigend gingen sie ein Stücklein die Straße hin, während vor ihnen die Staudamerin zwischen dem Nachbar und seinem Weib in erregtem Disput mit dem Rosenkranz schlenkerte.

Als sie gegen die Wiesen abbogen, aus deren braunem Rasen sich über Nacht ein blasser Schimmer des ersten Grüns hervorgeschoben hatte, machte Julerl ein ernst gedankenvolles Gesicht und sagte: „Heut in der Kirch, da hab ich mir's so überlegt ... am Gründonnerstag nach der Kumlion kunnten wir 's Brautexami machen ... an so eim Tag, mein' ich, nimmt er's net bsunders gnau, der Herr Pfarr ... und am Ostersonntag kunnt er uns 's erstemal verkünden."

Schwül atmend nickte Roman vor sich hin. Und weil er schwieg, sah Julerl mit einem liebevollen Blick ihrer Taubenaugen an ihm hinauf. „Was meinst?"

„Da muß ich erst wissen, was der Vater meint."

„Dem is alls recht. Bei dem hab ich schon auf b' Stauden klopft. Uber alls hab ich gredt mit ihm ... weißt, bloß deintwegen."

„No ja ... wann mich net brauchst dazu, mach's halt aus mit ihm! Einmal muß 's sein!"

Sie hatten die Hecke erreicht, hinter der die Staudamerin schon verschwunden war. Der Anblick dieser Hecke schien in Roman eine unbehagliche Erinnerung zu wecken. Mit verdrossenem Gesichte rückte er den Hut und sah sich um.

Julerl schürzte gekränkt das kirschrote Mäulchen. „Geh, ich weiß schon gar nimmer, wie mir fürkommst! . . Was schaust denn schon wieder um?"

„Ob ebba der Mickei net wieder daherraffelt!"

„Ah na, der kommt heut net!" sagte sie schnell, als wäre das eine Sache, die sie sicher wußte. Dann faßte sie zärtlich seine Hand. „Schatzl . . ."

„D'Mutter is weit voraus, und sie hat's net gern, wann zruckbleibst . . . das weißt ja!" Mit ein paar flinken Schritten war Roman über die Hecke hinaus.

In Juleis sanften Taubenaugen funkelte ein Zorn=blick. Doch als sie den Verlobten eingeholt hatte, lächelte sie wieder.

Nun kamen sie zu der Stelle, an der sie damals auseinander gegangen waren. Roman lachte heiser. „Kennst das Platzl da?"

„Ja," flüsterte Julerl mit dem Augenaufschlag der reuigen Sünderin. „Trag mir's halt nimmer nach!"

„Sag ich denn ebbes? . . . Hab ja bloß gfragt, ob das Platzl kennst?"

Dann sprachen sie kein Wort mehr, bis sie den Zaun des Staudamerhofes schon fast erreicht hatten. Julerl machte kleinere Schritte und warf einen spähen=den Blick nach der Mutter, die sich eben von den Nachbarsleuten verabschiedete. Nun klammerte sie die Hand um Romans Arm und flüsterte: „Ich soll dir's

net sagen, d' Mutter hat 's verboten ... aber unserem
Vetter is d' Häuserin durchgangen, und nach'm Essen
muß d' Mutter ummifahren ... und ich bleib daheim."
Ein seltsames Lächeln veränderte völlig ihr hübsches,
rosiges Grübchengesicht, und die Kapellentürchen öffneten
sich an ihren Augen, in denen es glitzerte und glühte.
„Kommst ein bißl?"

Ganz verloren blickte Roman in dieses verwandelte
Gesicht, und langsam schüttelte er den Kopf, als wäre
die dunkle Frage in ihm: Wie viel Gesichter hat sie
denn? Schon wieder ein neues?"

„Kommst?"

Er schien selber nicht recht zu wissen, was er ant=
wortete. „Gwiß kann ich 's net sagen ... leicht, daß
mich der Hanspeter braucht."

„Der Hanspeter? So? ... Und ich?" War es
Zorn, der ihr die Tränen in die Augen trieb? Oder
Kränkung, die ihr zärtliches Herz empfand? Doch wohl
das letztere, denn ihre Stimme klang so schmerzlich
und dabei so sanft: „Ich durft wohl gar nix brauchen?
Bin ich denn gar nimmer da für dich? Und gar kein
Recht soll ich haben?"

„Freilich, 's Recht auf mich, das hast!" Roman
nickte vor sich hin, als gäb es auch für ihn keinen
Zweifel an dieser ernsten Tatsache.

„Und kommst ein bißl? Gelt?"

Da rief die Staudamerin vom Zauntor her: „Was

iß denn? Seids beim Rosenkranz schon wieder dahint
um ein Vaterunser? . . . So eine verliebte Waar!
Biß da ein Schrittl zweg kommt, draht sich d' Welt
ein halbsmal um!"

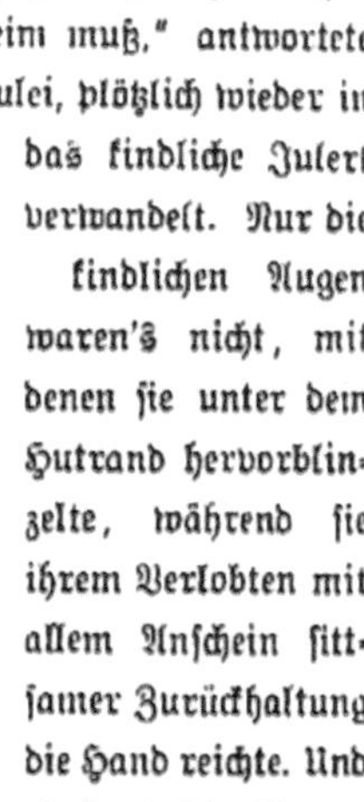

„Grad hat er gsagt, daß er zum Essen
heim muß," antwortete
Julei, plötzlich wieder in
das kindliche Julerl
verwandelt. Nur die
kindlichen Augen
waren's nicht, mit
denen sie unter dem
Hutrand hervorblin-
zelte, während sie
ihrem Verlobten mit
allem Anschein sitt-
samer Zurückhaltung
die Hand reichte. Und
so laut, daß es die Mutter
hören konnte, sagte sie: „Pfüe
Gott, am nächsten Sonntag wieder!"

Roman gab den Gruß nicht zurück. Doch er faßte
Juleis Hand und sah ihr mit ernstem Blick in die
Augen — wie einer den Weg übers Glatteis mißt,
unter dem ein See sich in die dunkle Tiefe senkt; etwas
Unheimliches beschleicht ihn, aber es ist der Weg seines
Lebens, er kann nicht mehr zurück und muß ihn gehen.

Juleis Grübchengesicht wurde dunkelrot bis unter den Hutrand hinauf. „Wie du ein anschaun kannst!" Kichernd löste sie ihre Hand und lief zur Mutter hinüber.

Die Staudamerin empfing sie mit mißtrauischen Augen. „Du? ... Hast es ihm ebba gsagt?"

„Was?" fragte Julerl in aller Unschuld.

„Daß ich fort muß, heut?"

„Aber Mutter!" schmollte das gute Kind gekränkt. „Wie kunnt ich denn ebbes sagen, was d' Mutter verboten hat?"

„Das will ich hoffen, ja!"

Julei ließ die Mutter voran ins Haus gehen, wandte blitzschnell das Gesicht und nickte lächelnd auf die Wiesen hinaus. Da draußen stand Roman noch immer auf der gleichen Stelle. Als Julei im Haus verschwunden war, bewegte er die Schultern unter der Joppe, grub die Hände in die Taschen und wandte sich zum Heimweg. Erst ging er langsam, dann schneller und immer schneller. Und wie er dabei vor sich hinsah — immer war's noch der gleiche Blick, mit dem er in Juleis Augen gesehen.

Und als er heimkam — so im Schuß, wie er war, ging's hinter in Hanspeters Kammer, als läge ihm etwas auf der Seele, brennend heiß, als bedürfte er jetzt eines Menschen, von welchem er wußte: dem darf ich alles sagen, der weiß den richtigen Rat — was der mir sagt, soll gelten!

Nun stand er in der kleinen Kammer, sah erschrocken die Lisbeth an und stammelte: „So? . . . Bist wieder da?“ Mit der einen Hand an seinen Hals greifend, tastete er mit der anderen hinter sich nach der Türklinke. „Da kann er mich ja graten . . . der Hanspeter!“ Und da war er schon wieder draußen.

„Mandi!“ rief Hanspeter. „Aber Mandi? Was is denn mit dir?“

Doch die Türe tat sich nicht wieder auf.

„Ilsabeth . . .“ In Unruh stemmte sich Hanspeter aus den Kissen. „Ilsabeth?“

Sie schwieg. Nur ihre Augen fragten.

„Hast mein Roman angschaut? Der muß ebbes haben!“

Draußen vor dem offenen Fenster ging pfeifend der Hüterbub vorüber.

„Bub! He! Bub, da komm ein bißl her!“

Mit vergnüglichem Grinsen tauchte das Gesicht des Buben am Fenster auf. „So? Brauchst mich wieder? Pressiert’s?“

„Na na! Nix für mich!“ stotterte Hanspeter. „Aber um Gottschristi Lieb . . . geh, lauf und sag, daß der Haussohn ein Sprüngl hinterkommt zu mir!“

Der Bub lief davon, kam nach einer Minute wieder und rief zum Fenster herein: „Jetzt hat er kein Zeit, jetzt muß er essen, sagt er.“

Hanspeter ließ sich in die Kissen fallen. In Unruh

spielten seine Hände auf der Lodendecke und zupften an
den Fäden, die seine plumpen Finger doch kaum zu
fassen vermochten. Und immer wieder murmelte er
das gleiche Wort vor sich hin: „Was muß er denn
haben?“

Lisbeth suchte ihn zu beruhigen, obwohl ihr selbst
die Stimme zitterte.

Nach einer Weile kam die Hausmagd und brachte
für Hanspeter das Essen. Sie warf einen schiefen
Blick auf Lisbeth und stellte dem Kranken den Teller
auf die Bettdecke. „Da hast!“

Aber Hanspeter schob den Teller beiseite. „Madl!
Geh, tu mir den Gfallen und sag dem Haussohn, daß
er ein bißl hinterkommt zu mir!“

„Allweil,“ brummte die Magd, „allweil hat man
sein Plag mit dir!“ Sie ging und brachte die Antwort: „Jetzt hat er kein Zeit net, sagt er, jetzt muß
er fort.“

„So so?“ Hanspeter streckte sich seufzend. „Jetzt
muß er fort! . . . Freilich, ja! Wird ja bald Zeit sein
zur Gmein!“ Und wieder murmelte er: „Was muß
er denn haben? Sein Gsichtl, sein guts, is völlig ein
anders gwesen!“

Nun war es still in der Kammer. Kein Laut, als
das schwere Atmen des Kranken und draußen das Gegurgel des Hofbrunnens.

Lisbeth, die Stirn auf ihre Hand gelehnt, saß

gegen das Fenster gewendet und blickte in das sonnige Blau hinaus. Jetzt erhob sie sich haftig, als hätte sie sich plötzlich ihrer Pflicht als Krankenpflegerin erinnert. Sie schob den Teller wieder vor Hanspeter hin und fragte: „Magst net essen, Peterl?"

Er schüttelte den Kopf. „Stell's zum Fenster auffi! Wird schon einer kommen, dem's schmeckt."

Der kam auch. Noch gar nicht lange stand der Teller draußen auf dem Gesimse, als die Stimme des Hüterbuben zum Fenster hereinklang: „Täts ebba was übrigs sein ... das da?"

„Ja, Büberl, iß und laß dir's anschlagen!"

Kichernd packte der Hüterbub den Teller und fragte nicht lange nach Löffel oder Gabel.

Hanspeter richtete sich auf. „Aber ein Gfallen tust mir, gelt?"

„Was für ein?" fragte der Bub mit vollem Mund.

„Laufst mir zum Kirchplatz auffi, magst? Und tust ein bißl auflusen, was man verhandelt in der Gmein! Und nach der Kirch, da kommst und sagst mir's, gelt?"

Pamfend gab der Bub als Antwort ein paar Laute, die sich nach Belieben deuten ließen. Aber es war wohl ein Ja dabei, denn als er den geleerten Teller auf das Gesimse zurückgestellt hatte, rannte er davon.

Hanspeter, der mit gekrümmtem Rücken im Bette saß, war wieder in sein Brüten versunken.

Lisbeth strich ihm mit der Hand übers Haar. „Geh, schau, Peterl, so viel aufregen tust dich wieder! Und hat's der Herr Dokter gsagt, du sollst dich hüten vor jeder Veralterazion. Wie magst denn gsunden, wann dem Herrn Dokter net folgen tust!"

Mit schwimmendem Blick sah Hanspeter zu ihr auf. „Was meinst denn, daß er haben kann? . . . 's erstmal in achtzehn Jahr, daß er kein Zeit net hat für mich!" Immer größer wurden seine Augen, aus denen die Angst noch deutlicher redete, als aus dem zitternden Klang seiner Worte. „Oder meinst, er hat schon ebbes ghört, wie's in der Gmein um enfer Häusl steht? Und er mag's net sagen . . . vor dir net sagen, daß er dir net weh tut, weißt . . . denn mein Roman, der is von die drei, vier Guten einer! Mar und Joseph! Es wird doch net . ." Er konnte nicht weiter sprechen, so schnürte ihm die Sorge den Hals zusammen.

„Aber geh, was tust dich denn ängsten! Is ja die Gmein noch gar net gwesen!"

„Ja ja, hast recht!" Langsam hob er die schwere Hand an seine Stirne. „Jetzt geht's mir schon, wie dem Roman in der Nacht. Alls lauft mir durcheinand. Kunnt schon sein, daß ich noch Roman sag zu dir! . . . Aber was meinst denn, Kindl, was kann er denn haben?"

„Leicht hat er ein Verdruß mit die Burschen ghabt. Oder sonst mit wem."

„Meinst ebba, mit der Julei?"

Da schoß ihr das Blut ins Gesicht, und erschrocken stammelte sie: „Das hab ich net gmeint."

„Na na! Hast recht! So ebbes kann's net sein. Sein Julerl, weißt, die is ihm 's Liebste. Die is ihm 's Vest. Na na! Er muß ebbes anders haben." Wieder tauchte die Sorge in ihm auf, die nicht ruhen wollte. „Wird ihm doch der Vater net gsagt haben, wie's gehn kunnt in der Gmein . . . ebba net gut?" Doch er selbst beschwichtigte sich wieder und schüttelte den Kopf. „Na na! Da därf ich kein Sorg net haben. Unser Herrgott, der is bei der Stang, der laßt net aus. Aber dazutun müssen wir 's unsrig! . . . Jetzt heben s' bald an mit der Gmein! . . . Komm Ilsabeth, da setz dich her zu mir! Komm! Rufen wir ein bißl zur heiligen Mutter auffi! Die vermag gar viel! Was Mutter heißt, da drauf, da hab ich mein Zuversicht!" Die Hände ineinanderkrampfend, ließ er sich in die Kissen zurückfallen, und während ihm links und rechts von den Augen die Tränen über die grünfleckigen Schläfen hinuntertröpfelten, sprach er mit aller Inbrunst eines hoffenden Herzens die Marienlitanei.

„Bitt für uns!" fiel Lisbeth immer ein, mit leiser Stimme. Sie hielt die Hände im Schoß verschlungen und sah mit dürstender Sehnsucht hinaus in den Sonnschein, der das offene Fenster umflimmerte.

Als die Glocken zum Rosenkranz zu läuten begannen, verzerrte sich Hanspeters Gesicht in starrem
Lächeln. „Die Gmein muß aus sein! Ja! Und jetzt . . ."
Er tastete nach Lisbeths Hand und preßte sie. „Jetzt,
Kindl, is alles gut! Jetzt hat er gholfen . . . und d'
Mutter bhalt ihr Häusl . . . und alls is gut." Während er redete, wurde sein Lächeln immer freier und
fröhlicher, als wüchse ihm nach einem letzten Zweifel
der Glaube mit festen Wurzeln ins Herz. „Aber
gelt . . . jetzt müssen wir Vergeltsgott sagen . . . weil
er gholfen hat!"

Mit ruhiger Stimme begann er das ‚Dankgebet
für unerwartete Hilfe Gottes in höchster Not‘. Und
dann den Rosenkranz. Und eins um's andere sagte er
alle Gebete herunter, die sie jetzt in der Kirche sprachen.
Langsam und immer langsamer. Denn er wollte die
ganze Kirchenzeit mit Beten ausfüllen. Und noch immer
betete er, als man von der Straße schon das Schwatzen
der heimkehrenden Leute vernahm.

Jetzt schob der Hüterbub seinen Zauskopf zwischen
den Gitterstäben des Fensters herein und lachte. „Bin
schon da! Und alls hab ich ghört in der Gmein!
Alls und alls! Am Bach drunt wird ein neus Bruckl
baut. Und der Bachbauer darf mit seim neuen Stadel
bis auf b' Straßen aussirucken. Und dem Herrn Pfarr
wird d' Rechnung für d' Fensterscheiben zahlt. Und
im Wirtshaus müssen s' um Elfe Polizeistund machen."

Der Bub schnappte nach Atem und lachte wieder. „Und
so schön stad is 's zugangen in der Gmein! Gar net
lustig is 's gwesen heut."

„Und . . ." Hanspeter hatte sich weit aus dem
Bett gebeugt. „Und von der Nannimai ihrem Häusl . . .
hast da ebbes ghört davon?"

„Na! Da is nir gredt worden davon. Jetzt hab
ich dir alls schon gsagt." Und der Bub verschwand.

„Gelt, Ilsabeth! Gelt!" Hanspeter tat einen Schnaufer, daß ihm die Brust bis ans Kinn heraufwuchs.
„Gelt, ich hab recht ghabt! . . . Gleich gar nimmer
gredt is worden davon. Das hat unser Herrgott gar
nimmer zulassen. Und alles bleibt, und dein Mutterl
hat ihr Häusl, und alls is gut!" Lächelnd fiel er in
die Kissen zurück. „O jegerl, is m i r jetzt wohl! . . .
D' Leut, no ja, die sind halt, wie s' sind! . . . Aber
unser Herrgott! Da kannst dein Zuversicht drauf haben!"

Lisbeth wollte sprechen. Doch lauschend hob sie das
Gesicht, und matte Röte huschte ihr über die Wangen.
Draußen vor dem Haus, auf dem Steinpflaster, klirrte
der hastige Schritt genagelter Schuhe. Die Schritte
entfernten sich. Und dann hörte man vom Zauntor
her den alten Waldhofer, aus dessen Stimme deutlich
die Verblüffung klang:

„Ja Bub! Jetzt muß ich schon bald denken, daß
b' Fasnacht wieder umkehrt is!"

„Geh, laß mich, Vater! D' Arbeit is mir 's liebste."

„No ja, meintwegen! Aber hättst ja morgen auch noch Zeit dazu."

„Am Abend steigt man sich leichter. Es is mir lieber so."

Hanspeter in seiner Wohligkeit schien halbverschlossene Ohren zu haben, denn er hörte nichts anderes, als daß da draußen die Stimme seines Romans klang. „Jetzt is er wieder da! . . . Paß auf, Kindl, der freut sich für d' Mutter und für dich! Wenn er's auch gleich net einbstehn mag . . . jetzt hat er's wieder, d' Lieb! . . . Magst fürgehn, Kindl? Magst ihm sagen, daß er ein bißl kommt?"

Erschrocken schüttelte Lisbeth den Kopf.

„Aber Ilsabeth? Was hast denn?" Doch da hörte Hanspeter draußen im Gang die Magd umherpoltern. „He, Madl," rief er, „Hausmagd!"

Die Türe wurde aufgestoßen, und unwillig stellte die Magd den Tränkzuber, den sie zum Stall hatte tragen wollen, auf die Schwelle nieder. „Brauchst schon wieder ebbes? . . . Was denn?"

„Sei gut!" beschwichtigte Hanspeter. „Sei gut, Madl! Heut is ein lieber Tag! . . . Und tu mir den Gfallen, daß mir den Haussohn holst!"

„Der is ja fort!"

„Na na! Grad muß er heimkommen sein!"

„Geh, du Narr! Wann er grad naus is zur Tür!" Die Magd nahm den Zuber wieder auf. „Was der

heut hat! Als ob ihm ein Schräuferl aufgangen
wär! Seit der Mahlzeit reviert er in der Stuben
umeinand, als ob er kein Tür nimmer finden kunnt!
Und z'mittelst am Sonntag legt er sich auf'n Werk=
tag an und packt sein Holzerzeug! Und auf und
davon!"

„Ilsabeth!" stammelte Hanspeter, „da muß ebbes
gschehen sein . . . ich weiß net was!"

„Ja, ja, hast recht, da weiß man schon bald
nimmer, was man denken soll!" murrte die Hausmagd
und warf einen scheuen Blick auf Lisbeth. „Wann
er verhext wär, kunnt er auch net anderst sein! . . .
Hab mir's gleich denkt, gestern auf'n Abend, wie
er mir 's Wacholderstäudl aus die Händ gerissen
hat . . ."

„Du!" fuhr Hanspeter in Zorn und Kummer auf,
während er die Hand nach Lisbeth streckte. „Du ungute
Dingin du! Weißt ja selber net, was d' reden tust!"

„Laß gut sein!" fiel Lisbeth ruhig ein. „Sie redt
halt wie die andern. Und sie hat mir bloß gsagt,
daß einer besser is wie alle."

„Ah, da schau!" höhnte die Magd und brach in
gereiztes Lachen aus. Doch plötzlich verstummte sie
und duckte den Kopf.

Der Waldhofer stand hinter ihr. Sein Blick genügte,
um der Hausmagd flinke Füße zu machen. Er trat
in die Stube, auf seinem Gesicht den Ausdruck einer

Verdrießlichkeit, die sich noch zu steigern schien, als er Lisbeth sah.

„Waldhofer!" Die beiden Arme streckte ihm Hanspeter entgegen. „Was is denn mit 'm Mandi?"

„Spinnen tut er! Was sagst . . . rennt mir der Bub am Sonntag Nammittag um drei mit der Axt und mit der Meßlatten am Berg auffi." Der Waldhofer wollte lachen, aber das gelang ihm nicht recht. „Den muß heilig ein Imm auf's Köpfl gstochen haben, daß ihm der Fleiß zu eim Binkel auswachst! . . . Aber jetzt haben wir ebbes anders z'reden!"

Hanspeter schien selber nicht zu wissen, was stärker war: seine Sorge um Roman, oder die dunkle Angst, die beim Anblick des Gesichtes, das der Waldhofer machte, in ihm lebendig wurde. „Der Roman, mein' ich allweil . . ." stotterte er und brach wieder ab. Und stammelte: „Gelt, gut is 's gangen mit der Nannimai ihrem Häusl, mein' ich?"

„No ja, wie man's nimmt!" brummte der Waldhofer, „b' Ausschußmannder haben b' Überzeugung, daß sie's für alle Teil net besser hätten machen können."

Lisbeth streckte die Hand und ließ sie wieder finken. Ihr blasses Gesicht war noch bleicher geworden.

Das sah Hanspeter und winkte ihr mit den Augen beschwichtigend zu. Doch die Zunge war ihm wie halb gelähmt: „Ja is denn . . . 's Häusl . . . verhandelt . . ." Das ,worden' brachte er nicht mehr heraus.

Der Waldhofer — als hätte er Sorge, daß Hanspeter mit den Fäusten losschlagen würde — setzte sich
zu ihm aufs Bett und faßte seine Hände mit festem
Griff. „Jetzt schau, Peterl, und laß dir sagen in aller
Ruh ..." Er verstummte wieder und sah halb mit-

leidig und
halb ver-
legen auf Lisbeth. „Ein
bißl leichter reden tät ich mich,
wann 's Madl net in der Stuben wär!"

Schweigend wollte Lisbeth die Kammer verlassen.

Aber da besann sich der Waldhofer wieder anders.
„Na na! Meintwegen! Bleib halt da! So weißt grad
alles und kannst es deiner Mutter sagen! ... Und du,
Peterl, mit deiner verliebten Christenheit, du laß jetzt
verstandsam ein Wörtl reden mit dir!"

„Waldhofer . . ." gurgelte Hanspeters Stimme wie
der letzte Laut eines Ertrinkenden, und seine Augen
waren starr in Angst geöffnet.

„Peterl, jetzt tu mir dein traamhappets Gmüt ein
bißl zruckhalten und lus auf wie ein gscheiter Mensch!
Ich will dir die Sach in aller Ordnung auseinander=
setzen, weil d' ein guter Kerl bist und weil ich merk,
die Sach verdrießt dich ein wengl. Aber gradaus geht's
net allweil in der Welt, ohne ein bißl biegen kommt
man net durch! 's Gute liegt auf der Straßen, aber
öfter muß man drüberhupfen, als daß man's aufhebt.
Und weißt, warum unser Herrgott b' Leut mit zwei
Augen gschaffen hat? Damit s' eins zudrucken können!
So hat's unser guter Herr Pfarr heut gmacht mit
seine Fensterscheiben . . . und grad so verständig hat's
ihm der Ausschuß nachgmacht! Und jetzt laß dir alles
sagen in Ruh! Also . . ."

Also — nach dem Hochamt hatte der Gemeinde=
ausschuß im Burschenkobel des Wirtshauses seine Sitzung
gehalten. Und da kamen vor allem zwei Punkte auf
die Tagesordnung: die Fensterscheiben des Herrn Feli=
cian und die Rauferei bei der Kirchhofmauer. Über
den ersten Punkt war man schnell ins reine gekommen.
Weil der Fenstereinwurf ein ‚Stückl‘ war, das auch
die ‚Ausschußmannder‘ nicht ‚verentschuldigen‘ konnten,
und weil sich Herr Felician so ‚nobel‘ benommen hatte,
daß ‚die Gmein net zruckstehn‘ kann, und weil halt ein

bißl Gerechtigkeit auf der Welt doch auch sein muß, so hatte man beschlossen, die Glaserrechnung aus dem Gemeindesäckel zu begleichen. „Aber die neuen Fensterläden, die hat er selber angschafft, die kann er auch selber zahlen!"

Doch ein schwer zu biegendes „Hakerl' hatte es mit der befriedigenden Lösung des zweiten Punktes in der Tagesordnung. Geschehen, freilich, ist geschehen, da läßt sich nichts mehr ändern. Und nachdem der Herr Untersuchungsrichter mit all seiner ‚Gscheitheit' nichts herausgebracht, hatte auch der Ausschuß keine Veranlassung, die Nasenlöcher groß zu machen — um so weniger, da jeder von den ‚Ausschußmanndern' einen Buben hatte, der ‚leicht selber dabeigwesen sein kunnt'! Und sein eigenes Blut behütet man gerne vor Unannehmlichkeiten. Also galt es aus mehrfachen Gründen eine prophylaktische Maßregel auszuklügeln, damit sich für die Zukunft ein ‚Standali' wie der ‚Raufhandel vom 17. hujus anni currentis' nicht mehr wiederholen konnte. Aber welches Mittel war das richtige?

„Peterl, da haben s' durcheinander gschrien, d' Ausschußmannder, und narret sind s' gwesen wie 's Stierl, wenn ein Weiberleut den roten Unterrock zeigt."

Wenn viele Hämmer klopfen, trifft einer am Ende doch den Nagel. Und der Bachbauer war's, der als Trumpf die Weisheit ausspielte: willst du einen Baum werfen, so mußt du die Wurzel lockern. Was aber war

die Urſach des Raufhandels vom 17. hujus anni currentis? Erſtens das ‚füreilige Göſcherl‘ des Hanspeter … „aber Gott ſei Lob und Dank, dem is der
Schnabel jetzt zupappt von Amtswegen!“ Und zweitens
‚das dalkete Greb‘ über die Häuslſchuſterin.

„Und ein Tratſch, wenn er noch ſo dumm is, der
hat laufete Füß! Dem kannſt net wehren, net in der
Güt und net mit Gwalt. Der hört bloß auf, wenn
die Perſonalidätt verſchwunden is, wegen der man
tratſcht. Und drum, ſagen d’ Ausſchußmannder, wird’s
ehnder kein Fried net geben, eh net die Häuslſchuſterin
in ein anders Domazil verzogen is. Und daß man
net ſagen kann, eins hätt ’s ander vertrieben … drum,
ſagen d’ Ausſchußmannder, ſoll ’s Häusl leer bleiben
und keiner ſoll’s haben, b’ Altenöberin net und ihr
Nachber net, und du net, Peterl! Der Häuslſchuſterin
ſelber is der beſte Gfallen derwieſen, wann ſ’ wo
andersthin verzieht. Und im Ort is wieder Fried …
meinen d’ Ausſchußmannder. Und daß der ganzi Gre-
gori net wieder von vorn anhebt, haben ſ’ bſchloſſen,
daß man die Sach in der öffentlichen Gmein gar
nimmer zur Redenſchaft bringt. Jetzt ſind ſ’ einmal
roglig, unſere Buben, und da därf man ſ’ net noch
ärger aufſtageln, ſondern man muß ein beruhigendes
Momenti eintreten laſſen. Und drum muß die Häuslſchuſterin fort … ſagen d’ Ausſchußmannder!“

Der Waldhofer hatte recht gehabt mit der Ver-

mutung, daß er sich in Lißbeths Gegenwart ein wenig
hart reden würde. Hanspeters verstörte Augen, seine
arbeitende Brust und das Zittern seiner Fäuste —
das hätte der Waldhofer wohl noch ansehen können,
denn vom Hanspeter war er die ,übertriebenen
Gschichten' gewöhnt; aber Lißbeths schweigende Un=
beweglichkeit, ihr totenblasses Gesicht und die paar
sparsamen Tränen, die ihr wider Willen über die
Lippen rollten — dieser Anblick schien dem Waldhofer
an die Kreuzerstricke seiner gesunden Nerven zu rühren.
Immer härter war ihm das Reden geworden — und
bei jedem unbehaglichen Blick, mit dem er Lißbeth
streifte, fügte er jene Wendung ein: „So sagen d'
Ausschußmannder!"

Als er fertig war, blieb's eine Weile still. Man
hörte nur den schweren Atem, den Hanspeter durch die
talkweiße Nase blies, als hätte er eine Windmühle zu
treiben. Nun stemmte er sich aus den Kissen auf und
nickte langsam vor sich hin. „D' Ausschußmannder!
. . . So so? . . . Jetzt, Waldhofer, jetzt muß ich enk
ein Gschichtl verzählen!"

Der Waldhofer schien seinen Ohren nicht zu trauen.
„Geh, laß mich aus, du Narr!"

„'s Gschichtl von der Nachberin!" Hanspeters
Stimme klang wie aus einem Brunnen herauf. „D'
Nachberin . . . wißt's, Waldhofer . . . d' Nachberin
hat ein bißl z' viel vom schlechten Kraut und Selch=

fleisch gessen ghabt. Und hat net schlafen können. Und im Hof hat 's Hendl gackert, weil 's Hendl ein guts Eier hat glegt ghabt. Und d' Nachberin hat gmeint, sie kunnt net schlafen, weil 's Hendl gackert. Und da haben sie 's Hendl eingsperrt. Aber 's Hendl hat gackert, weil 's ein guts Eier hat glegt ghabt. Und daß halt d' Nachberin schlafen kunnt, drum haben s' dem Hendl mit'm Messer 's Köpfl runter gschlagen. Jetzt hat's nimmer gackert, 's Hendl! Aber d' Nachberin hat net schlafen können . . . Und so geht's zu auf der Welt!"

„Mich laß aus, verstehst!" fuhr der Waldhofer geärgert auf. „Was kann denn ich dafür! Verzähl deine Gschichten bei die Ausschußmannder! Ich bin der Burgermeister, der Garniz! D' Ausschußmannder haben die großen Mäuler, und da muß man zruckfahren mit'm Köpfl, oder sie derbeißen ein." Er wollte die Stube verlassen, aber Lisbeths Augen schienen ihn festzuhalten. „Jetzt weißt, Madl, die Sach pressiert ja net!" begann er mit Stottern zu trösten. „Bis auf Georgi is noch fünf Wochen Zeit, da kann sich d'Mutter kommod um ein anderes Domazil umschaun. Und daß ihr der Umzug keine Kösten macht, drum hab ich Vollmacht . . . von die Ausschußmannder, daß . . . no ja, daß ich ihr halt fufzig Markln Schadenersatz auszahl!" Der Waldhofer log; denn von einer Entschädigung der Altenöderin war im Meinungskampf der Ausschußmannder' mit keiner Silbe die Rede gewesen. „'s Geld kannst gleich mitnehmen."

„Vergeltsgott! Aber d'Mutter nimmt nix." Es war das erste Wort, das Lisbeth sprach.

„Sie nimmt nix? So? . . . No ja, mit'm Löffel kann ich's ihr auch net eingeben."

Wütend stapfte der Waldhofer zur Türe hinaus.

Lisbeth sah ihm schweigend nach und ließ sich auf den Sessel sinken, als wären ihr die Knie ge= brochen.

Im Bette sitzend und ganz in sich versunken, machte Hanspeter den krummen Buckel, der zum Spitz= namen für ihn geworden. Sein Gesicht war kreide= bleich, und alle die blauen und grünen Flecken spielten gelbgrau wie Asche, auf die es geregnet hat. Immer nickte er vor sich hin. Und als er Lisbeth ansah, winkte er mit der Hand und deutete auf seinen Mund.

So saßen sie wortlos eine geraume Weile.

Endlich konnte er sprechen: „No also . . . freilich, ja . . . jetzt is halt so . . . und net anderst!" Er schluckte seine Tränen und zwang sich zur Ruhe. „Jetzt, Ilsabeth . . . jetzt mußt heim! Und gleich! Hart kommt's mich an, daß ich allein bleib. Aber nimm dein Kopftüchl! Jetzt mußt zur Mutter heim! Es kunnt's ihr einer einischreien ins Fenster. Besser, sie derfahrt's von dir! Und bleibst mir bei der Mutter! Allweil! Pflegschaft brauch ich keine nimmer . . . jetzt

muß ich gsunden, weißt! Und sag der Mutter: ebbes
sinnier ich schon aus. Alls wird mich ja doch net verlassen haben! D'Leut kommen auf viel, weißt! Komm
ich schon auch noch auf ebbes! Weiß einer einmal,
daß er nix hat als seine zwei Füß . . . da fangt er
schon 's Marschieren an! Freilich ja! Aber jetzt mußt
heim, Kindl!"

Sie nickte, band ihr Kopftuch um und legte den
Deckel auf die irdene Raine.

„Gelt, sag der Mutter Vergeltsgott für d' Fisolen!"

Lisbeth schüttelte den Kopf. „Das braucht's net,
weißt! Dir is alles gern geben!" Sie hängte die
Raine mit dem Stricklein an den Arm und faßte
Hanspeters Hände. „Pfüe Gott, Peterl . . ." Da
kamen ihr die Tränen, jäh, wie ein Sturz, dem sie
nicht wehren konnte.

Er sprach kein Wort, streichelte nur ihren Arm,
und immer häßlicher wurde sein Gesicht in der Verzerrung des Schmerzes.

Besser als jeder Trost beruhigte sie dieses Schweigen.
Fast konnte sie lächeln.

„No also . . . pfüe Gott halt, Peterl! Und tu
mir gsunden, gelt! Und laß dir's net hart sein!
Schau, d' Mutter und ich, wir finden uns schon wieder naus! Weiß einer einmal, daß er zum Nix-
haben auf der Welt is, da is er bald wieder zfrie-
ben. Und für mich . . ." ihre Stimme versank, „leicht

kunnt's für mich am besten sein, daß ich fort muß.“

Hanspeter konnte nicht denken. Sonst hätte ihm dieses seufzende Wort zu denken gegeben. „D'Mutter und du?“ Er fühlte nur, daß diese beiden Namen nicht ganz waren und daß noch ein dritter fehlte. „Und ich?“

„Schau, wirst bloß leichter um ein Sorgenbinkerl!“ Ihre Stimme zitterte, und es war ihr anzumerken, daß sie sagte, was sie selber nicht glaubte.

„D'Sorg, Ilsabeth, d'Sorg aus der Lieb is 's Allerbest vom Leben!“

Da nickte sie. „D'Mutter und du und ich . . . wir bhalten uns, weißt! Beinand oder anderstwo . . . Hanspeter sag ich in der Fruh, und Hanspeter sagt d'Mutter auf d'Nacht. Und wirst uns einer ein Prügel übern Weg . . . denk ich mir halt, es is von der Ausnahm einer! Zwei kenn ich, und die sind gut! Und einer bist du davon! . . . No ja, muß ich halt heimgehn! . . . Pfüe Gott, Peterl! Und für alls, was d' uns z'lieb tan hast, soll dich unser Herrgott gsegnen!“

Lisbeths Hand umklammernd, lachte Hanspeter heiser vor sich hin. „Der? . . . So so? . . . No ja, is schon gut!“

Da befreite Lisbeth ihre Hand und strich ihm das Haar aus der kalten Stirne. „Geh, sei net einer, der net bist! D'Mutter trutzt . . . aber du? Na na! Du kannst es net! Morgen hast dich schon wieder!“

„So? ... Meinst?"

„Ja, Peterl!" Sie hob das Handtuch auf, das neben dem Wasserkrug auf dem Boden lag und hängte es an den Nagel, an den es gehörte. Den Stuhl rückte sie noch an die Wand, und dann ging sie zur Türe. Als sie schon die Klinke in der Hand hatte, zögerte sie. „Bald der Roman heimkommt ... gelt, sagst ihm ein Vergeltsgott von mir! Und ... pfüe Gott halt!"

„Ilsabeth ..."

Aber da hatte sie die Stube schon verlassen.

Schwer, daß die Bettlade krachte, fiel Hanspeter mit der Hälfte seiner drei Zentner in die Kissen zurück. Eine Weile lag er, ohne sich zu rühren. Nur sein Atem rasselte. Dann plötzlich schlug er die Hände ineinander. „Mar und Josef! Was hab ich denn noch? Was bleibt mir denn?"

Habt Ihr schon gesehen, wie ein im Frühling eingefangener Vogel über die Stäbe seines Gitters flattert?

So irrte Hanspeters Blick über die Wände seiner Kammer hin, als müßten jetzt und jetzt die Mauern fallen, als müßte er irgendwo, weit in der Ferne, etwas sehen, an das er noch glauben, auf das er noch hoffen könnte.

Was auf seiner Zunge lebendig war, das hatten sie mit Fäusten erschlagen, mit dem Messer durchbohrt und mit dem Amtssiegel als tot und begraben festgelegt. Was ihm lieb war, rissen sie von seinem

Herzen — und das hatte sein Herrgott geschehen lassen,
der war nicht ‚bei der Stang‘ gewesen, und die himmlischen ‚Parigraffi‘ hatten nicht stand gehalten.

Dem Peter Johannes Zdazilek war seine ganze
Welt zertrümmert, sein Himmel war heruntergestürzt
aus dem leuchtenden Blau, auf der grauen Straße
lagen die Scherben, und die ‚Ausschußmannder‘ schritten
drüber hin mit genagelten Schuhen.

Ratlos, ganz verstört durch die Erkenntnis seines
leergewordenen Lebens, brach er in Schluchzen aus,
jeder Laut ein Stoß, als möchte es ihm die Brust zersprengen.

Als er, um die Tränen fortzuwischen, mit der
Hand einmal übers Gesicht fuhr, so langsam über
alles, über Augen, Nase und Mund, blieb ihm an den
Schwielen des Daumens ein wässerig zerflossener Blutstropfen hängen.

Den sah er an und nickte.

„So so? ... No ja!“

Am Brett der Bettlade wischte er den roten
Tropfen von der Hand, drehte sich auf die Seite und
grub das Gesicht in die Kissen. Denn wenn es
schwarz ist vor den Augen, wird einem das Denken
leichter.

Und während Hanspeter in seiner Finsternis zu
sinnen und zu grübeln begann, wie der Nannimai und
der Ilsabeth zu helfen wäre, kamen schmelzende Trom-

petenklänge fern über die Gärten her durch die sonnige
Luft geschwommen.

Die Blechkapelle des Dorfes hielt im Wirtshaus
eine Probe. Erst spielten sie einen ‚staden Marsch‘,
wie sie ihn bei der Fronleichnamsprozession oder bei
feierlichem Begräbnis brauchten, wenn etwa einer der
‚Ausschußmannder‘ oder ein Mitglied der Feuerwehr
das Zeitliche segnen würde. Und dann probierten sie
die Tanzweisen für eine Hochzeit, die in Aussicht stand.

Wie das lustig klang!

11.

Es ging auf den Abend zu.

In den gelben Lüften war ein Glanz und Leuchten, daß die weißen Mauern in Hanspeters Kammer einen Widerschein gaben, als wäre des Nachbars Scheune in Brand geraten.

Obwohl es abendlich kühl war in der Stube, schwitzte Hanspeter, daß die Perlen so dicht an seinem häßlichen Gesichte hingen, wie die Luftblasen an einem Glas mit abgestandenem Wasser. Die Kammer hatte keinen Ofen — aber hätte sie einen gehabt und hätte man eine ganze Klafter ins Schürloch gefeuert, von der glühenden Ofenplatte wäre dem Hanspeter nicht so heiß geworden, wie vom Denken. In dieser Hitze aber hatte sich etwas ausgekocht; das hatte schon feste Gestalt, hatte Mauern und Fenster, hatte Dach und Ofen!

Fieberte Hanspeter? Oder war es — wie der Verhungernde ganze Berge von Leckerbissen und der Verschmachtende ganze Meere von Milch und Wasser sieht — war es nur seine Hilflosigkeit, welche Wunschträume in ihm gähren ließ, die über alle Grenzen der Möglichkeit hinaus sprangen und unbescheiden wurden? Denn er hatte keinen anderen Gedanken mehr als nur den einen: irgendwo einen Grund kaufen und selber ein Haus bauen, das drei Stuben hätte! Diese Stuben verteilte er, wie einst der heilige Petrus die Laubhütten. Nur daß es beim Hanspeter hieß: „Die größte Stub für d' Mutter Nannimai und ihr Häuslzeug, die sonnseitig für d' Ilsabeth und die mindegest für mich!"

Einen schönen Grund für Haus und Garten kauft man für vier, fünfhundert Mark. Und ein Haus mit drei Stuben und einer Küche baut man für zwölf oder fünfzehnhundert. Alles in allem zwei Tausend! Das ist nicht viel. Nur haben muß man's! Und hat man's nicht, so muß man halt schauen, wo man's herkriegt.

„O Jegott mein, wo nimm ich's denn her? Wer gibt mir's denn?"

Sein Roman! Das war der erste Einfall. „Der gibt's!"

Aber Roman mußte das Geld vom Waldhofer verlangen — ein Gedanke, bei welchem Hanspeters Haus schon wieder in Trümmer fiel.

„Ebba der Herr Pfarr?“

Ah jah! Wenn Herr Felician das Geld nur selber hätte! Und wenn die Jungfer Kathrin nicht wäre! „Die laßt nix aus!“ Die würde nur sagen: „Z'erst bringst mir mein Sessel wieder!“

Hanspeter griff an seinen Kopf, als möchte er die Beulen fühlen, die er den Holzbeinen jenes Sessels zu danken hatte. Und schwitzend grübelte er weiter.

Er sah es ein: da wird nichts anderes übrig bleiben, als daß er die Zweitausend auf Zinsen zu leihen nimmt. Mit dem Heimzahlen wird's freilich ein bißchen lange dauern. An die siebzig bis achtzig Mark wird er abzahlen können im Jahr. Dazu noch die Zinsen. Bis er mit dem Heimzahlen fertig ist, wird nimmer viel fehlen und der Hanspeter ist sechzig Jahr alt.

Wo aber soll er einen finden, der so jung ist, um zu glauben, daß der Hanspeter beim Zahlen so alt wird? Und wenn ihn eine Krankheit packt, und er kann nicht verdienen? Und wenn ihm ein verbotenes Wörtlein von der christlichen Lieb über die Zunge rutscht und sie schicken ihm den ‚Präjudizi‘ heraus, der den Hanspeter schön sauber einsperrt? Wer wird dann abzahlen, wenn der sichere Peter Johannes Zdazilek sicher im Loch sitzt? Wer wird auf solche Gefahr hin zwei Tausend herleihen?

„Das müßt schon einer sein, dem unser Herrgott mit der Lieb ein bißl einileucht ins Gmüt!“

Unser Herrgott?

Als Hanspeter bei seinem Gegrübel auf diesen einzigen und letzten Nothelfer stieß, da fuhr er mit seiner Hoffnung zurück, wie der Waldhofer mit seinem ‚Köpfl‘ vor den großen Mäulern der ‚Ausschußmannder‘.

„Das muß schon anderst gehn!“

Er suchte einen neuen Weg der Hilfe, einen dritten und vierten. Immer wieder stieß er gegen den gleichen Schlagbaum, immer wieder sah er ein, daß all seine Hoffnung zerrinnen mußte, wenn der liebe Herrgott nicht half.

Ratlos und verstört, und doch im Herzen schon wieder angeglänzt von einem neu erwachenden Schimmer seiner alten Zuversicht, machte er über allen Abgrund dieses Tages einen verzweifelten Sprung.

„Jetzt sind s' einmal, d' Leut, wie er s' gmacht hat. Warum er s' net anderst gmacht hat, das wird er schon wissen ... dem Herrn Pfarr hat er's auch noch net gsagt. Jetzt muß er d' Leut halt tun lassen, wie s' mögen. Belohnigen und strafen kann er ... aber sonst muß er s' gehn lassen! Sonst tät's ja kein Sünd und kein Unrecht geben! Und gschieht ebbes, wo d' Leut ein Wörtl drein z' reden haben ... da muß er zuschauen! Drum hat er net helfen können in der Häuslfrag, weil da d' Ausschußmannder zum Dispatieren haben! Ebbes aber kunnt's geben, wo d' Leut nix wissen davon und wo d' Leut net schaden können.

Da kunnt er ein übrigs tun und ein wengl helfen. So ebbes muß ich mir ausstudieren ... wo b' Leut nix schaden können! Da hilft er, ja, da hab ich mein Zuversicht!"

Draußen war das letzte farbige Licht erloschen, und in der dämmerigen Abendstille begannen die Glocken den Mariengruß zu läuten.

„Schier kommt's mir für, als tät er mir ebbes raten mögen ... in der Glockensprach!"

Man müßte es nur verstehen, diese Stimme richtig zu deuten, meinte Hanspeter. Die Hände ineinander klammernd, begann er stumm zu beten, jeder stammelnde Laut seines Herzens wie der Hilfeschrei eines Ertrinkenden. So wartete er auf ein erleuchtendes Wunder.

Und siehe — wie es in frommen Geschichten heißt — dieses Wunder geschah.

Flüsternde Stimmen in der Nähe des offenen Fensters: die Hausmagd im Gezischel mit ihrem Burschen, der ein Holzknecht war. Fünf Jahre gingen die beiden schon miteinander. Gerne hätten sie geheiratet, aber das nötige ‚Gerstl‘ fehlte. Dieser alte Kummer füllte auch wieder ihren jüngsten, flüsternden Heimgart.

„Wenn zwei Markln spendieren tätst," meinte der Bursch, „tät ich s' in b'auslandisch Lotterie setzen. Morgen in der Fruh geht d' Spielbötin auf Kufstein ummi."

„Geh, du Lapp!" murrte die Hausmagd. „Zwei
Markln kriegen Kinder in vierzehn Jahr! 's Geld
verspielen! Freilich, wenn einer 's richtige Nummero
wüßt! Aber träumen tut mir nix, so fest schlaf ich
allweil. Und bis eim unser Herrgott ebbes einsagt . . .
na na! Warten wir lieber die fünf Jahrln noch, bis
ich 's Gerstl beinand hab!" —

Da fuhr dem Hanspeter die Erleuchtung wie ein
heißes Bügeleisen über die Seele. Deutlich, wie zum
Greifen deutlich, sah er drei Nummern in der dunklen
Luft seiner Stube glänzen.

Niemals noch in seinem Leben hatte er einen
Pfennig in die Lotterie gesetzt. Aber jetzt! Das hatte
ihm der liebe Gott eingegeben. Die Nummern im
Spiel, die kommen — da können die Menschen nichts
ändern dran. Und über die richtigen Nummern gab's
für den Hanspeter keinen Zweifel mehr.

Und morgen in aller Gottesfrühe marschiert die
Spielbötin nach Kufstein!

Hanspeter sprang aus dem Bett. Ein Schwindel
überkam ihn, daß er sich am offenen Fensterflügel fest=
halten mußte, um nicht zu fallen. Erst nahm er aus
dem Kasten das Beutelchen mit den zweiundfünfzig
Mark, die sein ganzer Reichtum waren. Dann zog er
sich an. Die Joppe konnte er nicht zuknöpfen, weil
der Verband seine Brust um so viel dicker machte.
Und den Hut vergaß er. Und mit taumelnden

Schritten durch die Scheune hinaus in den dunklen
Abend!

Am stahlblauen Himmel Stern um Stern. Sie
glitzerten so unruhig, als wäre Föhnwetter im Anzug.
Und über die südlichen Berge schoben sich auch schon
dichtgeballte, blauschwarze Wolken herauf.

Hanspeter blickte zum Himmel empor. Er sah
nicht die Wolken, nur die Sterne.

„Gelt, ja? ... Gelt, ja?"

Bis er auf die Straße kam, das machte sich lang=
sam. Immer wieder mußte er rasten. Doch mit jedem
Schritte schien der ‚Gsund' in ihm zu wachsen. Ihn
heilte seine Hoffnung, seine Zuversicht.

Weit draußen, fast am Ende des Dorfes, wohnte
die Spielbötin, die sich jeden Monat einmal auf die
Beine machte, um die ausgemünzte Hoffnung der Leicht=
sinnigen und Armen über die Grenze nach Kufstein zu
tragen, für die Innsbrucker Ziehung. Viel Geld war's,
das sie hinübertrug. Und selten brachte sie was zurück.
Das Glück hat laufende Beine, doch einen winkenden
Finger.

Als Hanspeter in die niedere Stube trat, in der
sein gebeugter Nacken fast an die Decke stieß, saß die
Bötin mit einer Flickerei bei der Lampe.

„Du? ... Ah, da schau, der Ratzenspeckl!" Sie
schien an diesen neuen Kunden gar nicht glauben zu
wollen. „Hast dich wieder auffigmacht aus'm Kreister?"

„Ein bißl, ja."

„Was suchst denn bei mir?" Sie lachte. „Wirst mir doch net predigen wollen?"

„Na na!"

„Was willst denn?"

„Setzen halt."

„Jetzt fallt 's Kirchenbach ein!" Kichernd erhob sie sich und holte ihr Spielbuch, um die Hoffnung und Zuversicht des Peter Johannes Zdazilek schwarz auf weiß zu registrieren. Am Tische stellte sie das Tintenglas zurecht, kratzte den Schorf von der Feder und tauchte ein. „Also? Was für Nummero hast?"

„Nummer 1, und Nummer 13, und Nummer 90."

Ehe die Bötin schrieb, guckte sie am Hanspeter hinauf und sagte: „Katzenfleckerl, das sind drei Nummern, die sich ein bißl hart aufsiziehen. Derzeit ich denk, sind s' noch net dagwesen!"

Hanspeter drückte den Finger auf die Tischplatte. „Jetzt kommen s'! Schreib auf! Nummer 1 hat unser Herrgott, d' Lieb hat Nummer 13, und die höchste Not hat Nummer 90."

„No ja, wie d' meinst!" Die Bötin schrieb. „Und wie viel willst setzen? Zwanzg Pfennig ebba?"

„Fufzg Markln!"

Die Bötin war starr. „Bist ebba narret, Buckleter?"

Ohne zu antworten, öffnete Hanspeter mit zittern

den Händen den strotzenden Lederbeutel und zählte der Spielbötin das Silber auf den Tisch.

Sie schüttelte den Kopf, schrieb die Ziffern ein und sagte: „Ein Markl krieg ich Prozenti für'n Weg.“

Hanspeter zahlte. „Und kommen s', d' Nummero ... was tät ich denn ebba kriegen?“

„Kommt eine bloß, so zahlen s' dich siebenmal aus, macht dreihundertfufzg Markl.“

Er schüttelte den Kopf.

„Kommen alle drei, so zahlen s' viertausendmal. Buckleter, da kannst den Waldhof kaufen und 's halbe Torf dazu!“

Erschrocken wehrte Hanspeter mit der Hand. „Na na! So viel mag ich net! Mehr, als einer braucht, soll er vom lieben Herrgott net verlangen.“

„Machst bloß ein Ambo auf zwei Nummern, so zahlen s' dich vierzgmal aus, macht zwei Tausend grad aus.“

„Jetzt haben wir's!“ Hanspeter atmete auf. „Eine von die Nummero kannst streichen! Ja! Und streich halt d' Lieb ... der Dreizehner is eh ein bißl ein heiftigs Ziffer! ... Nummer 1 und Nummer 90! ... Fufzg Markln auf'n Herrgott und auf d' höchste Not! ... Schreib auf!“

Die Bötin füllte den Spielschein aus. „Da! Den mußt aufheben!“

„Ah jah!" Mit glänzenden Augen sah Hanspeter
den Zettel an — und was er sah, war ein Haus mit
Dach und Fenstern, die Freude der Nannimai und das
Glück der Ilsabeth. Vorsichtig faltete er das Blättchen
zusammen und legte es zu der letzten einsamen Mark
in den hohlgewordenen Beutel. „Bist ein arms Weibl,
Botin! Laß dir raten und tu mitsetzen auf mein
Nummero!"

„Kunnt schon sein, daß ich setz!" Mit prüfendem
Blick betrachtete die Botin den Hanspeter, besann
sich ein Weilchen und schrieb zwei Nummern in das
Spielbuch. „So! Probieren wir's einmal! So
ebbes gschieht net alle Täg! . . Gut Nacht, Buckleter!"

„Wann kommen s' denn aussi, die Nummero?"

„Über acht Täg."

„Gottsliebe Nacht, Botin!"

Bei der Türe tauchte Hanspeter zwei Finger in
das Weihbrunnkesselchen und besprengte sich.

Als er ins Freie trat, war schon der halbe Himmel
schwarz, und ein schwül blasender Wind zog über die
Berge nieder.

„Jetzt schlagt's um!"

Er meinte das Glück und nicht das Wetter.

Und das mußte die Nannimai noch wissen. Freilich
durfte er dem lieben Herrgott nicht aus der Werkstätte
schwatzen, denn ein Wunder erleben, das ist eine Ver-

trauenssache. „Ein füreiligs Wörtl kannt ebbes schaden!"
Aber das eine wird ihm doch vergönnt sein, daß er der
Nannimai sagt: „Heut, Mutterl, heut kannst schlafen!
Frag net, weißt! Aber
acht Täg, und gholfen is."

Ein paar hundert
Schritte nur waren's
bis zum Häuschen der
Altenöderin. Aber
zweimal mußte sich
Hanspeter auf den
Wegrain setzen, um
zu rasten.

An Nannimais
Hütte fand er die
Tür verriegelt und
die Fensterläden ge=
schlossen. So vorsichtig
war die Altenöderin sonst
nie gewesen.

Durch einen der Läden
quoll matter Lichtschein
aus der Stube heraus. Und Hanspeter drückte das
Auge an den Spalt. Er sah ein Stück des Tisches,
zwei halbfertige Schweizerhäuschen, weiße Hölzchen,
Glassplitter und Moosschnitzel — und sah vier Hände,
zwei runzlig welke und zwei junge, die hin und her

griffen und immer schafften. Dabei kein Laut in der Stube.

Beim Anblick dieser stillen, rührsamen Hände begannen dem Hanspeter die Augen zu tröpfeln. Rufen konnte er nicht — er pochte mit der Faust an den Fensterladen. In der Stube blieb's still. Erst nach einer Weile fragte die Lisbeth: „Wer is da?"

„Ich bin's Kindl! Ich bin's!"

Zwei erschrockene Stimmen: „Jesus Maria! Der Hanspeter!" Eilende Schritte in der Stube, und die Haustür wurde aufgerissen. „Ja Peterl, du Unverstand, was is dir denn da jetzt eingfallen!" stammelte Lisbeth. Und die Altenöderin schalt: „Du Narr! Wie kannst mir denn aus'm Bett auffi! Meinst denn, du därfst dich umbringen! Gleich schaust mir, daß d' wieder heim kommst! Dein Arm tu her! Ilsabeth, pack ihn bei der andern Seit! Den müssen wir heimführen, den!"

Noch ehe Hanspeter das Reden fertig brachte, mußte er zwischen seiner besorgten Eskorte schon einen Schritt um den andern machen.

„Aber schau, Mutterl . . ."

„Tu nur nix reden in der kühlen Nachtluft!"

„Aber schau, ich will dir bloß sagen . . ."

„Dein Schnabel sollst halten! Ich will nix wissen!"

„Heut, Mutterl, heut kannst schlafen! In Ruh kannst schlafen!"

„Laß mich aus! D'Hauptsach is, daß ich dich ins Bett bring." .

„Und ebbes gschieht, Mutterl! Acht Täg, und gholfen is dir! ... Mehr därf ich net sagen."

„Gott sei Dank, so sei einmal stab! Wenn dir der Dokter 's viele Reden verboten hat! ... Na! Na! Lauft mir der Mensch in der Nachtzeit aus'm Bett aufsi! ... Um Gottswillen, Peterl, und mach dir doch net um meintwegen so ein Aufruhr her!" Die Stimme der Altenöderin klang nicht mehr so energisch wie zuvor. „Jetzt weiß ich, wie alles stehl, und jetzt hab ich's gschluckt. Leut sind Leut ... Kreuz drüber! Hart trifft's mich freilich ..."

„Ich sag dir, Mutterl ..."

Ein schwüler Windstoß sauste über die Straße hin, und die Altenöderin stammelte: „Jesses, Bub, sei stab und beiß die Zähnt übereinand, daß mir den schiechen Luft net einikriegst! ... Und schau, jetzt laß dir ein Fried! Umziehen müssen, freilich, das is mir halb wie 's Abbrennen. Aber ich kunnt mir noch ebbes Ärgers denken! Wird sich schon wieder ein Häusl finden für uns "

Hanspeter blieb stehen. Weil er die Zähne übereinander beißen mußte, konnte er nicht sprechen. Drum nickte er nur, und so ausgiebig, daß ihm der schwere plumpe Kopf bei jedem Nicker hinuntertauchte bis auf die Brust.

„No ja, no ja, ich weiß schon, was d' meinst! Jetzt mach mir lieber, daß d' heim kommst!"

Doch immer langsamer ging es vorwärts. Die Straße war finster geworden, denn die schwarzen Wolken, die der rauschende Föhnwind über die Berge jagte, hatten schon alle Sterne zugedeckt. Und wie sehr sich Hanspeter auch zusammennahm, um seine wachsende Erschöpfung zu verbergen — seine Schritte wurden doch immer schwerfälliger und müder. Da war die Altenöderin mit ihrem lahmen Bein noch flinker als er. Sie fühlte, daß sein Arm immer gewichtiger auf dem ihren lastete, immer mahnte sie Lisbeth wieder: „Kindl, tauch an!" . . . und erleichtert atmete sie auf, als endlich der Waldhof erreicht war.

„Gottsliebe Nacht beinand! Und heut kannst schlafen, Mutterl! Und Vergeltsgott, ja!" Das mußte er noch sagen; dann biß er wieder die Zähne übereinander und taumelte in die schwarze Scheune.

Die Altenöderin und Lisbeth warteten vor seinem Fenster, bis sie in der Kammer seine schweren Schuhe poltern hörten. Dann gingen sie. Auf der Straße sah sich Lisbeth noch einmal um.

„Mutter . . ."

„Was?"

„Er muß doch ebbes wissen für uns!" . . . Wär sein Roman daheim, ich kunnt mir denken, der hat ihm ebbes graten."

„Mach dir nix für, Kindl!" sagte die Altenöderin
müd und langsam. „Wird sich halt sein guter Glauben wieder an ebbes ghängt haben! D'Welt macht er
net anderst   ehnder bringt er sich noch um mit
lauter Christenlies! . . . Wenn er sich nur kein Schaden
tan hat, heut!" Ein Windstoß machte sie wanken.

Lisbeth legte den Arm um die Mutter.

So schritten sie in das Dunkel hinaus, eng aneinander gedrückt, mit vorgebeugten Köpfen, und ihre
Röcke flatterten und rauschten im Sturm.

Sie kamen heim und setzten sich wieder zur Arbeit.
Schweigend. Gegen zwei Uhr morgens, als die Lampe
zu erlöschen drohte, sagte die Altenöderin: „Legen wir
uns halt!" Sie gingen zur Ruhe, aber sie schliefen
nicht. — — —

Doch dem Hanspeter waren die Lider zugefallen
wie Blei. Er schlief die ganze Nacht bis in den Tag
hinein. Die Hausmagd, als sie ihm die Suppe brachte,
mußte ihn wecken. Schlaftrunken sah er zuerst das
Fenster an, über das der Regen in Strömen niederging. Ganz grau war draußen die Luft, und noch
grauer war's in der kleinen Stube.

Von der Suppe aß er nur ein paar Löffel voll.
Dann nahm er aus der Joppe, die auf dem Sessel
lag, das lederne Beutelchen hervor, guckte schmunzelnd
hinein, band's wieder zu und schob es unter das Kopf-
kissen.

Jetzt lag er ruhig im Bett. Immer lächelte er, doch immer zitterten ihm die Hände.

Gegen Mittag kam Lisbeth — „nur auf ein Sprüngerl," wie sie sagte, denn „d'Mutter braucht mich, weißt, jetzt müssen wir doppelt schaffen!" — sie kam nur, um zu sehen, wie es ihm ginge.

„Gut, Kindl! So viel gut!" —

Und Tag für Tag, immer besser ging es dem Hanspeter. Nur das Zittern seiner Hände wollte sich nicht stillen. „Bist halt an die Arbeit gewöhnt," meinte der Doktor, „'s Faulenzen vertragen deine fünfkluppigen Schmiedhämmer net! Die müssen klopfen!" Und am Donnerstag erlaubte er ihm, ‚für ein Stünderl' aufzustehen.

Aus dem ‚Stünderl' machte Hanspeter einen ganzen Tag. Er holte selber sein Essen aus der Küche, tat allerlei kleine Arbeit im Haus und schnitt für die Hausmagd ein Bündel Späne zum Anschüren. Aber die Arbeit ging ihm schwer von den Händen, die immer noch so merkwürdig zitterten, daß die Magd behauptete: „Der Hanspeter hat 's Dattrige kriegt."

Einen Schritt vor die Tür zu machen, verwehrte ihm der Regen, der aus den dicht treibenden Wolken fiel, als möchte der Himmel in seiner Flut die Erde ertränken.

> „Regnet's im Märzen,
> Kann der Bauer lachen und scherzen."

So sagt ein Kalendervers, und der Waldhofer befolgte ihn, wenn er am Fenster stand und hinaussah auf die Wiesen, die bei dem voreiligen Frühjahr zwei Wochen vor der Zeit zu grünen begannen. „Sakra! Huier gibt's Gras!" Er lachte und war guter Laune, einen Tag um den andern. Am Samstag aber, als es Abend wurde, regnete es zwar noch immer, doch der Waldhofer hatte seine lachende Grasfreude verloren und schimpfte wie ein Rohrspatz — auf seinen Buben. Denn als die Holzknechte kamen, um ihren Wochenlohn zu holen, meldete einer: „Der Roman laßt enk sagen, daß er übern Sonntag droben bleibt in der Holzerhütten. So viel müd is er, sagt er, und möcht sich ausschlafen einmal."

„Ah, narret!" brach der Waldhofer los. „Als ob er 's Schlafen daheim net besser hätt! Und am Palmsonntag net in der Kirch sein! Wo der Herr Pfarr den Wieswachs segnet und d'Wetterstauden weiht! Was das für ein Christentum is! Über den müßt schon bald der Hanspeter kommen! Schad, daß ihm 's Predigen verboten is!"

Als der ärgste Ärger verraucht war, tauchte die Sorge in ihm auf. „Der is ja wie umbraht! Schon die ganze Zeit! Der Bub muß ebbes haben!" Aber was? Daß Roman an irgend einem Streich der Dorflober teilgenommen und ‚Butter auf dem Köpfl' hätte, das brauchte der Waldhofer nicht zu fürchten. Dafür

fannte er ſeinen Buben. Und mit ſeiner Julei war
Roman doch wieder ausgeſöhnt — die ‚balkete Trußerei‘
hatte der Waldhofer überhaupt nicht ernſt genommen.
„Aber ebbes muß er haben!“

Hätte es am Palmſonntag nicht ‚Kreuzerſtricke‘ geregnet — ein Regen, daß man dem Hanspeter mit
Gewalt den erſten Kirchgang, den er ſo ‚preſſanti‘ hatte,
verwehren mußte — ſo würde der Waldhofer die
drei Stunden Weg nicht geſcheut haben und wäre
zu ſeinem Buben in die Holzerhütte hinaufgeſtiegen.

An dieſem Palm-
ſonntag aber konnte
man wieder einmal
ſehen, was Liebe ver-
mag. Denn am ſpäten
Nachmittag, als der
Waldhofer am Fenſter
ſtand und hinausguckte
in dieſen grauen Waſ-
ſerſturz, der über die
menſchenleere Straße
niederpraſſelte — da
ſah er durch das ſtrö-
mende Grau etwas
einhergaukeln, das ei-
nem übernatürlich aus-
gewachſenen Fliegen-

schwamm zum Verwechseln ähnlich sah: einen großen, roten Regenschirm, und darunter ein geschürztes Röcklein und zwei weiße, flink bewegliche Strümpfe.

„Die muß's notwendig haben!" dachte der Waldhofer lachend.

Beim Zauntor machte der rote Regenschirm eine hurtige Schwenkung gegen den Waldhof, und für einen Augenblick war unter dem triefenden ‚Paradachl' ein Gesicht zu erkennen. „Mar und Joseph! D'Julerl!"

Der Waldhofer lief aus der Stube und öffnete die Haustür. „Ja Madl mein liebs! Ja hat dich denn 's Wasser net davon? Bei so eim Regen laufst mir bis da eini? ... So laß ich mir's gfallen, d' Lieb! Die därf kein Sündflut fürchten!"

Kichernd senkte Julei den Regenschirm, sprang über die Schwelle und schüttelte die Röcke. „Was is denn, Waldhofer? Is er ebba krank, der Roman ... weil er sich gar net anschaun laßt?"

Als sie die Botschaft hörte, die Roman von der Holzerhütte heruntergeschickt hatte, sah sie den Waldhofer mit erschrockenem Staunen an; so ratlos war sie, daß ihr rundes Grübchengesichtlein ganz lang wurde. Und dann stellte sie eine Frage, deren Zusammenhang mit dem Roman der Waldhofer nicht zu begreifen schien. Sie fragte: „Liegt der Hanspeter noch allweil?"

„Na na, der macht sich schon wieder."

„Und . . . sein Pflegschaft, is die noch allweil da?"

„Ah na! Die kommt schon die ganze Wochen nimmer . . . diemal halt, ein bißl nachschauen."

Julerl atmete auf.

„Was für ein guts Herzl mußt haben, du!" sagte der Waldhofer und tätschelte ihre Hand. „Um dein Roman sorgst dich . . . und um den andern auch noch dazu! Aber komm, jetzt laß ich dir ein Kaffee machen!" Er rief gegen die Küche: „Hausmagd! He! Ein Kaffee fürs Julerl! Aber ein guten, gelt!"

Sie gingen in die Stube.

Die Sorge, die das Julerl mit dem guten Herzen durch den prasselnden Regen getrieben hatte, schien sich beschwichtigt zu haben. Denn während die Hausmagd den Kaffee kochte, klang aus der Stube das helle Gezwitscher des Mädchens und dazu das laute Lachen des Waldhofers. Es war ein lustiges Stündlein, das die beiden miteinander verschwatzten. Und als gegen Einbruch der Dämmerung der Regen ein wenig nachließ, und Julerl, zum Heimweg das Röcklein geschürzt, mit dem Waldhofer aus der Stube trat, da sagte der Bauer mit Lachen: „Madl, in dir is b' Lustigkeit wie anbrennts Pulver! Völlig aufgwacht bist! Als ob dich der Herrgott umbraxelt hätt aufs Heiraten hin! Mein Bub kann lachen! Und ich . . ." Schmunzelnd legte er dem Julerl die Hand unter das mollige Kinn. „Ich, scheint mir, krieg's auch net schlecht bei dir! So viel hab ich gmerkt, heut!"

„Gut, Vaterl, gut sollts es haben! So viel gut!" Sie sah mit ihrem rosigen Lächeln an ihm hinauf. „Aber gelt, so wie's heut ausgmacht is, so bleibt's? Drei Wochen nach die Ostertäg?"

„Ja, Schatzerl, so bleibt's! Und wie enker Brautexami rum is, fahr ich mit'm Buben eini zum Notar."

Der Waldhofer hatte den Arm um Julei gelegt und war mit ihr unter die Haustür getreten. Schon wollte Julerl das rote ‚Parabachl' aufspannen, als sie auf der Straße die Lisbeth kommen sah, ein wollenes Tuch um Kopf und Schultern gewickelt. Da wurden in Juleis rundem Grübchengesicht all die sanften Züge hart und scharf, und in den Taubenaugen funkelte ein Blick des Hasses. Sie ließ den Regenschirm sinken, griff in die Tasche ihres Röckleins und kicherte: „Jesses, Vaterl, jetzt hab ich in der Stuben mein Tüchl vergessen."

„Wart, ich hol dir's!" sagte der Waldhofer und ging in die Stube zurück.

„Auf'm Kanapee muß's liegen, oder hinter'm Tisch."

Lisbeth war in den Hof getreten und kam zur Haustür. „Guten Abend!" sagte sie leis und blieb vor der Schwelle stehen, um zu warten, bis sie freien Weg bekäme.

Aber Julei rührte sich nicht vom Fleck. Sie hatte

sich mitten unter die Tür gestellt und den Regenschirm quer über den Schoß genommen. Ihr rundes Näslein war ganz spitz geworden, und das rote Mäulchen war klein zusammengekräuselt. „So, du! Heut machst ein Metzgergang!" sagte sie, ganz sanft und flüsternd. „Heut is er net daheim . . . mein Roman."

Blutrot schoß es über das bleiche Gesicht der Lisbeth. Sie fand nicht gleich eine Antwort. Und dann stammelte sie: „Ich will zum Hanspeter."

„So? . . . No ja, es is bloß, daß d' weißt, man kennt sich aus! Und helfen tut's dir nix! Ich hab ein Alräundl vergraben." Julei lächelte und bekreuzte sich. „Jetzt kannst hexen, wie d' magst!" Sie gab die Schwelle frei.

Aber Lisbeth hatte ihr schon den Rücken gewandt und ging am Haus entlang, um ihren Weg durch die Scheune zu nehmen.

Aus der Stube klang die Stimme des Waldhofers: „Da find ich kein Tüchl net."

„Laß gut sein, Vaterl, es is schon da!" rief Julei kichernd zurück. „In der andern Taschen hab ich's gfunden!"

Der Waldhofer kam, und nun hielten sie vor der Haustür unter dem aufgespannten Regenschirm noch einen kurzen Plausch, bei dem sich Julerl so lustig anließ, daß der Alte lachend sagte: „Madl! Madl! In dir muß ja alles roglig sein vor lauter Gaudi!"

„So viel freuen tu ich mich halt!"

Der Waldhofer machte die Augen klein und schmunzelte: „Auf was denn?"

Übermütig lachte ihm Julerl ins Gesicht. „Auf'n Charsamstag! Den kann ich schier nimmer derwarten."

„Was? . . . Charsamstag?"

„No ja," ihre Augen funkelten, „da hab ich halt 's Brauterami schon überstanden!"

„Das hast ja schon am Donnerstag auf'n Abend hinter deiner."

„Da freut's mich am Charsamstag erst recht!" Wieder lachte sie. „Die richtig Freud muß Zeit haben zum auswachsen." Ganz selig duckte sie das hübsche Köpfchen unter den roten Schirm. „Pfüe Gott, Vaterl! Und tu mir den Roman schön grüßen, gelt! . . . Ob er wohl bsonders gut schlaft in der Holzerhütten droben?" Kichernd sprang sie über eine der Regenlachen, die im Hofe standen, und wippte wie eine Bachstelze davon.

In schmunzelndem Wohlgefallen sah ihr der Waldhofer nach. „Ein narrets Weiberleut! Wie die jetzt aufwacht auf einmal! . . . Aber ein lieber Kerl!" Er blickte gegen die grau umnebelten Berge hinauf. „Da kannst dein Freud dran haben . . . du Lalle du balketer!"

Noch ein anderer sah die Staudamer Julei über die Straße tänzeln — Hanspeter. In seiner Kammer stand er am Fenster, hielt Stirn und Nase an die von

Wasserfäden überronnene Glasscheibe gedrückt und spähte nach allen Seiten. Die Lisbeth war doch in den Hof gekommen, war an seinem Fenster vorübergegangen — wo blieb sie nur?

Vielleicht war die Gangtür nach der Scheune verriegelt? Und Hanspeter ging, um nachzusehen.

Lisbeth stand in der dunklen Scheune, über den Leiterbaum eines Wagens gelehnt, das Gesicht in die Arme gedrückt.

„Ilsabeth? . . . Was hast denn?“

Sie hob das Gesicht. Und dann sagte sie: „Ein bißl abtropfen hab ich mich lassen . . . weil's regnet, weißt . . . ich mag dir b' Nässen net in b' Stuben tragen.“

„Du därfst mir alles! Geh, komm eini!“

Sie zögerte — und schüttelte den Kopf. „Bist ja da, jetzt! Kannst mir ja sagen wie's dir geht?“

„Gut, Kindl, so viel gut! Heut haben s' mich freilich noch net in Kirch gehn lassen . . . aber den ganzen Tag hab ich glesen in der Schrift. Langsam geht's mir freilich ein bißl, aber Christi Bergpredigt hab ich viermal durchibracht von der Fruh bis auf'n Abend. Da hab ich mich so viel aufbaut wieder.“ In Hanspeters Stimme kam ein heiserer Klang. „Und ebbes is mir eingfallen! Wann's schon nimmer sein därf, daß ich diemal ein Wörtl red zum Guten . . . weil er's net leidt, der Abuotti . . . aber 's Fürlesen

kann mir kein Parigraffi net verbieten. Und Christi
Bergpredigt müssen s' anhören . . . die! Da is alles
drin . . . tausetmal besser, als wie's der Flohannes
Ratzenspeck predigen kann!"

Er hatte Lisbeths Hände gefaßt. Und da fragte
sie: „Warum tust denn so zittern?"

„Macht nix! Na na! So hab ich's jetzt allweil,
weißt, so ein bißl. Macht nix! Ich hab mich schon wieder! . . . Aber schau, magst net ein bißl eini zu mir?"

Wieder schüttelte sie den Kopf und befreite ihre
Hände. „In sein Haus da? . . . Na, Hanspeter! Jetzt
kann ich's nimmer! Geh, laß mich heim! Und . . .
d' Mutter tut warten auf mich. Und . . . und daß
ich dir's sag: heut bin ich 's letztmal da. Gehst ja
wieder aufs Gsunden zu . . . jetzt brauchst mich nimmer.
Aber d' Mutter . . . d' Mutter braucht mich . . ."

Er konnte im Dunkel der Scheune ihr Gesicht nicht
sehen; aber der Klang ihrer Stimme wühlte die Sorge
in ihm auf. „Na na, Kindl . . . tu dich net ängsten!
Na! Und sag's der Mutter . . ."

Hanspeter verstummte. Alle Kraft mußte er zusammen nehmen, um die Wunderbotschaft des nahen
Glückes nicht heraus zu schwatzen. Tröstend wollte er
dem Mädchen mit der Hand übers Haar streichen,
ganz leise nur — doch schwer wie ein Dutzend Pfunde
fiel seine zitternde Faust auf Lisbeths Scheitel. „Freilich,
ja, wenn d' Mutter warten tut, da mußt schon heim-

gehn . . . da muß ich zruckstehn, ja . . . und war mir grad heut ein bißl Plauschen so viel gut gwesen! Kommt mir halt alls ein bißl zamm, jetzt! 's ander alls . . . und mein Roman . . . ebbes muß er haben! Jetzt is er wieder . . ." Da fiel dem Hanspeter die Hand ins Leere.

Wortlos hatte Lisbeth sich abgewandt. Ihr Tuch um die Schultern hüllend, verließ sie die Scheune.

„Ilsabeth! Kindl!" stammelte Hanspeter noch und streckte die Arme. Dann sanken ihm die Fäuste wieder, und so gebeugt stand er, daß er nicht größer aussah als ein gewöhnlicher Mensch. Er schien den dritten überflüssigen Zentner ganz verloren zu haben. „Wann ich nur reden durft! Ein einzigs Wörtl! Und gar kein Sorg nimmer müßten s' haben!"

Langsam, mit schleppenden Schritten, ging er in seine Kammer zurück. Es dauerte eine Weile, bis er mit seinen zitternden Händen ein Streichholz in Brand gebracht und die Talgkerze angezündet hatte. Erst verriegelte er noch die Türe, dann zog er unten am Kasten eine Lade auf und kramte eine Menge Zeug heraus — die Reste seiner abgetragenen Kleider, Stoffschnitzel, die er aufbewahrte, um sein ‚neues‘ Gewand damit zu flicken. Ganz zu unterst, noch eingewickelt in einen Lodenstreifen, kam der mager gewordene Lederbeutel zum Vorschein. Während Hanspeter den Riemen aufknüpfte, baumelte das Säcklein wie eine

stumme Glocke unter seinen wackligen Händen. Aus
dem Beutel holte er einen kleinen Zettel heraus, faltete
ihn mühsam mit den plumpen Fingern auseinander
— und immer sah er ihn an, immer größer wurden
ihm dabei die Augen. Jetzt hob er langsam den Blick
zur Stubendecke. Und seine Augen tröpfelten.

„O lieber Herrgott, mein einziger du ... Mann=
derl, jetzt därfst mir kein nimmer auslassen!"

Draußen im Gang ein Schritt, an der Tür ein
Gepumper und die ärgerliche Stimme der Hausmagd:
„Du Überzwerch, du narrischer, was sperrst dich denn
ein?"

Hanspeter fuhr zusammen wie ein Dieb, der beim
schönsten Auskramen überrascht wurde. Wie flink das
ging: den Zettel in das Beutelchen, den Loden drüber,
hinunter damit, allen Wust der Flicken darauf gepfropft
und an der Lade den Schlüssel gedreht! — Dann schob
er an der Türe den Riegel zurück.

Schweigend ließ er das Gebrumm der Magd über
sich ergehen, die ihm den Teller mit der Brennsuppe
auf das Fenstergesimse neben die aufgeschlagene Bibel
stellte.

Bis die Magd aus der Stube war, stand Hans=
peter an die Mauer gelehnt. Dann schob er den Teller
beiseite, zog die Kerze dicht an das Buch heran, setzte
sich rittlings auf den Holzstuhl, stützte die Ellbogen auf
und nahm die Ohren in die Hände. Halblaut, alle

Konsonanten und Vokale verdrehend, begann er mit schwerer Zunge zu buchstabieren: „Sellig sünt thie Ahrmen üm Kaißte, then irren üst thas Hümbelraich. Sellig sünt thie Sampftmittigen, then sü werthen thas Ertraich besützen. Sellig sünt . . .“

Es ging schon auf ein Uhr morgens, und Hanspeter war mit Christi Bergpredigt noch nicht zu Ende. Doch er mußte zu lesen aufhören, weil im Leuchter die Kerze zu Ende war.

Im Finstern aß er die kaltgewordene Brennsuppe, während draußen in der sternlosen Nacht der Regen rauschte und der Föhnwind blies. Dann streckte er sich aufs Bett.

Und gegen Morgen schlief er noch einige Stunden.

Zur Frühsuppe stand er wieder auf und füllte den ganzen Tag mit Arbeit. Weil ihm der Waldhofer kein Geschäft zuweisen wollte — denn er meinte: „Laß dir halt noch Ruh ein paar Tag, du Lapp du guter!“ — drum stellte sich Hanspeter im Schuppen an den Sägebock und machte eine Klafter Scheitholz klein. Doch immer wieder ging er in seine Kammer und schob an der Türe den Riegel vor.

Gegen Abend schickte ihn der Waldhofer ins Bett. „Jetzt laß mir's gut sein! Hast ja 's Wacklete schon bis in d' Ellbogen auffi!“

Am anderen Morgen, am Dienstag, fand Hanspeter ein Vorhängeschloß vor der Schuppentür. Aber da fiel ihm eine Arbeit ein, von welcher er meinte: „Die liegt mir lang schon auf!"

Er wußte, daß der Schreinermeister seit einer Woche krank lag. Da mußte in seiner Werkstätte eine Hobelbank leerstehen. Er ging hinüber, und ohne sich um das Gelächter und die derben Scherzworte des Gesellen zu kümmern, der sich an dem gesprenkelten Gesicht des Hanspeter nicht satt sehen konnte, fragte er: „Durft ich net an der Hobelbank da ein Tag lang arbeiten? Weißt, ich hab dem Herrn Pfarr ein Sessel in Verlust bracht, und da möcht ich ihm halt ein andern machen . . . ein, der ein bißl ebbes aushalt."

Der Gesell hatte nichts dagegen, denn mit dem Hanspeter gab's für ihn einen lustigen Tag. Und fünfzig Pfennig Trinkgeld trug ihm die Sache auch noch ein.

Den Rest seines Vermögens, die letzte halbe Mark, legte Hanspeter für Herrn Felician Horadam an. Für vierzig Pfennige kaufte er die zum Sessel nötigen Bretter — „feste, weißt" — und für zehn Pfennige Firnis. Dann begann er loszuhobeln und ließ sich die Spöttereien des Gesellen in müd lächelnder Geduld und Ruhe gefallen.

Während der Arbeit fiel ihm ein kleiner Schemel auf, der bei der Hobelbank des Gesellen in der Fensternische stand und aus verschiedenen Holzarten so merkwürdig zusammengebosselt war, daß er fast so gesprenkelt aussah wie das Gesicht des Hanspeter.

„Ein liebs Schamerl! Wer kriegt's denn, sag?"

Lachend, mit zwinkernden Augen, sah der Gesell den Hanspeter an. „Der Staudamer-Mickei."

„So so?" Hanspeter zog die Brauen zusammen. „Braucht er's ebba zum Beten? Der?"

„So halb und halb." Wieder lachte der Gesell. „Aber weißt, das is ja gar kein Betschamel, das is ein Hokespokeskastl zum Flebermäusfangen."

„. . . Was?"

„Ja, du, wenn sich da einer draufkniegelt und sagt sein Sprüchl her, so müssen s' kommen, d' Fleber-mäus!"

„Geh, du!" Hanspeter lächelte ein wenig. „Was du eim alles aufreben tätst!"

„Ja, wirst schon sehen, am Charsamstag auf'n Abend, da fangt er ein paar, der Mickei!"

Jetzt verging dem Hanspeter das Lächeln. „Mit'm Mickei kannst mir stab sein! . . . So ein heiligen Tag mißbräuchlich machen . . . für solchene Unsinnigkeiten!" In Zorn tat er mit dem Hobel ein paar Stöße über das dicke Brett, daß die Späne flogen. „Flebermäus fangen! Am Charsamstag! Wo der lichte Heiland im finstern Grab hat liegen müssen! . . . Dem Mickei, ja, dem muß ich schon bald einmal Christi Bergprebigt fürlesen! Dem!"

„Aber Speckerl! Sie haben dir ja s' Prebigen verboten!"

„'s Predigen, ja!" Hanspeter richtete sich auf. „Aber s' Fürlesen, das kann mir kein Parigraffi net verbieten!" Sein Gesicht war dunkelrot, und die Adern an seinem mager gewordenen Halse schwollen zu dicken Striemen an. „Und dem Mickei ... sag's ihm, du ... dem ließ ich noch ebbes für!" Langsam hob er die Faust mit dem Hobel.

Eine Weile war der Geselle still. Verdutzt, beinah erschrocken, sah er den Hanspeter an, in dessen Augen etwas funkelte, wie es in den Augen des verwundeten Bären glimmert, wenn er sich aufrichtet und die plumpe Tatze zum Schlag erhebt. Doch nach der ersten Verblüffung fing der Gesell ein Gelächter an, daß die Meisterin aus der Wohnstube gelaufen kam und neugierig fragte: „Was is denn? Was is denn?"

„Ah mein, der Katzenspeckl halt! Da kannst dich ja krank lachen, über den Kerl und seine heiligen Sachen! Dem Staudamer=Mickei will er Christi Bergpredigt fürlesen!"

Lachend wischte sich der Gesell das lustige Wasser aus den Augen, und mitlachend sagte die Meisterin: „Geh, komm eini zum Essen! Das mußt meim Mann verzählen, daß er auch ein bißl was hat!"

Hanspeter blieb allein in der Werkstätte. Langsam fuhr er sich mit dem wackligen Arm erst über die Stirn, dann über den Mund — und sah den Ärmel an. Als

er wieder zu arbeiten begann, blieb ihm alle paar
Stöße das Hobeleisen im Holze stecken — so zitterten
ihm die Hände. Ratlos betrachtete er sie, musterte
den Hobel von allen Seiten und zog ihm die Späne
aus der Kehle. Mit starrem Lächeln nickte er vor sich
hin, klopfte sich mit dem Finger ein paarmal vor die
Stirn und murmelte: „Peterl, Peterl, wie kannst dich denn
gar so veralterieren! Kannst die paar Stünderln nimmer
derwarten, bis auf b' Nacht? . . . Und alls is gut!"

Jetzt machte sich's besser mit dem Hobeln. Und
im Eifer der Arbeit vergaß Hanspeter zum Essen
heimzugehen. Er hobelte und sägte, hämmerte und
schnitzelte — und bevor es noch Abend wurde, war Herrn
Felicians neuer Sessel fertig und schön lackiert — ‚na-
turi gfirneißt‘, wie sich Hanspeter sachmännisch aus-
drückte. Saftig glänzend stand das merkwürdige Kunst-
werk inmitten der Späne, aus denen es herausgewachsen,
und während Hanspeter seine Schöpfung mit zufriedenen
Blicken musterte, schüttelte sich der Geselle vor Lachen.
Nicht nur die Schreinerin und ihre Kinder kamen,
auch der kranke Meister stieg aus dem Bett, um
lachend dieses dreibeinige Ungeheuer zu betrachten. Es
war ein Peter Johannes Zdazilek unter den Sesseln,
hoch gespreizt wie ein Kamel, und in der ausgiebigen
Wuchtigkeit seiner Formen doch wieder einem jungen
Elefanten ähnlich, der auf drei Füßen steht und den
vierten als Lehne nach rückwärts in die Höhe streckt.

„Batzenweckerl," lachte der Meister, „da hast ein
Sessel gmacht . . . da brauf, da kann man Hochzeit
halten mitsamt die Musikanten!"

„Ja, Mensch!" Hanspeter nickte ernst. „Der halt
ebbes aus, da wird mich d' Jungfer Kathrin loben!"
Damit der nasse Firnis nicht beschädigt würde, um-

wickelte er zwei Beine des Stuhles mit Zeitungspapier, um sie anfassen zu können — und so trug er sein Werk davon. Er hatte zu ‚lupfen‘ dran!

„Du,“ rief ihm noch der Gesell mit Lachen nach, „zur Gmein därfst ihn aber net mitbringen, den! Da kunntst ebba schieche Löcher kriegen davon!“

Aber Hanspeter hörte nicht mehr. Der hatte Eile, seinen Sessel durch das leichte Geriesel des versiegenden Regens zu bringen, hielt ihn hoch über den Kopf und machte Sprünge, daß ihm das graue Wasser, das auf der Straße stand, bis an die Hüfte spritzte.

Es dämmerte schon ein wenig, als er in seine Kammer trat und den Sessel niederstellte. Ohne sich lang in der Stube umzusehen, ließ er sich auf die Knie nieder und begann mit dem Sacktuch die Sprühtropfen des Regens vom Firnis wegzutupfen. Da hörte er etwas wie einen schweren Schnaufer, und als er auf= blickte, sah er Einen auf dem Bett sitzen, mit gebeugtem Kopf, die Hände im Schoß, als wären sie tot.

„Mandi!“ Hanspeter rappelte sich auf.

Der andere hob ein wenig das Gesicht. „No also, jetzt bist da . . . guten Abend halt . . . zwei Stund lang wart ich schon.“

„Mandi!“ stammelte Hanspeter. „Ja sag mir um Christi Lieb, was is denn mit dir! So viel Sorgen hab ich mir allweil gmacht . . .“ Er streckte ihm die beiden Hände hin.

Doch Roman ließ die seinen zwischen den Knien liegen. „Mit mir? Was soll denn sein mit mir?" Er lachte müd. „Gar nix halt!... Ah ja!" Ein Seufzer, der heraufzukommen schien, Gott weiß wie tief!

Hanspeter konnte nicht reden, nur schauen mit seinen erschrockenen Augen.

Was war aber auch aus dem ‚lachenden Roman‘ geworden! Freilich, die nasse Arbeitswoche dort oben und der Regen während des Heimwegs hatten mitgeholfen, um ihn übel zuzurichten. Die Haare klebten ihm glattgestrichen an Stirn und Schläfen, vom abfärbenden Hut waren ihm grünliche Striche über das Gesicht geronnen, die Schnurrbartspitzen hingen herunter wie trauernde Fähnlein in der Windstille, und die Kleider, die seit einer Woche nicht trocken geworden, baumelten formlos und gerunzelt um seinen Leib. Doch solcher Anblick hätte dem Hanspeter keine Sorge gemacht — daß ein arbeitender Mensch zur Regenzeit nicht anders aussehen kann, das weiß man doch. Aber dieses Gesicht — so müd, so verändert, so gallig verdrossen! Und diese Augen, aus deren heißem und unstetem Blick alle ‚Zwidrigkeit‘ des Lebens zu reden schien! Und um den Mund ein Zug von Schmerz — wie er im Gesicht von Menschen ist, die am Magen leiden oder an einem andern Organ, das ein bißchen höher aber nicht weit davon liegt.

„Mandi? Bist mir krank?"

„Was dir einfallt!" Ganz ärgerlich wurde Roman.

„Aber was hast denn, Mandi? Ebbes mußt doch haben?"

„Freilich, ja! . . . Da hab ich jetzt so ein bißl ebbes . . ."

„Gott sei Dank, weil's nur endlich einmal aufsikommt!"

„Ja . . . wär d'Mutter noch da, die kunnt mir's sagen, was ich tun muß! Aber mit'm Vater is kein Reden drüber, das weiß ich von eh. Drum hab ich mir halt denkt, ich komm zu dir und frag dich um Rat. Der Hanspeter, weiß ich, der is ein guter und ehrenhafter Mensch, der sagt mir schon 's Richtige . . . hab ich mir denkt."

„Ja, Mandi, ja!" Hanspeter setzte sich zu ihm aufs Bett und legte den Arm um Romans Schulter. Und als wäre seinem Herzen mit dem Vertrauen seines Roman ein kostbares Geschenk gegeben, so dankbar sah er ihn an. „Ja, Mandi, ja! Jetzt red! Und wie mir's um's Gmüt is, schau, so sag ich dir's!"

Roman, mit den Händen immer die Knie reibend, machte ein paar Versuche zu reden.

„Geh, Mandi, sag!"

„No ja, weißt . . . versprochen . . . wem versprochen hab ich halt ebbes. Und selbigsmal, wie ich mein Wort drauf geben hab . . . in Treu und Ehren, hab ich noch

gsagt . . . selbigsmal hat sich halt alls ein bißl anderst
angschaut. Aber jetzt . . . jetzt hat sich halt ein bißl ebbes
umdraht . . . ja, und weißt, jetzt kommt's mir halt so
viel hart an, daß ich's halten tu, mein Wort. Und
da möcht ich halt fragen, was b' meinst . . . ob man
so ebbes net zruckgehn lassen kunnt?"

„Und das is alls, was b' hast?"

„Schiergar, ja!"

„So will ich dir ebbes sagen, Mandi!" Zärtlich
rüttelte Hanspeter seinen Roman an beiden Armen.
„Mandi! Und da mußt mich erst noch fragen? Du!
Schau dir an! Wenn von die schiechen Leut einer
ebbes sagt . . . is ein Verlaß drauf? Is ihr Wörtl
net wie der Schnee auf der Ofenplatten? Hin legst ihn
und is schon davongschmolzen, und nix mehr is übrig
davon, als wie ein schiecher Fleck auf der Platten . . .
und auf die Leut!"

Roman atmete schwer.

„Hast dich net selber schon gärgert drüber, sag? Und
gschumpfen? Und jetzt tätst es ihnen nachmachen mögen?
. . . Mandi, Mandi! . . . Bist net von bie drei, vier Guten
einer? Tu! Bist net der Best? . . . Und sag mir, was
soll denn noch Bstand haben auf der Welt, wenn ebba
's Wörtl von eim Guten auch schon bröseln tät? Muß
eim Guten sein Wörtl net halten wie Eisen, sag! . . .
Und weil dir 's Halten hart is? . . Ja mein, Mandi!
Was eim leicht wird, is da ebba ein Verdienst dran?

Da kunnt ein Schlechter sei Wörtl grad so halten! Na,
na! Grad weil dir's hart wird, schau, grad beswegen
mußt bei der Stang bleiben! Und därfst auf dir kein
Flecken net lassen . . . wie vom Schnee auf der Ofen=
platten! . . . Bist von die Guten einer! Bist mir der
Best! An dich glaub ich, weißt! Alls muß ablaufen
von dir! . . . Gelt, ja?"

Eine Weile saßen sie schweigend, und mit hoffenden
Augen sah Hanspeter seinem Roman ins Gesicht.

Der stand nun auf: „Ah ja!" Ein Seufzer, noch
tiefer als jener erste. Dann zog er das Taschentuch
aus der Joppe, sah es kummervoll an, drehte es zwischen
den Händen, ließ es auseinanderfallen und zog die
Säume durch die Finger. „Hab mir eh schon denkt,
daß d' mir nix anders net wissen kannst . . . du! Und
. . . no ja . . . sag ich dir halt Vergeltsgott für . . .
für dein ehrenhaften Rat!" Roman fuhr mit dem
Taschentuch zum Gesicht wie einer, der sich die Augen
trocknen will. Doch er schneuzte sich nur. „No ja . . .
wird's halt bleiben müssen, wie's is . . . wenn ich gar
so ein Guter bin! . . . Pfüe Gott, Hanspeter! . . .
Aber die Schlechten haben's leichter!" Und seufzend
ging er aus der Stube.

Hanspeter lächelte — seit langen Tagen zum ersten=
male wieder ein Lächeln des wirklichen Glückes —
eines Glückes, an das sich glauben ließ. Und wie ein
Gebet, so murmelte er's vor sich hin: „Jetzt is er's

wieder! Den hab ich auf gleich! Dem hab ich 's Gmüt
wieder aufgricht, heut!"

Weil er an seinen Roman glauben konnte, glaubte
er auch gleich an alles andere, fest und fest!

Er öffnete den Kasten und nahm seine ‚neue Mon-
tur' heraus. Denn wie an hohem Festtag wollte er
sich kleiden, wenn er zur Spielbötin ging, um das
Glück der Nannimai zu holen. Die Zuversicht seines
Herzens erfüllt sehen und ein Wunder des lieben Herr-
gotts ‚mitmachen' dürfen, das ist noch feierlicher als
ein Hochamt am Palmsonntag! Und bevor er sich
kleidete, wusch er sich so gründlich wie am Neujahrs-
morgen. Begann doch für den Hanspeter und die Guten,
die ihm lieb waren, mit diesem Abend ein neues Leben!

Das Zittern seiner Hände war völlig verschwunden.
Und während er plätscherte, über das Wasserschaff gebeugt, dachte er an Herrn Felician Horabam. Welche
Freude der haben wird mit dem schönen Sessel! Und
welch eine schöne Predigt wird er halten können am
Ostersonntag — wenn das Wunder geschehen ist und
wenn alle Leute reden davon! Hanspeter meinte es
schon zu hören, wie Herr Felician am Ostersonntag
predigen würde: „Sehet ihr's jetzt, ihr unguten und
schwachmütigen Leut? Gelt, jetzt lacht und spöttelt
keiner mehr über den buckleten Apostel? Dem ist der
liebe Herrgott jetzt bei der Stang geblieben und hat
ein Wunder an ihm getan! Und warum? Weil halt

der Peter Johannes Zdazilef seine Zuversicht gehabt hat und seinen Glauben!"

Während Hanspeter über dem Wasserschaff den hochwürdigen Herren so und noch viel schöner predigen hörte, saß vorn in der Wohnstube der junge Wald= hofer im Zwielicht auf der Ofenbank, und mit den Händen hinter dem Rücken stand sein Vater vor ihm. Der schien über eine Antwort seines Buben nach= zudenken. Dann lachte er und sagte: „Jetzt weißt, jetzt drucken wir net lang umeinander! Jetzt kenn ich mich aus, was d' hast!"

„. . . So?"

„D'Julerl hat mir's gsagt."

„Enker Julerl? . . . So?"

„Verdrießen tut's dich halt, daß ich mit dir noch net einigfahren bin zum Notar!"

„Hat d'Julerl gsagt? . . . Gut kennt sie sich aus, d'Julerl!"

„Kerl, narreter!" Der Waldhofer gab seinem Buben einen Puff vor die Stirne. „Warum hast denn net ein Wörtl gredt? Hab eh schon allweil paßt drauf. Daß ich net verlang, du sollst auffiheiraten in d'ledige Kammer, das kannst dir doch denken! Hättst halt dein Schnabel ein bißl aufgmacht! Der Waldhof, mein' ich, wär schon ein Wörtl im Guten wert. Und wie man ein Zwetschgenkern davonschnipst, gar so leicht rutscht er mir net aus der Hand."

„Freilich, ja! Der Vater is noch in der besten Zeit. Kunnt lang noch Bauer sein!"

„No also, ich bin schon z'frieden, weil d' es derkennst!" Der Alte lachte wieder. „Fahren wir halt eini morgen."

„Morgen muß ich beichten."

„Gut, fahren wir am Donnerstag."

„Da muß ich kumlizieren und . . ." Roman griff an seinen Hals. „Und 's Exami machen!"

„No, den ganzen Tag wird er enk auch net ausfragen, der Herr Pfarr."

„Und der Notar, mein' ich . . . in die heiligen Täg wird er kein Zeit net haben. Wenn's schon sein muß . . . fahren wir halt nach die Ostertäg."

„Meintwegen! Wenn's dir net pressiert!"

„Gar net! Na! Das bleibt mir net aus." Roman erhob sich und wand die Schultern. „Sag ich halt dem Vater Vergeltsgott derweil!" Er ging zur Türe.

„Wohin denn schon wieder?"

„Auffi! . . . Und schlafen! . . . Is eh noch 's best, was er hat, der Mensch!" Auf der Schwelle drehte Roman das Gesicht über die Schulter. „Heut hab ich mir's denkt . . . kunnten schon recht haben, beim Gricht, weil s' dem Hanspeter 's Predigen verbieten! . . . Der nimmt's ein bißl gar gnau, und so ebbes vertragen die Mehresten net! . . . Da muß man schon ein ganz Guter sein!" Heiser lachend trat er in den Flur hinaus. „Gut Nacht, Vater!"

Verdutzt sah ihm der Waldhofer nach. „Ein lieb=
hafter Hochzeiter! Ah, Respekt!" Als möchte er den
Anblick dieses schläfrigen Bräutigams noch länger
genießen, so trat er unter die Tür und guckte hinter
seinem Buben her, der die seufzende Treppe hinaufstieg.
Mit Romans Schritten klang ein polterndes Tappen
zusammen. Das machten die Feiertagsschuhe des Peter
Johannes Zbazilek, der aus dem dunklen Gang heraus=
geschritten kam. So fest und gewichtig trat er auf,
daß man merkte: jetzt hat er seinen dritten Zentner
wieder. Da fiel der Waldhofer von einem Verwundern
ins andere. Denn beim Schein des Herdfeuers, das
in der Küche flackerte, sah er, wie feiertäglich der
Hanspeter herausgeputzt war. „Ah, narret! Mensch!
Bist ebba du der Hochzeiter? Und wohin denn heut
noch?"

„Gottslieben Abend, Waldhofer!" Auch Hanspeters
Stimme hatte etwas feierlich Gekleidetes. „Ja ja!
Heut hab ich noch ein Wegl, heut! . . . Das derfahrst
noch, Waldhofer, ja!" Und mit glänzenden Augen
wanderte Hanspeter zur Türe hinaus.

Der Abend war windstill und lau. Kein Tropfen fiel
mehr. Erdgeruch in der Luft und die Ahnung blühender
Veilchen. Am Himmel die Wolken in ruhigem Zuge,
schon geklüftet. Die Wälder schwarz, und nur in der
Höhe, zwischen steigenden Nebeln, ein weißlicher Schim=
mer der steilen Wände, auf deren Felsgesimsen der Schnee

noch lag. In einer Scharte der westlichen Berge, über denen der freiwerdende Himmel noch mattes Licht besaß, leuchtete der Sirius mit zerflossenem Glanz — wie ein Auge, das geweint hat und jetzt zu strahlen beginnt.

„Schau dir an! Schön Wetter macht er mir auch noch dazu! Alls tut er! Alls!"

Es läuteten die Glocken nicht, der Mariengruß war lange schon ausgeläutet. Doch ganz durchdrungen von der schönen Heiligkeit dieses Abends — ein Abend, durch dessen Stille der linde Frühlingsatem des Schöpfers wehte — nahm Hanspeter den Hut ab und drückte den mürben Filz mit beiden Händen an seine Brust. So ging er, um sein Wunder zu erleben.

Doch das Häuslein der Spielbötin lag mit schwarzen Fenstern. Und die Haustür war versperrt.

„Wird sich halt ein bißl versaumt haben! Is ein weiter Weg vom Kufstein aufsi!"

Hanspeter setzte sich auf die Hausbank und wartete.

Während er im Finstern saß, vom schwarzen Grund der Balkenmauer kaum zu unterscheiden, kam bald ein altes Weiblein, bald ein junges Mädel und bald ein Bursch. Sie rüttelten an der Haustür, schimpften — und gingen wieder.

„Hoffentlich haben s' mitgsetzt auf mein Nummero, die! Brauchen kunnten sie's alle!"

So dachte Hanspeter. Und wartete.

Es wurde elf Uhr, wurde Mitternacht. Aber die Spielbötin kam nicht.

Als es drei Uhr schlug, meinte Hanspeter: „Sie wird sich net gehn trauen in der Nacht, mit so viel Geld! Und kommt halt in der Fruh."

Er ging nach Hause. Aber weil er keinen Schlaf hatte, zündete er die Kerze an und setzte sich über Christi Bergpredigt.

„Sellig sünd thie Ahrmen üm Kaißte, then irren üst thas Hümbelraich. Sellig sünd . . ."

Der Morgen graute, Hanspeter blies das Flämmlein der Kerze aus und buchstabierte im Zwielicht weiter.

So fand ihn die Hausmagd, als sie ihm gegen sechs Uhr morgens die Milchsuppe brachte.

„Essen muß er auch wieder einmal, der Mensch! Ja!"

Er löffelte den Teller leer, schloß die Bibel und legte ein Weilchen die Faust auf den Deckel. Dann ging er zum Haus der Spielbötin.

Da waren jetzt die Fenster hell — vom schönen Morgen, in dessen zartes Blau der Rotglanz der Berge leuchtete. Aber die Haustür war noch immer versperrt. Hanspeter klopfte; dann ging er ein paarmal um's Haus und drückte die breite Nase an alle Scheiben.

Die Straße war schon belebt, und junge Mädchen gingen zur Kirche, in der dunklen Tracht, wie sie für die ‚heiligen Trauertäg‘ gehört. Heut war ja der Beichttag der ‚Jungfrauen und Jünglinge‘ — der Vormittag für die Mädchen, der Nachmittag für die Burschen.

Da hatte Hanspeter den ganzen Vormittag noch Zeit, um auf das Glück der Nannimai zu warten. Und weil er nicht auf der Hausbank sitzen wollte, wo ihn alle sahen, die auf der Straße vorüber gingen — drum setzte er sich in den Schatten der Gartenhecke, an eine Stelle, von welcher aus er die Haustür im Auge hatte. Und immer sah er sie an, diese Türe.

Auf der Straße ging eins ums andere vorüber. Die Hausmagd vom Waldhof kam. Und die Staubamer Julei, im schwarzen Röcklein, im schwarzen Spenser mit schwarzen Rüschen dran. Mit niedergeschlagenen Augen ging sie, wie ganz durchdrungen von der frommen Reu über ihre kleinen unschuldigen Sündchen.

Den ganzen Tag, vom Morgen bis zum Abend, war's vor dem Kirchtor ein Kommen und Gehen. Mit scheuen Gesichtern kamen sie, mit lächelnden gingen sie davon.

Als es zu dämmern anfing, stand Jungfer Kathrin wartend unter der Haustür des Pfarrhofes.

„Heut macht er's aber lang! Und 's Essen wär schon fertig!"

Weil sie aus Erfahrung wußte, daß Herr Felician am Abend eines Beichttages immer in übler Laune war, hatte sie ihm zwei seiner Lieblingsspeisen gekocht. Die warteten jetzt.

Endlich kam er, langsam, im schwarzen Talar, das Brevier in der Hand und den grauen Kopf gebeugt. Er hatte einen schweren, mühsamen Tag hinter sich. Für den Gruß der Köchin dankte er nur mit einem Nicken. Als sie in den Hausflur traten, fragte Kathrin: „Haben Sie s' alle?"

„Die Mädln alle . . . bis auf eine."

Kathrin runzelte die Stirne. „Was für eine is denn ausblieben?"

Herr Felician lächelte müd. „Mußt net alles wissen."

„So? . . . Und von die Buben?"

„Da fehlen mir zwei. Der Staudamerknecht . . . der wird schon wissen, warum. Und der gute Hanspeter. Aber der muß doch schon gesund sein. Wie ich ihn gestern hab besuchen wollen, ist er nicht daheim gewesen. Aber da hab ich keine Sorg, der holt's schon ein."

„Ja ja, und kommen S', Hochwürden, 's Essen wartet."

Herr Felician ging in die lampenhelle Stube, steckte das Brevier ins Regal und ließ sich auf dem Sofa seufzend in die Grube fallen.

Kathrin legte ihm das Kissen unter. Dann trug sie auf. Und mit den Händen über der Schürze blieb sie stehen und wartete, wie es ihm schmecken würde. Als er gar nichts sagte, nur immer mit dem Löffel rührte und dann mit der Gabel die Bissen durchein= ander stocherte, zog sie gekränkt den Schürzensaum durch die Hände. „Und so gut hab ich's gmeint, heut!"

„Und drum hast mir Krebssuppe und gesulzten Karpfen gemacht? Ich dank dir schön, liebe Kathrin! Aber schau, das ist nicht gescheit von dir! Was Gutes schmeckt einem nur an Tagen, an denen man Freud hat . . . aber muß man viel Bitteres schlucken, so be= kommt auch das Gute davon einen Nachgeschmack. Ich sag dir's, Kathrin . . . so hinunterschauen müssen in hundert Herzen, bis ins tiefste Winkerl hinunter . . . manchmal, Gott sei Dank, tut's einem so wohl, was man da sieht . . . aber die andern alle! Und mit Sorg noch erraten müssen, was sie verschweigen! . . . Beicht=

geheimnis! Ja ja! Es wird wohl so sein müssen und
hat auch sein Gutes! Eine Freud hat man selten zu
verschweigen . . . und oft muß man ein Unglück geschehen lassen, weil man's nicht ausschwatzen darf und
nicht ändern kann! Und da soll einem Krebssuppe und
gesulzter Karpfen schmecken! Ich sag dir's, liebe
Kathrin: es ist hart, Mensch sein . . . aber Mensch
sein und Pfarrer dazu, das ist noch viel härter!"

„Jetzt tun S' Ihnen net aufregen, liebe Hochwürden! Sie wissen, da kriegen Sie 's allweil auf'm Magen. D' Welt kann man net umdrahn. Es is Ihr eigens
Wörtl! Lassen S' mir deswegen die Krebssuppen net
kalt und den gesulzten Karpfen net warm werden!
Essen halt Leib und Seel zamm . . . das is bei ein
Pfarrer auch net anders."

Während Kathrin ihre Weisheit spann, wurde
draußen an der Haustür die Glocke gezogen. Sie ging
hinaus, kam mit zornrotem Gesicht wieder herein und
legte einen kleinen Zettel auf den Tisch. „Der Staudamerknecht hat sein Beichtzettel bracht. In Endsdorf
drüben hat er's absolviert."

„So so? Der Mickei? . . . So weit hat er's tragen
müssen?"

„Und net einmal gstolpert is er . . . draußen
auf'm Pflasterkreuz!"

Aber jetzt, wahrhaftig, jetzt hörte Kathrin, daß vor
der Haustür einer stolperte. Und die Glocke wurde

gezogen, ganz schüchtern, daß sie nur einen einzigen Ton gab.

„So kunnt der Hanspeter läuten . . . seit ich ihm d' Leviten glesen hab, 's letztemal." Kathrin ging, um zu öffnen. „Unser Sessel, der muß noch her!" Eifrig, mit ganz anderem Gesichte, kam sie wieder herein. „Der junge Waldhofer, Hochwürden!" All ihr Zorn war verraucht, und sie schmunzelte ein wenig, weil sie rechnete, was die in Aussicht stehende, reiche Hochzeit dem Pfarrhof tragen würde.

„Der Roman? . . . Soooo?" Es wollte gar kein Ende nehmen, dieses ‚So'; und den Teller zurückschiebend, erhob sich Herr Felician.

„Guten Abend, Herr Pfarr!" Den Hut zwischen unruhigen Händen drehend, mit einem Blick, als wäre der hochwürdige Herr ein Untersuchungsrichter — aber einer, der was herausbringt — so trat der junge Waldhofer über die Schwelle.

Freundlich lächelnd blieb Jungfer Kathrin bei der Türe stehen.

„Guten Abend, lieber Roman!" sagte der Pfarrer. „Was bringst du mir denn?"

„Fragen tät ich halt gern, ob ich net mit . . . mit der Julei morgen zum Brautexami kommen durft? Nach der Kumlion. Daß uns der Herr Pfarr am Ostersonntag 's erstmal verkünden kunnt."

„Soooo?"

„Ja.“

F„Ah,“ sagte die Jungfer Kathrin, „da kann man gratulieren!“

Roman sah sie an, als hätte ihm die Köchin eine Grobheit an den Kopf geworfen. Und Herr Felician bemerkte: „Kathrin, halt dein Schnabel!“ Aber sie nahm's nicht ernst und lachte.

Die Hände in den Schlitztaschen des Talars vergrabend, kam der Pfarrer langsam auf den jungen Waldhofer zugegangen. „Also wirklich, heiraten willst du? So, so, so, soooo!“ Halb war es Sorge und halb ein merkwürdiges Forschen, was aus Herrn Felicians Augen sprach. Nun sah er die Köchin an und zog die Brauen zusammen. „Kathrin, geh hinaus! Was der Roman mit mir zu reden hat, ist keine Angelegenheit für's Öffentliche, und gsulzter Karpfen is kein Erlaubnisschein für alle Freiheiten. Übrigens steht er noch am Tisch! . . . Und gelt, mach die Tür schön zu!“

Seufzend ging Kathrin aus der Stube und warf dem Pfarrer von der Schwelle noch einen Blick zu, welcher sagen wollte: „Machen Sie's ihm leicht, Hochwürden! Das is der junge Waldhofer!“

„Ja, ja!“ nickte Herr Felician, die Falten des Talars auseinanderspreizend. „Also, jetzt soll's Ernst werden?“

„No ja, einmal muß 's halt sein!“

„Sooo?“ Herr Felician lauschte auf Romans Worte, wie man’s beim Erbsenlesen macht: man läßt sie rollen, und fällt eine zweifelhafte, flink wird sie gefaßt. „Es muß sein? … Und grad heut mußt du kommen? Grad heut!“

„T’ Julei hat halt gmeint, in die heiligen Täg, da täten Sie ’s mit’m Exami net so gnau nehmen.“

„Sooo? … Schau nur an, was für ein gescheites Mäderl das ist, die Julerl! Freilich, in der heiligen Zeit, die uns an Christi Tod und Erlösung erinnert … da soll man verzeihen … alles, was man ver= zeihen kann! Und das Julerl hat recht … du brauchst keine Angst zu haben, ich will’s nicht gar so genau mit dir nehmen! … Aber als Seelsorger ist es meine Pflicht, dir vorzuhalten, lieber Roman, daß das Heiraten ein sehr, sehr ernstes Ding ist! Hast du dir ’s denn auch ernstlich überlegt?“

„Überlegt?“ Roman bohrte mit ungeduldigem Daumen am Futter seines Hutes. „Jetzt gibt’s kein Überlegen nimmer. Ter Vater und ihr Mutter haben’s ausgmacht … ich hab d’Julei allweil gern ghabt. Auf’n Herbst noch, und den ganzen Winter her … allweil hab ich’s gern ghabt.“

„Sooo?“ Herr Felician schien eine Erbse gefaßt zu haben.

„Ja! Und … was ein ehrenhafter Mensch is, dem sein Wort muß sein wie Eisen! Ta gibt’s nix anders nimmer!“

Der Pfarrer spitzte die Lippen, als möchte er sich ein Liedlein pfeifen. Und mit Augen, die gar aufmerksam und staunend blickten, betrachtete er den ehrenhaften Bräutigam, dessen verdrossenes Gesicht sich immer dunkler färbte.

Roman, als wäre ihm der Blick des Pfarrers nicht sonderlich behaglich, trat einen Schritt zurück, um in den Schatten der Lampe zu kommen.

„So so? Wie Eisen! . . . Da hast du ein gutes Wörtlein gesprochen."

„Ja! Das hab ich vom Hanspeter.

„Sooo? Vom Hanspeter? Schön; lieber Roman, daß du dich nicht mit fremden Federn schmücken willst. Und der Hanspeter, freilich, der hat viele gute Wörtln in seinem großen Herzenssack." Herr Felician lächelte. „Nur schade, daß er nicht immer weiß, wann er das Sackerl aufmachen soll und wann es besser zugebunden bliebe."

„Gelt, ja!" Roman seufzte.

„No also! Mir ist's recht! Komm nur morgen! Ich will daheim sein für dich. Und für das Juferl auch."

„Vergeltsgott, Herr Pfarr! Und guten Abend!" Mit etwas auffälliger Eile griff der ehrenhafte Bräutigam nach der Türklinke.

„Roman?"

„Herr Pfarr?"

„Was du von den kleinen Meisen gelernt haft ... kannst du das noch?"

„... Was?" Roman machte verdutzte Augen. Die kluge Lehre, die er vor einem Monat den spielenden Schopfmeisen abgelauscht hatte, war völlig aus seinem Gedächtnis geschwunden.

„Ja ja," nickte Herr Felician lächelnd vor sich hin. „Wir Menschen lernen das Rechte immer nur, um es vergessen zu haben ... wenn wir's brauchen! ... Aber sag, was ist denn mit dem Hanspeter heut?"

Halb noch mit den Gedanken bei der Bemerkung, die Herr Felician Horadam über's Lernen und über's Brauchen gemacht hatte, sagte Roman: „Da bin ich überfragt, Herr Pfarr! Gestern hat er für b' Jungfer Kathrin ein Sessel gmacht ..."

„Ach, du mein lieber Herrgott!"

„Und heut hat er sich den ganzen Tag noch net anschauen laffen."

Sinnend blickte Herr Felician vor sich nieder. „Kann mir's schon denken, warum er heut nicht gekommen ist! Wird halt bei der Altenöberin und bei der Lisbeth sitzen!"

„Ja, der hat's gut! ... Pfüe Gott, Herr Pfarr!"

Während im Hausflur draußen die Jungfer Kathrin mit dem jungen Waldhofer über das Sprüchlein ‚Jung gefreit' einen liebenswürdigen Diskurs begann, sah Herr Felician in der Stube noch immer auf den Fleck,

auf welchem Roman gestanden. „Sooooo? Der hat's
gut, der bei der Lisbeth sitzt?" Er schien eine Erbse
gefunden zu haben. „Kommt mir nur morgen, ihr
zwei! Dir will ich 's überlegen beibringen, wart!
Und das brave Julerl soll mir den Katechismus auf=
sagen!"

Draußen war dem jungen Waldhofer die Geduld
vergangen. „'s Exami muß ich erst morgen machen,
Jungfer Kathrin! Für heut hab ich gnug! Pfüe Gott!"

Als er im Sturmschritt die Straße zum Waldhof
hinuntermarschierte, holte er ein altes Weiblein ein,
das sich in gar vergnügter Laune zu befinden schien.
Denn immer schwatzte und kicherte die Alte vor sich
hin. Und ganz merkwürdige Bewegungen machte sie,
bald nach dem linken, bald nach dem rechten Straßen=
graben. Und immer schien es, als wollte sie sich bücken;
aber sie tat es nicht, sondern stolperte weiter und tastete
kichernd nach der Strohtasche, die sie am Arme trug.

Trotz der Dunkelheit konnte Roman, als er an der
lustigen Alten vorüberging, noch ihr Gesicht erkennen.

Es war die Spielbötin. Und ein Duft nach Pfeffer=
minz ging von ihr aus.

Kichernd torkelte sie ihrem Häuschen zu. Um durch
die schmale Lucke der Gartenhecke zu kommen, mußte sie
mit schiefem Körper zielen. Und jetzt galt es ein Werk,
das Bedacht und Ruhe erforderte: das Schlüsselloch zu
finden und die Haustür aufzusperren.

Während sie mit dem Schlüssel rings um die Hei=
mat klapperte, in die er gehörte, erhob sich einer von
der dunklen Hausbank.

„Gottslieben Abend, Bötin! Lang hast braucht! . . .
Haben s' dich so gschwind net auszahlt, gelt?"

Da fing die Spielbötin ein Gelächter an, als wäre
diese Begegnung im Finstern das lustigste Erlebnis ihrer
sechzig Jahre. Und während sie lachte, machte sie eine
Verbeugung um die andere und klopfte immerzu mit
der Hand auf den Schenkel.

Jetzt merkte Hanspeter, daß die Bötin ein ‚Nagerl'
über den Durst getrunken hatte, und stammelte er=
schrocken: „Mar und Josef! Weibl! Wirst mir doch
um Gottswillen net ebba 's Geld verloren haben!"

„Na na!" Vor Lachen vermochte sie kaum zu
sprechen. „Na na! 's Geld hab ich schon! Da hab ich
Obacht geben drauf! Das hab ich schon! Lus auf!" Sie
schüttelte die Strohtasche, und da hörte man ein leises
Klingen.

Ganz ruhig war Hanspeter wieder. Und flüsterte
in die Nacht hinaus: „Nannimai, jetzt haben wir's!"
Zu den funkelnden Sternen aufblickend, bekreuzte er
sich. „Bist mir mein Zuversicht! Bist mir mein Alls!
Vergeltsgott halt! Jetzt bist bei der Stang gwesen!"
Und zur Spielbötin sagte er: „Gelt, daß er sich der=
wiesen hat! Jetzt haben wir s', d'Nummero!"

„Ja, Buckleter! Jetzt haben wir's! Endlich haben

wir's troffen einmal!" Unter Lachen und Kichern war
es ihr gelungen, den Schlüssel ins Schloß zu bringen
und die Haustür aufzusperren. „Komm eini, Buck=
leter! Jetzt kriegst dein Geld! Das gib ich dir! Ja!
Das gib ich dir, weißt!"

In der Stube fand sie den Leuchter und die Streich=
hölzer — aber Licht machen mußte der Hanspeter. Als
sie mit ihrem ewigen Lachen aus der Strohtasche ein
schweres Säcklein hervorholte und Miene machte, den
klingenden Inhalt auf den Tisch zu schütten, sagte er
besorgt: „Gelt, tu fein nir verwerfen!"

„Na na! Da gib ich schon Obacht drauf! Mein
Geldl, das is mir heilig, weißt!" Sie drehte das
Säcklein vollends um, und eine glitzernde Welle von
Goldstücken und Silbermünzen plätscherte über den
Tisch. „Schau her, Buckleter! Da schau her!" Mit
ihren dürren Händen kramte sie in dem Geld und
kicherte. „Papierig haben s' mich auszahlt, d'Estrei=
chischen, weißt! Aber gleich hab ich mir's umgwechselt.
Und her mit der Hand jetzt, Buckleter, jetzt kriegst dein
Geld!"

Hanspeter streckte die ruhigen Hände, und da
zählte ihm die Spielbötin lachend, doch etwas unsicher,
fünf Goldstücke auf die harten Schwielen.

„Da hast es wieder, deine fufzg Markln! Sollst
nir verlieren, weil b' mir 's Glück bracht hast! Bist ein
guter Mensch, ja! Bist mir der liebst!" Sie kicherte.

„Ein bißl anbrennt bist halt, weißt! Hältst eine von
die Nummero derraten! D'Lieb is auffikommen! Der
Treizehner, ja! Aber d'Lieb hast gstrichen. Und bei
die andern hast daneben tappt. Aber ich . . . jetzt hab
ich ausgsorgt, weißt . . . ich hab ein Ambo gmacht,
achthundert Markln hab ich gwonnen . . . auf'n Zwölfer
und auf'n Neuner! Die hast mir eingeben, du! Der
Zwölfer is b'Apostelzahl . . . und der Neuner geht auf
die Anbrennten, die bis auf Zehne net zählen können!
Die hast mir eingeben! Drum sollst mir nix verlieren!"
Lachend griff sie an ihm hinauf und tätschelte ihm die
aschgraue Wange. „Vergeltsgott, Buckleter! Vergeltsgott tausendmal!" Kichernd torkelte sie zum Tisch und
begann den Geldhaufen wieder in das Säcklein zu füllen.

Hanspeter hielt noch immer die Hand mit den
fünf Goldstücken gestreckt. Die Augen brennend, mit
kalkweißen Lippen, sagte er — nein, das war nicht
menschliche Sprache, wie ein heiseres Bellen war es:
„Ebba kunnt's net wahr sein . . . was d' mir sagst . . .
das mußt mir beweisen, du!"

Lachend, ein paarmal daneben tappend, zog die
Spielbötin aus ihrer Strohtasche eine Innsbrucker Zeitung hervor. „Schau dir's an, wenn d' lesen kannst . . ˙
da steht's!"

Die Faust über den fünf Goldstücken schließend,
wankte Hanspeter zum Tisch und beugte das entstellte
Gesicht. Während die Bötin kichernd die Schnur um

den Kragen des gefüllten Säckleins wand, buchstabierte er, lautlos die Lippen bewegend.

Da standen sie schwarz auf weiß, die Nummern der letzten Innsbrucker Ziehung: 13, und 9, und 12, und noch zwei andere.

Zitternd richtete sich Hanspeter auf, öffnete die Faust, ließ die fünf Goldstücke auf die Tielen fallen, und ohne noch ein Wort zu sagen, taumelte er zur Stube hinaus.

Und hinter ihm das lustige Kichern der Spielbötin.

Als er hinaustrat in die Nacht, sah er hinauf zu den funkelnden Sternen. Und lachte heiser.

„Weltkörpeter! . . . Weltkörpeter! . . . Wird schon so sein! . . . Ah ja!"

Er kam zum Waldhof, stierte an den stillen Mauern hinauf — und kehrte wieder um.

Zum Häuschen der Altenöderin kam er, starrte die mit Läden verschlossenen Fenster an — und kehrte wieder um.

Es trieb ihn zur Kirche. Die hatte doch seine Mutter offen gefunden in der Nacht! Aber seit damals sperrten sie des Abends am Friedhof das Gitter zu. Er fand es verschlossen, rüttelte an den eisernen Stäben — und kehrte wieder um.

Auf die Felder hinaus. Über die Wiesen und Äcker, ohne Weg und ohne Ziel — immer im Kreis herum wie ein armes, leidendes Tier, das von der Drehkrankheit befallen wurde.

An dem Heustadel kam er vorüber, in dem seine Mutter geschlafen; über die Feldgräben sprang er, in denen die ‚Tröpfl-Maruschka‘ zur Mittagszeit geruht und ihr einsames Brot gegessen hatte.

Und am Waldsaum stand ein Reisighaufen, wie ein schwarzes Ungeheuer.

Hanspeter hob die Fäuste und schrie: „Meinst ebba, ich tu dich fürchten, dich! . . . Leutteufel! . . . Dich fürcht ich noch lang net, weißt!“

Mit schlagenden Fäusten, mit dem ganzen Gewicht seines Körpers warf er sich auf das finstere Ungetüm.

Als die krachenden Reisigbündel fielen, kam er halb zur Besinnung und stürzte schluchzend auf die Erde nieder.

Über ihm die funkelnden Sterne, die schöne Frühlingsnacht.

12.

Früh am Morgen des Gründonnerstages — es
war noch grau, und eben schürte die Hausmagd auf
dem offenen Küchenherd das Feuer an — da kam von
der Haustür her ein Schritt, so schwer, daß alles Ge=
rät im Flur zu zittern begann.

Hanspeter trat auf die Küchenschwelle, und sein
gebeugter Körper füllte den ganzen Rahmen der
Türe.

„Hausmagd . . . tätst mir ein Rinkl Brot geben,
ja?“

Im ersten Augenblick war die Magd so erschrocken,
daß sie sich fast bekreuzt hätte. Seine Stimme hatte
sie nicht erkannt — die war ganz anders wie sonst

— und im Zwielicht des frühen Morgens sah er völlig schwarzgrau aus, das häßlich entstellte Gesicht und den ungefügen Körper überzuckt von den grellen Lichtern der Herdflamme.

Doch in halbem Schreck fing die Magd zu lachen an. „Was willst? Ein Rinkl Brot?"

„Den mußt mir geben, ja!" Hanspeter kicherte, ganz merkwürdig hoch und dünn. „Um der Lieb willen mußt ihn hergeben, weißt . . . denn b' Lieb is aufsikommen . . . jetzt haben sie's, b' Leut!"

„Geh, du Narr! Machst schon wieder in aller Fruh deine heiligen Sprüchln her!" Sie schnitt vom Brotlaib eine Scheibe herunter, noch dicker als das Brett, aus welchem Hanspeter den Sessel für Herrn Felician herausgehobelt hatte. „Da hast . . . wenn net warten kannst bis auf b' Suppen!"

„Soll dir's b' Lieb vergelten!" Wieder kicherte Hanspeter, während er das Brot in die Joppentasche preßte. „Und sagst dem Waldhofer, daß ich net heimkomm bis auf'n Abend.

„Bleibst ebba den ganzen Tag heut in der Kirch?"

„Na na! . . . Und Kirch? . . . Ah ja! . . . Jetzt, weißt, jetzt hab ich mein Zuversicht in die Füß! . . . Auf Endsdorf schau ich ummi, und auf Mitterwang, und auf Hirschbichl eini!" Seine Augen brannten, und während er noch immer kicherte, rann es ihm glitzernd über die verzerrten Wangen. „Wenn keiner net ba is, der eim helfen mag, so mußt dich halt selm ein bißl rühren! Ja! Pfüet dich, Madl . . . ich weiß net, wer . . . und laß dich b' Lieb net verdrießen, b' Lieb is aufsikommen!" Er wandte sich. Und kicherte noch über die Schulter. „Recht hast, Madl . . . sagen tut er eim nix . . . hast recht . . . sufzg Markln, die hätten Kinder kriegt in vierzehn Jahr!" Alles zitterte wieder, als er mit seinen schwerklappenden Tritten davonging.

Die Magd, die sich an ihr eigenes Wort vom Geld, welches Kinder kriegt, nicht mehr erinnerte, sah ihm lachend nach, in der einen Hand noch den Brotlaib, in der anderen das Messer. „Heut hat er's . . . da durft ihm der Nachtwachter net begegnen!" Als sie das Messer fortlegen wollte, sah sie an der Klinge ein Brotschnipfelchen hängen und nahm es mit der Zunge weg. Doch erschrocken spie sie den Bissen wieder aus — bevor sie schluckte, hatte sie sich noch erinnert, daß sie nüchtern bleiben mußte. Und weil auch der Hans=peter einer der Ledigen war, die heute ihren heiligen Tag hatten, fuhr der Magd noch die Sorge durch den Kopf: „Er wird doch 's Brot net essen! So unchristlich wird er ja doch net sein!"

Nun war's mit dem Suppenkochen schnell getan. Denn nur der Waldhofer bekam sein Frühstück. Alle andern im Hause mußten warten, bis sie von der Kirche kamen.

Während der Bürgermeister vor seinem einsamen

Teller saß, erschien das ganze Hausgesinde, eins nach dem andern, und jedes bot ihm scheu die Hand hin mit den Worten: „Unser Heiland hat leiden müssen und hat verziehen . . . tuts mir halt auch verzeihen, Bauer!"

„No ja, meintwegen!" sagte der Waldhofer zu jedem. „Unser Heiland hat 's Exempli geben, müssen wir's nachmachen. Tu dich halt bessern, gelt!" Dann fragte er: „Wo bleibt denn der Hanspeter?"

Aber die Magd war schon aus der Stube, und die anderen Gesindleute wußten nichts von ihm.

Da lachte der Waldhofer. „Dem hätt ich gern ein Wörtl ins Gwissen gredt, daß er sich ein wengl verstandsamer anlaßt . . . und grad der bleibt aus!"

Als die Heimleut gingen, trat Roman in die Stube, mit übernächtigem und müdem Gesicht.

„Tu mir verzeihen, Vater!"

„Hast mir nix tan!" sagte der Alte, den Sohn mit freundlichem Blick betrachtend. „Ein bißl narret bist halt gwesen, die letzten Täg her. Aber jetzt weißt ja, wie dran bist . . . jetzt kannst wieder einmal ein anders Gsicht hermachen!"

„Freilich, ja! . . . Jetzt weiß ich, wo ich dran bin!"

Aber Romans Gesicht wurde nicht anders.

Schmunzelnd fragte der Waldhofer: „Hast d' Julerl schon um Verzeihung beten?"

Es war eine merkwürdige Lustigkeit, mit welcher

Roman am Vater hinauf sah — wie Humor, der beißen möchte. „Ich mein', das braucht's net ... die tragt mir nix nach!" Sogar lachen konnte er. „So viel gut is die!"

„Ja, Bub, die hat ein Gmüt wie ein Weihbrunn=kesserl."

„Na, Vater, lieber net!" Roman war plötzlich ernst geworden. „Ein Weihbrunnkessel laßt sich's gfallen, daß viel Händ einigreifen! So ebbes tät mir doch net taugen ... bei einer, die man heiraten muß!" Er ging zur Türe.

Der Waldhofer schien das Bedenkliche seines Ver=gleiches einzusehen und lachte. „Aber was is denn? Wartst denn net auf d' Julerl?"

„Der komm ich net aus! Die wart schon auf mich ... nach der Kirch."

Draußen auf der Straße lüftete Roman die Joppe wie einer, der aus der Nähe eines Backofens entronnen ist. Mit langen Schritten, immer wieder sich umsehend, eilte er der Kirche zu.

Von allen Andächtigen, die heute kommen sollten, war er der erste. Lange stand er schon auf der Empor=kirche an seinem Platz, als die Glocken zu läuten be=gannen.

Flimmernde Sonnenbänder schlangen sich durch die hohen, buntbeglasten Fenster in den stillen Raum; doch sie heiterten nur wenig die ernste Stimmung der

Kirche auf, deren Seitenaltäre für den Charfreitag
schon mit schwarzen Tüchern ausgeschlagen waren.
Nur der Hauptaltar, den Jungfrauen und Jünglingen
zu Ehren, zeigte noch das Rot der christlichen
Freude. Aber alle Fahnen und Kreuze waren schon
mit schwarzem Flor umhüllt, die Postamente der
Heiligen mit Bahrtüchern behangen. Und wie die
Stimmung der Kirche, so die Haltung der Andächtigen,
die da kamen. Nicht die Unruh und das Gewisper
wie sonst. Still, mit gesenkten Augen, traten sie
in die Kirche, und keines guckte nach dem andern.
Nur das fromme Juserl machte eine Ausnahme und
warf einen flink spähenden Blick nach der Emporkirche
hinauf.

Diesen Blick gewahrte Roman, und trotz der reue=
vollen Zerknirschung, die an diesem heiligen Tage sein
Herz erfüllen mußte, zuckte es wie gereizte Schaden=
freude über sein Gesicht.

Herr Felician las eine stille Messe. Nach der
Wandlung nahm er den Mahlkelch aus dem Taber=
nakel, segnete ihn, umhüllte den Goldfuß mit weißem
Spitzentüchlein, hob eine Hostie hervor und ging zu
dem Holzgeländer, das den Hauptaltar vom Schiff
der Kirche trennte und mit dem weißen Speistuch
überdeckt war.

In stiller Reihe traten die Jungfrauen aus ihren
Bänken. Immer vierzehn konnten am Geländer knien.

Sie schoben die Hände unter das weiße Tuch und hoben es hinauf ans Kinn. Manch ein bleiches Gesicht, manch ein heiß gerötetes, zerflossenen Glanz in den scheuen und frommen Augen — so knieten sie. Und Herr Felician, die Worte des Segens murmelnd, ging von einer zur anderen und reichte den Leib des Herrn.

Nun kam er zu einer — und da zögerte seine Hand mit der Hostie. Doch ohne sich zu regen, geduldig, in unschuldsvoller Andacht, blickte Julei an ihm hinauf und wartete mit dem gestreckten Zünglein.

Er reichte ihr die heilige Speise, wandte sich ab und reinigte die Finger an dem weißen Spitzentüchlein, das den Kelch umschloß.

Als das Geländer leer geworden, stand Herr Felician, eine Hostie in der Hand, und über die ganze Kirche blickte er nach dem hintersten Winkel. Zwei leere Plätze sah er — und ein Ausdruck ratloser Kümmernis trauerte in seinem runden Faltengesicht.

Die Jünglinge kamen zum Mahl. Das machte sich minder still als der Zug der Jungfrauen — denn die genagelten Schuhe klapperten auf den Steinfliesen der Kirche.

Juserl stand in ihrem Betstuhl, die Wangen rosig, ein wenig lächelnd. Mit kaum merklichem Seitenblick musterte sie die klappernde Reihe, die an ihr vorüber-

schritt. Und einer kam — an ihm blieben ihre Blicke
haften, ihm folgten sie zum Geländer, ein bißchen
ängstlich fast. Und sie atmete auf, als ihm Herr Felician die Hostie reichte.

Nun kam die Reihe zurück — und jetzt war es ein
anderer, den der süße Blick ihrer frommen Taubenaugen suchte. Doch Roman ging vorüber, ohne das
Gesicht zu heben.

Sie lächelte und steckte andächtig das Näslein in
ihr Gebetbuch.

Nach der Messe, als Herr Felician mit dem
Weihwedel durch die Kirche geschritten war, trat Julei
als die erste aus dem Betstuhl und machte flinke
Schrittlein. Vor dem Kirchtor stellte sie sich wartend
auf, in der goldig lachenden Sonne, die mit wahrer
Frühlingsfreude auf diese geläuterte Unschuld herab-
zuleuchten schien.

Als Roman zwischen anderen Burschen aus der
Kirche trat, streckte Julei ihrem Verlobten, unbekümmert um all die vielen Leute, das Händlein hin und
flüsterte: „Tust mir verzeihen, Schatzl?"

Er sah sie an — wieder mit jenem ernsten Blick.
Dann sagte er leis: „Unser Heiland hat 's Exempli
geben, müssen wir's halt nachmachen!"

Seite an Seite schritten sie durch den Friedhof.
Da hörte Roman hinter sich die Stimme des Mickei,
der es beim Kirchtor für seine Kameraden ausrief

wie ein Losungswort: „Habts es gmerkt, Buben? Der Häuslschusterin die ihrig is ausblieben! Habts es gmerkt?"

Es zuckte dem jungen Waldhofer durch die Fäuste, und er machte eine Bewegung, als wollte er sich umdrehen. Aber Julerl zog ihn am Joppenärmel mit sich fort. Bis zum Friedhofgitter brachte sie ihn — nicht weiter. Denn Roman befreite seinen Arm und stammelte mit halb erwürgter Stimme: „Der Mutter möcht ich noch ein Vaterunser sagen!"

Julei seufzte; doch ohne ein Wort zu reden, begleitete sie ihn zum Grab der Waldhoferin. Die Hände ineinander geklammert, stand Roman vor dem grün gewordenen Hügel, mit einem Blick, der hinunterzuschreien schien in die stille Erde: „Mutterl, rat mir! Mutterl, rat mir!"

Hinter den beiden ging Herr Felician vorüber, mit dem Brevier in der Hand. Als er das Pärchen gewahrte, zog er die Brauen auf, nickte vor sich hin — und lächelte.

Nach einer Weile, als all die anderen Leute den Friedhof verlassen hatten, zupfte Julerl schüchtern an Romans Joppe: „Därfst den Herrn Pfarr net warten lassen, weißt!"

Mit langsamer Hand strich sich der junge Waldhofer über den entblößten Kopf. „Von da drunt, da redt halt keins nimmer auffi!... Müssen wir halt gehn!"

Sie kamen zum Pfarrhof. Auf dem Pflasterkreuz
vor der Haustür knixte Julerl ein wenig mit dem
Fuß; denn sie hatte feine ‚Zeugstieferln‘ mit dünnen
Sohlen an, und die Steine waren rauh.

Im Hausflur wurde das Paar von Jungfer
Kathrin mit so erfreutem Schmunzeln empfangen, als
wäre das Glück mit einem großen Henkelkorb in den
Pfarrhof getreten.

Auch Herr Felician, der in seiner Stube schon
wartend am Schreibtisch saß, auf dem Talar noch ein
paar verstreute Semmelbröselchen vom haftig ein-
genommenen Frühstück — auch Herr Felician grüßte
freundlich und mit wohlwollendem Lächeln.

Doch ohne vom schönen Osterwetter zu reden, ohne
sonstige Einleitung, begann er gleich: „Also, mein
junges christliches Brautpaar ...“ In kurzer Rede,
die er ja nicht zum ersten Male hielt, setzte er den
beiden auseinander, wie eine heilige, wahrhaft gute
Ehe beschaffen sein müßte, und welche Herzenswerte
die Brautleute in die Ehe mitzubringen hätten, um
für ein langes Leben ihr sicheres Glück zu begründen.
„Daß euch diese schönen Eigenschaften des Herzens
nicht fehlen, daran ist wohl nicht zu zweifeln?
Gelt?“

Roman stand wie ein Klotz, aber Julerl schüttelte
unter rosigem Schmunzeln den hübschen Kopf.

„Ja, ja!“ Herr Felician nickte zufrieden. „Um

aber zu wissen, ob es euch nicht an dem christlichen Handwerkszeug gebricht, wie es ein guter Hausvater und eine gute Hausfrau nötig haben ... da muß ich halt doch ein paar Fragen an euch stellen. Also, mein lieber Romanus Waldhofer ... jetzt sag mir einmal den ‚Glauben an Gott‘?"

Das war eine Frage, die jedes Kind hätte beantworten können. Doch Roman blieb dreimal stecken, und den ‚Ponzipilatus‘ vergaß er völlig.

„Brav, lieber Roman! Ein bisserl hat's freilich gewackelt ... aber macht nix, bist halt ein wengerl aufgeregt? Gelt, ja?"

Roman schnaufte.

„So! Und jetzt sag mir einmal die zehn Gebote auf!"

Bei Roman waren es nur neune. Herr Felician aber schien nicht mitgezählt zu haben, denn er nickte zufrieden.

„Brav, lieber Roman! Und da darf ich überzeugt sein, daß du alles andere grad so gut kannst! Gelt, ja? Soooo! Bin schon fertig mit dir! Von mir aus kannst heiraten."

Mit bleichem Gesicht trat Roman einen Schritt zurück und nahm den Hut hinter den Rücken.

Lächelnd holte Herr Felician die Dose aus dem Talar, nahm eine Prise, feilte mit dem zusammengerollten Taschentuch die Nasenflügel und blickte wohlwollend an Julerl hinauf. „Also, meine fromme Juliana Staudamer ... jetzt komm ich zu dir.“

Julerl stand mit gesenkten Augen, die Hände unter der seidenen Schürze, die Fußspitzen fest aneinander= gedrückt — ganz, wie es die gute Sitte des Dorfes von einem jungfräulichen Bräutlein beim Examen verlangt.

„Brav, Julerl, brav!“ Herr Felician lobte schon, bevor er noch eine Frage gestellt hatte. „Soooo! ... Und jetzt sag mir einmal die sieben Todsünden auf!“

Das ging, wie der Faden vom Haspel. Und Julerl zählte gleich selber mit: „Erstens die Hoffart, zweitens der Geiz, drittens ...“ Sie wurde ein wenig ver= legen und stotterte: „No ja, das wissen S' schon! ... Viertens der Neid, fünftens die Völlerei, sechstens der Zorn und siemtens die Faulheit!“

„Brav, Julerl! Gut kennst dich aus in den Tod= sünden! ... Spukt's aber nicht ein bisserl bei den sieben Werken der christlichen Barmherzigkeit?“

Durchaus nicht! An den Fingern wußte Julerl sie herzuzählen und sagte sogar noch um eines zu viel: „Die Unschuldigen verteidigen!“

„Brav, Julerl, brav! Und recht hast! Acht Werke der christlichen Barmherzigkeit sind besser als siebene! ... Aber jetzt sag mir einmal: Wie heißen denn die fünf Gebote für christliche Brautleute?“

Es war ein merkwürdig unruhiger Blick, mit welchem die im Katechismus so gut beschlagene Examinandin den Hochwürdigen überhuschte. Doch mit der Antwort war sie flink bei der Hand:

„Sie sollen, erstens, sich net leichtsinnig verloben."

„Seeeehr richtig! . . . Schau nur, Roman, wie gescheit die Julerl ist! . . . Und zweitens?"

„Sie sollen, zweitens, ordentlich unterrichtet sein und . . . und frei von . . . von Ehehindernissen!"

Schweigend nickte Herr Felician, während er mit ernstem Blick an der christlichen Braut hinaufsah.

„Und . . . und drittens . . ." Julerl begann zu stottern, suchte dabei aber doch so flink wie möglich ans Ende zu kommen. „Drittens, im Brautstand unschuldig und tugendhaftig leben, viertens mit reiner Absicht in die Ehe tretten und fünftens würdig beichten und kumlizieren." Mit gesenkten Augen stand sie und atmete auf.

„Schau nur, schau nur, wie gut du das alles weißt!" Ganz langsam sprach der Pfarrer, und seine Stimme zitterte ein wenig. „Aber sieh, Julerl, die Hauptperson in einer christlichen Familie ist die Frau, die auch als Mutter einmal ihre Kinder christlich erziehen soll. Drum muß ich es bei der Braut schon ein bisserl strenger nehmen, ja . . . und muß dich noch etwas fragen! . . . Also, sag mir einmal, was verstehst du unter göttlicher Gnade?"

Das war eine Frage aus dem ‚großen‘ Katechismus, und Julerl, auf solche theologische Spitzfindig-

keiten nicht vorbereitet, blieb die Antwort schuldig.
Doch sie verließ sich auf ihr liebes Gesichtl, lächelte
rosig und sah den Pfarrer so hold und schmollend an
— recht wie ein Täublein, das gekränkt wird und doch
nicht zürnen kann.

Aber Herr Felician machte es nicht wie der
Untersuchungsrichter, sondern fragte hartnäckig: „Also,
was versteht man unter göttlicher Gnade?"

„No, halt ... halt daß man beichten kann, und
alls is wieder gut!"

„Soooo? Alles? ... Nein, Julerl, ein bisserl
anders ist die Sache doch! ... Aber vielleicht weißt du,
welche Genugtuung man der göttlichen Gerechtigkeit
schuldig ist?"

Das wissen nicht einmal alle geistlichen Herren.
Wie hätte Julerl das wissen sollen? Aber sie lächelte
noch immer, während Herr Felician, eine Minute lang
geduldig wartend, mit den Fingern auf dem Schreib=
tisch trommelte.

„Weißt du vielleicht, warum wir im Vaterunser
beten: Erlöse uns vom Übel?"

Schweigend senkte Julerl das hübsche Köpfchen.
Und der Hochwürdige trommelte.

„Da wirst du auch nicht wissen, warum wir in
christlicher Hoffnung ein ‚Amen‘ dazu setzen?"

Jetzt wollte sich Julerl auf's Bitten verlegen. „Herr
Pfarr ..." Mit den sanften Augen bettelte sie weiter.

Doch Herr Felician erhob sich, zuckte die Achseln und sagte ernst: „Es tut mir leid, meine gute Juliana Staudamer, aber so wenig vorbereitet kann ich dich nicht in den heiligen Stand der Ehe ‚tretten‘ lassen. Bereite dich noch ein halbes Jährlein recht schön vor ... bist ja noch jung genug ... und im Herbst kannst du wieder zum Brautexamen kommen!"

Diese Entscheidung übte auf jede Hälfte des christlichen Brautpaares eine andere Wirkung aus. Dem jungen Waldhofer, der zu wachsen schien, war das Blut wie heißes Aufleuchten in die Wangen geschossen, während Julerl, ganz klein geworden, mit kreidebleichen Lippen stammelte: „Herr Pfarr ... Mar und Josef ... ich bitt Ihnen gottstausetmal ... tun S' mir doch so viel Schand net an ..."

Herr Felician hob die Arme und ließ sie wieder fallen. „Tut mir leid! Aber beim Ordinariat nörgeln s' so wie so allweil an mir herum. Jetzt muß ich's einmal machen, wie sie's haben wollen. Und in der Gmein? Erst neulich haben s' mir b' Fenster eingworfen ... vermutlich, weil ich's in meinem Seelsorgeramt ein bisserl zu gnädig genommen hab! Jetzt muß ich halt bei der strengen Pflicht bleiben! ... Im Herbst kannst wieder kommen, Julerl! Adieu! ... Tut mir leid, lieber Roman, wenn ich deine verliebte Ungeduld auf so eine harte Prob stellen muß! Aber ..." Wieder hob Herr Felician die Arme.

Roman nickte. Es schien, als wäre er zu verständig, um die Zwangslage nicht einzusehen, in der sich der hochwürdige Herr befand. „No ja ... wenn die Braut ihren Katechism net weiß, da kann man nix machen!" Ruhig, ohne Vorwurf, wie es sich geziemt für einen nachsichtigen Bräutigam, sagte er zu Julerl: „Da hast es jetzt! ... Müssen wir halt gehn! ... Pfüe Gott, lieber Herr Pfarr!" Und da hatte er auch die Türklinke schon in der Hand.

Julerl, zitternd, mit entfärbtem Gesicht und angstvollen Augen, stand noch immer auf der gleichen Stelle. Bittend streckte sie die Hände und brachte doch kein Wort über die Lippen. Vielleicht aber hätte sie die Sprache noch gefunden, wäre nicht Jungfer Kathrin, erregt und mit roter Stirn, in der Türe aufgetaucht, welche Roman geöffnet hatte.

Stockend atmete Julerl auf, starrte die Köchin an, warf noch einen verzweifelten Blick auf Herrn Felician und schlich aus der Stube.

Kathrin drückte die Türe zu und drehte den Schlüssel um. Die Hände ineinander schlagend, kam sie auf den Pfarrer zu und begann mit Geflüster zu jammern: „Hochwürden! Ja Hochwürden! Um Gotteswillen! Was haben S' denn da jetzt wieder gmacht!"

Herr Felician schmunzelte. „Ebbes guts!" In sichtlichem Vergnügen schnippte er mit den Fingern die Semmelbröselchen von seinem Talar.

„So? Ebbes guts! So?" legte Kathrin los, in einem Ton, als wäre ihr das Weinen nahe. „Ja sagen S' mir nur, Hochwürden, wo haben S' denn Ihren Verstand wieder ghabt! Ehnder geben S' kein Ruh net, gelt, bis net 's ganze Dorf wieder aufghetzt is gegen unsern Pfarrhof!"

„Zannst schon wieder, ja?" Herr Felician legte die Hände hinter den Rücken. „Aber gleich hab ich mir's denkt! Bei dir hilft's was, 's Predigen, ja! Zum rechten Ohr geht's nein, und zum linken rumpelt's wieder auffi!"

„Predigen! Predigen! In der Kirch drin mögen S' der beste sein . . . da sag ich nix! Aber heraußten und im Pfarrhof, wo man ein Verstand braucht zu die Leut, da machen S' ein Moosbacher um den andern! Wie können S' denn eim Brautpaar, wie der Wald-hoferbub und 's Staudamermadl, den Konsenzi ver-weigern! Was is Ihnen denn da jetzt eingfallen!"

„Kathrin!" Der Pfarrer wurde ernst. „Drängelst dich schon wieder in meine Seelsorgersachen?"

„Seelsorg! Seelsorg! Daß man für d' Seelen allein sorgt, das gibt net aus, Herr Pfarr! Ein kleins bißerl muß man für'n Magen auch noch sorgen. Wie knapp unser Pfarrhof dran is, das wissen S' ja doch! Und da steht jetzt die schwerste Hochzeit vor der Tür, die uns ein bißl was eintragen hätt . . . und da macht mir mein gscheiter Herr Pfarr jetzt ein solchenen Strich durch'n

Kuchenzettel! Ja sagen S', Hochwürden, wie kann Ihnen
denn so was einfallen! Dem Waldhofer so ein Afronti
hermachen! Dem Burgermeister ... der uns vor acht
Täg erst die Glaserrechnung zahlt hat!"

„Ich hab's ihm net gschafft," fuhr Herr Felician
ärgerlich auf, „die hätt ich schon selber noch zahlen
können!"

„Ja! Ja! Und ein halbes Jahr lang nimmer
schnupfen und rauchen, gelt? Und ein halbs Flaschl
Bier auf'n Abend! Und die halbete Semmel zum Kaffee!
Ah na! Sie mit Ihre sechzg Jahr und ihrem diffiziligen
Magen, Sie müssen Ihr urdentliche Verköstigung haben.
Bekreuzigt hab ich mich schon vor lauter Freud, so oft
ich den Waldhofer gsehen hab ... und da fahren mir
jetzt Sie zwischeneini und machen mir mit Ihrem Kate=
chismus solchne Gschichten her! Ja sagen S' mir nur,
Hochwürden, wie können S' denn dem Waldhoferbuben
den Consenzi verweigern! Denken S' doch ein bißl
nach! Denken S' doch ein bißl nach! Dem Wald=
hoferbuben den Consenzi verweigern!"

„Dem hab ich ihn nicht verweigert!" schrie Herr
Felician in den prasselnden Wortsturz der Köchin
hinein. „Ter kann von mir aus heiraten, wann er
mag! Morgen! Heut noch! Wenn er auch gleich sein
Katechismus net kann ... macht nix! Aber der
andern hab ich ihn verweigert! Ter! Ja! Ja! Und
ja! Und ja!"

„So? Und der Waldhoferbub kann d' Hochzeit
allein halten? Gut kennen S' Ihnen aus!" Kathrin
lachte gereizt. Dann wurde sie wieder ernst und stellte
den Finger auf den Schreibtisch. „Hochwürden! Das
sag ich Ihnen . . . den Moosbacher machen S' mir
wieder rückgängig. In acht Täg muß b' Julerl ihr
Exami bstanden haben   oder Sie können auf
Pfingsten Ihren hochwürdigen Schnabel an Bindfaden
hängen, statt daß ich Ihnen Bratwürst auftragen kann,
ein jungs Gansl und ein Gugelhupf!"

Da war es um Herrn Felicians letzte Beherrschung
getan. „Du! Du! Kathrin!" Er machte hinter dem
Rücken zwei Fäuste, und seine Stirne wurde ganz rot
vor Zorn. „Ja glaubst denn du, daß mir ein Gugel=
hupf, ein Gansl und Bratwürst mehr gelten als wie
's Lebensglück von eim guten Menschen, den ich gern
hab? Aaaah! Wenn du mir soooo kommst, ah, da
komm ich dir gleich noch ein bißl anderst! Und sag
dir's ins Gsicht: wenn's m i r nachgeht, heiratet der
Roman die Julerl überhaupt nimmer! Verstehst mich!
Die kenn ich jetzt! Die kenn ich! Der hab ich gestern
im Beichtstuhl nuntergschaut . . ." Erschrocken fuhr
er mit der Hand nach dem Munde. „So, schön! Jetzt
hätt ich mich bald noch verpappelt!" Und wütend
schrie er die Köchin an: „So weit kannst mich noch
bringen, du . . . mit deine Bratwürst!"

Je mehr sich Herr Felician erhitzt hatte, desto

ruhiger war Kathrin geworden. „Ich will nix wissen. Bhalten S' nur alles für Ihnen! Was die verliebten Leut beichten, das weiß man eh . . . da brauchen S' Ihnen net erst noch verpappeln!"

„Ja, freilich, du weißt was! Du bist die ganz Gscheite! . . . Nix weißt! Verstehst mich!"

„Tun S' net alls durcheinander mengeln! Der Beichtstuhl und die Hochzeit im Waldhof, das sind zwei ganz verschiedene Sachen! Und jetzt sind S' gscheit, Herr Pfarr, und lassen S' Ihnen sagen . . ."

„Katharina!" Herr Felician wurde hochdeutsch. „Jetzt ist es genuggg! Fertig! . . . Jetzt geh mir aus der Stube! Hörst du?"

Weil aber Kathrin das Schlachtfeld nicht verlassen wollte, griff der hochwürdige Herr mit zitternder Hand nach seinem Käpplein, sperrte die Türe auf und wanderte in den Garten hinaus, um Luft zu schöpfen.

Vom Kiesweg zwischen den jungen Zwetschgen= bäumen konnte er weit hinuntersehen über die Dorf= straße. Und als er dort unten das christliche Braut= paar gewahrte, dem er ein halbes Jährlein Bedenkzeit gegeben, da war im Nu aller Zorn bei ihm verraucht, und die Hände hinter den Rücken legend, lachte er über das ganze Faltengesicht, recht wie ein böser Mensch in seiner Schadenfreude.

Dort unten auf der Straße gingen Roman und Juserl wortlos nebeneinander her, die Gesichter nach links und rechts gedreht, wie es der zweiköpfige Adler von Österreich macht. Doch während Roman in seinem nach rechts gedrehten Gesichte den Ausdruck einer nach= denklichen Ruhe zeigte, als hätte er sich mit der vom Ordinariat gewünschten Strenge schon halb versöhnt, glühte das nach links gedrehte Gesichtlein des sanften Juserls in kämpfendem Zorn. Dazu redete etwas rat= los Verstörtes aus ihren Augen, es zuckte und zitterte um ihre bleichen Lippen, als wäre ihr das Weinen nahe. Immer schien sie einen Anlauf zum Sprechen zu nehmen, doch immer blieb sie stumm und bohrte den Blick in die Dornenhecke, aus deren Gezweig die kleinen lichtgrünen Blättlein schon hervorgebrochen waren.

Nun hatten sie den Zaun des Waldhofes erreicht. Aber ehe sie noch zum offenen Hoftor kamen, hob Juserl plötzlich das Gesicht, klammerte die beiden Hände in Romans Joppenflügel und verstellte ihm den Weg, als sollte es jetzt einen Kampf geben, bei dem der Sieg des anderen nur über ihre Leiche ging. Und dennoch sprach sie kein Wort. Nur der verstörte Blick ihrer Augen redete, nur das stumme Zittern ihres Mundes.

Roman suchte halb ärgerlich und halb verlegen seinen Joppenflügel zu befreien — und mit einem Ton, als hätten sie auf dem ganzen Weg vom Pfarrhof her einen erhitzten Redekampf geführt, in welchem endlich einmal das letzte Wort gesprochen werden mußte —

in solchem Tone fuhr es ihm heraus: „Jetzt hilft kein
Reden nimmer! Das mußt einsehen einmal! Und
was kann denn ich dafür? . . . Hättst dein Katechism
besser gelernt! . . . Jetzt müssen wir halt warten das
halbe Jahr!"

Er sah, wie bleich sie wurde — und ihr süßes,
rundes Grübchengesicht erschien beinahe häßlich in dieser
Angst, die all ihre Züge veränderte und verzerrte.

„No ja . . ." Romans Stimme wurde ein wenig
ruhiger. War eine Regung von Mitleid in ihm erwacht? Oder hatte er Ursache, sich selbst einen Vorwurf
zu machen? Denn sein Blick war scheu, und er konnte
Julei nicht mehr ansehen. „No ja . . . jetzt gar so hart
mußt dir's auch net sein lassen . . . am End bin ich's
gar net wert, daß dich so kümmern tust! Und . . .
ein halbs Jahrl warten . . . mein, das wär noch lang
net 's Ärgste dran! Und kunnt ja sein, daß sich dein
Mutter drüber freut . . . weil s' dich noch bhalten
kann den ganzen Sommer. Denn weißt, dein Mutter,
die mag dich so viel gern, ja! Und . . . die tu mir
schön grüßen, gelt! Und . . . pfüe Gott . . . no ja,
pfüe Gott halt . . . derweil!"

Wie eine Schraube hatte Roman seinen Joppenzipfel aus Juverls zitternden Händen herausgedreht,
und nun ging er mit flinken Schritten der Haustür zu.

Auf der Schwelle warf er, wie ein Schuldiger, noch
einen scheuen Blick über die Achsel. Draußen vor dem

Zauntor stand Julerl noch immer auf dem gleichen
Fleck, mit gestreckten Händen, ratlos ins Leere starrend
— und Roman, als liefe dieses Bild einer gekränkten
Mädchenseele mit erhobenen Fäusten hinter ihm her,
machte einen langen Sprung in den Hausflur und drückte
hinter sich die Türe zu. Fast hätte er auch den Riegel
noch vorgestoßen — wenigstens machte er mit den Händen schon eine Bewegung dazu. Aber da hörte er aus
der Küche die Stimme der Hausmagd: „Gleich bring
ich dir 's Essen! Heut wird's dir schmecken, gelt?"

      „In Ruh laß mich, du!" fuhr Roman wütend auf,
wischte mit dem Armel über die Stirn und trat in
die Stube.

      Der Waldhofer, der mit der Brille auf der Nase
und mit einem Altenstück in der Hand am Tische saß,
blickte lachend auf. „No? Is jetzt alls in der Ordnung?"

      „Noch lang net! Na!" Roman ging hinter den
Ofen und zog die Joppe herunter.

      „. . . . Was?!" Langsam holte der Alte die
Brille von der Nase und erhob sich. „Ja wo fehlt's
denn, Bub?"

      „'s Ordinariatti halt! Der Herr Pfarr kann
nix dafür . . . 's Ordinariatti will's einmal so . . .
und da hat er's halt ein bißl gnau mit'm Exami
nehmen müssen. Ich, natürlich, ich hab mein Sach
hergsagt wie 's Wasser! Aber bei der Julerl hat's
halt mit'm Katechism gfehlt. Da hat's w e i t gfehlt,

ja . . . und da hat ihr der Herr Pfarr den Consenzi
net geben."

Nun kam der Beweis, wie sehr die Jungfer Kathrin
mit ihren dunklen Ahnungen im Rechte war. Denn der
Waldhofer feuerte die schwere Bauernfaust auf den Tisch,
daß die Platte krachte und das Tintenzeug erschrocken
einen Hupfer tat. „Ja sakra! Teufel noch einmal!
Was bildt sich denn der im Pfarrhof da droben ein?
Der weiß wohl nimmer, wer der Waldhofer is? Oder
meint er ebba, daß sein Katechism schwerer gwichtet
als wie der Burgermeister? Und so eim laß ich aus'm
Gmeinvermögen die Glaserrechnung zahlen! So eim,
wie der is! Dem kunnt ich ja selber d' Fenster
noch einwerfen! Dem! . . . Und 's Julerl! Mar und
Josef!" Mit beiden Händen fuhr sich der Waldhofer
in die Haare. „So ein Madl, so ein liebs! Wie das
arme Madl verschmacht sein muß! . . . Ja wo hast
denn 's Julerl? . . . Julei! Julerl!"

Das rief der Waldhofer unter der Stubentüre, die
er aufgerissen hatte. Und weil er das arme, liebe Mädel
nicht im Hausflur fand, rannte er in den Hof hinaus.

„Julei! Julerl!"

Aber der Waldhofer hätte eine Stimme haben
müssen wie eine Kirchturmglocke, wenn ihn Julerl noch
hätte hören sollen.

Sie hatte die Straße schon verlassen, und atemlos,
wie verfolgt von einem Gespenste, eilte sie über die

grünenden Wiesen hinauf, daß ihr Röcklein flatterte und die seidene Schürze wie eine Fahne wehte. Nun plötz= lich verhielt sie den Schritt und sah mit zornfunkeln= dem Blick umher, als hätte es mit dem Platz, auf dem sie stand, eine ganz besondere Bewandtnis. Heiser lachend ballte sie die kleinen, molligen Hände zu zitternden Fäusten. Und eilte weiter.

Als sie daheim in den Hausflur trat, empfing die Staudamerin ihr sanftes Täubchen fast mit den glei= chen Worten, wie die Magd im Waldhof den Roman empfangen hatte. „Bist da, Kindl? So? Gleich bring ich dir 's Essen! Heut kunnt's dir schmecken, gelt?" Ein Lachen in der Küche. „Hat er dich sauber aus= gfragt, der Herr Pfarr?"

„Mutter . . ." Julerls Gesicht war so weiß wie die getünchte Wand, und ganz erwürgt klang ihre Stimme. „Mutter! Laß 's Essen stehn und komm in b' Stuben eini! . . . Jetzt muß ich dir ebbes sagen!"

Die Staudamerin hatte ein Mutterherz, in wel= chem die Unruh und der sorgende Zweifel leicht er= wachten — man hörte aus der Küche das Klappern eines fallenden Holztellers und die erschrockene Stimme der Bäuerin: „Mar und Josef! Was is denn?"

Und es schien, als wäre die Sorge der Staudamerin auf flinken Sohlen gleich durch das ganze Haus gelaufen und hätte noch einem anderen ans Herz gegriffen. Denn Mickel, der im Heuschuppen bei der Maschine

stand, um für die Kühe das Häckselfutter klein zu
schneiden, streckte beim Klang der Stimmen, die er im
Haus vernahm, in merkwürdig erregter Neugier den
Kopf zum Scheunentor hinaus
— und lauschte. Er konnte von
der Stube her das laute
Schluchzen der Julei
hören — und dann einen
tobenden Spektakel, den
die Bäuerin erhob. Lau-
schend den Hals streckend,
schlich er an der Mauer
entlang, um in die Nähe
der Stubenfenster zu
kommen. Aber da gab
es im Hausflur ein Ge-
raffel, mit zornrotem
Gesicht erschien die Staudamerin auf der Schwelle,

und als sie den Knecht gewahrte, griff
sie nach dem Besen, der neben der Haus-
tür lehnte. Mickei versuchte noch ein Lachen und wollte
das bessere Teil der Tapferkeit erwählen. Doch bevor
er die Scheune gewinnen konnte, hatte ihn die Staudamerin schon eingeholt und begann wie eine Wahn-
sinnige mit dem Besen auf ihn loszuschlagen. In die
Ecke zwischen Mauer und Scheunentor gedrängt, mußte

Mickei stillhalten unter dem Regen dieser Schläge und suchte nur mit den Armen sein Gesicht zu schützen. Doch als die Staubamerin atemlos einen Augenblick innehielt, stieß er sie mit den Fäusten zurück und flüchtete in die Scheune.

Die Bäuerin folgte ihm wohl mit geschwungenem Besen; aber sie kam zu spät; denn Mickei war auf den Heuboden hinaufgeklettert und hatte hinter sich die Leiter in die Höhe gezogen. Jetzt war er sicher. Er ließ in der Scheune drunten die Staubamerin schreien und schelten, legte sich droben kichernd ins Heu und wischte das Blut vom Gesicht, das ihm der Reisigbesen trotz der abwehrenden Arme gar übel zerkratzt hatte.

Der Bäuerin ging endlich der Atem aus, und es wurde still in der Scheune.

Mickei blieb droben liegen im linden Heu. Eine Stunde verrann. Dann konnte er hören, daß die Staubamerin im Stall die beiden Pferde schirrte, und daß sie das leichte Bernerwägelchen aus dem Schuppen zog.

„Soll ich enk ebba helfen, Bäuerin?" rief er hinunter.

Doch keine Antwort kam. Und Mickei konnte nach einer Weile durch eine Lücke des Schindeldaches sehen, wie Julei mit verweintem Gesicht auf den Wagen stieg, und wie neben ihr die Staubamerin Platz nahm, feiertäglich gekleidet, Zügel und Peitsche in den Händen.

„Hüo!"

Die zwei Braunen zogen an. Auf dem schlechten Feldweg zwischen all den zerstreuten Bauernhöfen gingen sie in trägem Schritt. Traben mußten sie erst, als sie die schöne Landstraße erreichten, die nach Endsdorf führte.

In der warmen, lachenden Sonne, deren Glanz das lenzende Tal übergoldete, dampfte der Frühlingsstaub unter den knatternden Rädern und unter dem Hufschlag auf.

So lange die Fahrt auch dauerte — Mutter und Tochter sprachen kein Wort und drehten die Gesichter auseinander, wie es das christliche Brautpaar auf dem Heimweg vom Pfarrhof getan. Erst, als sie in die Nähe von Endsdorf kamen — wo der ‚Vetter‘ wohnte, dem die ‚Hauserin‘ durchgegangen war — und als die Staubamerin auf der Straße einen Menschen sah, da murrte sie der Julei zu: „Jetzt nimm dich zamm! Da kommt einer! Hauch ein bißl ans Tüchl hin und druck’s auf b’ Augen!“

Doch um des Einen willen, der auf der Straße müd und langsam einhertappte, hätte Julerl die verweinten Augen nicht zu verstecken brauchen. Der schluckte den Staub, den die Räder machten, und schritt mit hängendem Kopf am Wagen der Staubamerin vorüber, ohne aufzublicken.

Hanspeter war es.

Er kam von Endsdorf. Und wanderte nach Mitterwang. Schritt um Schritt, schwerfällig und erschöpft. Sein mächtiger Rücken war krumm gebeugt, etwas Stumpfes und Gedankenloses brütete in seinem häß= lichen Gesicht, in seinen traurigen Augen. Und wäh= rend er wanderte, brach er von dem Brot, das er in der Joppentasche stecken hatte, ein Bröcklein ums andere ab und schob es langsam in den kauenden Mund.

In Mitterwang tat er, was er in Endsdorf getan: er ging von Haus zu Haus und stellte bei jeder Tür die gleiche Frage: „Habts net ebba ein Loschie zum verlaffen? Drei Stüberln tät ich brauchen . . . eins dabei ein ganz ein kleins!"

So fragte er auch vor Häusern, denen Hanspeter am Fenster hätte ansehen können, daß sie überhaupt nur e i n e Stube hatten.

Weil er es mit dem Fragen so genau nahm, wurde es später Abend, bevor er noch die halbe Dorf= gaffe von Mitterwang abgestapelt hatte.

Unter funkelnden Sternen trat er den Heimweg an. Doch Hanspeter sah nicht den Himmel und keins von den blinkschönen ‚Luckerln‘, durch welche der Glanz des Paradieses ‚auffispitzt‘ — er sah nur den grauen Staub, durch den seine müden Füße dahinschlorpten.

Als er heimkam, eine halbe Stunde vor Mitter= nacht, schlief schon alles im Waldhof.

Hanspeter machte in seiner Stube kein Licht; im Dunkel griff er nach Herrn Felicians Sessel, um zu

fühlen, ob der Firnis schon trocken wäre — aber der
klebte noch ein wenig.

„So so? Freilich, ja! Alls muß sein
Weil haben.“

In der matten Sternhelle des Fensters lag etwas
auf dem Gesimse wie ein schwarzer Ziegelstein. Es
war die Bibel. Und Hanspeter, im Trieb der Gewohnheit und ohne Licht zu machen, ging auf das
Fenster zu und streckte die Hände. Aber da quoll ihm
ein dumpfer Laut aus der Kehle, und seine Fäuste
blieben wie Steinklumpen auf dem geschlossenen Buche
liegen.

„Kunnt ebba sein, daß ich’s auswendig weiß …
ah ja!“

War das ein Lachen? Oder war’s ein Schluchzen?

Er taumelte zum Bett, begann sich im Finsteren
auszukleiden und lallte vor sich hin: „Sellig sünt thie
Ahrmen üm Kaißte, then irren üft thas Hümbelraich.
Sellig sünt thie Sampftmittigen …“

Seine drei Zentner fielen so schwer auf den Stroh-
sack, daß die ungetüme Bettlade in allen Fugen krachte.

Und immer wieder stöhnten die Bretter, so oft sich
Hanspeter von einer Seite auf die andere wälzte.

Es wurde auch in der finsteren Kammer noch nicht
still, als ihm die Ermüdung endlich die Lider zudrückte,
wie man mit den Knien den Deckel einer übervollen
Truhe schließt. Noch unruhiger, als im Wachen, gebär-

dete sich Hanspeter jetzt im Schlummer. Bald schlug er
mit den Fäusten um sich, daß der Mörtel von der
Mauer bröselte und das kleine Spielzeug von den Baum-
schwämmen purzelte — bald wieder stampfte er mit
den Füßen, als müßte er im Traum auf hartem Wege
marschieren. Seine Lunge rasselte, und jeder Atemzug
war wie ein Seufzer, der um Hilfe stöhnte.

Gegen vier Uhr morgens, als der Charfreitag zu
grauen begann, erwachte Hanspeter, ganz gebadet in
Schweiß.

Er richtete sich auf und nahm den Kopf zwischen
die Fäuste. Nur langsam schien sich in ihm der erste
Gedanke zu klären, die Erkenntnis seines Tagewerks.

„Ah ja! . . . Ah ja! . . . In Mitterwang, mein'
ich, da find ich noch ebbes! Hab erst die halbeten
Häuser ausgfragt! Da find ich noch ebbes! Da hab
ich mein Zuversicht drauf!"

Es dauerte nicht lange, und Hanspeter war weg-
fertig — bis auf die Schuhe. Die band er an den Riemen zusammen und hängte sie über den Arm — weil er
die Schläfer im Haus nicht stören wollte, ging er barfuß
aus der Kammer. In der Küche schnitt er sich vom Brotlaib ein bescheidenes Stück herunter und schob es in
die Joppentasche. Draußen am Brunnen wusch er sich,
trocknete mit dem Filzhut das Gesicht, zog die Schuhe
an und wanderte in den stillen, bleigrauen Morgen
hinaus, dessen letzte Sterne noch nicht erloschen waren.

„Heut find ich ebbes! Und ebbes Guts! Da hab ich mein Zuversicht!"

Er wanderte. Und durch die dämmrigen Morgen=lüfte klang es hinter ihm her wie das spottende Ge=lächter eines Riesen — dürre, klappernde Laute, als würden Steine in einer mächtigen Kiste durcheinander geschüttelt: das ‚hölzerne Geläute‘ des Charfreitags, an dem die erzenen Glocken schweigen müssen.

Die ungewohnten Töne weckten in den Häusern die Schläfer, die sonst wohl noch ein Stündlein über das gewohnte Morgenläuten hinüberschlummerten. Bald hier, bald dort an einem grauen Fenster zitterte matter Lichtschein auf und blinzelte wie mit ge=rötetem Auge in die Dämmerung hinaus. Und alles Getier des Dorfes wurde lebendig und geriet in Un=ruh. Die Hähne krähten früher als sonst, überall schlugen die Hunde an, und in den Ställen brüllten die Rinder.

Im Zwielicht des Morgens gaukelte ein Licht über den Friedhof — als wäre ein Stern vor dem Erlöschen vom Himmel gefallen und wüßte nicht, wohin er auf Erden sollte.

Eine schwankende Laterne war's. Jungfer Kathrin trug sie dem hochwürdigen Herrn Felician voran. Über den Friedhof hätten die beiden ihren Weg wohl ohne Leuchte gefunden; doch in der Kirche war es noch dunkel, und da brauchten sie die Laterne.

Der Meßner mit Weib und Tochter war in der Sakristei schon bei der Arbeit, um aus den Schränken herauszukramen, was alljährlich am Charfreitag zum Schmuck des heiligen Grabes diente.

„Guten Morgen, ihr lieben Leut!" sagte Herr Felician. „Schon fleißig, ja? In Gottesnamen, helfen wir halt zusammen, daß unser guter Heiland im Grab ein schönes Liegen hat!"

Zwei volle Stunden hatten sie zu schaffen, bis der Altar mit schwarzen Tüchern verhangen war und bis in der Höhlung unter dem Altartisch der lebensgroße, aus Holz geschnitzte Leichnam des Erlösers auf seidenen Kissen und zwischen künstlichen Blumen gebettet lag. Es blickte durch all die hohen Kirchenfenster schon der sonnige

Morgen herein, als sie die Altarkerzen anzündeten und
die brennenden Wachslämpchen hinter die bunten, mit
Wasser gefüllten Glaskugeln stellten, die das heilige
Grab gleich einer Kette großmächtiger Feuerperlen im
Bogen umgaben. Wie sich das Sonnengeflimmer des
Morgens mit dem Zitterschein und dem bunten Strahlen=
gewebe der farbigen Ampeln mischte, so daß der stille
Leichnam, überschimmert von all dem beweglichen Licht=
gefunkel, zwischen den papierenen Blumen zu leben
und nur zu schlummern schien — das war ein schöner
und rührender Anblick.

Ein Anblick, der auf Jungfer Kathrin seine Wirkung
nicht versagte! Die welken Hände über der Schürze
gekreuzt, ganz andächtig und mit nassen Augen, stand
sie vor dem heiligen Grab und flüsterte: „O mein, o
mein, so viel lieb und schön liegt er drin!"

Herr Felician sah sie ein wenig mißmutig von der
Seite an. „So? . . . Gelt, ja! Jetzt schießt dir d'An=
dacht ein, und vor lauter Rührung tröpfeln dir d'Augen!
Als ob der Hanspeter wärst! Und morgen is wieder
alls vergessen! Morgen brummst wieder, und die ewige
Zannerei hat wieder Auferstehung gfeiert!"

„Na, na, Hochwürden . . ."

„Geh, laß mich aus! Bist um kein Stricherl net
besser als die andern! Und ich bin grad so! Mensch is
Mensch!" Schwermütig nickte Herr Felician vor sich hin
und blickte gedankenvoll in den mystischen Schein der

farbigen Lampen. „Unser guter Heiland hat leiden müffen für uns und liegt im Grab ... aber die schönen Ampeln, die sind d'Hauptsach dran! Die machen's! Alle, alle rennen s' heut in die Kirch ... weil d' Ampeln brennen!"

Seufzend strich sich der hochwürdige Herr mit beiden Händen über den weißen Kopf und ging in die Sakristei.

Da kamen auch schon die erften Andächtigen, und langsam füllte sich die Kirche.

Als Herr Felician zwischen den Betstühlen hinschritt und segnend das Weihwaffer aussprengte, waren schon alle Plätze befetzt. Nur ganz im hinterften Winkel der Kirche war noch ein kleiner Betstuhl frei. Bekümmert sah der Hochwürdige die zwei unbefetzten Plätze an und sprengte das geweihte Waffer auch gegen den leeren Stuhl.

Nachdem die kurze Charfreitagsandacht vorüber war, setzte sich Herr Felician in den Chorstuhl, um seine stillen Gebete zu sprechen. Und da ging an ihm die Wanderung der Frommen vorüber, die vor dem heiligen Grabe knien wollten.

Die Reihe der Männer eröffnete der alte Waldhofer, der den Pfarrer, als er an ihm vorüberschritt, mit einem gar unfreundlichen Blick bedachte. Herr Felician sah es und schmunzelte ein wenig — denn in der Kirche war er sicher vor dem Zorn des Bürgermeisters.

Unter den Burschen kam als einer der erften der Staudamer-Mickei, Stirn und Wangen mit Riffen und

roten Kratzwunden bedeckt, als wäre ihm eine Katze ins
Gesicht gesprungen. Mit halbem Lächeln wandte der
Knecht das gezeichnete Gesicht auf die Seite, als er
vor dem heiligen Grabe mit dem jungen Waldhofer
zusammentraf. Aber das war überflüssige Vorsicht.
Denn Roman schien nichts anderes zu sehen, als nur
die Steinfliesen des Kirchenpflasters. Sein Gesicht war
übernächtig und müb, etwas trost= und ratloses redete
aus seinen veränderten Zügen, und länger als alle
anderen blieb er im Schein der bunten Ampeln knien
und betete, so recht wie ein Mensch, der ein schreiendes
Anliegen im Herzen trägt und keine Hilfe mehr weiß,
wenn nicht der gute Herrgott hilft. Versunken in
seine Andacht, merkte er gar nicht, daß die Reihe der
Burschen zu Ende war, und daß schon die Frauen und
Mädchen angewandert kamen. Er sah nur plötzlich,
daß sich auf der Stufe des Altares eine seidene Schürze
gegen seine Knie bauschte, und da fuhr er ganz er=
schrocken aus seiner Andacht auf und eilte mit brenn=
rotem Gesicht und langen Schritten durch die Kirche
zurück. Die alte Staudamerin, die gerade aus ihrem
Kirchstuhl trat, maß den jungen Waldhofer ein wenig
spöttisch mit stolz überlegenem Blick und betrachtete
dann in ruhiger Zufriedenheit ihr Julerl, die im
schwarzen Trauerstaat und mit fromm geneigtem Ge=
sichtlein neben der Mutter zum heiligen Grabe schritt.
Ihre schönen, sanften Augen waren verschleiert von den

Wimpern der gesenkten Lider, und das holde Grübchengesicht schien ruhig und still. Nur ein wenig bleich
war es.

Und Herr Felician, der mit seinen alten Augen
so scharf zu sehen verstand, meinte in diesem scheinbar
so ruhigen Gesichtlein etwas Verstecktes zu sehen, das
gar nicht zu diesen sanften, frommen Grübchenwangen
passen wollte: einen heimlichen Zug von Enttäuschung
und Verdrossenheit, von Zorn und Widerwillen.

Ernst, beinah mit hartem Blick in den sonst so
freundlichen Augen, sah Herr Felician der Staudamerin
und ihrem lieblichen Julerl nach, wie die beiden zum
Altar gingen und im bunten Licht der strahlenden
Ampeln niederknieten.

„O du lieber, guter Heiland . . . was lauft da
alles vorbei an dir!" So flüsterte er vor sich hin,
schloß mit einem Seufzer das Brevier und verließ den
Chorstuhl, um in die Sakristei zu treten.

Unter der Tür blieb er noch einmal stehen und
spähte nach dem hintersten Kirchenwinkel, in dem zwei
Plätze leer geblieben.

Dann in die Sakristei, als ihm der Meßner das
Chorhemd über den weißen Kopf gezogen hatte, brach
es plötzlich mit heißem Unmut aus ihm heraus:
„Meßner, Meßner! Ich sag dir's, Meßner: wenn
unser Herrgott net gar so gut wär . . . dreinschlagen
müßt er mit Prügeln und Fäust!"

„Mar und Josef!" stotterte der Meßner in Schreck und Verblüffung. „Ja Hochwürden! Was haben S' denn!"

„Geh, laß mich in Ruh!"

Herr Felician trat ins Freie.

Wie schön der Morgen! Wie lind die Sonne! Wie rein der Frühlingsglanz, der über dem grünenden Tal und über dem letzten Schnee der hohen Berge webte!

Aller Unmut schwand aus dem Faltengesicht des greisen Pfarrers. Die Hände über dem strebsamen Bäuchlein verschlingend, blieb er zwischen den flimmernden Grabkreuzen des Friedhofes stehen, blickte zum leuchtenden Blau hinauf und lächelte.

„Da glaubt man halt wieder!"

Langsam trat er zur Mauer und lugte über die Straße hinaus, die zum Häuschen der Altenöderin führte.

„Und du willst trutzen? Sooo? Und net einmal heut willst kommen? An so einem heiligen gottschönen Tag! . . . No wart, du bockbeinigs Weibl du, dir will ich heut ein bißl auf den christlichen Stockzahn klopfen!"

Als er heimkam und mit den schweren Stiefeln über das Pflasterkreuz vor der Haustür klapperte, trug Jungfer Kathrin schon den Morgenkaffee in die Stube. Mit aller Demut bediente sie ihren geistlichen Herrn, füllte ihm die Schale und strich ihm die Buttersemmel. Und als sie merkte, daß ihm der Kaffee, mit dem sie sich ganz besondere Mühe gegeben hatte, auch ganz besonders schmeckte, begann sie mit sanfter Stimme: „Liebe Hoch-würden . . .“

„Was denn schon wieder?“

„Ich will net streiten und will mich net ein-drängeln in Ihre Seelsorgersachen . . .“

„So?“

„Na, gwiß net! Aber auf'n Pfarrhof muß ich schauen ein bißl! Und in aller Güt muß ich Ihnen aufmerksam machen, daß heut Charfreitag is, und daß noch allweil zwei ledige Beichtzetteln fehlen.“

„Schau nur, wie gut du zählen kannst!“ Herr Felician biß in die Buttersemmel. „Wer fehlt denn, sag?“

„Der Häuslschusterin ihr Mabl fehlt.“ Kathrins Stimme wurde ein wenig schärfer. „Aber um die? Na! Um die reiß ich mich net! Die könnt meintwegen bleiben, wo s' mag! Bei dene zwei da draußen is eh nix zum holen!“

„So? . . . Freilich, die haben keine Küh, da kriegst kein Butter net! Und Hendeln haben s' auch keine, die Eier legen!“ Der Hochwürdige nahm einen Schluck aus der Kaffeeschale und wischte den Mund. „Recht christlich, liebe Kathrin! Heut am Charfreitag! Mir scheint, die Ampeln brennen schon nimmer bei dir!“

Kathrin wurde rot bis über die Stirne. „Tun S'

mich net spötteln, Hochwürden," erwiderte sie, ihre
wachsende Erregung mit Gewalt bezwingend, „und tun
S' mir net 'z heilige Grab mit Hendeln und Küh
durcheinandermengeln . . ."

„So? Ich tu das?"

„Ja, Sie!" Die Köchin fuhr sich mit der Schürze
über das Gesicht, als stünde sie vor dem heißen Herd.
„Aber d' Häuslschusterin und ihr Madl will ich kein
Wörtl nimmer verlieren. Lang bleiben s' nimmer im
Ort, die zwei, da is gsorgt dafür . . . Gott sei Dank!"

„Soooo?"

„Ja!" Kathrin trat zum Tisch und stellte den
Finger auf die Tischplatte. „Aber der Hanspeter, der
geht mir auch noch ab. Der is net zum Beichten
kommen. Und der muß her!"

Herr Felician lächelte. „Der wird halt keine
Sünden net haben! Was soll er denn beichten, der
gute Mensch!"

„Sünden oder net . . . der Beichtzettel muß her!
Ordnung muß sein in unsrer Pfarrei! . . . Und
unsern Sessel hat er auch noch net bracht! Der!
Zammdrucken hat er ihn können, gelt! Jetzt is er
wieder gsund! Da hätt er unsern Sessel lang schon
reparieren können!"

In Ärger legte Herr Felician die halbverzehrte
Buttersemmel nieder. Aber dann sagte er ruhig: „Sei
zufrieden, Kathrin! So viel ich gehört hab, hat er

dir ein ganz ein neuen gmacht. Und den bringt er schon! Vielleicht macht er dir eine Osterfreud damit ... Und jetzt laß mich in Ruh mein Frühstück verzehren! Gelt?"

„No ja! Meintwegen! Heut, weil Charfreitag is, will ich mich zruckhalten und Geduld üben!"

„Soooo?"

„Ja!" Kathrin ging zur Türe. Mit der Klinke in der Hand, blieb sie auf der Schwelle stehen. „Aber was ich noch fragen will ..."

Der Hochwürdige schien zu merken, daß die Hauptsache jetzt erst kommen sollte. „Kathrin," warnte er, „laß mich in Ruh!"

„Bloß fragen will ich, ob S' Ihnen die Sach schon vernünftig überlegt haben? Mit dem Consenzi für den jungen Waldhofer?"

„Ja Himmelkreuzteufel ..." fuhr Herr Felician zornig auf und schlug mit beiden Händen auf den Tisch, daß die Kannen und Tassen klirrten. Er wurde vor Schreck über das eigene Wort ganz blaß im Gesicht.

Auch Kathrin war sprachlos, und ein paar Sekunden blieb es in der Stube so still, daß man den Fall eines Stäubchens hätte hören können.

Während der Pfarrer die halbe Buttersemmel aufhob, die auf den Teppich gekollert war, bekreuzte sich die Köchin scheu und flüsterte mit sanftem Vorwurf:

„Liebe Hochwürden! Jetzt haben S' aber ein bißl
gsündigt! Das sollten S' doch net tun!"

„No also`..." Dem alten Herrn zitterte die
Stimme. „Der Herr Pfarrer selber! Und fluchen!
Am heiligen Charfreitag!... Da schau her, wie
weit mich noch bringen kannst mit deiner ewigen
Zannerei!"

Der Köchin kamen die Tränen. „Aber ich hab ja
doch gar net zannt! Hab's Ihnen doch bloß zum guten
gmeint! Wie können S' Ihnen denn über so was
ärgern... wo S' doch wissen, daß Sie 's vom Ärger
allweil auf'm Magen kriegen!"

„Schon gut!" Herr Felician wurde hochdeutsch
und blies den Staub von der Buttersemmel. „Jetzt
sei so freundlich und geh hinaus, Katharina!"

Seufzend ging Jungfer Kathrin aus der Stube.
Um ihren geistlichen Herrn zu versöhnen und seinen
reizbaren Magen nicht zu beschweren, braute sie mit
allem Aufwand ihrer Kochkunst ein Mittagsmahl zu=
sammen, so zart und lecker, daß es die Charfreitagstafel
eines Kardinals hätte zieren können. Aber so lange
sie während der Mahlzeit auch vor dem Tische stehen
blieb, — sie erntete kein Wort des Lobes.

Am Nachmittag kam sie immer wieder zur Stuben=
tür geschlichen und lauschte. Doch immer wieder hörte
sie das Klappen der Pantoffel, in denen der Hochwürdige
ruhelos die Stube durchwanderte. Endlich aber wurde

es dennoch stille hinter der Tür, und ein Weilchen später konnte die Köchin ein Geräusch vernehmen, als würde eine grobe Säge durch ein dürres Brett gezogen.

„Gott sei Dank! Jetzt schlaft er! Da hat er's übertaucht!" Sie schlich in die Küche zurück und machte sich an die Arbeit, damit der Jausenkaffee bereit stünde, bis der Hochwürdige erwachen würde. Doch als sie das siedende Wasser über die Bohnen gegossen hatte, hörte sie im Flur die schweren Stiefel klappern. Erschrocken sprang sie aus der Küche und sah den Pfarrer die Haustür öffnen, mit Hut und Stock.

„Aber Hochwürden! Mögen S' denn net auf Ihr Kaffeederl warten?"

Herr Felician drehte das Gesicht über die Schulter. „Nein!"

„Mar und Josef!" stotterte Kathrin. „Grad heut hab ich so ein guten gmacht! Und jetzt verdirbt er!"

„Besser, als daß eine menschliche Seele verdirbt!"

Das selten reine Hochdeutsch dieser Antwort machte die Köchin ganz bestürzt. „Herr Pfarr! Um Christi willen! Sind S' ebba krank?"

„Nein!"

„Ja wo rennen S' denn hin jetzt . . . ohne Kaffee?"

Der Ton dieser tief bekümmerten Sorge milderte bei Herrn Felician das Hochdeutsch. „Muß ich dir denn allweil auf d' Nasen binden, wo ich hingeh? . . . Ein

bißl gut machen will ich, was ich heut im Zorn ver-
sündigt hab."

„Gutmachen?"

„Ja! Und drum lauf mir net nach und tu mir
net spionieren! . . Hoffentlich bring ich unserm
Herrgott heut was heim, daß er mir wieder gut is!"

Der Hochwürdige zog hinter sich die Haustür zu,
während Jungfer Kathrin im verdunkelten Flur mit
wachsender Sorge die Hände ineinanderklopfte. „Mein,
mein, mein, heut macht er gwiß ebbes dumms . . .
vor lauter Güt und christlicher Lieb!" Ein paar Sekunden stand sie noch ratlos, dann eilte sie in ihre
Kammer, riß die Küchenschürze herunter, nahm ein Wolltuch um und band die schwarze Haube übers graue Haar.

13.

Herr Felician wanderte im linden Goldschein des späten Nachmittages über den Friedhof.

Leute verließen die Kirche, und andere kamen, Weiber und kleine Kinder, um das heilige Grab zu besuchen und die bunten Ampeln brennen zu sehen.

Beim Friedhoftor begegnete dem Pfarrer die Magd aus dem Waldhof. „He, du!" rief Herr Felician sie an. „Was is denn mit eurem Hanspeter?"

Die Magd lachte. „Bei dem rappelt's, mein' ich! Oder er geht bei der Häuslschusterin in b' Hexen=schul."

„Geh, du Gansl du dumms!" murrte Herr Fe=lician unwillig.

„Ja ja, 's Unsichtbarmachen hat er schon glernt!

Allweil in der Fruh is sein Bett verwuzelt. Aber wo er sich die ganzen Täg umeinandertreibt, das weiß kein Mensch. Der Bauer ist soviel fuchtig drüber, und allweil schimpft er!"

„So, so, sooo?" Herr Felician schien nachdenklich zu werden. „Schimpfen tut er, der Waldhofer?"

„Jjaaa! Der hat ein schiechen Hamur seit zwei Täg! . . . Pfüe Gott, Herr Pfarr!"

Die Magd verschwand um die Ecke der Kirche, und Herr Felician schien unschlüssig zu sein, welchen Weg er nehmen sollte. Er blickte gedankenvoll über die Straße hinaus, die zum Häuschen der Altenöderin führte, dann wieder in entgegengesetzter Richtung gegen den Waldhof hinunter. Eine ernste Pflicht seines Seel=sorgeramtes schien ihn zu dem stattlichen Bauernhaus zu ziehen, und langsam setzte er die schweren Stiefel gegen den Waldhof in Schwung.

Aber der liebe Zufall schien Herrn Felician einen Weg ersparen zu wollen. Denn just, als der Pfarrer um die Ecke des Wirtshauses biegen wollte, kam der Bürgermeister mit seinem Buben die Straße herauf. Und da hätte nun der Hochwürdige bequem unter freiem Himmel erledigen können, was er für den Waldhofer, für Roman oder für den Hanspeter auf dem Herzen zu haben schien. Doch wie ein Soldat, dem das Kommando „Kehrt euch!" in die Ohren fährt — so machte Herr Felician beim Anblick des

Bürgermeisters eine jähe Schwenkung, und mit einer
Flinkheit, die man seinen schweren Stiefeln gar nicht
zugetraut hätte, eilte er am Wirtshaus entlang, um
sich hinter die Wiesenhecken zu retten.

Im sicheren Schutz des wirren Gezweiges nahm
er den Hut ab und wischte sich mit dem geblumten
Taschentuch die Schweißtröpfchen von der Stirne. Und
die Selbsterkenntnis ließ ihn vor sich hinmurmeln:
„Brav, brav, Herr Pfarrer! Ein netter Feigling bist!"
Doch jeder Mensch, der gefehlt hat, möchte sich gern
entschuldigen. Auch in Herrn Felician regte sich dieses
Gefühl, und verdrossen schalt er gegen die stachlige
Dornenhecke: „Die verflixte Kathrin, die!" Denn die
Erinnerung an Jungfer Kathrins ‚dunkle Ahnungen‘
war es gewesen, die ihm die flinke Angst vor dem
Zorn des Bürgermeisters in die sonst so bedächtigen
Stiefel gejagt hatte.

Langsam, in der einen Hand den Hut und in der
andern den Stock und das Taschentuch, schritt der Hochwürdige an der Hecke hin. Bei dieser stillen Wanderung
über die sonnbeglänzten Wiesen schien er das Gleichgewicht seiner Seele wieder zu finden. Und als er, nicht
weit vom Häuschen der Altenöberin, wieder auf die
Straße einlenkte, sprach es ihm hell aus den guten Augen:
„Jetzt weiß ich, was ich will!" Lächelnd sah er über die
Straße zurück und gegen den Pfarrhof, als dächte er
im stillen: „Gelt, Kathrin, jetzt hab ich Ruh vor dir?"

Er setzte den Hut auf, schob das Taschentuch in den Talar und ging auf die kleine Hütte zu, die mit blinkenden Fensterscheiben in der Sonne lag.

Die Haustür war geöffnet. Herr Felician trat in den Flur und pochte an die Stubentüre.

„Ja ja," klang von drinnen die Stimme der Altenöderin, „bin schon daheim." Und dann die Stimme der Lisbeth: „Mutter, das is der Hanspeter net! Dem Schritt nach muß's ein andrer sein!"

Der Pfarrer, als er die Tür geöffnet hatte, blieb auf der Schwelle stehen und betrachtete verwundert die von Sonnenschein erfüllte und von buntem Spielzeug glitzernde Stube.

Die Altenöderin und ihre Tochter saßen bei der Arbeit am Tisch, und während Nannimai gerade am Türmchen eines zierlichen Kirchleins baute, war Lisbeth damit beschäftigt, aus jenem blaßgrünen Moose, das der Volksmund ‚Baumbart‘ nennt, kleine Bäumchen zu binden. Beim Anblick des Pfarrers ließ das Mädchen erschrocken die Arbeit fallen und erhob sich. Matte Röte huschte ihr über das blasse Gesicht, aus dessen Zügen tiefe Schwermut und stiller Kummer redeten. Mit leiser Stimme sagte sie einen Gruß, während ihre großen, dunklen Augen in Sorge von Herrn Felician auf die Mutter glitten.

Auch die Altenöderin war aufgestanden. Die Hände an der Schürze säubernd, humpelte sie hinter dem

Tisch hervor. „Vergeltsgott der seltenen Ehr, Herr
Pfarr!" Sie lächelte ein wenig. „Was suchen denn
Sie bei mir?"

Herr Felician, mit Hut und Stock in der Hand,
sah noch immer an den Wänden umher. „Aber lieb
schaut's aus, bei euch da! So viel lieb, ja . . ."
sagte er, ein wenig verlegen, als hätte ihm der trau=
liche Reiz dieser glitzernden Stube das ernste Wort,
mit dem er zu beginnen gedachte, wider Willen in
ein anderes verwandelt. „Bin bei uns im Ort da
noch net in viel Stüberln gekommen, die so lieb und
sauber beinand sind." Jetzt sah er die Altenöderin an,
und dann die Lisbeth. Da wurde er noch verlegener.
„No ja . . . hab mir halt gedacht, ich muß einmal
herschauen zu euch zwei, ein bisserl schauen wie's geht
und steht mit euch . . . weil ihr zwei nimmer zu mir
kommen wollt, drum hab ich halt gmeint, ich muß ein
bißl zu euch kommen . . . grab heut, weil so ein
gottslieber und schöner Tag ist, heut . . . so ein
heiliger!" Herr Felician sah der Altenöderin vor=
wurfsvoll in die Augen.

„Der Tag is heilig, ja, Herr Pfarr . . . so heilig,
wie ihn die Leut halt machen." Mutter Nannimai
lächelte noch immer, doch aus ihrer Stimme klang ein
bitterer Ton. „Grab ein Stündl vor S' kommen sind,
haben uns die Nachbarsbuben ebbes recht Unheiligs an
d' Fenster gworfen, ganze Händ voll . . . und lang hat s'

puhen müssen, d' Ilsabeth, bis d' Fenster wieder sauber
waren. Schieche Arbeit für so ein heiligen Tag!"

Erschrocken sah Herr Felician zuerst die Lisbeth,
dann die Fenster an. „Die Buben! Die verflixten
Buben, die unguten!" Er wußte nicht weiterzureden,
und wieder hingen seine Augen mit stillem Sorgen=
blick an dem jungen Mädchen.

Eine Weile war's still in der Stube. Keines sprach.
Dann sagte die Altenöberin: „Möchten S' mit mir
ebbes reden, Herr Pfarr? Und geht's Ihnen hart vom
Züngl gelt? . . . Ebba, weil 's Madel dabei is? . . .
Geh, Kindl, hast nimmer viel Baumbart da, so geh
halt und schau, daß d' ein findst im Wald!"

„Na na," stotterte Herr Felician, „vertreiben möcht
ich 's Madl net!"

Lisbeth hatte schon das Kopftuch über's Haar ge=
nommen. „Was d' Mutter will, tu ich gern." Die
Tränen standen ihr in den Augen, als sie auf den
Pfarrer zutrat. Und die Stimme wollte ihr kaum ge=
horchen. „D' Mutter is gut, Herr Pfarr . . . d' Mutter
meint's net schlecht . . . tun S' mir der Mutter net
weh! . . . Gelten S', na?"

Herr Felician schüttelte stumm den Kopf; er schien
so bewegt, daß er nicht sprechen konnte; doch sein Blick
gab der Lisbeth eine freundliche Antwort.

„Vergeltsgott!" sagte sie leis und verließ die Stube.

Lange sah Herr Felician die Türe an, die sich

hinter Lisbeth geschlossen hatte. Dann deutete er mit
dem Daumen und nickte der Altenöderin lächelnd zu.
„Ein gutes und liebes Mädel habt ihr, Mutterl!"

„Ja, Herr Pfarr! Mit der Ilsabeth bin ich zfrieden.
Mein Kindl is einwendig net schlechter graten wie aus=
wendig."

„Und so ein gutes Kind hat Euch der liebe Gott
geschenkt, mit dem Ihr jetzt trutzen wollt?"

„Ich? Und mit'm lieben Herrgott trutzen? Ah
na! ... Aber mögen S' Ihnen net ein bißl niedersetzen,
Hochwürden!" Die Altenöderin räumte das Spielzeug
von der Wandbank, um Platz für den Pfarrer zu machen.

„Dank schön, Mutterl, dank schön!" Herr Felician
legte Hut und Stock in die Fensternische, schürzte den
Talar ein wenig und schob sich hinter den Tisch. Auch
Mutter Nannimai nahm ihren Platz am Tische wieder
ein, entzündete unter der Leimpfanne ein Spiritusflämm=
chen und begann an dem Türmlein der kleinen Kirche
weiterzubauen.

Herr Felician nickte. „So, so, sooo? Ein Kircherl
wird baut?"

„Häuslwaar für gute Kinder, ja!"

Der Pfarrer schien den bitteren Doppelsinn dieses
Wortes überhören zu wollen und fragte mit halbem
Lächeln: „Ja wißt Ihr denn noch, wie ein Kirchl aus=
sieht? Ich mein', Ihr hättet Euch schon lang keines mehr
angeschaut!"

„Macht nix! 's Auswendige merkt man sich leicht.
Und wie's einwendig zugeht . . . nix für ungut, Herr
Pfarr . . . aber so därf ich 's meinig net machen. Sonst
hätten die guten Kinder kein Freud net dran.“

Seufzend lehnte sich Herr Felician an die Wand
zurück. Nach einer Weile sagte er: „Ein anderer tät
schimpfen jetzt, und tät beleidigt sein. Denn wie's
zugeht in der Kirch, da zählt doch der Pfarrer mit?
Gelt, ja?“

„Na, Herr Pfarr! Wider Enk hab ich kein Fürwurf net und kein unguten Gedanken.“

„Das weiß ich, und drum bin ich net harb. Und recht gut weiß ich, daß Ihr viel Unrecht habt leiden müssen, das ich leider Gottes net hab verhüten können. Unrecht leiden, macht Gall. Und da weiß man zuletzt nimmer, gegen wen man's ausspritzt. Hab ich halt jetzt so ein kleins Spritzerl mitkriegt. Aber 's ander, Mutterl, 's ander is auf unsern lieben Herrgott gangen!"

Die Altenöderin schüttelte den grauen Kopf. „Was für ein Herrgott meinen S' denn, Herr Pfarr? Ebba den selbigen, an den b' Leut glauben, wenn f' vom Teufel reden? Aber ebba den meinigen? Ah na! Mit dem trutz ich net! Mit dem bin ich ganz auf gleich. Der hängt da drin in meiner Kammer . . ."

„Weiß schon, weiß schon, ja! Und der hat bloß ein einzigen Arm, gelt?"

„Mit dem er schon oft ein bißl gholfen hat . . . wenn's grad sein hat können. Aber allweil geht's halt net. Warum net . . . da hab ich mir 's Fragen lang schon abgwöhnt, ja."

„Mutterl, Mutterl!" Wieder seufzte Herr Felician. „Solche Reden sollt man aber doch net führen am heiligen Charfreitag!"

„Charfreitag is heut! Ah ja! Aber es kommt mir für, als wär's ein Tag wie jeder andre. Kommt mir für, als tät unser Heiland allweil im Grab liegen, als täten ihn b' Leut ein Tag um den andern geißeln

und martern, als täten s' ihn allweil wieder ans
Kreuz nageln!"

Langsam strich sich Herr Felician mit der Hand
übers weiße Haar und nickte. „Ein bißl etwas
Wahres ist dran, Mutter Altenöderin. Aber Euer
Wahrheit ist bloß die halbe!" Er griff über den
Tisch und rüttelte den Arm der alten Frau, daß sie
den Leimpinsel fallen ließ. „Denn das ist a u c h wahr,
daß unser Heiland, tausendmal gekreuzigt, allweil
und allweil wieder aufersteht. Und wie sein ewiges
Leben, Mutterl, grad so ist seine ewige Lieb und
Nachsicht."

Die Altenöderin schwieg und wischte mit der Schürze
den Leimfleck von der Tischplatte.

Dieses Schweigen schien Herrn Felician glauben
zu machen, daß er in die starre Mauer dieses feind-
lichen Herzens eine Bresche gelegt hätte. Er lächelte
zufrieden, und seine Stimme wurde warm und herzlich. „No also, Weiberl! Gelt, ich hab recht? Und
seht, Mutterl, da müßt Ihr an einem Tag, der uns
an Christi Blut und Leiden erinnert, doch auch noch
ein anderes Wörtl finden, als nur solche, die zum
Charfreitag passen wie eine zornige Faust zu einem
lieben und guten Aug."

Mutter Nannimai blies unter der Leimpfanne das
Spiritusflämmchen aus. „Was ich red, Herr Pfarr,
paßt allweil noch besser dazu, als was mir die Buben

heut am heiligen Charfreitag an d' Fenster gworfen
haben.“

Die Enttäuschung dieser Antwort machte den hochwürdigen Herrn bei all seiner geduldigen Güte ein
wenig verdrossen und ärgerlich. „No ja, no ja, no
ja . . .“ Er hob die Arme und ließ sie wieder fallen.
„Die Buben halt! Was kann denn ich da dafür!
Buben sind halt Buben! Und wie sie's treiben, die
Lackeln, weiß keiner besser als ich. Muß ja doch selber
drunter leiden! Und mit Gwalt kann ich doch d' Leut
net anders machen. Das müssen S' doch einsehen,
Weiberl!“

„Ah ja, Herr Pfarr! Und von Ihnen weiß ich
recht gut: Sie sind ein lieber und freundschäftlicher
Herr, der's grad so gut mit mir meint, wie mit all
die anderen Leut. Aber nutzen tut's halt nix. Und
weil ich merken hab müssen, daß Enker ganze fromme
Plag in der Kirch umsonst is, drum bleib ich lieber
davon. Mein Herrgott, den ich brauch, den hab ich
daheim . . . den andern, an den d' Leut glauben, von
dem mag ich nix mehr wissen.“

„Zweierlei Herrgötter gibt's net!“ Herr Felician
wurde ein bißchen heftig. „Und jetzt lassen S' reden
mit Ihnen, Mutterl! Und tun S' mir net so bockbeinig sein! Euch und Eurem lieben Mädel is unrecht geschehen, ja! Aber zum Guten wenden kann's
halt doch bloß unser Herrgott. Und soll Fried sein

zwischen Mensch und Himmel, so muß halt doch der
Mensch den Anfang machen. Drum tuts mir morgen
bei der heiligen Auferstehung Euer Betbankl net wieder
leerstehn lassen! Tuts es mir z'lieb, Mutterl!"

„Sie, Herr Pfarr, und ganz allein in der Kirch . . .
ah ja, da komm ich gern! Aber mit die andern Leut
beinander? Na! Das hab ich mir fürgsetzt, Hochwürden,
und so bleibt's auch . . . die paar Wochen, die ich
noch da bin im Ort."

„No, no, no! Allweil seids noch net fort! Allweil
habts Euer Häusl noch! Und da wird sich auch noch
was reden lassen mit . . ." Herr Felician stockte.
„Mit'm Bürgermeister, mein' ich! Jetzt, freilich . . .
jetzt hat er's ein bißl hitzig im Köpfl . . . aber bis
nach die Feiertäg, da wird's schon verraucht sein!
Und da will ich schon ein Wörtl reden mit ihm. Und
jetzt tuts mir nimmer bocken, Mutterl, sondern tuts
mir versprechen . . ."

„Lassen Sie's gut sein, Herr Pfarr!" unterbrach
ihn die Altenöderin mit ruhigem Wort. „Viel hab
ich mir gfallen lassen von die Leut . . . meiner Leb=
tag lang gar viel! Aber jetzt vertrinnt eim halt der
Geduldfaden! . . . Därf ich Enk ebbes verzählen, Herr
Pfarr? Mögen S' auflusen ein bißl?"

„No ja . . ." Herr Felician fuhr sich mit dem
Taschentuche rings um den Hals. „In Gottsnamen
halt! Was ich hören muß, kann ich mir eh schon denken.

Not und Sorgen halt! Wie's halt ausschaut auf der Welt! Und wie man's allein net tragen kann, wenn net der gütige Herrgott zum Mittragen sein starken Buckel ein bißl hergibt."

„Ja, ja! Schauen S', Herr Pfarr, so hab ich selber allweil denkt!" Mutter Nannimai kramte in der Schachtel mit den weißen Hölzchen und suchte die Sparren für das Dächlein der Kirche zusammen. Ruhig begann sie zu sprechen, als wär's das Leben einer andern, das sie erzählen wollte. „Ein frommes Kind bin ich gwesen einmal. Und in die Kirch bin ich lieber zweimal gangen im Tag, als bloß ein einzigsmal. Freilich, es hat 's Beten braucht bei uns, und 's Glauben und 's Hoffen! Der Vater im Bräuhaus verunglückt! Dummheiten haben s' trieben, die andern Knecht, und da is er in b' Sudpfann einigstolpert . . ."

„Mar und Josef!" stammelte Herr Felician.

„Und b' Mutter allein mit mir, und Sorgen und Prast dabei! Aber no, man wachst halt auf, hungrig grad so wie satt. Und wie ich b' Mutter verlieren hab müssen, bin ich net lang allein blieben. Ich därf schon sagen, daß ich ein saubers Madl war. Heut sieht man mir's freilich nimmer an . . ."

„Aber gwiß! Noch allweil ein bisserl!" tröstete der Pfarrer.

„Na na! . . . Aber selbigsmal!" Nannimai lächelte

ein wenig, doch ein leiser Ton von Bitterkeit klang
aus ihren Worten. „Hab ja sogar dem jungen Herrn
Grafen sein gnädiges Wohlgefallen erweckt, wie er
von der Kriegsschul heimkommen is! Auf Schrittl und
Trittl hat er mir abpaßt . . . und d' Leut, natürlich,
die haben auch gleich zum plauschen angfangt. Die
guten, lieben Leut halt, ja! Aber ein Glück: mein
Severin hat nix glaubt davon. Ein bißl zum eifern
is er freilich anglegt gwesen, und gwurmt hat's ihn
arg, daß ihn der junge Herr Graf im Jagdbienst so
viel schikaniert hat . . . wissen S', mein Severin is
Leibjäger beim alten Herrn Grafen gwesen. Aber
am Abend allweil, wann er bei mir am Fenster
gstanden is, halber narret vor Zorn über das balkete
Gred von die Leut . . . und wann er mir so in
d' Augen gschaut hat, ja, da hat er's doch allweil
wieder glaubt, daß mir '3 Graue an seine Schuh viel
hundertmal lieber is, als wie der ganze junge Herr
Graf! Und im Herbst, wie der junge Herr wieder
fort war, gleich am andern Tag, da haben wir Hoch=
zeit ghalten."

Mutter Nannimai ließ die Hände ruhen, und ihre
Augen sahen ins Leere. Nach einem Weilchen begann sie
wieder zu arbeiten und sagte langsam: „Mein Leben,
Herr Pfarr, is gwesen wie lauter Nacht mit Gwölk
Da stehst in der Finstern, und gahlings tut sich ein
Luckerl auf, und ein Sterndl schaut dich an, so lieb

und so viel schön und schwarz geht's wieder
drüber! So is mir's gwesen, Herr Pfarr . . . mein
einzigs Jahrl im Ehstand . . . mein Severin und ich
. . . und unser Kindl dazu . . ."

Ganz ruhig sprach sie. Aber zwei Tränen fielen
auf das halbfertige Dächlein der Kirche.

„Mutterl! Geh . . ."

„Na na, Herr Pfarr! Ich brauch kein Trost. Alls
wird kälter mit der Zeit, und alls wird still . . .
und der Mensch wird alt und grau . . . und alles is
aus! No ja . . ." Die Altenöderin rührte den Leim
ein wenig auf und begann zu kleben. „Im andern
Herbst, da is der junge Herr wieder heimkommen
. . als seiner Herr Leutnant, ja! Völlig glitznet
hat er vor lauter Nobligkeit. Und wenn halt d'
Leut da glauben, so einer müßt mir besser gfallen,
als wie der armselig Jager so ebbes kann
man ihnen doch net verübeln, gelt?" Mutter Nannimai lachte. „Und ein bißl zu die Leut hat er halt
auch ghört, mein Severin! Und hat zum eifern angfangt. Ja! Und auf'n Abend einmal . . . im Wald
draußt hab ich Schwarzbeer gsucht zum Einsieden
. . . da steht auf einmal der junge Herr Graf vor
meiner da . . . und lacht . . . und greift halt zu und
bussstelt mich ab! . . . . . . Der Staudamer-Mickei, weil
mir 's graue Bartl wachst, der hat mir gsagt einmal, es hätt mir der Teufel 's Hexenbussel geben!

. . . Ja ja, kunnt schon recht ghabt haben, der Mickei!"

Immer tiefer sank der Altenöderin das Gesicht über das Dächlein der Kirche. Doch ihre Hände arbeiteten weiter wie zuvor.

„Die halbete Schuld am Unglück, freilich, die hab ich selber! Aus Angst, der Severin könnt sich im Zorn um sein guten Posten bringen, hab ich's verschwiegen. Aber zwei Holzknecht haben 's gsehen . . . erst spater hab ich's erfahren, das . . . daheim aber hab ich gmerkt, daß mein Severin völlig ein andrer wird. Nimmer grebt hat er, und nimmer gschlafen . . . und so viel Turst allweil hat er ghabt! Hundertmal im Tag hab ich gfragt: ‚Geh, Schatzl, so sag mir doch, was d' haft? Bist ebba krank?‘ Aber kein Wörtl net hab ich raus= bracht aus ihm. Und . . . und nach einer von die großen Jagden, ein paar Täg nach Allerheiligen is's gwesen . . . da is er net heimkommen auf d' Nacht. Und d' Sorg hat mich umtrieben . . . allweil hab ich mir schon denken müssen: leicht weiß er ebbes und denkt sich noch 's Arger dazu . . . überall haben mich d' Leut so gspaffig angschaut, überall, wo ich hin= kommen bin, haben s' tuschelt und gspöttelt und glacht . . . und das is mir so fürgangen in der selbigen Nacht, daß mich d' Sorg umeinand trieben hat, mein Severin suchen! Im Schloß is er net gwesen, und net beim Förstner . . . aber da haben s' mir gsagt, er hätt auf der Jagd ein schiechen Verdruß mit'm

jungen Herrn Grafen ghabt . . . und ins Wirtshaus
bin ich glaufen, weil ich mir denkt hab: da sitzt er
wieder, und . . . und da hat mir's die Kellnerin ins
Gsicht 'nein gschrien, was lang wie Feuer schon um-
glaufen is im ganzen Ort: ich hätt mein Severin
um Lieb und Ehr betrogen, ich tät's mit dem jungen
Herrn Grafen haben . . . und ehnder hätt ich's schon
ghabt mit ihm . . . und mein Kindl wär . . . mein
Kindl . . ."

Der alten Frau erlosch die Stimme. Noch immer
arbeitete sie, doch ihre Hände begannen heftig zu
zittern.

„No ja . . . und am andern Tag in der Fruh,
da haben s' ihn gfunden! . . . Ein Unglück halt . . .
mit seim eignen Gwehr . . ."

Da ließ die Altenöderin fallen, was sie in Händen
hatte, und stieß das Kirchlein von sich, daß es auf die
Fenster fiel und daß die Sparren des Dächleins, an
denen der Leim noch nicht getrocknet war, mit leisem
Krachen wieder auseinander barsten.

Ihr Gesicht war ganz verändert in Zorn und
Härte, ihre Augen waren starr geöffnet, und die Worte
stürzten ihr von den zitternden Lippen, als wäre all
der halb erstorbene Gram ihres Herzens wieder lebendig geworden in ihr, für einen zornigen Aufschrei
ihres mißhandelten Lebens.

„Net ich, Herr Pfarr . . . net i ch hab mein Se-

verin und mich und mein Kindl um Lieb und Glück
betrogen! D' Leut, Herr Pfarr! D' Leut haben ihn
umbracht! D' Leut und ihr Greb, ihr sündhafts. Und
im Grab noch haben s' ihm kein Ruh net lassen! Und
mir net in meim Elend! Nimmer glitten haben s' mich
daheim! Und fort hab ich müssen!"

Heiser lachte sie auf.

„'s reine Glück, daß Enker Herrgott d' Menschen
mit Hals und Gurgel derschaffen hat: da lernt man
's Schlucken! Und alls hab ich nunterbracht! Und in
Rosenheim . . . die siebzehn gottstraurigen Jahr, und
's Unglück mit meim Fuß, und Hunger und Sorg . . .
alls hab ich gschluckt, alls hab ich verwunden! Allweil
hab ich den Zwirn wieder angsponnen! Und jetzt im
Ort da . . . das ganze narrete Greb und der dalkete
Hexentratsch . . . schier lachen hab ich noch drüber
können! Denn ein Menschen, Herr Pfarr . . . ein
Menschen hab ich ghabt! Den hab ich gfunden da!
Ein Mensch als wie ein Baum, an dem dich halten
kannst, wenn 's ander alles übereinandertorkelt! Und
völlig warm in mir drin is mir's allweil gwesen,
wenn d' Ilsabeth so gsagt hat: ‚Schau, Mutterl, wie
der Hanspeter einer . . . schau Mutterl, den hast, und
da wiegen die andern im Hundert mit drein!' . . .
Und so ein Mensch, Herr Pfarr . . .‘“

Mit zuckenden Händen griff die alte Frau ins
Leere, und ihre Augen füllten sich mit Tränen.

„So ein Mensch is da! Ein einziger! Und der is gut! Und der hat d' Lieb! Und der meint's ehrlich mit allem in der Welt. Und den verlachen s' und betrügen s' . . . Enkere lieben Leut! Den machen s' zum Narren und zum Kinderspott! Den derschlagen s' und derstechen s' . . . und halb derschlagen lassen s' ihn liegen im Blut und im Schnee . . . und rennen eini in Enker Kirch und machen den Kriweskrawes übers Gsicht und notteln den Rosenkranz her! . . . Pfui Teufel, Herr Pfarr! Da tu ich nimmer mit!

.. In Enker Kirch, da bringts mich nimmer eini!

.. Jetzt is mir der Faden vertronnen! Ich will kein Gmeinschaft nimmer haben mit die Leut! Jetzt hab ich gnug davon!"

Verstummend wischte die Altenöberin mit der Schürze die Tränen vom Gesicht — und begann die Arbeit wieder. Sie richtete das Kirchlein auf, nahm das geborstene Dächlein auseinander, bröselte die Splitter eines zersprungenen Fensterchens aus dem Rahmen heraus und suchte schon zusammen, was sie brauchte, um den Schaden auszubessern.

Herr Felician saß an die Mauer gelehnt, wortlos, ein Bild des Kummers und der Sorge, die sich keinen Rat mehr weiß. Nun schüttelte er den weißen Kopf und griff mit beiden Händen über den Tisch, um die Hand der Altenöberin zu fassen. Doch eh er noch sprechen konnte, hörte man ein Gerassel im Hausflur,

und die Stubentüre wurde aufgerissen. Jungfer Kath=
rin stand auf der Schwelle, erhitzt und erschöpft, als
wäre sie im ganzen Dorfe schon von Haus zu Haus
gerannt, um ihren geistlichen Herrn zu suchen. Dazu
noch der Schreck, daß sie den Hochwürdigen Hand in
Hand an einem Tische mit der Häuslschusterin sehen
mußte, die doch bekanntlich eine ‚solchene‘ war! Es
schien, als möchte die Köchin vor dem üblen Segen,
der ihr drohte, wieder Reißaus nehmen. Sie reti=
rierte über die Schwelle — dann plötzlich aber machte
sie ein paar flinke, mutige Schritte in die Stube.
Aus ihrem Blick aber redete eine Angst, wie aus den
verstörten Augen einer Mutterkuh, die vor Sorge um
ihr gefährdetes Kälblein mitten hineinrennt in den
brennenden Stall.

„Hochwürden!“ Ganz schrill klang ihre Stimme.
„Ich bitt Ihnen gottstausendmal . . . kommen S‘ heim,
Herr Pfarr! Gleich kommen S‘ heim mit mir! Der
Waldhofer mit seim Buben is da! Kommen S‘ heim,
Herr Pfarr! Kommen S‘ heim! Da haben S‘ nix zum
suchen . . . da!“

Herr Felician fuhr hinter dem Tisch hervor, und
heiße Zornröte schlug ihm über das runde Faltengesicht.
Er eilte auf Kathrin zu, packte sie am Arm, zerrte sie
in den Flur hinaus und zischelte: „Du Ganskragen,
du verdrahter, was machst mir denn da schon wieder!
Hab ich dir net gsagt, du sollst mich in Ruh lassen?

Mach, daß du heimkommst! Was ich zu tun habe da, das is mir wichtiger als der Waldhofer!"

„Waldhofer hin oder her . . . jetzt kommen S' mit mir, Herr Pfarr!" Kathrin faßte den hochwürdigen Herrn am Talar und suchte ihn gegen die Haustür zu zerren. „Völlig fürgangen is mir's . . . gleich hab ich mir's denkt: heut stellt er noch ebbes Dalkets an! Ja sagen S' mir nur, wie können S' denn einigehn in so ein Haus? Sie, der Herr Pfarr! Und hersitzen zu so einer Unchristin, die man in keiner Kirch nimmer sieht! Ja wissen S' denn gar nimmer, was b' Leut alles reden? So schaun S' doch aufft zur Haustür: wie b' Nachbersleut b' Nasen an alle Fenster drucken!"

Zornig riß Herr Felician den Talarflügel aus Kathrins Händen. „Ah, sovo meinst es du? Das ist dein Waldhofer?"

„Kommen S' heim! Jetzt gleich auf der Stell! Sie hetzen ja 's ganze Dorf gegen unsern Pfarrhof auf! Und morgen kann der Glaserer wieder kommen! Oder neue Zwetschgenbäum können S' kaufen müssen!"

„Kathrin!" Herr Felician richtete sich auf. „Jetzt will ich dir etwas sagen!" Ganz bleich war er geworden, und seine Stimme zitterte. „Hier steh ich als Priester! Verstehst du! . . . Und jetzt schau, daß du weiterkommst!"

„Ich geh net! Na! Oder ich nimm Ihnen mit! Bei so einer laß ich mein geistlichen Herrn net da!"

Da klang ein gutmütiges Lachen aus der Stube und die Stimme der Altenöderin: „Warten S', Herr Pfarr, ich bring Ihnen 's Hütl naus und Enkern Stock!"

Erschrocken sahen die beiden, die im Hausflur standen, nach der Stubentüre, die offen geblieben war.

Mutter Nannimai erschien auf der Schwelle und sagte lächelnd: „Enker Köchin hat recht, Herr Pfarr. Jetzt sind halt d' Leut einmal in der Wut! Und haben S' ja selber gsagt: Sie können s' mit Gwalt net anderst machen. Drum laden S' Ihnen meintwegen keine Unglegenheiten auf. Lassen S' Ihnen heimführen von der Jungfer Köchin!"

Dem hochwürdigen Herrn stand das glitzernde Wasser in den Augen. Schweigend nahm er Hut und Stock aus den Händen der Altenöderin, sah die Kathrin an und deutete mit dem Stock nach der Haustür. Als die Köchin nicht gleich begreifen wollte, sagte er: „Verstehst du mich nicht?"

Solch eine Stimme hatte Kathrin an Herrn Felician seit dreißig Jahren nicht gehört. Ganz erschrocken duckte sie den Kopf und schoß zur Haustür hinaus.

Mutter Nannimai lachte.

Da wandte sich Herr Felician zu ihr. „Tuts mir net lachen, Weiberl! Tas is ein trauriges Stündl für

mich! . . . Aber ich merk schon selber, daß ich heut
nix mehr ausricht. Tät mir auch lieber 's Züngl ab=
beißen, als daß ich nach so einer unwürdigen Komödi,
wie mir f' die Kathrin da hergmacht hat, noch 's liebe
Gotteswort predigen möcht. Und heut überhaupt! Ich
weiß schon, warum ich nix zwegenbring! Heut am hei=
ligen Charfreitag hab ich schon gflucht, und 's Herz is
mir schon in b' Hosen gfallen. Wie könnt ich da noch
ein Segen schaffen auf dem Acker Gottes? Heut bin
ich der Pfarrer nimmer, heut bin ich ein schwacher
und balketer Mensch wie jeder andre. Drum wollen
wir's gut sein lassen für heut! . . . Ich komm schon
wieder ein andersmal! . . . Pfüe Gott!"

Herr Felician wischte sich die Zähren von den
faltigen Wangen und ging zur Haustür. Auf der
Schwelle drehte er wieder das Gesicht.

„Aber eins muß ich noch sagen! . . . Traurige
Sachen habts mir verzählt. 's Leben hat Euer Herz
beladen mit Unrecht und Bitterkeit . . . kein Leiter=
wagen hätt's ausghalten. Da wird's einem freilich
schwer, die christliche Ergebung zu bewahren, und ich
begreif's, daß d' Fensterln uud 's Dachl von Eurem
Kirchl nimmer fest gnug waren. In Euch drin muß
viel verbrochen sein, viel Scherben muß 's geben haben!
Aber eins in Euch drin hat halt doch den Rumpler
überstanden! Die Mutter in Euch, die is noch all=
weil ganz! Die hat noch allweil ihre gsunden und

fleißigen Kräft ... und hat noch allweil ihre Pflichten! Gelt? Und die muß halt ihrem Kindl z'lieb doch allweil noch ein starks bißl glauben und hoffen! Anders geht's net, Mutterl! Ich will unserm Herrgott net vorgreifen und will nix reden und andeuten. Aber wer weiß, ob euer Mädel euer liebs net grad in der jetzigen Zeit das gwisse Schicksalswegl geht, das durchführt zwischen Glück und Unglück?"

„Herr Pfarr ...?" Der Altenöderin wuchsen in Sorge die Augen.

„Ja, Mutterl! Ein heikligs Wegl, das! Ein Stößerl hin, und man liegt im tiefen Graben, ein Ruckerl her, und man sitzt im Glück! Und wie soll denn euer Mädel am Lebensweg ihre liebe Heimat finden, wenn sich d' Mutter mit Gott und Welt zerschlagen und verfeinden will? Jedweder Menschenweg geht unter d' Leut! Und wie d' Leut auch sein mögen, z'letzt muß man sich halt doch vertragen mit ihnen ... wie mit'm Katzl, das seine Krallen hat. Gscheider, man macht's mit Geduld ein bißl zahm ... und da fangt eim 's Katzl d' Mäus aus der Stuben. Das tut's euch ein bißl überlegen, Mutterl! Eurem guten Mädel z'lieb!"

Herr Felician trat über die Schwelle ins Freie hinaus. Er hatte geflucht am heiligen Charfreitag und das Herz war ihm ‚in die Hose gefallen' — aber die schöne, goldrote Sonne des Abends umleuchtete ihn doch, daß es aussah, als hätte Herr Felician Horadam einen großmächtigen, wundersam strahlenden Heiligenschein, der nicht nur den Kopf umgab, sondern den ganzen, kleinen, schwarzen, rundlichen Herrn, vom Hutrand bis hinunter zu den schweren Stiefeln.

„So, Mutterl! Pfüe Gott für heut! Und wenn Euch morgen am Charsamstag der Weg zur heiligen Auferstehungsfeier zu weit ist . . . in Gottesnamen, so spritz ich halt mein bißl Weihwasser wieder auf's leere Bankl hin!"

Während die Altenöberin stumm und regungslos im Hausflur stehen blieb, wanderte Herr Felician auf die Straße hinaus und grüßte recht auffällig, doch nicht besonders freundlich nach allen Nachbarhäusern, an deren Fenstern ein dutzend Weiber- und Kindergesichter zu sehen waren.

Hinter einem Staketenzaun kam Jungfer Kathrin hervorgehuscht und stotterte: „Gott sei Dank, Hochwürden! Weil S' nur da sind! Weil Ihnen nur nix gschehen is!"

„Du!" Herr Felician hob das Gesicht. „Mit mir red nimmer heut!"

„Aber . . . liebe Hochwürden . . ."

„Sag mir net: lieb! Heut bin ich nimmer lieb mit dir! . . . Ja, schau nur! . . . Weißt denn auch, was du mir getan hast heut?" Dem Hochwürdigen schwankte die Stimme. „Eine unglückliche Menschenfeel, die halb schon wieder mein ghört hat, die hast mir aus der Hand raus griffen . . . und hast mich blamiert als Seelsorger! Ja! . . . Und jetzt geh heim! Und koch dein guten Kaffee! Aber trinken kannst ihn ein andern lassen! Ich dank dafür!"

Grollend wandte sich Herr Felician ab, stieß den Spazierstock auf und setzte die schweren Stiefel in energischen Schwung.

Eingeschüchtert und ängstlich trabte Jungfer Kathrin hinter ihm her. Doch ihre Zerknirschung hielt nicht lange an und wich gleich wieder einer neuen Sorge. Denn über den Hecken drüben sah sie den jungen Waldhofer die Wiesen hinaufsteigen gegen den Waldsaum.

„Mar und Josef!" stammelte sie. „Jetzt hat den Waldhofer 's Warten im Pfarrhof verdrossen! Da, Hochwürden, da schaun S' an! Da drüben rennt sein Bub über d' Wiesen auffi!"

Herr Felician blieb stehen, legte die beiden Hände über den Stock und sah gedankenvoll dem Waldhofer-Roman nach, der im Schatten der tiefstehenden Sonne und inmitten der rotleuchtenden Wiesen so schwarz wie ein Neger aussah.

Auch Romans Gemütsstimmung schien in düstere Farbe getaucht. Wie einer, der mit Welt und Menschen übers Kreuz geraten, dazu noch die Freude an sich selbst verlor und schon darüber nachdenkt, wie süß es wäre, endlich einmal seine Ruh zu haben, tief da drunten unter dem Boden — so stieg er, mit den Fäusten in den Joppentaschen, ziellos über die Wiesen hinauf, hielt den Rücken gekrümmt, als hätte er's dem Hanspeter nachzumachen, und bohrte den Blick in die Erde.

Nur einmal, schon nahe dem Waldsaum, blieb er stehen, hob das Gesicht, schaute lange zum Häuschen der Altenöberin hinunter, tat einen tiefen Seufzer und wanderte mit hastigen Schritten weiter.

Da hörte er aus dem Wald heraus eine lachende Männerstimme: „So so, du? . . . Warum derschrickst denn gar so vor meiner? . . . Bist wieder bei der Muschlerei? Ah ja, da hat man net gern einen Zeu= gen, gelt?"

Ein paar Sekunden war's still.

Dann wieder die lachende Stimme: „Ja, schau mich nur an! . . . Ich fürcht mich net vor dir und deine Kräutln! . . . Geh, such weiter, daß die richtigen findst, die man braucht zur Besenschmier!"

Roman war bleich geworden. Er zog die Fäuste aus den Joppentaschen und spähte mit brennenden Augen in den Wald.

Man hörte das Knacken dürrer Äste, die ein schwerer Fuß zertrat, und zwischen den Bäumen er= schien der Schreinergesell, der für den Staudamer= Mickei das ‚siebenhölzige Schamel‘ gezimmert hatte, die ‚Falle‘, mit der man am Charsamstag die Fledermäuse fängt. Auf der Schulter trug er ein Bündel jener krummgewachsenen Buchenäste, aus denen man das Armstück für die Lehnstühle schnitzt. Als er den jungen Waldhofer sah, nickte er ihm lachend zu und winkte mit dem Kopf gegen den Wald zurück. „Da geh eini! Kannst ihr zuschaun beim Kräutlsuchen ... der Häusl= schusterin ihrer Langzopfeten!“ Er machte die Augen klein und schmunzelte geheimnißvoll. „Kunnt aber sein, daß ihnen 's Kräutlbrocken bald vertrieben wird, denen zwei! Leicht morgen schon!“

Romans Fäuste zuckten, als möchte er zuschlagen im ersten Zorn. „Tu Lackl du balketer!“ schalt er dem Gesellen nach, der lachend an ihm vorüberging. „Is dir leicht ein Brettl vor'n Verstand gwachsen! Söllene unsinnigen Sachen glauben!“

„Schau dir's halt an!“ rief der Gesell über die Schulter. „Hat ja schon den ganzen Schurz voll! Oder meinst ebba, sie sucht ein Brunnkreß? Zum Salat auf'n Ostersonntag?“

„Ein ganzen Schurz voll?“ stotterte Roman. Die= sem Beweise gegenüber schien für einen Augenblick die Festigkeit seiner aufgeklärten Überzeugung ins Wackeln zu geraten.

Verwandelte sich dieser Zweifel in ihm zu einer Hoffnung? Denn immer größer wurden seine flackern= den Augen, während er vorgebeugten Kopfes in das Dunkel des Waldes starrte. „Wenn's ebba wahr wär?“

stieß er mit bebenden Worten vor sich hin, wie ein
Betrunkener, dem die Gedanken laut werden. „Wenn's
wahr wär, das? . . . Da hätt ich mein Ruh! . . .
Von so einer will man nix! . . . Da tät ich wissen,
wie ich dran bin, ja! . . . Kunnt mir ja ebbes ein=
geben haben! Die!"

Mit langen Sprüngen, als gält es die ins Rollen
geratene Kugel seines lachenden Glückes wieder einzu=
haschen, stürzte er in den Wald, durchsuchte mit bren=
nenden Blicken den farbigen Dämmerschatten unter
allen Bäumen, rannte hierhin und dorthin, schlug mit
den Fäusten die dürren Äste nieder, die ihm den Weg
versperrten — und plötzlich stand er wie angewurzelt.
Sein Atem ging schwer, Schweißperlen standen ihm
auf der heißen Stirn, und seine Hände zitterten. Und
nichts mehr sah er, nicht die stillen, träumenden Bäume,
nicht die weißen und bläulichen Blütensterne, die in der
ersten Wärme des Frühlings schon aus dem Moos=
grund aufgestiegen waren, und nicht den zitternden
Goldschein, mit dem die sinkende Sonne durch die
Lücken des Waldes grüßte — er sah nur ein einziges
noch: die Lisbeth.

Auf einem gestürzten Baume saß sie, das Gesicht
in die Hände gedrückt, so ganz in sich versunken, als
wäre nichts anderes mehr um sie her und alle Welt
für sie erloschen und untergegangen. Von ihren
schwarzen Zöpfen war das Kopftuch über den Nacken

hinuntergeglitten, und ein feuerroter Sonnenstrahl um=
brannte ihre Schulter, daß es aussah, als hätte das
mürbe Kittelchen zu glimmen und zu glühen begonnen.
Der Baumbart, den sie gesammelt hatte, war aus der
Schürze gefallen und lag in Büscheln um ihre Füße.

Heimliche Stille erfüllte den Wald. Nur aus dem
Tal klang noch das Rauschen des Baches gedämpft her=
auf, wie ein Gewirre menschlicher Stimmen, die in der
Ferne erlöschen wollen.

In dieser Stille nun ein leiser Vogelschlag. Ganz
schüchtern klang es, als wär's nur eine Probe für das
zwitschernde Stimmlein. Ein Bergfink. In irgend
einem Wipfel saß er versteckt. Er hatte im langen
Winter wohl lange nicht gesungen? Kein Wunder, daß
er sich jetzt auf sein Frühlings= und Liebesliedchen erst
noch ein wenig besinnen mußte, bevor es ihm recht ge=
lang. Immer wieder brach er es ab, dieses leise prü=
fende Gezwitscher — immer wieder begann er's von neuem.

Und Lisbeth, die nicht die Stimmen draußen am
Waldsaum, nicht Romans Schritt und nicht das Brechen
der dürren Äste vernommen, hörte doch diese feinen,
zärtlichen Pisperlaute.

Seufzend hob sie das Gesicht und suchte mit den Augen.

Da sah sie den jungen Waldhofer stehen, und so er=
schrocken fuhr sie auf, als hätte sich ein Unglück ereignet.

Der Fink im Wipfel wurde still. Man hörte
keinen Flügelschlag, als er davonhuschte — nur durch

den Goldglanz, der schon erlöschend auf dem Moos=
grund lag, fuhr's blitzschnell wie ein winziger Schatten.

So stumm wie jetzt der Wald, so standen die bei=
den vor einander und sahen sich an — zwei Menschen
gleich, die alle beide ein böses Gewissen haben, und
von denen eins sich vor dem anderen fürchtet.

Als Lisbeth sich endlich bewegte, rührte auch Ro=
man die Schultern und stotterte mit halbem Lachen.
„So so? . . . Derschrecken tust?"

Sich abwendend, schüttelte das Mädchen den Kopf
und bückte sich, um den zerstreuten Baumbart wieder
in die Schürze zu sammeln.

Und wieder lachte Roman, gereizt und heiser.
„So so? . . . Ah ja! . . . Hast Kräutln gsucht?"

„Ein bißl Baumbart, ja."

„Baumbart? . . . So so? . . . Baumbart?" Immer
merkwürdiger lachte Roman und lugte dabei mit scheuen
Augen nach jeder Bartflocke, die das Mädchen in die
Schürze preßte. Recht harmlos sah er sich an, dieser
dürre, verblichene Flechtenbart, und war gewiß kein
‚Kräutl', wie der Schreinergesell das gemeint hatte.
Aber das unschuldige Aussehen haben sie doch alle,
diese gewissen Mittelchen. Sonst wären sie einem so
leicht und unmerklich nicht beizubringen, und man
käme gleich dahinter, daß man den ‚narrischen Unfried'
hat davon, und die ‚gaachen Hitzen'! Wer kann's
wissen, wozu gerade der Baumbart gut ist — wenn's

eine nur versteht, ihn richtig zu brauchen. „Ja ja
. . . wird schon der richtige sein . . . dein Baumbart!
. Magst mir net sagen, für was er gut is?" Romans Stimme klang, als hätte ihn der Schmied mit
der Zange am Hals gepackt. „Sag? Is er ebba gut
für's Unglück von andre Leut?"

Lisbeth schnellte vom Boden auf, wie ein Über-
rumpelter auffährt, der von rücklings einen heimtücki-
schen Stich ins Herz bekam. Ganz entfärbt, zu Tod erschrocken, sah sie den jungen Waldhofer an. Und schüttelte den Kopf, als könnte sie es gar nicht glauben,
daß gerade der es war, von dem sie solch eine Frage
hören mußte!

„Was is denn, du? Hast ebba 's Reden verlernt?
Sind die Wörtln allweil so rar bei dir?" Wieder
lachte Roman — und runzelte die Stirn dabei, als begänne ihm dieses Lachen unter den Haaren weh zu tun.
„Geh, tu's ein bißl auf, dein Schnaberl! Laß mich
doch eins hören   so ein seltens Gsangl! Dem
Hanspeter hast ja fürzwitschert die ganzen Täg und
Nächt! Wirst doch ein einzigs Wörtl haben . . .
für mich? . . . Oder net?"

Lisbeth schwieg und sah ihn nur immer an, während rings um die beiden der letzte matte Sonnenglanz erlosch und kühle Dämmerung über die stillen Bäume fiel.

Für Roman schien etwas Brennendheißes an Lisbeths Schweigen zu sein — es reizte seinen Zorn, wie

glühendes Eisen das Wasser brodeln macht. „No also, was is denn?" schrie er, daß ihm die Adern an den Schläfen schwollen. „Magst mir's net sagen, was er tut, dein Baumbart? Rührt er 's Wetter auf? Oder . . ." In seine schreiende Stimme fuhr's wie halbes Schluchzen. „Oder macht er den Herzwurm ausschlupfen, der eim 's Lachen frißt? Und die lustige Freud? Und 's Glück und alls?"

Der stumme Schreck in Lisbeths Augen hatte sich in einen Blick verwandelt, so schwermutsvoll und traurig, daß Roman, als dieser Blick ihn traf, seines schreienden Zornes vergaß. Stumm geworden, schob er den Hut zurück und griff sich an der Stirn in die Haare, als wäre unter dem Dächlein seiner Gedanken irgend etwas nicht in Ordnung.

Mit bitterem Lächeln hatte Lisbeth das Gesicht geneigt. „Wie die andern!" sagte sie leis. „Einer, wie alle!" Und wandte sich ab und bückte sich wieder, um die letzten Büschel des gesammelten Baumbartes in ihre Schürze zu pressen.

Beim Anblick von Lisbeths Rücken kehrte dem jungen Waldhofer der mutige Zorn zurück, noch heißer, als er zuvor gebrannt. Wie er die paar Schritte auf das kniende Mädchen zustürzte, wie er sich niederbeugte und die Fäuste nach rückwärts stieß, wie er mit keuchendem Atem einen Laut um den anderen herausquetschte und die Worte zerbiß, das hätte nicht auf

den ‚verstandsamen‘ Waldhofer-Roman, sondern auf einen
Menschen raten lassen, der nah am Überschnappen ist.

„So? . . . Gar nix tätst mir reden? . . . Gleich
gar nix? . . . Du? . . . Und so viel kunntst mir sagen!
. . Kennst alle Kräutln? . . . Alle für’s Elend, ja?
Und bloß die schlechten? . . . Oder hast von die guten
auch was glernt? Geh, sag mir’s, du? Kennst ebba
’s Kräutl für’s gwiße Glück?“

Lisbeth schwieg, sie blickte nicht auf; doch ein Zit=
tern rann ihr über Schultern und Arme.

„Das Kräutl, das kunntst mir zeigen, du! Das kunnt
ich brauchen! Denn weißt . . .“ ein heiseres Lachen unter=
brach seine keuchenden Worte, „ich steh vor der Hochzet
. . . morgen oder wann, ich weiß net . . . aber aus=
bleiben tut’s mir net! Es steht mir schon zu . . . das
macht kein Katechism nimmer anderst! Na! Und Wort
is Wort! Und mein Julei . . .“ Wieder lachte er
„Kennst ebba mein Julerl net, mein liebs?“

Langsam hob Lisbeth das Gesicht, das kreidebleich
bis in die Lippen war.

Und Roman — keuchend, lachend, zitternd in
seinem sinnlosen Zorn — neigte die glühende Stirn so
tief zu ihr hinunter, daß sich Lisbeth auf den Knien
immer weiter zurückbeugen mußte.

„Gelt, ja, die kennst! So eine, die muß man ja
kennen! So ein Ausbund wie mein Julerl, weißt! So
gibt’s auf der Welt bald keine nimmer! Die is die

einzig! Und so ein Glück hab ich! Die is dir sauber, du!
Die schau dir an! Gwachsen wie ein Blumenstöckl!
Und hat ein Köpfl . . . jeds bluhfrische Röserl kunnt
ihr neidisch sein . . . um so ein Köpfl so ein liebs!
Und Backerln hat s' und Grüberln drin . . . kunntst
völlig einispringen vor lauter Freud! Und Augerln
. . . ich sag dir's, Augerl hat s' . . . rein derschrecken
muß man, weil gar so viel Unschuld auffischaut! . . .
Mein Julerl, aaah! . . . Wenn s' ihren Katechismn noch
ein bißl lernt, da kann der Herr Pfarr sein Freud
dran haben! Und ich! Weil s' gar so viel tugend-
häftig is! . . . Mein Julerl! Aaah! . . . Die hat dir
alle süßen Sachen und Gutigkeiten! Und d' Lieb und
d' Menschengüt, gleich pfundweis hat sie's . . . ein bißl
anders freilich, als wie's der Hanspeter meint! Aber
's Irdische alls dazu! Und Geld und Pfandbrief . . .
mehrer kunnt ich mir gar net wünschen! Und Sach!
Drei Kammetwagen, die tragen 's net! Und d' Ochsen,
die kriegt s' noch drein von der Mutter . . . und Küh
und Katzen . . . ich weiß net, was! Und so ein Bräutl
hab ich! . Mein Julerl! Aaah! Da geht nix
drüber! Die Liebst und die Allerschönst! Und die hab
ich! . . . Da kunnt ich doch zfrieden sein! Gelt, ja!
   Aber d' Hochzet, weißt . . ."
   Dem Überglücklichen, mit dem es das Schicksal so
gut und gnädig meinte, riß das schreiende Lachen entzwei und seine Kehle geriet ins Würgen.

„Hochzet is Hochzet, ja . . . is allweil ein ungwiß
Gspiel . . . da kannst net wissen, was aussihupft aus'm
Kastl! Kunnt leicht einer aussifahren, vor dem sich der Nacht=
wachter bekreuzigen tät! Drum, schau . . . drum kunnt
ich's halt brauchen, so viel gut, grab jetzt . . . dein heim=
lich's Kräutl vom gwißen Glück . . . sagen doch b' Leut,
es tät eins geben, so ein Kräutl . . . und . . . und so
ein Glück . . . was nie net wackelt und nie net bricht!
. . . Das mußt mir geben, du! . . . So ein Kräutl!"

Und Roman streckte schon die Arme, als brauchte
er nur zuzugreifen, als wäre das wundersame Kräut=
lein des Glückes, das sicher und unverlierbar ist, schon
gefunden für ihn und schon gepflückt. Doch erschrocken
zog er die Hände wieder zurück.

Zitternd an allen Gliedern, mit verstörten Augen,
in denen die Tränen schwammen, hatte sich Lisbeth
aufgerichtet. Zwischen den krampfhaft geschlossenen
Armen hielt sie die mit Baumbart angefüllte Schürze
an sich gepreßt, als sollte ihr etwas Heiliges und Kost=
bares mit Gewalt genommen werden. So stand sie
und sah ihn lange schweigend an — und bewegte die
Lippen, noch ehe sie sprechen konnte.

„Roman," sagte sie — und was dabei aus ihren
nassen, traurigen Augen redete, schien wie Feuer über den
jungen Waldhofer herzufallen, „Roman . . . einer, wie
d' jetzt grad ein aus dir machst . . . so einer bist net und
därfst net sein! Da tät unser Hanspeter kein ruhig's

Stündl nimmer haben! Schau . . .“ Die Stimme zer=
rann ihr auf den bleichen Lippen. „Schau, Roman,
du weißt net, was dir selber antust . . . und weißt
net, was . . . was d’ mir . . .“ Ein Sturz von
Tränen, ein bitterliches Schluchzen erstickte, was sie
noch sagen wollte. Ohne einen Versuch zu machen,
diese Tränen zu verbergen und dieses Schluchzen zu
stillen, wandte sie sich ab und ging durch den dunkelnden
Wald davon.

Wie mit harter Faust vor die Stirn geschlagen,
taumelte Roman und starrte der Lisbeth betroffen und
ratlos nach, bis sie im grauen Schatten des Abends
verschwunden war. „Mar und Josef!“ stammelte er.
„Mar und Josef!“ Und streckte die Arme. „Ilsabeth! . . .
Jesus Maria! . . . Ilsabeth! Ilsabeth!“

Kein Laut gab Antwort, kein Schritt mehr ließ
sich hören. Still und schläfrig dunkel lag der Wald
um den Einsamen her.

Und da lachte Roman plötzlich auf, als wäre ihm
ein glückseliger Gedanke durch den wirbligen Kopf ge=
fahren — ein Lachen, heller und klingender noch, als
das Lachen in seiner glücklichen Zeit gewesen. Doch wie
durch jagendes Gewölk ein Bröselchen Lichtschein fällt,
um hurtig wieder zu verschwinden, so huschte über
Romans lichte Hoffnung wieder der dunkle Zweifel
hin. „Mar und Josef! Mar und Josef!“ stotterte er.
„Jetzt kenn ich mich gleich gar nimmer aus!“ Mit

beiden Händen tappte er in die Luft, als müßte er im
Irrſal dieſes Augenblicks nach einem Menſchen greifen,
der die klare Wahrheit kennt und einen Rat in allen
Nöten weiß.

„Hanspeter! Hanspeter!" ſchrie er in den ſinkenden
Abend hinaus, halb lachend, halb in erregtem Fieber,
und fing zu rennen an wie ein Beſeſſener.

Über die Wieſen hinunter, durch die lange Dorf-
gaſſe — mit verdutzten Augen guckten ihm die Leute
nach und lachten: „Hat er denn gſtohlen, der?" —
doch Roman ſah und hörte nicht, rannte nur immer
und rannte, nahm beim Tor des Waldhofes die Wendung
zu kurz und fuhr mit der Schulter gegen den Zaunpfahl, daß der ſchwere Balken zitterte.

„Oha! Langſam!" keuchte er, ſtieß unter der Haustür die Magd beiſeite . . . „Der Hanspeter? Den
Hanspeter muß ich haben!" . . . und rannte durch
den finſteren Gang nach der Stube des buckligen
Apoſtels.

„Hanspeter! Lus auf! Jetzt muß ich dir ebbes . . ."

Verſtummend lugte Roman in der ſtillen, dunklen
Kammer umher. Vom Hanspeter war nichts zu ſehen
und zu hören. Doch inmitten der Stube kauerte ein
ſeltſam regungsloſes Ungeheuer, wie ein zum Sprung
geducktes Raubtier. Der neue Bauernſtuhl der Jungfer Kathrin war es, dieſer Peter Johannes Zbazilek
unter den Seſſeln. Und der „Firneis", mit dem er be-

strichen war, füllte die ganze Kammer mit scharfem, brenzlichem Geruch.

„Kreuz safra! Teufel und alls!" Roman wetterte die Türe wieder zu. „Jetzt brauch ich den Menschen einmal! Und jetzt is er net da!... Daß der aber nie zum haben is!" Und während er zurückeilte durch den finsteren Hausgang, schrie er schon wieder: „Hanspeter! Hanspeter! Hanspeter!"

Der alte Waldhofer, als er dieses Zetermordio hörte, kam aus der Stubentür gefahren. „Was is denn? Wo brennt's denn schon wieder! Ja Bub! Was hast denn?"

„Den Hanspeter muß ich haben! Den Hanspeter! Um Christiwillen, wo ist er denn hin?"

„Was weiß denn ich? Zum Narrenhüten hab ich kein Zeit!"

„Hanspeter!" keuchte Roman und rannte zur Haustür hinaus. Das ging dem Alten über die Geduld, und er fing zu schelten an, daß seine Stimme das ganze Haus erfüllte. Doch Roman hörte nicht. Der war schon wieder auf der Straße, eilte von einem Nachbarhaus zum anderen, pochte überall an die Fenster und fragte: „Habts net den Hanspeter gsehen?"

„Na!" erwiderte ihm einer. „Und kein schecketen Türken auch net!"

Im Pfarrhof läutete Roman die Jungfer Kathrin heraus und bekam, als er nach dem Hanspeter fragte, zuerst eine Antwort zu hören, die sich nicht als Zierde hinter das Hutband stecken ließ. Doch als die Pfarrerstöchin im Dunkel den jungen Waldhofer erkannte, stotterte sie eine heilige Entschuldigung, wollte den ‚ehrenvollen Zuspruch‘ beim Joppenzipfel in den Hausflur ziehen und wollte ihm flüsternd die Eröffnung machen, daß sich die ‚liebe Hochwürden‘ ganz gewiß noch eines Besseren ‚bezüglich des Consenzi‘ besinnen würde.

„Ah was! Consenzi!“ Mit energischem Ruck befreite Roman seinen Joppenzipfel. „Jetzt muß ich den Hanspeter haben! Ter is mir wichtiger!“

Er rannte ohne Gruß davon, um den Hanspeter in der Kirche zu suchen. Bei sinkender Nacht! Wo doch das Kirchentor schon seit dem Abend geschlossen war!

Sogar im Wirtshaus suchte er ihn! Im Wirtshaus! Tas Hanspeter seit Jahren doch nur ein einzigesmal betreten hatte — um sich für eine gute Predigt einen übel schmerzenden Tauk zu holen.

Und als es in allen Gassen des Torfes schon schlummerstill geworden und am stahlblauen Frühlingshimmel schon die Sterne flimmerten, stand Roman vor dem Häuschen der Altenöberin. Ten Atem verhaltend, lauschte er gegen die geschlossenen Fensterläden, durch deren Ritzen ein dünner Schein der Lampe herauszitterte in die kühle Nacht.

Die beiden Fäuste drückte Roman auf seine Brust, als möchte er das ‚narrische‘ Gehämmer unter seinen Rippen mit Gewalt zur Ruhe bringen. In zähem Eigensinn — als hätte ihm die Stimme eines Unsichtbaren zugeredet, doch verständig zu sein und nach Hause zu gehen — murrte er vor sich hin: „Na! Und na! Und da bleib ich jetzt. Da drin, da muß er sein! Den derwart ich schon noch!“ Schwül atmend, trocknete er die Schweißperlen von seiner Stirne und setzte sich in den Straßengraben. Immer spähte er nach der Haustür. Die aber wollte sich nicht öffnen. Und kein Hanspeter wollte kommen. „No ja aber es könnt ja doch wer andrer auch ein bißl aufsischauen!“ Immer wieder lauschte er mit langgestrecktem Halse gegen die schwarzen, lichtgesäumten Fensterläden, als müßte und müßte er aus dem schweigsamen Haus einen einzigen Laut vernehmen.

Aber das war zu viel verlangt. Damit man sie draußen auf der Straße hätte hören können, hätten Mutter Nannimai und Lisbeth in der Stube drinnen doch wenigstens ein Wörtlein schwatzen müssen. Doch die beiden saßen hinter den geschlossenen Fensterläden stumm auf ihren Plätzen am Tisch, bei der Arbeit und im Schein der Lampe, die über ihren Köpfen hing. Lisbeth hatte ein Dutzend kleiner Bäumchen vor sich liegen und färbte die aus blassem Moos gebundenen Kronen dunkelgrün, die dünnen Stämmchen braun.

Bei der Arbeit neigte sie das Gesicht so tief über den
Tisch, als wäre sie seit dem Abend kurzsichtig ge=
worden. Und manchmal, ohne den Kopf zu heben,
machte sie mit der Hand eine hastige Bewegung, als
wäre ihr der Staub des Baumbartes in die Augen
geraten und sie müßte ihn fortwischen. Wenn die
Altenöderin das sah, dann wurde sie so seltsam un=
ruhig. Immer wieder blieben ihre Augen mit prü=
fendem Sorgenblick an Lisbeth hängen. Und so gar
nicht wollte ihr die Arbeit von den Händen gehen.
Seit Herr Felician sie verlassen hatte, bosselte und
leimte sie noch immer an dem zerborstenen Dächlein
der verunglückten Kirche. Und plötzlich schob sie allen
Kram beiseite. Die Arme über den Tisch legend,

duckte sie das Gesicht, um in Lisbeths Augen sehen zu
können.

„Kindl? . . . Was hast denn?"

„Nix, Mutter! Es is mir wie jeden Tag."

„Geh, sag mir's! Tust dich ebba kränken, weil . . .
weil der Herr Pfarr zu mir hat kommen müssen?"

„Na na, Mutterl! Gwiß net!" Noch tiefer neigte
Lisbeth die Stirn. „Was du tust, is mir recht!"

Nun wieder das Schweigen in der Stube; nur
das leise Geräusch der kleinen Arbeit.

Da hörte Nannimai ein Ticken, als wäre ein
Regentropfen auf die Tischplatte gefallen. Und da
stand sie auf, trat hinter Lisbeths Stuhl und hob ihr
mit beiden Händen das Gesicht. „Geh, Kindl, mußt
dich vor deiner Mutter net verriegeln! Was Mutter
heißt, hat Augen, weißt! Und bist mir ja völlig an=
derst wie sonst! Geh, sag mir, was d' hast!"

„Nix, Mutterl! . . . Schau, tu dich net ängsten!"
Obwohl ihr die Augen von Tränen ganz verschleiert
waren, versuchte Lisbeth zu lächeln. „Bin halt ein
bißl müder wie sonst."

„No ja . . ." Seufzend ließ Nannimai die Hände
fallen. „Wenn's nix anders is . . . da kunntst dir ja
helfen, wann dich schlafen legst."

Lisbeth nickte, räumte die Farben zusammen und
legte die kleinen Bäumchen in eine Schachtel. Dann
erhob sie sich und ging zur Kammertüre.

„Kindl?"

„Was, Mutter?"

„Hat dir einer ebbes tan?"

Lisbeth schüttelte den Kopf und trat mit hastigem Schritt in die Schlaskammer.

Die Altenöderin blieb neben dem leeren Sessel stehen, sah die geschlossene Türe an und zog eine graue Haarzotte an der Schläfe langsam über die Wange herunter. Seufzend ging sie zu ihrem Platz und begann mit zitternden Händen die Arbeit wieder. Doch es ließ ihr keine Ruhe. Nach ein paar Minuten stand sie auf — vergaß, den Tisch zu räumen, vergaß, die Lampe auszublasen, aber die Finger tauchte sie in das Weihbrunnkesselchen wie immer, bevor sie sich schlafen legte — und ging in die Kammer.

„Kindl? . . . Tust schlafen?"

Kein Laut.

Nannimai drückte leis die Tür zu, kleidete sich im Finsteren aus und legte sich nieder.

Immer lauschte sie und konnte nichts hören, als manchmal nur einen halb erstickten, schütternden Atemzug der Schlafgesellin, die das Doppelbett mit der Mutter teilte und so regungslos in den Kissen lag, als wäre ihr Schlummer wie der Tod so still. Und die Mutter wußte doch: da liegt ihr Kind und starrt mit offenen Augen in die Nacht, und rührt sich nicht, überwindet jedes Zittern und beißt die Zähne übereinander.

„Geh, Kindl . . .“ Mit beiden Armen griff Nanni-mai hinüber. „Geh, hast denn d' Mutter nimmer?“

Mit ersticktem Laut fuhr Lisbeth aus den Kissen auf und klammerte sich zitternd an den Hals der alten Frau. Ein Schluchzen, als ginge ihr Herz in Stücke, und erloschenes Gestammel: „Mutter, Mutter! Schau, so viel elend bin ich! Und hab einen gern . . . wie gern, ich kann dir's net sagen! Und därf net denken an den! Und nie net, Mutter . . . den kann ich nie net haben! Den hat die ander, und . . . und so viel elend bin ich, daß ich gleich sterben möcht . . . am liebsten sterben!“

Und die Altenöderin jammerte in das Schluchzen ihres Kindes: „O du heilige Mutter . . . 's ander alles . . . und jetzt noch 's Ärgste dazu! . . . Mein Kindl! Mein Kindl mein arms . . .“ Die Worte vergingen ihr. Sie fragte nichts und suchte keinen Trost. Nur wortlos streicheln und schmeicheln konnte sie, und wischte immerzu mit ihrer zitternden Hand die Tränen von Lisbeths Wangen.

So verging den beiden die halbe Nacht.

Während Lisbeth, ruhiger geworden, schon wieder in den Kissen lag und das Gesicht vergraben hielt, saß die Altenöderin noch immer aufrecht im Bett, mit dem Kopf zwischen den Händen.

Da sah sie an der Türe roten Schein durch eine Ritze quellen. Erschrocken sprang sie aus dem Bett und warf einen Rock über.

Lisbeth fuhr aus den Kissen. „Mutter . . .“

„Na na, Kindl . . .“ Die Altenöderin hatte die Stubentür schon aufgerissen. „Es is nix . . . Gott sei Dank! Bloß b' Lampen hab ich brennen lassen.“

Sie zog die Türe hinter sich zu, denn die Lampe hatte geraucht, ein übler Dunst war in der Stube, und ein dünner Regen von Rußstäubchen ging über die Tischplatte und das verunglückte Kirchlein nieder.

Es war ein seltsamer Blick, mit dem die nassen Augen der alten Frau an dem halbvollendeten Spielzeug hingen. Ein wehes Lächeln, aus dem es doch wie eine Hoffnung redete, irrte um ihre welken Lippen.

„Ja, freilich . . . ja . . . jetzt hat er recht!“

Sie sah zur Türe, als stünde Herr Felician noch auf der Schwelle. Dann trat sie an den Tisch, schraubte mit der einen Hand die Lampenflamme herunter und hob mit der anderen das Kirchlein auf. Lange betrachtete sie das kleine, zierliche Ding und nickte immer — setzte sich an den Tisch — und begann zu arbeiten — suchte bessere Sparren für ein neues Dächlein, zündete unter der Leimpfanne den Spiritus an und bosselte und klebte.

„Mutter?“ zitterte Lisbeths Stimme aus der Schlafkammer.

„Ja, Kindl, ich komm bald!“

Nur halb gekleidet, mit nackten Füßen, saß die Altenöderin am Tisch und fing in der kühlen Nacht zu

fröſteln an. Aber das ſchien ſie gar nicht zu merken.
Sie leimte und ſchnitzelte, vergoldete und malte, immer
flinker und emſiger. Und unterbrach die Arbeit nur,
um immer wieder die Tränen fortzutrocknen, die nicht
verſiegen wollten. Und weil ſie das Waſſer auf ihren
Wangen mit dem fliegenden Ruß der Lampe und mit
all den Farben an ihren Fingern durcheinanderwiſchte,
wurde ihr Geſicht beinah ſo fleckig wie das Geſicht des
Peter Johannes Zdazilek in jener Nacht, in der er
Zwieſprach mit ſeinem Herrgott gehalten hatte: ‚Biſt
mein Zuverſicht und biſt mein alls! Lus auf, jetzt
muß ich dir ebbes ſagen!‘

Als draußen der Morgen dämmerte, war das
Kirchlein ausgebaut, hatte glitzernde Fenſter und auf
dem Türmchen ein vergoldetes Spitzdach mit kleinem
Kreuz.

Die Altenöderin atmete auf, ſäuberte die farb=
fleckigen Finger an der Schürze und erhob ſich. Mit
beiden Händen, achtſam, faßte ſie das zerbrechliche
Kunſtwerk. Und nickte. „Ah ja . . . ſo lernt man ’s
halt wieder! ’s beſte Leben . . . und ’s unſer is lang
net ’s beſte . . . aber ’s allerbeſte wenn einer hat, es
bricht ihm halt doch einmal ein Loch ins Dachl, das
bloß ein einziger flickt!“ Die faltigen Wangen von
Tränen überronnen, hob ſie das Kirchlein in die Höhe.
Wohl hing ihr Herrgott mit dem ‚einſchichtigen‘ Arm
in der Schlafkammer drinnen; doch was ein richtiger

Herrgott ist, der sieht durch alle Mauern. Und so hob
sie das Kirchlein gegen die kahle Stubenwand empor.
„Gelt, ja? . . . Gelt, ja? Das bring ich dir morgen
. . . weil ich 's anber verbruckt hab, weißt . . . und
sag dir mein schuldigs Reu und Leid! Aber tust mir
mein Kindl gsunden! Gelt?“

Sie blies ein paar Rußflocken fort, die auf das
vergoldete Turmdach gefallen waren, stellte das Kirchlein in eine Wandnische und bedeckte es mit einem Tuch.

Jetzt war sie ruhiger.

Um frische Luft in die dunstige Stube zu lassen,
öffnete sie ein Fenster und stieß den Laden auf.

Da sah sie im trüben Grau des Morgens Einen davonlaufen, der vor dem Hofzaun auf der Straße gestanden.

Sie lächelte müd. „So so? . . . Schon wieder
einer, der's uns gut meint . . . ja?“

Den Laden schloß sie wieder, doch das Fenster ließ
sie offen. Und blies die Lampe aus.

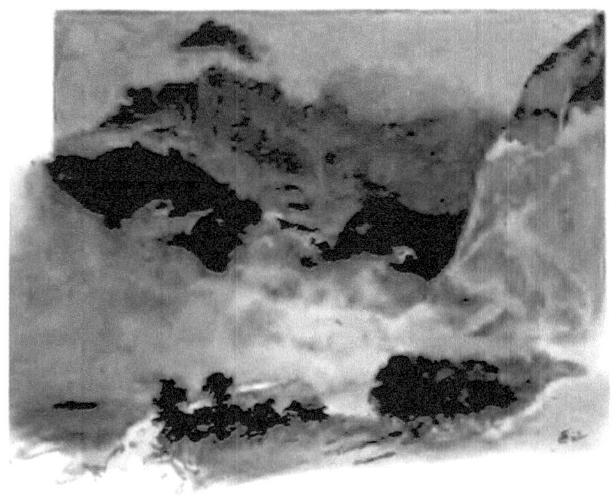

14.

Ein trüber, unfreundlicher Charsamstag.

Wie das nur so kommen kann? Am Abend leuchtet
noch der Himmel und die klaren Sterne blinken —
kein Windhauch in der Nacht — und am Morgen ist
alles trüb, schwermütig dämmern die erloschenen
Farben, und über den Bergen hängt wie eine graue
Mörteldecke das dichte Gewölk.

In dem stundenlangen Wiesental, das sich gegen
Mitterwang und Hirschbichl hinauszog, dampften von
den versumpften Bachgründen die Nebel auf und fal-

teten sich wie dünne Schleier über die ganze Landschaft.
Nur weit da draußen, wo in einer Wendung des Tales
der Kirchturm von Hirschbichl über das Gewell der
Hügel hervorlugte, da draußen war's noch ein wenig
hell und freundlich. Ein verirrter Sonnenstrahl huschte
sogar noch über eine der Wiesen hin.

Nahe der Landstraße stand ein Heustabel, und der
Bauer, dem er gehörte, kam gerade mit der Kraxe
auf dem Rücken von Hirschbichl her, um seinen Geißen
noch eine Ladung Futter für die Ostertage heimzu-
tragen.

Schon von weitem sah er, daß am Heuschuppen
die Türlucke halb offen stand. „Sakra! Hat mir ebba
einer 's Heu davon!" Er machte lange Schritte, und
als er in den Schuppen guckte, sah er im Heu etwas
Graues, Großes und Unbewegliches liegen.

„He! Wer is denn da? Mein Heu verstinken
und verwargeln, das tät ich mir fein verbitten! . . .
He, du! . . . He! . . . Wachst auf oder net!"

Der Schläfer erwachte, hob sich langsam aus dem
Heu — und der Bauer, als er diesen Ungeschlacht gewahrte, fuhr im ersten Augenblick ganz erschrocken zurück. Dann aber schimpfte er weiter.

Schwerfälligen Ganges, Haar und Gewand mit
Heufäden behangen, die ungefügen Glieder halb er-
starrt von der kalten Nacht, kam einer aus dem
Schuppen herausgetreten, mit vorhängendem Kopf,

den klobigen Rücken so tief gekrümmt, daß die Fäuste bis zu den Knien hinunterfielen. Wie einer von jenen Überaffen sah er aus, die in den tropischen Wäldern wohnen und das scheue Staunen der Menschen sind.

Dem Bauern verging der Mut zum lauten Schreien, denn der Ungeschlacht schien eine von seinen Fäusten heben zu wollen. Da könnt' es Scherben geben, mochte der Bauer denken — und so brummte er nur noch ein wenig.

Hanspeter, der den hellen Tag nicht recht begreifen wollte, sah mit starren Augen zum Himmel auf und fuhr sich mit beiden Händen langsam über das Gesicht, auf dem die erlöschenden Male der Faustschläge einen grünlichen Schimmer zurückgelassen hatten, als hätte die Verwesung diese Stirn und diese Wangen berührt.

„So so? . . . Ah ja! . . . Ein bißl g a r lang gschlafen muß ich haben."

Nun hörte er das Gebrumm des Bauern. Seine Augen wurden klein und funkelten. Doch er lachte, ganz tief in der Brust.

„Ah so? Bist ebba der Bauer, dem der Stadel ghört? Bist von die L e u t einer, du? Ah freilich, die gibt's ja überall! Bei uns daheim! Und z' Mitterwang! Und in Endsdorf drent! Und z' Hirschbichl hab ich f' auch derfragt! Überall gibt's Leut! Überall!"

Das sagte er ruhig. Doch es lag etwas in seiner

Art, daß an den Bären im Käfig erinnerte — unbe=
weglich liegt er und scheint gezähmt; doch berühr ihn
mit einer Gerte, wirf ihm eine Nußschale auf die
Schnauze, und tobend erwacht die Wildheit in ihm.

„No also, Herr Leut . . . so sag ich enk halt Ver=
geltsgott für'n Unterstand, den ich mir derlaubt hab
. . z' Hirschbichl müssen ja d' Leut in die Betten
schlafen, da is kein Platz für ein Menschen net!
No ja, Vergeltsgott halt! . . . Heut hab ich nix, aber
wann ich wieder auf Hirschbichl komm, so zahl ich enk
schon ebbes . . . heut hab ich nix . . . oder mögts mein
Hut, oder mögts mein Hemmed? Umsonst, ah nah . . .
von eim, der Leut heißt, mag ich nix umsonst!"

„Ich will nix!" brummte der Bauer. „Mach, daß
d' weiterkommst und laß mir mein Ruh, du!" Er
nahm seine Kraxe und trat in den Heuschuppen.

Hanspeter lachte und ging davon, langsam, den
Rücken gebeugt, mit baumelnden Fäusten. Er schien
an seinen drei Zentnern und an allem, was erdrückend
auf seiner kleinen Kinderseele lastete, gar schwer zu
schleppen.

Der Bauer, als er draußen die plumpsenden
Schritte hörte, streckte den Kopf aus dem Schuppen.
„So einer! Da hört sich doch alles auf! Und den
lassen s' frei umeinandlaufen! Der muß ja heilig aus
'm Narrenhaus ausfigsprungen sein!" —

Hanspeter wanderte — mit stumpfen Augen immer

vor sich niederstierend. Und immer murmelte er. Fast immer die gleichen Worte.

„No ja . . . no ja . . . für d’ Mutter und fürs Kindl . . . für die is gsorgt!“

Manchmal brach er von den Weidenbüschen, die noch unbelaubt an der Straße standen, einen Zweig und zerkaute ihn. Das ist bitter, das weckt den Durst und macht den Hunger vergessen.

„No ja . . . für die is gsorgt! Aber ich halt . . . ich? . . . Was ich jetzt anfang?“

Immer müder krümmte sich sein Rücken, immer tiefer baumelten ihm die Fäuste. Und immer wieder die gleiche, murmelnde Frage.

„Was ich jetzt anfang? . . . Ich?“

Obwohl es kühl war und der Tag so trübe, rannen dem Hanspeter bei diesem müden Tappen die dicken Tropfen über das Gesicht. Nicht Tränen. Seine Augen waren heiß und trocken, als hätten sie das Tröpfeln, das ihnen sonst so leicht geworden, ganz verlernt.

Zwei Stunden hatte er noch zu wandern, um das Dorf zu erreichen, und es ging schon auf elf Uhr Mittags, als er zu den ersten Häusern kam.

Da blieb er stehen, als wäre die Straße vor ihm mit Balken gesperrt. Schwer arbeitete seine Brust, und mit einem Blick des Hasses glitten seine funkelnden Augen über die Höfe, Gärten und Dächer hin.

Heiser lachend wandte er sich ab, sprang über den Straßengraben und machte einen weiten Umweg über die Wiesen und durch den Wald, um das Häuschen der Altenöderin zu finden, ohne einem Menschen zu begegnen. Das gelang ihm nicht ganz. Denn als er vor der kleinen Hütte über die Straße rannte, sahen ihn die Kinder der Nachbarhäuser und sangen ihm spottend ihr Verslein nach:

> „Spatzenschreckerl, Ratzenfleckerl,
> Bizi, Bazi, Katzendreckerl!"

In Zorn griff Hanspeter nach einem Stein. Doch er ließ ihn schon wieder sinken, noch ehe die Kinder kreischend hinter die Hecken und Häuser flüchteten. Und ein Gefühl der Reue schien ihn zu überfallen, das seine drei Zentner schüttelte wie mit groben Fäusten.

„So einer bin ich! . . . So einer . . . der sich an die guten Kindln vergreifen kunnt!"

Er fuhr sich mit der Hand übers Gesicht, als möchte er etwas fortwischen, das ihm auf den Augen lag. Dann nahm er den Hut ab, zupfte die Heufäden von seinen Kleidern und trat ins Haus.

In der Küche saß die Altenöderin bei der offenen Herdflamme. Über dem Feuer dampfte eine Pfanne, während die alte Frau mit den Armen auf dem Herdrand lag und das Gesicht vergraben hielt. So schwer die Schritte des Hanspeter waren, Mutter Nannimai hörte sie nicht. Erst seinen Gruß.

Doch er sagte nicht wie sonst: „Gottslieben Tag, Mutterl!" Heut machte er's kurz: „Grüß Gott!"

Die Altenöderin sah auf. „Peterl! .. O jesses mein ... Du bist's!" Sie schien sich erst auf ihre Gedanken besinnen zu müssen. „Ja sag, wie geht's dir denn!"

„Macht sich schon wieder. Ah ja! Es tut's!"

„No also, Gott sei Dank! Is mir doch die eine Sorg von der Seel!" Sie faßte seine Hand, und da legte er auch die andere Tatze noch dazu. Prüfend betrachtete Nannimai sein Gesicht und meinte kleinlaut: „Aber ausschauen tust mir gar net gut!"

„No ja, wie s' ein halt zurichten! Aber laß gut sein!" Er schnaufte tief. „Jetzt bring ich dir ebbes, weißt!" Und sah in der Küche umher und in den Flur hinaus. „Wo is denn 's Kindl?"

„Um Klaubholz hab ich b' Ilsabeth fortschicken müssen." Die Altenöderin löste ihre Hand und deutete auf ein paar Scheite, die neben dem Herd lagen. „Jetzt hat s' ein End, die barmherzige Klafter."

Hanspeter nickte. „Freilich, ja, so ein Klafterl is auch nix ewigs." Schwer ließ er sich auf den Herdrand fallen. „Ja, Mutterl, daß ich sag ... ja, jetzt hab ich ebbes gfunden für enk."

„Gfunden? Was denn?"

„Zwei saubere Stüberln, ja ... z' Hirschbichl drenten."

„Geh? Haft gfucht für uns? Jetzt, in der halbeten
Kranket noch?“

„Fürgestern . . . und gestern, ja! . . . Ein bißl
hart hat sie sich anlassen, die Sach! . . . No ja, jetzt
hab ich's! Zwei Stüberln! . . . Zwei halt bloß!“
Es zwinkerte um seine Augen, als möchten sie tröpfeln;
doch sie blieben trocken.

„Vergeltsgott, Bub!“ Zärtlich fuhr ihm die Altenöderin mit der Hand übers Haar. Dann fragte sie in
Sorge. „Was kosten s' denn?“

„Zwanzg Markln im Jahr.“ Hanspeter drehte das
Gesicht auf die Seite. „Wär's ebba z' viel?“

„Gott sei Lob und Dank! So hab ich's ja billiger
wie da! Zwanzg Markln! Das dermach ich leicht . . .
Aber wird doch ein Kuchl dabei sein?“

„Ah freilich, ja!“

„Und wo denn, sag?“

„Schmidthammerin heißt s', die Bäuerin. Bei der
im Austraghäusl, da sind s', die Stüberln . . . die
zwei!“

„So?“

Die Altenöderin fragte nicht weiter. Und das
schien dem Hanspeter willkommen, denn er atmete erleichtert auf. Was er durchgemacht hatte in diesen
beiden Wandertagen, und daß man in Endsdorf, in
Mitterwang und auch in Hirschbichl schon von der
Häuslschusterin und ihrer ‚schwefligen Gfreundschaft‘

wußte; daß man zwei ‚Solchene‘ nicht gerne unter
sein ehrliches Hausdach nahm; daß die gescheite
Schmidthammerin, wenn sie sich schon mit dem ‚Gwißen
von + + + dingsda‘ einlaſſen sollte, doch wenigstens
ein gutes Geschäft zu machen hoffte; daß Hanspeter im
Jahr zu den ‚zwanzig Markln‘ heimlich noch achtzig
‚zuspicken‘ mußte, und daß er seine silberne ‚Remon=
tari‘, diesen einzigen Reichtum seines Lebens, als
‚Sicherheit‘ bei der Schmidthammerin zurückgelaſſen
hatte — das alles brauchte die Altenöderin doch nicht
zu wiſſen. Viel Wiſſen macht ja bekanntlich Kopfweh.

Drum konnte Hanspeter, als er Mutter Nanni=
mai vor diesem drohenden Leiden sicher wußte, mit
Recht erleichtert aufatmen und wieder ein wenig an
sich selber denken. Aber das tat er, ohne es zu wiſſen.
Er guckte nur, als die Altenöderin den Deckel von der
Pfanne hob, mit steifen, sehnsüchtigen Augen in den
wirbelnden Dampf. „Hast saure Fisolen gmacht?“
fragte er, obwohl es nach Erbsen roch.

„Ein bißl Erbeſsuppen auf Mittag.“

„So so? . . . D' Erbeſsuppen is ebbes guts! Ebbes
a r g guts, ja!“

Das Zittern seiner Stimme machte die Alten=
öderin aufblicken, und sie sah das Verlangen, mit dem
seine Augen an der Pfanne hingen.

„Magst ebbes? Tut dich hungern, Bub?“

„Hungern? Ah nah! Gwiß net!“ stotterte Hans=

peter. „No ja . . . so ein bißl halt . . aber gestern, weißt, gestern in der Fruh, da hab ich schon ebbes ghabt . . . und mein Magen is von dieselbigen einer, die was aushalten! . . . Na na, laß gut sein! Gern tät ich d' Ilsabeth net birauben . . . na na . . laß gut sein, Mutterl!" Er wehrte mit beiden Händen.

Aber Nannimai — mit erschrockenem „Mar und Josef!" — war schon davongehumpelt, brachte einen Teller und fing zu schöpfen an.

„Hör auf, Mutterl, hör auf . . . lauft ja schon über! So viel mag ich net!"

Doch als er den Teller mit der qualmenden Erbsensuppe auf den Knien hatte, lächelte er mit dankbarem Blick zur Altenöberin auf — ein Lächeln, als möchte ein gerupftes Vögelchen fliegen. „Gottslieben Vergelts, Mutterl! . . . Aber gelt . . . daß b' mir's net übel nimmst! . . . Und zahlen kann ich net, aber . . . gelt, ein Bröserl Suppen, mein' ich, hab ich mir schon verdient bei dir? Gelt, ja?"

„Ja, Bub! Hundert für einmal!" Nannimai fuhr sich mit dem Schürzenzipfel über die Augen. „Iß Bub! Iß! Und laß dir's schmecken!"

Sie setzte sich auf den Herdrand und sah ihm schweigend zu, wie er in Hast zu löffeln begann. Die Suppe dampfte vor Hitze, nach jedem Löffelvoll mußte Hanspeter den Mund hohl machen und mit der Zunge

schlenkern, und wie Atem bei strenger Kälte fuhr ihm
der Rauch von den Lippen, doch er schluckte gierig wie
ein Tier, dem die hungernden Gedärme schreien.

„So ebbes guts . . . aah . . . hahahaha . . . . so
ebbes guts is b' Erbessuppen!“ Nur die Suppe zu
loben, das genügte ihm nicht. „Und so schön wawa=
wawarm geht's durch'n Teller bububurchi . . . auf die
kalten Knie!“

Die Altenöderin hörte nur halb und lächelte zer=
streut. „Warm haben! Ah ja! Das sind im Leben
die Glückhaften . . . die's allweil warm haben . . .
auswendig und einwendig . . . um's Herzl ummi! . . .
Frieren müssen im Herzl, is ebbes harts!“ Ihre Hände
wurden schlaff, und der graue Kopf sank ihr ganz auf
die Brust hinunter.

Hanspeter hatte sich Mund und Magen genügend
verbrannt, um keinen Hunger mehr zu spüren. Wäh=
rend er den kühler gewordenen Rest der Suppe löffelte,
wirbelte ihm schon wieder das andere durch den Kopf:
„Zwei Stüberln, ja . . . zwei halt bloß . . . und
keins für mich!“ Er schluckte. „Mein . . . zfrieden
wär ich leicht gwesen . . . bloß daß ich bei enk bin,
weißt . . . hab mir denkt, ich kunnt ja in der Kuchl
schlafen . . . oder auf der Bodenstieg . . . aber mich,
hat b' Schmidthammer gsagt, mich laßt s' net eini
. . . ich tät ihr 's Hausbach aussidrucken mit die Haar
und . . . und tät ihr den Stubenboden durchtrappen

. . . mit meine Olifantenfüß . . . hat s' gsagt!" Er schluckte wieder, und ein Zucken und Zittern fuhr ihm in die Augenlider. „No ja . . . so völlig unrecht kann ich dem Weibl net geben . . . weil's zwei so liebe und saubere Stüberln sind . . . wär schad drum, wann ich ebbes dran ruinieren tät . . . ja, so viel lieb und sauber sind s', die Stüberln . . . die zwei."

Nannimai schien nicht zu hören, was Hanspeter mit seiner erloschenen Stimme brummelte. Es mochte ihr nur ans Ohr klingen, daß er von den beiden Stübchen schwatzte. Und da nickte sie in ihren Gedanken vor sich hin. „Zwei Stüberln . . . no ja . . . 's is an der Zeit, daß wir fortkommen. Wie gschwinder, so besser! Für 's Madl is kein Bleiben nimmer!"

Hanspeter ließ den Löffel sinken. „Mutterl? . . . Was hast?"

Sie hob das Gesicht, hatte Tränen in den Augen — und konnte ihm die Sorge nicht verschweigen, die so heiß und drückend auf ihrem Mutterherzen lag. „Jetzt schau dir an, Peterl, schau dir an . . . zu allem Elend jetzt noch 's Ärgste . . ."

„Mar und Josef, Mutterl, was denn?"

„'s Madl halt . . . mein Kindl mein guts . . . no ja, jetzt hat sie sich halt verschaut . . . mit'm Herzl, weißt! Und tut ein gern haben, den s' nie net haben kann . . . weil er ein andre mag . . . und 's Madl is

dran, sie möcht gleich sterben, und . . . und heut in
der Nacht . . ."

Die Altenöderin verstummte und sah erschrocken
den Hanspeter an.

Eine Veränderung, fast grauenhaft, war mit ihm
vorgegangen. Das Gesicht verzerrt und fahl wie Asche,
die Augen weit aufgerissen und mit dem Blick eines
Irren, zitternd an all seinen schweren Gliedern, so
war er vom Herdrand aufgesprungen und hatte den
Teller mit dem Rest der Suppe ins Feuer geschleudert,
daß die Flamme halb erstickte und die getauften Kohlen
zu zischen begannen.

„Jesus Maria!" kreischte die Altenöderin. „Ja
Bub! Was is dir denn?"

Keuchend würgte er die Worte heraus: „Mutter
das macht . . . das macht mich narret, Mutter!"
Jetzt ein Gelächter, wild und heiser. Langsam reckte
er sich auf, daß sein Kopf an die Decke stieß, hob die
Fäuste vor sich hin, schüttelte sie und schrie: „So
haben's die Guten, Mutter! . . . So haben's die Guten! . . . Recht hat er, der Mandi: die Schiechen, die
haben's besser!" Wieder dieses Gelächter, das die
Mauern erschütterte. „Herr Leut mußt heißen! Da
hast auf der Welt, was d' magst! . . . Da nimmst
dir's halt! . . . Drah dich um, Mutter! Von die
Schiechen mußt eine sein! Und alls is gut!"

Sein Gelächter schien ihm die Brust zu zersprengen. Er drückte die Fäuste auf seine Rippen und taumelte in den Flur hinaus, ins Freie.

Schluchzend humpelte die Altenöderin hinter ihm her: „Gottschristi Lieb! Jesus Maria! Hanspeter!"

Doch er hörte nicht. Mit fuchtelnden Fäusten, immer lachend, rannte er zum Hof hinaus und die Straße gegen den Bergwald hin.

Leute, die ihn sahen, fingen zu kreischen an, als wäre ein Stier im Dorf ledig geworden.

Während er so blindlings rannte, begegnete ihm auf der Straße ein altes, harmloses Bäuerlein, einer von jenen Weißhaarigen, die im Wirtshaus gesungen hatten: „Fein sein, beinander bleibnnnnn . . ."

„Aus'm Weg, sag ich dir," schrie ihm Hanspeter entgegen, „aus'm Weg, du Leut!"

Und das Bäuerlein — in jenem ersten Schreck, der sich nicht besinnt — tat einen Hupf von der Straße weg und überkletterte die hohe Planke so flink, als wäre ihm die Jugend wieder in die alten Knochen gefahren. Hinter dem Zaun begann der Weißhaarige freilich grob zu schimpfen — über den „narreten Tuifi".

Der aber hörte nicht. Er rannte in seinem lachenden Irrsinn, rannte die Straße hinaus, über die Wiesen und dem Wald entgegen, als wäre in seinem dicken, von Zorn und Jammer brennenden „Köpfl" nur noch der einzige Gedanke: im Wald einen Ast zu

finden, kräftig genug, um drei Zentner und noch dar=
über zu tragen.

Doch plötzlich stand er, regungslos, mit gebeugtem
Nacken und hängenden Armen, wie gebändigt von
einer unsichtbaren Gewalt. Und stand und starrte in
den trüben Wald hinein, fast mit den gleichen Sehn=
suchtsaugen, mit dem gleichen hungertraurigen Blick,
mit dem er in Nannimais Küche am Dampf der guten
Erbsensuppe gehangen.

Und bei allem Hunger seines Herzens überkam es
den Peter Johannes Zbazilek sogar wie eine Regung
von Eitelkeit. Er begann mit den zitternden Fäusten
an seinem Gewand zu putzen, kämmte mit dem Rechen
seiner Finger den Heustaub aus den Haaren und fuhr
mit dem Ärmel über Mund und Nase.

Ein schweres Klaubholzbündel auf dem Kopfe,
trat Liesbeth aus dem Walde heraus. Um unter der
schwankenden Last das Gleichgewicht zu halten, hatte
sie die beiden Arme seitwärts gestreckt, und so kam
sie Schrittlein um Schrittlein über die steile Wiese
herunter. Nur zur Erde blickend nach ihrem Weg,
hätte sie den Hanspeter gar nicht gesehen und wäre
vorübergegangen.

Da zog es ihm die Arme, den Kopf und den
Körper vorwärts, als möchte er vom Fleck und als
wären ihm die Füße angewurzelt. Nun kam er
ins Taumeln und Schwanken — jeder Schritt wie

ein halbes Stürzen — und nun stand er vor dem
Mädchen.

„. . . Lisbeth . . .“ Das klang, als spräche ein
Kind zum erstenmale ein Wort, das dem unerfahrenen
Zünglein noch nicht geläufig ist.

Sie konnte unter der Last des Holzes den Kopf nicht
heben, nur die Lider. Wie Hanspeter vor ihr stand, wie
sein Gesicht war, wie seine Augen blickten — das fiel ihr
nicht auf. Wer Lasten zu schleppen hat, findet es natürlich,
wenn auch andere den Rücken krümmen, und wer an die
Freude nimmer glaubt, der staunt nicht über ein trauri=
ges Gesicht. Nur über eines schien sie sich zu wundern.

„Peterl! Du? . . . Warum sagst denn Lisbeth
zu mir? 's erstmal, daß ich's hör . . . von dir!“

Er konnte nicht antworten. Blutrot fuhr es ihm
über das häßlich entstellte Gesicht.

Doch als sie unter der Last des Holzes den Kopf
ein wenig drehte, als hätte sie Schmerzen im Nacken
— da hob er die Arme.

„Tu mir's z'lieb, Lisabeth . . . gib her . . . und
mich laß tragen!“

Er nahm ihr das Bündel ab und lud es auf seinen
Stiernacken — als wär es ein Häuflein Späne, so
mühlos hob er das schwere Holz.

„Gottschristi Vergelts!“ sagte sie leise — eins von
seinen eigenen, ‚driedoppelt frommen‘ Worten ge=
brauchend.

Dann ging sie schweigend hinter ihm her, die Wiesen hinunter.

Die Last, die er so leicht gehoben, schien Schritt um Schritt auf seinem Nacken zu wachsen, wie einst das Kindlein auf dem Rücken des Christophorus. Und drückte ihn nieder, immer tiefer. Und immer langsamer ging er, je näher sie dem kleinen Hause kamen.

Vor dem Zauntor blieb er stehen, legte das Holz zu Boden — und blieb gebeugt, als trüge er die Last noch immer.

Ohne aufzuschauen, sagte er: „Vergeltsgott, Lisabeth . . . und . . . und pfüet dich Gott halt!" Zögernd streckte er die Hand.

Da sah sie ihn an — und schien nicht zu wissen, wie ihr war — „Hanspeter? Was hast denn?" — und wollte ihm doch die Hand reichen.

Doch als ihre Finger seine ledernen Schwielen berührten, riß er die Hand zurück wie einer, der ins Feuer gegriffen. Und stotterte: „Ilsabeth . . ." Und sah noch einmal an ihr hinauf. „Pfüe Gott . . . pfüe Gott . . ." Aber das erlosch ihm in der Kehle. Und taumelnd wandte er sich ab, und schwankte davon — und als ihn das nächste Haus verdeckte, so daß ihn die Lisbeth mit ihren erschrocken staunenden Augen nicht mehr sehen konnte, fing er zu rennen an wie ein Narr.

Durch ein schmales Wiesental lief er hinunter gegen den Bach, immer die Deckung der Hügel suchend, schlug

die Zäune vor sich nieder, wühlte sich durch dickes Ge-
büsch, und als er den Wald erreichte, warf er sich ins
Moos und gebärdete sich, als wäre in seinem armen
‚drieboppelten Köpfl‘ die Tobsucht ausgebrochen. Er
grub die Hände in den Boden, stieß und wühlte mit
den Füßen, wälzte sich stöhnend von einer Seite auf
die andere und trommelte mit den Fäusten auf die
Augen, weil sie so trocken blieben und seinem Schmerz
das erleichternde Getröpfel versagten.

Und dann, von Erschöpfung befallen, lag er regungslos, mit dem Gesicht auf der Erde, die Arme über den
Kopf gedrückt — wie man in den Bergen die Toten
findet, denen ein fallender Stein das Gehirn zerschmetterte.

Der Platz um ihn her sah aus, als wäre hier ein
widerspenstiges Stück Vieh an einen Baum gefesselt
gewesen und hätte mit Hörnern und Hufen die Arbeit
seines Zornes getan.

Eine Stunde verging. Eine zweite.

Endlich richtete sich Hanspeter auf, langsam und
zitternd, guckte mit verlorenem Blick im öden Wald
umher und nahm den Kopf zwischen die Fäuste. So
saß er und brütete vor sich hin.

In abgerissenen Lauten murmelnd, nickte er mit
dem Kopf, und da nickte der ganze drei Zentner schwere
Körper mit.

„No ja . . . no ja . . . eins bleibt mir schon . . .

noch ein einzigs, ja! Ein wengl schaffen halt . . . recht
fleißig schaffen, ja . . . da kann's net fehlen! Na! Da
hab ich meine Zuversicht drauf!"

Er meinte: recht fleißig schaffen, um Jahr für Jahr
die achtzig Mark zu ersparen, die er bei der Schmidthammerin in Hirschbichl drüben heimlich ‚zuspicken‘ mußte.

„No ja . . . und der Jungfer Kathrin ihren Sessel,
ja . . . den muß ich ihr auch noch aufsitragen . . .
mein' schon, daß er jetzt trücknet is, der Firneis!"

Ruhig erhob er sich, als wäre für sein leergewor-
denes Dasein wieder Zweck und Inhalt gefunden. Wer
der Schmidthammerin in Hirschbichl etwas schuldig ist
und der Pfarrersköchin noch einen Sessel zu bringen
hat — wie dürfte so einer auf den pflichtvergessenen
Gedanken kommen, dem schreienden Jammer seines
Herzens mit Gewalt das Maul zu stopfen?

Langsam wanderte Hanspeter dem Dorf entgegen,
gebeugt, mit baumelnden Fäusten. Um das Häuschen
der Altenöderin schlug er einen weiten Bogen und lenkte
erst bei der Kirche wieder auf die Straße ein. Als er
den Platz erreichte, auf dem er zwischen den Sessel-
trümmern blutend im Schnee gelegen, sah er überall
umher — und lachte ein wenig — sah an der Friedhofmauer hinauf, welche die Kirche dahinter verdeckte
und nur den Turm mit dem spitz zum Himmel wei-
senden Dache sehen ließ — und wieder lachte er.

„So so? . . . No ja! . . . Mein Mutterl und ich!"

Ruhigen Schrittes ging er die Straße gegen den Waldhof hinunter. Von den Menschen, die ihm begeg=
neten, schien er keinen zu sehen. Denn keinen grüßte er. Und sie guckten hinter ihm her, ganz verwundert
— nur weil sie die drei Zentner sahen, wußten sie: das ist der Katzenspeckerl — denn am Gesichte hätten sie ihn
nicht wieder erkannt, so entstellt und verändert war es.

Als er heimkam in den Waldhof und seine firniß=
duftende Stube betrat, da gab es für ihn gleich wieder etwas zu lachen. Denn auf dem Fenstergesimse lag
ein großes, schwarzgebundenes Buch.

„So so? . . . Sellig sünt thie Ahrmen üm Kaißte
. gelt, ja? Gut kann ich's, gut!" Er streckte die Hand. „Leicht kunnt noch ebbes drinstehn, ja . . .
von thie Ahrmen üm Härtzen? . . . Ja?" Doch lachend zog er die Hand zurück, wandte sich ab — sah den
Sessel der Jungfer Kathrin stehen — und fühlte mit zitternden Fingern an den glänzenden Anstrich. „Ah
ja! Jetzt is er trücken, der Firneiß!" Nickend, mit dem ernst prüfenden Blick eines Sachverständigen in
den Augen, hob er dieses Ungeheuer von einem Sessel auf und betrachtete es von allen Seiten. „D' Jungfer
Kathrin, mein' ich, kunnt zfrieden sein! . . . Der halt schon ebbes aus! Der! Ja!" Er stellte den Sessel
nieder, so kräftig, daß der Plumps, mit dem die Beine auf den Boden fuhren, wie der Hall eines Schusses an=
zuhören war.

„Mar und Josef! Was is denn?" zeterte draußen im Flur eine Weiberstimme. Und die Hausmagd steckte den Kopf zur Türe herein. „So? Du? . . . Bist wieder einmal daheim, du Narrenschüppel du übergwichtiger!"

Sie warf die Türe zu und kehrte scheltend in die Küche zurück. Da hörte sie Schritte über die Treppe herunterkommen.

Roman war's.

Seit er bei grauendem Morgen müd, verstört und übernächtig ins Haus geschlichen, war er aus seiner verriegelten Kammer nicht mehr zum Vorschein gekommen. Er hatte den Vater schelten lassen und an die Türe pumpern, hatte die Stimme der Magd überhört, die ihn zum Mittagessen rief — und hatte einen langen und festen Schlaf getan, als wär es für ihn eine dringende Notwendigkeit gewesen, all die

schlummerlosen Stunden der letzten Nächte ausgiebig
nachzuholen. Nun ist ein fester Schlaf bekanntlich das
beste Heilmittel für wirblig gewordene Köpfe. Kein
Wunder also, daß sich Romans Aussehen nach dieser
zwölfstündigen Schlummerkur, bei welcher ein paar
kleine Unterbrechungen nicht zählten, ganz erstaunlich
gebessert hatte. Freilich, er war noch immer ein
wenig bleich, noch immer wetterleuchtete es wie gereizte Unruh in seinen Zügen. Doch unter dem Dächlein seiner Gedanken schien es — nach dem resoluten
Blick seiner Augen zu schließen — merklich klarer geworden. Und wie er die Treppe herunterkam, so
energischen Schrittes, hatte er das Ansehen eines Menschen, der wieder ‚verstandsam‘ geworden und endlich
weiß, was er will. Und es schien ein wichtiger Gang
zu sein, den er vorhatte — denn obwohl der Charsamstag bis zur Auferstehungsfeier abends um sechs
Uhr als Werkeltag gerechnet wird, hatte sich Roman
feiertäglich aufgeputzt, so schmuck, als ging es nicht
erst zur Repetition des Brautexamens, sondern gleich
zur Hochzeit. Es fehlte nur das Sträußlein auf dem
Hut, und in der Hand die Zitrone mit dem Rosmarin-
zweig.

„He, du!“ rief ihm die Hausmagd aus der Küche
zu. „Jetzt is er daheim, der Hanspeter . . . weil ihn
allweil gsucht hast gestern.“

„So? . . . Na, dank schön! Den brauch ich nim-

mer! . . . Weiß schon selber, was ich tu!" Und Roman trat unter die Haustür.

„Dein Essen hab ich dir warmghalten. Soll ich
dir's einitragen?"

Roman sah über die Schulter und fragte zögernd,
mit halber Stimme: „Is der Vater daheim?"

„Na."

„Meintwegen halt! Trag mir's eini!" Wie fest
und hell seine Stimme plötzlich wurde! Und den Kopf,
den er ohnehin schon ziemlich aufrecht getragen, den
hob er noch um einen Ruck. „Als ein Gspeister is der
Mensch besser beinand! . . . Aber tummeln mußt dich!
Mir pressiert's!" Er trat in die Stube.

Und es war eine flinke Mahlzeit, die er hielt.
Denn die Hausmagd hatte kaum das Essen aufge-
tragen, als Roman schon wieder aus der Stube kam.
Mit dem Taschentuch über den sorgsam aufgezwirbelten
Schnurrbart wischend, verließ er in treibendem Schritt
das Haus.

Draußen auf der Straße sah er den Vater kommen und wollte hurtig um die Zaunecke biegen. Doch
der Alte hatte seinen Buben schon gewahrt.

„So? Hast endlich einmal ausg'schlafen, du?"

„Ja! Und gut, Vater!" rief Roman über die
Schulter zurück und machte dabei noch längere Schritte.
„Jetzt hab ich ein Weg, der sich nimmer schieben laßt.
Aber wann ich heimkomm, muß ich dir ebbes sagen!"

Und im Sturmschritt ging's die Straße hinaus.

Der Waldhofer stand mit gespreizten Füßen, legte die Hände hinter den Rücken, guckte seinem Buben nach und schüttelte den Kopf. „Jetzt reißt mir der Faden aber bald! ... Dem muß ja rein der Vogel Narren= schopf sein Nest voll Eier ins Hirnkastl einiglegt haben! Was da noch ausschlupft ... da bin ich neugierig!"

So täuscht man sich in den Menschen — sogar in seinem eigenen Blut! Denn während der alte Wald= hofer am Verstand seines Buben zweifelte, war Ro= man der Meinung, er hätte in seinem ganzen Leben keinen ‚verstandsameren‘ Tag gehabt, als just den heu= tigen. Und wäre nie noch einen klügeren Weg gegangen.

Dazu noch einen so schönen Weg! Alles an die= sem Wege schien ihm zu gefallen, jeder Stein und jede Karrenfurche, jede Wendung, die er machte, jede Hecke, durch die er ging. Und als eine gewisse Stelle kam, blieb Roman stehen, betrachtete die sprossenden Gräser und lachte ganz merkwürdig vor sich hin. Er rückte das Hütlein und schritt wieder aus.

„Radl, jetzt laufst, jetzt laß ich dich rumpeln! Magst mir zum Glück laufen, oder zum Unglück!"

Es gibt Worte, die am Herzen hängen bleiben, wie Kletten an den Kleidern.

„Unglück?"

Über Romans Züge ging's wie der Schatten eines letzten Bedenkens. Doch er schüttelte sich.

„Jetzt drauf und zu! 's Glück hat Füß . . . da mußt ihm nachlaufen!"

Diese weise Erkenntnis brachte wieder Eile in seinen Schritt. Aber während er über den letzten Wiesenhang hinaufstieg, hinter welchem langsam schon das steile Dach des Staudamerhofes auftauchte, machte er doch ein Gesicht — wie einer, der vor Gericht geladen ist und schwüle Sorgen in sich aufsteigen fühlt, obwohl er sich sagen kann: „Angstellt hab ich nix . . . geht's hin oder her . . . sie müssen mich frei lassen!" — —

Im Hofraum des Staudamergutes war der Knecht gerade an der Arbeit, das Bernerwägelchen zu waschen, das von der Fahrt nach Endsdorf grau verstaubt zurückgekommen war.

Als Mickei den jungen Waldhofer so eiligen Schrittes über die Wiesen einherstapfen sah, buckte er sich kichernd hinter das Spritzleder des Wagens und verschwand mit flinkem Sprung in der Scheune. Dort stellte er sich in den Torwinkel, guckte schmunzelnd durch eine Ritze hinaus und zupfte dabei an den Kratzwunden auf seiner Wange.

Roman trat in den Hof — und zögerte, als er zur Haustür kam. Sein Gesicht war heiß gerötet, und das schien der rasche Gang allein nicht verursacht zu haben. Schwül atmend stand er ein Weilchen vor der Schwelle — dann ging er langsam auf das nächste Fenster zu und sah in die Stube.

Welch ein freundliches Bild des häuslichen Frie-
dens! Mutter und Tochter im Herrgottswinkel am
Tische, vereint zu emsiger Arbeit!

Während die Staudamerin, mit der runden Brille
auf der spitzigen Nase, ihre große Schere durch einen
jener schillernden Seidenstoffe gleiten ließ, aus denen
die Hochzeitsschürzen geschnitten werden, trennte Julerl
mit umgedrehter Nadel die rot eingemärkten Buchstaben aus dem Zipfel eines Leintuches. Sie schienen
fest zu sitzen, diese beiden roten Zeichen, und das Garn
wollte sich so leicht nicht wieder lösen. Über diese
Widerspenstigkeit der Fäden geriet das sanfte Julerl
in üble Laune. Mit einem Laut des Ärgers warf sie
die Nadel auf den Tisch und faßte das rote Garn mit
den Zähnen.

Unwillig blickte die Staudamerin über die Brille
weg und schnitt mit der Schere in die Luft.

„Du, ich sag dir was . . . laß dein Gift und Gall
an andere aus, aber net an mir! Jetzt is's einmal,
wie's is! Und wie man sich b' Suppen einbrockt, so
hat man's! Hättst dir's früher überlegt! Sell taun,
sagt der Schwab, sell haun!"

Vielleicht hätte die Staudamerin in ihrem Sprich-
wörterschatze noch weiter gekramt, wenn nicht just in
diesem Augenblick der Waldhofer-Roman in die Stube
getreten wäre.

Der kam den beiden am Tisch, als hätte der

Himmel einen Kugelblitz durch die Zimmerdecke fallen lassen. Während der Staudamerin das Wort im Hals und die Schere in der Seide stecken blieb, wurde Juierl blaß und rot — und das einzige, was ihr einfiel, war: das Leintuch mit den halb ausgetrennten Buchstaben flink im Herrgottswinkel zu verstecken.

Aber das sah der junge Waldhofer nicht. Den Hut zwischen den Händen drehend, stand er mit niedergeschlagenen Augen bei der Tür und stotterte: „Guten Abend beinand!" Nun hob er das Gesicht, und da bekam seine Stimme plötzlich einen ganz überraschend kräftigen Klang. „No ja . . . jetzt bin ich da, und . . . lang umeinandreden um d' Schüffel ummi, das hat kein Verstand. Gscheiter, ich sag's gleich aussi, kurz und grad, wie's is!" Ganz bleich war er geworden. Doch er sprach mit fester Ruhe. „Hinterrucks mag ich keine Gschichten net machen . . . mein Tisch muß sauber sein . . . und was man zammbunden hat in der Ordnung, das muß man auch in der Ordnung wieder auseinanderkletzeln. Drum komm ich und sag's enk, Staudamerin . . . jetzt . . . no ja, jetzt hat sich halt alls ein bißl umdraht . . . und mein Verspruch mit enkerer Julei . . ."

Weiter kam er nicht. Denn die Staudamerin, noch immer die Schere in der Hand, war hinter dem Tisch hervorgeschossen und auf Roman zugefahren. „Jeffes, jeffes, jeffes, ja grüß dich Gott! Und grad

heut mußt kommen! Grad jetzt! Na, so ein gienstiger
Zufall! Grad heut, wo ich mir's eh schon fürgnommen
hab, daß ich dir und deim Vatern ein Bsuch mach,
ja!" Ihre Stimme surrte wie ein hölzernes Rädlein,
das vom Wind getrieben wird. „Freilich, ja freilich,
und recht hast, ja, jetzt hat sich halt ein bißl ebbes
umbraht!" Sie kicherte. „Müssen wir's halt in der
Ordnung wieder auseinanderkletzeln .   's ander,
weißt! Mit dir und mit der Julerl, ja! Und schau
halt, weißt . . . mein Vetter in Endsdorf . . . gelt,
den kennst ja? . . . freilich, von die g a n z Jungen is
er keiner nimmer! Aber ein l i e b e r Mensch! Ein
guter Mensch! So ein guter Mensch! Und S a ch hat
er! Und so ein Hof, wie d e r hat! Ah, da kriegt's
eine einmal schön, bei dem! Und ein Wittiber is er,
weißt . . ."

Ein meckerndes Gelächter unterbrach das hurtige
Klapperspiel ihrer Zunge.

„Ein Wittiber, ja! Den hat die erste schon kampelt;
da braucht sich die zweite nimmer plagen! No schau,
und jetzt hat er sich ganz verschameriert in mein Julei.
Und gar nimmer auslassen tut er! Völlig narret is
er . . . vor lauter Lieb! Und ich? Was will ich denn
machen? Ich bin halt d' Mutter, weißt! Und jede
Mutter sorgt sich halt um ihr Kindl ihr liebs! No
ja . . ." Ein wenig verlegen kicherte die Staudamerin
und zog die Klingen der Schere durch die Finger.

„Verübeln därfst mir's sein gwiß net . . . gut is gut,
aber besser is besser! Haben tut er halt mehr, wie
du! Und hat kein Vater nimmer, der sein Daum auf
alles druckt. Und da wirst schon begreifen, gelt? No
ja . . . und der hochwürdige Herr Pfarr von Endsdorf, weißt . . ." Immer spitziger wurde ihr Gelicher, immer schärfer klang ihre Stimme. „Ter macht
halt auch mit'm Konsenzi und mit seim balketen Katechißm keine solchenen Diffiziligkeiten, wie der unsrig!
Hehe! Zwanzg Markln in der Köchin ihr Sackerl,
und allß is in der Ordnung gwesen! Ja! Und morgen,
am heiligen Ostertag, da wird mein Julerl in Endsdorf drenten schon 's erstemal verkündigt! Es pressiert
halt, hehe, weil er gar so verliebt is, der Vetter!
Ter versaumt halt net gern die gute Zeit. Ter macht's
flinker wie du! Hehe! Und heut über drei Wochen
is d' Hochzet, ja! Bist eingladen, lieber Roman, bist
eingladen in aller Freundschaft! Wirst uns d' Ehr
net versagen, gelt? Habts doch allweil gut mit einander gharmaniert, mein Julerl und du . . . hehe!"

Lachend klappte die Staudamerin ihre Schere zu.

Roman stand vor ihr wie mit Wasser begossen.
Verblüffung, Arger, Erleichterung und Freude — das
alles wühlte kraus in seinem Gesichte durcheinander.
Eine Weile schien es, als hätte er die Sprache verloren. Tann plötzlich fuhr es ihm heiß über die Stirne,
und mit Gestotter brach es aus ihm heraus: „Ah

soooo? . . . Ja ja, freilich .   versteh schon, ja .
und . . . no ja, da iß ja eh alles gut! Pfüe Gott
beinander!" Mit einer jähen Schwenkung drückte er
den Hut übers Haar, und ohne noch einen Blick für
das sanfte Julerl zu finden, schoß er zur Stube hinaus.

Aber er hatte die Haustür noch nicht erreicht, da
kam's mit flatterndem Röcklein hinter ihm hergehuscht,
und zwei kleine, runde Grübchenhände faßten ihn bei
der Joppe.

„Roman . . . geh, schau . . ."

Er wandte den Blick und sah in das glühende
Gesicht der Julei, in diese heißflimmernden Augen,
die ihre sanft polierten Kapellentürchen ganz verloren
hatten.

„Roman! Um alls in der Welt! Schau, laß dir
sagen . . ." zischelte Julerl mit fiebernder Stimme an
ihm hinauf und umklammerte seinen Arm. „Schau,
mußt mir net harb sein! D' Mutter halt, weißt!
Was will ich denn machen! Ich bin ja 's Kind . . .
und d' Mutter will's haben! Und es muß halt sein!
Aber du . . . bist der einzig, du, den ich mögen hab,
weißt! Mein einziger bist! Und gelt, der bleibst mir?
Gelt? Und hast mich so lieb wie von eh? Gelt, ja?
Und schau . . ."

„Julei!" klang aus der Stube die kreischende
Stimme der Staudamerin. „Eini gehst mir! Gleich
auf der Stell kommst eini!"

„Ja, Mutter, ich komm schon!" erwiderte Julei ruhig und laut. „Pfüe Gott sagen wird man doch noch dürfen!" Und wieder, an Romans Arm geklammert, zischelte sie an ihm hinauf. „Geh, schau ... auf Endsdorf umi .. so ein Sprüngerl Weg!" Ganz fromm, ganz lind und zärtlich war ihr lispelndes Stimmlein geworden. „So ein bisserl Plag! Das wird dir ja doch net z' viel sein, gelt? Für mich? ... Und wie öfter als kommst ..."

Da schob er sie mit dem Arm von sich. Erschrocken ließ er den Blick über das zierlich schmucke Persönchen auf und nieder gleiten, starrte ihr rundes, glühendes Grübchengesichtlein an — und schüttelte sich, als wäre etwas Widerliches an ihm hängen geblieben.

„Was hast denn?" stotterte Julerl und guckte so verdutzt und ratlos drein, als könnte sie diesen merkwürdigen komplizierten Menschen nicht mehr begreifen, und als stünde er plötzlich wie ein Rätsel vor ihr, für dessen Lösung die Einfalt ihrer unschuldsvollen Lämmchenseele nicht mehr ausreichte.

Während dieses Schweigens ging im Gesichte Romans eine seltsame Veränderung vor. All sein Schreck, all seine Erregung schien plötzlich erloschen. Er atmete auf — und halb schon lachend, sagte er, beinahe freundlich und dankbar: „Vergeltsgott, Julerl! Jetzt hast mir's leicht gmacht! ... Pfüe Gott beinander!" Er wollte gehen.

Fand Julerl ein Rätsel auch an seinen Worten? Halb schien sie zu verstehen und lächelte. „Vergelts=gott sagst mir?“ Halb aber schien sie an dieser Deu=tung zu zweifeln und wurde ängstlich. „Schatzl!“ flüsterte sie, lief ihm über die Schwelle nach und fing ihn bei der Joppe. „Was hast denn?“

Da schlug er den Joppenzipfel mit der Faust aus ihren Händen. Und lachend ging er davon.

Immer längere Schritte machte er, und kaum er das Zauntor des Staudamerhofes hinter sich hatte, schrie er in den trüben Tag einen Jauchzer hinaus, dessen Klang über die niedrig hängenden Wolken irrte, als möchte er irgendwo durch die graue Wetterdecke einen Weg finden, hinauf in das leuch=tende Blau.

Ganz versteinert, das runde Grübchengesicht ent=färbt, stand Julerl vor der Haustür und hörte diesen Jauchzer klingen. Und alle Sanftmut ihrer blauen Un=schuldsaugen war in funkelnden Zorn verwandelt.

Nun eine leise, kichernde Stimme hinter ihr: „Der spielt sich aber lustig auf! Hätt mir denkt, daß er anderst davonging, heut!“

Wie von einer Natter gestochen, zuckte das glück=liche Bräutlein auf — und es schien im ersten Augen=blick, als möchte Julerl mit den kleinen Fäusten auf Mickei losdreschen, wie es die Staudamerin mit dem großen Besen getan. Doch sie faßte den Knecht nur an

der Bruſt, und rüttelte ihn, und ziſchelte: „Du ... jetzt
ſag ich dir ebbes! ... Heut is Charſamſtag! Heut
zahlſt mich aus, du! 's einzig, was ich verlang von
dir! Bis morgen haſt Zeit! Wann morgen die anderd
noch im Ort is ...“ Mit ſchrillem Ton, wie bei
einem mißglückten Jodler, ſchlug ihr die Stimme um.

Draußen auf den Wieſen aber, da klang ein Jod=
ler, der nicht mißglückte, ſondern hell hinaufwirbelte
bis in den höchſten Diskant. Und hinter dem Jodler
kam, mit jauchzender Stimme geſungen, ein tiefſinniger
Vierzeiler, den der Dichter Volk juſt für den Wald=
hofer=Roman erfunden zu haben ſchien:

„Auf d' Freit bin ich gangen,
Hab 's Wegerl net gwißt,
Bin dorten hingraten,
Wo 's Sauſtallerl iſt!“

Dann wieder ein Jodler, der aber nicht zu Ende klang,
denn ein helles, übermütiges Lachen erſtickte ihn.

Julerls Augen ſchoſſen einen Zornblick über die
Staketen hinaus, während Mickei ihre Hände faßte und
niederzog. Er ſchmunzelte. „Verlaß dich auf mich!
Die zahl ich aus! Mein' allweil, es gſchieht noch
ebbes, heut auf'n Abend. Ob ſ' kommen oder net, die
zwei, ich hab mein Schamel und hab meine Augen!“
Kichernd beugte er ſich zu Julerls Ohr. „D' Mutter
.. weißt ja, die hat mir aufgſagt ... aber du? ...
Nimmſt mich als Knecht?“

„Morgen derfahrst es!“ Sie riß ihre Hände los und trat ins Haus.

Auf der Schwelle blieb sie stehen. Man merkte es ihr an: sie wollte sich nicht umschauen

— aber es zog ihr mit Gewalt den Blick herum und auf die Wiesen hinaus — ein Blick, so verstört, als sähe die glückliche Braut des Vetters von Endsdorf etwas Liebes und Schönes in dunklem Wasser versinken, aus dessen Tiefe das Leben nur erloschen wieder aufsteigt, kalt und häßlich.

Und wahrhaftig, das unschuldige Julerl hatte

Tränen in den blauen Taubenaugen, während da draußen, wo sich die Wiesen senkten, der Waldhofer-Roman lachend hinuntereilte über den Weg.

Man konnte, als er schon verschwunden war, noch immer sein Jauchzen und Jodeln hören — und einen Vierzeiler, den er sang:

> „'s Glück, das hat b' Füßln flink,
> Rumpelt im Saus,
> Und bald dich net tummeln tust,
> Kommt's dir noch aus!"

So rannte er singend über die Wiesen hinunter, und zwischen Jauchzen und Jodeln lachte er immer, und lachte.

Wie einer, der den Arm gebrochen und einen Mo-nat lang den Holzverband und den gipsgetränkten Wickel trug — nun sind ihm die Schindeln abgenommen, die Binden sind gelöst, und da bewegt er den geheilten Arm, in allen Gelenken dreht er ihn, und meint, jetzt wäre der Arm noch besser und kräftiger als zuvor, und schlägt zur Probe auf den Tisch, und kann dieses Fuch-teln und Faustschwingen gar nicht satt bekommen — genau so machte es Roman mit seinem kranken, ge-brochenen Lachen, das ihm so plötzlich gesund und heil ge-worden. Immer wieder versuchte er's und bekam es gar nicht satt, dieses neue Lachen, das ihm heller, glücklicher und übermütiger vom Herzen klang, als je im Leben zuvor.

Eine Bäuerin, die ihm begegnete, fragte ganz ver-

dutzt: „Ja is denn Charsamstag heut? Oder Faß=
nacht? Oder hast ebba 's kudrige Fieber kriegt?"

„Ebbes kriegt? Na, Mutterl! Ebbes los bin
ich! . . . 's Kriegen, das kommt erst noch!"

Und lachend eilte Roman an ihr vorüber.

Freilich, als er im Waldhof vor der Haustür hielt
und von der Küche her die Stimme des Vaters hörte,
fuhr ihm doch ein ernster Gedanke durch den lustigen
Verstand.

„Sakra, sakra! . . . Der Vater! . . . Da wird's
jetzt Beißen kosten!"

Er streckte sich und hob den Kopf.

„Packen wir's an! Jetzt heißt's einmal: Durch i!"

Im Hausflur trat ihm der Alte entgegen, schon
festlich gekleidet für die Auferstehungsfeier — aber
durchaus nicht in festlicher Osterlaune. „So?" brummte
er. „Treibt dich d' Narretei zur Abwechslung einmal
heim . . . statt allweil naus zum Loch?"

„Mit der Narretei, mein' ich, wird's ein End
haben. Und der Ernst hebt an!" Ganz feierlich
nahm Roman den Hut ab — und schluckte die Heiser=
keit hinunter, die ihm in der Stimme gelegen. Und
merkwürdig — genau die gleichen Worte fand er, wie
sie Julerl nach dem Brautexamen zur Mutter ge=
sprochen hatte. „Komm in d' Stuben eini, Vater!
Jetzt muß ich dir ebbes sagen." Nur der Klang war
ein anderer.

Diesem heiligen Ernst gegenüber schien der Wald=
hofer mißtrauisch zu werden. „Ah, da schau!" Er
musterte seinen Buben von unten bis oben. „Jetzt bin
ich aber neugierig! Was da für ein Kerndl aussi=
schlupft aus deiner narreten Zwetschgen!"

Als die beiden in der Stube voreinander standen,
Roman mit dem Hut zwischen den Händen und der
Waldhofer mit den Fäusten hinter dem Rücken, be=
gannen gerade die Kirchturmglocken zur Auferstehungs=
feier zu läuten. Das klang so schön und getragen, so
stark und voll, als hätten die Glocken im Schweigen
des Charfreitags neue Kräfte in den erzenen Kehlen ge=
sammelt, um mit hallender Macht den heiligen Oster=
frieden auszurufen über allen Dächern. Das tönte
und dröhnte in den Lüften draußen, das rauschte wie
eine Flut von Hall um den Waldhof her, das rief mit
schwebenden Stimmen: „Friede, Friede!" — und weil
die Kleinen in ihrer Eifersucht den Großen alles nach=
machen wollen, begannen an allen Fenstern der Stube
die Scheiben zu summen und versuchten bei jedem
neuen, schweren Glockenschlag das große erzene Wort
mit ihren gläsernen Stimmchen nachzuklirren: sirrri=
bibiii, sirrribibiii!

Wollte Roman warten, bis die Glocken schwiegen?
Oder fand er das erste Wort nicht?

„No also!" brummte der Waldhofer, dessen Neugier
sich nicht gedulden wollte. „Aussi einmal mit'm Zwetschgen=

tern! Und tummel dich ein bißl! Wegen deine narreten
Liebsgschichten versaum ich d' Auferstehung net!"

„Liebsgschichten? . . . So so?" . . . Roman nickte
und strich sich mit der Hand übers Haar. „Liebsgschichten? Ah ja! Wird schon so ebbes sein!" Ein
schwüler Atemzug. „Weit hat der Vater net fehl-
graten."

„Müßt man ja Hühneraugen im Gsicht haben,
wenn man da nix merken tät!" Der Waldhofer lachte.
„Wirst dich halt mit der Julerl wieder gstritten haben,
gelt? Du Narrenschüppel du verliebter! Und muß
ebba jetzt der Vater her und enker Herzglenk wieder
einrenken? Ja?"

Roman schien nur ein einziges Wort gehört zu
haben. „Gstritten?" Er machte verwunderte Augen.
„Ah nah!" Und stotterte: „In aller Ruh is die Sach
auseinand gangen."

Der Waldhofer hob den Kopf, und sein Gesicht
wuchs in die Länge. „Auseinand?" Das Wörtlein
dehnte sich auf seiner Zunge zu drei langen Worten
aus. „Was auseinand."

„No ja . . . jetzt bin ich halt grad bei der Staudamerin gwesen . . . und da hat mir b' Staudamerin
gsagt, baß ihr Julei und . . ."

Roman stockte. Ging es ihm wider den Stolz,
vor dem Vater die Rolle des gekündigten Bräutigams
zu spielen? Oder sträubte sich seine Ehrlichkeit da-

gegen, den Vetter von Endsdorf als willkommenen Nothelfer anzurufen? Er schüttelte den Kopf, wie in Zorn über sich selbst. „Ah nah! Was geht denn mich die ander an? Die kann heiraten, wen s’ mag! Ich mach’s grad so, ja. Und tu, was ich will. Es brockt halt ein jeder sein Glück, wo’s gwachsen is.“

Ohne der Verblüffung zu achten, mit welcher der Waldhofer diese dunkle Weisheit vernahm, schleuderte Roman seinen Hut in die Fensternische. Dann trat er auf den Vater zu, mit geballten Fäusten, als ging es zu einem heißen Ringkampf.

„Lang umeinandreden, hat kein Wert. Jetzt sag ich dir’s grad aufsi, Vater! Enker Julerl, enker un= schuldigs . . . Vergeltsgott dafür! Ah nah! Da weiß ich mir ebbes bessers. Und da kann der Vater jetzt sagen, was er will . . . ich mag halt ein andere.“ In der Erregung, die aus seinen stammelnden Worten glühte, begann er mit den Fäusten zu fuchteln, als wäre die Rauferei schon im schönsten Gange. „Die mag ich! Da laß ich nimmer luck! Und net um b’ Welt! Und b’ Ilsabeth muß ich haben . . . ja, und ja, und ja, der Häuslschusterin ihr Ilsabeth . . . da kann der Vater jetzt schauen, wie er mag . . . b’ Ilsabeth muß ich haben! Die is mir die liebst! Die mag ich! Die muß ich haben! Und wenn sich der Vater gleich auf’n Kopf stellt! Ja!“

Doch der Waldhofer machte nicht den geringsten

Versuch, dieses Seiltänzerstücklein auszuführen. Es schien vielmehr, als wären ihm vor Schreck alle Glieder in Stein verwandelt. Völlig ratlos starrte er seinen Buben an und stotterte: „Mar und Josef! . . . Ja Mandi! . . . Ja bist mir denn übergschnappt! . . . Jesus Maria!“ Er wollte mit beiden Händen nach seinem Kopf greifen, aber die Arme gehorchten ihm nicht. „Jesus Maria! . . . Bin jetzt ich narret, oder bist es du? . . . Was d’ mir da jetzt hersagst! . . . Ebbes liebers kunnt ich gleich gar nimmer hören! . . . Mar und Josef! . . . Und b’ Leut! . . . Und ich, der Burgermeister!“

Im gleichen Augenblick verstummte das schöne Friedensgeläut der Kirchenglocken — und in der Stube herrschte, was man ‚Schwüle vor dem Sturm‘ zu nennen pflegt.

In dieser Stille fingen plötzlich wieder die Fensterscheiben zu klirren an. Aber auch die Stubentür und das Gemäuer zitterte mit. Denn Peter Johannes Zdazilet, schwer tappend, wanderte an der Türe vorüber durch den Hausflur.

Er kam aus seiner Kammer, und müd schwankenden Ganges schleppte er seine todestraurigen drei Zentner in den Hof hinaus. Wie ein Sämann die Schürze mit dem Samen trägt, so hatte er einen Wettermantel um die Hüften gebunden. Der Inhalt des Mantels schien an Hanspeters gebeugten Schultern

zu ziehen, als hinge ein Felsklumpen im Bausch der
aufgerafften Tuchzipfel — und diese Last war in Wahrheit doch so leicht, daß der Wind das gefüllte Säcklein
des Mantels ohne Müh' bewegen konnte.

Als Hanspeter ins Freie trat, brach in der Stube
das scheltende Wetter los. Man hörte einen dröhnenden Faustschlag auf der Tischplatte und hörte eine
wütende Standrede des Bürgermeisters, mit der die
heißerregte Stimme Romans zu einem unverständlichen
Wortgewirr zusammenklang.

Es war ein Spektakel, der einen Toten hätte erwecken können. Da mußte auch Hanspeter merken, daß
noch ein bißchen Leben in ihm war, und daß er noch
Ehren halte. Bitter lächelnd ließ er seinen langsamen
Blick über die Stubenfenster hinkriechen. Und eine
letzte Wehmut regte sich in seiner amtlich versiegelten
Apostelseele.

„So viel gut sind s', d' Leut! ... Und der Mandi
ghört auch schon dazu! Mein einziger und letzter!"

Seine Augen suchten den grau verschlossenen Himmel.

„Lus auf, du! ... Vater und Bub! Und streiten
miteinand wie Hund und Katz!"

Seufzend ließ er das ‚driedoppelte Köpfl' sinken.
„So hat er s' gmacht! So müssen s' halt sein! ...
Die macht kein Buckleter nimmer anderst!"

In den Bausch des geschürzten Mantels greifend,
wanderte er auf die Straße hinaus. Seine heißen,

trockenen Augen suchten. Und als er bei der Hecke des
Nachbarhauses ein Bübchen und zwei kleine Dirnlein
hocken und spielen sah, schien er gefunden zu haben,
was er suchte. Er ging auf die Kinder zu, nahm
aus dem Bausch des Mantels achtsam ein zierliches
Kirchlein hervor und bot es auf zitternder Hand dem
Bübchen hin.

„Kindl? . . . Magst Häuslzeug haben? . . . Da
hast es! Nimm's! . . . Dir, mein' ich, kunnt's noch
ein bißl Freud machen! . . . Gelt, ja?"

Dazu lachte er so seltsam mit seiner dünnen Stimme.

Erschrocken drückten sich die Kinder gegen die Hecke
und guckten scheu an Hanspeter hinauf. Sie schienen
sich vor seinem Gesicht zu fürchten, vor seinen Augen,
vor seinem Lachen, und wären am liebsten davongelaufen.
Aber das Spielzeug mit seinem bunten Geglitzer hielt sie fest.
Und das Bürschlein — trotz aller Angst, die ihm das weite
Höschen schlottern machte — streckte die Hände und nahm.

Hanspeter griff in den Mantel.

„Und du, Maderl . . . da schau . . . kriegst ein
Schweizerhäusl!"

Er schenkte.

„Und du . . . schau, kriegst ein Hölzerhüttl . . .
so ein liebs! . . . Da, nimm! . . . Hab allweil glogen,
hab allweil gsagt: es ghört für'n Nachber seine Kin-
derln, ja! . . . Da habts es jetzt!"

Hanspeter schenkte.

Und die Kinder, in Angst und Freude den Dank vergessend, liefen davon wie kleine Diebe, die einen Raub zu bergen haben. Da verging dem Peter Johannes Zbazilek das Lachen, und er griff mit zuckender Faust hinter den Kindern her, als möchte er wieder nehmen, was er gegeben hatte. So stand er eine Weile, dann fiel ihm der Arm herunter.

Er ging zum nächsten Haus. Hier saß ein Bürschlein auf der Torsäule des Staketenzaunes und dudelte auf einer Weidenpfeife.

„Büberl? . . Magst Häuslzeug haben? . . . Schau her, ich schenk dir ebbes!"

Als Hanspeter dem Buben ein schimmerndes Kapellchen hinaufreichte, merkten die vier Kinder des Nachbars gegenüber, daß es beim ‚Ratzenspeckerl' etwas zu holen gab — und kamen gelaufen.

Es dauerte nicht lange, und ein Kreis von lärmenden Kindern, alle die Händchen streckend, umdrängte den schenkenden Apostel.

Die Kirchgänger, die zur Auferstehung wanderten, blieben auf der Straße stehen und sahen lachend zu, wie Hanspeter mit all den kleinen Kostbarkeiten seines Lebens hausieren ging.

„Gelt, ja," rief ihm ein grauköpfiges Weiblein kichernd zu, „merkst halt, daß bei die alten Eseln nix mehr zum ausrichten is . . . und tust dich mit deiner Lieb an die Kindln halten? Hast recht!"

„Du!" Hanspeter richtete sich auf, daß er über
die Kinder hinausragte wie ein Berg über die kleinen
Hügel. „Mit der
Lieb laß mich aus,
du!
Gelt!" Er

lachte, doch die Augen funkelten
ihm. „Allweil kommt f' auffi, d' Lieb ... mit der
heiligen Nummer ... aber allweil für die andern weißt!"

Die Kinder lärmten und bettelten mit erhobenen
Händchen: „Ratzenspeckerl, ein Kirchl mag ich! ...
Katzenfleckerl, ein Häusl schenk mir! ... Geh, Spatzen-
schreckerl, mir gib eins!"

Wortlos beugte sich Hanspeter zu den Kindern nieder, griff in den Mantel, immer wieder, und schenkte ein Stücklein Spielzeug um's andre her.

Und als er das letzte gegeben hatte, band er den Mantel von der Hüfte los und schüttelte ihn aus. Kleine weiße Spänchen, Goldflitter, Baumbartflocken und Glassplitter fielen zur Erde.

Hanspeter stand wie ein Klotz und starrte vor sich nieder — auf den winzigen Schimmer, der im Staub versank. Und er stand schon allein, denn mit lärmendem Jubel hatten sich die beschenkten Kinder nach allen Seiten zerstreut.

Da kam unter den Kirchgängern ein Bursch die Straße herunter, der trug auch einen Wettermantel, aber nicht in der Faust wie Hanspeter, sondern um die Schultern. Und der Mantel machte einen Buckel, als wäre etwas unter ihm verborgen.

„So so?" rief eine Dirn dem Burschen zu. „Bist von die Fürsichtigen einer? Und tragst schon auf's Regnen an?"

„Ja!" erwiderte der Staudamer-Mickei lachend und zog den Mantel enger um den gehöhlten Arm. „'s Wetter is ungwiß, weißt! Man kann net wissen, was heut noch kommt auf'n Abend!"

Hanspeter, als er diese Stimme hörte, reckte sich auf, daß sein krummer Buckel völlig verschwand. Wie ein Baum stand er inmitten der Straße, grub die

Fäuste in das Tuch des leergewordenen Mantels und sah dem Staudamer-Mickei nach, das Gesicht wie Asche, die Augen wie Feuer.

„Dir . . . paß auf, du . . . dir lies ich noch ebbes für!"

Da fingen die Glocken wieder zu klingen an.

15.

Das letzte Läuten war lange vorüber, immer dünner zog sich die Reihe der verspäteten Kirchgänger auseinander, es duftete schon der Weihrauch aus dem offenen Fenster der Sakristei — und noch immer saßen die ‚Lober‘ dichtgedrängt auf der Friedhofmauer, als möchten sie die Auferstehung überschlagen und gleich den Ostermorgen erwarten. Sie steckten die Köpfe zusammen und tuschelten, stießen sich mit den Ellbogen an und kicherten — und immer guckten sie mit gespannter Neugier nach dem Kirchhofgitter und auf die Straße hinaus.

„Heut haben s' ebbes, die Buben,“ flüsterte ein alter Bauer seiner Bäuerin zu, „heut spintisieren s' ebbes aus! Das weiß ich noch von meiner Zeit her . . . so haben wir's halt auch allweil gmacht.“

„Ja," brummte die Bäuerin, „und allweil habts ebbes dalkets angstift! Ja, weiß schon noch!"

Da kam Bewegung in die Reihe der Burschen. Alle sprangen sie auf und eilten dem Staudamer=Mickei entgegen, der den Friedhof betreten hatte. Flüsternd umdrängten sie ihn, die einen aufgeregt und erwartungsvoll, die anderen ein wenig spöttisch und mißtrauisch.

„Hast es?" fragte der Schreinergesell.

„Freilich hab ich's."

Nun wollte ihm jeder unter den Wettermantel gucken.

„Hand von der Butten!" wehrte Mickei. Und fragte: „Sind s' da, die zwei?"

„Na! Noch allweil net! Die Alt und die Junge fehlt noch!" rief's mit einem Dutzend Stimmen durch=einander. Und einer meinte: „Die haben den Braten gmerkt, die kommen nimmer."

„Ich sag, sie müssen!" erklärte der Staudamer=knecht mit Seelenruhe. Durch das Sakristeifenster hörte man die Klingeln der Ministranten schrillen. „Angehn tut's! Schauen wir, daß jeder auf sein Platz kommt! 's ander wird sich schon finden!"

Während die Burschen zum Kirchtor eilten, klang ein dumpfes Rollen von den grau verhüllten Bergen nieder. Wollte ein Gewitter kommen, so zeitig im Frühjahr? Oder war eine Steinlawine über die Fels=

gehänge niedergegangen? Mickei schien das erstere zu
glauben, denn er blickte lachend zum Himmel auf.
„Hörts es, Buben? D' Häuslschusterin tät sich gern
ein bißl wehren, scheint mir! Und kocht ebbes zamm!"

„Geh, du Narr!" meinte einer von den Halbver-
nünftigen. „Steiner sind halt abigrumpelt über d'
Wänd."

„Und ich sag: sie macht ein Wetter! Und kunnt
schon sein, daß der Blitz heut noch ein paar derschlaget
von uns . . . wann ich 's Remedi net unterm Mantel
hätt!" Wieder lachte Mickei. „Heut hilft's ihr nix!
Sie muß her heut! . . . Kommts eini, Buben!"

Wie von einer abergläubischen Angst befallen.
schienen ein paar von den Burschen zu zögern; schließlich nahmen sie aber doch den Hut ab und traten hinter
den anderen in die Kirche. Ein verspätetes Weiblein
und einige Kinder kamen noch einhergezappelt, dann
war der Friedhof still und leer. Die Sperlinge zwit-
scherten, die unter dem Schutz des Kirchendaches ihre
unsauberen Nester schon zu bauen begannen, und aus
der Kirche klang die Stimme des Herrn Felician. Da
erschienen auf der Straße noch zwei allerletzte Kirchgängerinnen: die Altenöderin und ihr Mädel.

Lisbeth, deren müdes, schwermutsstilles Gesicht von
Erregung ein wenig gerötet war, schien Eile zu haben
und mahnte: „Geh, Mutterl, tummel dich ein bißl!
Es hat ja schon angfangt, schau!"

„Ja ja, Kindl!" nickte Mutter Nannimai und humpelte, so flink es ihr krummer Fuß erlaubte. In einem weißen Tüchlein trug sie etwas, viereckig wie ein kleines Vogelhaus, und zwischen den zusammengebundenen Zipfeln des Tuches lugte etwas spitz Vergoldetes hervor.

Als die beiden unter dem Staunen aller Stuhlnachbarinnen in die Kirche traten und im hintersten Winkel ihre Plätze einnahmen, konnten sie über ihren Köpfen, auf der weit vorgebauten Decke der Emporkirche, noch das Gepolter der Burschen hören, die in ihre Bänke rückten. Dort oben hatte es seit Jahr und Tag kein solches Gedränge gegeben, wie heute bei dieser Auferstehungsfeier. Nur drei Plätze waren leer: der Platz des Peter Johannes Zbazilek, der Platz des Waldhofer-Roman und der Platz des Staudamer-Knechtes. Denn Mickei hatte sich im Mittelgang zwischen den Betstühlen ganz vorne an die Brüstung der Emporkirche gestellt, hatte das ‚siebenhölzige Schamel‘ unter dem Mantel hervorgeholt, war andächtig auf die Knie gesunken und hielt die Hände gefaltet — in jener hölzernen Stellung, in der man auf Martertäfelchen die Verunglückten knien sieht. Es fehlte ihm nur das rote Kreuzlein über dem Kopf.

Alle die Burschen zu seiner Rechten und Linken hatten sich in gruseliger oder lustig gespannter Erwartung mit den Ellbogen über die Bänke vorgelegt, weil jeder den Mickei sehen wollte. Dabei zischelten sie und

flüsterten, und wenn sie sich am Staudamerknechte satt-
gesehen hatten, spähten sie in scheuer Neugier zum
Hauptaltar hinunter, vor welchem Herr Felician Horadam im weißen Chorhemd neben dem heiligen Grab
und den flimmernden Ampeln kniete.

Die Kirche trug festliches Gewand. Alle Altäre
waren schon in das freudige Rot des Ostertages gekleidet, und hundert Kerzen brannten, deren Flackerlicht
die Dämmerung des Abends durchzitterte und all die
grauen Fenster im Widerschein erglänzen machte, als
wäre draußen nicht trübes Wetter und nahe Nacht,
sondern rosiger Morgen und steigende Sonne.

„Amen!" rief Herr Felician mit lauter Stimme,
als er das Gebet gesprochen hatte. Wie heiße, in-
brünstige Bitte klang es aus diesem Wort. Sich bekreuzend, stand er auf, und die kleine Prozession for-
mierte sich: voran der Priester, noch mit der schwarzen
Stola, hinter ihm der Meßner mit dem leeren Kreuz,
vier Ministranten mit ihren Klingeln und zwei Kirchen-
räte mit brennenden Lichtern — allen Leuten fiel es
auf, daß der Waldhofer fehlte, dem als Bürgermeister
vor jedem anderen die Ehre zukam, bei der Aufer-
stehungsprozession als erster hinter dem Kreuz zu gehen.

Tiefe Stille herrschte in der Kirche, als die Prozession durch den Mittelgang hinunterschritt. Jetzt senkte
sich am Hauptaltar mit leisem Gerassel der schwere Gruft-
deckel über das heilige Grab und die bunten Ampeln,

der Vorhang teilte sich, der den leeren Rahmen
des Altarbildes verschlossen hatte, und hinter der
Prozession, die aus der Kirche ins Freie getreten,
fielen mit dröhnendem Schlag die Flügel des Tores zu.

Leis begannen auf dem Chor die singenden
Stimmen immer stärker schwellend. Es war kein
Kirchenlied, sondern eine halb weltliche Weise. Das
hatte der junge Lehrer so eingeführt, um die Pause
zu füllen — denn er war von den Aufgeklärten
einer, welche glauben, daß schöne Kunst auch in die
Kirche tauge und die Menschen nicht nur zur
Freude stimmen, sondern auch zur Frömmigkeit erheben könne.

> „Ostern, Ostern, Frühlingswehen!
> Ostern, Ostern, Auferstehen
> Aus der tiefen Grabesnacht!
> Blumen sollen schöner blühen,
> Herzen sollen heimlich glühen:
> Denn der Heiland ist erwacht!“

Während der Klang der Stimmen immer mächtiger
die Kirche füllte, herrschte auf dem Emporium der
Burschen ein immerwährendes Köpfedrehen und Hälse-
strecken. Denn jetzt — zwischen Grab und Auferstehung —
das war der Augenblick, welcher ‚gut ist für so was‘!
Dreimal hatte sich der Staudamer-Mickei bekreuzt, und
nun begann er murmelnd die Heiligenlitanei von

rückwärts abzubeten: „!uns für bittet, Gottes Aus-
erwählten und Heiligen Alle — !uns für bittet, Wittwen
und Jungfrauen heiligen Alle — !uns für bitt, Anastasia
Heilige — !uns für bitt, Katharina Heilige —“

„Siehst ebbes?“ flüsterten ihm die Burschen aus
den nächsten Stühlen zu. „Siehst ebbes? Kommt eine?“

Mickei schüttelte den Kopf und murmelte: „!uns
für bitt, Cäcilia Heilige — !uns für bitt, Agnes
Heilige — !uns für bitt —“ Er verstummte plötzlich,
machte starre Augen und wich ein wenig mit dem
Körper zurück, als hätte ein Grausen seine fromme
Seele gepackt.

„Siehst ebbes?“ zischelten zwanzig Stimmen.

„Der Häuslschusterin ihr Madel . . . schauts es an!“
Mickei deutete mit der Hand. „Da kommt's! Da kommt's!“

Alle sprangen auf und spähten in die Kirche hinunter. Doch sie sahen nichts anderes als die Hauben
und Hüte der Weiber, die Struwwelköpfe der Buben
und die spiegelnden Glatzen der Bauern.

Aber Mickei deutete noch immer. „Da kommt's . . .
und rote Haar hat's um . . . und auf und auf schaut's
aus wie lauter Fuier . . . und Hörndln hat's über die
Augen . . . und hat ein fuirigen Besen unterm Arm . . .
und jetzt fallt's hin, als hätt ihr der Herrgott b' Faust
auf'n Buckel gschlagen . . . Mar und Josef . . . wie
lauter Unziefer flubert's auf . . .“

Die gruselige Stimmung der Burschen drohte schon

ins Gegenteil umzuschlagen. Denn sie sahen nichts — und der Staudamerknecht mit den aufgerissenen Augen und den zappelnden Händen war eher komisch als schreckhaft anzuschauen. Schon lachte einer von den Burschen und zischelte: „Geh, Narretei! Er tut halt schwindeln!" Doch ein anderer, der vorne an der Brüstung kniete, stotterte plötzlich mit ganz erloschener Stimme und totenblaß: „Die Alte! Da schauts es an! Die Alte kommt! Die Alte! Jesus Maria! Alls is wahr!"

In brennender Erregung streckten sie alle die Köpfe, einer beugte sich über den Rücken des andern — sogar der Staudamer-Mickei wurde stumm, reckte den vom Besen zerkratzten Hals und guckte verdutzt in die Kirche hinunter.

Dort unten humpelte die Altenöderin durch den Mittelgang hinauf zum Hauptaltar, vorüber an all den verblüfft dareinschauenden Leuten. Auf den Händen trug sie ein kleines, schimmerndes Kirchlein, mit vergoldetem Spitzdach auf dem Türmchen. Und als sie den Altar erreichte, kniete sie nieder — das machte sich mit dem krummen Fuß nicht leicht — schob zitternd das kleine Kirchlein auf die Stufe hin, sah am Altar hinauf und rührte mit den Händen an den Lippen, als möchte sie sagen: „Da därf ich net reden! Aber gelt, du weißt schon, wie ich's mein'!"

Mühsam erhob sich die alte Frau, bekreuzte sich, und humpelte zurück.

Die Sänger droben auf dem Chor, die hatten just eine Pause gemacht — und da hörte man rings um den Betstuhl her, in dem die Staubamerin kniete, eine wispernde Mädchenstimme: „Die alte Hex ... Mutter, die Hex schau an! Jetzt haben sie's ausprobiert! Und kommen hat s' müssen!" Doch die Hälfte dieser unschuldsvollen Weisheit ging unter im Klang der Stimmen, welche die zweite Strophe des Osterliedes begannen:

> „Der im Grabe lag gebunden,
> Siegreich hat er überwunden,
> Und der Kerker bricht!
> Frühling spielet auf der Erden,
> Frühling soll's im Herzen werden,
> Ewig herrschen soll das Licht!"

Mit den letzten Worten des Liedes klang von draußen die rufende Stimme des Priesters zusammen, drei dröhnende Schläge des schweren Kreuzes hallten wider das geschlossene Tor, die eichenen Flügel sprangen auf, und während im leeren Rahmen des Hauptaltars das Bild des erstandenen Heilands mit der weißen Osterfahne aufstieg, während der Priester im Rauchmantel und mit der weißen Stola einzog in die Kirche, ganz umwogt vom Dufte des Weihrauchs, begann auf dem Chor die Orgel zu rauschen, alle Glocken fingen zu läuten an, und unter Posaunenschall und Paukenschlägen jubelten die Stimmen der Sänger:

„Der Herr ist auferstanden!
Ja! Ja! Ja!
Er ist wahrhaftig auferstanden!
Halleluja!
Halleluja!"

Als Herr Felician den Hauptaltar erreichte und auf den Stufen das kleine Kirchlein schimmern sah, ging ein glückliches Lächeln über sein rundes Faltengesicht. Er bückte sich, hob das Kirchlein auf und stellte das glitzernde Weihgeschenk der Häuslschusterin auf den Altar. Das tat er in recht auffälliger Weise. Und dennoch bemerkten es nur wenige Leute. Denn all die anderen, sogar der Meßner und die Ministranten, guckten neugierig und verwundert zur Emporkirche der Burschen hinauf. Dort oben herrschte ein Lärm, als wäre die Kirche halb in ein Wirtshaus verwandelt — ein wachsender Spektakel, den auch die Posaunenstöße und Paukenwirbel des Halleluja nicht ganz übertönen konnten.

Im hintersten Winkel der Kirche hatte Nannimai, der die Tränen über die Wangen kollerten, die Hand der Lisbeth gefaßt. Immer hingen ihre Augen am Altar, auf dem ihr Kirchlein im Strahlenglanz der Auferstehungskerzen glitzerte. Und als Herr Felician die heilige Feier beendet hatte und mit wehendem Rauchmantel in der Sakristei verschwand, flüsterte die Altenöderin: „Komm, Kindl, schauen wir heim! Jetzt

is mir so freudig und gut in der Seel . . . d' Leut
mit ihrem Gschwatz und mit ihrem Gschau, die kunnten
mir's verderben . . . schauen wir lieber heim, eh d'
Leut aus der Kirch laufen."

Sie traten aus
dem Betstuhl und
verließen die
Kirche, ohne den
Weihbrunnse-
gen abzuwarten.
Des Rauch-
mantels entklei-
det, kam Herr
Felician aus der
Sakristei, wan-
derte durch die
ganze Kirche und
sprengte segnend
das geweihte
Wasser nach al-
len Seiten. Als
er zum hintersten Winkel
kam und die zwei unbesetzten Plätze sah, da lächelte er
zufrieden vor sich hin. Seine segnenden Worte, bisher
nur ein Murmeln, wurden laut, und ganz besonders
reichlich sprengte er den Weihbrunn nach der leeren Bank.

Noch ehe Herr Felician die Sakristei erreichte,

stürmten schon die Burschen mit Gepolter über die
Holztreppe der Emporkirche herunter. Ihre Erregung
schien noch zu wachsen, als sie den leeren Betstuhl der
Häuslschusterin sahen. In dem schmalen Gange stauten
sie sich zu einem dichten, drängenden Knäuel. Aber der
Staudamer-Mickei mahnte mit zischelnder Stimme:
„Weiter! Und aufsi! Jetzt dürfen s' kein Zeit nimmer
haben, die zwei! Jetzt gilt's!" Und als sich der lärmende Hauf hinausgedrängt hatte zur Kirchentüre,
streckte Mickei in der grauen Dämmerung die Hände
über den Kopf und gab die Losung aus: „Buben!
Alle miteinand ins Wirtshaus eini! Jetzt muß ebbes
gschehen! Jetzt wissen wir's! Jetzt haben wir's ausprobiert! Und gschehen muß ebbes!"

Andere Leute, die aus der Kirche kamen, liefen dem
Trupp der Burschen nach, mit neugierigem Gefrage,
schwatzend und kichernd. Überall im Friedhof bildeten
sich klatschende Gruppen — und aus einer dieser
Gruppen hörte man das Stimmlein der Staudamer-Julei
heraus, schrill wie eine zu hoch gestimmte Weidenpfeife.

Herr Felician, als er im schwarzen Talar und mit
dem kleinen Käpplein über den grauen Haaren die
Sakristei verließ, hätte nur einen Blick über den Friedhof
werfen dürfen, um in bedenkliche Sorge zu geraten.
Doch heute schien er keine Augen zu haben, keine
Ohren. Er sah und hörte die spärlichen Grüße nicht,
die ihm geboten wurden, nickte nur immer lächelnd

vor sich hin und hatte merkwürdige Eile, durch den dämmernden Abend nach Hause zu kommen.

In seiner Stube brannte schon die Lampe, und Jungfer Kathrin war dabei, den Tisch für das Auferstehungsmahl zu decken. Mit etwas scheuen Augen sah sie an ihrem geistlichen Herren hinauf, der seit vierundzwanzig Stunden kein Wort mit ihr gesprochen hatte. Ganz sanft und zutunlich klang ihre Stimme: „Recht schön guten Abend, liebe Hochwürden! So is er halt wieder auferstanden, unser lieber grundgütiger Heiland! Gelt, ja! Halt recht viel Glück auf die heiligen Ostertäg!"

Herr Felician Horadam nahm das Käpplein ab, stellte sich vor die Köchin hin und sagte feierlich: „Meine gute Kathrin . . . hinter der heiligen Auferstehung soll kein Zorn und Groll verbleiben! Drum wollen wir Frieden schließen . . . und wenn du dir den gestrigen und heutigen Tag ein bisserl zur Warnung nimmst, so soll dir alles vergessen sein! Unser lieber Herrgott . . . Gott sei Dank! . . . hat auch m i r mein unpriesterliches Benehmen von gestern net übelgenommen und hat mir's graten lassen, daß ich was Gutes hab stiften dürfen!"

„Hochwürden! Liebe Hochwürden . . ." stotterte Kathrin gerührt, haschte die Hand des Pfarrers und wollte sie küssen.

„Laß gut sein!" Herr Felician zog die Hand

zurück. „Die Schleckerei, die mag ich net! Mach einen guten Vorsatz im Herzen . . . das is mir lieber! . . . So! Und jetzt bring mir die Metzelsuppen! Nach die drei Fastentäg tut mich ein bißl hungern!“

„Schweinswürstln hab ich,“ berichtete Kathrin mit heißem Eifer, „dreimal aufgwärmts Kraut und Speckknöderln wie Flaum so leicht!“ Sie schraubte die Lampenflamme höher und eilte geschäftig zur Türe hinaus.

Herr Felician wanderte in der hellen Stube auf und nieder und rieb vergnügt die Hände. „Heut bin ich zfrieden! Heut, ja heut bin ich zfrieden mit mir!“ Er lachte vor sich hin. „Gelt, Mutterl? Gelt, ja? Hab ich dich halt doch ein bißl erwischt beim Herzzwickerl!“ Wieder lachte er. „Und jetzt kann alls noch gut werden! Alles! Alles!“ Schmunzelnd nahm er eine Priese. „Und morgen . . . aaaah . . .“ Er wollte niesen, aber es ging nicht. „Morgen hol ich mir den guten Hanspeter beim großen Ohrwaschl her!“ Mit dem blauen Taschentuch die Nase feilend, trat er zum Fenster und blickte in den dunkelnden Abend hinaus.

Merkwürdig, daß noch immer Menschen im Friedhof waren — als wollte sich heut die Kirche gar nicht leeren! Überall an der Mauer standen sie noch in Gruppen beisammen, andere huschten wie Schatten hin und her, und wieder andere, die sich zu lange verschwatzt hatten, eilten über die Straße hinunter,

um flink nach Hause zu tragen, was sie im Friedhof
vernommen hatten — oder um die Metzelsuppe nicht
zu versäumen.

Besonders eilig schien es die Hausmagd des
Bürgermeisters zu haben. Ganz atemlos rannte sie,
murmelte dazu ein Stoßgebetlein um's andere, bekreuzte
sich immer wieder, und so oft sie auf der rauhen
Straße stolperte, guckte sie in abergläubischer Angst
über die Schulter.

Aus den hell erleuchteten Fenstern des Wirtshauses
tönte dumpf ein wachsender Stimmenlärm heraus, als
wäre nicht Charsamstag heute, sondern der Abend nach
einem Viehmarkt. Auch auf der dunklen Straße, auf
allen Seitenwegen, überall hörte man erregte Stimmen.
Und aus der Stube des Waldhofes, deren Fenster noch
ohne Licht waren, klang der rennenden Magd das
Lautgewirr eines heftigen Wortgefechtes entgegen.

An dem ganzen, großen Bauernhof war nur ein
einziges kleines Fensterchen erleuchtet — weit hinten
bei der Scheune — das Fenster an Hanspeters Kammer.
Diesem Lichtschein rannte die Hausmagd zu — denn
das Licht zieht nicht nur die Motten an, sondern auch die
Menschen, denen eine Neuigkeit auf der Zunge brennt.
Doch als die Magd durchs Fenster in die erleuchtete
Stube guckte, stand sie sprachlos vor Verblüffung.

Wie traurig verändert war das Stübchen des
buckligen Apostels anzusehen! All das zierliche, glitzernde

Spielzeug, all die Baumschwämme und Heiligenbildchen, alles war verschwunden, und an der kahlen Mauer sah man nur die Löcher noch, welche die ausgerissenen Nägel zurückgelassen hatten. Und Hanspeter — als hätte er für den Weg zum Pfarrhof nicht mehr die Kraft besessen und hätte noch erst ein wenig rasten müssen — Hanspeter saß auf dem Bett und hielt mit beiden Armen auf seinem Schoß den ungeheuerlichen, firnisfunkelnden Bauernstuhl der Jungfer Kathrin umschlungen, diesen Peter Johannes Zdazilek unter den Sesseln!

Es war ein Anblick, der die Magd bei allem Gruseln und aller Verblüffung zum Lachen zwang. „So, du?" Mit beiden Händen trommelte sie an das Fenster. „Gar net in der Kirch bist gwesen? Ja, du, heut hast ebbes versaumt!"

Hanspeter hob das entstellte Gesicht, die toten Augen — und da kam der Magd hinter dem Lachen wieder der abergläubische Schreck. „Jesses Maaaria!" stotterte sie. „Der schaut ein an, als ob er dazughören tät . . . zu die andern zwei!" Sich bekreuzend, rannte sie an der Mauer hin und fuhr ins Haus.

Noch immer klangen in der Stube die beiden raufenden Stimmen, jede so heiser wie die Stimme eines Vorbeters nach langer Wallfahrt.

Aber die Magd schien nicht zu hören und wollte nur ihre Neuigkeit loswerden. „Waldhofer!" schrie sie, und riß die Stubentür auf. „Waldhofer! Da müßts lusen! So ebbes! Was heut in der Kirch . . ."

Doch weiter kam sie nicht, Denn der Bauer, ganz schwarz in der dunklen Stube, fuhr wütend auf das Mädel los: „Was willst denn, du! Gleich machst mir, daß d' aussi kommst! Das tät mir jetzt grad noch taugen, daß d' Ehhalten ihre Nasen dreinstecken, wann der Vater mit seim Buben ebbes hat! . . . Aussi, oder . . ."

Die Magd war zurückgefahren, als hätte ihr die Feuerspritze einen Strahl ins Gesicht geworfen — und mit einem Fußtritt schmetterte der Waldhofer die Stubentüre zu.

Nun Stille. Das lange, dicke Seil des Streites war entzwei gerissen. Schwarz und wortlos standen sich Vater und Sohn in der finsteren Stube gegenüber, alle beide schnaufend, als hätten sie einen steilen Berg erklommen und wären mit ihrer letzten Kraft zu Ende

Nach langem Schweigen war's der Alte, der sich zuerst wieder rührte. Schreien konnte er nimmer. Er murrte nur, ganz heiser, halb ohne Atem: „Net schlecht, das muß ich sagen! . . . Die heilig Auferstehung versaumt . . . und einigstritten bis in d' Nacht!" Dabei trat er zum Tisch und nahm den Zylinder von der Hänglampe. Ein Dutzend Zündhölzchen mußte er anstreichen, bis ihm eines brannte. „Aber jetzt muß Ruh sein . . . jetzt kommen b' Leut! Und das kunnt

mir taugen, daß man die Gschicht, die saubere, gleich
morgen in aller Fruh schon ausratschen tät im ganzen
Ort! So eine Osterfreud, die kunnt mir ... satrament
noch einmal!" Der energische Fluch galt zur Hälfte
dem Zündholz, das ihm
die Finger versengt hatte,
weil der Docht so
schnell nicht Feuer
fangen wollte. Aber
nun brannte er,
immer heller glomm
das Flämmchen auf,
streute sein falbes
Licht in die Stube
und beleuchtete das
erschöpfte, zornrote
Gesicht des Bauern,
dem die Schweißperlen an Stirn
und Schläfen glitzerten. So heiß
hatte sich der Waldhofer in der dunklen
Stube geredet!

Doch seltsam — es muß doch etwas Wunderbares
an der Kraft des Lichtes sein! — denn die Helle, von
der die Stube jetzt erfüllt war, schien dem Zorn des
Waldhofer plötzlich die gröbsten Knochen zu brechen.
Fast erschrocken sah er seinen Buben an, der mit geballten Fäusten im Schein der Lampe stand, das Gesicht

wie die Wand so bleich, und zähe Entschlossenheit in
den blitzenden Augen.

„Laß mir mein Ruh, du!“ stotterte der Alte, als
müßte er einem bösen Wort zuvorkommen, das schon
auf Romans Zunge lag. „Jetzt muß der Krawall
einmal gar sein! Fürgredt hab ich dir gnug. Und ich
sag dir’s zum letztenmal: so lang ich der Herr im
Haus da bin, kommt mir so eine net zur Tür eini!“

„So eine? . . . Vater! Das sagst mir nimmer!“

Das wirkte — nicht, weil es in Zorn geschrien,
sondern weil es mit ernster Ruhe gesagt war.

„Na na, gegen ’s Madl hab ich nix!“ korrigierte
der Waldhofer und sah seinen Buben immer scheuer
an. „Meintwegen! Soll s’ die best und die liebste
sein! Ich reiß ihr keinen Zinken aus’m Krönl! Aber
den ganzen Leuttratsch laß ich net anhängen an
mich! . . . Ah na! Ah na!“ Er arbeitete sich mit
Gewalt wieder in die alte Wut hinein. „Das wär
mir die richtig Auferstehung! Ah na! Da tät ich mich
schon lieber niederlegen und d’ Augen zumachen . . .
wie’s Mankerl, wann der Schnee fallt! . . . So!
Und jetzt is ’s aus und gar! Jetzt weißt, wie dran
bist!“

„Gut, Vater!“ Roman tat einen Schritt und
legte die Faust auf den Tisch. „Und wahr is’s: der
Herr im Haus bist du . . . und die Tür kannst auf
und zu machen, wie’s dir einfallt! Wär b’ Mutter

noch da . . .“ So ruhig er sprach, jetzt fuhr ihm doch
ein Schlucken durch die heisere Stimme. „D’ Mutter
. . . die tät vielleicht noch ein bißl recht haben neben
deiner, und tät . . .“

„Mit der Mutter laß mich in Ruh!“ fuhr der
Waldhofer zornig auf — ein Zorn, der sich ansah wie
gereizte Schwäche. „D’ Mutter is mir z’lieb, ihr seligs
Gedächtnus laß ich net einimischen in so ein Krawall!“

Doch Roman hatte weitergesprochen: „. . . und
tät sich vielleicht ein bißl sorgen um mich! Aber d’
Mutter, die schreit nimmer auffi . . . und hilft mir
nimmer! Und so muß dir halt ich ebbes sagen,
Vater!“ Jetzt hatte er seine feste, harte Ruhe wieder
gefunden. „Daß ich dich gern hab, weißt! Und allweil hab ich dir d’ Ehr lassen als Kind! Vierundzwanzig Jahr bin ich alt . . . und die haben dein
ghört! Aber die ander Halbscheid vom Leben ghört
mein! Und da mal’ ich mir d’ Stuben aus, wie’s m i r
gfallt!“ Er trat zum Fenster und nahm seinen Hut
aus der Nische. während dem Waldhofer die verdutzten
Augen immer größer wuchsen. „Und jetzt geh ich,
Vater! Wenn’s dir anderst net taugt, kannst zusperren
hinter meiner . . . ich allein, i ch schlag dir n i m m e r
an d’ Haustür! . . . Was ich von der Mutter hab,
das kannst mir net fürenthalten. Viel wird’s net
sein, und ein bißl klein muß ich anfangen. Aber wann
ich d’ Ilsabeth hab, da kann ich leicht zfrieden sein! . . .

So, Vater! Und pfüet dich Gott! . . . Der Herr Pfarr, mein' ich, der bhalt mich schon über Nacht. Der hat mir's allweil gut vermeint."

Erschrocken streckte der Waldhofer die Hände, als möchte er diesen ‚Vogel Narrenschopf‘ noch bei den Federn haschen. Aber Roman war schon zur Türe draußen. Und da fuhr sich der Alte mit allen Fingern ins weiße Haar und fluchte: „Ja Himmel Kreuz Teufel . . . der meint ebba gar, daß er's zwingt!" Er wetterte die Faust auf den Tisch. „Was der für ein Dickschädel auf hat! Grad wissen möcht ich, von wem er den haben kann! Is b' Mutter die beste gwesen . . . und ich . . . ich laß doch auch noch ein Wörtl reden mit mir . . ."

Das wollte er der Tischplatte mit einem zweiten Faustschlag beweisen. Doch im gleichen Augenblick schrie draußen im Hof eine atemlose Stimme: „Waldhofer! . . . Der Waldhofer? . . . Den Waldhofer muß ich haben!" Dann die Stimme Romans: „Was is denn, Bub?" Und die andere wieder: „Der Burgermeister? . . . Den Burgermeister muß ich haben!" Da stand der Waldhofer schon im Hausflur. „He! Wer schreit denn da umeinand wie der Jochgeier? Is denn der Teufel schon wieder los?"

„Burgermeister . . ." Keuchend kam der Hüterbub über die Schwelle gestolpert, und hinter ihm tauchte Roman im Dunkel auf. „Burgermeister . . . die Burschen . . ."

Nach Luft schnappend preßte der Bub die Hände auf
seinen Magen. „Die Burschen . . . enk, Burgermeister,
enk sag ich's . . . aber verraten därfts mich net . . . die
täten mich ja derschlagen . . . die Burschen . . . und
. . . jetzt haben s' ebbes für . . .“

„Was haben s' für?“

„Ebbes Schiechs! Der Staudamer-Mickei, sagen s'
. . und d' Häuslschusterin hat er ausprobiert . . .
als Her hat er s' ausprobiert . . . in der Kirch heut . . .
d' Häuslschusterin . . . und alle sind s' beinand . . . im
Wirtshaus, Burgermeister!“ Der Bub schien Luft zu
haben, und die Worte gingen ihm flinker von der
Zunge. „Verraten därfts mich net! Aber alle sind
beinand! Und für haben s' ebbes! Mit der Häuslschusterin! Ja, und Pechwuzeln haben s' gmacht, die
Burschen! Und d' Häuslschusterin wird ausgräuchert
. . Spanlichter und Schwefel, alles haben s' schon
beinand! Und gleich geht's an!“

„Mar und Josef! Das arme Madel!“ fuhr der
Waldhofer erschrocken auf, obwohl der Hüterbub nur
von der Häuslschusterin gesprochen hatte. Dann schoß
ihm der Zorn in die Adern. „Die Malefizbuben, die
miserabligen! Meiner Seel, die sind ja bald dümmer
wie neun Tag Regenwetter! . . . Vergeltsgott, Büberl!
Aber lauf, was d' laufen kannst! Zur Schandarmerie
lauf auffi. Gleich sollen s' ausrucken! Gleich auf
der Stell! Und ich und der Roman . . . Wo is er

denn? Da is er ja gstanden grad? . . . He! Mandi! Mandi!"

Das schrie der Waldhofer in den dunklen Abend hinaus. Er hörte keine Antwort — aber beim Hoftor sah er einen jagenden Schatten um die Hecke verschwinden.

Wie ein Hirsch, hinter dem die Hunde her sind, jagte Roman über die Straße und quer durch die Wiesen. Er stürzte im Finstern, raffte sich wieder auf — sprang über alle Gräben, schwang sich über die Hecken und hatte noch immer Atem in der Brust, als er das kleine, stille Haus der Altenöderin erreichte.

„Ilsabeth!" schrie er. „Ilsabeth!" Und fand die Haustür verriegelt. Er nahm sich die Zeit nicht, erst zu pochen und zu warten, bis ihm geöffnet würde, sondern warf sich mit dem Körper gegen die Türe, daß drinnen die Öse des Riegels klirrend zu Boden sprang.

Nannimai und Lisbeth saßen in der Küche beim Feuer — und in der Pfanne schmorten die ‚sauren Fisolen‘. Denn die Altenöderin hatte sicher gerechnet, daß heute der Hanspeter noch käme, und da sollte er zur Auferstehungsfeier sein Lieblingsgericht auf ihrem Tische finden.

Als die Haustür krachte, fuhr Liesbeth auf, nicht erschrocken — sie schien nur die Ahnung zu haben: da kommt nichts gutes — und wie zum Schutze stellte sie sich vor die Mutter hin. Der bleiche Schreck überfiel sie erst, als sie beim Flackerschein des Herdfeuers den jungen Waldhofer in der Küchentüre auftauchen sah. Sie wich mit ersticktem Laut zurück und tastete nach dem Arm der Mutter, als bedürfte sie selbst jetzt eines Schutzes.

Die Altenöberin war ruhig sitzen geblieben. Doch als sie die beiden so voreinander stehen sah: ihr Mädel, bleich und zitternd, Schmerz und Sehnsucht in den Augen, und der Lisbeth gegenüber den keuchenden Einbrecher, der immer die Lippen rührte und doch nicht sprechen konnte und dabei das Mädel mit einem Blick verschlang, in welchem Glück und Sorge durcheinanderschwammen — als die Altenöberin das ansah, hob sie langsam das Gesicht, wie von einem Staunen befallen, das ihr über den Verstand der grauen Haare ging.

„Ilsabeth . . .“

Endlich brachte Roman diesen stammelnden Laut heraus. Er streckte die Arme. Doch Lisbeth zog ihre Hände zurück.

„Ilsabeth! . . . Fort! . . . Gleich auf der Stell müßt's fort! Du und b' Mutter! Fort, sag ich dir! Fort! Ich führ enk in Pfarrhof auffi! Der Herr Pfarr meint's gut mit uns! . . . So komm doch! Weiter! Mach weiter!“

Er haschte die Hand des Mädchens. Und als ihm Lisbeth die Hand mit Gewalt wieder entreißen wollte,

fuhr es ihm heiß in die Stirne, als begänne das Zorn=
feuer nachzuwirken, das vom stundenlangen Wortgefecht
mit dem Vater in ihm zurückgeblieben war. „Was haft
denn?" schrie er mit seiner heiseren Stimme. „Wann
ich dir sag, daß d' fort mußt, gleich auf der Stell . . .
was wehrst dich denn allweil?" Er preßte ihr die Hand,
daß sie stöhnen mußte. „Jetzt bitt ich mir aus, daß
gschieht, was ich sag! Meinst ebba, ich bin umsonst
dahergrennt wie ein Narr? . . . Mach weiter, sag ich
dir! Mach weiter! . . . Und Mutter! Auf! Ein bißl
flink! Pressieren tut's!"

Er zerrte das Mädchen gegen die Türe. Und
Lisbeth schien doch endlich in seinem Zorn und in seinen
Augen die Sorge zu erkennen. Sie wollte fragen und
brachte nur einen stammelnden Laut über die Zunge.
„Was . . . was . . ."

„Was, was, was! Wenn f' ebbes fürhaben, die
Buben! Gegen dich und . . . Mach weiter, sag ich dir!
Oder meinst, ich laß dich im Haus daherinn und lach
dazu, wann die Buben aufmarschieren im Trupp und
Pech und Schwefel anzünden vor der Haustür, als ob
deiner Mutter ihr Häusl ein Fuchsbau wär? . . . Ab=
gmacht haben sie's! Im Wirtshaus droben! Ein Vater=
unser lang, und sie können da sein! . . . Mach weiter,
sag ich dir! Und tummelts enk, Mutterl! Jetzt müssen
wir fort! Pressieren tut's!"

Das war doch eine Nachricht, um darüber zu er=

schrecken. Aber seltsam — Lisbeth atmete auf, als
hätte sie viel Schlimmeres befürchtet. Fast wie ein
glückliches Lächeln glitt es ihr über die vergrämten
Züge — dabei aber zuckte und zerrte sie noch immer
mit der Hand, um frei zu werden.

Da tat ihr Roman plötzlich den Willen und ließ
ihre Hand aus der seinen fallen. Ganz bleich war er
geworden, mitten in seinem brennenden Zorn. Und
stotterte: „Ah so? . . . Willst ebba net? Mit mir
net fort? Weil's i ch bin, gelt? . . . No ja! . . . So
bleib ich halt! Muß ich mich halt wehren . . . und
wann's ihrer zwanzge sind, jetzt liegt mir nix dran!
Mehr als derschlagen können s' mich net!" Er suchte
mit verstörtem Blick und wollte nach dem Beil greifen,
das er im Winkel der Küche stehen sah.

Aber Lisbeth, die Wangen entfärbt und zitternd,
haschte seinen Arm. „Jesus Maria!" Wie fest sie jetzt
seine Hand umklammerte.

Er sah sie an, und schwer atmend, mit harrendem
Blick, als gält es die Entscheidung seines Lebens, fragte
er: „Tust dich führen lassen von mir? Jetzt gleich auf
der Stell?"

„Alls tu ich, was d' willst!"

„No also! Warum sagst es denn net gleich? Daß
man sich erst noch ängsten muß und Zeit versaumen! . . .
Und weiter, Mutter! Gschwind! Ein bißl gschwind!"

Die Altenöderin, noch immer jenes Staunen in den

Augen, schüttelte den Kopf. „Ich geh net. Ah na! Ich bleib.“

„Mar und Josef!“ fuhr Roman wütend auf. „’s Madl h a b ich . . . und jetzt fangt mir die Alte an! Du narrets Weibl, du narrets! Was willst denn, sag! Zwanzg Buben, wenn f’ rauschig sind und ihren Unfirm treiben, die rumpeln wie ein Wagen . . . meinst ebba, der geht auf d’ Seiten, weil d u’s bist! . . . Und jetzt mach weiter, hörst!“

„Ja, Mutter, ja!“ fiel Lisbeth mit erloschener Stimme ein. „Der Roman weiß, was er tut! Komm, Mutter, komm! Was der Roman sagt, muß gschehen! Komm, Mutter, ich bitt dich gottstausendmal!“

Doch in der Altenöderin schienen in diesem Augenblick zwei Seelen zu wohnen. Die eine staunte und zitterte, wollte hoffen und wagte es nicht — und die andere Seele war ruhig, schüttelte den Kopf und sagte: „Gehts halt, Kinder! Und mich laßts bleiben! Mein Herrgott, der is mir wieder gut. Ich brauch nix fürchten. Ich bleib.“ Es schien, als wäre die ‚Zuversicht‘, die dem Hanspeter entronnen, auf die Altenöderin übergeflossen. „Ich bleib. Jetzt kann mir nix mehr gschehen.“

Da klang, wenn auch noch ferne, Geschrei und Johlen von der Straße her.

„Mutter!“ schrie Lisbeth auf.

„Na, Ilsabeth, na! Da mußt dich net ängsten!“

tröstete Roman. „Die Gschicht, die haben wir gleich!"
Er sprang auf Nannimai zu, packte sie mit beiden
Armen und hob sie auf, als wäre die alte Frau so
leicht wie ein Kind. „So, Schatzl, jetzt komm! D'
Mutter hab ich!"

Und im Sturmschritt ging's hinaus zur Türe.
Lisbeth hinter den beiden her. Sie riß im dunklen
Flur einen Schlüssel von der Wand und sperrte die
Haustür ab. Als Roman hinter sich den Schlüssel
klappern hörte, fuhr ihm bei aller Erregung des Augen=
blicks ein lachender Gedanke durch den Kopf: „Die taugt
zur Bäuerin, die! An alles denkt s'! Die sperrt meine
Kästen noch zu, wann 's Haus schon wackelt!"

Um die Scheune, in der die ‚barmherzige Klafter‘
gelegen, ging's herum und über die finsteren Wiesen
hinaus, ein paar hundert Schritte. Als ein hoher
Viehzaun kam, dessen Gatter erst geöffnet werden
mußte, stellte Roman die Altenöderin zu Boden. „So,
Mutter, die ander Hälft vom Weg kannst laufen!"
Mit beiden Händen tappte er in die Finsternis.
„Schatzl? Bist da?"

„. . . Roman . . .‘

„Gelt, jetzt hab ich dich? Gelt?" Seine Arme
umschlangen das schwarze Ding, das zitternd vor
ihm stand.

„Jesus Maria . . . Roman . . . was tust mir!
Und die ander . . . die ander . . . Jesus Maria!"

„Die ander? Die kann sich meintwegen den Vetter von Endsdorf aufzwicken . . . die ander, ja! Aber du nimmst mich! Und ich mag dich! So machen wir's aus? Gelt, ja? Gelt, Schatzl? Gelt, ja?"

Er wartete nicht auf die Antwort. Der Hunger seiner Liebe wollte zehren, und er küßte, wohin er im Dunkeln mit seinen Lippen geriet. Und Lisbeth klammerte sich an seinen Hals, als wäre tiefes Meer unter ihren Füßen und ihr Roman wäre der einzige Halt, der einzige Fels.

Der Altenöderin, die nichts anderes mehr hörte, nur Küsse und Küsse, schienen die Knie schwach zu werden. Sie ließ sich auf einen Wiesbuckel hinfallen und fing zu weinen an.

Über der schluchzenden Freude und dem trinkenden Glück der schwarze, verschlossene Himmel.

Überall Stimmen, überall in der Runde — doch alle fern und unverständlich. Und auf der Straße, immer näher kommend, das Johlen, das Gelächter und Geschrei der Burschen, welche auszogen zum Hexenbrennen. Dazu Pistolenschüsse und das dumpfe Knallen der Schlüssel= büchsen. Als wär's ein Haberfeldtreiben. Aber ein lustiges. Denn das Gelächter und das heitere Johlen überwog im Lärm, bei den Burschen geradeso wie bei den Neugierigen, die sich hinter dem spektakulierenden Trupp gesammelt hatten.

Der Schein des brennenden Peches, das sie in

eisernen Pfannen trugen, zitterte dem lärmenden Haufen
voran. Dicke Bündel von Kienspänen brachten sie mit=
geschleppt, Ballen von Wacholderzweigen, und in großen
Kübeln hatten sie alles gesammelt, was übel duftet,
wenn es brennt.

Mit jeder Minute wuchs der Lärm, aus allen
Häusern, denen der Trupp sich näherte, kamen die Leute
herausgerannt, Weiber in Unterröcken, Kinder im Hemd,
und kläffend umkreisten die Hunde den schreienden Haufen.
Ab und zu begann ein Bauer zu schimpfen über die
,narreten' Buben und ihren ,Unsinn'. Doch der schel=
tende Ärger der Wenigen, die ,verstandsam' blieben
und von dieser bedenklichen ,Gaudi' nichts wissen woll=
ten, ging unter im Gelächter und Johlen der anderen,
von denen es die meisten nicht gar so ,gfahrlich' zu
meinen schienen. Sie hatten sogar für lange Stangen
gesorgt, an welche dicke Bündel nasser Lumpen gebunden
waren — um löschen zu können, wenn etwa vom ,Hexen=
fuierl' ein Funke irgendwohin flöge, wohin er nicht
gehörte. Das Gruseln, das sie in der Kirche und bei
den Brandreden des Staudamer=Knechtes empfunden,
war ihnen längst aus der Haut geronnen. Dafür
wirbelte der Enzian in ihren Köpfen, und jeder wollte
mithalten bei der ,lustigen Hetz'!

In mißtönigem Chorus stimmten sie, als sie den
Hofraum der Altenöderin erreichten, das Hexenverslein
der Kinder an:

„Zwei mal zwei macht sechs, sechs, sechs,
So viel macht's bei der Hex, Hex, Hex!"

Und während die einen sangen und johlten, machten sich die andern, von Mickei geführt, mit schreiendem Eifer an die Arbeit. Im Halbkreis um die verschlossene Haustür und an der Mauer unter den Fenstern wurde das brennende Pech aus den Pfannen gegossen, und über dem rinnenden Feuer leerten sie die gefüllten Kübel aus und warfen alles andere dazu.

Wacholder, Unrat, Kienscheite, Harz und Schwefel, das alles qualmte vor Tür und Fenstern durcheinander und machte einen Dampf, daß die Kinder hustend flüchteten, und daß die Hunde ihr Bellen ließen und mit eingezogenen Schweifen davonrannten.

Wie der johlende Gesang mit Geschrei und Gelächter zusammentönte, wie der blaue Schein des brennenden Schwefels und der rote Glanz des züngelnden Pechfeuers in phantastischer Verzerrung alles beleuchtete: den wirbelnden Qualm, die durcheinanderspringenden Gestalten und die Gesichter der Fleißigen, die das Feuer schürten — das gab ein Bild, als sollte hier nicht ein Teufel ausgetrieben werden, sondern als hätte der ‚Leibhaftige‘ eine Schar seiner schwarz und rot gesprenkelten Kinder ausgeschickt, um eine Probe für die Walpurgisnacht zu halten.

Nach allen Seiten dampfte der abziehende Qualm über Wiesen und Wege hinaus, immer weiter schickte das

wachsende Pechfeuer seinen flackernden Schein in die Nacht, und immer lauter kreischte der Chorus, dem sich mit jeder Minute neue Stimmen zugesellten:

„Zwei mal zwei macht sechs, sechs, sechs,
So viel macht's bei der Hex, Hex, Hex!"

Leute, die aus der Nacht herbeirannten, begannen schon mitzusingen, noch ehe sie die Brandstelle erreichten. Den Besorgten, die in Schreck gelaufen kamen, weil sie meinten, es wäre ein Schadenfeuer ausgebrochen, schrie man mit Lachen entgegen: „Nix is! Nix! Bloß d' Häuslschusterin wird ausgschwefelt!" Das riefen die Beruhigten wieder den anderen zu, die hinter ihnen kamen — und wie der abziehende Schwefeldampf nach allen Richtungen davonqualmte, so lief dieses lachende Wort hinaus über alle Wege: „Nix is! Nix! Es brennt net! Bloß ihr Gaudi machen s', die Buben . . . und d' Häuslschusterin räuchern s' ein wengl aus!"

Den schreienden Lärm, der bis weit hinunter die dunkle Straße belebte, übertönte plötzlich das schrille Kreischen einer Weiberstimme und der Zeterschrei einer anderen: „Jesus Maria, der Tuifi!" Doch hinter dem abergläubischen Angstschrei wieder lautes Gelächter. Die ganze Straße entlang, ein dutzendmal, wiederholte sich dieser Wechsel zwischen Schreck und Lachen. Immer kreischten die Dirnen, wenn sie dieses seltsame ungeheuer-

liche Ding aus der Dunkelheit herausgaloppieren sahen
— und kicherten, wenn es vorüber war und unter
dem gruselig ausgewachsenen Riesenkopf einen krummen
Buckel und rennende Beine zeigte.

Keuchend jagte das spuckhafte Monstrum der Feuerhelle zu — und als es in rasendem Laufe den dicht
mit Menschen angefüllten Platz vor dem dampfum-
schlossenen Häuschen der Altenöderin erreichte, da ent-
stand ein lärmendes Gedräng, die Sänger des Hexen-
liedes gerieten aus dem lustigen Takt, einer vergriff
sich sogar im Text und johlte ganz vernünftig: „Zwei
mal zwei macht vier, vier, vier!" — und lachend
schrien an die zwanzig Stimmen durcheinander: „Da
schauts! Mar und Jankerl! Da schauts, Leut! Was
kommt denn da daher!"

Beim ersten Anblick wußte keiner, was es war.
Fast sah es aus wie eine Kirchenkanzel, die lebendig
geworden und sich im Wettlauf produzieren wollte.
Doch als das Ungeheuer besser in die Flackerhelle des
brennenden Peches kam, löste sich das wirre Geschrei
in schallendes Gelächter auf. Denn alle erkannten
jetzt den buckligen Apostel, der auf seinem ‚driedoppelten Köpf‘ den ungefügen Bauernsessel der Jungfer
Kathrin trug, mit der meterhohen, drollig geschnörkel-
ten Lehne nach aufwärts, und über die Brust herunter
zwei von den armsdicken Stuhlbeinen, die Hanspeter
mit den Fäusten umklammert hielt.

„Schauts an, der Züngerl=Wehdam hat sich ein Parabachl mitbracht," klang aus dem Gelächter eine Stimme heraus, „daß ihm kein Fünkerl auf's Hirn=kastl fallt! Kunnt sich ebbes verbrennen!"

„Freilich ja," ergänzte ein zweiter, „die verliebte Christenheit hat halt Stroh im Schober! Das fangt leicht!"

Ein spottendes Wort gebar das nächste, und so ging mit der Litanei all seiner Spitznamen, unter Johlen und Gelächter ein wahrer Platzregen von Hänseleien über den Hanspeter nieder, der wie versteinert stand. Nur seine Augen schienen Leben zu haben. Aus dem Schatten, den das Sitzbrett des Stuhles über sein Gesicht warf, brannte ein Blick heraus, entsetzt, verstört, wie der Blick eines Tieres, dem die Feuerhelle den zahmen Sinn verwirrte.

Einer, der diesen Blick sah, rief mit Lachen: „Paßts auf, gleich hebt er zum predigen an, er macht schon seine heiligen Augerln her!"

Doch dem Hanspeter schienen, wie alle Glieder, auch die Lippen versteint.. Er starrte mit seinem irrenden Blick nur immer die Leute an, starrte in die züngelnden Pechflammen, die schon halb erlöschen woll=ten, und starrte in den rot erleuchteten Dampf, der immer dünner qualmte und an der kleinen Hütte schon den First und das Gesims der Haustür sehen ließ.

„Buben! Wacholder her! Und Taxen!" hörte man

den Staudamer=Mickei schreien. „Der Rauchen laßt
aus."

Ein paar von den Burschen rannten zur nächsten
Fichtenhecke und rissen die Zweige nieder.

„Die halten aber ebbes aus, die zwei!" klang es
lachend aus dem Gedräng. „Oder sie haben verstöpselte
Nasen!"

„Ein Sprüchl haben s'," kreischte der Staudamer=
knecht, „ein Sprüchl gegen Fuier und Rauchen! Aber
auffi müssen s', auffi! Wart ... ich mach ein Luckerl
in b' Haustür, daß der Rauchen besser eini kann!"

Ein Haufen Fichtenzweige wurde über die ver=
sinkenden Pechflammen geworfen, und während der
johlende Chorus auf's neue begann,

> „Zwei mal zwei macht sechs, sechs, sechs,
> So viel macht's bei der Hex, Hex, Hex!"

und während aus dem neu entstehenden Rauch die
glühenden Fichtennadeln mit Geknister aufspritzten und
davonflogen, begann der Staudamer=Mickei mit einer
langen Stange gegen die Haustür loszurennen, bis die
Bretter krachten.

Da wurde der steinerne Peter Johannes Zdazilek
lebendig. Wie Stiergebrüll, so brach ihm die Stimme
aus der Kehle. „Dir lies ich ebbes für ... wart,
du ... dir lies ich ebbes für!" Er rannte dem Feuer
zu und schwang den zentnerschweren Bauernstuhl der

Jungfer Kathrin. „Lus auf, du! . . . Sellig sünt thie
Ahrmen üm Kaißte . . . der Sessel zuckte durch die
Luft, „. . . then irren üst thas Hümbelraich . . .“ Und
mit zerschmettertem Schädel, lautlos, stürzte der Stau‑
damerknecht über die glühenden Fichtenzweige.

Die zunächst gestanden, waren starr und sprachlos.
Nur ein einziger Schrei der Angst. Doch ihn erstickte
das Gelächter der anderen, die entfernter standen und
nicht wußten, was geschehen war. Sie sahen nichts in
dem Gewirbel von Rauch, hörten nur die keuchende
Stimme: „Sellig sünt thie Sampftmittigen . . .“, und
da kreischte mit Lachen eine Dirn: „Lufts auf! Ter
Ratzenspeckl predigt! Heiliger Liebeinand, erlöse uns!“

Ter Sessel fiel, und ein Bursch, welcher Fichten‑
zweige ins Feuer geworfen, kollerte über die Erde
hin — ein Erlöster.

Ersticktes Geschrei, ein wirres Flüchten begann,
und noch immer hörte man Gelächter.

Hanspeter schwang den Stuhl und predigte mit
seiner verwandelten Stimme: „Sellig sünt thie
Trauernten . . .“

Ein paar Mutige sprangen auf ihn zu und klam‑
merten sich an seinen Leib, an seine Arme. Toch
wie ein Bär die Hunde, schüttelte er sie ab und
keuchte: „Sellig, thie nach Gerächtiggaib hungern unt
thursten . . .“ Ter Sessel fiel. „Sü sohlen gesättiket
wärden!“

Mit entzweigeschlagener Schulter taumelte ein Bursch zu Boden und schrie in seinem Schmerz.

Da war das letzte Lachen erloschen. Nur wirres Angstgezeter noch, und sinnloses Flüchten. Einer warf den anderen über den Haufen, alle Hecken durchbrachen sie und drückten die Bretterplanken nieder. Und ein Geschrei, als hätte hinter den Flüchtenden die Erde sich aufgetan und einen Teufel ausgespien — einen wirklichen.

Beim Schein des Feuers, das sich seltsam zu erhellen begann, stand Hanspeter einsam inmitten des Hofes — und schwang den Sessel —

„Sellig thie Barmhärtzigen . . .“

Er schlug in die Luft, als hätte die Raserei, die ihn befallen, den sehenden Blick seiner Augen erstickt.

Das Geschrei der Fliehenden schien plötzlich still zu stehen, es wurde ein anderes und näherte sich wieder. In kreischendem Haufen kam's die Straße einher, immer näher, gaukelnde Prügel sah man, und sah in der wachsenden Helle ein Gefunkel wie von messingbeschlagenen Helmen und blanken Säbeln.

Hanspeter, der bei dem Streich ins Leere halb zu Boden getaumelt war, hatte sich aufgerichtet, hatte den Sessel wieder geschwungen — und seine brennenden Augen suchten. Da sah er noch Einen stehen, groß und schwarz.

„Sellig, thie rainen Härtzens sünt . . .“ Er schlug.

Der Schwarze stand noch immer aufrecht — doch am Sessel war die Lehne in Stücke geborsten.

„Sellig thie Frittfertigen . . ."

Er schlug — und das plumpe Sitzbrett ging in Scherben, die armsdicken Sesselbeine zersplitterten in seinen Fäusten.

„Nieder mußt mir!" keuchte Hanspeter, dem der Schaum vor den Lippen stand. „Und nieder mußt!" Er griff mit den Fäusten zu — doch was sie würgten, war kein lebender Hals, sondern hartes und totes Holz: die plumpe Säule des niedergedrückten Bretterzaunes.

Da schien er aus seinem rasenden Irrsinn zu erwachen und ließ die Arme fallen. Er starrte die Menschen an, welche schreiend und doch mit Vorsicht gegen ihn anrückten, stierte dem Waldhofer ins Gesicht, der in ratlosem Entsetzen die Hände ineinander schlug: „Ja Peterl! Mensch! Ja Mensch! Was bist denn du für einer!" — und schien nicht zu begreifen, was die beiden Gendarmen von ihm wollten, die ihn bei den Armen faßten und etwas Kaltes um seine Handgelenke wickelten. Und wie ein aufgezogenes Uhrwerk, das erst völlig ablaufen muß, bevor es stillstehen kann, so lallte seine Zunge noch weiter: „Sellig . . . thie Verfolgunk leuden . . . um ther Gerächtiggaid wülen . . . then irren üst . . . thas Hümbelraich . . ." Und starrte umher dabei, sah drei Stumme

liegen und einen Stöhnenden, den jammernde Leute
von der Erde hoben — und hinter dem versinken-
den Qualm, den die grünen Fichtenzweige machten, sah
er am Häuschen der Altenöberin die Haustür in roter
Glut und das Schindeldach in Flammen. „Ilsabeth!"
schrie er auf, wie ein Erwachender. Eine zuckende Bewegung seiner Arme, und die eiserne Kette an seinen
Handgelenken sprang mit zerrissenen Gliedern auseinander.

Wüstes Geschrei erhob sich. Von den beiden Gendarmen einer war auf die Seite getaumelt, und der
andere schlug mit dem blanken Säbel zu; doch der
bretterdicke Loden von Hanspeters Joppe hielt aus wie
ein stahlgeflochtener Panzer. Und zu einem zweiten
Säbelstreich blieb keine Zeit mehr. Denn Hanspeter
war schon gegen das brennende Haus gesprungen.

Unter dem Schlag seiner Fäuste krachte die glo-
stende Haustür entzwei. Im Gewirbel des Rauches
verschwand er — „Ilsabeth! Nannimai!" hörte man
ihn schreien — zerschlagene Scheiben klirrten, und an
einem Fenster flogen die Läden auf — „Ilsabeth! Nannimai!" klang es dumpfer, als wär's in einer anderen
Stube — wieder hörte man das Klirren zerschmetterten Glases — „Ilsabeth! Nannimai!" — dann war
es unter dem brennenden Dach eine Weile still. Im
raucherfüllten Hausflur sahen sie den Hanspeter wieder
auftauchen — und hustend trat er über die Schwelle

heraus, ganz langsam, den Rücken gekrümmt und mit baumelnden Fäusten.

Das wirre Geschrei, das ihm entgegenscholl, machte ihn aufblicken. Ruhig sah er die kreischenden Menschen an, nickte zufrieden vor sich hin und lachte, so daß die Leute meinten, er hätte sein letztes Fünklein Verstand verloren — denn brave Menschen erschlagen und lachen dazu, das kann doch keiner, der bei Vernunft ist.

Die blanken Säbel zum Stich erhoben, traten die beiden Gendarmen auf ihn zu. Und der Führer sagte mit etwas unsicherer Stimme: „Peter Johannes Z..." das brachte er nicht gleich heraus, „Zibazilek... im Namen des Gesetzes ... ergeben Sie sich der Staats= gewalt!"

Gutwillig bot ihnen Hanspeter die Hände hin — und nickte wieder. „Ah ja ... der Parigraffi ... ja ja, versteh schon! Hat er halt wieder ein wengl Arbet mit mir ... der Herr Abnotti! ... Gelt?"

Sie merkten gleich: das ist ein Mensch, der sich nimmer wehrt. Da brauchten sie auch keine eiserne Kette mehr. Am Joppenärmel ließ er sich davon= führen.

Jetzt wollte der lärmende Schwarm mit Geschrei über ihn herfallen, wie Dohlen über ein halb ver= endetes Wild, das sich nimmer rühren kann. Die Gendarmen hatten Arbeit, um ihren Häftling gegen die ‚Volkswut‘ zu schützen, wie es ein humanes Gesetz

verlangt. Doch einer von den Burschen, ein halb=
mannshoher Knirps, der dem Gendarm unterm Ell=
bogen durchschlüpfte, kreischte mit seinem Tenor: „Du
Mörderer, du!" Dabei hob er sich auf die Fußspitzen
und schlug dem Peter Johannes Zdazilek die Faust
auf die Wange.

Hanspeter empfing den Schlag und lächelte. Aber
ein anderer geriet in schäumende Wut — der Wald=
hofer! Der faßte den Burschen am Kragen, schleu=
derte ihn zurück und schrie: „Malefizbuben, gottver=
dammte! Schlagts enk selber ins Gsicht . . . und 's
richtige Fleckl kunnt troffen sein!"

Sie führten den buckligen Apostel davon, der von
einem Hustenkrampf befallen wurde, als hätte er noch
immer den Rauch in der Kehle. Ein paar Bluts=
tropfen, mit Schaum gemischt, rannen ihm übers Kinn
und am Hals hinunter.

Der schreiende Haufe drängte sich hinter den Gen=
darmen her. Und keiner kümmerte sich um das Feuer,
das wie ein bedächtiger Esser das alte, halbverfaulte
Dach der kleinen Hütte langsam verzehrte.

Doch plötzlich übertönte eine gellende Weiberstimme
den wirren Spektakel: „Jesus Maria! Unser Hausdach
brennt!"

Ein Funke des unbehüteten „Hexenfuierls" hatte
gezündet, wo er Respekt hätte haben sollen vor dem
Eigentum eines guten Christen.

Nun rann=
ten sie freilich in blei=
chem Schreck und such=
ten mit den Stangen, an deren Enden die naffen
Lumpen hingen, das Feuer auf dem Schindeldach des
Nachbarhauses zu ersticken.

Aber sie wurden der wachsenden Flamme nicht
mehr Herr.

*

Am Pfarrhof war die Haustür gesperrt, an allen
Fenstern waren die neuen Läden geschlossen. Denn

Jungfer Kathrin war durch Erfahrung klug geworden. Als Roman seine Lisbeth und die Altenöderin zu Herrn Felician gebracht und draußen das Spektakulieren der Burschen begonnen hatte, war Kathrin nicht mehr auf den Einfall gekommen, ihrem hochwürdigen Herrn Überlegung und Vorsicht zu predigen; zitternd vor Angst um das Wohl ihres Pfarrhofes, doch wortlos, hatte sie sich aus der Stube gedrückt, hatte an der Haustür den Schlüssel umgedreht und abgezogen, war durch alle Räume gelaufen und hatte all die neuen, festen Fensterläden zugezogen und doppelt eingehakt — wie man es im Hochsommer zu machen pflegt, wenn eine gelbliche Hagelwolke am Himmel hängt.

So war der Pfarrhof sicher und unberührt in allem Lärm und Greuel dieser Nacht gestanden, wie das warme Stübchen eines Leuchtturmwärters inmitten des heulenden Sturmes. Kaum, daß man ab und zu ein paar verschwommene Laute des fernen Spektakels hörte! Wenn dann die Altenöderin aus ihrem glücklichen Staunen erwachte und Zeit und Ursach zu einem sorgenden Gedanken fand, dann tätschelte Herr Felician ihr beruhigend die Hand: „Tut's Euch net aufregen, Mutterl! Morgen is alls vorbei!"

Und ein andermal sagte er: „Laßt's die Buben heut nacht ihr balkete Gaudi treiben! Morgen in der Osterpredigt nimm ich die Lackln ghörig bei die Ohr-

wascheln! Und sag ihnen ein Wörtl! Ein gsunds!“
Dann tat er einen langen Zug aus seiner Studentenpfeife und betrachtete mit zufriedenem Schmunzeln
wieder das junge Paar, das im Schein der Lampe
Hand in Hand auf dem Sofa saß: Roman ruhig und
seines Glückes sicher, Lisbeth noch ganz verträumt,
noch immer ein bißchen zitternd und in Angst, als
hätte sie den gläubigen Mut des Glückes noch nicht
recht gefunden, und als zöge ihr manchmal ein trüber
Gedankenschatten über die scheue Sonne ihres Herzens.
Doch wenn sie immer wieder die Hand des Geliebten
krampfhaft umklammerte, so geschah das nicht nur
aus Sorge, daß dieses jäh aus der Nacht gestiegene
Glück auch wieder jäh in tiefes Dunkel versinken
könnte — es geschah auch dem Gleichgewicht zuliebe,
das sie nicht verlieren wollte. Denn sie saß auf der
Kante, hinter der das Sofa seine tiefe Grube hatte
— und Jungfer Kathrin, die in ihrem Trutzwinkel
hinter dem Ofen verschwunden war, schien an das
Kissen nicht denken zu wollen, mit dem sie für ihren
geistlichen Herrn die Sofagrube immer so fürsorglich
zu füllen pflegte.

In dem Schweigen, das eingetreten war, blies
Herr Felician eine Reihe bläulicher Ringelchen in die
Luft, so kunstvoll, daß immer das jüngste Ringlein
mitten durch das ältere wirbelte. Und als er den ein-
gesogenen Rauch verblasen hatte, strich er mit der

Pfeifenspitze über die Lippen, als hätte er einen Schnurrbart beiseite zu streichen.

„So so so soooo?"

Er guckte schmunzelnd und doch mit halbem Ernst zu Roman auf.

„Mich freut euer Glück! Das kannst mir glauben, Roman! Unter all den zwanzigtausend Tagen meines Lebens ist mir der heutige von den liebsten einer! Vielleicht hab ich auch ein bißl beigetragen zu eurem Glück . . . und will noch weiter dazu helfen, was in meiner Macht steht . . . ich, ja . . . und meine gute Kathrin! . . . Gelt, Kathrin?" Herr Felician zwinkerte lustig gegen den Ofenwinkel. „Aaaber . . ." Nun spitzte er die Lippen, als hätte er ein ernstes Lied zu pfeifen. Ganz langsam tröpfelten seine Worte. „Was wird der Waldhofer sagen?"

Roman in seiner Ruhe versuchte zu lächeln. Dabei zog sich aber doch seine Stirn in Falten. Er sah die Lisbeth an, und dann die Altenöderin — alle beide hingen sie mit heißem Sorgenblick an seinen Augen. Und da machte er kurze Antwort: „Der Vater . . . . gwiß wahr, der Vater hat gsagt: ebbes Liebers kunnt er gleich gar nimmer hören."

„Soooo?" Herr Felician, der sonst so gern an alles Gute glaubte, schien einen dunklen Zweifel zu hegen.

„Gsagt hat er's, das is wahr, auf Ehr und Seligkeit!“ Trotz dieses Schwures klang Romans Stimme nicht mehr so sicher wie zuvor. „Freilich . . . es kunnt schon sein, daß er's ein bißl anderst gmeint hat. Und . . .“ Er sah der Lißbeth in die Augen, streichelte ihr die Hand und hatte seine Ruhe wieder gefunden. „Bald der Vater d'Ilsabeth kennt einmal, so sagt er's auch im Ernst. Da hab ich mein Zuversicht drauf!“

Ein Wort des buckligen Apostels! Jetzt, in dieser Stunde! Und merkwürdig, wie es klang! Jedes in der Stube schien sich etwas dabei zu denken. Denn ein Weilchen war Stille — jenes Schweigen, von dem das Sprichwort zu sagen pflegt: jetzt geht ein Engel durch die Wände.

„Aber heut . . .“ Roman tat einen tiefen Atemzug. „No ja, es is schon wahr . . . so über alls bin ich mit'm Vater noch net auf gleich. Ein bißl anderst, wie ich, schaut er die Sach schon an. Aber ich mein' halt . . .“

„Roman,“ fiel die Altenöderin mit bedrückter Stimme ein, „schau, Bub, mein Blut tät ich hergeben, 's letzte Tröpfl . . . kunnt ich meim Madl sein Glück dermit ins Wachsen bringen. Aber dein Vater . . . weißt, das muß ich dir fürhalten . . . dein Vater muß einverstanden sein. Denn Unfried stiften zwischen dir und deim Vatern . . .“

„Sei stad, Mutterl!“ Herr Felician hielt der Altenöderin das Pfeifenrohr quer vor den Mund. „Und laß den Roman reden! Der muß heiraten, und net der Waldhofer! . . . Was hast gmeint?“

„Ich mein' halt, daß man's dem Vater gar net verübeln kann, wann er sich ein bißl spreizt. Verliebt is er net . . da hat er kein Zwangsgrund, freilich . . . und wie halt jetzt schon b' Leut einmal drin sind in der Narretei, da hat er halt ein bißl Angst vor die großen Mäuler. Aber ich hab's ihm gsagt in aller Ruh, wie ich's machen will . . . und da kann er nix einwenden! Na! Und mit der Zeit kommt alls auf gleich! Ah ja!" Trotz der ‚verstandsamen Ruhe‘, mit welcher Roman redete, zog er doch die Hand der Geliebten wie in Sorge immer fester an sich, und seine Augen hingen mit hilfesuchendem Blick an Herrn Felician. „Sie, Herr Pfarr . . . Sie kunnten viel ausrichten . . . beim Vater und bei die Leut . . . und allweil mein' ich, es wär am besten, wann uns der Herr Pfarr gleich morgen schon 's erstmal verkünden tät." Er fing zu stottern an. „Es wär mir bloß drum, daß b' Ilsabeth ein bißl aus der Sorg is! . . . Tun Sie's, Herr Pfarr! Der Ilsabeth z'lieb! . . . Und schauen S', da weiß der Vater, wie er dran is! Und b' Leut, wann s' derfahren, daß sich der Waldhofer-Roman nix bessers weiß, wie b' Ilsabeth . . . da schlagt eh schon b' Halbscheid um und redt wieder anderst! . . . Ah ja! Ein bißl ebbes hat man schon davon, daß man der Sohn vom Burgermeister is."

Herr Felician lachte, ohne auf das erschrockene

Gestammel der Altenöberin zu hören. Er lachte und
nickte, als begänne ihm Romans Beweisführung einzu-
leuchten.

„Soooo? . . . Und da müßt ich ja gleich heut in
der Nacht noch 's Brautexamen halten?"

„Ja, Herr Pfarr!" Wie flink diese Antwort kam!
„Und mich brauchen S' nimmer fragen, ich kann mein
Katechism . . . das wissen S'!"

„Aaah, freilich! Und ob ich's weiß! Ja, hast
schon recht: dich brauch ich nimmer fragen . . . auf
den Pontius Pilatus kommt's mir net an! . . . Aber
du, Lisbetherl?" Mit beiden Armen legte sich Herr
Felician über den Tisch und sah dem Mädchen mit
herzlichem Blick in die Augen. „Wie schaut's denn
mit deinem Katechismus aus? . . . Hast ihn gern,
deinen Roman?"

Kein Wort — nur ein hauchender Laut! Aber
hätte Lisbeth ein ganzes Buch geredet, sie hätte nicht
mehr sagen können, als mit diesem stillen Aufatmen
ihres Herzens.

„Brav!" nickte Herr Felician. „Gut kannst du
deinen Katechismus! Einen besseren kannst du mir
nimmer aufsagen! Und so muß ich halt . . ."

Da ließ sich aus dem Ofenwinkel ein erregtes
Räuspern hören.

Jungfer Kathrin hatte sich erhoben und verließ
die Stube. Es war wie eine Flucht.

Ein Weilchen sah Herr Felician die Türe an, welche die Köchin mit auffälliger Energie hinter sich geschlossen hatte. Dann erhob er sich und stellte die Pfeife in den Sofawinkel. „Tuts nur ein bißl warten, ich komm gleich wieder!"

Er trat in den Flur hinaus.

„Kathrin? . Was treibst mir denn schon wieder?"

„Hab ich denn ebbes g'sagt?" erwiderte die Köchin gereizt. „Aber weil S' schon selber davon anfangen . . . ich bin aus der Stuben naus, weil ich's nimmer mitansehen hab können, wie der hochwürdige Herr Pfarr unsern Katechism verunglimpft!"

„. . . Wanas?"

„Als ob S' net wüßten, was für strenge Fürschriften 's Ordinariat erlassen hat, und wie gnau man's beim Brautexami mit'm Katechismus nehmen muß!"

„Soooo? Jetzt auf einmal is dir der Katechismus heilig? . . . Geh, Kathrin, geh geh, sei zfrieden! Schau, jetzt kriegst ja deine Hochzeit im Waldhof!"

„Ja, sauber!" Für die wird der Waldhofer viel spendieren!"

Herr Felician schien zu wachsen. „Ein schöner Frieden, den wir heute geschlossen haben . . . zur Feier der heiligen Auferstehung!" Er sprach das reinste Hochdeutsch. „Aber jetzt will ich dir etwas sagen, Katharina!

Ich tue, was ich für gut halte . . . verstehst du mich . . . und stelle mich dahin, wo mein Herz mich hinzieht! Stell du dich meinetwegen mit deinem Magen auf die andere Seite! Und damit du gleich alles weißt . . . bis der Roman heiratet, bleiben die Altenöderin und ihr braves Mädel bei mir im Pfarrhof. Paßt dir das nicht und willst du dich auflehnen gegen deinen geistlichen Herren . . . gut, Katharina . . . dann muß ich mich eben auf meine alten Tage nach einer neuen Wirtschafterin umsehen, die meine Gäste besser respektiert als du! . . . So!"

Während Kathrin sprachlos stand, zu Tod erschrocken und mit kreidebleich gespitzter Nase, wurde an der Haustür die Glocke gezogen.

„Wer ist draußen?" fragte der Pfarrer.

„Ich bin's."

„Wer?"

„Ich halt! Machen S' auf, Herr Pfarr!" Ganz gemütlich klang das, als nähme der späte Gast da draußen eine Prise, während er sprach. „Machen S' ein bißl auf, ich muß Ihnen ebbes sagen."

Herr Felician hatte die Stimme des Gemeindedieners erkannt, wollte die Haustür öffnen und fand sie versperrt. „Katharina! Den Schlüssel her!"

Die Köchin rannte. Ohne Widerspruch gehorchte sie.

Als der Pfarrer ins Freie trat, hörte er das ferne Geschrei und sah die Feuerröte. „Brave Buben! Liebe

Leut! Recht nett treiben sie's in der heiligen Oster-
nacht!" Seine Stimme zitterte und er schloß hinter
sich die Haustür, als hätte er Sorge, daß von dem
Geschrei ein Laut und von der Feuerhelle ein Schein
in die Stube dringen könnte.

„Guten Abend, Herr Pfarr!" sagte der Gemeinde-
diener in aller Ruhe. Zum Hanspeter sollen S' kommen, mit der letzten Mahlzeit!"

„Jesus Maria! . . . Zu wem?"

„Zum Ratzenspeckl, ja!"

„Ja is denn der Hanspeter wieder krank?"

„Jetzt ich sag, es tut ihm nix! So ein bißl Nasen-
bluten! Und so ein Lackl Mensch! Der derwart's
schon, bis er auszahlt wird für die heutig Nacht! Aber
der Schandarm . . . natürlich, so einer will allweil
der Gscheiter sein . . . der Schandarm hat gmeint, er
macht's nimmer lang. Und hat mich zu Ihnen gschickt.
Ah freilich, so einer braucht noch ein christlichen Trost!
Hat allweil d' Lieb predigt . . . und heut in der Nacht
. . . ich dank schön! . . . In Gottsnamen, kommen
S' halt, Herr Pfarr! Der Schandarm hat gmeint,
Sie müßten Ihnen ein bißl tummeln!"

Erschrocken starrte Herr Felician dem ruhigen
Philosophen in das dunkle Gesicht. „Schandarm . . .
Schandarm . . ." Er schien den Zusammenhang dieses
Wortes mit dem kranken Hanspeter nicht zu begreifen.

„No ja, bracht haben s' ihn halt. Und bei mir

drüben liegt er im Grillenhäusl. Weil's der Schandarm
schon haben will . . . kommen S' halt, Herr Pfarr!
Den Meßner hab ich schon einverständigt. Der is
schon in der Kirch."

„O du lieber Herrgott!" stammelte Herr Felician.
„Was muß denn da gschehen sein!" Ohne noch auf
Antwort zu warten, in den Hausschuhen und bar=
häuptig, eilte er zur Kirche hinüber.

In der Sakristei war Licht. Und der Meßner
hatte schon alles hergerichtet. „Ein liebs Nachterl!
Gelten S' Hochwürden? Ein liebs Nachterl!" Er
schürzte das weiße Chorhemb, um Herrn Felician für
den christlichen Trostgang zu bekleiden.

Im gleichen Augenblick begann eine tiefe Glocke zu
dröhnen. Dreizehn hastige Schläge — das Feuerzeichen!

„Meßner? . . . Ja brennt's denn?"

„Ebbes Zaubers haben s' angstift, die Buben, ja!
Zwei Häuser haben gfangt."

Von der Straße hörte man das Gerassel einer vor=
überjagenden Feuerspritze, und in das tiefe Dröhnen
der Brandglocke mischte sich ein dünnes, hastiges Ge=
bimmel — die Stimme des Zügenglöckleins.

Herr Felician konnte nicht mehr fragen. Er be=
wegte nur die bleichen Lippen.

Der Meßner, während sein Weib und seine Tochter
die beiden Glocken zogen, sagte ihm alles: was in der
Kirche bei der Auferstehungsfeier geschehen war, wie es

die „Loder" getrieben, und daß der Hanspeter in seinem
Zorne drei von ihnen kalt gemacht und einen zum
Krüppel geschlagen hatte.

Als wären ihm vor Grauen alle Sinne erloschen,
so stumm blieb Herr Felician. Und ganz mechanisch,
mit zitternden Händen, nahm er den Mahlkelch der
Sterbenden aus dem Tabernakel.

Schweigend eilten die beiden durch die rote Nacht.
Immer wieder begegneten ihnen Leute; doch keiner
hörte auf das Klingelzeichen des Meßners, keiner bekreuzte sich und kniete nieder — alle rannten sie
schreiend zur Brandstätte, denn jeder hatte Angst vor
den fliegenden Funken und bangte um sein eigenes
Dach.

Vor dem Kotter — im Gemeindehaus ein Mauer-
loch zu ebener Erde — saß ein Gendarm auf der
Schwelle. Und die Tür stand offen. Man hatte sie
nicht versperren können, denn der letzte Gast des
Kotters, ein fremder Vagabund, hatte das Türschloß
abgeschraubt und als Andenken mitgenommen. Aber
die Tür zu schließen, das wäre auch überflüssige Vorsicht gewesen, denn heute barg der Kotter Einen, der
nicht mehr ans Davonlaufen dachte.

„Lang macht er's nimmer," flüsterte der Gendarm
dem Pfarrer zu. „Der Messerstich, den er selbigsmal
ins Lüngerl kriegt hat, muß wieder aufbrochen sein.
Allweil kommt ihm 's Blut."

Ob der
Doktor bei
ihm wäre?

Nein! Den zu holen,
daran hatte niemand
gedacht. Der hätte wohl auch keine Zeit jetzt für den
Katzenspeckl — meinte der Gendarm, sein Versäumnis
entschuldigend — der mußte jetzt dem Sohn des reichen
Bachbauer die zerschmetterte Schulter flicken, so gut es
noch ging.

Dem Pfarrer schienen die Knie schwach zu werden,
als er in den Kotter trat.

Auf dem Boden stand eine große Stalllaterne. Ihr Lichtschein machte die feuchten Wände glitzern und warf von Hanspeters Kopf einen großen, finsteren Schatten auf die Mauer, gleich dem ungeheuerlichen Haupt eines Riesen, der das Gesicht zu drolligen Grimassen verzog. Doch diese Beweglichkeit des Schattens kam nur vom Geflacker der Kerzenflamme. Denn Hanspeter, mit dem Arm ein wenig aufgestützt, lag ruhig auf der Stangenpritsche. An seinem Kinn, an seinem Hals und auf der Brust war etwas Schwarzes — doch als der Gendarm mit der Laterne näherleuchtete, war es rot.

„Peter Johannes . . .“ stammelte Herr Felician. Der dritte Name schien ihm nicht über die Lippen zu wollen.

Kaum merklich bewegte sich Hanspeter — das Gesicht schon zerfallen und faltig, in den Augen schon das Erlöschen. Langsam ließ er den brechenden Blick an Herrn Felician hinaufgleiten. Ein wenig lächelte er: „So so? Der gute Herr Pfarr! Ah ja, versteh schon!“

Mit murmelnder Stimme begann der Meßner zu beten, während Herr Felician das Mäntelchen vom Kelche nahm.

So erschüttert war der alte Herr, daß er kaum zu sprechen vermochte. „Peter Johannes . . .“ Er beugte sich über den Sterbenden. „Was du getan hast in deinem Zorne . . . es war die einzige Sünde deines Lebens . . . sag mir, daß du sie bereust!“

Hanspeter hielt die Lippen geschlossen und schüttelte ruhig das ,driedoppelte Köpfl‘.

Doch Herr Felician, dem das Wasser in den Augen flimmerte, hatte wohl nicht recht gesehen und mochte glauben, daß Hanspeter genickt hätte. Denn hastig sprach er die Worte der Absolution und wollte dem Sterbenden die heilige Zehrung reichen.

Da klangen angstvolle Stimmen vor dem Kotter draußen, jagende Schritte kamen näher — und als der Gendarm, um Unberufene fernzuhalten, mit erhobener Laterne zur Türe ging, fiel der helle Kerzenschein auf Roman und Lisbeth.

„Hanspeter . . .“ schluchzte das Mädchen und streckte die Arme. Doch der Anblick seines Blutes machte sie schauern. Aufschreiend vergrub sie das Gesicht an Romans Brust, der sie mit zitternden Armen umschloß und bei all seiner eigenen Verstörtheit tröstete: „Geh, Schatzl mein liebs . . . sei stark . . . geh, schau, ein bißl stark mußt sein!“

Langsam, mit zuckenden Armstößen, richtete sich Hanspeter von der Pritsche auf. Als stünde ein Wunder vor ihm, so staunte sein Blick — wie neu erwachendes Leben glomm es in seinen Augen. Er schien nicht zu begreifen — und dennoch verstand er. Tief grub sich ein Zug des Schmerzes in seine kalkigen Züge — und löste sich wieder — und wurde ein Lächeln.

„Mandi? . . . Du? . . . Ah ja, versteh schon, ja!

Und dir . . . weißt, Mandi . . . dir ghört all= weil 's Best! Und . . . und b' Lieb . . ."

Sein Lächeln erstarb, ein Zittern rann ihm über die ungefügen Glieder, der Ausdruck einer namenlosen Angst verzerrte sein Gesicht, dicke Tränen kollerten ihm über die Lippen und mischten sich mit seinem Blut, und während sein brechender Blick noch an Roman und Lisbeth hing, klammerte sich seine Hand, die er kaum noch zu heben vermochte, in das weiße Chor= hemd des Pfarrers.

„. . . und b' Lieb is da . . . und 's Wunder is wahr . . . und b' Lieb is aussikommen . . . und ich hab's gstrichen . . . 's Nummero, 's allerbeste . . . und Arbet hab ich gmacht als wie der Goliwath! Hab Leut derschlagen . . . und sterben muß ich . . . und der Herr= gott sagt mir's: b' Lieb is alles und b' Lieb is 's einzig! . . . Und ich hab's gstrichen . . ."

Seine Stimme wurde Blut. Er fiel zurück, und schwer glitt seine Faust am Pfarrer hinunter bis auf den Boden. Das klang auf den Fliesen wie ein dumpfer Hammerschlag.

„Hanspeter . . ." Herr Felician warf sich auf die Knie und schrie es dem Sterbenden ins Ohr: „In dir ist heilige Reu! Gott wird sich versöhnen mit dir . . . dein Gott, der die Liebe ist!" Er gab ihm die heilige Zehrung zwischen die Lippen.

Und Hanspeter schluckte — den letzten Trost zusammen mit seinem Blut. Noch einmal schlug er die Augen auf. Dann streckten sich die drei Zentner in die Länge. Und sein Tod war ein Lächeln.

Die Altenöberin kam, verstört und wortlos, völlig erschöpft — und Jungfer Kathrin, mit einem Sorgenblick nach ihrem geistlichen Herren, und hinter ihr der Gemeindebiener, der eine Prise nahm und noch immer gemütlich erzählte, ganz Philosoph.

Schluchzend war Lisbeth neben dem lächelnden Peter Johannes auf die Knie gefallen. „Roman . . . der hat's gmacht, unser Glück . . . der hat's gmacht!"

Und Roman hob dem Hanspeter die erkaltende Faust von den Steinen auf. „Vergeltsgott, Peterl . . . für alls!"

Die einzige, die stumm blieb, war Mutter Nannimai. Sie strich nur mit zitternder Hand dem Toten über die Stirn — wie einem Kind, das schlafen soll.

Als der Meßner klingelte und der Hochwürdige den Rotter verließ, begannen sie zu beten. Und draußen der dröhnende Hall der Feuerglocke, und zwischen den dreizehn Schlägen immer das dünne Gebimmel.

Herr Felician tat als Priester seine Pflicht und trug den Mahlkelch der Sterbenden in die Kirche zurück.

Dann kam er wieder.

Der Gendarm war fortgegangen, Jungfer Kathrin
war verschwunden — und während die drei betenden
Stimmen aus dem Kolter klangen, rauchte der Gemeindebiener unter dem roten Nachthimmel sein Pfeiflein. Er hätte gern mit dem Hochwürdigen einen
kleinen gemütlichen Plausch begonnen. Doch Herr
Felician hörte nicht. Auf der Schwelle stehend, hatte
er sich an den Pfosten der Türe gelehnt, betrachtete
die schwarzen Rücken der knienden Peter und betrachtete den vom Lichtschein der Laterne umzitterten
Schläfer, der still und lächelnd auf den Stangen lag
ein Mensch wie ein Berg, ein ungeheuerlicher Einfall
der Natur, zu dem das Leben den Kopf geschüttelt
hatte.

Und Herr Felician dachte zurück an jenen Morgen
an dem er das nackte, wimmernde Kind neben der toten
Mutter auf den Stufen des Liebfrauenaltars gefunden
hatte. Roheit und Aberglauben der Menschen waren
die Lebenswecker dieses Kindes — Aberglaube und
Roheit seine Totengräber. Ein hilfloses Kind der Liebe
hatte sich ausgewachsen zu einem Riesen und Verserker
des Zornes — sonst hatte sich nichts geändert in dieser
ganzen, langen Zeit!

Mit diesem Gedanken zog Herr Felician die Rechnung seiner Lebensarbeit. Er sah den Toten an und
starrte hinaus in den wachsenden Feuerschein, er hörte
den Schmerz der betenden Stimmen und hörte das

Dröhnen der Feuerglocke. Immer tiefer sank ihm der Kopf gegen das strebsame Bäuchlein hinunter, schwere Tränen tropften ihm auf die Hände — und als wäre der Kummer seines Herzens größer als der Verstand seiner sechzig Jahre, so fiel er auf die Schwelle des Kotters hin und brach in bitterliches Weinen aus.

Roman hob ihn auf und sagte herzlich: „Hoch= würden . . . kommen S', ich führ Ihnen heim!"

Mit seinen nassen Augen sah Herr Felician zum jungen Waldhofer auf. „Dreißig Jahr lang, Roman . . . dreißig Jahr lang hab ich predigt, einen Feier= tag um den andern! Dreißig Jahr lang hab ich mich plagt mit die Leut . . . und jetzt schau her . . . so eine Nacht, wie heut! . . . So viel hab ich ausgricht, schau!" Er wollte seine Tränen bezwingen, preßte die Zähne übereinander — und schluchzte durch die Nase.

„Aber Hochwürden . . . lieber Herr Pfarr . . ." stotterte Roman erschrocken. Weiter wußte er nichts zu sagen. Dann aber fiel ihm plötzlich etwas ein. „Herr Pfarr . . . einmal, da hat mir der Hanspeter gsagt . . . ich weiß nimmer, wie wir draufkommen sind . . . aber da hat er gsagt: ,Schau, Mandi', hat er gsagt, ,ein Bauer, der baut sein Acker, und da kommt ein Wolkenbruch und schlagt ihm alles zamm, und reißt den besten Boden davon und d' Saat und alls! . . . No ja, muß er halt wieder baun, ein bißl ebbes wachst noch allweil, ja!" . . . So hat er gsagt, der Hanspeter!"

Schweigend stand Herr Felician. Langsam hob er das Gesicht und blickte in das rötliche Zwielicht des Kotters.

Der Philosoph mit dem qualmenden Pfeislein kam näher und lachte gemütlich. „Tun S' Ihnen 's Leberl net beschweren, Herr Pfarr! Lassen S' fünfe grad sein! Da kommt einer am besten durch. D' Welt, sag ich halt, is wie mein Pfeifl . . . alls wird nacheinander hergraucht, die guten Blattln wie die schlechten. Gibt alls den gleichen Rauchen . . . bloß schmeckt er ein bißl anderst."

Herr Felician nickte. Aber das war nicht die Antwort auf die Philosophie der Tabakspfeife. Denn der Pfarrer hatte gar nicht gehört, hatte mit nassen Augen nur immer auf den stillen Schläfer hingesehen.

Jetzt nahm er den jungen Waldhofer bei der Hand. „Schau eini, Roman! Still liegt er da, und kalt! Und noch allweil tut er predigen!"

Da kam die Jungfer Kathrin gelaufen, atemlos, mit einem großen Pack auf den Armen. Aus Sorge, daß sich der Hochwürdige verkühlen könnte in dieser bösen Nacht, hatte sie alles für ihn herbeigeschleppt: seine schweren Stiefel, seinen Hut, einen wollenen Schlips und einen Mantel.

„Nur die Stiefel brauch ich," sagte Herr Felician,

„das ander kannst wieder heimtragen!“ Er schleuderte den Hausschuh vom rechten Fuß und fuhr in die schwarze Röhre. „Komm, Roman! Es brennt! . . . Arme Leut in Not, tät der Hanspeter sagen, da müssen wir löschen helfen!“ Hastig schlüpfte er in den zweiten Stiefel — und als er auf den festen Sohlen stand, schien er auch das Gleichgewicht seiner Seele wieder gefunden zu haben. „Komm, Bub! Und die andern! Alle müßts mit! Und beim Wassertragen . . . da fallt mir schon ’s richtig Wörtl ein . . . für meine Osterpredigt morgen!“ Er fing zu laufen an.

Roman und Lisbeth hinter ihm her. Hand in Hand. Dann Jungfer Kathrin, mit dem Pack der überflüssigen Kleidungsstücke, immer wimmernd: „Herr Pfarr, Sie verkühlen Ihnen! . . . Jesus Maria, den Mantel nehmen S’ um! . . . Herr Pfarr, Sie kriegen den Rheumatisi!“ Und weil Herr Felician nicht hören wollte, schalt die Köchin in Zorn und Tränen: „Da gib ich’s auf! . . . Der wird seiner Lebtag nimmer gscheit!“

Die Altenöderin war bei dem lächelnden Peter Johannes zurückgeblieben.

Ihm zu Füßen saß sie auf der Stangenpritsche. Ihre Hände hielt sie im Schoß gefaltet; aber sie betete nicht mehr — sah nur immer sein ruhiges Lächeln an, als möchte sie das lernen von ihm — für den einsamen Rest ihres Lebens.

In der Laterne war die Kerze niedergebrannt, und zuckend erlosch das bläuliche Flämmlein. Doch die rote Nacht warf ihren Schein in die Finsternis des Kotters. Und manchmal flogen ein paar kleine Funken an der Türe vorüber. Aber die kamen nicht von der fernen Brandstätte — es waren Funken aus der Pfeifenglut des schmauchenden Philosophen, der die anderen löschen ließ und unter der eigenen Nase das wärmende „Fuierl" schön gemütlich in Brand erhielt.